江西詩派詩集

百花洲文藝出版社

山谷外集詩注十七卷

史容注

清光緒二十六年（一九〇〇）義寧陳三立仿宋刻宣統二年傅春官印本

原版框高二十二點三釐米，寬十七點三釐米

山谷集

内集二十卷
外集十七卷
别集二卷
義甯陳氏四覺草堂藏版

山谷外集十七卷

宜都楊守敬校字並題

薌室史氏註山谷外集詩序

書存于世唯六經諸子及遷固之史有註其下方者以其古今之變詁訓之不相通也而今人之文今人乃隨而注之則自蘇黄之詩始也詩動乎情發乎言而成乎音人為之人誦之宜無難知也而蘇黄二公乃以今人博古之書譬楚大夫而居於齊應對唯啫無非齊言則楚人莫喻也如將以齊言而喻楚人非其素嘗往来荘嶽之閒其孰能之山谷之詩與蘇同律而語尤雅健所援引者乃多於

蘇其詩集已有任淵史會更注之矣而公所自編謂之外集者猶不易通史公儀甫遂繼而為之注上自六經諸子歴代之史下及釋老之藏稗官之録語所關涉無不盡究予官成都得於公之子叔廉而夜閲之其於山谷之詩既悉踈理無復凝結而古文舊事因公之注所發明者多矣夫讀古人之書得之於心應之於手固非區區采之簡冊而後用之也而為之注者乃即羣書而究其所自来則注者之功宜難於作而公以博洽之能乃隨

作者為之訓釋此其追慕先輩加惠後學之意殆非世俗之所能識也昔白樂天作詩使媪讀之務令易知而楊子雲草太元其詞艱深人不能通乃曰後有楊子雲必好之矣古之君子固有不徇世俗而自信於後世之知我者若公於山谷既以子雲而知子雲其為之訓釋則又諄諄然為人言之是亦樂天之志也公蜀青衣人名容號薌室居士仕至太中大夫晚謝事著書不自休嘗為補韻及三國地名皆極精密今年餘七十耳目清明齒

髮不衰它日傳於世者又將不止於數書而已也

嘉定元年十二月乙酉晉陵錢文子序

山谷外集詩註目錄 年譜附

青神史　容

山谷自言欲倣莊周分其詩文為內外篇意固有在非去此取彼今內集詩已有註而外集未也疑若有所去取焉者茲豈山谷之意哉秦少游與李德叟簡云黃魯直過此為留兩日其弊帚焦尾兩編文章高古邈然有二漢之風今時交游中以文墨自業者未見其比又簡參寥云魯直近從此赴太和今得渠新詩一編高古絕妙吾屬未有其比僕頃不

自揆妄欲與之後先而驅今乃知不及遠甚赴太和蓋元豐庚申歲而焦尾弊帚即外集詩文也其為時輩所推如此建炎間山谷之甥洪玉父為胡少汲編豫章集獨取元祐入館後所作蓋必有謂未可據依此續註之所不得已也因以少游語冠於篇首其作詩歲月別行詮次有不可考者悉皆附見舊多舛誤略加是正餘且從疑以俟博識

一卷

賦

劉明仲墨竹賦

放目亭賦

詩

嘉祐六年辛丑 是歲山谷從其母舅李公擇游學淮南

溪上吟 元註云時年十七

清江引

治平三年丙午 是歲山谷再貢于鄉俱為首選

次韻叔父聖謨詠鸎遷谷

次韻十九叔父臺源

叔父釣亭

巖下放言五首

治平四年丁未 是歲神廟登極山谷登第調汝州葉縣尉

寄傅君倚同年

答德甫弟

贈元發弟 放言

熙寧元年戊申 是歲山谷赴葉縣尉九月到汝州

清明

何造誠作浩然堂陳義甚高然頗喜度世飛昇之說築屋飯方士願乘六氣遊天地間故作浩然詞二章

卷二

熙寧九年丙辰 是歲在北京

二月丁卯喜雨吳體為北門留守文潞公作

李右司以詩送梅花至潞公予雖不接右司想見其人用老杜和元次山詩例次韻

熙寧十年丁巳 是歲在北京

次韻外舅喜王正仲三丈奉詔相南兵回至襄陽捨驛馬就舟見過三首

次韻正仲三丈自衡山返命舍驛過外舅師厚贈答

卷三

次韻子瞻春菜

元豐元年戊午 是歲在北京

閏月訪同年李夷伯子真於河上子真以詩謝次韻

戲答李子真河上見招來詩頗誇河上風物聊以當嘲云

和答李子真讀陶庾詩

丙寅十四首效韋蘇州 并序

催公靜碾茶

用前韻戲公靜

對酒歌答謝公靜

種決明

同世弼韻作寄伯氏在濟南兼呈六舅祠部

伯氏到濟南寄詩頗言太守居有湖山之勝同韻和

次韻寄李六弟濟南郡城橋亭之詩

用明發不寐有懷二人為韻寄李秉彝德叟

陪師厚遊百花洲十首

百花洲雜題

竹下把酒

砌臺晚思

和師厚接花

和師厚栽竹

次韻師厚雨中晝寢憶江南餅麴酒

次韻師厚萱草

卷四

卷五

卷六

卷七

卷八

丙申泊東流縣
書石牛溪旁大石上
題山谷大石
同蘇子平李德叟登擢秀閣
靈龜泉上
從丘十四借韓文二首
發舒州向皖口道中作寄李德叟
庭堅得邑太和六舅按節出同安邂
逅於皖公口十首
題馬當山魯望亭四首

泊大孤山作
題落星寺四首
卷九
玉京軒
過致政屯田劉公隱廬
壽聖觀道士黃至明開小隱軒太守
徐公為題曰快軒庭堅集句詠之
駐輿遣人尋訪後山陳德方家
題李夫人偃竹
次韻章禹直開元寺觀畫壁兼簡李
德素
元豐四年辛酉是歲山谷自鄉井赴太和考試舉人于南安軍
豐城
上蕭家峽
何蕭二族
魏夫人壇
隱梅福處
蕭子雲宅
避秦十人
黃雀

到官歸志浩然二絶句
題吉州承天院清涼軒
次韻荅楊子聞見贈
聞致政胡朝請多藏書以詩借書目
戲贈南安倅柳朝散
題槐安閣并序
洪範以不合俗人題廳壁二絶句次
韻和之
發贛上寄余洪範
次元明韻寄子由

卷十

賦之家晏飯此舍遂留宿是日大
風自採菊苗薦湯餅二首
題高君正適軒
寄李次翁
四月戊申賦鹽萬歲山中仰懷外舅
謝師厚
癸丑宿早禾渡僧舍
宿觀山
上大蒙籠
勞坑入前城

乙卯宿清泉寺
丙辰仍宿清泉寺
丁巳宿寶石寺

卷十一

己未過太湖僧寺得宗汝為書寄山
蕷白酒長韻寄答
庚申宿觀音院
辛酉憩刀坑口
金刀坑迎將家待追漿坑十餘户山
農不至因題其壁

次韻漢公招七兄
寄題安福李令適軒
寄題安福李令愛竹堂
題安福李令朝華亭
登快閣
和李才甫先輩快閣五首
八月十四日夜刀坑口對月奉寄王
子難子聞適用
彫陂

幾復寄檳榔且答詩勸予同種次韻
寄之
黄幾復自海上寄惠金液三十兩且
曰唯有德之士宜享将以排蕩陰
邪守衛真火幸不以凡物畜之戲
答
幾道復覓檳榔
次韻幾復答予所贈三物三首
送酒與畢大夫
喜太守畢朝散致政

次韻道輔雙嶺見寄三疊
次韻章禹直魏道輔贈答之詩
次韻道輔旅懷見寄
和荅魏道輔寄懷十首
倉後酒正廳昔唐林夫謫官所作十
一月己卯余納秋租隔墻芙蓉盛
開
吉老受秋租輒成長句
再次韻和吉老
招吉老子範觀梅花

子範徼巡諸鄉捕逐羣盜幾盡輒作
長句勞苦行李
送徐隱父宰餘干

卷十二

次韻君庸寓慈雲寺待韶惠錢不至
次韻奉荅存道主簿
從時中乞蒲團二首
奉送時中攝東曹獄掾
奉荅茂衡惠紙長句
雜言贈羅茂衡

寄晁元忠十首
次韻晁元忠西歸十首
元豐六年癸亥是歲在太和十二月移監德平鎮
食笋十韻
蕭巽葛敏修二學子和予食笋詩次
韻荅之
胡朝請見和復次韻
立春
寄舒申之户曹
次韻杜仲觀二絶

再次韻
社日奉寄君庸主簿
觀王主簿家酴醾
酴醾
元翁坐中見次元寄到和孔四飲王
夔玉家長韻因次韻率元翁同作
寄湓城
再次孔四韻寄懷元翁兄弟幷致問
穀甫
次韻元翁從王夔玉借書

學元翁作女兒浦口詩
去歲和元翁重到雙澗寺觀余兄弟題詩之篇總忘收録病中記憶成此詩
次韻周法曹遊清原寺
次韻曾都曹喜雨
戲題曾處善尉廳二首
寄上高李令懷道
謝文灝元豐上文藁

卷十三

讀方言
次韻秋郊晚望
次韻周德夫經行不相見之詩
歐陽從道許寄金橘以詩督之
次韻吉老十小詩
次韻吉老寄君庸
聞吉老縣丞按田在萬安山中
次韻喜陳吉老還家二絕
再次韻荅吉老二首
太和奉呈吉老縣丞

次韻知命永和道中
次韻吉老知命同遊青原二首
次韻知命入青原山口
次韻吉老遊青原將歸
喜知命弟自青原歸
寄張宜父
送彥孚主簿
寄餘干徐隱甫
奉荅李和甫代簡二絕句
贈王環中
戲和于寺丞乞王醇老米
荅永新宗令寄石耳
贈朱方李道人
題前令録贈李伯牖
靜居寺上方南入一徑有釣臺氣象甚古而俗傳謬妄意嘗有隱君子漁釣其上感之作詩
高至言築亭於家園以奉親總其觀覽之富命曰溪亭乞余賦詩余先君之弊廬望高子所築不過十牛

卷十四

別蔣穎叔
平原宴坐二首
同劉景文遊郭氏西園因留宿
卷十五
元豐八年乙丑哲廟登極是歲春山谷猶在德平四月丁丑以秘書省校書郎召其到京師在六七月間
奉送劉君昆仲
和答莘老見贈
元祐元年丙寅是歲山谷在秘書省十月丙戌除神宗實録院檢討官集賢校理

以潞公所惠揀芽送公擇次舊韻
吏部蘇尚書右選胡侍郎皆和鄙句
次韻道謝
奉同公擇作揀芽詠
今歲官茶極妙而難為賞音者戲作
兩詩用前韻
公擇用前韻嘲戲雙井
又戲為雙井解嘲
奉同六舅尚書詠茶碾煎烹三首
與李公擇道中見㒳客布衣班荊而

坐對戲奕秋因作一絕
六舅以詩来覓銅犀用長句持送舅
氏學古之餘復味禪悅故篇末及
之
奉和公擇舅氏送吕道人研長韻
再和公擇舅氏雜言
次韻荅王四
戲荅仇夢得承制
戲荅仇夢得承制二首
和任夫人悟道

暮到張氏園和壁間舊題
從人求花
贈陳師道
送六十五弟貴南歸
贈吴道士
同謝公定携書浴室院汶師置飯作
此
謝人惠茶
懋宗奉議有佳句詠冷庭叟野居庭
堅於庭叟有十八年之舊故次韻

贈之
古意贈鄭彦能八音歌
子瞻題狄引進雪林石屏要同作
送張材翁赴秦簽
元祐二年丁卯是歲在祕書省兼史局正月辛未除著作佐郎
題陽關圖二首
題歸去来圖二首
題畫鵝鴈
題老鶴萬里心
題韋偃馬

荅王道濟寺丞觀許道寧山水圖

卷十六

和劉景文
奉謝劉景文送團茶
謝景文惠浩然所作廷珪墨
同景文丈詠蓮塘
送劉道純
送薛樂道知鄖鄉
寄朱樂仲
贈陳元輿祠部

元祐三年戊辰是歲在祕書省兼史局正月東坡知貢舉山谷為參詳五月詔新除著作郎黄庭堅依舊著作佐郎以御史趙挺之所論故也
松下淵明
老杜浣花谿圖引
戲和舍弟船場探春二首
次韻舍弟題牛氏園二首
急雪寄王立之問梅花
又寄王立之
王立之以小詩送並蔕牡丹戲荅

從王都尉覓千葉梅云已落盡戲作
嘲吹笛侍兒
次韻李士雄子飛獨遊西園折牡丹
憶弟子奇二首
和曹子方雜言
謝曹子方惠二物二首
送高士敦赴成都鈐轄二首
次韻子瞻送穆父二絶
和子瞻内翰題公擇舅中丞山房
題子瞻書詩後

卷十七

元祐四年己巳 是歲在秘書省兼史局

元祐五年庚午 是歲在秘書省兼史局

紹聖元年甲戌 元祐六年六月山谷在館中丁母憂至八年七月除神宗正史編修官九月服除具辭免除知宣州又除知鄂州十二月以臺諫官言實録院修先帝實録誣罔熙寧以來政事乞行竄黜詔黄庭堅責授涪州別駕黔州安置二年四月到黔州

元符元年戊寅 是歲山谷在黔州是春以避外兄張向之嫌遷

戎州

送曹黔南口號

元符三年庚辰 是歲徽廟登極山谷在戎州五月復宣義郎監鄂州在城鹽稅

十四弟歸洪州賦莫如兄弟四章贈之

以虎臂杖送李任道二首

題王居士所藏王友畫桃杏花二首

碾建溪第一奉邀徐天隱奉議并效建除體

再作荅徐天隱

重贈徐天隱

以十扇寄天隱

建中靖國元年辛巳 是歲正月自江安出峽三月準告復奉議郎知舒州四月至荆南又準尚書省劄子已降告命除吏部員外郎乘馬遞發來赴闕再具辭免乞太平州

戲呈田子平六言

荆州即事藥名詩八首

崇寧元年壬午 是歲山谷在荆南待命六月領太平州事九日而罷

太平州作二首

送昌上座歸成都

崇寧三年甲申 崇寧二年十一月山谷以荆南所作承天塔記謫宣州是歲自潭州歷衡永全州靜江府以趍貶所

長沙留别

贈花光老

題花光為曾公卷作水邊梅

山谷外集詩註目録終

山谷外集詩註卷第一

青神史容　註

賦

劉明仲墨竹賦元祐間館中作

子劉子山川之英骨毛粹清晉元帝紀嵆紹曰琅邪王毛骨
非常老杜詩衆中見毛骨猶是麒麟兒用意風塵之表晉王戎傳王衍
自然是風塵表物如秋高月明文選謝靈運詩野曠沙岸淨天高秋月明
游戲翰墨龍蛇起陸陰符經曰天發殺機龍蛇起陸甞其餘
巧檀弓云爾以人之母甞巧顧作二竹其一枝葉條達莊子
至樂篇此之謂條達而福持戰國策張儀說魏王云魏地四平諸侯四通條達輻湊東坡

甞以是語記文與可畫云與可之於竹石枯木真可謂得其理者矣如是而生如是而死
如是而攣拳瘠蹙如是而條達遂茂惠風舉之蘭亭序惠風和暢瘦地
筍笴筍古我切箭莖也杜詩瘦地翻宜粟夏篁鮮衣三河少年
史記貨殖傳昔唐都河東殷人都河內周人都河南夫三河在天下之中若鼎足稟
生勦剛退之詩稟生肖勦剛勦輕捷也鋤交切春服楚楚論語春服
既成國風衣裳楚楚俠游專場史記有游俠傳選詩京華游俠客東都賦云秦
政利觜長距終得擅場註云擅專也鮑明遠雞朝飛云專場挾兩恃強力王謝子
弟生長見聞文獻不足猶超人羣梁武帝評書云王僧
虔書如楊州王謝家子弟縱復不端正皆有一種風氣論語曰文獻不足故也莊子曰以
馭人羣老杜云殊俗自人羣其一折幹偃蹇斫頭不屈蜀志

張飛傳飛破巴郡生獲太守嚴顏飛呵顏曰大軍至何以不降而敢拒戰顏曰我州但有
斷頭將軍無降將軍也飛怒令左右牽去斫頭顏色不變曰斫頭便斫頭何爲怒耶飛壯
而釋之枝老葉硬陸龜蒙杞菊賦及夏五月枝葉老硬強項風雪
後漢董宣傳宣爲洛陽令時湖陽公主蒼頭白日殺人因匿主家吏不能得及主出以奴
驂乘宣大言數主罪叱奴下車格殺之主訴帝帝召宣使俯頭謝主宣不從強使頓之宣
兩手據地終不肯俯帝笑因勑強項令出賜錢三十萬廉藺之骨成塵
凜凜猶有生氣世說庾道季曰廉頗藺相如雖千載尚凜凜有生氣曹蜍
李志雖在厭厭如九泉下人鮑明遠云彭韓及廉藺疇昔已成灰雖汲黯之
不學挫淮南之鋒於千里之外汲黯傳上曰人果不可以
無學觀黯之言日益甚矣又曰淮南王謀反憚黯曰黯好直諫至說公孫弘等如發蒙耳

劉子凌雲自許司馬相如傳飄飄有凌雲氣按劒者多
鄒陽傳明月之珠夜光之壁以暗投人於道衆莫不按劒相眄者故以歸我
請觀謂何黃庭堅曰吾子於此可謂能矣猶
有脩篁之歲晚枯栟之蘖春栟牙葛切西漢敘傳三栟之起
註詩云苞有三栟木斫而栟生也栟亦作蘖孟子云非無萌蘖之生焉少者骨
梗梗當作鯁陳平傳項王骨鯁之臣杜周傳朝無骨骾之臣註骾即鯁字老而
日新附之以傾崖礨石文選謝靈運云崖傾光難留丘希範云崖
傾嶼難傍唐李白云崖傾月難圓摧之以冰霜斧斤第其曾
高[illegible]穆至于来昆仍雲爾雅玄孫之子爲來孫來孫之子爲晜孫
晜孫之子爲仍孫仍孫之子爲雲孫組練十幅左傳襄三年帥組甲三百被練

三千此借使其字文選謝玄暉詩西戡收組練煙寒雨昏迺為態盡之蓋陽虎有若之似夫子市人識之陽虎見孔子世家有若見仲尼弟子傳顏回之具體門人不知孟子云子夏子游子張皆有聖人之一體冉牛閔子顏淵則具體而微蘇子曰世之工人或能曲盡其形至於其理非高人逸才不能辨此語見東坡集中淨因院畫記意其在斯故藉外論之梓人不以慶賞成虡莊子云梓慶削木為鐻鐻成見者驚猶鬼神魯侯問焉對曰臣將為鐻必齋三日而不敢懷慶賞爵祿齋七日忘吾有四肢形體也痀僂不以萬物易蜩莊子云仲尼見痀僂者承蜩猶掇之也仲尼曰子巧乎有道邪曰吾處身也若橛株拘雖萬物之多而唯蜩之知吾不反不仄不以萬物易蜩之翼何為而不得及其至也禹之喻於水仲尼之妙於韶孟子智若禹之行水行其所無事論語孔子在齊聞韶三月不知肉味蓋得其妙也蓋因物而不用吾私焉若夫燕荊南之無俗氣山谷作道臻師墨竹序云往時天章閣待制燕肅始作生竹超然免於流俗近世集賢校理文同遂能極其變態郭若虛圖畫見聞録云燕肅字穆之位龍圖閣直學士以尚書禮部侍郎致仕善畫山水寒林太常寺有畫屏風玉堂刑部景寧坊居第及許洛佛寺皆有畫壁所畫近百軸皆取入禁中故世所傳無幾庖丁之鮮牛進技以道者也莊子庖丁為文惠君解牛奏刀騞然莫不中音文惠君曰技蓋至此乎庖丁釋刀而對曰臣之所好者道也進乎技矣文湖州之得成竹於胷中東坡集中文與可畫偃竹記其略云畫竹必先得成竹於胷中執筆熟視乃見其所欲畫者急起從之振筆直遂以追其所見如兎起鶻落少縱則逝矣王會稽之用筆如印印泥者也書訣墨藪載顏魯公記張長史筆法云長史曰聞於褚河南云用筆當如印印泥錐畫沙初不言出於會稽內史王逸少也當考詩云鶴鳴于九皋聲聞于天妙萬物以成象繫辭曰神也者妙萬物而為言也必其胷中洞然好學者天不能掣其肘劉子勉旃家語云宓子賤為單父宰辭去請近史二人與俱二史書子賤掣其肘書不善則怒之揚惲傳勉旃無多談

放目亭賦

走馬承受丁君作亭於其廨東北吾友宋楙宗以為盡表裏江山之勝名其亭曰放目而黔江居士為之賦山谷以紹聖二年安置黔州歷三歲以黔江自號丁君廨當在夔州按前集附載知命詩有行次巫山宋楙宗送折花廚醞詩云喚得巫山強項令插花傾酒對陽臺又有宋楙宗寄夔州五十詩三首蓋楙宗時宰巫山為丁君求作此賦楙宗名肇

放心者逐指而喪背孟子放心而不知求又云養其一指而失其肩背放口者招尤而速累退之感二鳥賦祗以招尤而速累自作訾訾詩翕翕訾訾註毀也自增憒憒莊子彼又惡能憒憒然世說王丞相末年不復省事自歎曰人言我憒憒後人當思此憒憒登高臨遠唯放目可以無悔防心以守國之械墨子曰公輸般為雲梯之械以攻宋墨子解帶為城以牒為械公輸般之攻械盡墨子之守固有餘防口

以挈瓶之智左傳雖有挈瓶之智守不假器山谷與一僧簡云持心如城守口如瓶必有相應者以此放目焉墨丈尋常而見萬里之外國語其察色也不過墨丈尋常之間註五尺爲墨倍墨爲丈八尺爲尋倍尋爲常後漢竇融傳天子明見萬里之外

詩

溪上吟

并序時年十七○山谷生於慶曆五年乙酉至嘉祐六年辛丑年十七按黃罃年譜載趙伯山中外舊事云山谷少有詩名在葉縣大名德州德平詩已卓絕後以史事待罪陳留偶自編退聽堂詩初無意盡去少作胡直孺少汲建炎初帥洪井爲山谷類詩文爲豫章集命洛陽朱敦儒山房李彤編集而洪炎玉父專其事遂以退聽爲斷以前好詩皆不收前後殊抵迕嘗聞

先人言先祖尚書叔敖嘗編類詩文今家問中山谷晚年荅書有云詩文久欲令寫寄亦爲念九三七書字多誤故未能就獨恨所編爲徐俯師川久假不歸遂無別本可據今豫章文集即洪氏所次而山谷平生得意之詩及嘗手寫者多在外集嘗攷洪氏李氏舊編洪氏以古風二首爲首不及古賦楚詞而李氏所編文集則第一卷首載古賦楚詞第二卷方及古詩乃以別李次翁爲首而古風二章反寘卷末至外集第五卷題目之首獨注行役并雜體詩六字竟莫詳其綱目但分古詩律詩而於外集之末跋云彤聞山谷自巴陵取道通城入黃龍山爲清禪師遍閱南昌集自有去取仍改定舊句彤後得本用以是正其言非予詩者五十餘篇彤亦嘗見於他人集中輒已除去其稱不用者安敢棄遺今外集十一卷止十四卷是也又於第十一卷後跋云前集內休亭賦墨

戲賦白山茶賦木之彬彬悲秋演雅次韻答王愼中題張澄居士隱居三首題少章寄寂齋謝從善司業送惠山泉送劉士彥赴福建運判論語斷篇皆山谷晚年刪去其去取據此而已

春山鳥啼新雨天霽宋玉高唐賦遇天宇之新霽兮觀百谷之俱集汀草怒長莊子春雨日時草木怒生僧善權詩桃李紛巳華荀蕨俱怒長竹篠交陰書篠蕩既數篠小竹黃子觀漁於塘下尋春于小桃源從以溪童稚子畦丁三四輩杜詩畦丁告勞苦茶鼎酒瓢淵明詩編雖不命戒未嘗不取諸左右臨滄波拂白石詠淵明詩數篇清風為我吹衣好鳥為我勸飲

歐公詩花能嫣然顧我笑鳥勸我飲非無情當其漻然無所拘係而依依規矩準繩之間自有佳處乃知白蓮社中人不達淵明詩意者多矣白蓮社在廬山晉太元中鴈門正覺禪師惠遠卜居此山鑿二池種白蓮後以名其社社中合十八人遠師招淵明淵明入社淵明攢眉而去過酒肆則飲亦無量也然未始甚醉盖其所寓與畢卓劉伶輩同而自謂所得與二子異人亦殊不能知之也酒酣得紙書之為溪上吟

短生無長期謝靈運豫章行短生旅長世恒覺白日欹天台賦嗟人生之短期孰長年之能執聊假日婆娑王粲登樓賦聊假日以消憂李善本作暇

日註云暇或作假離騷經聊假日以媮樂補註云顔師古曰中心愁悶假延日月苟爲娱
樂耳今俗猶言借時度日言暇者非國風宛丘云婆娑其下暇
出門望高丘
拱木漫春蘿孟子拱把之桐梓註兩手曰拱左傳秦繆公謂蹇叔爾墓之木
拱矣
試爲省鬼録魏文帝與吳質書云觀其姓名已爲鬼録
不飲死
者多歐公詩自古不飲無不死
安能如南山毛詩如南山之壽
千
歲保不磨退之送窮文吾立子名百世不磨
在世崇名節飄風
如赴燭蛾漢婁護傳論議常依名節選詩努力崇名德南史傅亮傳直宿禁中
睹夜蛾赴燭作感物賦以寄意白樂天詩魚爛緣吞餌蛾焦爲撲燈
及汝知悔
時萬事蓬一窠李太白詩昔日萬乘墳今成一科蓬又云蓬科馬鬣今已
平
青青陵陂麥姸暖亦已花莊子儒以詩禮發冢小儒曰詩

固有之青青之麥生於陵陂老杜詩青熒陵陂麥窈窕桃李花
長煙淡平川
孟浩然詩微雲淡河漢
輕風不爲波無人按律吕律歷志陽
六爲律陰六爲吕
好鳥自和歌曹子建詩潛魚躍清波好鳥鳴高枝
杖
藜山中歸莊子原憲杖藜而出
牛羊在坡陀本自無廊
廟王羲之傳報殷浩書曰吾素無廊廟
政爾樂澗阿淵明詩御冬足大布
麄絺以應陽政爾不能得哀哉亦可傷洪駒父詩話稱山谷云淵明詩云政賴古人書政
爾不能得政宜委運去皆當時語而或者改作上賴古人書止爾不能得甚失句法詩考
槃在澗考槃在阿
念昔揚子雲刻意師孟軻狂夫移
九鼎深巷考四科亦有好事人時能載酒過
無疑舉爾酒定知我爲何楊雄字子雲其贊云雄三世不徙官

及王莽簒位談説之士用符命稱功德獲封爵者甚衆雄復不侯人希至其門時有好事
者載酒肴從游學四科科謂德行言語政事文學而四科字見論語正義退之詩遇酒即酩
酊君知我爲誰莊子云刻意尚行離世異俗

清江引 時年十七

江鷗搖蕩荻花秋老杜詩搖蕩菊花期樂天詩楓葉荻花秋索索
八
十漁翁百不憂杜詩吾知徐公百不憂
清曉釆蓮来盪
槳樂府有采蓮曲老杜詩不有小舟能盪槳百壺那送酒如泉
夕陽收網
更橫舟羣兒學漁亦不惡晉謝道蘊傳王郎逸少子不惡
老
妻白頭從此樂全家醉著蓬底眠唐韓偓詩漁翁醉著
無人喚過午醒來雪滿船南唐近事史虛白詩風雨揭却屋渾家醉不知杜荀鶴詩山雨

溪風卷釣絲瓦甌篷底獨斟時醉來睡著無人喚流下前溪也不知
舟在寒沙
夜潮落

次韻叔父聖謨詠鸎遷谷

鴉舅頻強聒莊子天下篇強聒而不舍者也陸龜蒙挑菜詩云行歌每依鴉
舅影挑頻時見鼠姑心按本草牡丹一名鼠姑用之去心以類推之則鴉舅亦當是一種
草木之名山谷特借鴉舅字以名鴉耳
僕姑常勃磎歐陽公詩云病識陰
晴似勃姑又云天雨止鳩呼婦還鳴且喜勃姑僕姑皆鳩也米元章畫史又稱勃鳩莊子
曰室無空虛則婦姑勃磎注勃磎爭處也
黃鳥懷好音周南葛覃云黃鳥于
飛注搏黍也陸璣疏云黃鳥黃鸝留也或謂之黃栗留幽州人謂之黃鸎一名倉庚一名
商庚一名鵹黃一名楚雀齊人謂之搏黍邶國風凱風云睍睆黃鳥載好其音陳國風匪

風云懷之好音秋菊深春衣西漢雜記黃鵠下太液池上爲歌曰黃鵠飛兮下建章金爲衣兮菊爲裳太白大鵬賦豈比夫蓬萊之黃鵠誇金衣與菊裳嚶嚶求朋友小雅云伐木丁丁鳥鳴嚶嚶又云嚶其鳴矣求其友聲憂患同一枝莊子逍遥篇鷦鷯巢於深林不過一枝提壺要酤我杜宇賦式微梅聖俞四禽言子規云不如歸去春山云暮提壺云提壺蘆沽美酒子規一名杜鵑蜀王本紀杜宇爲望帝亡去化爲此鳥伐木云有酒湑我無酒酤我衛國風式微式微胡不歸黃鳥在幽谷詩出自幽谷韜光養羽儀嵇康詩靈鳳振羽儀易曰鴻漸于陸其羽可用爲儀清風曜桃李退之寄盧仝詩云偶逢明月曜桃李言語自知時先生丘中隱喬木見雄雌引子遷綠陰相戒防禍機文選鮑明遠苦熱行生軀

蹈死地昌志登禍機李善註引莊子曰其發若機括司馬彪曰禍敗之來若機括之發班固漢書述曰禍如發機李杜死刀鋸後漢李固杜喬皆爲梁冀所害死獄中李膺杜密死於黨錮時人亦稱李杜馬陳張怨棄遺前漢張耳陳餘相與爲刎頸交後有隙餘相趙漢遺耳與韓信破趙斬餘詩將安將樂弃予如遺不如聽黃鳥永晝客爭棋

次韻十九叔父臺源黃氏年譜山谷叔父諱裏字聖謨自號臺源先生此數詩皆是聚族居鄉日所作凡諸父昆弟相與題詠賡唱不可繫以歲月者悉附于早年鄉居之時

聞道臺源境鋤荒三徑通陶淵明歸去來三徑就荒松菊猶存杜詩葵荒欲自鋤人曾夢蟻穴注詳見後宿觀音院詩用異聞集淳于棼夢入槐安國事鶴亦怕雞籠用晉嵇紹鶴與雞羣之意李白送趙四序趙少翁亦雞栖鶴籠不足以窘東鸞鳳耳萬壑秋聲別千江月體同心珠道場儀千江同一月萬户盡皆春以言賓頭尊者應四天下供王荊公詩日入千江體不分道人非復世間人須知有一路不在白雲中

叔父釣亭

檻外溪風拂面涼四圍春草自鉏荒杜詩草茅無徑欲教鉏又云葵荒欲自鋤陸沉霜髮爲鉤直史記滑稽傳東方朔歌曰陸沉於俗避世金馬門楚詞曰以直針而爲鉤維何魚之能得盧仝詩人鉤曲我鉤直嗟哉我鉤反無食柳貫錦鱗緣餌香石鼓文其魚維何維鱮與鯉何以貫之維楊與柳呂氏春秋善釣者漁于十仞之下餌香也韓文公詩鳥下見人寂魚來聞餌

香影落華亭千尺月東坡答文與可詩云世間亦有千尋竹月落亭空影許長詳見集中篔簹谷偃竹記夢通岐下六州王太公釣於渭濱而遇文王帝王世紀曰諸侯歸周者六州文王不失臣節合六州之諸侯以朝紂毛詩芣苢正義曰文王平六州武王平天下史記周紀曰自岐下而徙都豐麒麟卧笑功名骨杜詩江上小堂巢翡翠苑邊高塚卧麒麟王荊公詩螻蟻往還空壟畝麒麟埋沒幾春秋功名蓋世知誰是氣力迴天到此休江西宗派善權用詩君看功名骨千載同古丘不道山林日月長白樂天詩遠塵埃少閑中日月長

巖下放言五首文選陸士衡有連珠五十首山谷効其體而更其名曰放言也文選註云連珠者假託衆物以諷諭漢章帝時班固賈逵已有此作唐元微之亦有放言詩白樂天序曰元九在江陵時有放言長句詩五首

韻高而體律意古而詞新
林居野處而貫萬事韓退之送李愿歸盤谷序窮居而野處升高而
望遠花落鳥啼楊太真傳明皇云鳥啼花落水綠山青而成四時
堯典以閏月定四時成歲物有才德木有不材驥稱其德若此類也水為
官師書云官師相規工執藝事以諫言水如官師有相規正之義也荀子曰孔子觀
於東流之水子貢問於孔子所以見大水必觀焉何也孔子曰夫水柔而無為也似德其
浩浩乎不屈似有道其赴百仞之谷不懼似勇主量必平似法盈不求概似正發源必東
似志是以君子見大水必觀焉大戴禮及家語皆有此段空明湛羣木之
影退之祭李使君文航北湖之空明摶擊下諸峯之巇言鷹隼之
屬游魚淨而知機君子樂而忘歸釣臺

水嬉者游魚林樂者啼鳥文選西京賦命舟牧為水嬉莊子天
運篇林樂而無形杜詩水深魚極樂林茂鳥知歸志士仁人觀其大
論語志士仁人無求生以害仁薪翁筍婦利其小詩魚麗于罶毛云寡
婦之筍也有美一人詩野有蔓草有美一人清揚婉兮獨燕居萬
物之表池亭
石生涯於寒藤藤者造於崖樹書耇造德不降耇老造成
也鼇插翼而成鵬列子歸墟中有五山帝使巨鼇十五戴之且用莊子
鵾化為鵬之意隘六合而未翥文選曹子建七啓云若狹六合而隘九州
我来兮自東豳風東山云我來自東零雨其濛攀桂枝兮容
與九歌云聊逍遙兮容與招隱士云攀援桂枝聊淹留倚嶔巖兮顧同

来謂公等其皆去漢高紀公等皆去吾亦從此逝矣○冠鼇臺
石藴璵璠山得其来之澤文選文賦石韞玉而山輝魏文帝書
魯之璠璵莊子童士之地曰巢得其來之澤木無犧象天開不材
之祥莊子曰百年之木破為犧樽青黃而文之其斷在溝中比犧樽於溝中之斷則
美惡有間矣其於失性一也禮記犧象周樽也左傳犧象不出門不材之木亦見莊子韓
文凡物之生不願為材犧象青黃乃木之災屹金爐之突兀其山
海之来翔謂飛來峯也然以明哲之火熏以忠信
之香李文饒黃冶賦堯舜之化大道為爐中和為冶聲教為橐文明為火俯仰
一時非智所及付與萬世其存者長博山臺
蒼苔枯木相依澗壑之濱黃蔦女蘿詩頍弁蔦與女

蘿施于松栢爾雅唐蒙女蘿女蘿兎絲自致風雲之上史記范雎傳不
意君能自致青雲之上人就陰而息迹莊子漁父篇人有畏影惡迹而
去之走者舉足愈數而迹愈多走愈疾而影不離身不知處陰以休影愚亦甚矣鳥
投暮而来歸水影林光常相助蔌溪聲斧響
直下稱提靈椿臺
寄傳君倚同年君倚名肩娶山谷從姑詩中有方策名之句附
丁未歲
有情清江水東下投豫章故人江上居不寄
書一行杜詩相看過半百不寄一行書相思對明月李白詩相思如
明月可望不可攀談笑如清光向風長歎息孤鴈起

寒塘（杜詩鳥影度寒塘）傾寫鬱結懷（楚辭遭沉濁而汙穢兮獨鬱結其誰語）因之東南翔（文選休上人詩桂水日千里因之平生懷太白嘗用此語寄魯中二子云裂素寫遠意因之汶陽川）姑氏有淑質（孟子生有淑質）幽林蘭靜芳願因奉箕箒（漢高紀願為箕箒妾）蘋藻羞蒸嘗（采蘋采藻見詩召南凡祀始殺而嘗閉蟄而烝見左傳左氏蘋蘩蘊藻之菜可羞於王公）念君方策名（退之感二鳥賦況策名於薦書）要津邁騰驤（選詩何不策高足先據要路津西京賦乃奮翅而騰驤杜詩此豈有意仍騰驤）引車入里門（萬石君傳諸子入里門趨至家）觀者塞路傍（玉臺新詠詩云兄弟兩三人中子為侍郎五日一來歸道上自生光黃金絡馬頭觀者滿路傍）豈邕求匹好羔鴈委潘楊（詩雝雝鳴鴈注雝雝鴈聲和也納采用鴈文選潘安仁作楊武仲誄云潘楊之睦有自來矣）顧惟蓬茅陋（禮記儒行蓽門圭竇蓬户甕牖）豈能屈東床（東床見晉王羲之傳）眷言南鳴鴈（毛詩眷言顧之謝靈運詩眷言懷君子沉痛切中腸）七子伊在桑（曹國風鳲鳩在桑其子七兮）韋緣一日雅結好永不忘（谷永傳無一日之雅左右之介）

答德甫弟

鳥啼花發獨愁思（鳥啼花發見上）憐子三章怨慕詩（孟子曰怨慕也）鴻鴈雙飛彈射下脊令同病急難時（詩常棣鶺鴒在原兄弟急難）功名所在猶爭死（後漢姜肱與弟季江夜遇盜欲殺之兄弟爭死盜兩釋之）意氣相須尚不移（文選輕死重氣結黨連羣意氣相須當是相傾太白扶風豪士歌意氣相傾山可移）何況極天無以報（詩欲報之德昊天罔極）林回投璧負嬰兒（莊子山木篇林回弃千金之璧負赤子而趨元注云時以父事兄弟俱在縲絏）

贈元發弟（放言）

虧功一簣未成丘山（旅獒為山九仞功虧一簣論語子曰譬如為山未成一簣止吾止也譬如平地雖覆一簣進吾往也）鑿井九階不次水澤（孟子曰有為者譬若掘井掘井九仞而不及泉猶為弃井也）行百里者半九十（戰國策詩云行百里者半於九十此言末路之難）小狐汔濟濡其尾（易未濟亨小狐汔濟濡其尾註云小狐不能涉大川須汔然後乃能濟釋音汔許訖反說文云水涸也史記春申君傳易曰狐涉水濡其尾此言始之易終之難）故曰時乎時不再來終終始始是謂君子（史記李斯傳趙高曰時乎時乎間不及謀贏糧躍馬唯恐後時國語范蠡曰得時無怠時不再來淮陰侯傳時乎時乎不再來）

清明

佳節清明桃李笑（本事詩博陵崔護清明獨遊都城南得居人莊酒渴扣門求飲有女子以盂水至倚小桃佇立而意屬殊厚來歲清明往尋之門庭如故而扃鎖之因題詩曰去年今日此門中人面桃花相映紅人面不知何處去桃花依舊笑春風云云李義山李花詩自明無夜月強笑欲風天又嘲桃詩無賴夭桃面平明露井東春風為開了却擬笑春風）野田荒壠只生愁雷驚天地龍蛇蟄（謂已過驚蟄節）雨足郊原草木柔人乞祭餘驕妾

婦孟子所稱齊人乞墦間之祭歸而驕其妻妾以言清明上冢士甘焚死
不公侯陸翽鄴中記寒食斷火起於子推據左傳史記無介推被焚事周禮司烜
仲春以木鐸修火禁則禁火蓋周之舊制賢愚千載知誰是滿眼
蓬蒿共一丘李白詩藜藋不滿眼又仰天大笑出門去我等豈是蓬蒿人漢
楊惲傳古與今同一丘之貉師古曰言其同類也

何造誠作浩然堂陳義甚高然頗喜度
世飛昇之說築屋飯方士願乘六氣遊
天地間故作浩然詞二章贈之

公欲輕身上紫霞黃庭經上清紫霞虛皇尊陸士衡樂府前緩聲歌有
輕舉乘紫霞李太白古風至人洞元象高舉凌紫霞瓊糜玉饌厭豪奢

離騷經云精瓊糜以爲粻靡音糜吳都賦珠服玉饌百年世路同朝菌
莊子朝菌不知晦朔九鑰天關守夜叉楚辭招魂曰虎豹九關啄害下
人些盧仝詩夜叉當晝不啓關夜半醮祭夜半開東坡詩玉川何日朝金闕白晝關門守
夜叉霜檜左紉空白鹿寰宇記譙縣太清宮有檜樹鹿跡存焉范文正
公太清宮九詠序左紉檜其一也石蔓卿詩引太清記云老子手植此檜根株枝幹皆左
紉金鑪同契漫丹砂魏伯陽撰參同契其書論丹砂秘訣白樂天詩
漫把參同契難燒伏火砂要令心地閑如水萬物浮沉共
我家楞嚴經當平心地則世界地一切皆平莊子自其異者視之肝膽楚越也自其
同者觀之萬物一家也
萬物浮沉共我家清明心水徧河沙傳燈錄張拙頌
云光明寂照徧河沙凡聖含靈共我家無鉤狂象聽人語佛遺教經
汝等當好制心心之可畏甚於毒蛇惡獸怨賊大火越逸未足諭也譬如狂象無鉤猨猴
得樹騰躍踔躑難可禁制當急挫之無令放逸縱此心者喪人善事唐嚴叔敖與善寺大
廣智不空三藏碑西城隘巷狂象奔突以慈眼視之不旋踵而象伏不起權載之爲碣
諷直言而海風恬息結祕印而狂象調伏露地白牛看月斜傳燈錄大
安禪師曰安在溈山三十年只看一頭水牯牛若落路入草牽出若犯人苗稼即鞭撻調
伏既久受人言語如今變作箇露地白牛常在面前終日露逈逈地趕亦不去小雨
呼兒蓺桃李疎簾幃客轉琵琶塵塵三昧開
門户不用丹田養素霞華嚴經有剎剎塵塵第十會祖庭事苑三
昧者三之曰正昧之曰定亦云正受謂正定不亂能受諸法黃庭經迴紫抱黃入丹田唐

道上吳筠步虛詞絳樹結丹實紫霞流碧津以茲保童嬰永用超形神詩意勸以釋氏三
昧勿學道家修養之法

徐孺子祠堂

喬木幽人三畝宅詩出自幽谷遷于喬木寰宇記洪州南昌縣徐孺子
宅在州東北三里孺子美梅福之德於福宅東立宅生芻一束向誰論
詩生芻一束其人如玉後漢徐穉傳郭林宗有母憂穉往弔之置生芻一束於廬前而去
藤蘿得意干雲日後漢丁鴻傳干雲蔽日之木起於葱青簫鼓
何心進酒樽白屋可能無孺子家語周公居冢宰之尊下
白屋之士文選樂府云周公下白屋吐哺不及餐黃堂不是欠陳蕃
本傳陳蕃爲太守不接賓客唯穉來特設一榻後漢郭丹傳以丹事編署黃堂以爲後法

註黃堂太守之廳事雞距集蘇州太守所居堂以數遭火因塗雌黃故曰黃堂古人
冷淡今人笑湖水年年到舊痕杜詩江流復舊痕
思親汝州作此詩與還家呈伯氏同意又按黃氏年譜載玉山汪氏有山谷此詩真蹟題云戊申九月到汝州時鎮相富鄭公今詩言歲晚必是拘留至此時也而首句與集中不同云風力霜威侵短衣
歲晚寒侵遊子衣古樂府慈母手中線遊子身上衣臨行密密縫但恐遲遲歸拘留幕府報官移呈伯氏詩云強趨手板汝陽城更責懲期被訶詬此事獨見於此兩詩五更歸夢三百里一日思親十二時復齋謾録云唐朱晝詩曰一別一千日一日十二憶苦心無閑時今日見土色乃知山谷五更歸夢三百里一日思親十二時之句取此車上吐茵元

不逐漢丙吉傳吉為丞相馭吏嗜酒數逋蕩甞從吉出醉吐丞相車上西曹主吏白欲斥之吉曰以醉飽之失去士使此人將復何所容西曹第忍之此不過汙丞相車茵耳遂不去也時富韓公以前宰相判汝州詩意謂丞相初不以此為罪而或譏之三人成虎耳市中有虎竟成疑韓非子魏使龐葱與太子質于邯鄲謂魏王曰今一人言市有虎王信之乎曰否兩人言王信之乎曰寡人疑之矣三人言王信之乎王曰寡人信之矣葱曰市之無虎明矣然三人言而成虎今邯鄲去大梁也遠於市而議臣者過於三人願王察之秋毫得失關何事摠為平安書到遲

次韻戲答彥和元註云彥和年四十弃官杜門不出

本不因循老鏡春江湖歸去作閑人趙嘏詩早晚粗酬身事了水邊歸去一閑人天於萬物定貧我莊子大宗師篇子桑曰吾思夫使我至此極者而弗得也父母豈欲吾貧哉天無私覆地無私載天地豈私貧我哉智効一官全為親記司馬辯論官材智效一官才宜稱職莊子道遙篇云知効一官行比一鄉後漢毛義家貧以孝行稱張奉慕其名往候之坐定而府檄適至以義守令義奉檄喜動顏色奉心賤之辭去及義母死去官行服數辟公府公車徵不至奉乃歎曰賢者固不可測往日之喜乃為親屈也布袋形骸增磈磊傳燈録明州奉化縣布袋和尚形裁腲脮蹙額皤腹腲烏罪反脮奴罪反意彥和肥偉借以言之又前集荆江亭即事詩形骸彌勤一布袋蓋屬張文潛文潛素肥晚益甚錦囊詩句愧清新李賀小傳每旦日出常從小奚奴騎距虛背古錦囊遇有所得投囊中莫歸足成詩杜詩清新庾開府俊逸鮑參軍杜門絕俗無

行迹相憶猶當遣化身維摩詰經云維摩詰不起于座居衆會前化作菩薩時化菩薩昇于上方到衆香界禮彼佛足願得世尊所食之餘施作佛事彼諸大士見化菩薩歎未曾有即以問佛佛告之曰下方有世界名娑婆佛號釋迦牟尼有菩薩名維摩詰為諸菩薩說法故遣化來釋氏有法身化身報身又千百億化身柳子厚詩若為化作身千億過上峯頭望故鄉

次韻裴仲謀同年時仲謀為舞陽尉

交蓋春風汝水邊客牀相對臥僧氊舞陽去葉纔百里裴官于潁昌之舞陽山谷尉汝州葉縣賤子與公皆少年山谷時年二十四白髮齊生如有種王荆公詩風光斷送朱顏去世事栽培白髮生陳勝傳侯王將相寧有種邪青山好去坐無

錢唐符載乞買山錢於于頔見雲溪友議煙沙篁竹江南岸輸
與鸕鷀取次眠王元之詩滿眼碧波輸野鳥一蓑疎雨屬漁人梅聖俞詩
愛閑輸白鳥盡日立沙汀本草鸕鷀謂之水老鴉
流民歎按實録熙寧二年正月判汝州富弼言唐鄧襄汝地廣不耕河
北流民至者日衆若盡給以閑田使獲生養實兩得其便云云此詩言河北災
傷流民至襄葉間可見在葉縣作
朔方頻年無好雨杜詩好雨知時節當春乃發生五種不入
虛春秋漢伍被傳秦時徐福入海多齎五種而行註五穀之種也月令首種不入
邇來后土中夜震有似巨鼇復戴三山遊列子
五山之根不得暫峙帝使巨鼇十五舉首而戴之二山流於北極傾墻摧棟

壓老弱寃聲未定隨洪流地文劃劙水觱沸
退之祭神文劃劙陰雲卷日月也劙力支切大雅瞻卬篇觱沸檻泉沸音拂十户
八九生魚頭南史康絢傳淮水暴漲堰壞奔流于海殺數萬人怪物隨流而
下或人頭魚身或龍形馬首退之月蝕詩堯呼大水浸十日不惜萬國赤子魚頭生蓋効
玉川子詩天高日走沃不及但見萬國赤子鱵鱵生魚頭也稍聞澶淵渡
河日數萬河北不知虛幾州纍纍襁負襄葉
間襁負其子見論語問舍無所耕無牛三國志劉備謂許汜云君
求田問舍言無可采此借使其字初來猶自得曠土嗟爾後
至將何怙退之桃源詩初來猶自念鄉邑歲久此地還成家詩無父何怙刺
史守令真分憂老杜同元使君春陵詩序曰當天子分憂之地明詔

哀痛如父母前漢西域傳武帝末年遂棄輪臺之地而下哀痛之詔廟
堂已用伊吕徒謂富公已拜相也何時眼前見安堵
杜詩何時眼前突兀見此屋田單傳即墨即降願無虜掠吾族家妻子令安堵漢高祖紀
吏民皆按堵如故按疎遠之謀未易陳市上三言或成
虎見上禍災流行固無時堯湯水旱人不知左傳
天災流行國家代有漢食貨志堯有九年之水湯有七年之旱桓侯之疾初
無證扁鵲入秦始治病史記扁鵲傳扁鵲過齊謂桓侯曰君有疾
在湊理不治將深桓侯曰寡人無疾後五日復見曰疾在血脉桓侯不應後五日復見望
見桓侯而走投膠盈掬俟河清抱朴子云寸膠不能理黃河之濁左
傳曰周詩有之俟河之清人壽幾何一簞豈能續民命孟子一簞食一

豆羹得之則生弗得則死南史劉懷珍族弟善明青州饑善明有積粟開倉以賑鄉里多
獲全濟百姓呼其家田爲續命田雖然猶願及此春略講周
公十二政周禮地官司徒以荒政十有二聚萬民一曰散利二曰薄征云云詩
意謂扁鵲已去而始治病固無及矣以一簞食一瓢飲而欲救民死言賑濟無益也雖如
此而及今春講荒政猶庶幾焉風生羣口方出奇趙廣漢見事風生史
記白起贊料敵合變出奇無窮陳平六出奇計老生常談辜聽之三國
志管輅傳鄧颺曰此老生常談
次韻寄滑州舅氏按國史熙寧三年四月壬午右正言李常
落秘閣校理降太常博士通判滑州今附是年
舫齋聞有小溪山便是壺公謫處天後漢費長房傳

長房爲市掾市有老翁賣藥縣一壺市罷跳入壺中市人莫見唯長房見之因往再拜翁與俱入壺中唯見玉堂嚴麗旨酒甘肴盈衍其中翁後曰我神仙之人以過見責事畢當去子能相隨乎白樂天詩誰知市南北轉作壺中天

想聽瑣窻深夜雨 景福殿賦青瑣銀鋪註云青瑣窻也以青畫爲瑣文

似看葉水上江船

瞻相白馬津亭路 退之讀東方朔雜事詩瞻相北斗柄兩手自相接白樂天詩百吏瞻相面千夫捧擁身滑州治白馬縣有黎陽津亦曰白馬津酈食其云守白馬之津是也

寂寞雙鳧古縣前 明帝時王喬爲葉令每月望乘雙鳧入朝今有墓在汝州葉縣汝滑皆隸京西北路

舅氏知甥最踈懶 杜詩舊諳踈懶叔須汝故相攜

折腰塵土鮮哀憐 時方作尉故用淵明五斗米折腰事

張仲謀家堂前酴醾委地 仲謀名詢

沉水衣籠白玉苗 急就章註云篝一名䈂亦以爲薰籠搜神記曰羊公雍伯性篤孝父母亡葬無終山遂家焉山高無水公作義漿有一人就飲以一斗石子與種之云玉當生其中種之得白璧五雙

不蒙湔拂苦無聊煩君斫取西莖柳扶起春風十萬條 李義山詩霸陵柳色無離恨莫枉長條贈所思

和荅登封王晦之登樓見寄

縣樓三十六峯寒 李太白贈嵩山焦練師序云余訪道少室盡登三十六峯按河南志河南府永安縣少室山在縣西南七十里有三十六峯具列其名王荆公詩三十六峯應好在寄聲多謝欲來遊

王粲登臨獨倚欄 文選有王

仲宣登樓賦

清坐一番春雨歇相思千里夕陽殘

詩來嗟我不同醉別後喜君能自寬 列子第一篇善乎能自寬者也杜詩老去悲秋強自寬

舉目盡妨人作樂 晉向秀傳始秀欲註莊周書嵇康曰此書詎復須註正是妨人作樂耳

幾時歸得釣鯢桓 莊子應帝王篇鯢桓之審爲淵止水之審爲淵流水之審爲淵淵有九名此處三焉音義云鯢桓二魚名又云鯢鯨也桓盤也審處也

和答孫不愚見贈

詩比淮南似小山 文選有劉安招隱士一首註云淮南小山之所作也稱大山小山猶詩有大雅小雅

酒名淘米出雲安 杜詩聞道雲安麴米春纔傾一盞便醺人坡詩淘米春香並舍聞

且憑詩酒勤春事 老杜詩自知白髮非春事且盡芳樽戀物華

莫愛皃郎作好官 劉知幾史通云師人有皃郎之稱

簿領侵尋 漢郊祀志侵尋於泰山矣

台相筆 王維縉兄弟以文名當代語曰朝廷左相筆天下右丞詩台相當謂富韓公

風埃蓬勃使星鞍 文選吳都賦歊霧漨浡漨音蓬浡音勃潘安仁笙賦鬱蓬勃以氣出此謂困於將迎使星見後漢李郃傳

小臣才力堪爲掾敢學前人便掛冠 南史陶弘景掛冠神武門此數語必有爲

睡起

彷彿江南一夢中虛堂盡日轉溫風 月令孟夏之月溫風始至

春深稍覺裌衣重 潘岳秋興賦藉莞蒻御袷衣註袷衣無絮也杜詩地偏初衣裌荊公詩老病裌衣猶怯冷春深煮酒漸聞香

晝永不知

樽酒空孔融云樽中酒不空

還家呈伯氏元註云葉縣作○山谷年二十三治平四年丁未登進士第授汝州葉縣尉明年改元熈寧

去日櫻桃初破花歸来着子如紅豆四時驅逼少須臾兩鬢飄零成老醜纂異蜀本作四時略無一日閑兩鬢已落年少後老杜云親故傷老醜永懷徃在江南日原上急難風雨後見上私田苦薄王税多諸弟號寒諸妹瘦退之進學解云冬暖而兒號寒扶將白髮渡江来漢孝景于皇后傳云女逃匿扶將出拜樂府木蘭歌爺孃聞女來出郭相扶將吾二人如左右手如失左右手見韓信傳又晉鄧續傳續諫成都王討長沙王云兄弟如左右手苟從禄仕我邅回屈原九歌云邅吾道兮洞庭註邅轉也陟連切惜誦云欲儃佪以干傺兮註儃知然切且慰家貧兄孝友強趨手板汝陽城晉輿服志古者貴賤皆執笏主書君上之教令後惟八座執笏其餘卿士但執手板示非記事官也謝安石與王坦之見桓溫坦之倒執手板韓退之贈張籍詩上馬挿手板和盧郎中詩行抽手板付丞相祭文云朱衣象板蓋唐人以笏爲手板初無分別也更責愆期被訶詬詩匪我愆期子無良媒法官毒螫草自揺西都賦蕩亡秦之毒螫螫舒亦切丞相霜威人避走丞相謂富文忠公也按實録熈寧元年二月判河陽富弼判汝州明年二月富公復拜相山谷之官當是熈寧元年戊申蓋外集有詩其序云已酉二月按闘死者於舞陽壁間得往歲書思拂塵落筆之時觀者左右去歲即戊申也潘岳西征賦弛秋霜

之威嚴流春澤之渥恩山谷嘗云思親初到汝州時鎮相富公以手到官逾期下吏賤貧孤遠蓋如此此事端於我何有一囊粟麥七十錢東方朔傳侏儒長三尺餘奉一囊粟錢二百四十臣朔長九尺餘亦奉一囊粟錢二百四十五人兄弟二十口官如元亮且折腰晉書云陶潛字元亮宋書云陶潛字淵明或云淵明字元亮南史云陶潛字淵明或云字深明名元亮昭明太子作傳云陶淵明字元亮或云潛字淵明諸書皆云為彭澤令郡遣督郵至縣吏白應束帶見之潛歎曰吾不能爲五斗米折腰事鄉里小人解印去縣心似次山羞曲肘元結次山集有惡曲一篇古人有惡曲者不曲臂以取物不曲膝以便坐纂異蜀本下句作忽與督郵較升斗北窻書冊久不開筐篋黃塵生鏁鈕賈誼䟽云俗吏之所務在於刀筆筐篋而不知大體師古曰筐篋所以盛書何當略得共討論論語世叔討論之況乃雍容把杯酒意氣敷腴貴壯年鮑昭行路難云意氣敷腴在盛時老杜詩兩公壯藻思思我色敷腴不早計之且衰朽莊子汝亦太早計韓文公詩豈將衰朽計殘年安得短船萬里隨江風養魚去作陶朱公陶朱公養魚法見齊民要術其略云以六畝地爲池池中有九州六谷求鯉魚納池中斑衣奉親伯與偕列女傳老萊子養二親行年七十著五色采衣爲小兒啼大業拾遺記帝嘲羅娘云幸好留儂伴成夢不留儂住意如何帝自達廣陵多効吴語故稱儂云韓文公瀧吏詩儂幸無負犯何由到而知四方上下相依從退之醉留東野詩昔年因讀李白杜甫詩長恨二人不相從又云四方上下逐東野雖有離別無由逢纂異蜀本下句作絶勝已致

三千鍾用舍由人不由己論語爲仁由己而由人乎哉乃是
伏轅駒犢耳戰國策驥伏鹽車而上泰山須轅不能上田蚡傳今日廷論局趣効轅下駒

次韻時進叔二十六韻

時子河上園竹間開棟宇繫辭云上棟下宇大兒勝
衣冠小兒豐頰輔後漢禰衡傳大兒孔文舉小兒楊德祖史記三王世家皇子賴天能勝衣趨拜檀弓云如不勝衣萬石君傳云子孫勝冠者韓文始仕戴冠易咸其輔頰舌左傳穀也豐下必有後於魯國嫁女與朱公伏臘可
稱舉謂稱觴舉酒也漢楊惲傳歲時伏臘亨羊炮羔斗酒自勞白樂天詩養乏晨昏膳居無伏臘資髮踈雖蒼浪張鷟僉載補遺云王熊爲洛陽令判婦人阿孟狀云阿孟身年八十鬢髮早已蒼浪齒嚼未齟齬楚詞吾固知其齟齬而難入
雞棲牛羊下國風雞棲于塒日之夕矣牛羊下來各自有室處杜詩牛羊下來久各自閉柴門詩入此室處左傳魏絳曰民有寢廟獸有茂草各有攸處
四墻規摹小易守若勝菖前花木深唐常建詩竹徑通幽處禪房花木深春物麗觀舍後曲池蛙楚詞坐堂伏檻臨曲池
齋堂風月苦盧仝詩使君池亭風月苦此豈不足歟退之詩擺頭笑且言我豈不足歟歎歲不我與論語陽貨謂孔子曰日月逝矣歲不我與吳質答魏太子牋日月冉冉歲不我與客宦孤雲
耳狄仁傑登太行山南望見白雲孤飛未知秦吳楚向来千駟
公果愧一丘土論語齊景公有馬千駟死之日民無德而稱焉選詩昔爲萬乘君今爲丘山土寍當損軒昂退之聽琴詩劃然變軒昂聊欲效
俯傴左傳正考父三命茲益共故其鼎銘曰一命而僂再命而傴三命而俯時
子听然笑子虛賦亡是公听然而笑吾已悟倉鼠史記李斯傳斯年少時爲郡小吏見吏舍廁中鼠食不絜近人犬數驚恐之斯入倉觀倉中鼠食積粟居大廡之下不見人犬之憂斯歎曰人之賢不肖如鼠矣在所自處耳乃從荀卿學帝王之術
少猶守章句晚實愛農圃論語吾不如老農吾不如老圃
鵲巢最知風蟻穴識陰雨漢翼奉傳巢居知風穴處知雨文選張茂先詩巢居知風寒穴處識陰雨世網事諳委文選詩世網嬰我身退之與柳中丞書與賦不相諳委醉鄉俗淳古唐王績醉鄉記末不云醉鄉之俗豈古華胥之國乎何其淳寂也坐忘兩家說肉堅與腸腐
顏子如坐忘枚乘七發云甘脆肥濃命曰腐腸之藥晉孔羣傳羣嗜酒王導戒之曰卿不見酒家覆瓿布日月久糜爛即答曰公不見肉糟淹更堪久耶酒至即使傾
杜詩每過得酒傾客来敢辭寠曲禮云客歡醮主人辭以寠時邀
五柳陶陶潛集有五柳先生傳共過三徑詡漢書鮑宣傳後載自成帝至王莽時清明之士十二人蔣詡元卿爲兗州刺史以廉直爲名王莽居攝以病免官歸鄉里卧不出户陶淵明集有聖賢集録云求仲羊仲皆挫廉逃名蔣元卿之去兗州還杜陵荆棘塞門舍中有三徑惟二人從之游時人謂之二仲見嵇康高士傳往在
少年場漢尹賞傳賞守長安令雜舉輕薄少年惡子殺數百人瘞寺門桓東長安中歌之曰安所求子死桓東少年場生時諒不謹枯骨後何葬樂府有結客少年場行蓋出於此
豪氣壓潁汝晉周顗傳汝潁固多奇士祖納傳汝潁之士利如錐

借令今尚爾真復難共語（晉石勒傳勒笑曰胡人正自難與言）稍知憐麴蘖（退之詩高士例須憐麴蘖丈夫終莫生畦畛字本出書說命若作酒醴爾惟麴蘖）漸鮮等灘㵵（元註云水自河出爲灘自濟出爲㵵見爾雅釋水如左太沖魏都賦清酤如濟濁醪如河以灘㵵之水而辨酤味也）朋友半山阿光陰共行旅（李太白宴桃花園序夫天地者萬物之逆旅也光陰者百代之過客也）人故義當親衣故義當補（古艷歌曰甇甇白兔東走西顧衣不如新人不如故後漢竇玄舊妻與玄書別曰衣不厭新人不厭故）飛鳧王令尹（後漢王喬傳爲葉令有神術每月朔望常自縣詣臺朝顯宗恠其來數而不見車騎密令伺之言其臨至輒有雙鳧從東南飛來於是候鳧至舉羅張之但得一雙舃乃詔尚方診視則四年中所賜尚書官屬履也）期我向君所君爲拂眠床（南史魚弘傳有眠床一張皆是蹙栢）淹留莫城阻（唐歐陽詹初發太原途中寄太原所思云高城已不見況復城中人左傳不腆弊邑爲從者之淹留久也）

寄黃從善

（從善名降元豐末爲國子司業山谷有謝惠山泉詩後爲御史中丞此詩言鳧飛葉縣宰乃先作令附葉縣詩後）

故人千里隔談經想見牛刀刃發硎（見上）渴雨芭蕉心不展（文選謝靈運詩折麻心莫展此借用）未春楊柳眼先青（白樂天楊柳枝詞云葉含濃露如啼眼枝嫋輕風似舞腰）鳧飛葉縣（見上）郎官宰（後漢書郎官出宰百里）虹貫江南處士星（帝王世紀瑤光之星貫日如虹荆軻白虹貫日晉隱逸謝敷傳初月犯少微少微一名處士星占者以隱士當之譙國戴逵有美才或憂之俄而敷死此語不知謂誰）天子文思求逆耳（杜牧詩文思天子復河湟漢張良諫高祖云忠言逆耳利於行毒藥苦口利於病）吾宗一爲試雷霆（漢賈山傳人主之威非特雷霆也）

山谷外集詩註卷第一

山谷外集詩註卷第二

青神史　容註

薛樂道自南陽来入都留宿會飲作詩餞行葉縣蓋南陽入京之路又有送薛樂道知鄭鄉詩有黃山葉縣連墻居之句此詩當是葉縣作

薛侯本貴冑射策一矢中漢書儒林傳贊曰設科射策勸以官祿易旅之六五曰射雉一矢亡此倣其語左傳王召養由基與之兩矢使射呂錡中項伏弢以一矢復命註云一發而中孔安國尚書傳曰冑長也公卿之子爲冑子金蘭託平生易大傳二人同心其利斷金同心之言其臭如蘭劉孝標廣絕交論云自昔把臂之英金蘭之友瓜葛比諸從後漢禮儀志上陵儀註苟先帝有瓜

葛之屬男女畢會晉王導傳導與其子悅奕棊爭道導笑曰相與有瓜葛那得爲爾耶數面尚成親淵明集答龐參軍詩序云俗諺曰數面成親親況情過此者乎況乃居連棟交游及父子講學連伯仲奴人通使令孩稚接戲弄相憐負米勤家語子路見於孔子曰昔者由也事二親之時常食藜藿之實爲親負米百里之外親殁之後南遊於楚從車百乘積粟萬鍾累茵而坐列鼎而食願欲食藜藿爲親負米不可復得也同力采蘭供文選束廣微補亡詩南陔孝子相戒以養也循彼南陔言採其蘭眷戀庭闈心不遑安退之作孟先生詩云採蘭起幽念亦用此事蓋孟郊有母也供謂供養其父母每持君家書平安觀欵縫顏師古匡俗正謬云今官曹文案於紙縫上記之曰欵縫何也答曰此語出魏晉律令字林本作鐭鐭刻也古者簿領皆用簡

牘其編連之處於縫上刻記之呼爲鐭縫今紙縫上書名猶取舊語呼爲鐭秦人與吾炙憂樂一體共孟子曰耆秦人之炙無以異於耆吾炙釋之廷尉曹微過成繫訟從此張長公不肯爲時用張釋之傳釋之爲公車令劾太子不下司馬門不敬後拜廷尉景帝立釋之恐用王生計景帝不過也歲餘爲淮南相猶尚以前過也其子摯字長公官至大夫免以不能取容當世故終身不仕陶淵明集有張長公詩云遠哉長公蕭然何事李白詩聖朝久弃青雲士他日應憐張長公丘阿無梧桐曲直不在鳳大雅卷阿云鳳凰鳴矣于彼高岡梧桐生矣于彼朝陽箋云鳳凰鳴於山脊之上居高視下觀可集止喻賢者待禮乃行翔而後集生涯谷口耕楊子法言曰谷口鄭子真耕乎巖石之下世事邯鄲夢異聞集道者呂翁經邯鄲道上邸舍中有少年

盧生自歎其貧困言訖思寐時主人方炊黃粱爲饌翁乃探懷中枕以授生枕兩端有竅生夢中自竅入其家見其身富貴五十年老病而卒欠伸而寤顧呂翁在傍主人炊黃粱尚未熟自君抱憂端杜詩憂端齊終南澒洞不可掇酒椀未忍齅自註云借用高秋自南歸意氣稍寬縱黃花尚滿籬白蟻方浮甕文選謝玄暉詩綠蟻方獨持註云釋名曰酒有汎齊浮蟻在上汎汎然私言助燕喜魯頌云魯侯燕喜令妻壽母詩意謂助其娛親之樂也且莫戒輜重老子曰終日行不離輜重輜重車也漢李陵傳召陵欲使爲貳師將輜重霜風獵帷幕銀燭吐螮蝀郭璞山海經序云案汲郡竹書及穆天子傳穆王見西王母取其玉石珍瑰之器金膏銀燭之寶今考之穆王傳則云天子之寶玉果璿珠燭銀註云有精光如燭鮑明遠芙蓉賦潤蓬山之

瓊膏輝葱河之銀燭鄘國風蝃蝀在東莫之敢指註虹也窒坐韋頗歡文選曹子建書云得爲密坐李善曰曹大家歙器頌曰侍帝主之密坐劇飲寧辭痛杜詩忘形到爾汝痛飲眞吾師踈鐘鳴曉撞小雨作寒霧廐馬蕭蕭鳴詩乘馬在廐車攻蕭蕭馬鳴征人稍稍動九衢槐柳中縱緩青絲鞚杜詩不反青絲鞚虛燒夜燭花朱樓豪士集謝玄暉詩迢遞起朱樓紅袖清歌送退之詩清歌緩送感行人河鯉獻鱠材江橙鮮包貢禹貢揚州厥包橘柚錫貢蟹擘鵝子黃老杜鵝兒黃似酒此借用酒傾琥珀凍杜詩春酒盃醲琥珀薄舉觴遥酌我發噓知見頌邶國風云寤言不寐願言則嚏箋云今俗人嚏云人道我此古之遺語也蓋寛饒云毋多酌我行行鞭箠倦短句煩屢諷

戲詠江南土風

十月江南未得霜高林殘水下寒塘飯香獵户分熊白酒熟漁家擘蟹黃世說蟹黃熊白橘摘金苞隨驛使文選笙賦披黃苞以授柑樂天詩浸月冷波千頃玉苞霜新摘萬株金荆州記陸凱與范曄詩折花逢驛使禾春玉粒送官倉洪範惟辟玉食戰國策粒米如玉杜詩碧酒隨玉粒杜牧之阿房宮賦釘頭磷磷多於在庾之粟粒踏歌夜結田神社踏歌近代曲也張説劉禹錫皆有踏歌行續仙傳藍采和常醉踏歌云踏踏歌藍采和異聞集載邪鳳之子妻一美人歌踏陽春之曲退之詩麥苗含穟桑生椹且向田頭樂社神游女多隨陌上郎樂府解題説邯鄲女子姓秦名羅敷爲王仁妻仁事趙王爲家令羅敷採桑陌上趙王見而悦之置酒將奪焉劉孁得詩臺舟遊女滿中央採菱不顧馬上郎

弈棊二首呈任公漸

偶無公事負朝暄韓文丞廳記云吾方有公事子姑去字本出論語負暄見列子三百枯棊共一鐏枯棊三百孰與萬人之將見文選博弈論坐隱不知巖穴樂手談勝與俗人言語林曰王中郎以圍棊是坐隱支公以棊爲手談司馬子長報任少卿書云此可與智者道難爲俗人言簿書堆積塵生案人間多事堆案盈几見嵇康書車馬淹留客在門戰勝將驕疑必敗果然終取敵兵翻項羽傳宋義諫曰戰勝而將驕卒惰者敗今少惰矣

偶無公事客休時席上談兵校一作角兩棊心似蛛絲遊碧落樂天長恨歌上窮碧落下黃泉身如蜩甲化枯枝退之聯句化蟲枯槁枝言蟬也蟬亦曰蜩詩五月鳴蜩也評詩者謂山谷此二句則苦思忘形較勝負於一着與王荆公措意異矣荆公詩云莫將戲事擾眞情且可隨緣道我贏戰罷兩奩收黑白一枰何處有虧成湘東一目誠甘死南史王偉爲侯景謀主偉作檄云項羽重瞳尚有烏江之敗湘東一目寧爲赤縣所歸天下中分尚可持史記高紀項羽與漢王約中分天下割洪溝謂持棊白黑皆不可動也誰謂吾徒猶愛日愛日見法言參橫月落不曾知月落參橫見柳子厚龍城録

謝曉純送衲韈

剗草曾升馬祖堂傳燈録江西一禪師姓馬氏六祖能和尚謂曰向後
佛法從汝邊去馬駒蹋殺天下人厥後江西法嗣布於天下時號馬祖又丹霞禪師投南
岳石頭和尚石頭告衆來日剗佛殿前草至日各備鍬钁剗草獨師以盆盛水淨頭於和
尚前胡跪石頭笑為剃髮暖窻接膝話還鄉贈行百衲兜
羅韈楞嚴經云我今示汝兜羅綿手摘此二字處處相隨入道場

衝雪宿新寨忽忽不樂纂異眉州本及黃氏本一夔江
南據馬鞍夔中投宿夜闌干山銜斗柄三星沒雪共月明千里寒俗學近知回
首晚病身全覺折腰難江南長盡梢雲竹歸及春風斬釣竿又按黃氏年譜云
按垂虹詩話山谷尉葉縣日作新寨詩有俗學近知回首晚病身全覺折腰難
之句傳至都下半山老人見之擊節稱歎謂黃某清才非奔走俗吏遂除北京

教授與國史本傳不合
縣北縣南何日了又來新寨解征鞍山銜斗
柄三星沒詩三星在天雪共月明千里寒謝希逸月賦千
里兮共明月小吏有時須束帶用淵明應束帶見督郵事已見上註
故人頗問不休官唐僧靈徹詩相逢盡道休官去林下何曾見一人見
集古録江南長盡梢雲竹歸及春風斬釣竿杜詩
釣竿欲拂珊瑚樹刪詩中有新寨餞南歸客詩乃葉縣尉時作

聽崇德君鼓琴前集有姨母李夫人墨竹詩外集十一卷有觀
崇德墨竹歌其序云姨母崇德君贈新墨竹圖且令作歌米元章畫史云朝議
大夫王之才妻南昌縣君李氏尚書公擇之妹能臨松竹木石等畫見本即為
之卒難辨又別集有酬崇德君壽酒詩並葉縣作惟前集詩任氏編入元祐三
年館中作
月明江靜寂寥中大家斂袂撫孤桐後漢列女傳扶
風曹世叔妻同郡班彪之女數召入宮令皇后諸貴人師事焉號曰大家禹貢嶧陽孤桐
註云特生桐中琴瑟古人已矣古樂在孟子云今樂猶古樂髣髴
雅頌之遺風妙手不易得杜詩畫師亦無數好手不可遇善
聽良獨難猶如優曇華時一出世間法華經云如是
妙法諸佛如來時乃說之如優曇鉢花時一現耳疏云優曇鉢花名瑞應現則金輪王出
兩忘琴意與已意迺似不著十指彈孟郊妾薄命云
不惜十指絃為君千萬彈禪心默默三淵靜三淵上已註事見莊子淵

有九名此處三焉註云淵者靜默之謂耳幽谷清風淡相應絲聲
誰道不如竹晉孟嘉傳絲不如竹竹不如肉我已忘言得真
性罷琴窻外月沉江萬籟俱空七絃定杜詩罷琴
惆悵月照席

郭明甫作西齋于潁尾請予賦詩二首
食貧自以官為業詩三歲食貧荊公詩朝信有兒迎郭伋食貧無地乞
羊曇聞說西齋意凜然萬卷藏書宜子弟十年
種木長風煙史記貨殖傳十歲樹之以木未嘗終日不思
潁歐陽公有思潁寄常處士詩想見先生多好賢安得雍
容一樽酒沈休文詩勿言一樽酒明月難重持杜詩何時一樽酒重與細論文

女郎臺下水如天寰宇記潁州汝陰縣女郎臺在縣西北一里古老云昔胡之女嫁魯昭侯爲夫人築臺以賓之故俗謂之女郎臺柳子厚詩桂嶺瘴來雲作墨洞庭春盡水如天

東京望重兩并州郭丹郭伋皆爲并州牧後漢書有傳遂有汾陽整綴旒詩爲下國綴旒唐郭子儀封汾陽郡王贊曰唐祚若贅斿而能輔太子再造王室翁伯入關傾意氣漢郭解傳解姊曰以翁伯時人殺吾子賊不得師古曰翁伯解字也傳又云解入關關中賢豪聞聲爭交驩史記晏子傳云意氣揚揚甚自得李白詩扶風豪士天下奇意氣相傾山可移林宗異世想風流郭泰字林宗事見後漢書李白詩吾非謝尚邈彥伯異代風流各一時君家舊事皆青史今日高材未白頭莫倚西齋

好風月長隨三徑古人遊勸之仕也淵明歸去來三徑就荒汝潁鄭州此亦葉縣尉時作

勸交代張和父酒

風流五日張京兆漢張敞傳敞使賊曹掾絮舜有所按驗舜以敞劾奏當免不肯爲敞竟事曰吾爲是公盡力多矣今五日京兆耳安能復案事今日諸孫困小官作尹大都如廣漢趙廣漢張敞皆京兆尹所爲大略相似畫眉仍復近長安敞爲婦畫眉長安人傳張京兆眉嫵欲得官近長安唐人語也三人成虎事多有註見上孔融臨終詩三人成市虎浸漬解膠漆衆口鑠金君自寬楚辭故衆口之共鑠金兮初若是而逢殆鄒陽書云衆口鑠金積毀銷骨酒興情親俱不淺賤生何

取罄交歡杜詩看弄漁舟移白日老農何有罄交歡

過平輿懷李子先時在并州平輿縣隸蔡州嘉祐四年升并州爲太原府按潛夫詩話載山谷教人云世上豈無千里馬人中難得九方皋此可爲律詩之法即此詩也解葉縣尉時作

前日幽人佐吏曹易履道坦坦幽人貞吉我行堤草認青袍庾信哀江南賦云青袍如草白馬如練杜詩汀草亂青袍范魯公詩青袍春草色白紵弃如仇王荊公詩照映里門非白屋陵雲春草有青袍心隨汝水春波動興與并門夜月高世上豈無千里馬人中難得九方皋列子說符篇秦穆公謂伯樂曰子之年長矣子姓有可使求馬者乎對曰臣之子皆下材可告以良馬不可告以天下之馬也臣有所與共擔纆薪

萊者有九方皋請見之公使求馬三月而反報曰已得之矣牝而黃使人取之牡而驪公謂伯樂曰敗矣子之所使求馬者色物牝牡尚不能知又何馬之能知也伯樂曰皐之所觀天機也云云酒船魚網歸來是花落故溪深一篙方言刺船謂之篙

以金沙酴醾送公壽山谷嘗有跋云余與宗室越宮有葭莩故曩時與宣州院公壽景珍嘗共文酒之樂試教官入京作

天遣酴醾玉作花紫綿揉色染金沙憑君着意樽前看便與春工立等差退之李花詩縞裙練帨無等差沈立海棠記云唯紫綿者謂之海棠餘乃棠棃花耳又苕溪云閩中漕宇海棠有如紫綿揉色者此摘其字

寄懷公壽

好賦梁王在日邊司馬相如傳以貲爲郎會景帝不好辭賦是時梁孝王來朝從游說之士鄒陽枚乘之徒相如見而說之因病免客游梁李白詩南風一掃胡塵淨西入長安到日邊重簾複幕鎖神仙退之詩黃簾綠幕朱戶閉杜詩華屋艷神仙莫因酒病踈桃李詩何彼襛矣華如桃李美王姬之顏色盛也又曹子建詩南國有佳人容華若桃李且把春愁付管絃白樂天詩街東酒薄醉易醒滿眼春愁銷不得愚智相懸三十里魏武帝與楊修讀曹娥碑有知無知較三十里榮枯同有百餘年文選曹子建詩積善今餘慶榮枯立可須及身強健且行樂漢楊惲傳人生行樂耳須富貴何時一笑端須直萬錢太白詩玉盤珍羞直萬錢

武陵黃氏年譜雜詩八首而第八首載外集第六卷題作武陵今從蜀本附葉縣詩後

武陵樵客出桃源自許重遊不作難太白詩迴山轉海不作難傾情倒意無所惜卻見洞門煙鎖斷歸舟風月夜深寒東晉太康中武陵人捕魚而從溪行忽逢桃林夾岸復前行盡水源有小口豁然開朗黃髮垂髫自云先世避秦來此因延至其家具酒食停數日辭去既出及郡詣太守遣人隨其往尋其處遂迷不得路詳見陶淵明集中桃花源記

呻吟齋睡起五首呈世弼王世弼名純亮山谷妹夫所謂王郎者

棐几坐清晝博山凝妙香李白古樂府博山爐中沉香火雙煙一氣凌紫霞杜詩心清聞妙香蘭牙依客土柳色過鄰牆巷僻過從少官閑氣味長江南一枕夢高臥聽鳴榱文選潘安仁西征賦鳴榱厲響李文饒觀釣賦喜良夜而不歸更鳴榱而遠適李白詩惜別耐取醉鳴榱且長謠學省非簿領文選沈休文學省愁臥一首註云梁書齊明帝即位沈約遷國子祭酒學省國子也山谷時爲北京國子監教授故得稱學省蘇子由詩鸞臺與諸曹有政非簿領臥痾常閉關謝靈運詩臥痾對空林雨餘樓閣靜風晚鳥烏還賞逐四時改沈休文詩山中咸可悅賞逐四時移心安一味閑古人雖已往不廢仰高山詩高山仰止

蔬食吾猶飽曲肱哦古今論語子曰飯蔬食飲水曲肱而枕之樂亦在其中矣酒傾因好事楊雄傳好事者載酒肴從之絃絕爲知音楊雄解難云鍾期死伯牙絕絃破琴而不肯與衆鼓妬蘗長春木爭巢喧暮禽長懷阮校尉北望首陽岑文選阮嗣宗詩步出上東門北望首陽岑已把杜公酒退之憶昨行社公禮罷元侯迴春寒那得嚴厭聽鵶啄雪喜有燕穿簾璞玉深藏器孟子今有璞玉於此易君子藏器於身囊錐立見尖史記平原君謂毛遂曰賢士之處世若錐之處囊中其末立見先生不能毛遂曰使遂蚤得處囊中乃穎脫而出非特其末見而已兒時愛談道衛玠傳衛玠談道平子絕倒今日口如箝

鼂錯傳鄧公曰臣恐天下之士箝口不
敢復言矣退之苦寒云口角如銜箝
牆下蓬蒿地兒童課剪除張平子西京賦收離舉嵩課數衆寡
註計數課録校所得多少杜詩喧呼山腰宅課奴殺青竹蔓蒿隨分種杞
菊未須鉏河水傳鋒火杜詩鋒火連三月家書抵萬金交州
報捷書交阯入寇蓋熙寧八年連歲進討至十年乃降時山谷未離北京也無
能落閑處唐司空圖耐辱居士歌云賴是長交閑處者退之詩如今到死得閑
處遂有詩賦歌康哉慙愧飽春蔬

奉答子高見贈十韻

柳徑雨着綿竹齋風隕籜詩十月隕籜屏處人事
少漢竇嬰傳謝病屏居南山下晴餘鳥聲樂左傳鳥烏之聲樂詩

卷墮我前謂從天上落李白詩咳唾落九天隨風生珠玉又寄崔
侍御詩九天上落君有古人風詩如古人作魏志毛玠傳云
太祖以素屏風素憑几賜玠曰君有古人之風故賜君以古人之服鮑明遠詩側覩君子
論預見古人風簞瓢謝膏粱簞瓢見論語孟子云所以不願人之膏粱之味
也註膏粱細粱如膏者也翰墨化糟粕莊子曰桓公讀書於堂上輪扁斲輪
於堂下問桓公曰敢問公之所讀者何言耶公曰聖人之言也曰聖人在乎公曰已死矣
曰然則君之所讀者古人之糟粕已誤蒙東海觀吾淺迺可酌
真成聞道百自謂莫已若杜詩真成浪出遊莊子云秋水時至
兩涘渚涯之間不辨牛馬河伯欣然自喜順流而行至于北海東面而望不見水端河伯
歎曰野語有之聞道百以爲莫已若者我之謂也謝生石蘊王陸機文賦

云石韞玉而山輝志尚本丘壑陶潛詩少無適俗韻雅志在丘壑雖
無首陽粟飲水亦不惡史記伯夷叔齊傳二人義不食周粟餓死
於首陽山晉謝道蘊傳王郎逸少子不惡跫然何時來爲我一發
藥莊子逃虛空者聞人足音跫然而喜莊子曰列子謂伯昬瞀人曰先生既來曾不發
藥乎

招子高二十二韻兼簡常甫世弼詩中言夏
向厭次而冬自聊攝歸蓋以檄考試往來之時與奉和世弼詩同意蓋是歲適
當科舉若附之戊午年則山谷乃考試於衛州而厭次非衛州經行之路今附
于乙卯歲

我行向厭次厭次棣州所治縣也夏扇日在搖甘瓜未

除龍高柳尚鳴蜩詩小弁菀彼柳斯鳴蜩嘒嘒駕言聊攝
歸詩駕言出游聊攝博州所治聊城縣也即左傳所謂聊攝以東飛霜曉封
條文選雜擬詩嘉樹生朝陽凝霜封其條負薪泣裘褐公子御
狐貉王孫子曰昔衛君重裘累茵而坐見路有負薪而哭者問其故對曰雪下衣薄
是以哭也見藝文類聚王褒聖主得賢臣頌云襲貂狐之煖者不憂至寒之悽愴法言云
舉世寒貂狐不亦煥乎歲月坐晼晩選詩思君令人老歲月忽已晩宋玉
九辯曰日晼晩其將入兮明月銷鑠而減毁鬢顔颯然凋道德千
古事斯文非一朝杜詩文章千古事得失寸心知往者我不
及離騷云往者不可及兮來者不可待後生多見超退之詩只見有不如
不見有所超吾黨二三子論語吾黨之小子又二三子何患於喪乎士

林聳孤標老杜詩顏氏之子才孤標小謝抱周易忘言獨
參寥莊子玄冥聞之參寥參寥聞之疑始崔郎楚左史楚左史倚相見
左傳二典考舜堯王生風雅學談辯秋江潮釋氏
所謂海潮音也灑筆驚有司小敵謂可驕漢光武紀諸部喜曰
劉將軍平生見小敵怯今見大敵勇甚可怪也安知樗蒱局臨關敗
三梟李翺有五木經云樗蒱五木玄白判又曰王采四叱采六白二玄三曰梟又曰
馬出初關疊行非王采不出關三生數步隔屢赴茗椀邀陸羽
茶經四之器曰盌越州上明州次婺州次岳州次小謝殊未来選詩日暮
碧雲合佳人殊未來我覺百里遥問之憂菽水檀弓孔子曰啜
菽飲水盡其歡斯之謂孝心慮極無聊賈誼傳一二指惛心慮無聊父

憐毋不訶日以濁酒澆世說阮籍胷中壘塊故須澆之此道
如鼎實念子羮未調文選潘安仁詩王生和鼎實書曰若作和羮爾
惟鹽梅古來有親養回也樂一瓢不田鶉生宎
在物乃為祅莊子曰吾未嘗爲牧而牂生於奥未嘗好田而鶉生於宎吾
言有師承後漢儒林傳序師資所承可信如斗杓斗杓招摇星也
詩以解子憂舜不足以解憂亦用當子招此詩言三子者舉進
士不中選謝治易崔習書王習詩不爲不至而譬之於博有勝負也小謝懃而不出自言
無以奉菽水之歡故爲言顏子事親一簞食一瓢飲不改其樂以解其憂也王純亮字世
弼山谷妹婿山谷至自厭次蓋以檄考試進士也外集刪去詩中有一詩其敘云次韻答
常甫世弼二君不利秋官鬱鬱不平故予詩多及君子處得失事與此篇同時

次韻謝子高讀淵明傳
枯木嵌空微暗淡老杜詩云嵌空太始雪嵌丘御切古器錐
在無古絃晉陶潛傳蓄素琴一張絃徽不具每朋酒之會則撫而和之曰但識
琴中趣何勞絃上聲袖中政有南風手誰為聽之誰為
傳南風手謂舜作五絃之琴以歌南風司馬遷答任安書云諺曰誰爲爲之孰令聽之
蓋鍾子期死伯牙終身不復鼓琴風流豈落正始後晉衛玠傳不意
永嘉之末復聞正始之音甲子不數義熙前南史陶潛傳所著文章義
熙以前明書年號永初以來惟云甲子一軒黄菊平生事無酒
令人意缺然淵明九日時序云秋菊盈園而時醪靡至淵明以九月九日無
酒摘菊盈把望見白衣人送酒至莊子吾自視缺然

奉和王世弼寄上七兄先生用其韻
宮槐弄黄黄退之詩黄黄蕪菁花蓮葉緑婉婉退之元和聖德
詩婉婉弱子今以言新荷嫩緑也時同二三友竹軒涼夏晚
駕言都城南詩駕言出遊大名府北京也故言都城以望征車
返何知苦淹回及此秋景短愁思令人瘦文選
古詩思君令人瘦杜詩遠游令人瘦舉目道路遠西風脫一葉
文選月賦洞庭始波木葉微脫杜詩風雨秋一葉退之詩林柯有脫葉李白大獵賦不周
來風玄冥掌雪木脫葉草解節薦士聞鄉選被檄試鄉貢進士也簡書
催渡河詩出車云豈不懷歸畏此簡書賓客不得展檀弓云展墓而
入詩云展省視之親憂對萱叢詩伯兮云焉得諼草言樹之背毛云諼草

令人忘憂背北堂也釋音云諼本作萱嵇康養生論合歡蠲忿萱草忘憂婦病廢
巾盥內則婦事舅姑進盥少者奉槃長者奉水請沃盥盥卒授巾言趨厭
次城厭次見上鞭馬倦長阪文選曹子建詩秋蘭被長坂又陸韓卿詩
駿足思長坂棗林蔽天日交陰不容纖仰看實離
離憶見花纂纂文選笙賦云詠園桃之夭夭歌棗下之纂纂歌曰棗下纂
纂朱實離離宛其落矣化爲枯枝註云古咄唶歌曰棗下何攢攢榮華各有時棗初欲赤
時人從四邊來棗適今日賜誰當仰視之異鄉懷節物不共斟酒
盞舉場下馬入深鏁嚴籥管諸生所程書捃
東省稽程後漢苑丹傳捃拾自資禹貢三百里納秸服註秸稾也釋文秸本作
楷工入反蜜燈坐回環庾信集中有燈賦云香添然蜜氣雜燒蘭柳子厚詩

回環軀萬象丹硯精料束披榛拔芝蘭文選趙景珍書披榛
覔路斷石收琰琬上林賦朝采琬琰和氏出焉紛争一日事
聲實溷端窾六家指要其實中其聲者謂之端實不中其聲者謂之窾天
球或棄遺顧命曰天球河圖在東序斗筲尚何算論語斗筲之人
何足算也西歸到官舍塵土昏案板寒窻穿碧疏
文選天台賦彤雲斐亹於翼欞皦日烱晃於綺疏註欞窻間子也刻爲綺文謂之綺踈鮑
明遠詩朱爵文牕韜碧疏韋蘇州酒肆行碧疏玲瓏含春風銀題綵織邀上客潤礎
鬧蒼蘚淮南子云山雲蒸柱礎潤杜詩礎潤休全濕雲晴欲半迴詩書鵲
巢翻鵲巢有詩帷幔蛛絲罥果知兄未來光陰坐
晼晚宋玉九辯日晼晚其將入昨蒙叔父報亦歎音書僴

叔父謂黃廉字夷仲也王介甫薦爲司農寺幹當公事命同司農丞程之才體量河北河
東災傷道除知司農寺丞以荒政十二爲科條自昨蒙叔父報至貂狐無餘燠皆言體量
賑濟辛勤之狀詳見山谷遺文夷仲行狀薄言使事重詩薄言還歸激
切被天遣高僧傳僧嵬戒行嚴潔有一女子寄宿自稱天女以上人有德天遣
我來嵬曰無以華囊見試此摘其宇北史李元忠傳孫騰曰此君天遣來不可違也李長
吉詩天遣裁詩作花骨逋流一方病責任媿和扁左傳昭元
年晉侯求醫於秦秦伯使醫和視之史記扁鵲姓秦名越人咨諏懷靡及
小雅皇皇者華君遣使臣也駪駪征夫每懷靡及末章云載馳載驅周爰咨諏不皇
暇息偃詩采薇云不遑啟居不遑啟處北山云或息偃在牀嚼冰進糜
飡衝雪踏層巘嚴霜八月飛貂狐無餘燠貂狐

見上念嗟叔母劉窮年寄甥館文選李令伯陳情表云祖母劉
愍臣孤弱躬親撫養此用其語行狀又云娶劉氏屯田員外郎致仕渙之女夷仲往河北
而劉氏終年留其父母家也孟子曰帝館甥於貳室註謂妻父曰外舅謂我舅者吾謂之
甥堯以女妻舜故謂舜甥也尚憐公初黠誘掖到昭宛公初
昭宛疑是夷仲子姪小字如前集稱阿巽及相與睚也庭堅薄才資行
又出畦町莊子彼且爲無町畦亦與之爲無町畦釋音云町徒頂切齒詩云町
曈鹿場音他頂切韓文公詩文才不如人行又無町畦浮雲與世疎論語
於我如浮雲杜詩流水生涯盡浮雲世事空李白詩河東郭有道於世若浮雲短綆
及道淺莊子褚小者不可以懷大綆短者不可以汲深退之詩汲古得脩綆匠
伯首鞬回大樗終偃蹇意謂雖受知諸公終無心進取莊子匠石

之齊至于曲轅見櫟社樹其大蔽牛匠伯不顧遂行釋音曰匠伯石字也學官尸
廩入奉養闕豐腆學徒日新聞孤陋猶舊典
學記則孤陋而寡聞時用王氏經學取士也小材渠困我持斲問
輪扁元註云復用此一韻事異似不害輪扁見上大材我屈渠越
雞當鵠卵莊子奔蜂不能化藿蠋越雞不能伏鵠卵未能引分去
戀祿幸苟免退之瀧吏詩官不自謹慎宜即引分往平生鄴一
飽從事極黽勉老杜云常擬報一飯小雅云黽勉從事不敢告勞豈
如不見收放身就閑散退之進學解云投閑置散思伯臥
江南伯即七兄也無心趣軒冕莊子繕性篇非軒冕之謂也龐
翁跡頗親黃蘗門屢欵居士龐蘊黃蘗希運禪師傳燈錄皆有傳

齋餘佛飯香維摩經云有國名衆香佛號香積維摩詰問衆菩薩誰能致彼
佛飯維摩詰不起于座化作菩薩到衆香界禮彼佛足於是香積如來以衆香鉢盛滿香
飯與化菩薩化菩薩以蒲鉢香飯與維摩詰茶沸甘露滿陸羽顧渚山記
云豫章王子尚訪曇濟道人於八公山道人設茶茗子尚味之曰此甘露也何言茶茗
逢人問進退餘事寄一莞論語夫子莞爾而笑仲父挾
高才甘為溝中斷元註云音短莊子云百年之木破為犧樽而文之其
斷在溝中比犧樽於溝中之斷則美惡有間矣其於失性一也退之木居士詩為神詎比
溝中斷遇賞還同爨下餘青黃可犧樽禮記樽用犧象退之祭子厚文犧樽
青黃乃木之災薦廟配瑚璉論語曰何器也曰瑚璉也註云瑚璉黍稷之器
季父有逸興未嘗入都輦文選潘安仁詩自我違京輦臨

流呼釣船拂石弄琴阮唐元行冲傳有人破古冢得銅器似琵琶
身正圓行冲曰此阮咸所作器也命易以木絃之其聲清亮樂家謂之阮琴雍容
從朋交林下追游衍詩昊天曰旦及爾游衍謝玄暉詩于役儻有期
鄂渚同游衍田園雖足樂及時思還返陰寒木鳴
條論衡五日一風風不鳴條望損倚門眼戰國策王孫賈事閔王閔王出
走失王之處其母曰汝朝出而晚來則吾倚門而望汝暮出而不還則吾倚閭而望汝今
事王王出走汝不知其處汝尚何歸南枝喜鳴鵲魏武短歌行月明星稀烏
鵲南飛繞樹三匝無枝可依杜詩浪傳烏鵲喜尺素託黃犬晉陸機傳機有
駿犬名曰黃耳羇寓京師久無家問笑語犬曰我家絕無書信汝能齎書取消息否犬搖
尾作聲機乃為書以竹筩盛之而繫其頸犬尋路南走遂至其家得報還洛歲以為常文

選樂府云呼兒烹鯉魚中有尺素書又以窀穸留左傳襄十三春秋窀穸之
事歸期指姑洗月令季春之月律中姑洗寄聲問僧護僧護
當是子姪小字兒髮可以綰妙言對賓客稱渠萬金
產退之贈張籍詩云有兒雖甚憐教示不免簡君來好呼出踉蹡越門限懼其無所知
見則先愧赧昨因有緣事上馬插手版留君住廳食使立侍盤醆薄暮歸見君迎我笑而
莞指渠相賀言此是萬金產爾来弄筆硯墨水惡翻建大
字如栖鴉已不作肥軟劉禹錫詩小兒弄筆不能瞋涴筆書窻且
賞勤盧仝詩忽來案上翻墨汁塗抹詩書如老鴉漢高祖紀云秦形勝之國也地勢便利
其以下兵於諸侯譬猶居高屋之上建瓴水也註云翻瓴水言其向下之勢易也法書苑
曰鄔彤善草書如寒林栖鴉魯論未徹章正苦諸叔懶新

詩開累紙自此以下皆言王世弼詩如月明如柘漿如砧聲覓水聲也欲
罷不能卷論語欲罷不能遠懷託孤高別思盈繾綣
詩民勞云無縱詭隨以謹繾綣秋月明夜潮柘漿凍金椀楚詞
招䰟云胹鼈炮羔有柘漿踈杵韻寒砧爾雅曰砧搗衣帛之石老杜詩寒衣
處處催刀尺白帝城高急暮砧幽泉流翠筧韻書云筧古典切以竹通水也
吟哦口垂涎杜詩道逢麴車口流涎嚼味有餘雋漢蒯通傳
論戰國說士亦自序其說號雋永註肥肉也傳示同好人我家東
牀坦東牀坦腹見晉王羲之傳風煙意氣生潘岳作揚荊州誄動翰如
雲落紙如煙杜詩揮毫落紙如雲煙揮毫寫藤蠒唐舒元輿有悲剡溪古藤
文言以剡藤爲紙也法書要録王羲之蘭亭序用蠶蠒紙鼠鬚筆北户録云晉宋間有一
種紙長丈餘就船抄之世謂蠒紙獵山窮鶉鴽鴽女居切鴾也月令田鼠
化爲鴽罩海極蝦蜆集中代書云文章六經來汗漫十牛車譬如觀滄海
細大極龍蝦即此詩之意也銀鉤亂眼膜晉索靖傳作草書狀曰草書之
爲狀也婉若銀鉤老杜云金篦刮眼膜價重百車渠涅槃經云是時良醫即以金錍刮其
眼膜嘉句濯肺腑且言伯在野書曰君子在野朋友必
推挽五泰列清廟荀子蠶賦臣愚而不識請占之五泰註云五泰五帝
也五帝少昊顓頊高辛唐虞也詩意以五帝比國朝列聖周頌云清廟祀王文也聖
緒今皇纘真儒運斗樞吉神宗繼統而王荊公爲相也法言云魯
不用真儒後漢梁商贊宰相運動樞極道化迪天顯書酒誥我聞惟曰在
昔殷先哲王迪畏天顯小民註謂湯蹈道畏天明著小民朝論惜才難逸

民大蒐獮左氏隱五年春蒐夏苗秋獮冬狩豈聞任方物書禹
貢任土作貢旅獒無有遠邇畢獻方物包貢遺羽翰禹貢曰厥貢羽毛齒
革又曰惟箘簵楛註云楛中矢幹招車必翹翹左氏莊二十二年敬仲曰
詩云翹翹車乘招我以弓豈不欲往畏我友朋註云逸詩也前席思謇謇
文帝前席賈生易王臣謇謇王甥欲好懷王純字世弼山谷妹婿也前云
我家東牀坦亦指世弼爾雅云姊妹之夫爲甥高意恐難轉詩我心匪石不
可轉也自且言伯在野以下皆謂世弼詩中稱伯兄雖在田野間而朋舊在朝必能援引
舉逸民也世弼此懷雖好而七兄之意不可轉也長篇題遠筒白樂天與
元微之唱和常以竹筒貯詩揀得琅玕截作筒緘題章句寫心會封寄渓空
潸遥知雲際開灰飛黃鍾管太玄經曰調律者度竹爲管蘆
莩爲灰漢然無動寂然無聲冬至夜半黃鍾以應
送吴彥歸番陽詩中有三見秋氣爽之句蓋在北京三年矣
學省困虀鹽文選沈休文有直學省愁卧詩退之送窮文太學四年朝虀暮
鹽人材任尊奬倥侗祝螟蛉揚子學行篇天降生民倥侗顓
蒙又曰螟蛉之子殪而逢蜾蠃祝之曰類我類我久則肖之矣小大器罌瓬
退之詩瓬大餅罌小諸生厭晚成老子云大器晚成後漢馬援傳汝大材當
晚成躐學要儈駔學記曰學不躐等貨殖傳曰節駔儈摹書說偏
旁林罕有字源偏旁小說三卷其序云漢太尉祭酒許子取其形類作偏旁條例十五
卷名之說文破義析名象陶淵明詩奇文共欣賞疑義共相析此識王氏
字解九鼎奏簫韶爰居端不饗易鼎大亨以養聖賢主父偃傳

大丈夫生不五鼎食死則五鼎烹周禮鼎有十二牢此言鼎食也臧文仲祀爰居事見左傳莊子達生篇云有鳥止於魯郊魯君悅之爲具太牢以饗之奏九部以樂之鳥乃眩視憂悲不敢飲食今休欵啓寡聞之人吾告以至人之德譬之若載鼷以車馬樂鷃以鍾鼓也彼又烏能無驚乎哉李白贈盧主簿詩海鳥知天風竄身魯門東臨觴不能飲矯翼思凌空鍾鼓不能樂煙雲誰與同亦此意此亦譏王氏之學前篇和王世弼詩云學徒日新聞孤陋猶舊典亦此意

青衿少到門庭除晝閑敞詩子衿刺學校廢也青青子衿悠悠我心言學子競趨新學不至公堂也文選南都賦體爽塏以閑敞

竹風交槐陰三見秋氣爽時頼解事人載

酒直心賞楊雄傳好事者載酒肴從之飽昭詩心賞猶難恃謝玄暉詩懷人去心賞

吴郎楚國材左傳聲子説楚云雖楚有材晉實用之

幽蘭秀

榛莽彦國吐嘉言晉胡毋輔之傳王澄曰彦國吐嘉言霏霏不絕輔之字彦國

子將喜標榜後漢許劭字子將覈論鄉黨人物每月輒更其品題故汝南俗有月旦評

平生欽豪俊久客慕鄉黨文選張茂先詩不曾遠離别安知慕儔侣

虛齋延灑掃薄飯薦腒鱻禮内則夏宜腒鱐註腒乾雉鱐乾魚唐韻鱻乾魚腊也音息兩反

詩句唾成珠文選詩咳唾自成珠老杜詩汝身已見唾成珠

笑嘲愜爬蛘杜牧詩云杜詩韓筆忙時讀似倩麻姑痒處抓

春夏頻謝除會未厭來往歸鴈

多喜聲寒蟬停哀響淵明詩哀蟬無遺響來鴈有餘聲杜詩玄蟬無停號

黄花滿籬落淵明詩採菊東籬下抱朴子曰葛洪籬落頻缺

白蟻鬧甕盎杜詩蟻浮仍臘味韓詩喧聒鳴甕盎

留君待佳節忽忽

戒徂兩文選謝玄暉詩擾擾整夜裝肅肅戒徂兩

親戚傷離居楚辭將何以遺兮離居檀弓吾離羣而索居

交游念疇曩文選盧子諒詩借曰如昨忽爲疇曩疇曩伊何逝者彌踈

碁局無對曹樗蒲失朋長史記淳于髡傳六博投壺相引爲曹李白詩連呼五白行六博分曹賭酒酣馳暉

問君去爲何雲物愁莽蒼莊子云適莽蒼者三飡而反莽莫浪反蒼七蕩反白樂天春雪詩寒銷春莽蒼自註云二字上聲又冀城北原作云野色何莽蒼自註云去聲

壽親髮斑斑千里勞夢想家雞藁頭肥藁禾稈也頭有餘粒雞食之而肥藁頭用禾頭生耳字又北史齊本紀日時有童謡云一束藁兩頭然藁頭云者山谷摘字多此類

寒魚受罾網甘旨欸中厨内則云旨甘柔滑

伊啞弄文褓東方朔傳伊優亞者辭未定也優一

侯反亞烏加反劉夢得詩咿啞轉井車宣紀在襁褓註云褓小兒被也襁小兒繃繃補耕反史記趙世家程嬰杵臼匿趙孤取他人嬰兒負之衣以文褓

此行樂未央詩夜未央老子荒乎其未央

安知川塗廣淵明詩目倦川塗異

深秋上滄江遠水平如掌杜詩秦川對月平如掌

人生要得意壯士多曠蕩野鶴疲籠樊淵明詩久在樊籠裏復得反自然韓文公詩譬如籠中鶴六翮無所摇

江鷗戀菰蔣子虛賦東薔彫胡蓮藕觚盧張揖曰彫胡菰米也郭璞曰菰蔣也

本來丘壑姿不著芻豢養孟子芻豢之悅我口

寄聲謝鄉隣爲我具兩槳有路即歸田君其信非誑韓詩臨分不汝誑有路即歸田

二月丁卯喜雨吴體爲北門留守文潞

公作按實録熙寧七年判河陽文彥博判大名府
乘輿齋祭甘泉宮甘泉本秦離宮漢武帝增廣之自武帝至西漢末皆上甘泉祠祭鮑明遠詩二年從車駕齋祭甘泉宮遣使駿奔河岳中書武成云丁未祀于周廟邦甸侯衛駿奔走執豆籩誰與至尊分旰食董仲舒傳制曰朕承至尊休德左傳伍奢曰楚君大夫其旰食乎北門卧鎮
司徒公唐裴度傳度節度河東帝諭意曰爲朕卧護北門可也白樂天獻裴令公詩保釐東宅静守護北門牢邵氏聞見録潞公判北京運判汪輔之密劾公不治神宗御批所奏付公曰侍中舊德故煩卧護北門小臣敢爾無禮微風不動天如
醉庾信哀江南賦云天何爲而此醉元註云時聞大母閔雨勤甚故有微風不動之句蓋言憂勤如此而天不聞有若醉焉潤物無聲春有功老杜春夜喜雨

詩云潤物細無聲三十餘年霖雨手說命上若歲大旱用汝作霖雨
淹留河外作時豐
李右司以詩送梅花至潞公予雖不接
右司想見其人用老杜和元次山詩例
次韻潞公時留守北京老杜有和元結春陵行兼賊退示官吏作二首其序云簡知我者不必示元
凡花俗草敗人意俗物已復來敗人意見王戎傳晚見瓊蕤
不恨遲江左風流尚如此春功終到歲寒枝
次韻外舅喜王正仲三丈奉詔相南兵
回至襄陽捨驛馬就舟見過三首正仲三丈

謂王存字正仲元豐間修起居註元祐初自右丞遷左丞按實録熙寧九年十一月詔安南行營將士病疾者衆遣同知太常禮院王存禱南嶽自京師十一月被命至衡山回程必在次年按陳無已詩話云謝師厚廢居於鄧王右丞存其妹婿也奉使判湖杜道過之夜至其家師厚有詩云倒著衣裳迎户外盡呼兒女拜燈前
漢上思見龎德公龎德公襄陽人以况師厚別来悲歎事
無窮垂虹詩話云別來悲歎事無窮張孝先光祖云曾見親札作歎字政如山谷改杜詩少年今開萬卷餘不可拘平側也聲名籍甚漫前日西漢陸賈傳賈遊漢庭公卿間聲名籍甚須鬢索然成老翁杜詩顏狀老翁爲文選文帝書已成老翁但未白頭耳家釀已隨刻漏下晉何充字次道

劉惔云見次道飲令人欲傾家釀園花更開三四紅相逢不
飲未爲得唐李敬方詩相逢不飲空歸去洞口桃花也笑人見復齋謾録聽
取百鳥啼忽忽
能来問疾見維摩經好音傳蹇步昏花當日痊圓覺經譬彼病眼見空中花烹鯉得書增目力烹鯉見上孟子旣竭目力焉呼兒扶立候門前歸去來兮云稚子候門游談取重
慙犀首犀首公孫衍也史記有傳居物多贏眛計然史記貨殖傳越王句踐困於會稽乃用范蠡計然註計然范蠡師也漢張湯傳居物致富與湯分之
惟有交親等金石金石交見韓信傳白頭忘義復忘
年忘年忘義見莊子齊物篇

語言少味無阿堵馬援傳過是恐少味矣晉王衍妻郭氏貪鄙衍嫉之口未嘗言錢晨起見錢舉阿堵物却冰雪相看有此君燈火詩書如夢寐麒麟圖畫屬浮雲漢單于入朝上思股肱之美圖畫其人於麒麟閣平章息女能為婦息女見漢高紀老杜送封主簿詩序余與主簿平章鄭氏女子垂欲納采書至女子已許他族歡喜見曹鮮綴文漢劉歆贊綴文之士憂樂同科唯石友潘安仁詩投分寄石友别離空復數朝曛韓詩吾徒幸無事庶以窮朝曛李白詩舉跡倚松石談笑迷朝曛

次韻王仲三丈自衡山返命舍驛過外舅師厚贈答

昏昏市井氣揚子云市井相與言則以財與利韓詩海氣昏昏水拍天呫呫兒女語前漢灌夫傳平生毀程不識不直一錢今日長者為壽迺效女兒曹呫囁耳語退之詩呢呢兒女語禽喧聲百種春作事萬緒列子云擾擾萬緒起矣人間雞黍期文選范雲詩恨不具雞黍註引謝承後漢書山陽范式字巨卿與汝南張元伯為友春别京師以秋為期至九月十五日殺雞作黍二親笑曰山陽去此幾千里何必至元伯曰巨卿信士不失期言未絕而巨卿至天上德星聚世說新語註云續晉陽秋曰陳仲弓從諸子姪造荀朗父子于時德星聚太史奏五百里賢人聚老杜簡嚴州逢州使君全蜀多名士嚴家聚德星乖離略十年文選詩乖離即長衢王逸少帖多有乖離字髮白齒齟齬齟齬見上太史禱衡丘漢武伐南越禱太一佐王用貔虎

書桓桓如虎如貔史記黃帝教熊羆貔貅貙虎以與炎帝戰于板泉之野杜詩貔虎開金甲麒麟受玉鞭子雲免大夫揚雄傳雄以病免復召為太夫以言師厚草玄空自苦劉歆觀太玄謂雄曰空自苦人生只爾是付與甕頭醑法書要録江東云堈面猶河北稱甕頭謂初熟酒也詩飲此醑矣謝靈運詩芳塵凝瑤席清醑滿金罇

山谷外集詩註卷二

山谷外集詩註卷第三

次韻子瞻春菜

按實錄熙寧十年二月癸巳尚書祠部員外郎直史館權知河中府蘇軾知徐州又案潁濱集詩序云熙寧十年二月始會于澶淵相從赴彭城山谷時在北京始通書并二詩書云竊食於魏會閤下開幕府在彭門魏即北京彭門徐州也按東坡集次韻魯直見贈古風二首乃在春菜之後蓋未通問時先和此詩也

北方春蔬嚼冰雪詩谷風云我有旨蓄亦以禦冬箋云蓄美菜以禦冬月乏無時也大抵北方地寒春初猶食淹菜及寒葅妍暖思采南山蕨召南草蟲云陟彼南山言采其蕨晉張翰傳翰謂顧榮曰天下紛紛禍難未已吾本山林間人無望於時子以明防前以智慮後榮愴然曰吾亦與子採南山蕨飲三江水耳翰因

見秋風起乃思吳中菰菜蓴羹鱸魚鱠遂命駕而歸韭苗水餅姑置之南史何尚之傳帝好水引餅史記趙奢傳王曰毋置之苦菜黃雞羹糝滑史記藜藿不糝蓴絲色紫菰首白齊民要術云四月蓴生莖而未葉名曰雉尾蓴第一肥美葉舒長足名絲蓴五六月用絲蓴周禮魚宜苽註彫胡也內則蝸醢而苽食註彫胡也苽亦作菰陸機千里蓴羹未下鹽豉宋玉風賦主人之女爲臣炊彫胡之飯杜詩爲我炊彫胡逍遙展良覿蔓菁芽甜蔊頭辣齊民要術蔊菜味辛蔊音罕沈存中忘懷錄云石芥罕菜二物極辛爲葅大佳盱江志云蔊菜生麻姑山及麻源盱江即建昌軍生葅入湯翻手成漢陸賈傳云如反覆手耳師古曰言其易也反音翻芼以薑橙誇縷抹詩左右芼之文選枚乘七發云肥狗之和芼以山膚註引禮記註云芼菜也謂以菜調和之也韓文公詩調以

鹹與酸芼以椒與橙驚雷菌子出萬釘傳燈錄百丈問黃蘗甚麼處來曰大雄山下采菌子來此摘其字隋楊素傳賜萬釘寶帶借使其字白鵝截掌鼈解甲琅玕林深未飄籜禹貢球琳琅玕今以喻竹元稹種竹詩可憐亭亭榦一一青琅玕召南騶虞云彼茁者葭註茁出也今言筍初出土老杜云軟炊香飯緣老翁飯一作粳軟炊香秔煨短茁萬錢自是宰相事晉何曾日食萬錢杜詩左相日興費萬錢一飯且從吾黨說論語吾黨之直者公如端爲苦筍歸明日青衫誠可脫

閏月訪同年李夷伯子真於河上子真以詩謝次韻是歲閏正月

十年不見猶如此自治平丁未同唱第至熙寧乙卯十年矣山谷時在北京故稱河上未覺斯人歎滯留司馬談六家指要云太史公留滯周南白璧明珠多按劒見墨竹賦註濁涇清渭要同流杜詩濁涇清渭何當分詩涇以渭濁注涇渭相入而清濁異日晴花色自深淺風軟鳥聲相應酬唐杜荀鶴詩風暖鳥聲碎談笑一樽非俗物晉王戎與阮籍爲竹林之遊戎嘗後至籍曰俗物復來敗人意對公無地可言愁杜詩如澠之酒常快意亦知窮愁安在哉李白詩且須沽酒對君酌與爾同消萬古愁

戲答李子真河上見招来詩頗誇河上風物聊以當嘲云

渾渾舊水無新意漫漫黃塵涴白鷗安得江
湖忽當眼臥聽禽語信船流杜詩汲多井水渾王荊公詩但
有洛水流渾渾又江湖豈在眼昨夜夢波濤

和答李子真讀陶庾詩

樂易陶彭澤陶潛淵明爲彭澤令憂思庾義城庾信子山封義
城公集中有云攻許愁城終不破盪許愁城終不開閉户欲遣愁愁終不肯去深藏避愁
去愁已知人處風流掃地盡唐祝欽明授太子經帝與羣臣宴欽明自言能
八風舞帝大笑盧藏用歎曰是舉五經掃地矣杜詩豪傑誰人在文章掃地無太白詩春
光掃地盡碧葉成黃泥本出漢魏豹等贊上古遺烈掃地盡矣詩句識餘情
徃者不再作檀弓云趙文子曰死者如可作也吾誰與歸前賢畏

後生語後生可畏杜詩庾信文章老更成凌雲健筆意縱横今人嗤點流傳賦不覺
前賢畏後生君言得意處此意少人明

丙寅十四首效韋蘇州并序

二月丙寅率李原彥深謝愔公静游百花
洲適為游人所擅見拒於晨門因賦何人
有酒身無事誰家多竹門可款之句行繫
馬李氏園步至廣濟僧舍謁寇忠愍萊國
公祠堂用吏部詩韻作按國史元豐元年二月丙午朔則丙
寅乃二十一日山谷時在北京而謝師厚居南陽後篇夏雨眠起之什有腹便時蒙
嘲之句又送朱服中允宰宋城詩亦云鄰王臺邊春一空但有雪飛楊柳風我從南
陽解歸橐重簾復幕坐學宫當是山谷告假或因他故至南陽在冬春間耳今附于
此

雪霽草木動月令草木萌動春融煙景和嘉辰掩關
坐如此節物何同游得二子晤對不在多詩云
彼美淑姬可與晤言箋云晤對也
不知鞍馬倦想見洲渚春清晝鎖芳園誰家
停畫輪晉輿服志畫輪車駕牛以綵漆畫輪轂故名曰畫輪車高柳極
有思向風招遊人退之詩楊花榆莢無才思此反而用之陶詩山澤久
見招
漸嘉樓外花嘉賞亭邊柳作者歸山丘曹子建詩

生存華屋處零落歸丘山今春為誰有千秋萬歲後還復
来游否元註云漸嘉樓陽夏謝希深作嘉賞亭范文正公作桓子新論云雍門周
說孟嘗君曰千秋萬歲後高臺既已傾曲池又已平戰國策楚王謂安陵君曰寡人萬歲
千秋之後誰與樂此矣漢高紀千秋萬歲後䰟魄猶思沛
城南有佳園王逸少帖云僕近修小園子殊佳致山簡傳諸習氏荊士豪族
有佳園池風物迎馬首左傳惟予馬首是瞻但賞主人竹不
飲主人酒王徽之傳吴中一士大夫家有好竹欲觀之便出坐輿造竹下諷嘯
主人洒掃請坐徽之不顧將出主人乃閉門徽之便以此賞之紅日媚紫苕
沈休文詩賔階緑錢薾客位紫苔生輕風泛春柳楚詞光風轉蕙泛崇蘭
三公未白髮三公謂寇萊公范文正公謝希聲也十輩乘朱輪

楊惲家方隆盛時乘朱輪者十人只取人看好何益百年身淵
杜詩長爲萬里客有愧百年身但願長今日清罇對故人明
詩但願長如此躬耕非所歎
江梅香冷淡開遍未全疎已有耐寒蝶晁錯傳胡
貉之人其性耐寒雙飛上花須杜詩隨意數花須今夜嚴城
角肯留花在無樂府詩集云漢橫曲有梅花落本笛中曲也按唐大角曲
亦有大梅花梅花等曲今其聲猶有存者
我思五柳翁鮮作一生事得錢送酒家便靜
尋山寺念我還如此翁應會人意淵明傳云嘗著五柳
先生傳以自況又云顏延之爲始安郡過潯陽造淵明每往必酣飲致醉臨去留錢二萬
與淵明淵明悉送酒家稍就取酒謝靈運詩還得靜者便杜詩老來苦便靜
庭空日色靜樓迥鐘聲遲李義山詩地寬樓已迥人更迥於樓
褐叟已爭席左傳旨酒一盛兮余與褐之父睨之莊子曰其往也舍者避席
其反也舍者與之爭席矣馴鴉更不疑同來復同去竟別
我爲誰退之詩遇酒即酩酊君知我爲誰
謝甥有逸興李髯非不嘉蜀志關羽傳馬超來降羽書與諸葛
亮問超人材可誰比類亮知羽護前答之曰孟起當與益德並驅爭先猶未及髯之絕倫
逸羣也羽美髯故亮謂之髯苦思夢春草南史謝惠連傳族兄靈運嘗思
詩竟日不就忽夢見惠連即得池塘生春草大以爲工醉狂眠酒家杜詩
李白一斗詩百篇長安市上酒家眠斯游無俗物傲睨至昏鴉

俗物見上杜詩云眼前無俗物又云有待至昏鴉此借以言謝之能詩而李之好飲也
寺古老僧靜亭陰脩竹多萊公作州日部曲
屢經過衆推識公面蒼石眼綠莎寇準平仲贈萊國公
諡忠愍始爲參知政事罷知鄧州盧仝詩蒼蘚印我面雨露皺我皮此不嫌故我突兀蒙
相知以言識公面者今惟蒼石耳
盛時衆吹噓杜詩馮唐已老聽吹噓又茲理儻吹噓李白故人東海客一見
借吹噓謫去衆毀辱不爲公存亡幽蘭春自綠
欲書名相傳安得南山竹前漢公孫賀傳云南山之竹不足受
我詞祖君彥代李密檄數煬帝十罪罄南山之竹書罪未窮此反用
昔公調鼎實周易鼎有實潘岳金谷集詩王生和鼎實指顧九廟
尊郡國富士馬于今開塞垣杜詩一寄塞垣深誰能
起公死爲國守北門守北門見上寇公鎮大名曰北使問公何以不
在中書曰主上以朝廷無事北門鎖非準不可
出身世喪道莊子曰世喪道矣道喪世矣世與道交相喪也李白詩世道日
交喪澆風散淳源解綬飢驅我淵明乞食詩云飢來驅我去不知竟何之
杯中得醉鄉唐王績有醉鄉記去就不復果豈爲俗
人言司馬遷書可爲智者道難爲俗人言也達人儻余可賈誼鵩鳥
賦達人大觀物無不可百花洲萊公祠堂皆在鄧州
少小尚狷介退之詩少小聚嬉戲與人常不欵後漢光武幸章
陵置酒作樂宗室諸母因酣悅相與語曰文叔少時謹信與人不欵曲唯直柔耳今乃能

如此置身稍雍容遇酒輒引滿漢書序傳引滿舉白陶淵明詩攜壺接賓侶引滿更獻酬自是鶴足長難齊鳧脛短莊子鳧脛雖短續之則憂鶴脛雖長斷之則悲

催公静碾茶

雪裏過門多惡客元註云不飲者爲惡客出元次山集中按集中有絶句云有時逢惡客註云非酒徒即爲惡客春陰只惱有情人睡魔正仰茶料理石曼卿詩已爲物象添詩瘦更被陰晴長睡魔晉王徽之傳云卿在府日久比當相料理急遣溪童碾玉塵幽恠録橘中四老人云君輸我玉塵九斛樂天詩茶新碾玉塵

用前韻戲公静

偶逢携酒便與飲淵明九日無酒適太守送酒便飲醉而歸竟别我爲何等人退之歸彭城詩遇酒即酩酊君知我爲誰兎月龍團不當惜長卿消渴肺生塵司馬相如傳常有消渴病盧仝詩渴心歸去生塵埃

對酒歌答謝公静

我爲北海飲後漢書孔北海云坐上客常滿罇中酒不空君作東武吟鮑明遠樂府有東武吟看君平生用意處蕭灑定自知人心定自晉人語也世説王敦曰家兄在郡定嘉又謝太傅曰定自佳定自佳南陽城邊雪三日愁陰不能分皂白晉天文志庾翼書云此天公憒憒無皂白之徵也摧輪涴蹄泥數尺退之朝賀歸詩綠槐十二街渙散馳輪蹄又贈元十八何人識章甫而知駿蹄踠䠒武苦寒行曰車輪爲之摧城門晝閉眠賈客移人僵尸在旦夕誰能忍飢待食麥左傳成十年晉侯夢大厲覺召桑田巫巫言如夢公曰何如曰不食新矣又曰晉侯欲麥使甸人獻麥將食張如厠陷而卒此借使身憂天下自有人白樂天詩退身江海應無用憂國朝廷自有賢寒士何者愁塡臆民生正自不顧材晉謝安傳正自不能不爾退之祭子厚文凡木之生不願爲材可乘以車可鞭策列女傳老萊子妻云可食以酒肉者可隨以鞭捶可授以官祿者可隨以斧鉞君不見海南水沈紫旃檀碎身百煉金博山本草沈香門白檀樹出海南又云眞紫檀舊在下品又云扶南國人言衆香共是一木根是旃檀節是沈水葉是藿香膠是薰

陸選詩昔爲百鍊剛漢故事諸王出閤賜博山香爐李白詩博山爐中沈香火豈如不蒙斧斤賞老大絶崖霜雪間投身有用禍所集莊子匠石歸櫟社見夢曰云云且子求無所可用久矣幾死乃今得之爲予大用使予也而有用且得有此大也邪何況四達之衢井先汲爾雅四達謂之衢莊子直木先伐甘井先竭昨日青童天上回手捧玉帝除書来列仙傳有青童君詩仙那氏有青童去撅南山木野客來尋北帝經王莽傳是時爭爲符命封侯其不爲者相戲曰獨無天帝除書乎此借用一番通籍清都闕列子穆王以爲清都紫微帝王之居樂天詩只恐長生須有籍仙臺試爲撿名看又平生同門友通籍在金閨劉禹錫詩金門通籍眞多士黃紙除書每日開百身書名赤城臺毛詩如可贖兮人百其身續仙傳司馬承禎身

居赤城名在丹臺茆君傳云治赤城山飛昇度世無虛日惟我
短褐趍塵埃顧謂彼童子退之秋懷詩顧謂汝童子置書且安
眠此何預人事晉謝玄傳子弟亦何預人事而正欲使其佳但對
清樽即眼開一杯引人著勝地世說新語曰王衛軍云酒
正自引人著勝地杜詩勝地初相引徐行得自娛傳聞官酒亦自清
徑須沽取續吾瓶南山朝来似有意王徽之云朝來
西山有爽氣今夜儻放春月明

種決明

后皇富嘉種楚詞橘頌云后皇嘉樹橘徠服兮決明著方術
本草決明子註云俗方惟以療眼也道術時須耘鋤一席地老杜種萵苣詩

序云理小畦種一兩席許詩云破塊數席間荷鋤功易止時至觀茂密縹
葉資芼羹內則芼羹註云芼菜也又云雉兔皆有芼註云謂菜釀也緗花
馬蹄實細謂淺黃色本草註云生子作角實似馬蹄俗名馬蹄決明霜叢
風雨餘簸簸場功畢國語單襄子過陳川不梁野有庾積場功未畢
枕囊代曲肱本草決明子盛以囊作枕治頭風明目甘寢聽芬
苾荘子云孫叔敖甘寢秉羽而郢人投兵詩苾芬載祀老眼願力餘戰國
策趙王曰秦之攻我也不遺餘力矣讀書真成癖晉杜預傳時王濟有馬癖
和嶠有錢癖武帝謂預曰卿有何癖對曰臣有左傳癖劉輒上座主曰歲月悠久寢成書
癖

同世弼韻作寄伯氏在濟南兼呈六舅

祠部
山光掃黛水挼藍卓文君眉黛如遠山色樂天樂府憶江南云春來江
水綠如藍又春池戲李郎中直似挼藍新汁色與君南院染羅裙聞說樽前
愜笑談伯氏清修如舅氏濟南蕭灑似江南
屢陪風月乾吟筆北史隋文令李德林作詔復鄭譯爵高熲戲謂譯曰
筆乾不鮮笙篁醉舞衫只恐使君乘傳去拾遺
今日是前街漢高紀云乘傳詣洛陽樂天詩十年不改舊官銜唐陳子昂杜
甫皆左拾遺豈比之二子耶

伯氏到濟南寄詩頗言太守居有湖山
之勝同韻和濟南即齊州李公擇自滑州通判知鄂徙湖又移齊

西来黃犬傳佳句知是陸機思陸雲陸機傳機寓京
師久無家問有犬名黃耳乃爲書繫其頸犬南走至其家得報還洛歷下樓臺
追把酒濟南府治歷城韓信襲破齊歷下軍即此舅家賓客厭論
文老杜贈太白云重與細論文山椒欲雨好雲氣湖面逆
風生水紋謝叔源詩悲猿響山椒謝靈運詩稅駕登山椒李義山詩水紋如縠
燕差池劉禹錫詩春水縠紋生想得爭基飛鳥上行人不見
只聽聞

次韻寄李六弟濟南郡城橋亭之詩德叟

客心如頭垢日欲撩千篦漢書云頭塵不去杜詩髮短不勝篦
聞人說江南喜氣吐晴霓太白詩意氣素蜺生伏枕夢

歸路子規吟翠微杜鵑一名子規一名鷤鴂爾雅山未及上曰翠微左大冲蜀都賦山阜相屬觸石吐雲芬藹以翠微文選陸佐公石闕銘旁映重疊上連翠微
濟南似江南濟南今齊州濟南郡也後又升爲濟南府舊見今不
疑洗心欲成游王事相奪移文選曹顏遠詩田實相奪移
駑馬戀棧豆于寶晉紀曰桓範出赴曹爽宣王謂蔣濟曰智囊往矣濟曰智則智矣駑馬戀芻豆爽不能用也豈能辭縶縲詩皎皎白駒食我場苗縶之維之以永今朝
本無封侯骨漢翟方進傳從蔡父相蔡父大奇其形貌謂曰小史有封侯骨
見事又重遲史記范雎傳穰侯智士也其見事遲漢杜周傳周少言重遲
徒能多着酒大腹如鴟夷揚雄酒箴曰鴟夷滑稽腹如大壺盡日盛酒人復借酤
惟思一漁舟載網橫渺

瀰退之詩擺棹出渺瀰矯貢歷下亭矯貢當是矯首諸本皆誤淵明歸去來時矯首以遐觀老杜有陪李北海宴歷下亭詩云海內此亭古濟南名士多朱欄
轉清溪春風吹桃李三月自成蹊李廣贊桃李不言下自成蹊
翠葉張日幄文選陸士衡詩云密葉張翠幄紅英鋪地
衣紅錦地衣隨步縐此南唐李氏宮中歌詞也歐公稱之此中有佳興盧藏用指終南山日此中大有佳處
不醉定自非定自見上況當郡
政成野蠶麥兩岐漢光武紀建武二年野蠶成蠶被於山阜張堪爲漁陽太守百姓歌曰桑無附枝麥穗兩岐見後漢書
與民同觀游孟子云與民同樂也觀游二字惟柳子厚集中多有之字本出揚子雲羽獵賦罕徂離宮而輟觀游天說云築爲墻垣城郭臺榭觀游郭橐駝傳云長安豪富人爲觀游永州新堂記乃作棟宇以爲觀游訾家洲記大凡以觀游名於代者不過視於一方又零陵三亭記邑之有觀游者或者以爲非政韓文亦有此語汴州水門記云因而飾之匪爲觀游又歐陽生哀詞序云觀游讌饗必召預之
永夜不閉扉言外户不閉也女墻上金
樞杜詩樓高更女墻文選海賦大明鑣轡於金樞之穴註云月也金西方也杜詩云缺月壞金樞伏韜望晴賦金樞理轡素月告望
天如青琉璃杜詩波濤萬項青琉璃
想子果下歸馬飽生芻嘶後漢書濊國出果下馬註云高三尺乘之可於果下行杜詩生芻適馬性
用明發不寐有懷二人爲韻寄李秉彝
德叟秦少游作李公擇行狀云兄布早卒撫其子秉彝如己子秉彝蓋山谷伯舅之子

竹貫四時清一作竹節晚逾綠月通雲氣明一作月華寒更明
外弟有佳質一作處妙年推老成後凋對霜
雪一作到氷霜不昧處陰晴盛德當如此一作觀物一憶相見
古人畏後生一作契闊難爲情禮器云如竹箭之有筠也如松栢之有心也二者居天下之大端矣故貫四時而不改柯易葉論語後生可畏杜詩粲粲元道州前聖畏後生通典代稱姑子爲外兄弟舅子爲內兄弟非典言也異姓之親通謂之外
在昔授子書髧彼垂兩髮詩栢舟詩髧彼兩髦註髦者髮至眉子事父毋之飾
乖離退之詩乖離坐難憑今十年樹立映先達世說云共商略先生名達
清燈哦妙句一作誦佳句如酌春酒
滑把書念携手惆悵至明發李陵詩携手上河梁

人生不如意十事恒八九晉羊祜傳祜上䟽乞伐吳而議者不同祜曰天下事不如意恒十居七八未見歷下人徒傾歷城酒秉彛南康軍建昌人時仕於濟南前有寄李六弟詩即北人也已見前註從来親骨肉不免相可不退之寄岳鄂李大夫詩云少年樂新知衰暮思故友譬如親骨肉寧免相可否但願崇事實虛名等箕斗詩大東維南有箕不可以簸揚維北有斗不可以挹酒漿文選古詩南箕北有斗牽牛不負軛言彼三星者虛負軛有其名太白詩北斗不酌酒南箕空簸揚蚤知鵲山亭李杜發佳思老杜集有陪李北海宴歷下亭詩又和北海郡太守李邕登歷下亭自註云亭對鵲湖可見湖上山名鵲山也彌年聽傳誇登覽通夢寐遙憐坐清曠謝靈運詩淄磷謝清曠

落筆富新製淵明桃源詩俎豆猶古法衣裳無新製尚因賔客集漉酒使我醉徃在舅氏旁獲拚堂上篇禮記少儀云氾埽曰埽埽席前曰拚拚席不以鬣執箕膺擖註鬣帚也釋音拚弗運反六經觀聖人明如夜占斗索居廢舊聞禮記離羣而索居獨學無新友學記獨學而無友則孤陋而寡聞羨子杞梓材左傳聲子説楚曰如杞梓皮革自楚往也雖楚有材晉實用之袁彥伯三國名臣頌爭采松竹競收杞梓未曾離矯揉易説卦云坎為矯輮釋音云輮如九反又如又反宋忠王廙本作揉宋云使曲者直直者曲為揉荀子勸學篇木直中繩輮以為輪安詩無恙時學行超輩儕山谷集中有李攄字説云予既字舅

弟李攄曰安詩而安詩請其説云云風俗通恙毒虫喜噬人古人草居露宿故相勞問必曰無恙乎又李陵傳霍與上官無恙乎華屋落丘山文選曹子建箜篌引云生存華屋處零落歸丘山百憂滿人懷此士如不亡仲子一作叔也抱奇材不獨典刑在詩云雖無老成人尚有典刑神明還觀来法書要録庾翼與王羲之書云忽見足下答家兄書恍若神明頓還舊觀集中又有評李德叟詩云孫華老嘗以德叟詩一軸示予曰子試為我評之予對曰再過普惠七言右人道中表字韻國朝以来能者不過一二人而已韓退之所謂横空蟠硬語妥帖力排奡惟此詩足以當之少時誦詩書貫穿數萬字司馬遷贊亦其涉獵者廣博貫穿經傳馳騁古今爾来窺陳編記一忘三二柳子厚寄許京兆書

云往時讀書自以不至牴滯今皆頑然無復省録毎讀古人一傳數紙以後則再三伸卷復觀姓氏旋又廢失山谷蓋用此意歐陽文忠鎮陽讀書尋前顧後失得一念十忘光陰如可玩老境翻手至柳子厚與李翰林書悠悠人世越不過為三十年客耳前過三十七年與瞬息無異後所得者其不足把玩亦已審矣良醫曾折足説病迺真意左傳齊高彊曰三折肱知為良醫屈原九章云九折臂而成醫兮吾至今而知其信然桃李春成徑見上本自不期人桃李成蹊非與人期而人自至耳歷下兩寒士簞瓢能悅親恥蒙伐國問董仲舒傳為江都相事易王王問曰粤王句踐與大夫泄庸種蠡謀伐吳遂滅之孔子稱殷有三仁寡人亦以為越有三仁桓公决疑於管仲寡人决疑於君仲舒對曰昔者魯君問柳

下惠吾欲伐齊何如柳下惠曰不可歸而有憂色曰吾聞伐國不問仁人此言何爲至於我哉徒見問耳且猶羞之況設詐以伐吳乎王曰善肯卧覆車塵子既得此友從之求日新易日新之謂盛德書湯之盤銘曰德日新日日新又日新

陪謝師厚遊百花洲槃礴范文正祠下道羊曇哭謝安石事因讀生存華屋處零落歸山丘為十詩百花洲萊公范公祠皆在鄧

憶在昭陵日仁宗葬永昭陵傾心用老成功歸仁祖廟政得一書生謂文正公羊生但著鞭勿哭西州門故有不亡者南山

相與存羊曇事在謝安傳著鞭見劉琨傳莊子曰凡之亡也不足以喪吾存慶州自不惡籍甚載聲華忠義可無憾公今有世家仁宗時元昊反文正公自請守鄜延從知慶州又以爲環慶路經略安撫使決策取橫山復靈武而元昊稱臣請和文正仲子忠宣公純仁字堯夫熙寧七年十月知慶州所謂世家者此也哲宗即位又自河中徙慶州此時未也不惡見上公歸未百年鸛巢荒古屋我吟殄瘁詩悲風韻喬木詩人之云亡邦國殄瘁傷心祠下亭在時公燕處臨水不相猜江鷗會人語

公有一杯酒與人同醉醒遺民能記憶欲語涕飄零南史羊祜傳不飲酒而好賓游終日獻酬同其醉醒左傳吳季札聞歌唐曰思深哉其陶唐氏之遺民乎委徑問謡俗高丘省佃作昔游非苟然今花幾開落

在昔實方枘成功見圓機離騷經云不量鑿而正枘兮固前修以菹醢九辯云圜鑿而方枘兮吾固知其鉏鋙而難入文正平生鉏鋙不合多矣參知政事亦以不合出而其臨邊隨宜制變未始不圓也文中子曰安得圓機之士與之言九流哉九原尚友心孟子是尚友也白首要同歸潘安仁詩投分寄石友白首同所歸文正公岳陽樓記其末云其必先天下之憂而憂後天下之樂而樂乎噫微斯人吾誰與歸詩意端指此

人去洲渚在春回花草班杜詩重嵒細菊班又云春風花草香清談值淵對發興如江山杜詩發興自林泉落日銜城壁淵明詩悠悠銜山日炯炯留清輝太白詩青山猶銜半邊日祠東更一游文正守鄧三年後人祠之悲來惜酒少安得董糟丘南史陳暄與兄子秀書曰速營糟丘吾將老焉李白寄元參軍憶昔洛陽董糟丘爲予天津橋南造酒樓黃金白璧買歌笑一醉累月輕王侯

百花洲雜題文王公集中有答王源叔憶百花洲見寄云芳洲名冠古南都又獻百花洲圖上陳州晏相公云穰下勝游少此洲聊入詩百花爭窈窕一水自漣漪鄧州南陽郡東漢爲南都也

范公種竹水邊亭漂泊來游一客星老杜上漢中王

云西漢親王子成都老客星客星老杜以自喩山谷亦用此意客星本出嚴光傳神理不應從此盡謝靈運述祖德詩云拯溺由道情龕暴資神理百年草樹至今青用老杜齊魯青未了之意

竹下把酒

竹下傾春酒愁陰為我開不知臨水語更得幾回来柳子厚再上湘江詩好在湘江水今朝又上來不知從此去更遣幾年迴

砌臺晚思

目極江南千里春楚詞目極千里兮傷春心誰今灑筆可招魂宋玉有招魂一篇杜詩昭州詞翰與招魂向人猶作故時面翠竹蒼煙一萬根山谷衛南詩落句云唯有鳴鳩古祠柏對人猶是向

時情與此同意晉劉惔傳惔字眞長褚裒謂孫綽曰眞長生平何嘗相比數而卿今日作此面向人耶

和師厚接花

妙手從心得輪扁斵輪謂齊威公曰臣得之於手應之於心接花如有神杜詩下筆如有神根株穰下土鄧州治穰縣顏色洛陽春纂異蜀本前四句作妙得花三昧誰明幻與眞家風穰下土笑面洛陽春雍也本犂子史記仲尼弟子傳冉雍字仲弓子曰雍也可使南面仲弓父賤人子曰犂牛之子騂且角雖欲勿用山川其舍諸仲由元鄙人仲由字子路性鄙好勇力冠雄雞佩豭豚陵暴孔子孔子設禮稍誘子路子路後儒服委質升堂與入室只在一揮斤論語子曰由也升堂矣未入於室也莊子匠石運斤

成風言以洛陽牡丹接鄧州所種花如化犂子鄙人爲良士也

和師厚栽竹

大隱在城市文選王康琚詩大隱隱朝市此君眞友生王徽之種竹云何可一日無此君耶詩矧伊人矣不求友生根須辰日斸藝苑雌黃云種竹多用辰日山谷所謂根須辰日斸也筍要上番成杜詩無數春筍滿林生柴門密掩斷人行會須上番看成竹客至從嗔不出迎番字元註云去聲蓋用蜀人方言也山谷姑作平聲龍化葛陂去用費長房竹化爲龍事鳳吹阿閣鳴漢律曆志黃帝使伶倫自大夏之西昆侖之陰取竹之解谷斷兩節間而吹之以爲黃鍾之宮制十二筩以聽鳳之鳴其雄鳴爲六雌鳴亦六帝王世紀黃帝時鳳巢阿閣草荒三徑斷歲晚見交情用翟公書門事

次韻師厚雨中晝寢憶江南餅麴酒

雨砌無車馬風簾灑靜便老杜詩秋風灑靜便字本出謝康樂詩忽思江外酒準擬醉時眠退之北湖詩準擬醉時来隠几唯觀化莊子齊物篇南郭子綦隱几而坐仰天而噓云云篇末言莊周夢爲胡蝶周與胡蝶則必有分矣此之謂物化李白詩虛舟不繫物觀化游江濆開書屢絕編漢儒林傳序孔子晚而好易讀之韋編三絕遥知煙渚夢遺騎喚漁船文選魏文帝書今遣騎到鄴

次韻師厚萱草

從来占北堂衛國風伯兮云焉得諼草言樹之背毛云諼草令人忘憂背北堂也釋音云諼本作萱雨露借恩光文選江淹書大王惠以恩光與

菊亂佳色淵明詩秋菊有佳色裛露掇其英共葵傾太陽文選曹子建表若葵藿之傾葉太陽雖不爲迴光然向之者誠也人生真苦相物理忌孤芳顏延年祭屈原文物忌堅芳人諱明潔退之詩異質忌處羣孤芳難寄林不及空庭草榮衰可兩忘

次韻謝外舅病不能拜復官夏雨眠起之什復官蓋熙寧十年

丈人養痾臥後漢高彪傳公今養痾傲士固其宜也文選謝靈運詩養痾丘園中又云臥痾對空林此道取衆弃史記白圭傳人弃我取人取我弃引此以言取捨與衆異耳山谷祭劉凝之文云執盈虛以化物取衆弃而致斂此乃言用白圭之術強飯尚可飽漢貢禹傳生其強飯慎疾以自輔力田苦

常遺言力學而不遇時如力田而不逢年也欲從羣兒嬉出語不娬媚退之詩又不媚笑言不能伴兒嬉唐魏徵傳帝曰人言徵舉止踈慢我但見其娬媚耳軒窗坐風涼編簡勘遺墜漢劉歆傳經或脫簡傳或間編自安井無禽易井卦初六井泥不食舊井無禽註謂井不渫治禽所不向而况人乎一時所共弃師厚能安之焉未歎旅焚次旅卦九三旅焚其次喪其童僕註謂次焚僕喪而身危也師厚幸未至此夏暑極陽功董仲舒策陽常居大夏以主歲功時霖作陰事禮記昏義月食則后素服蕩天下之陰事呼兒號藥畦植杖接瓜地歸去來詞或植杖而耘耔字本出論語杜詩青門瓜地新凍裂南山雲氣佳北極冕旒邃爾雅北極謂之北辰禮天子冕十有二旒前後邃延杜詩玉几由來天北極自欣

鬒髮白得見衣裳治繫辭垂衣裳而天下治山林收枯槁莊子此山谷之士非世之人枯槁赴淵者之所好也草木洗憔悴舐痔以車來衞國風以爾車來莊子列禦寇篇秦王有病召醫破癰潰痤者得車一乘舐痔者得車五乘探珠遭龍睡列禦寇篇又云河上有家貧恃緯蕭而食者其子沒於淵得千金之珠其父曰千金之珠必在九重之淵而驪龍頷下子能得珠者必遭其睡也腹便時蒙嘲後漢邊韶傳曾晝日假卧弟子私嘲之曰邊孝先腹便便嬾讀書但欲眠身退得自恣莊周傳云其言汪洋自恣以適已伊優無下僚骯髒謝高位後漢趙壹傳有秦客者爲詩曰伊優北堂上骯髒倚門邊選詩英俊沉下僚誰能領斯會文選向秀思舊賦託運遇於領會註云領會冥理相會也好在漆園吏選詩漆園有傲吏史記莊子蒙人也嘗爲蒙漆園吏杜詩因君問消息好在阮元瑜柳子厚再上湘江詩好在湘江水今朝又上來

次韻師厚病間十首

貝錦不足歌小雅巷伯寺人傷於讒故作是詩也萋兮斐兮成是貝錦按實録熙寧五年五月追前提點成都府路刑獄司封郎中謝景初兩官都官郎中李杲卿一官並勒停坐在成都府路踰濫故也今觀此詩蓋必有織成其罪者前集和邢惇夫秋懷云謝公蘊風流詩作鮑照語絲蟲縈諫草筆力挾風雨萬里投諫書石交化豺虎石交不知謂何人請陳江漢詩江漢乃大雅篇名荀子賦篇天下不治請陳詭詩美人出江漢窈窕世未窺詩窈窕淑女文選張平子四愁詩序云依屈原以美人爲君子以珍寶爲仁義以水深雪雰爲小人折蘭不肯佩

韓退之猗蘭操蘭之猗猗揚揚其香不採而佩於蘭何傷告我以蠶飢溫飛
卿詩云蠶飢使君馬鴈避將軍箭玉臺新詠其略云秦氏有好女自言名羅敷羅敷善蠶
桑採桑城南隅使君從南來五馬立踟躕使君遣吏問寧可共載不羅敷前置詞使君一
何愚云云王無功賦聞烏啼而詩夕憶蠶飢而處晚李白古樂府秦地羅敷女採桑綠水
邊素手青條上紅桩日色邊蠶飢妾欲去五馬莫留連獨歸豈憚遠三
危露如飴呂氏春秋本味篇云水之美者三危之露崐崘之井大雅綿云周原
膴膴堇荼如飴韓偓詩序云咽三危之瑞露美動七情
德人更疢疾術智益灑落孟子曰人之有德慧術知者恒存乎
疢疾反身見萬古孟子曰萬物皆備於我矣反身而誠樂莫大焉道不
在卜度胷中有鏌鋣老境要志弱言內剛外柔也吳越

春秋干將吳人也闔閭使作劍二曰干將曰鏌鋣鏌鋣干將之妻也道德經云實其腹弱
其志註云和柔謙讓不處權也謝公賦達生達生真可託莊子
有達生篇謝靈運齋中讀書詩萬事難並懽達生幸可託
引鏡照清骨驚非曩時人肇法師物不遷論云梵志出家白首
而歸鄰人曰昔人尚存乎志曰吾猶昔人非昔人也天地入喻指莊子齊物
篇以指喻指之非指不若以非指喻指之非指也以馬喻馬之非馬不若以非馬喻馬之
非馬也天地一指也萬物一馬也芭蕉自觀身維摩經是身如芭蕉中無
有堅固陳力則已病陳力就列不能者止征財又室貧古
來支離䟽粟帛王所仁莊子人間世篇支離䟽者頤隱於齊肩高
於項上有大役則支離以有常疾不受功上與病者粟則受三鍾與十束薪

葅寒知園秋賈誼新書曰楚惠王食寒葅而得蛭遂吞之飯白問
米賤老杜云與奴白飯馬青芻又云爲問淮南米貴賤婦孫勸甘旨
霜兔頗宜麪內則云慈以旨甘又云牛宜稌羊宜黍豕宜稷犬宜粱鴈宜麥
黃花不舉酒佳句餘嫪戀嫪即到切退之薦士詩念將决焉去
感物增戀嫪經行宴坐堂維摩經曾於林中宴坐鼠跡書几
硯語林曰簡文爲撫軍時所坐牀上生塵不聽左右掃去見鼠行跡視以爲佳
桃李一春期松栢千歲永經玄事寂寞楊雄有解
嘲云意者玄得無尚白乎又云惟寂惟寞守德之宅鬢白官閑冷草綠
艾如張艾如張樂府篇名波清蜮司影春秋莊十八年秋有蜮註
短狐也含沙射人爲災音或官韻域或兩音博物志江南溪水中有射工蟲長一寸口中

有弩形氣射人影不治則殺人東里與無趾渠有幸不幸莊子
德充符篇申徒嘉兀者也而與鄭子產同師於伯昏無人子產謂申徒嘉曰我先出則子
止子先出則我止又云魯有兀者叔山無趾踵見仲尼仲尼曰子不謹前既犯患若是矣
雖今來何及矣兩人皆兀者故設以申徒嘉爲無趾東里子產也
病餘兒廢鋤門巷草芊眠楚詞云遠望兮阡眠陸士衡云林薄
草阡眠謝元暉云阡眠起雜樹來者何所聞披草足跫然晉嵇
康傳康居貧鍛於大樹之下以自贍給鍾會往造焉康不爲之禮而鍛不輟良久會去康
謂曰何所聞而來何所見而去會曰聞所聞而來見所見而去會以此憾之言於文帝遂
害之文選趙景珍書云披榛覔路跫然見上封侯謝骨相李廣傳豈吾相
不當封耶班超傳此萬里侯相也翟方進傳小史有封侯骨使鬼無金錢

晉魯褒錢神論云錢無耳可使鬼夢作白鷗去江湖水黏天退之祭張員外文云洞庭漫汗黏天無壁前集有詩云夢作白鷗去江湖水如天莊子曰且汝夢爲鳥而厲乎天夢爲魚而沒於淵南史梁世子方傳嘗著論曰吾嘗夢爲魚因化爲鳥方其夢也何樂如之

民生自煎熬杜詩置膏烈火上哀哀自煎熬太白詩名利徒煎熬煑豆以萁爨世說魏文帝使東阿王七步作詩不成當行大法王應聲曰萁在釜下燃豆在釜中泣本是同根生相煎何太急居然忘本根詩生民不康禋祀居然生子文子云形之與名居然別矣光陰不供翫柳子厚與李翰林書見上藏山夜半失莊子大宗師篇云藏舟於壑藏山於澤謂之固矣然而夜半有力者負之而走司馬彪曰舟水物山陸居者也藏之壑澤非人意所求謂之固有力者或能取之亦知人生於世自以爲固四時遷移不可留止烏合歸星散文選晉紀總論云新起之寇烏合之衆註引管子書云烏合之衆初雖相歡後必相噬蜀志姜維傳曰星散流離死者甚衆因病見不生達人果大觀維摩經云我不任詣彼問疾云云諸法畢竟不生不滅又云法本不生今則無滅賈誼小智自私賤彼貴我達人大觀物無不可

開田種白玉種玉事出搜神記見上註飽牛事耕犂雨露非無澤得秋常苦遲猛虎擅文章論語虎豹之鞟猶犬羊之鞟正義曰此章貴尚文章斑斑被諸兒上林賦曰被斑文文選七命云拉虎摧斑長松抱勁節唯有歲寒知見論語潘安仁西征賦勁松彰於歲寒貞臣見於危國

謝公蒔蘭茝文選陸士衡詩翡翠戲蘭茝容色更相鮮真意付此物惠然風肯来詩終風惠然肯來香為一披拂莊子天運篇孰居無事而披拂是遙知醉吟姿黽勉向朱紱詩黽勉求之易困卦朱紱方來杜詩朱紱負平生師厚初復官得襄陽倅揩筇橘柚黃李太白詩露皓梧楸白風催橘柚黃文選頭陀寺碑象設既闢註象佛之形像也僧屋對像佛

身病心輕安道肥體癯瘦韓非子云子夏見曾子曾子曰何肥也曰戰勝故肥吾入見先王之義則榮之出見富貴之樂又榮之兩者交戰於胷中未知勝負故癯今先王之義勝故肥好懷當告誰四壖棗紅皺退之聯句紅皺曬簷瓦黃團繫門衡負暄不可獻列子楊朱篇云宋國有田父常衣緼黂僅以過冬暨春東作自曝於日不知天下之有廣廈隩室綿纊狐貉顧謂其妻曰負日之暄人莫知者以獻吾君將有重賞捫虱坐清晝晉王猛傳桓溫入關猛被褐詣之捫虱而言旁若無人端有眞富貴樂天詩爲報高蓋車恐非眞富貴千秋萬年後杜詩千秋萬歲名寂寞身後事

山谷外集詩註卷第三

山谷外集詩註卷第四

次韻奉送公定謝師厚二子愔字公靜悰字公定

去年君渡河君無渡河樂府篇名亦曰箜篌引棗下實離離今年君渡河剝棗詠豳詩文選笙賦歌曰棗下纂纂朱實離離豳七月詩八月剝棗直緣恩義重不憚鞍馬疲南史衛敬瑜妻詩曰故人恩義重不忍復雙飛詩書半行李道路費歲時親交歡存亡學問訪闕遺司馬遷書又不能拾遺補闕故唐有補闕拾遺之官我多後時悔君亦見事遲史記范雎傳云穰侯智士也而見事遲魏武帝紀袁紹雖有大志而見事遲即此有真意淵明詩此中有真意欲辯已忘言定非兒女知漢高祖紀呂公曰此非兒女子所知

虛名無用處北斗與南箕見上燕趙游俠子文選曹子建樂府云借問誰家子幽并游俠兒郭景純詩京華游俠客長安輕薄兒沈休文詩洛陽繁華子長安輕薄兒後漢書曰李賓勸劉嘉且觀成敗光武聞告鄧禹曰孝孫素謹當是長安輕薄兒誤之耳嘉字孝孫狂掉三寸舌張良傳良迺稱曰今以三寸舌為帝者師躐登九級墀賈誼傳故陛九級上廉遠地則堂高覆手雲雨翻杜詩翻手作雲覆手雨紛紛輕薄何須數立談光陰移歃血盟父子左傳陳五父及鄭伯盟歃如忘註志不在於歃血穀梁齊桓衣裳之會十有一未嘗有歃血之盟指天出肝脾退之作子厚墓誌云握手出肺肝相示指天日泣涕誓生死不相背負真若可信從來國器重韓安國傳唯天子以為國器見謂骨相奇兒寬傳見謂不習事築

巖夢寐書云説築傅巖之野獵渭非熊螭史記齊太公世家周西伯將出獵卜之曰所獲非龍非彲非虎非羆所獲霸王之輔註云彲勑知反索隱曰餘本亦作螭字百工改繩墨孟子大匠不為拙工改廢繩墨一世擅文詞全人脰肩肩甕盎嫵且宜莊子德充符篇云闉跂支離無脤説衛靈公靈公悅之而視全人其脰肩肩甕盎大癭説齊桓公桓公悅之而視全人其脰肩肩註云偏情一性則醜者更好而好者更醜也山谷詩意謂無穿用人非賢而謂之賢賢則指為不肖也所謂游俠子輕薄兒蓋言當時新進少年趨時苟合以口舌捷給躐等進用雖歃血而盟自謂披腹而出肝脾其言皆不足信也王介甫素有重名稱為國器其遇主得時如起於築巖釣渭而改制立法自眩文詞附已者超遷之語不合意輒擯斥不用所謂悅闉跂支離甕盎大癭而視全人无疾者乃詆為醜惡也前集神宗挽詞固云築釣收賢輔此詩含譏諷非一過可了故詳言之大槐陰黃庭女蘿綿絡之莊子水中有火乃焚大槐以喻用事者黃庭經註云黃庭以中得名今本云中庭詩云蔦與女蘿施于松柏以喻小人附離而進也昭陽兩兄弟還自妒娥眉工嚬又宜笑楚詞九歌云既含睇兮又宜笑百輩來茹咨周頌王釐爾成來咨來茹箋云咨謀茹度汝有事當來謀之來度之班姬輕鴻毛更合衆口吹漢成帝班倢伃傳始為少使俄而大幸後趙飛燕姊弟自微賤興寢盛於前譖告許皇后班倢伃挾媚道祝詛許后坐廢倢伃求供養太后長信宮趙皇后傳云召入宮大幸有女弟復召入後既立後寵少衰而弟絕幸為昭儀居昭陽舍飛燕外傳云后怒以杯抵昭儀裙昭儀泣曰姊忘共被苦寒時耶今幸貴其忍相搏乎此事以喻王呂初為黨而後乖爭班姬以喻當時逐客也按實錄

熙寧七年三月王安石知江寧軍府八年正
月秘閣校理王安國追毀出身以來文字放
歸田里汀州編管人鄭俠改英州初王安石
將罷相引呂惠卿執政惠卿素與安國有隙
因俠獄抵安國罪是年二月安石復相自後
王呂之交遂絶山谷時在北京韓非子云齊
景公曰去仲尼如吹毛耳乃遺哀
公女樂哀公怠於政仲尼之齊 引繩痛排
拫自註云音痕漢書灌夫傳竇嬰失埶亦欲倚夫引繩排拫生平慕之後棄者 蒙
蔽柱戍帷唯恐出已上殺之如弈碁左傳襄二十八
甯子視君不如弈碁 塵埃百年琴絶絃為鍾期註見上 落
落虎豹文義難管中窺晉王獻之傳管中窺豹時見一班 至
今楊子雲不與俗諧嬉戲晚草玄經覃思寫
天維書序研精覃思退之詩白日座上傾天維 脫身天祿閣危於

山谷外集四　三

劒頭炊晉顧愷之傳桓玄與愷之同在殷仲堪坐共作危語玄曰矛頭淅米劒頭
炊 卧聞策董賢閉門甘忍饑摭言載秦韜玉貴公子行云却
笑儒生把書卷學得顏回忍飢面 五侯盛賓客騶轡交橫馳
樓護傳云王氏方盛賓客滿門五侯兄弟爭名其客不得左右文選阮嗣宗詩走獸交橫
馳 時通問字人得酒未曾辭楊雄贊云爲郎與王莽劉歆並
又與董賢同官云云又云王莽時劉歆甄豐皆爲上公莽旣以符命自立欲絶其原以神
前事而豐子尋歆子棻復獻之莽誅豐父子投棻四裔辭所連及便收不請時雄校書天
祿閣上治獄使者來欲收雄雄從閣上自投下幾死莽聞之問其故迺棻從雄學作奇字
雄不知情有詔不問問字見上註董賢見佞幸傳 近者君家翁天與
脫馽鞿莊子馬蹄篇連之以羈馽丁立陟立兩切左傳云韓厥執馽離騷云余雖

好脩姱以鞿羈兮注鞿在口曰鞿革絡頭曰
羈退之祭子厚文云子之中棄天脫馽羈
已為冥冥鴻矰繳尚安施楊子法言鴻飛冥冥弋人何篡焉張
良傳戚夫人泣涕上曰爲我楚舞吾爲若楚歌歌曰鴻鵠高飛一舉千里羽翼已就橫絶
四海橫絶四海又可奈何雖有矰繳尚安所施 養蘭尋僧圃愛竹到
水渭北闕免朝請西都分保釐書畢命康王命作冊畢以
成周之衆命畢公保釐東郊律詩中有和師厚復官分司西京詩 文章九鼎
重史記平原君傳毛先生一至楚而使趙重於九鼎大呂 富貴一黍累
漢書律曆志度長短者不失豪釐量多少者不失圭撮權輕重者不失黍絫註云豪兎豪
也十豪爲氂六十黍爲圭四圭爲撮音倉括反十黍爲絫十絫爲一銖絫來戈反亦音纍
繼之纍沈存中筆談云唐開元錢重二銖四絫今蜀中亦以十參爲一銖參乃古絫字相

山谷外集四　四

傳誤耳 趙良請灌園但為商君嗤史記商君鞅傳趙良見商
君曰君之危若朝露尚欲延年益壽乎則何不歸十五都灌園於鄙商君弗從五月而秦
孝公卒太子立公子虔之徒告商君反發吏捕商君 弃甲尚文過兕多
牛有皮左宣二年宋城華元爲植巡功城者謳曰睅其目皤其腹弃甲而復于思
于思弃甲復來使其驂乘謂之曰牛則有皮犀兕尚多弃甲則那役人曰從其有皮丹漆
若何華元曰去之夫其口衆我寡 出仕書掣肘見墨竹賦注 歸来
菊荒籬淵明歸去來詞云三徑就荒松菊猶存 不為五斗折自
無三徑資昭明太子作淵明傳云謂親朋曰聊欲絃歌以爲三徑之資乎執事
者聞之以爲彭澤令歲餘郡遣督郵至縣吏請曰應束帶見之淵明歎曰我豈能爲五斗
米折腰向鄉里小兒即日解印綬去職 勝箭洗蹀血老杜悲陳陶云羣胡

歸來血洗箭蹀血字見前漢書 歸鞍懸月支 漢張騫傳匈奴破月氏王以其頭爲飲器王摩詰燕支行云拔劍已斷天驕臂歸鞍共飲月支頭文選曹子建詩控弦破左的右發摧月支註云月支射帖也邯鄲淳藝經云馬射左邊爲月支三枚馬蹄二枚二說疑不能決故併列之 斯人萬户侯造物付鑪錘 莊子大宗師篇皆在鑪錘之間耳 我觀史臣篇疏略記糟醨 史記屈原傳何不餔其糟而啜其醨借其字以言糟粕 譬如官池蛙誰能問公私 晉惠帝紀帝嘗在華林園聞蝦蟆聲謂左右曰此鳴者爲官乎私乎或對曰在官地爲官在私地爲私 君懷明月珠歎弄滄海涯 退之詩婆娑海水南歎弄明月珠 深房珮芳蘭固是王所姬 退之詩處子窈窕王所妃苟有令德隱不腓 南貢尚包橘 包橘見前篇 漢濵

莫大隨 左傳漢濵之國隨爲大 毎来促談麈 鹿之大者曰麈羣鹿隨之視麈尾所轉故談者揮之見祖庭事苑 風生庭竹枝骯髒得家法伊優不能為 漢趙壹傳有秦客者爲詩曰文籍雖滿腹不如一囊錢伊優北堂上骯髒倚門邊 但聽呼摴蒱便足觧人頥 漢康衡傳康說詩解人頥 功成在漏刻 漢光武紀王尋王邑圍昆陽城自以爲功在漏刻意氣甚逸 頴利處囊錐 史記平原君傳平原君謂毛遂曰夫賢士之處世也譬若錐之處囊中其末立見今先生處勝之門下三年於此矣左右未有所稱勝未有所聞是先生無所有也毛遂曰臣乃今日請處囊中耳使遂早得處囊中乃脫頴而出非特其末見而已 失勢落坑穽 退之詩失勢一落千丈強 寒窓如愁鵾得馬折足禍 淮南子曰近塞上之人有善術者馬無故亡入

胡人皆弔之其父曰此何遽不爲福乎居數月其馬將胡駿馬而歸人皆賀之其父曰何遽不爲禍乎家富馬良其子好騎墮而折其髀人皆弔之其父曰何遽不爲福乎居一年胡人入塞丁壯死者十九此獨以跛之故父子相保 亡羊多岐悲 列子云楊子之隣人亡羊既率其黨又請楊子之豎追之楊子曰嘻亡一羊何追者之衆鄰人曰多岐路既反問獲羊乎曰亡之矣岐路之中又有岐焉吾不知所入所以反也心都子曰大道以多岐亡羊學者以多方喪生 屢敵因心計 屢當作虜食貨志桑弘羊以心計 伏兵幾面欺 漢季布傳今噲面謾史記作面欺 長戈仰關来 過秦論云仰關而攻秦 吐欵受爵縻 南史范曄傳曄與孔熙先謀逆熙先望風吐欵辭氣不撓 萬事只如此畢竟誰成虧 莊子曰有成與虧故昭氏之鼓琴也無成與虧故昭氏之不鼓琴也自但听呼摴蒱至誰成虧

皆言摴蒲也按李翱集中有五木經其略云駁蒲五木玄白判厥二作雉背雉作牛王采四盧曰雉牛叱采六開塞今秃撅操全爲王駁爲叱又曰設關二馬初出關疊行非王采不出關不越坑入坑有謫行不擇筴馬外一矢爲坑 愛君方寸間醇朴乃器師 器師疑是吾師 安得擺俗纓東崗並鉏犁由来在陰鶴不必振羽儀 易中孚之九二鳴鶴在陰其子和之漸之上九鴻漸于陸其羽可用爲儀 送行傾車蓋載酒鴟夷 漢陳遵傳自用如此不如鴟夷鴟夷滑稽腹大如壺 天高木葉下 楚詞洞庭波兮木葉下 潦退河流畢屯雲塞六幕 退之詩夏槐作雲屯前漢禮樂志云紛云六幕浮大海師古曰六幕猶言六合 新月吐半規 韓詩前夕雖十五月圓未滿規 人生會面難取醉听狂癡 杜詩主稱會面

難一舉累十觴取醉見上南史沈昭略謂張約曰汝張約耶何乃肥而癡約曰汝沈昭略耶何乃瘦而狂昭略大笑曰瘦已勝肥狂又勝癡語穽蔾欺笑退之詩詰屈避語穽詩鋒犯嘲譏懸知履霜来易履霜堅氷至少别

為不怡天津媢河漢爾雅析木謂之津箕斗之間津也注漢津也天漢之津梁闕角掛秋霓闕角見錢薛樂道詩題下注中有鬼與

神赤舌弄陰機太玄云赤舌燒城吐水于餅測曰赤舌吐水君子以解崇也王延壽夢鬼物賦云劓尖鼻踏赤舌退之雪詩譁譁弄陰機夜光但十襲

出懷即瑕疵闞子云宋之愚不汝瑕疵去去善逆旅凍醪

約重持山藥倒藤架紅梨帶寒曦坐須騎奴

還淹留歲恐期騎奴見上無為出門念牽衣嬰孺

啼李白詩兒女歡笑牽人衣短韻頗成誦時時寄相思文選陸士衡文賦或托言於短韻退之祭文投乂魚之短韻唐陸羽傳得南都賦不能讀危坐効羣兒囁嚅若成誦狀韓詩願寄相思字

和謝公定河朔謾成八首

急雨長風謐兩河欣然河伯順風歌行觀東

海方寸少不以黃流更自多注見第一卷下

直渠殺勢煩才吏分殺水力穿直渠皆見漢溝洫志機器爬

沙聚水兵機器謂鐵龍爪濬川杷也見第一卷下同堯民遊靈源廟詩注爬沙字見退之月蝕詩爬沙脚手鈍誰使汝解緑青寘河面常從天上落

金堤千里護都城溝洫志云決酸棗護金堤

直令南粤還歸帝漢南越王趙佗傳妄竊帝聊以自娛改号不敢為帝矣誰謂匈奴不敢王願見推財多卜式未須

筭賦似桑羊卜式傳時漢方事匈奴式上書願輸家財半助邊上以語丞相洪洪曰此非人情不軌之臣乃罷式渾耶等降縣官費衆倉府空式復持錢二十萬與河南太守食貨志以東郭咸陽孔僅領鹽鐵而桑弘羊貴幸弘羊賈人之子以心計三人言利事析秋毫矣

萊公廟略傳耆舊韓令風流在井疆安用鳴

鼙增漢壘不妨羅拜下諸羌此皆河朔亊寇萊公力請真宗幸澶州克敵耆舊談之未已韓忠獻公相州安陽人熙寧八年殁於相州此蓋八年以後作時教授北京也井疆言其井邑疆畔所在書殊厥井疆

漢時水占十萬項官寺民居皆濁河溝洫志成帝時河決於館陶及東郡凡灌四郡三十二縣水居地十五萬餘頃深者三丈壞敗官庭民居四萬所又按孝元帝紀敗壞官寺民室注凡府庭所在皆謂之寺豈必九渠

亡故道直緣穿鑿用工多溝洫志是歲河水溢溢敗官庭民舍四萬許商以為河決平原金堤開通大河至海五百餘里又乾三郡水地得美田且二十餘萬頃許商又云古說九河之名自鬲以北至徒駭相去二百餘今河雖數徙不離此域

虜庭數遣林牙使羌種来窺鴈塞耕壮士看

天思上策月邊鳴笛為誰橫林牙契丹翰林學士也見實録江隣幾雜志云冀州城南有張耳墓在送客亭北戎使林牙者由翰林學士出使問知州王仲平不知張耳何代人大使耶律防謝曰契丹家翰林學士名目而已

蛛蒙黃晝屏初暗塵澁金門鎖不開六十餘年望瑂輦赭袍曾是映宮槐此言澶淵行宮也自景德元年歲甲辰與北虜通好息兵至熈寧元年戊申蓋六十五年

百里棄疆王自直熈寧七年九月契丹遣使來言代北對境有侵地帝以手詔問故老韓富文等皆言不可與王荆公冊入相曰將欲取之必固與之以筆畫地圖至八年九月分畫地界弃地五百餘里此詩蓋娩其詞也萬金捐費物皆春當謂歲幣須令牧馬甘踰幕更遣彎弓不射人漢匈奴傳云匈奴益北絕幕又云匈奴遠遁南無王庭詩意謂令北虜絕幕北去不復近塞而引弓之民不相射也杜詩云射人莫射馬此反其意

次韻射公定王世弼贈答二絕句

何用苦吟肝腎愁退之贈崔立之云勸君韜養待徵招不用雕琢愁肝腎但知把酒更無憂聲名本不關人事看取青門一故侯曹參傳載邵平東陵瓜事三輔黃圖長安城東門曰青門昔邵平種瓜青門瓜美云云

酒因咀嚼還知味詩就呻吟不要工王謝風流看二妙病夫直欲卧墻東後漢逸民逢萌傳與同郡王君公相友善君公遭亂儈牛自隱時人為之語曰辟世墻東王君公

次韻公定世弼登北都東樓四首此詩及前後數詩皆北京作

日着闌干角風吹濯澣衣詩葛覃服澣濯之衣喜同王季哲文選謝玄暉和王主簿怨情一首注云王主簿名季哲更得謝玄暉清與俱不淺與復不淺注見上長吟無用歸月明

南北道猶見驛塵飛杜詩使塵來驛道真皇多廟勝仁祖用功深景德元年契丹舉國來寇遂陷德清以犯天雄眞宗用寇準計決策親征旣次澶淵兵始接射殺其驍將撻覽虜懼請和時諸將皆請以兵會界河上邀其歸以精甲躡其後殲之虜懼求哀於上上曰契丹幽薊皆吾民也何多以殺爲遂詔諸將按兵勿伐縱契丹歸國自是通好守約三十有九年及元昊叛兵久不决契丹之臣教其主投詞以動我欲得晉高祖所與關南十縣慶曆二年聚重兵境上遣使聘宰相舉知制誥富弼報聘增幣二十萬而契丹平孫子曰夫未戰而廟筭勝者得勝筭多也退之書云用功深者其收名也遠卜宅還九鼎史記太史

公曰學者皆稱周伐紂居洛邑綜其實不然武王營之成王使召公卜居居九鼎焉而周復都豐鎬破胡藏萬金此卷先有河朔謾成八首其一云萬金捐費物皆春蓋指歲幣也破胡藏萬金疑作捐百年休戰士當日縱前禽欲斷匈奴臂不如留此心張騫傳是斷匈奴臂也文選沈休文詩命師誅後服授律綴前禽注云易曰王用三驅失前禽也王弼注易云三驅之禮禽逆來趣已則舍之背已而走則射之愛於來而惡於去也故其所施常失前禽

都城礙飛鳥軍幕卧貔貅曲禮曰前有鷙獸則載貔貅杜詩大城鐵不如小城萬丈餘連雲列戰格飛鳥不能踰此所謂礙飛鳥也紫葚知蠶老衛國風氓云于嗟鳩兮無食桑葚釋音云葚亦作椹音甚桑實也柳子厚詩西林紫椹行當熟黃雲見麥秋接天雙闕起伏地九河流

耆老深望幸鑾輿不好遊司馬相如封禪書云太山梁父設壇場望幸元稹連昌宮辭老翁此意深望幸老杜江陵望幸云望幸歘威神相如上林賦乘法駕建華旗鳴玉鸞禮經解云升車則有和鸞之音注鸞與和皆鈴也杜詩鸞輿駐鳳翔漢皇勤遠略晚節相千秋見車千秋傳不足中原地猶思一戰收杜詩胡虜三年入乾坤一戰收聖朝方北顧斜日倚東樓廟筭知無敵寒儒浪自愁廟筭見上

和謝公定征南謠漢武平南粤分其地為儋耳朱崖南海蒼梧鬱林合浦交趾九真日南凡九郡置交州刺史以領之唐改交州總管又改安南都護國朝封其主為交趾郡王進南平王神宗王安石秉政獻言者謂交趾可取乃以蕭注知桂州有獻策平交州者輒火其書沈起獨言交州小醜無

不可取之理安石喜乃罷注以起知桂州不能懷輯又禁交趾與州縣貿易熙寧八年交趾入寇陷欽廉二州遂圍邕州城陷太守蘇緘死之神宗以趙禼為招討使總九將軍進討既又以郭逵為宣撫使而禼副之逵至長沙督諸將進兵復邕州遣將拔耒安州溪洞悉降交趾乘船迎戰逵破之賊勢蹙乃乞降凡費錢帛金銀粮草五百一十九萬貫疋兩石二廣之民大困此其大略也李乾德降藁熙寧十年二月時山谷猶在北京然此詩未必是此時作

傳聞交州初陸梁揚雄甘泉賦云飛蒙茸而走陸梁東連五溪西氐羌後漢馬援傳擊武陵五溪蠻夷注云酈元注水經曰武陵有五溪謂雄溪蒲溪西溪潕溪辰溪悉是蠻夷所居皆槃瓠子孫在今辰州界南史河南宕昌鄧至武興並為氐羌之地軍行不斷蠻標盾曾子固集中政要策論南蠻云

南蠻於四夷為類最微然動輒一方受其患大中咸通之間安南之變是也宋興嘗設廣捷之兵習標牌之器皆以備蠻之為患也狄武襄平儂智高記云賊執大盾標槍又云賊皆翳大盾翼兩標謀主皆收漢畔亡合浦譙門腥血沸合浦郡廉州也漢陳勝傳戰譙門中註樓一名譙門上為樓以望也晉興城下白骨荒晉興郡晉元帝置漢屬鬱林郡隋廢為宣化縣今邕州也蓋寇陷欽廉邕三州也謀臣異時坐致寇守臣今日愧包桑易負且乘致寇至又云其亡其亡繫于包桑已遣戈船下瀧水更分樓船浮豫章漢南粤王傳主爵都尉楊僕為樓船將軍出豫章下橫浦故歸義粵侯二人為戈船下瀨將軍出零陵或灕水或抵蒼梧頗聞師出三鵶路通典板楯蠻篇云荊郢蠻大擾動斷三鵶路註云今南陽郡向城縣北至臨汝

縣盡是中屯六郡良漢武帝選天水隴西安定北地上郡西河凡六郡良家子補羽林以材力為官名將多出焉見地理志漢南食麥如食玉戰國策蘇秦曰使臣食玉炊桂湖南驅人如驅羊文選晉紀總論云擾天下如驅羣羊注引淮南子云兵略者避實就虛若驅羣羊營平請穀三百萬趙充國封營平侯本傳云金城湟中穀斛八錢吾謂耿中丞糴三百萬斛羌人不敢動矣耿中丞請糴百萬斛廼得四十萬斛耳祁連引兵九千里田廣明為祁連將軍事見匈奴傳少府私錢不敢知大農計歲今餘幾漢賈捐之傳論弃朱崖云臣竊以往昔羌軍言之暴師曾未一年兵出不踰千里費四十餘萬大農錢盡又以少府禁錢續之註云少府主供天子故曰禁錢土兵番馬貔虎同蝮蛇毒草篁竹中漢嚴助傳

發兵誅南粵淮南王安上書諫曰越非有城郭邑里也處谿谷之間篁竹之中習於水鬬
又云林中多蝮蛇猛獸未論芻粟捐金費直愁瘴癘連
營宮我思荆州李太守欲募蠻夷令自攻至
令民歌尹綫我州郡擇人誠見功張喬祝良
不難得誰借前筯開天聰後漢南蠻傳順帝永和二年日南象
林徼外蠻夷攻象林縣殺長吏交趾刺史發交趾九眞二郡兵萬餘人救之兵士憚遠役
反攻其府二郡雖擊破反者而賊勢愈盛歲餘兵𣪘不繼帝以爲憂明年召公卿百官問
方略皆請遣大將發荆楊兖豫四萬人赴之大將軍從事中郎李固駁曰云云其不可七
也前中郎將尹就討益州諺曰虜來尚可尹來殺我後就召還以兵付刺史張喬喬因其
將吏旬日之間破殄寇虜此發將無益之効州郡可任之驗也宜更選有勇略仁惠任將

帥者以爲刺史太守悉使共住交趾募蠻夷使自相攻故并州刺史長沙祝良性多勇決
又南陽張喬前在益州有破虜之功皆可任用宜即拜良等便道之守四府悉從固議即
拜祝良爲九眞太守張喬爲交趾刺史喬至開示慰誘並皆降散良到九眞單車入賊中
設方略招以威信降者數萬人皆爲良築起府寺由是嶺外悉平參同契云竭力勞精神
終年無見功張良傳願借前筯而籌之書天聰明詔書哀痛言語切
前漢西域贊遂弃輪臺之地而下哀痛之詔爲民一洗橫尸血椎
鋒陷堅賞萬户南粵王傳南粵已平伏波將軍益封樓舡將軍以推鋒陷
堅爲將塹山堙谷窮三宂史記蒙恬傳始皇使蒙恬通道自九原抵
甘泉塹山堙谷千八百里春秋後語馮煖謂孟嘗君曰狡兔有三窟南平舊時
頫臣順欲獻封疆請旄節廟謨猶計病中原

豈知一朝更屠滅天道從来不争勝莊子曰天之道
不争而善勝功臣好為可喜說交州雞肋安足貪
後漢楊脩傳脩爲曹操主簿操平漢中出教曰雞肋而已外曹莫能曉脩獨曰雞肋食之
無所得棄之則可惜公歸計決矣漢開九郡勞臣監呂嘉不
肯佩銀印漢南粵王趙佗傳太子興嗣立其子爲太后元鼎四年漢使安國少
季諭王王太后入朝賜其丞相呂嘉銀印嘉反攻殺太后王盡殺漢使者元嘉五年路博
德爲伏波將軍平南粵以其地爲九郡徵側持戈敵百男後漢馬援
傳交趾女子徵側及女弟徵貳反攻没其郡拜援伏波將軍與賊戰破之斬徵側徵貳詩
則百男斯君不見往年瀕海未郡縣趙佗閉關罷
朝獻老翁竊帝聊自娯白頭抱孫思事漢孝

文親遣勞苦書稽首請去黄屋車得一忘十
終不忍太宗之仁千古無趙佗傳高帝十一年遣陸賈立佗爲
南粵王與剖符通使高后時有司請禁粵關市鐵器佗乃自尊號爲南粵武帝乘黄屋左
纛文帝元年使陸賈使粵賜佗書云云聞王發兵於邊爲寇長沙苦之雖王庸獨利乎必
多殺士卒得一亡十朕不忍爲也又云王之號爲帝兩帝並立亡一乘之使是争也願與
王分弃前惡通使如故陸賈至南粵王恐乃頓首謝願奉詔下令國中去帝制黄屋左纛
因上書云妄竊帝號聊以自娯又云處粵四十九年于今抱孫焉文帝廟號太宗漢兩粵
贊云追懷太宗鎮撫尉佗豈古所謂懷遠以德者哉
和師厚秋半時復官分司西都實録熈寧十年
詔復都官郎中謝景初權藩郡通判和師厚詩皆北京作

遥知得謝分西洛曲禮大夫七十而致仕若不得謝註云謝聽也蓋師厚丏閑故分司西京無復肯彈冠上塵漢王吉傳吉字子陽與貢禹爲友世稱王陽在位貢禹彈冠園地除瓜猶入市老杜有除架詩又云青門瓜地皆凍裂水田收秫未全貧陶潛傳在縣公田悉令種秫杜詩錦里先生烏角巾園收芋栗未全貧杜陵白髮垂垂老一鉼一鉢垂垂老貫休詩也張翰黃花句句新張翰字季鷹晉書有傳文選有雜詩一首云莫春和氣應白日照園林青條若總翠黃花如散金還與老農爭坐席莊子寓言篇其往也舍者避席煬者避竈其反也舍者與之爭席矣青林同社賽田神退之賽神絕句云麥苗含穟桑生葚且向田頭樂社神又南溪始泛云願爲同社人雞豚燕春秋

和師厚郊居示里中諸君

籬邊黃菊關心事杜詩幽事頗相關窻外青山不世情羅鄴詩年年點檢人間事唯有春風不世情施肩吾詩江神也世情爲我風色好太白詩相看兩不厭只有敬亭山江橘千頭供歲計三國志註李衡種橘千株臨終勑其子曰吾有千頭木奴可以不貧秋蛙一部洗朝酲兩部鼓吹見上歸鴻往燕競時節宿草新墳多友生檀弓上曾子曰朋友之墓有宿草而不哭焉身後功名空自重眼前樽酒未宜輕晉張翰傳使我有身後名不如即時一盃酒太白詩且樂生前一盃酒何須身後千載名

寄南陽謝外舅

謝公遂偃蹇後漢蔡邕傳董卓聞邕名高辟之稱疾不就卓大怒曰我力能族人蔡邕遂偃蹇者不旋踵矣南陽無舊廬天與鮮纓紱元非傲當塗老杜獨酌詩本無軒冕意不是傲當時庖丁釋牛刀衆手斫大觚莊子曰庖丁爲文惠君解牛砉然嚮然奏刀騞然莫不中音文惠君曰技蓋至此乎庖丁釋刀對曰臣之所好者道也進乎技矣批大郤導大窾因其固然技經肯綮之未嘗而況大軱乎白雲曲肱卧青山滿牀書寒山子詩一家中何所有惟見一牀書妙質落川澤莊子郢人堊漫其鼻端使匠石斲之宋元君召匠石曰嘗試爲寡人爲之匠石曰臣之質死久矣自夫子之死也吾無以爲質矣果然天網疏老子云天網恢恢疏而不失故知今人巧未覺古人迂築場歲功休國語云場功未畢詩云九

月築場圃夜泉鳴竹渠胸懷鬱磊隗世說阮籍胷中磊隗故須澆之此物諒時須此物謂酒先言夜泉鳴竹渠謂糟床也兒能了翁事晉傳咸傳云生子癡了官事官事未易了了事正自癡復爲快耳此借用安用府中趍古樂府詩三十侍中郎四十專城居盈盈公府步冉冉府中趍孫能誦翁詩老杜驥子詩云問知人客姓誦得老人詩乃是千里駒漢楚元王傳云德有智略武帝謂之千里駒人生行樂耳漢楊惲傳其詩云人生行樂耳須富貴何時用舍要自如我方神其拙社櫟官道樗莊子逍遥遊篇云惠子謂莊子曰吾有大樹人謂之樗其大本擁腫而不中繩墨其小枝拳曲而不中規矩立之塗匠石不顧又人間世云匠石之齊至乎曲轅見櫟社樹云云第一卷上冊和荅爲之詩云櫟依曲轅社聊用神其拙巳注其詳公

猶憂斧斤𦖏睨斵樽壺莊子云百年之木破爲犧樽萬古身後前芭蕉秋雨餘少年喜狡獪叱化粒成珠神仙傳王遠字方平過蔡經家麻姑亦至即求少許米擲地視米皆成眞味方平笑曰姑固年少吾老矣不復作此狡獪變化也謨功可歌舞書矢厥謨禹成厥功左九功之德皆可歌也又襄三十一文王之功天下誦而歌舞之學古則暖姝莊子徐無鬼篇云有暖姝者學一先生之言則暖暖姝姝而自悅也所好果不同未可一理驅眇思忘言對前所注臣之質死久矣郭象註云非夫不動之質忘言之對則雖至言妙斲無所用之安得南飛鳧飛鳧見上註鄙心生蔓草萌芽望耘鉏後漢黃憲傳陳蕃周舉曰時月之間不見黃生則鄙吝之萌復存乎心左傳蔓草猶不可除離[illegible]

如昨日杜詩離筵何太頻春柳見霜枯未辱錦繡段時蒙雙鯉魚文選張平子四愁詩云美人贈我錦繡段古樂府詩云客從遠方來遺我雙鯉魚憶昔參几杖雍容覷規模引接開藻鑒杜詩持衡留藻鑒高明通事樞門生五七輩寂寞半白鬚談經落麈尾晉孫盛傳善言明理時殷浩擅名一時惟盛與抗論嘗談論對食擲麈尾毛悉落飯中行樂從藍輿晉陶潛傳向乘藍輿亦足自返看竹辟強宅徽之觀竹見上王獻之傳云嘗經吳郡聞顧辟強有名園先不相識乘平肩輿徑入時辟強方集賓友而獻之游歷既畢傍若無人辟強勃然便驅出門獻之傲如也閱士黃公壚晉王戎傳戎嘗經黃公酒壚下過顧謂後車曰吾昔與嵇叔夜阮嗣宗酣暢於此竹林之下亦預其末自嵇阮云亡吾便

爲時之所羈紲今日視之雖近邈若山河雪屋煮茶藥晴簷張畫圖幽寺促燈火青氈置樗蒱遶牀叫一擲十白九雉盧晉劉毅傳於東府聚樗蒱大擲一判應至數百萬餘人並黑犢以還惟劉裕及毅在後毅次擲得雉大喜褰衣繞床叫謂同坐曰非不能盧不事此耳裕惡之因挼五木久之曰老兄試爲卿答既而四子俱黑其一子轉躍未定裕厲聲喝之即成盧焉毅意殊不快蔡澤來分功史記蔡澤傳蔡澤謂應侯曰君獨不觀夫博者乎或欲大投或欲分功袁耽必上都晉袁耽傳耽字彥道桓溫少時遊於博徒資產俱盡尚有負進欲求濟於耽耽而耽在艱試以告焉耽略無難色遂變服懷布帽隨溫與債主戲耽素有藝名債者聞之而不相識謂之曰卿當不辦作袁彥道也遂就局十萬一擲直上百萬耽投馬絕叫探布帽擲地曰竟識袁彥道不開旗縱

七走破竹一麾胡諸葛亮傳註引漢晉春秋曰亮至南中所在戰捷聞孟獲者爲夷漢所服募生致之既得使觀於營陣之間獲對曰向者不知虛實故敗若秖如此即易勝耳亮笑縱使更戰七縱七禽而亮猶遣獲獲曰公天威也南人不復反矣晉杜預傳預曰今兵威已振譬如破竹數節之間皆迎刃而解詩意蓋以兵喻樗蒱也成梟燭爲明挾長明佐呼終飲見溫克詩飲酒溫克所爭匪錙銖禮儒行曰雖分國如錙銖註入兩曰銖釋音說文錙六銖誰令運甓翁見謂牧豬奴晉陶侃傳諸參佐或以談戲廢事者乃命取其酒器蒱博之具悉投之江曰樗蒱者牧豬奴戲耳侃在廣州無事輒朝運百甓於齋外暮運於齋內人問其故荅曰吾方致力中原過尔優逸恐不堪事見謂見上事託丈人重乃愛屋上烏老杜云丈人屋上烏人好烏亦好尚書大傳曰

武王登夏臺以臨殷民周公旦曰臣聞之愛其人者愛其屋上烏憎其人者憎其徒胥韓詩外傳曰武王至于邢丘天雨三日不休問太公對曰愛其人及屋上烏惡其人憎其胥餘

舊言如對面形迹滯舟車禮舟車所至風簾想隱几天籟鳴寒梧隱几天籟見莊子尚喜讀書否還能把酒無鄰城湫塵沙冠蓋若秋蕖詩山有扶蘇註曰荷華扶蕖也相過問寒溫杜詩虛名但蒙寒溫問泛愛不救溝壑辱意氣馳九衢楚客雖工瑟齊人本好竽退之答陳商書云齊王好竽永懷溟海量北斗不可斟詩維北有斗不可以挹酒漿韻書云斟挹也勝夜親筆墨因来明月珠肇法師答劉遺民書云君與法師當數有文集因來何少此篇題云寄南陽謝外舅而後人編類誤雜之南陽詩中其詩云鄴城湫塵沙鄴城謂大名也大名本魏州後唐建鄴都山谷自大名寄詩南陽也

和外舅夙興三首寓大雲寺作

瓜蔓已除壟苔痕猶上墻蓬蒿貪雨露松竹見冰霜卷幔天垂斗披衣日在房退之詩惟時月魄死冬日朝在房無詩歎不遇千古一潛郎董仲舒有士不遇賦文選思玄賦云尉厖眉而郎潛兮逮三葉而遘武註云漢武故事顏駟漢文時爲郎至武帝輦過郎署見駟尨眉皓髮上問曰叟何時爲郎荅曰文帝時爲郎文帝好文而臣好武至景帝好美而臣貌醜陛下好少而臣已老是以三世不遇上感其言擢拜會稽都尉風烈僧魚響霜嚴郡角悲短童疲洒掃落葉

故分披水凍食鮭少食鮭見上甕寒浮蟻遲文選曹子建七啟云盛以翠樽酌以彫觴浮蟻鼎沸酷烈馨香李善曰釋名云酒有汎齊浮蟻在上汎汎然朝陽烏烏樂安穩託禪枝烏烏聲樂見上杜詩禪枝宿衆鳥漂轉暮歸愁孟浩然東寺詩禪枝怖鴿棲暑逐池蓮盡寒隨塞鴈来月令孟春仲秋皆曰鴻鴈來來而孟春註曰鴈自南方來將北反其居詩言暑盡當是仲秋也衣裘雖得暖狐貉正相哀論語衣敝縕袍與衣狐貉者立而不恥僧汲轆轤曉車鳴關鏁開不因朝鼓起来帙亂書堆杜詩書亂誰能帙杯乾自可添

和荅師厚黃連橋壞大木亦為秋雹所損

溪橋喬木下徃歲記經過居人指神社不敢尋斧柯用莊子櫟社樹意也晉阮脩伐社樹或止之脩曰若社而爲樹伐樹則社移樹而爲社伐樹則社亡矣左傳文七年此謗所謂庇焉而縱尋斧焉者也百尺蔽白日烏鵲取意占作窠隋五行志童謠云可憐青雀子作窠猶未成黃泉浸根雨長葉造物着意固已多風摧電打掃地盡太白詩春光掃地盡字本出揚雄羽獵賦軍驚師駭刮野掃地師古曰皆盡無遺餘也竟莫知為何譴訶漢薛宣傳云譴訶及細微獨山冷落城東路不見指名終不磨項羽傳非世所指名也韓文吾立子名百世不磨

世弼惠詩求舜泉輒欲以長安酥共泛一盃次韻戲答 舜泉河北酒名當是北京教授時作

寒虀薄飯留佳客 杜詩一飯未曾留俗客 蠹簡殘編作近鄰 簡編見上 避地梁鴻真好學 後漢逸民梁鴻作五噫之歌肅宗聞而非之乃易姓名居齊魯之間 著書楊子未全貧 揚子謂揚雄杜詩園收芋栗未全貧 玉酥鍊得三危露 見上 石火燒成一片春 樂天詩石火光中寄此身 沙鼎探湯供卯飲 探湯見論語樂天詩午茶能破睡卯酒善消憂 不憂問字絕無人 見揚雄傳

送蛤蜊與李明叔諸公

雪屋吹燈然豆萁 煑豆然豆萁用曹子建語詳見上 古来壯士亦長饑廣文不得載酒去且詠太玄庖蛤蜊 退之聯句庖霜鱠玄鯽擷庖字

戲贈世弼用前韻

盜跖人肝常自飽 莊子盜跖篇膾人肝而餔之 首陽薇蕨向来饑 見史記伯夷傳 誰能著意知許事且為元長食蛤蜊 南史王融字元長嘗遇沈昭略昭略曰主人是何年少融殊不平謂曰僕出於扶桑入於暘谷照耀天下孰云不知而發此問昭略曰不知許事且食蛤蜊融曰物以羣分方以類聚君長隅居然應嗜此族

世弼病方家不善論蛤蜊之功戲答

伯樂無傳騏空老 伯樂作見上 重華不見士長饑 淵明詩重華去我久賢士世相尋 從来萬事乖名實豈但藥翁論蛤蜊

次韻師厚食蟹

海饌糖蟹肥 南史何胤傳胤後於味食白魚鉏脯糖蟹使門人議之學生鍾岏曰鉏之就脯驟於屈伸蟹之將糖躁擾彌甚 江醪白蟻醇每恨腹未厭 左昭二十八年願以小人之腹爲君子之心屬厭而已 誇說齒生津三歲在河外霜臍常食新 左成十年不食新矣 朝泥看郭索 太玄云蟹之郭索後蚓黃泉林逋詩云草泥行郭索雲未叫鉤周 暮鼎調酸辛 戰國策楚語云黃雀晝遊乎茂樹夕調乎酸辛 趨蹌雖入笑 齊國風云巧趨蹌兮退之詩點綴簿上字趨蹌閣前鈴 風味極可人憶觀淮南夜火攻不及晨 借用晉周顗傳阿奴火攻固出下策 橫行葭葦中 雲溪友議曰皮日休螃蟹詩云海龍王處也橫行 不自貴其身誰憐一網盡 蘇子美監進奏院用市故紙錢祠神會客以自盜除名所會客皆一時賢俊悉坐斥逐中之者喜曰吾一舉網盡之矣此借用其字 大去河伯民 晏子春秋曰齊景公時大旱欲祀靈山及河晏子曰山以石爲身草木爲毛髮今不雨毛髮日焦身且熱山豈不欲雨乎河伯以水爲國以魚鼈爲民彼獨不欲雨乎祀之何益君宜避殿暴露公從之果大雨 鼎司費萬錢 漢彭宣云三公鼎足承君而鼎司字見於文選勸進表云臣等荷寵三世位側鼎司又陳琳爲袁紹檄曹豫州云竊盜鼎司傾覆神器晉何曾爲太傅日食萬錢 玉食羅常珍 法言云弃常珍而嗜異饌 吾評揚州貢此物真絕倫 揚雄贊以

為絶倫

次韻謝外舅食驢腸

垂頭畏庖丁見上趍死尚能鳴退之秋懷詩浮生雖多途趍死惟一軌晉書王武子好驢鳴世說王仲宣好驢鳴說以雕俎樂甘言果非誠莊子達生篇祝宗人臨牢筴說彘曰汝奚惡死吾將三月豢汝十日戒三日齋藉白茅加汝肩尻乎雕俎之上則汝為之乎左傳云幣重而言甘誘我也生無千金韉老杜後出塞云千金買馬鞍樂府木蘭歌云南市買轡頭驢安得有此哉死得五鼎烹主父偃傳大丈夫生不五鼎食死則五鼎烹耳褐胎無腸胃枚乘書云福生有基禍生有胎殺身和椒橙春風都門道貫魚百十弁易剝卦貫魚以宮人寵魏志鄧艾傳魚貫而進騎奴

吹一吷史記任安傳與騎奴同食莊子則陽篇吹劍首者吷而已道堯舜於戴晉人之前譬猶一吷也駔駿不敢爭文選魏都賦曰冀馬塡廄而駔駿馬賦云於時駔駿充階街兮註云說文曰駔壯也物材苟當用左傳隱五年凡物不足以講大事其材不足以備器用則君不舉又云取材以章物采謂之物何必渥洼生漢書禮樂志樂章有元狩三年馬生渥洼水中作忽思麒麟楦突兀使人驚朝野僉載云唐衢州盈川縣令楊炯恃才簡傲目朝官為麒麟楦人問之曰今假弄麒麟者刻畫頭角修飾皮毛覆之驢上及脫去皮褐還是驢耳無德而衣朱紫與此何異

次韻師厚答馬著作屢贈詩

嘗聞馬南郡後漢馬融傳為南郡太守少有拔俗韻陶詩少無適俗韻性本愛丘山寒灰幾見溺韓安國傳安國坐法抵罪蒙獄吏田甲辱安國曰死灰當不復然乎甲曰然即溺之鍛翮常思奮文選五君詠詠嵇康云鸞翮有時鎩龍性誰能馴桐薪鳴竈間後漢蔡邕傳吳人有燒桐以爨者邕聞火烈之聲知其良木因請而裁為琴果有美音而其尾猶焦故時人名焦尾琴劒氣吐吳分晉張華傳吳之未滅也斗牛之間常有紫氣吳平之後紫氣愈明華問雷煥是何祥也煥曰寶劒之精上徹於天耳多言世益嗤老子多言數窮當律心自隱莊子言而當物則終日言而不盡自隱謂隱度也漢元帝紀自度曲應劭曰自隱度在新曲文選崔子王座右銘云隱心而後動謗議庸何傷註云隱度也家雖四立壁見上仕要三無慍語三已之無慍色會將漁父意往就莊生問莊子有漁父篇

次韻子瞻與堯舒文禱雪霧豬泉唱和

老農年饑望人腹莊子無聚祿以望人之腹想見四溟森雨足文選張景陽雜詩雲根臨八極雨足灑四溟李善曰四溟四海也又詩森森散雨足林回投璧負嬰兒莊子林回弃千金之璧負赤子而趨豈聞烹兒翁不哭未論萬户無炊煙蛛絲蝸涎經杼軸詩杼軸其空使君閔雪無肉味煮餅青蒿下鹽薤豈云剪爪宜侵肌文選應休璉與廣川長書言禱雨不應其略云昔夏禹之解陽肝殷湯之禱桑林辭未卒而澤滂沛今者雲積而復散得無剸髮宜及膚剪爪宜侵肌乎李善註云呂氏春秋曰湯克夏而大旱五年乃身禱於桑林剪其髮劇其手自以為牲雨乃大至劇音鄽霜不殺草仍故綠春秋隕霜不殺

草幽靈奰贔西山霧文選西京賦巨靈贔屓高掌遠蹠吳都賦巨鼇贔屓首冠靈山贔音備屓音虛器切奰字乃詩所謂内奰於中國蓋誤寫耳贔字又倒寫當改正牲肥酒香神未瀆退之南海神碑云牲肥酒香樽爵凈潔得徼徃從董父飡左昭二十九年蔡墨對魏獻子曰昔有颸叔安有裔子曰董父實甚好龍能求其嗜欲以飲食之龍多歸之乃畜龍以服事舜寧當罪繫葛陂淵後漢費長房傳東海君見葛陂君淫其夫人長房劾繫之三年東海大旱長房曰東海君有罪吾前繫於葛陂今出之使作雨於是雨立注卜擇祠官齊博士漢武紀其令祠官修山川之祠漢儒林傳五經博士多是齊人舒堯文時爲教授故云暴露致告蒼崖顛請天行澤不汲汲爾亦枯魚過河泣樂府古詞云枯魚過河泣何時悔復及作書與魴鱮相教謹出入生鵝斬頸血未乾莊子說劍篇上斬頸領下決肝肺退之詩一夫斬頸羣雛枯風馬雲車坐相及漢禮樂志房中歌云靈之車結玄雲靈之下若風馬百里旌旗灑玉花唐舒元輿序重雪終日玉花攪空使君義動龍蛇蟄老杜云意鍾老柏青義動修蛇蟄老農歡喜有春事呼兒飯牛理蓑笠呂氏春秋百里奚未遇時飯牛於秦博士勿歎從公疲明年麥飯滑流匙老杜云甞稻雪翻匙又云滑憶彫胡飯香聞錦帶羹溜匙兼暖腹誰欲致盃罌

山谷外集詩註卷第四

山谷外集詩註卷第五

薄薄酒二章并引

蘇密州爲趙明叔作薄薄酒二章憤世疾邪其言甚高以予觀趙君之言近乎知足不辱有馬少游之餘風故代作二章以終其意東坡熙寧七年冬知密州除夜作半字韻詩山谷和章乃元豐初作此篇當在半字韻詩以後作也

薄酒可與忘憂晉顧榮傳唯酒可以忘憂醜婦可與白頭徐行不必駟馬稱身不必狐裘無禍不必受福荀子福莫善於無禍甘餐不必食肉文選七發云甘餐毒藥戰國策王蠋云晚食以當肉安步以當車富貴於我如浮雲見論語小者譴訶大戮辱賈誼傳聞譴何則白冠氂纓又云被戮辱者不大迫乎山谷寫本作譴何俗本誤耳一身畏首復畏尾左傳畏首畏尾身其餘幾門多賓客飽僮僕羨物必甚惡左傳昭二十八年叔向之母曰甚美必有甚惡厚味生五兵國語周語云高位實疾憤厚味實腊毒五兵見上匹夫懷璧死左傳匹夫無罪懷璧其罪百鬼瞰高明見上醜婦千秋萬歲同室萬金良藥不如無疾漢灌夫傳吳楚反時夫馳入吳軍身中大創十餘適有萬金良藥故得無死薄酒一談一笑勝茶萬里封侯不如還家太白詩錦城雖云樂不如早還家後漢班超傳當封侯萬里之外

薄酒終勝飲茶醜婦不是無家醇醪養牛等
刀鋸深山大澤生龍蛇襄二十一年叔向之母曰深山大澤實生龍蛇彼美余懼其生龍蛇以禍女秦時東陵千戶食何如青
門五色瓜見上傳呼鼓吹擁部曲何似春雨一
池蛙傳呼甚寵見蕭望之傳南史孔稚珪傳云門庭之內草萊不剪中有蛙鳴或問之曰欲爲陳蕃乎答曰我以此當兩部鼓吹王晏嘗鳴鼓吹候之聞蛙鳴曰此殊聒人耳珪曰我聽鼓吹殆不及此晏甚有慚色性剛太傅促和藥蕭望之傳天子方倚欲以爲丞相會望之子伋上書訟望之前事弘恭石顯建白望之前欲排退許史專權擅朝幸得不坐深懷怨望教子上書非頗屈望之於牢獄塞其怏怏心則聖朝亡以施恩厚上曰蕭太傅素剛安肯就吏顯等曰望之所坐語言薄罪必亡所憂上乃可其奏望

之欲自殺其夫人止之以問門下生朱雲雲勸望之自裁望之乃謂雲曰游趣和藥來無久留我死竟飲鴆自殺何如羊裘釣煙沙後漢嚴光傳光武即位光變姓名隱身帝令以物色求之後齊國上言有男子披羊裘釣澤中綺席象床
琱玉枕太白詩龍駒琱鐙白玉鞍象床綺食黃金盤重門夜鼓不
停檛何如一身無四壁滿船明月卧蘆花吾
聞食人之肉可隨以鞭朴之戮乘人之車可
加以鈇鉞之誅劉向列女傳老萊子妻云妾聞之可食以酒肉者可隨以鞭箠可授以官祿者可隨以斧鉞不如薄酒醉眠牛背上醜
婦自能搔背痒神仙傳王遠字方平過蔡經家麻姑手爪似鳥爪蔡經心中私言若背癢時得此爪以爬背當佳否方平已知其意即使人牽經鞭之曰吾鞭不可妄得也牛背見上註

戲贈彥深元註云李源字彥深厚之弟居南陽
李髯家徒立四壁李髯見上漢司馬相如傳家徒立四壁未嘗
一飯能留客老杜云一飯未曾留俗客春寒茅屋交相風淵明飲酒詩弊廬交悲風荒草沒前庭倚墻捫虱讀書策晉王猛傳桓溫之關猛被褐詣之捫虱而言傍若無人曲禮曰先生書策琴瑟在前坐而遷之戒勿越
老妻甘貧能養姑窐翦髻鬟不典書晉陶侃傳侃早孤貧爲縣吏鄱陽孝廉范逵嘗過侃時倉卒無以待賓其母乃截髮得雙髲以易酒肴樂飲極歡杜詩長者來在門荒年自糊口家貧無供給客位但箕帚儀傾羞頗珍寂寥人散後入怪鬢髮空吁嗟爲之久自陳剪髻鬟鬻市充杯酒大兒得飡不

索魚小兒得褌不索襦晉韓康伯傳伯數歲母爲作襦令捉熨斗而謂之曰且著襦尋當作複褌伯曰不復須火在斗中而柄尚熱今既著襦下亦當暖
庾郎鮭菜二十七食鮭二十七種見上太常齋日三百
餘後漢周澤傳爲太常常卧疾齋宮其妻哀澤老病闚問所苦澤大怒以妻干犯齋禁遂收送詔獄謝罪時人爲之語曰生世不諧作太常妻一歲三百六十日三百五十九日齋一日不齋醉如泥上丁分膰一飽飯藏神夢訴羊蹵
蔬周禮大宗伯以脤膰之禮親兄弟之國左傳天子有事膰焉又云與執膰焉此言釋奠分胙也啓顏錄云有人常食蔬忽食羊肉夢五藏神曰羊踏破菜園世傳寒
士有食籍一生當飯百甕葅詩疆場有瓜是剝是葅新序楚惠王食寒葅而得蛭葅若今虀甕也又摘禮記醯醢百甕字以相譖也食籍見第六卷

冥冥主張審如此莊子孰主張是附郭小圃宜勤鉏
摘蘇秦傳附郭田二頃字葱秧青青葵甲綠早韭晚菘羹
糝熟南史齊周顒隱鍾山文思太子問菜食何味最勝曰春初早韭秋末晚菘莊子
藜羹不糝克虀鮮戰賴湯餅晉束皙餅賦曰玄冬猛寒清晨之會涕凍
鼻中霜凝口外充虛解戰湯餅爲最芼以荓虀與甘菊內則云雉兔皆
有芼註云菜釀也晉石崇傳云韭荓虀是擣韭根雜以麥苗耳幾日憐槐已
着花一心咒笋莫成竹白樂天食笋詩且食勿踟躕南風吹作竹
羣兒笑髯窮百巧我謂勝人飯重肉漢朱家傳食不
重味公孫弘傳汲黯曰弘位在三公奉祿甚多然爲布被詐也上問弘弘曰有之臣聞管
仲相齊有三歸侈擬於君桓公以霸晏嬰相景公食不重肉齊國亦治云云弘身食一肉

脫粟飯羣兒笑髯不若人我獨愛髯無事貧君
不見猛虎即人厭麋鹿易曰即鹿無虞人還寢皮食
其肉左襄二十一年州綽曰二子者譬於禽獸臣食其肉而寢處其皮矣濡需
終與豕俱焦莊子徐無鬼篇有暖姝者有濡需者濡需者豕蝨是也擇䟽鬣
自以爲廣宮大囿奎蹄曲隈乳間股脚自以爲安室利處不知屠者之一旦鼓臂布草操
煙火而已與豕俱焦也飫肥擇甘果非福虫蟻無知不
足驚橫目之民萬物靈莊子天地篇夫子無意於橫目之民乎書
惟人萬物之靈請食熊蹯楚千乘左文元年楚太子商臣以宮甲圍成
王王請食熊蹯而死弗听立死山壁漢公卿後漢獻帝紀建安元年車
駕至洛陽是時宮室燒盡百官披荆棘依墻壁間州郡各擁強兵而委輸不至郡僚飢乏

尚書郎以下自出採稆或飢死墻壁間或爲兵士所殺李髯作人有佳
處韓文諱辯云作人得如周公孔子亦可以止矣李髯作詩有佳句
雖無厚祿故人書杜詩厚祿故人書斷絕長飢稚子色凄凉門外
猶多長者車陳平事見上我讀揚雄逐貧賦斯人
用意未全踈逐貧賦見雄傳兹不及注

竹軒詠雪呈外舅謝師厚并調李彥深

此篇至卷終皆自汴京回至南陽作
破臘春未融杜詩臘破思端綺土膏寒不發國語云自今至
于初吉土膏其動數聲鳴條風論衡五日一風風不鳴條一夜洒
窗雪退之詠雪云洒急听窗知開軒萬物曉落勢良未歇

退之齒落詩俄然落六七勢落殊未已鏗鏗青琅玕閱此歲凛
冽退之詩豈如秋霜雖凛冽摧埋頭搶地司馬遷書見獄吏則頭搶地千
羊反意氣終自潔太白詩眼花耳熱後意氣素霓生君子謂此
君全身斯明哲詩既明且哲以保其身屋頭維女貞顏
色少澤悅琅玕此君皆謂竹以比師厚女貞木名以比李彥深稍能窺
藩籬亦有固窮節語君子固窮淵明詩不賴固窮節百世誰人傳又云
深得固窮節佳與冉冉生門外無車轍漢書陳平以席爲門
然門外多長者車轍寫之朱絲絃清坐待明月文選詩直如朱
絲絃清如玉壺冰

賦未見君子憂心靡樂八韻寄李師載

同陞吏部曹往在紀丁未山谷治平四年登第歲在丁未别離感寒暑歲星行十二歲星十二歲一周天丁未至戊午十二年蓋熙寧元年也山谷時在北京我慚雞蓋鷇太玄第四卷雞蓋鷇註蓋鷇進也進食其鷇也子歎天且劓易睽六三其人天且劓釋文天剠也剠鑿其額曰天空餘山梁期山梁見語尚不昧初志

會合良難期繫匏各異縣上見語文選樂府云他鄉各異縣展轉不相見千里共明月文選月賦歌曰美人邁兮音塵闕隔千里兮共明月如披故人面晉樂廣傳衛瓘見廣曰此人之水鏡見之瑩然如披雲霧而覩青天浮雲蔽高秋此豈心中願霧重豹成文古列女傳陶荅子治陶三年名譽不聞家富三倍其妻諫曰南山有玄豹霧雨七日而不下食欲

以澤其毛成文章也犬彘不擇食以肥其身坐而須死耳水清魚自見古樂府艷歌行曰語卿且勿眄水清石自見齊地穀翔貴前漢食貨志云穀價翔貴排門無爨饋詩洞酌可以饋饎二仲有甘旨奉親亦良勤原田水洸洸韻書云洸水涌光也何時稼如雲無民願歲豐政自不忘君無民無字誤疑是庶民劉向傳忠臣雖在畎畝猶不忘君

古人有成言歲暮於吾子眞誥愕綠華贈羊權詩云所期豈朝華歲暮於吾子斧揮郢人鼻莊子徐無鬼篇莊子送葬過惠子之墓顧謂從者曰郢人堊漫其鼻端若蠅翼使匠石斲之匠石運斤成風聽而斲之盡堊而鼻不傷郢人立不失容宋元君聞之召匠石曰嘗試為我為之匠石曰臣則嘗能斲之雖然臣之質

死久矣自夫子之死也吾无以為質矣吾無與之言矣琴即鍾期耳見上新詩凌建安魏志王粲傳粲卒於建安二十二年始文帝為五官將及平原侯植皆好文學粲與徐幹偉長陳琳孔璋阮瑀元瑜應瑒德璉劉楨公幹幷見友善高論到正始晉衛玠傳大將軍鎮豫章長史謝鯤雅重玠相見欣然言論彌日大將軍謂鯤曰昔王輔嗣吐金聲於中朝此子復玉振於江表微言之緒絕而復續不意永嘉之末復聞正始之音徒言參隔辰楊子吾不覩參辰之相比也左傳昭元年子產曰昔高辛氏有二子伯曰閼伯季曰實沈居于曠林不相能也日尋干戈以相征討后帝不臧遷閼伯於商丘主辰商人是因故辰為商星遷實沈于大夏主參唐人是因以服事夏商故參為晉星未負石投水呂氏春秋精喻篇白公問於孔子曰人可微言乎孔子不應白公曰若以石投水奚若孔子曰沒人能取之白公曰若以

水投石奚若孔子曰淄澠之合易牙能知之白雪非衆聽文選宋玉答楚王問云客有歌於郢中者其始曰下里巴人國中屬而和者數千人其為陽阿薤露國中屬而和者數百人其為陽春白雪屬而和者數十人而已其曲彌高其和彌寡夜光忌暗投見上古來不識察文選古詩一心抱區區懼君不識察浪自生百憂三月楚國淚卞和見上注以言夜光之璧千年郢中樓以言陽春白雪無因杭一葦詩一葦杭之濁水拍天流退之詩海氣昏昏水拍天

河南李茂彥內蘊邁俗心濬冲有涇渭一顧重千金文選任彥昇詩濬冲得茂彥註云傳暢贊曰王戎字濬冲為選官時江夏李重字茂曾汝南李毅字茂彥二人俱處要職戎以識會待之各得其用彥昇此詩又云

供人有涇渭非余楊濁清向秀別傳云秀與嵇康呂安爲友康傲世不羈安放逸邁俗而秀雅好讀書事親知色難勝已又勇沈見上外物既
難必求之首陽岑莊子外物篇外物不可必故龍逢誅比干戮論語夷齊餓于首陽之下
飄風從東来雨足盡西靡説苑上之化下猶風之靡草東風則草靡而西西風則草靡而東老杜云雨聲已先風散足盡西靡萬物逐波流
金石終自止説苑叢談云水浮萬物玉石留止渭因涇使濁
菲以葑故毀並見毛詩智昕無柰何誰能爲樗里史記樗里子傳滑稽多智號曰智囊秦人諺曰力則任鄙智則樗里
紛紛車馬客如集市人傳彼雖有求来我但
快一噱文選陳孔璋書必大噱也忽逢媚學子退之詩骫骳媚學子墻屏日有徒時亦撼關鑰何當携手期濠上得魚
樂見上

次韻張祕校喜雪三首

落月煙沙静湫然好風吹雪下平田瓊瑤萬
里酒增價桂玉見上一炊人少錢學子已占秋
食麥廣文何憾客無氈才名四十年坐客寒無氈此杜贈鄭廣文山谷以自見況睡餘強起還詩債臘裏春初未隔年
巷深朋友稀来往日晏兒童不掃除雪裏正
當梅臘盡民饑可待麥秋無杜詩梅蘂臘前破月令孟夏麥

秋至寒生短棹誰乘興晉王徽之傳甞居夜雪初霽月色清朗忽憶戴逵逵時在剡便夜乘小船詣之經宿方至造門不前而反人問其故徽之曰本乘興而來興盡而反何必見安道耶光入疎櫺我讀書宋齊語曰孫康家貧映雪讀書文選曹子建詩流猋激櫺軒注軒窻間也官冷無人供美酒杜詩廣文先生官獨冷何時却得步兵廚阮籍聞步兵廚人善釀求爲步兵校尉
滿城樓觀玉闌干小雪晴時不共寒潤到竹
根肥臘筍杜詩密竹復冬筍暖開蔬甲助春盤杜詩自鋤稀菜甲眼前多事觀游少觀游見上胷次無憂酒量
寛聞說壓沙梨已動會須鞭馬蹋泥看退之詩走馬來看立不正

次韻寅菴四首寅菴山谷兄大臨元明也其詩序云雙井弊廬之東得勝地結茅菴居命曰寅菴喜成四詩寄魯直可同魏都士人共和之可見山谷時在北京也

四詩說盡菴前事寄遠如開水墨圖略有生
涯如谷口楊子法言云谷口鄭子真耕乎岩石之下而名震于京師非無
卜肆在成都漢書蜀有嚴君平卜筮於成都市旁籬榛栗供
賔客滿眼雲山奉宴居禮記仲尼燕居閑與老農歌
帝力帝王世紀帝堯之時天下大和老人擊壤於道觀者歎曰大哉帝之德也老人曰吾日出而作日入而息鑿井而飲耕田而食帝何力於我哉年豐村落罷

追胥周禮小司徒之職乃會萬民之卒伍而用之以比追胥注追逐寇也胥伺捕盜賊也又云凡起徒役毋過家一人以其餘為羨唯田與追胥竭作兄作新菴接舊居一原風物萃庭隅陸機招隠方傳落陸機有招隱詩張翰思歸正在吴晉張翰吴郡吴人齊王冏辟為東曹掾見秋風起思吴中菰菜蓴羹鱸魚遂命駕而歸五斗折腰慚僕妾見陶潛傳幾年合眼夢鄉閭樂天詩春來夢何處合眼到東川白雲行處應垂涙唐狄仁傑授并州法曹參軍親在河陽仁傑登大行山反顧曰白雲孤飛謂左右曰吾親舍其下瞻悵久之雲移乃去黄犬歸時早寄書見上大若塘邊擉網魚莊子則陽篇冬則擉鼈于江擉初角切小桃

源口帶經鋤漢兒寛傳帶經而鋤詩催孺子成雞柵老杜有催宗文樹雞柵詩茶約鄰翁掘芋區爪疇芋區見蜀都賦苦楝狂風寒徹骨黄梅細雨潤如酥楝風梅雨並見上注退之詩天街小雨潤如酥此時睡到日三丈南齊天文志永明五年日出三竿盧仝詩日高丈五睡正濃杜牧之詩白頭扶不起三丈日還高自起開關招酒徒史記酈食其叱使者曰走復入言沛公吾高陽酒徒耳未怪窮山寂寞居此情常與世情踈誰家生計無閑地大半歸来已白須不用看雲眠永日老杜云看雲莫悵望又云時獨青雲涙横臆會思臨水寄雙魚見上公私逋負田園薄未至妨人作樂無見上

以同心之言其臭如蘭為韻寄李子先

往日三語掾觧道將無同我觀李校書超邁有古風晉阮瞻傳見司徒王戎戎問曰聖人貴名教老莊明自然其旨同異瞻曰將無同戎咨嗟良久即命辟之人謂之三語掾談道屢入微衛玠傳勝日親友時請一言莫不咨嗟以為入微又云衛玠談道平子絶倒閉門長蒿蓬蓬蒿繞宅見上注誰能賞遠韻太守似安豐晉庾凱雅有遠韻王戎傳進爵安豐侯

流水鳴無意白雲出無心歸去來詞雲無心而出岫水得平淡處渺渺不厭深雲行不能雨還歸碧山岑斯人似雲水廊廟等山林文選曹子建詩朝雲不歸山霖

雨成川澤前漢贊山林之士往而不能反朝廷之士入而不能出俗士得失重舍龜觀朶頤易舍尔靈龜觀我朶頤六經成市道駔儈以為師史記廉頗傳客曰天下以市道交漢貨殖傳節駔儈漢書吏道以法令為師吾學淡如水載行欲安之莊子君子之交淡如水左傳襄二十四年子産寓書告范宣子曰夫令名德之輿也恕思以明德則令名載而行之揚子法言或問孔子知其道之不用也則載而惡乎之曰之後世君子惟有無心子白雲相與期

攡藏褫冠冕文選扶風歌抱膝獨攡藏易訟卦或錫之鞶帶終朝三褫之後漢鄧禹贊褫龍章於終朝左昭九年伯父裂冠毀冕寂寞歸丘園一瓢俱好學伯仲吹篪壎政以此易彼韓文柳子厚墓志以

彼易此孰得孰失高車宅朱門得失固有在難為俗人言司馬遷書云悲夫事未易一二與俗人言也又云此可與智者道難與俗人言也

攜手力不足七年坐乖離此詩乃元豐二年歲已未北京解官後作也在北京首尾跨七年選詩乖離即長衢愁思不能眠起視夜何其殘月掛破鏡古樂府云破鏡飛上天謂月半也寒星淵天垂明明故人心維斗終不移見上窮閻蒿蔓𦽅富屋酒肉臭禮記富潤屋漢霍去病傳重車餘弃粱肉而士有飢肉杜詩朱門酒肉臭路有凍死骨酒肉令人肥蒿蔓令人瘦欲從鍾鼎食家語子路曰親没之後累茵而坐列鼎而食史記貨殖傳洗削薄技也而郅氏鼎食馬醫淺方張里擊鍾鮑照詩擊鍾陳鼎食方駕自相求復恐憂患構秦時千户侯寂寞種瓜後蕭何傳召平者故秦東陵侯秦破為布衣貧種瓜長安城東瓜美故世稱東陵瓜客從濟南来李子先及前篇李得叟皆在濟南山谷毋黨也遺我故人書墨淡字踈行杜詩墨淡字欹傾故人情有餘上言猶健否次問意何如只今意何有思食故溪魚古樂府詩云客從遠方來遺我雙鯉魚呼兒烹鯉魚中有尺素書長跪讀素書書中意何如上言加餐飯下言長相思吾子有嘉德譬如含薰蘭清風不來過歲晚蒿艾間淵明飲酒詩云幽蘭生前庭含薰待清風清風脫然至見别蒿艾中古

来百夫雄白首在澗槃詩百夫之特又考槃在澗非關自取重杜詩云非關足无力又云非關故安排直為知人難書在知人惟帝其難之

見子瞻粲字韻詩和答三人四返不困而愈崛奇輒次韻寄彭門三首按東坡集乃熙寧七年冬除夜病中贈段屯田時在密州山谷和章乃元豐初

公材如洪河灌注天下半文選吴都賦欲碒乎數州之間灌注乎天下之半風日未嘗攖終上句洪河之義莊子徐無鬼篇故曰風之過河也有損焉日之過河也有損焉請只風與日相與守河而河以為未始有攖也晝夜聖所歎見論語名世二十年窮無歌舞玩入宮又見妬女無美惡入宮見妬見鄒陽傳徒友飛鳥散莊子山木篇孔子問於子桑雩曰吾再逐於魯伐樹於宋削迹於衛窮於商周圍於陳蔡之間吾犯此數患親交益疎徒友益散何歟李陵傳各鳥獸散猶有得脫一飽事難諧事不諧矣見宋弘傳五車書作伴莊子惠施多方其書五車風雨暗樓臺雞鳴自昏旦詩風雨如晦雞鳴不已錐非錦繡贈欲報清玉案文選張平子四愁詩美人贈我錦繡段何以報之青玉案文似離騷經詩窺關雎亂語師摯之始關雎之亂賤生恨學晚曾未奉巾盥内則盥卒授巾昨夢雙鯉魚雙鯉事見東坡在彭門荅山谷書見集中遠託鄭人緩莊子列禦寇篇鄭人緩也呻吟裘氏之地三年而緩為儒風義薄秋天謝靈運傳論云高義薄雲天老

杜云高義薄曾雲神明還舊貫法書要録庾翼與羲之書云忽見足下答
家兄書煥若神明頓還舊貫更磨薦禰墨後漢孔融上疏薦禰衡推
挽起疲懦忽忽未嗣音徽陽歸候炭漢天文志冬至
短極縣土炭孟康曰先冬至三日懸土炭於衡兩端輕重適均冬至日陽氣至則炭重夏
至日陰氣至則土重仁風從東来拭目望齋舘烏聲日
日春柳色弄晴暖漫有酒盈樽何因見此粲
歸去來詞云携幼入室有酒盈樽詩子兮子兮如此粲者何
人生等尺捶豈耐日取半莊子篇末云一尺之捶日取其半萬
世不竭辯者如此與惠施相應終身無窮誰能如秋虫長夜向壁
嘆朝四與暮三適為狙公玩臭腐輾神奇莊子

知此篇臭腐復化為神奇神奇復化為臭腐喑噫卽飄散我觀萬
世中獨立無介伴小黠而大癡退之送窮文曰子知我名
凡我所為驅使令去小黠大癡夜氣不及旦孟子云云低首甘拳
養尻脽登俎案見前食驢腸詩註所以終日飲醉眠
朱碧亂醉眠當是醉眼玉臺新咏夜愁詩云誰知心眼亂看朱忽成碧無人
明此心忍垢待濯盥仰看東飛雲尺使衣帶
緩文選古詩相去日已遠衣帶日已緩先生古人學百氏一以
貫見義勇必為少作衰俗懦忠言願回天唐張
玄素傳魏徵歎曰張公論事有回天之力不忍斆吞炭讓吞炭還從
股肱郡漢季布傳上曰河東吾股肱郡故特召君耳待詔圖書館

東壁二星天子圖書之秘府也東坡為郡仍直史館投壺得賜金杜詩能畫
毛延壽投壺郭舍人西京雜記郭舍人善投壺每為武帝投壺輒賜金帛侏儒餘
飽暖寧令東方公但索長安粲東方朔傳上召問朔何恐
侏儒為對曰侏儒飽欲死臣朔飢欲死臣言可用幸異其禮不可用罷之無令但索長安
米惠帝紀曰為鬼薪白粲注取薪給宗廟為鬼薪坐擇米使正白為白粲郭舍人及侏儒
以比當時附會而進者東方朔比東坡
元龍湖海士毀譽略相半下床臥許君上床
自永嘆魏志季布傳陳登者字元龍卒後許汜與劉備並在荊州牧劉表坐與表
共論天下人汜曰陳元龍湖海之士豪氣不除備謂表曰許君論是非表曰欲言非此君
為善士不宜虛言欲言是元龍名重天下備問汜君言豪宕有事耶汜曰昔遭亂過下邳

見元龍元龍無客主之意久不相與語自上大牀卧使客卧下牀備曰君有國士之名今
天下大亂帝王失所望君憂國忘家有救世之意而君求田問舍言無可采是元龍所諱
也表大笑丈夫屬有念鮑明遠集中詩云幽居屬有念含意未連詞退之秋
懷詩丈夫屬有念事業無窮年人物非所玩書旅獒云玩人喪德玩物喪志
坐令結歡客杜詩常恨結驩淺化為煙霧散武功有
大略元和姓纂蘇氏自武功徙焉亦復寡朋伴詠歌思見
之長夜鳴曷旦禮坊記詩云相彼盍旦尚猶惡之註夜鳴求旦之鳥人猶
惡其反晝夜盍音渴東南望彭門官道平如案老杜云東屯大
江北百頃平若案簡書束縛人一水不能亂詩公劉涉渭為
亂註云正絕流曰亂斯文媿秬鬯可用圭瓚盥書平王錫晉文

侯秬鬯圭瓚作文侯之命論語子曰禘自既灌而往者吾不欲觀之矣注灌者酌鬱鬯於太廟以降神也東坡和此篇云於我如既盥盥灌古字通使誠求活國醫何忍棄和緩晉侯求醫於秦秦使醫和視之文子曰醫及國家乎對曰上醫醫國其次醫人開疆日百里詩曰闢國百里都內錢朽貫史記平準書云京師之錢累巨萬貫朽而不可校銘功甚偉廼見儒生懦且當置是事勿使冰作炭熈寧五年收復熈州十年交阯納欵銘功當是此等事鹽鉄論冰炭不可以同器淵明詩孰若當世上冰炭滿懷抱退之聽穎師琴云穎乎尒誠能無以冰炭寘我腸上帝羣玉府穆天子傳羣玉之山先王之所謂策府道家蓬萊館後漢書學者稱東觀為老氏藏室道家蓬萊曲肱夏簟寒炙背冬屋暖嵇康絕交書野人有

快炙背而美芹子者欲獻之至尊只令文字垂萬世星斗粲

再和寄子瞻聞得湖州

天下無相知得一已當半桃僵李為仆古歌詩曰桃生露井上李樹生桃傍虫來囓桃根李樹代桃僵見藝文類聚芝焚蕙增歎文選歎逝賦云信松茂而栢悅嗟芝焚而蕙歎佳人在江湖照影自娛玩一朝入漢宮掃除備冗散漢申屠嘉傳冗官居其中註云冗謂散輩也如今散官何如終流落長作朝雲伴文選高唐賦妾在巫山之陽高丘之阻旦為朝雲暮為行雨相思欲面論坐起雞五旦身慙尸廪禄有罪未見案後漢孔融傳丁零盜蘇武牛羊可并案也公文雄萬夫皦皦不自減

穀皆亡羊莊子駢拇篇臧與穀二人相與牧羊而俱亡其羊問臧奚事則挾筴讀書問穀奚事則博塞以遊二人者事業不同其於亡羊均也要以道湔盥傳聲向東南王事不可緩孟子民事不可緩也春波下數州快若七札貫左傳成十六年鄢陵之戰養由基蹲甲而射之徹七札焉推鼓張風帆相見激衰懦空文不傳心千古付煨炭安得垂天雲莊子翼若垂天之雲飛就吳興館吳興郡湖州也魚饜柳絮肥孔毅甫雜記云永叔稱聖俞河豚詩云春洲生荻牙春岸飛楊花河豚於是時貴不數魚蝦以謂河豚食柳絮而肥聖俞破題兩句便說盡河豚好處乃永叔褒譽之詞也其實不尒此魚盛於二月至柳絮時魚已過矣石林詩話所言略同筍煮溪沙暖解歌使君詞樽前有

三粲國語周語曰三女奔密康公公母曰必致之王夫粲美物也衆以美物臨而何德以堪之

次韻答堯民

君問蘇公詩疾讀思過半譬如聞韶耳三月忘味歎見論語班孟堅幽通賦云虞韶美而鳳儀兮孔忘味於千載我詩豈其朋組麗等俳玩揚子霧縠之組麗女工之蠹矣司馬遷書云文史星曆近乎卜祝之間固主上所戲弄倡優畜之漢書枚皐言為賦迺俳見視如倡不聞南風絃禮記舜作五絃之琴以歌南風同調廣陵散嵇康傳康將刑東市索琴彈之曰昔袁孝尼嘗從吾學廣陵散吾每靳固之廣陵散於今絕矣鶴鳴九天上肯作家雞伴詩鶴鳴于九皐南史王僧虔傳小兒輩賤

家難借用之晁子但愛我品藻私月旦後漢許劭傳劭與兄靖好覈論鄉黨人物每月輒更其品題故汝南有月旦評焉官閑樂相從
梨栗供杯案淵明責子詩但覓梨與栗前漢貢禹傳見賜杯案畫文畫金銀飾後漢董卓傳偃轉杯案間門靜鳥雀嬉花深蜂蝶亂忽
蒙加禮貌齋戒事摺盥問大心更小杜詩成王功大心轉小此摘其字意督辭反緩君材於用多舞選弓
矢貫齊國風舞則選兮射則貫兮聰明回自照傳燈錄靈居義能曰迴光返照看身心是何物勝已果非懦我如相繪事素質
施朽炭見論語古来得道人非獨大庭館列子黃帝篇退而間居大庭之館齋心服形畫寢而夢遊於華胥氏之國晁子已不疑

冬寒春自暖繫表知藥言擇友得荀粲魏志荀彧傳註云粲字奉倩諸兄並儒術論議而粲獨好言道常以為子貢稱夫子之言性與天道不可得聞然則六籍雖存因聖人之糠粃粲兄俣難曰易亦曰聖人立象以盡意繫辭焉以盡言則微言胡為不可得而聞見哉粲曰蓋理之微者非物象之所舉也今稱立象以盡意此非通乎意外者也繫辭焉以盡意此非言乎繫表者也斯則象外之意繫表之言固蘊而不出矣當時能言者不能屈也

春遊

終日桃李蹊李廣贊桃李不言下自成蹊春風不相識太白詩春風不相識何事入羅幃同我二三子承我作意力把
酒忘味着看花了香寂楞嚴經云香嚴童子白佛言見諸比丘燒沉水香香氣寂然来入鼻中晴雲散長空曠蕩無限隔杜詩是身如浮雲安可限南北南都賦上平衍而曠蕩身為胡蝶夢見上本
自不漁色禮坊記諸侯不下漁色春蟲勸人歸謂杜鵑今
我誠是客淵明詩家為逆旅舍我如當去客文選詩人生天地間忽如遠行客歎逝賦云託末契於後生余將老而為客歸来翻故紙書尾見麟
獲傳燈錄古靈禪師傳其師在窗下看經蜂子投窗紙求出師曰世界如許廣闊不肯出鑽他故紙驢年出此用其字左哀十有四年春西狩獲麟註云春秋絕筆於獲麟之一句文字非我名聊取二三策樂天詩黃紙除書非我名孟子武城取二三策

次韻感春五首

我與子桑友既徃雨彌旬莊子曰子輿子桑友而淋雨十日子輿曰子桑殆病矣裹飯而徃食之交情未曾改用漢書翟公書門之語而反其意所謂一死一生乃知交情一貴一賤交情乃見天地忽趍新東
風無行迹佳氣滿城闉鮑明遠詩嚴車臨迥陌延瞰歷城闉麥
苗生陂隴歎息不食陳麥生陵陂見上註左傳不食新矣今已及麥故云不食陳誰能裹飯来定是寂寞人一曲古流
水志在流水見上註試拂絃上塵古木少生意輪囷
卧河濵慙愧桃與李相隨見陽春
張侯脫朝衣見褐多純緑禮記深衣具父毋衣純以青聞
道無米春煑术學辟穀神仙傳淯子齊人也好餌术張良傳即導

引不食谷註服辟谷藥官吏但索錢退之嗟哉董生行云門外惟有吏日來徵租更索錢詔書哀惸獨小雅哿矣富人哀此惸獨東方九尺長不得侏儒禄東方朔事見上屋中聲鵝鴈日暮攪心曲退之酬崔十二云有時未朝飡得米日已晏隔墻聞讙呼衆口極鵝鴈心曲見上註窮巷無桃李縕袍非春服見論語我吟白駒詩知君在空谷

祁寒不可怨天道自平分書冬祁寒小民亦惟曰怨咨宋玉九辨云皇天平分四時兮切獨悲此凜秋退之詩云皇天平分成四時春風誕謾最可悲及爾春風来四肢有餘温丈夫力如虎詩簡兮有力如虎為人行灌園鄒陽書於陵仲子辭三公爲人灌園椒蘭工

壅蔽未可怨芳蓀離騷經云余以蘭爲可恃兮羌無實而容長椒專佞以慢慆兮樧又欲充夫佩幃又云覽椒蘭其若茲兮又况揭車與江離註云蘭懷王少第司馬子蘭也椒楚大夫子椒也寒魚守窮轍蒙呴一沫息莊子泉涸魚相與處於陸相呴以温相濡以沫窮轍見後篇枯魚注一朝被湔祓吹毛見瘢痕國策汗明說春申君曰君獨無湔祓僕也文選廣絶友論云剪拂使其長鳴註云與湔祓同吹毛求疵見前漢中山靖王勝傳君面有瘢美玉可以滅瘢註云瘢瘡痕也見王莽傳

鳥聲春漸長煙雨春薄暮風光不長妍如客暫時寓芸芸物争時老子曰夫物芸芸各復歸其根天地有常度東方朔客難曰天有常度地有常形君子有常行我行觀大河

黃流日東騖退之感二鳥賦出國門而東騖喟然欲乘桴見語莽不見洲渚張侯但飲酒無用恨覉旅十年富貴子今作一丘土文選七哀詩昔爲萬乘君今爲丘山土茶如鷹爪拳湯作蠏眼煎時邀草玄客北苑修貢録茶有小芽有中芽小芽者其小如鷹爪蔡君謨茶録云候湯最難未熟則沫浮過熟則茶沉前世謂之蟹眼者過熟湯也揚雄傳云時雄方草大玄有以自守泊如也晴明坐南軒笑談非世故嵇康書云世故繁其慮七不堪也獨立萬物先春風引車馬隱隱何闐闐蜀都賦車馬雷駭轟轟闐闐高蓋相磨戞騎奴争道喧史記田仁任安傳曰平陽主家令兩人與騎奴同席而食漢霍光傳兩家奴争道杜詩瑶池氣欝律羽林相摩戞

吾人撫榮觀宴處自超然老子曰雖有榮觀燕處超然城中百年木有鵲巢其顛鳲鳩来相宅日暮更謀遷書洛誥云召公既相宅詩維鵲有巢維鳩居之

聖東將寓于衛行乞食於齊有可憐之色再次韻感春五首贈之

温氣冰底歸忽忽六過旬易曰過旬災也園林改柯葉禮器云如竹箭之有筠也如松栢之有心也故貫四時而不改柯易葉鳥聲日日新耕稼百年外四郊無短闥曲禮四郊多壘此卿大夫之辱也高丘試顧望俯仰迹已陳蘭亭禊飲序云俛仰之間已爲陳迹信陵松欝欝不見曩時人史記魏公子无忌封

為信陵君大名府即魏也空懷負暄賞列子宋國有田夫謂其妻曰負日之
暄人莫知者以獻吾君將有重賞莫望屬車塵司馬相如諫獵書云犯屬
車之清塵詩意言雖不忘君而無因自進也腹中書萬卷阽死溝
壑濱騷經云阽余身而危死兮漢文紀云阽於危亡註云近邊欲墮之意音簷一音
反坫之坫東方朔傳先狗馬塡溝壑投壺與射覆一笑物皆春
東方朔傳上嘗使諸數家射覆置守宮盂下射之皆不能中朔自贊曰臣嘗受易請射之
迺別著布卜而對曰臣以為龍又無角謂之為蛇又有足跂跂脈脈善緣壁是非守宮即
蜥蜴上曰善賜帛十疋復使射他物連中輒賜帛朔平原厭次人厭次今棣州所治縣也
與大名相近神異經曰玉女投壺天為之笑則為電
種萱欲遺憂叢薄空自綠嵇康養生論云合歡蠲忿萱草忘憂

洗心日三省易聖人以此洗心語吾日三省吾身人亦不我穀
詩此邦之人不我肯穀誰能書窻下草玄抱幽獨太白詩誰
能書閣下白首太玄經抱獨見陶詩白首官不遷校書漢天祿
三世不徙官校書天祿閣見雄傳身當萬户侯見此篇上谷註鼓吹
擁部曲鮮佩着犀渠吳都賦家有鶴膝户有犀渠註鶴膝矛也犀渠
楯也張弓插彫服周禮司弓中秋獻矢菔韓文弓韔服矢插房何時
李將軍射獵出上谷李廣傳數從射獵文帝曰令當高祖時萬户侯
何足道哉景帝時為上谷太守
春風鳴布穀尒雅鳲鳩鵲鵴註今布谷也杜詩云布谷處處催春種天
道似勸分左僖二十一年務穡勸分持饑望路人誰能顏

色溫笑憶枯魚說詼諧老漆園莊子曰莊周貸粟於監河
侯監河侯曰我將得邑金貸子三百金可乎周曰周昨來有中道而呼者周顧視車轍中
有鮒魚焉周問之對曰我東海之波臣君豈有斗升之水而活我哉周曰我且南遊吳越
之王激西江之水而迎子可乎鮒魚忿然作色曰吾得斗升之水然活耳君乃言此曾不
如索我於枯魚之肆詼諧見東方朔贊漆園見上註湘纍不得祿哀怨
寫荃蓀楊雄弔屈原文曰因江潭而滛記兮敬弔楚之湘纍千年澗谷
松慚愧雨露恩思為萬乘器萬乘器見上註顧掩斧
鑿痕退之詩徒觀斧鑿痕
風雨桃李華佳人來何暮後漢廉范傳廉叔度來何暮時日暮
碧雲合佳人殊未來安齊果未安寓衛豈所寓庾信集中詠懷

詩云寓衛非所寓安齊獨未安按左傳晉公子重耳出奔及齊齊桓公妻之有馬二十乘
公子安之從者以為不可國風式微黎侯寓于衛張侯室縣磬見上註
得酒美無度詩彼其之子美無度常憂腐腸死三國陳思王傳
註云丁儀父沖過諸將飲醉爛腸死文選枚乘七發云命曰腐腸之藥須我嫁
阿騖三國朱建平傳初荀攸鍾繇相親善攸先亡子幼繇與人書曰吾與公達曾共
使朱建平相建平曰荀君雖少然當以後事付鍾君吾時啁之曰惟當嫁卿阿騖耳何意
戲言遂驗乎今欲嫁阿騖使得善處雙魚傳尺素何處迷春渚
文選詩客從遠方來遺我雙鯉魚呼童烹鯉魚中有尺素書啼鳥勸不歸
曉鞍逐行旅遥知登樓興信美非吾土王粲登樓
賦雖信美而非吾土兮曾何足以少留

魯公但食粥，百口常憂煎。顔魯公帖云拙於生事舉家食粥已數月今又罄竭秪益憂煎惠及少米實濟艱勤金張貴席寵，張安世傳功臣之世惟有張氏親近貴寵比於外戚劉向傳産祿席太后之寵註席因也奴隸乘朱軒。鮑照詩奕奕朱軒馳丈夫例寒餓，萬世無後先。風霾天作惡，詩終風且霾義之傳輒作數日惡雷亦怒闐闐。俄傾花柳靜，煙暖谷鳥喧。司空圖集戴容州云詩家之景如藍田日暖良玉生煙人事每如此，飜覆不常然。杜萬事反覆何所無高位又下流，多謗議。司馬遷荅任安書貧下未易居下流多謗議疾顛。國語高位實疾僨厚味實腊毒空餘壯士志，不遂四時遷。選請賞逐四時移

山谷外集詩註卷第五

山谷外集詩註卷六

次韻盖郎中率郭郎中休官二首

仕路風波雙白髮，閑曹笑傲兩詩流。故人相見自青眼，見阮籍傳新貴即今多黑頭。晉王珣與謝玄俱爲桓溫所重溫曰王掾當作黑頭公杜詩舊交新貴音書絶熙豐多擢用新進少年桃葉柳花明曉市，荻牙蒲笋上春洲。定知閒健休官去，樂天詩放慵長飽睡閒健且閑行又云聞健此時相勸醉偷閑何處共尋春酒户家園得自由。元註云郭丈時御道中臺御史所訶故有此句杜詩送客逢花可自由退之詩我云以病歸此已頗自由唐人以野服過親黨飯頗爲分酒量爲酒户樂天詩户大嫌甜酒

世態已更千變盡，心源不受一塵侵。一作險阻艱難青春白日無公事，四十二章經斷欲去愛識自心源達佛深理親得力是非憂患飽經心紫燕黃鸝俱好音。杜詩隔葉黃鸝空好音付與兒孫知伏臘，聽教魚鳥逐飛沈。南史梁世子方等傳嘗著論曰吾不及魚鳥遠矣魚鳥飛浮任其志性吾之進退常在掌握白樂天詩雙鳳栖梧魚在藻飛沈隨分各逍遥黃公壚下曾知味，晉王戎傳戎嘗經黃公酒壚下過顧謂後車曰吾昔與嵇叔夜阮嗣宗酣暢于此定是逃禪入少林。杜詩醉中往往愛逃禪傳燈録菩提達磨居于洛陽寓止嵩山少林寺面壁而坐

次韻郭右曹

閱世行老將斲輪潘安仁歎逝賦川閱水以成川水滔滔而日度世閱人而爲世人冉冉而行暮莊子行年七十而老斲輪詳見荅子高詩註那能不朽見仍雲見墨竹賦註歲中日月又除盡左太冲吳都賦露往霜來日月其除聖處工夫無半分退之感春詩惜哉此子巧言語不到聖處寧非癡秋水寒沙魚得計莊子云於蟻棄智於魚得計

南山濃霧豹成文見上古心自有著鞭地退之詩孟生江海士古貌又古心著鞭見祖逖傳尺璧分陰未當勤文子曰聖人不貴尺璧而重寸陰淮南子曰禹之趨時冠掛不顧故曰不貴尺璧而重寸陰晉陶侃語人曰大禹聖人乃惜寸陰至于衆人當惜分陰

送楊瓘鴈門省親二首從予學易業未成辭歸

執戟老翁年七十人看生理亦無聊草玄事業窺周易作賦聲名動漢朝楊雄事見上本傳無執戟字文選曹子建與楊德祖書云楊子雲先朝執戟之臣耳註云爲郎皆執戟今見遠孫勤翰墨還持遺藁困簞瓢見論語三年鄉校趨晨鼓入北京郡庠也一日邊城聽夜刁李廣傳不擊刁斗自衛邊城謂代州鴈門郡也野飯盈盤厭葱韭莊子徐無鬼篇徐無鬼見武侯武侯曰先生居山林食芧栗厭葱韭以賔寡人春風半道解狐貉揚子舉世寒貉狐不亦燠乎歸時定倒迎門屣問鴈安能學度遼後漢王符傳度遼將軍皇甫規解官歸安定鄉人有以貨得鴈門太守者亦去職還家刺謁規規卧不迎既入而問鄉前在郡食鴈美乎有頃又白王符在門規素聞符名乃驚遽而起衣不及帶屣履出迎退之後漢三賢贊云皇甫度遼聞至乃驚衣不及帶屣履出迎豈若鴈門問鴈呼卿

蜀客出表世蜀客謂楊子雲蜀人也而客於京師獨升鄒魯堂言其學孔孟如論語所言由也升堂矣未入於室也蚊虻觀得失莊子云蚊虻噆膚淮南子云毀譽之於已也猶蚊虻之一過也子雲於得失亦然虎豹擅文章易革卦九五大人虎變象曰其文炳也上六君子豹變象曰其文蔚也吾子已強學儒行云夙夜強學以待問草玄宜不忘江河須畎澮書益稷禹曰予決九川距四海濬畎澮距川此言積畎澮而成江河勸其博學松栢要冰霜馬策路千里鴈門書數行旨甘君有婦內則云慈以旨甘玉臺新詠使君自有婦尺璧愛分光見上

次韻荅張沙河知邢州沙河縣

張爽堂堂身八尺曾子曰堂堂乎張也漢張蒼長八尺餘老大無機如漢陰莊子曰子貢過漢陰見一丈人方將爲圃畦鑿隧而入井抱甕而出灌子貢曰有械於此鑿木爲機後重前輕挈水若抽其名爲槔夫子不欲乎爲圃者曰吾聞有機械者必有機事有機事者必有機心吾非不知羞而不爲也杜詩鹿門自此往來息漢陰機猛摩虎牙取吞噬法言云茅焦雖辯摩虎牙矣此語必有謂自歎日月不照臨詩國風云日居月諸照臨下土策名日已汙軒冕左傳策名委質軒冕見上逃去未必焚山林琴操曰介子推作龍蛇之歌而隱文公求之不肯出乃燔木子推抱木而死魏志太祖聞阮瑀名辟之不應逃入山中太祖使人焚山得之我評君才甚高妙孤

竹截管空桑琴漢律歷志黃帝使伶倫自大夏之西昆侖之陰取竹之解谷生其竅厚均者斷兩節間而吹之以爲黃鍾之宮周禮曰孤竹之管雲和之琴瑟雲門之舞又曰孤竹之管空桑之琴瑟咸池之舞杜子美朝獻太清宮賦空桑孤竹貴之多李太白明堂賦孤竹代奏空桑和鳴四十未曾成老翁文選魏文帝與吴質書曰已成老翁但未白頭耳老杜詩文夫蓋棺事始定君今幸未成老翁紫髯垂頤欝森森獻帝春秋曰張遼問吴降人向有紫髯將軍是誰降人荅曰是孫會稽眉宇之間見風雅文選枚叔七發云陽氣見於眉宇之間侵淫而上杜詩眉宇眞天人陸士衡辯士論風雅則諸葛瑾張承步騭以聲名光國杜詩詞華傾後輩風雅藹孤騫藍田煙霧生球琳李商隱詩藍田日煖玉生煙司空圖集云詩家之景如藍田日暖良玉生煙禹貢云厥貢惟球琳琅玕曾中

碨磊政須酒見上東海可攬北斗斟詩維北有斗不可以挹酒漿楚詞九歌云援北斗兮酌桂漿古人已悲銅雀上不聞向時清吹音文選弔魏武帝文曰吾婕妤妓人著銅雀臺月朝十五日輒向帳作妓文選謝立暉銅雀臺詩云欝欝西陵樹詎聞歌吹聲鮑明遠集行路難云不見柏梁銅雀上寧聞古時清吹音銅雀臺在相州相魏鄴境也可見大名作百年毀譽付誰定取醉自可結舌瘖取醉見上晉叚灼傳云知直之不用皆杜口結舌使公繫腰印如斗晉周顗傳顧左右曰今年殺諸賊奴取金印如斗大繫肘駟馬高蓋驅騤騤漢于定國傳少高大門閭令容駟馬高蓋車詩載驟騤騤親朋改觀婢僕敬成都男子寧臭今孟郊詩云親賓改舊觀僮僕生新敬漢蕭望之傳蕭育杜陵男子何詣曹也

又言屋底甚懸罄懸罄見上兒婚女嫁取千金後漢向長傳男女娶嫁古来聖賢多不飽杜詩自古聖賢多薄命誰能獨無父母心孟子父母之心人皆有之白樂天詩遂令天下父母心不重生男重生女衆雛墮地各有命強爲百草憂春霖佛書云朝生王子一日墮地便勝凡人傅立樂府云男兒當門戶墮地自生神前集書贈俞清老其略云男女婚嫁渠儂墮地自有衣食分齊今蹙眉終日者正爲百草憂春雨耳艾封人子暗目睫與王同床悔沾襟艾封人子見上史記齊使者至越曰幸也越之不亡也吾不貴其智之如目見毫毛而不見其睫也隴鳥入籠左右啄文選鸚鵡賦鸚鵡慧而入籠鸚鵡賦命虞人於隴坻南方異物志廣管雷羅等州多鸚鵡但稍小不及隴山者杜詩隴俗輕鸚鵡原情類鶺鴒

終日思歸碧山岑韓詩遥岑出寸碧一生能幾開口笑莊子盜跖篇其中開口而笑者一月之中不過四五日而已矣樂天詩人生開口笑百年都幾廻何忍更遣百慮侵易云一致而百慮杜詩撫事煎百慮忽投雄篇寫逸興仰占乾文動奎參書斷曰蒼頡仰觀奎星圓合之勢合而爲字孝經援神契云奎主文章詳見和荅莘老詩註奎婁胃昴畢觜參參與奎皆西方七宿故云自陳使酒嘗罵坐漢書季布使酒難近灌夫罵坐不敬惜子不與朋合簪易豫九四朋合簪杜詩盍簪喧櫪馬君材蜀錦三千丈要在刀尺成衣衾文選郭素機詩衣上秉刀尺棄我忽若遺南朝例有風流癖楚地俗多詞賦淫用晉書杜預左傳癖皇甫謐書淫之義言姚惑也漢趙充國等贊曰今之詞謡

慷慨風流猶存耳嵇康琴賦體制風流莫不相襲沈約宋書謝靈運傳論云在下祖習如
風之散如水之流風流之意本自如此耳而江左諸人非獨然也南史謝晦傳時謝混風
流爲江左第一張融傳云阿兄風流頓盡以此推之可見當時好尚流俗相扇故曰風流
癖也詞賦皆祖屈宋號爲楚詞故曰詞賦淫法言云詞人之賦麗以淫蓋言其文詞靡麗
與此意不同屈原離騷豈不好只今漂骨滄江濤
屈原作懷沙之賦於是懷石遂自投汨羅以死見史記本傳正令夷甫開
三窟晉王衍傳衍字夷甫雖居宰輔而爲自全之計乃以弟澄爲荊州族弟敦爲青
州謂曰卿二人在外而吾留此足爲三窟矣獺以我道皆成禽揚子
云獺德而得德前集有詩云安得八紘罝以道獺衆智文選張平子思玄賦結典籍以爲
罟兮驅儒墨以爲禽取此意也温恭忠厚神所勞詩豈弟君子神所勞
矣於魚得計豈厭深魚得計見莊子又云魚鱉不厭深丈夫
身在要勉力退之詩學問藏之身身在則有餘豈有吾子終
陸沈莊子云方且與世違而不屑與之俱是陸沈者也鄙人相士蓋
多矣漢高祖紀臣少好相人相人多矣無如季相勿作蔡澤笑噤
吟揚雄解嘲云蔡澤雖噤吟而笑唐舉噤音巨錦反吟魚錦反按史記蔡澤傳澤從唐
舉相曰吾聞先生相李兌曰百日之內持國秉政有之乎唐舉熟視而笑曰先生曷鼻巨
肩魋顏蹙齃膝攣吾聞聖人不相殆見先生乎

送張沙河遊齊魯諸邦

張侯去沙河三食鄴下麥沙河屬邢州鄴今相州也用老杜一
別星橋夜三移斗柄春之意筆力望晁董錯與仲舒頗遭俗眼

白晉阮籍傳能爲青白眼見禮俗之士以白眼對之平生學經綸曾
中負奇畫未論功活人後漢長沙太守張機中景有南陽活人書
飽飯不常得老杜但使殘年飽喫飯妻寒尚賓敬左傳初臼
季使過冀見冀缺耨其妻饁之敬相待如賓兒餓猶筆墨側聞共
伯城共城縣屬衛州魚稻頗宜客又持塵生甑後漢范丹
字史雲閭里歌之曰甑中生塵范史雲釜中生魚范萊蕪欲往立四壁四壁
見上平生貸米家十輩來簿責漢婁敬傳使者十輩來周亞夫
傳吏簿責亞夫囊無孔方兄晉魯褒錢神論曰親愛如兄字曰孔方面
有在陳色論語十五在陳絕糧守株伺投兔韓非子曰宋人有耕
者田中有株兔走觸折頭而死因釋耕守株冀復得兔爲宋國笑歲晚將何
獲廣道無人行春風轉沙石棲棲馬如狗論語
十四微生畝謂孔子曰丘何爲是棲棲者歟後漢陳蕃傳陳留朱震字伯厚三府謠曰車
如雞棲馬如狗疾惡如風朱伯厚去謁東侯伯布衣未可量
蒼髯身八尺魚乾要斗水得斗升之水然活矣見上註士
困易爲德孟子云飢者易爲食渴者易爲飲史記平原君傳士方其危苦之時
易德耳譬之舉大木人借一臂力呂氏春秋云今舉大木者
前呼輿謣後亦應之此其於舉大木者善矣豈無鄭衛之音哉然不若此其宜也淮南子
曰舉大木者前呼邪許後亦應之餘同呂覽莊子曰吾終身與汝交一臂而失之此摘其
字諸公感意氣鮑明遠詩意氣相傾死何有豈待故相識
吾窮之祖餞折柳當馬策左傳文十三繞朝贈之以策註策馬

摑此詩蓋以張沙河往作游士山谷以詩先焉庶幾諸人合力資之意氣相感不必舊相識也

和張沙河招飲

張侯耕稼不逢年史記佞幸傳諺曰力田不如逢年善仕不如遇合過午未炊兒女煎退之詩有時未朝飡得米日已晏隔牆聞讙呼衆口極鵝鴈腹裏雖盈五車讀杜詩男兒須讀五車書囊中能有幾錢穿後漢趙壹傳爲詩曰文籍雖滿腹不如一囊錢杜詩囊空恐羞澁留得一錢看況聞緼索尚黃葛可怕雪花鋪白氊太白北風行云燕山雪花大如席老杜詩糝徑楊花鋪白氊誰料丹徒布衣得葛長民傳今日欲爲丹徒布衣豈可得耶今朝忽有酒如川左氏昭十二穆子曰有酒如淮齊侯曰有酒如澠杜詩不有小舟能盪槳百壺那得酒如川一作泉

同堯民游靈源廟廖獻臣置酒用馬陵二字賦詩

靈源廟前木我昔見拱把外集刪去詩中有會靈源廟下池亭詩云繫馬著柳堤置酒臨魏城魏即北京也孟子曰拱把之桐梓註云拱合兩手也把以一手把之也七年身屢到鬱鬱蔭簷瓦退之聯句云紅皺曬簷瓦春風響馬銜文選海賦云海童邀路馬銜當蹊此借用以言馬口銜勒也並轡客蕭洒更顧少君賢置酒意傾寫齋堂有佳處花柳輕婭姹樽前集和凝詞云婭姹含情嬌不語蓮

塘想舊葉稻畦識枯苴莊子曰其土苴以治天下釋文云土苴如糞草也開闢撫洪河黃流極天瀉憶昔武皇來繫璧沉白馬從官親土石捆負至鰥寡空餘瓠子詩哀怨逼騷雅漢溝洫志云孝武元光中河決於瓠子東南注鉅野發卒數萬人塞瓠子決河於是上以用事萬里沙還自臨決河湛白馬玉璧令羣臣從官自將軍以下皆負薪寘決河上既臨河決悼功之不成迺作歌曰瓠子決兮將奈何云云白圭自聖禹今誰定真假孟子云白圭曰丹之治水也愈於禹孟子曰子過矣禹之治水云云退之詩古聲久埋滅無由見真濫晁子叢讜言文選東都賦讜言弘說註美言也音黨漢書敘傳上曰吾久不見班生今日復聞讜言註善言也聖功諒難亞排河著地中勢必千里下移民就寬閑何地不耕稼此論似太高張釋之傳卑之毋甚高論吾亦詎取舍有器可深川吾未之學也論語軍旅之事未之學也溝洫志云賈讓奏言治河有上中下策今行上策徙冀州之民當水衝者決黎陽遮害亭放河入海河西薄太山東薄金堤勢不能遠泛濫朞月自定今瀕河十郡治堤歲費且萬萬及其大決所殘無數如出數年治河之費以業所徙之民且以大漢方制萬里豈其與水爭咫尺之地哉此功一立河定民安千載無患故謂之上策禹貢隨山濬川註謂深其流此語蓋指時事按實録且參以諸書其大要云元豐元年知制誥熊本分司西京判大名府文彥博放罪初選人李公義請爲鐵龍爪內侍黃懷信以爲未盡更作濬川杷謂禹所用濬川者也時王安石爲相信其說乃置濬川司以都水監丞范子淵制之既而子淵奏功未賞乃言疏導水勢悉歸故道出民田數

萬頃朝廷下大名府保奏文彥博言小臣與利誣罔詔本行視坐附會彥博報不以實故譴

洪河壯觀游觀游見上太府佳友朋春色挽我出東風如引繩退之張中丞傳後叙云引繩而絕之其絕必有處昏昏版築氣退之詩海氣昏昏水拍天孟子曰傳說舉於版築之間王事始繁興大堤如連山退之詩花艷大堤倡小堤如岡陵詩如岡如陵增卑更培薄賈讓又云若迺繕完故堤增卑培薄勞費無已此最下策也萬杵何登登詩築之登登憶昨河失道前漢溝洫志王橫言九河之地已爲海所漸周譜云定王五年河徙則今所行非禹之所穿也平原魚可罾漢陳勝傳置人所罾魚腹中退之詩有蛟寒可罾田萊人

未復詩楚茨序云田萊多荒註云田廢生草曰萊瘡大國方懲忽念耒耜閑為民保丘塍百縣伐鼛出周禮鼓人以鼛鼓鼓役事夜半廢曲肱論語曲肱而枕之吾儕愧祿廩游衍事鞍乘游衍見上晁子漢公孫新去司馬丞出幹大農部漢食貨志桑弘羊請置大農部丞數十人分部主郡國才術見嗟稱鮑明遠白頭吟云周王日論惑漢帝益嗟稱我坐廣文舍七年讀書燈結髮入場屋漢李廣傳廣曰臣結髮而與匈奴戰肯謂河難憑論語暴虎憑河爾來觸事短韓詩觸事苦難辨又云觸事得讒謗癡甚霜前蠅退之詩癡如遇寒蠅世味極淡薄退之詩我老世味薄不了人愛憎唯得一卮酒尚能別

淄澠淮南子曰淄澠之水合易牙嘗而知之列子亦云水經曰淄水出泰山萊蕪縣原山澠水出營丘城東世謂之漢溱水入于時水所以對樽俎未曾問斗升杜詩問斗升仍嗔酌我良已多狂言恐侵陵漢蓋寬饒傳許伯入第丞相御史將軍中二千石皆賀寬饒不行許伯請之迺往許伯自酌曰蓋君後至寬饒曰無多酌我我迺酒狂丞相魏侯笑曰次公醒而狂何必酒也禮記經解倍畔侵陵之敗起矣漢李廣傳廣三子曰當戶椒敢男禹與侍中貴人飲侵陵之莫敢應暮雲吞落日歸鳥求其朋小雅伐木云嚶其鳴矣求其友聲冷官僕馬瘦及門鼓騰騰杜詩廣文先生官獨冷退之詩擊鼓騰騰樹赤旗

八音歌贈晁堯民註長與堯民論出處之致未竟故終言之

詩苑類格云陳沈炯爲此體秦少游集中與黃魯直簡云李端叔過此斗野詩八音二十八舍歌皆和了今錄其副寄上可見此詩與斗野亭詩相先後作

金生寒沙中見別會有時淵明詠蘭云清風脫然至見別蕭艾中石上千年栢退之詩栢生兩石間萬歲終不大材高用苦遲杜詩古來材高難爲用絲亂猶可理杜詩得君亂絲爲君理心亂不可治竹齋聞履聲漢鄭崇傳我識鄭尚書履聲故人来古詩開門風動竹疑是故人來匏苦只多葉水深難為涉邶國風匏有苦葉濟有深涉深則厲淺則揭土床不安席象床臥燁燁戰國策孟嘗君至楚楚獻象床革與井同功井革二卦相連井言不改革言革而當離若異而實同功守道非關怯非關見上左傳

守道不如守官木直常先伐莊子山木篇直木先伐甘井先竭子其飾知以
驚愚修身以明汚昭昭乎如揭日月而行故不免也李白詩直木忌先伐芬蘭哀自焚
樗櫟萬世葉樗櫟見上顏延年曲水詩序固萬葉而爲量也柳子厚賀皇太
子戩萬固本葉世也

八音歌贈晁堯民

金荷酌美酒李適之有酒器九品有慢卷荷金蕉葉出逢原記歐公詩蕭條
兩鬢霜後草瀲灎十分金卷荷山谷在戎州作長短句云共倒金荷其序云以金荷葉酌
客夫子莫留殘庾信詩飲酒那得留殘石有補天材列子
天地亦物也物有不足故女媧鍊五色以補其缺虎豹守九關楚詞招魂
云虎豹九關啄害下人絲窠將柳花退之聯句云絲窠掃還成入户

撲衣冠竹風搖永日思與子盤桓歸去來詞撫孤松而
盤桓匏瓜豈無匹洛神賦歎匏瓜之無匹詠牽牛之獨處註云史記曰四星
在危南匏瓜牽牛爲犧牲其北織女阮瑀止欲賦曰傷匏瓜之無偶悲織女之獨勤俱有
此言然無匹之義未詳其始自古同心難繫詞同心之言其臭如蘭革
急而韋緩韓非子云西門豹之性急故佩韋以緩已革乃皮之未熟者也只
在揉化間揉而九反又音柔見考工記木桃終報汝藥石
理予顏衛國風投我以木桃報之以瓊瑶元缺土字韻一聯抽別本自古同心難
下一聯云士硬非道器要君斲鼻端始足八音

次韻師厚五月十六日視田悼李彥深

元註云去年五月十三日與之遊西郊

南鴈傳尺素尺素見上飛來卧龍城卧龍洲當在南陽謝師厚
南陽人今鄧州也彥深亦南陽人同鄉里可見卧龍洲之爲南陽也頗知高卧
久忽作田野行湛湛陂水滿欣欣原草榮歸去
來詞木欣欣以向榮泉涓涓而始流日華麗山川杜詩遲日江山麗秀
色奪目精高唐賦煌煌熒熒奪人目精神女賦詳而視之奪人目精對酒
不滿懷攬物有餘清文選陸士衡詩安寢北堂上明月入我牖照之
有餘輝攬之不盈手謝靈運詩密林含餘清念昔讀書客遠人遺
世情南畝道觀餉西郊留勸耕共遊如昨日
笑語絕平生此事今已矣賓筵無老成詩賓之初
筵左右秩秩退之祭文觴石之儲常空於私室方丈之食每盛於賓筵猶倚謝

安石深心撫嫠惇以安石比師厚嫠謂無夫也左傳嫠不恤其緯嫠也
何害已爲嫠婦韻書惇憂也

次韻晁補之廖正一贈答詩按晁無咎集云及第

東歸將赴調寄李成季又云復用前韻答明略并呈魯直按登科記已未元豐
二年晁補之廖正一同榜晁字無咎廖字明略無咎集中又有建除體詩答魯
直教授時教授北京也
晁子抱材耕谷口見上世有高賢踐台斗杜詩及乎
貞觀初尚書踐台斗頃隨計吏西入關漢朱買臣隨上計吏爲卒將重
車至長安關夫數日傳車還漢終軍傳初軍從濟南當請博士步入關
關吏予軍繻曰爲復傳軍曰大丈夫西遊終不復傳還退之詩屈指數日憐嬰孩字本出

左傳行則數日而反封侯半屬妄校尉射虎猛將猶行間李廣傳廣與王朔語曰自漢擊匈奴廣未嘗不在其中而妄校尉以下材能不及中以軍功取侯者數十人廣不為後人然終無尺寸功以得封邑何也廣出獵見草中石以為虎而射之中石沒矢視之石也老杜贈司空王思禮云未甚拔行間犬戎大充斥字本出漢吳王濞傳諸賓客皆得為將校尉行間候司馬師古曰在行伍間或為候或為司馬也濞傳又曰周立者說王曰臣以無能不得待罪行間無因自致青雲上史記范雎傳須賈曰不意君能自致於青雲之上謝靈運詩託身青雲上浪說諸公見嗟賞張文潛誌無咎之墓云年十三從王安國於常州學官安國名重天下一見公大奇之公從皇考於杭之新城作七述今端明蘇公軾通判杭州讀之嘆曰吾可以閣筆矣延譽公如不及由此名籍甚驥伏鹽車不稱情賈誼

弔屈原賦曰驥垂兩耳服鹽車兮輕裘肥馬鳳凰城裘馬見論語鳳凰城謂汴京也杜甫送覃二判官餞爾白頭日永懷丹鳳城趙彦材註指言長安帝城也劉夢得詩南山宿雨晴春入鳳凰城此言長安也建中靖國初陳無已在館中和謝公定雨行逢賣花云得知春入鳳凰城可見指帝城矣蓋兩人方賜第歸來也臨安雖有鳳凰山趙清獻詩云老來重守鳳凰城然與此不相涉前集詩亦借長安以言汴京歸來作詩謝同列句與桃李爭春榮後漢揚脩書華若春榮曹子建書曄若春榮穆若清風十年山林廖居士今隨詔書稱舉子文章宴麗學西京新有詩聲似侯喜退之石鼎聯句序云侯喜新有能詩聲君不見古來良為知音難絕絃不為時人彈後漢景丹傳何意二郡良為我來此摘其字絕

絃見上已喜瓊枝在我側楚詞折瓊枝以繼佩晉衛玠傳珠玉在側覺我形穢更恨桂樹無由攀淮南小山云桂樹叢生兮山之幽偃蹇連蜷兮枝相繚攀援桂枝兮聊淹留千里風期初不隔駱賓王書官守牽纏風期有限杜詩風期終破浪獨憐形迹滯河山陶潛詩情通萬里外形迹滯江山

再次韻呈廖明略

吾觀三江五湖口周禮職方氏揚州其川三江其浸五湖江賦註江水注入五湖灌于三江湯湯誰能議升斗堯典湯湯洪水方割莊子外物篇鮒魚對曰若豈有斗升之水而活我哉物誠有之士則然司馬相如諫書曰人誠有之獸亦宜然晚得廖子喜徃還學如雲夢

吞八九子虛賦吞若雲夢者八九文如壯士開黃間李廣傳自以大黃射其裨將註黃肩弩也黃肩即黃間大黃其大者也十年呻吟江湖上莊子雜篇列御寇鄭人緩也呻吟裘氏之地青楓白鷗付心賞選詩心賞猶難恃又云懷人去心賞未減北郭漢先生五府交書不到城元註云漢汝南廖扶按本傳州郡公府辟召皆不應時人號為北郭先生相者舉肥驥空老宋玉九辯云今之相者兮舉肥史記滑稽傳諺曰相馬失之瘦相士失之貧山中無人桂自榮楚詞麗桂樹之冬榮淮南王招隱詞桂樹叢生兮山之幽君既不能如鍾世美匭函上書動天子按實錄元豐元年十一月乙酉太學生鍾世美為試校書郎睦州軍事推官太學正以內舍生上書稱旨故也又按續通鑑長編云或刻世美書印

賣上批世美所論有經制四夷等事傳播非
便令開封府禁之又按九朝通略云元豐二
年先是太學生宜城鍾世美欲上辟雍圖會
得假歸寧既還而新學已成因再上書論學
校云云又言前二府大臣見於政事其德彌
邵而道藝足爲後學之師者孰若以提舉太
學今乃使之退託於山林無用之地良爲可
惜世美所謂大臣蓋指王安石也其後擢世
美爲中書習學公事又按黨事始末云建中
靖國元年九月乙未詔中書省開具元符三
年臣僚姓名正上六人鍾世美爲首又云庚
子中書省檢會元符三年宣德郎提舉福建
路常平鍾世美應詔上書言當復熙寧元豐
紹聖政事以銷天變可贈諫議大夫與一子
郊社齋郎鍾世美何足言山谷詩蓋戲語也
正堪一笑耳而當時用事者之所升黜實係
國之興替不可不記也羣書所記始末皆不
詳故具列於此按唐武后垂拱二年三月鑄
銅爲匭置之朝堂以受天下表
號退之詩匭函朝出開明光 且向華陰郡

下作參軍要令公怒令公喜 晉郗超傳桓溫辟爲掾時王珣
爲溫主簿皆爲溫所重府中語曰髯參軍短
主簿能令公喜能令公怒超髯珣短故也
君不見晁家樂府可管絃 前集詩云晁子廟中雅歌自註云無
咎樂府於今第一 惜無傾城爲一彈 漢李夫人傳歌曰北方有佳人
絶世而獨立一顧傾
人城再顧傾人國 從軍補掾百僚底 老杜詩有
材無命百僚底 九關虎豹何由攀 見上 男兒身健事未
定且莫著書藏名山 杜詩男兒功名遂亦在老大時又云丈夫蓋棺
事始定白樂天詩且到來歲期不知身健
否司馬遷書云著書藏之名山傳之其人
走答明略適堯民來相約奉謁故篇末
及之

君不見生不願為牛後寧為雞口 戰國策蘇秦說韓王
云鄙語曰寧爲雞口不爲牛後今
西面交臂而事秦何異於牛後乎 吾聞向来
得道人終古不忒如維斗 考工記云則於馬終古登阤也註云
終古猶言常也莊子云維斗得之終古不忒 希價咸陽諸少年 史記
呂不韋傳不韋著呂氏春秋布咸陽市門懸千金其上有能增損一字者與千金 可
推令往挽令還 異乎汲黯招之不來麾之不去也管子書云推之而往引
之而來鄧攸去郡吳人歌曰鄧侯挽不來謝令推不去 俗學風波能自
拔 莊子云俗學以求復其初 我識廖侯眉宇間 唐元德秀傳見紫芝
眉宇使人名利之心都盡莊子云老子謂南榮趎曰吾見汝眉睫之間吾因以得汝矣
省庭無人與爭長 左傳隱十一年滕侯薛侯來朝爭長杜詩陳留玩瑀

誰爭長 主司得之如受賞 太白送人赴選詩云六子有盛才主司得
球琳蕭何傳進賢受上賞 東家一笑市盡傾略無下蔡與
陽城 文選宋玉賦登徒子云臣里之美者莫若臣東家之子嫣然一笑惑陽城迷下
蔡傾城見上漢司馬相如云一坐盡傾阮嗣宗詠懷詩傾城迷下蔡 生珠之水
砂礫潤生玉之山草木榮 荀子曰玉在山而木潤淵生珠而崖
不枯陸機文賦云石韞玉而山輝水懷珠而川媚 觀君詞章亦如此
諒知躬行有君子 論語躬行君子則吾未之有得 更約探囊
閱舊文 莊子云胠篋探囊 蛛絲燈花助我喜 西京雜記蜘蛛
集而百事喜杜詩燈花何太喜退之燈花詩更煩將喜事來報主人翁盧仝詩一片新茶
破鼻香請君速來助我喜 賢樂堂前竹影斑好鳥自語莫

令彈退之竹逕詩無塵從不掃有鳥莫令彈北鄰著作相勞苦漢張耳傳勞苦如平生歡整駕謁子邀同攀漢王式傳歌驪駒註云逸詩篇名客欲去歌之其詞曰驪駒在路僕夫整駕應煩下榻煮茶藥文選沈休文詩賓至下塵榻王勃滕王閣記云徐穉下陳蕃之榻事見後漢徐穉傳坐待月輪銜屋山退之詩每騎屋山下窺瞰

答明略并寄無咎

可以忘憂唯有酒漢東方朔傳銷憂者莫如酒晉顧榮傳嘗縱酒酣暢日惟酒可以忘憂但無如作病何耳清聖濁賢皆可口三國徐邈傳平時醉客謂酒清者爲聖人濁者爲賢人莊子云其猶相棃橘柚邪其味相反而皆可於口前日過君飲不多明日鮮醒無五斗晉劉伶傳一飲一石五斗解酲古木清陰丹井欄太白詩絡緯秋啼金井欄夜来涼月屋頭還論交撥置形骸外淵明詩撥置且莫念一觴聊可揮莊子云申屠嘉兀者也而與鄭子產同師於伯昏無人申屠嘉曰今子與我遊於形骸之內而子索我於形骸之外不亦過乎杜詩相從歌萬事盡付形骸外得意相忘樽俎間冰壺不可與夏蟲饗莊子秋水篇夏虫不可以語於冰者篤於時也秋月不可與俗士賞已得樽前兩友生更思一士濟陽城雖無四至九卿之規畫汲黯傳黯姊子司馬安巧善官四至九卿猶有千秋萬歲之真榮淵明挽詩千秋萬歲後誰知榮與辱杜詩千秋萬歲名寂寞身後事空名未食太倉来史記平準書太倉之粟陳陳今作斑衣老萊

子斑衣見上卿家嗣宗望爾来不獨我聞足音喜晉阮籍字嗣宗以况尭民尭民葢無咎諸父行如嗣宗之於阮咸也故其詩云已得尊前兩友生更思一士濟陽城兩生謂尭民明略而無咎時在濟州濟州其所居也號濟陽郡足音跫然見上西風索寞葉初乾退之秋懷詩霜風侵梧桐衆葉著樹乾長鋏歸来亦罷彈史記孟嘗君傳馮驩彈其劒而歌曰長鋏歸來乎食無魚窮巷蓬蒿深一尺王褒賢臣頌生於窮巷之中長於蓬茨之下蓬蒿繞宅見上朱門廉陛高難攀賈誼傳故陛九級上廉遠地則堂高陛亡級廉近地則堂卑吾儕相逢置是事百世之下仰高山詩云高山仰止李白贈孟浩然高山安可仰徒此揖清芬

再次韻呈明略并寄无咎

夏雲涼生土囊口陶潛詩夏雲多奇峯宋玉風賦盛怒於土囊之口周鼎湯盤見科斗禮記有湯之盤銘衛孔悝之鼎銘左傳有正考父鼎銘尚書序云皆科斗文字韓詩字青石赤形摹奇科斗拳身薤葉垂清風古氣滿眼前乃是戶曹報章還只今書生無此語已在貞元元和間韓愈贊貞元元和間愈遂以六經之文爲諸儒唱貞宗謂王旦曰楊億文章有貞元元和風格一夫鄂鄂獨無望千夫唯唯皆論賞商鞅傳趙良曰千羊之皮不如一狐之腋千人之諾諾不如一士之諤諤趙世家簡子曰吾聞千羊之皮不如一狐之腋諸大夫朝徒聞唯唯不聞周舍之鄂鄂是以憂也野人泣血漫相明和氏之璧無連城和氏之璧見上註連城見藺相如傳魏文帝與鍾大理書不損連城之價韓詩自許

連城價參軍拄笏看雲氣晋王徽之傳爲車騎桓冲騎兵參軍冲謂曰卿在府日久比當相料理徽之高視以手板拄頰云西山朝來致有爽氣耳此中安知枯與榮我夢浮天波萬里木玄虛海賦浮天無岸扁舟去作鴟夷子史記范蠡浮海自謂鴟夷子皮兩士風流對酒樽四無人聲鳥聲喜退之履霜操云四無人聲誰與兒語夢回擾擾仍世間心如傷弓怯虛彈戰國策曰有鴈從東方來更羸虛發而鴈下魏王曰射可至此乎更羸曰其飛徐其鳴悲飛徐者故瘡痛也鳴悲者失羣也故問絃音而下不堪市井逐乾沒没乾見張湯傳且顧朋舊相追攀寄聲小掾篤行李落日東面空雲山趙廣漢傳云亭長寄聲謝我鮑照詩願爾篤行李

再答明略二首

挾策讀書計糊口莊子問臧奚事則挾册讀書左傳使糊其口於四方故人南箕與北斗詩維南有箕維北有斗言離别江南江北萬重山文選謝靈運詩江南倦歷覽江北曠周旋千里寄書聲不還當時朱絃寫心曲果在高山深水間禮記清廟之瑟朱絃而疏越文選詩直如朱絲絃國風亂我心曲高山流水見上枯桐滿腹生蛛網白樂天詩書床鳴蟋蟀琴匣網蜘蛛忍向時人覓清賞山谷律詩有云忍向時人覓賞音廖侯文字得我驚五嶽李白詩氣酣落筆搖五嶽皮日休詩五岳爲詞鋒萬夫之下不稱屈蕭何傳夫能屈於一人之下而信於萬乘之上此借使其字白

樂天詩暫留書殿多稱屈定知名滿四海非真榮富如春秋也如此趙高説秦二世曰陛下富於春秋曹參傳悼惠王富於春秋高五王傳皇帝春秋富他日卜鄰長兒子杜詩王翰願卜鄰一丘各自有林泉扶將白頭親宴喜扶將見上詩稱燕喜者再山谷所引蓋魯頌所謂魯侯燕喜令妻壽母也秋風日暮衣裳單樂天詩如何爲不念馬瘦衣裳單深巷落葉已如彈數來會面復能幾六龍去人不可攀文選郭景純遊仙詩六龍安可頓運流有代謝註曰六龍日駕也李善曰楚詞云貫鴻濛以東竭兮維六龍於扶桑王逸曰結轡於扶桑以留日曹子建與吳季重書云思抑六龍之首頓羲和之轡李白短歌行吾欲攬六龍回車掛扶桑短歌涸公更一和聊乞淮南作小山

楚詞有劉安招隱士一首王逸註云淮南小山之所作也廖侯言如不出口禮檀弓云趙文子其中退然如不勝衣其言吶吶然如不出諸其口漢張釋之曰絳侯東陽侯此兩人言事曾不能出口銓量古今膽如斗莊子軽才諷說之士音義云軽七全切軽量人也蜀志姜維膽大如斗度越崔張與二班崔張謂崔瑗張衡二班謂彪與固也揚雄贊云則必度越諸子矣古風蕭蕭筆追還前日辭家来射策退之短檠歌大學儒生東魯客二十辭家來射策聲名籍甚諸公間陸賈傳名聲籍甚晁錯傳後鄧公其子章顯諸公間華陰白雲鎖千嶂勝日一談誰能賞晉衛玠傳遇有勝日親友時請一言無不咨差以爲入徼君不見曩時子產識然明左傳襄二十五年晉程鄭卒子

産始知然明註前年然明謂程鄭將死知音鬱鬱閉佳城西漢雜記滕公駕至東都門馬以足跑地得石槨銘曰佳城鬱鬱三千年見白日吁嗟滕公居此室勿以匣中之明月計較糞上之朝榮漢鄒陽傳明月之珠夜光之璧朝榮謂朝菌也莊子音義云朝菌天陰生糞上見日則死文選樂府王明君辭昔爲匣中玉今爲糞上英我去丘園十年矣種桑可蠶犢生子使年七十今中半山谷年二十三治平丁未擢進士第至熙寧丁巳七十將半矣寒山子詩養得三牸牛生得五犢子犢子又生兒積數無窮已安能朝四暮三浪憂喜莊子狙公賦芧曰朝三而暮四衆狙皆怒曰然則朝四而暮三衆狙皆悅據席談經只強顏不安時論取譏彈文選曹子建與楊德祖書僕嘗好人譏彈其文有不善者應時改定愛

君草木同臭味頗似瓜葛相依攀左傳襄八年季武子曰今譬於草木寡君在君君之臭味也又二十二年鄭公孫僑對曰謂我敝邑邇在晉國譬諸草木吾臭味也瓜葛見上註我有仙方煑白石何時期君藍田山神仙傳白石先生常煑白石爲粮韋應物詩澗底東荊薪歸來煑白石杜詩云未試囊中飡玉法明朝且入藍田山李預居長安每羨古人飡玉之法躬往藍田攻掘得若環璧雜器形者百餘椎爲屑日服食之見魏書李先傳後

次韻無咎閻子常携琴入村

士寒餓古猶今列子曰五情好惡古猶今也四體安危古猶今也世事苦樂古猶今也變易治亂古猶今也向来亦有子桑琴莊子云子輿與子桑友淋雨十日子輿曰子桑殆病矣裹飯而往食之至子桑之門則若歌若哭鼓琴曰父邪母邪天乎人乎有不任其聲倚楹嘯歌非寓淫列女傳曰魯漆室女倚柱而嘯隣人婦曰子欲嫁乎女曰吾憂魯君老而太子少也伯牙高山水深深見上萬世丘壟一知音閻君七弦抱幽獨抱獨見上晁子為之梁父吟梁父吟云步出城東門遥望蕩陰里里中有三墳纍纍正相似問是誰家墳田疆古冶氏力能排南山文可絶地紀一朝被讒言二桃殺三士誰能爲此謀相國齊晏子嘗見山谷寫此詩且跋云陳壽叙武侯躬耕隴畝好爲梁父吟語勢旣不盡其意謂又失載此詩此蓋好簡之過余觀武侯此詩乃以曹公專國殺楊脩孔融荀彧耳旣作此詩時時爲客歌之故云爾乎杜詩不阻蓬蓽興得兼梁父吟李太白詩予亦南陽子時爲梁父吟天寒絡緯悲向壁李白詩絡緯秋啼金井欄微霜凄凄簟色寒謂蟀蟋居壁也蟋蟀一名絡緯見炙轂子雜錄

秋高風露聲入林韓退之風露氣入秋堂涼泠絲枯木拂珠網見上十指乃能寫人心村村擊鼓如鳴鼉李斯書云建翠鳳之旗樹靈鼉之鼓上林賦建翠華之旗樹靈鼉之鼓豆田見角觳成螺許表民詩畦中紅豆半垂角晉石崇及衛瓘傳皆言觳化爲螺此借用以言觳成觳也歲豐寒士亦把酒滿眼飣餖梨棗多退之詩飣餖魚菜贍晁家公子屢經過笑談與世殊臼科退之石鼓歌爲我度量掘臼科文章落落映晁董左太冲詠史落落窮巷士杜甫元使君春陵序得結輩十數公落落然參錯天下晁錯董仲舒詩句徃徃妙陰何陰鏗何遜也杜詩頗學陰何苦用心閻夫子勿謂知人難使琴抑怨久不和明光晝開九門

肅漢武帝太初四年起明光宮師古曰三輔黃圖云在城中老杜詩汝翁草明光不令高才牛下歌琴操曰甯戚飯牛車下叩牛角而商歌曰南山粲白石爛生不逢堯與舜禪短布單衣纔至骭長夜漫漫何時旦齊桓公聞之舉以為相

忠交詩效鮑明遠體呈晁无咎以建除滿平定執破危成收開閉十二字冠為句首○建除體八音歌二十八宿歌皆北京教授時作已見前註李淑詩苑類格云鮑照為此體十二韻

建酉金為政謂八月左傳云今日之事我為政搖落草木衰宋玉九辯蕭瑟兮草木搖落而變衰除爪隴畝淨邵平無米炊見上滿家色藜藿春秋外傳云始見夫子有萊色今有芻豢之色詩書不賙飢平生晁公子政用此時來後漢劉玄傳正用此

時持事來乎忠交無一物秋月以為期詩氓將子無怒秋以為期執持荊山璧即和氏之玉要我雕琢之破斧不能柯豳風有破斧伐柯二詩況乃玉無疵危冠論百揆舜典納于百揆百揆時敘備樂奏四時成功彼有命用舍君自知收身退之詩收身歸關東期不到死迷渺江湖歲晚白鳥嬉列子海上有人從鷗鳥游開徑蓬蒿中江淹擬淵明詩開徑望三益倚鉏望君歸開塞乃非道不才當爾為月令閉塞而成冬詩意謂深閉固拒而不出非道也顧我不才自當如此耳文選王仲宣詩惜哉空爾為建鼓求亡子莊子天道篇又何偈偈乎揭仁義若擊鼓而求亡子焉天運篇

又奚傑然若負建皷而求亡子者耶元非入耳歌李陵荅蘇武書云左右之人見陵如此以為不入耳之歡退之秋懷詩夜半偏入耳除去綠綺塵綠綺琴見放言註水深山峩峩伯牙鍾期事見上滿堂悅秦聲史記李斯上書曰擊甕叩缻彈箏搏髀而歌呼嗚嗚者真秦聲也漢楊惲傳報孫會宗書曰家本秦也能為秦聲仰天拊缶而呼嗚嗚君獨用此何平分感

秋節宋玉九辯云皇天平分四時兮竊獨悲此凜秋空闊湛金波漢禮樂志歌詞云月穆穆以金波謝玄暉詩金波麗鳷鵲忠夜百蟲息高論聽懸河晉郭象傳王衍云聽象語如懸河寫水注而不竭韓文公石鼓歌願借辯口如懸河執攬北斗柄斟酌四時和漢天文志北斗建四時破屋仰見星神仙董奉傳大旱縣令見董君求雨君曰雨易耳貧家屋皆見

天如何令曰但祈雨當為架屋乃運竹木起屋屋成是夜大雨得子喜且多危柱無安弦柳子厚文云心怦怦若危柱之弦野水自盈科盈科而後進見孟子成道在禮樂成山在丘阿收此桑榆景後漢馮異傳失之東隅收之桑榆東觀記收之桑榆相從寄琢磨詩云如切如磋如琢如磨開懷溟海闊百怪出蛟鼉杜詩蛟鼉好為巢閉藏頤自愛月令云以助天地之閉藏驚人取譴訶一名驚人見史記譴訶及細微見漢薛宣傳

贈无咎八音歌

金馬避世客談諧玩漢朝史記滑稽傳褚先生曰東方生名朔酒酣據地歌曰陸沈於俗避世金馬門漢書朔贊云應諧似優又云依隱玩世石門

抱關人長往閉寂寥論語憲問篇子路宿於石門晨門曰奚自子路
曰自孔氏曰是知其不可而爲之者與註云晨門閽人蕭望之傳不肯碌碌反抱關爲後
漢逸民傳長往之軌未殊杜詩知君此計成長往絲蟲日夜織勞苦
則以食符子曰公子重耳游於大澤之中見蜘蛛布網曳繩執豸而食之頷身犯
曰此蟲也德薄矣而猶役其智竹生罹斧斤高林乃其賊匏
樽酌吾子雖陋意不淺土德貴重遲水德貴
深遠革能談鯤鵬晚乃得莊周列子湯問篇言殷湯問於
夏革大槩皆語怪也莊子首篇云湯之問棘也是已窮髮之北有冥海者天池也有魚焉
其廣數千里其名爲鯤有鳥焉其名爲鵬背若太山翼若垂天之雲詩意謂先有夏革之
言而後莊周有鯤鵬之論棘即革也木鴈兩不居相期無待游

莊子曰山中之木以不材得終其天年主人之鴈以不材死莊子逍遙篇列子御風而行
泠然善也此雖免乎行猶有所待者也若夫乘天地之正而御六氣之和彼且惡乎待哉

二十八宿歌贈別無咎類格不言二十八宿誰爲此體
得非始於山谷耶

虎剝文章犀觧角文子曰虎豹之文來射猨狖之捷來格犀亦有文戰
國策張儀說楚云獸駭雞之犀食未下亢奇禍作婁敬傳與人鬬不搤
其亢拊其背註亢喉嚨也音岡蘗材根氐罹斸掘蟠木根抵見鄒陽傳
蠹蟲奪房抱飢渴有心無心材慧死人言不
如龜曳尾莊子秋水篇楚有神龜死已三千歲矣王巾笥而藏之此龜者寧其
死爲留骨而貴乎寧其生而曳尾於塗中乎衛平哆口無南箕斗

柄指日江使噫史記龜策傳江使神龜於河至於泉陽漁者豫且得之龜
見夢於宋元王曰我爲江使而豫且得我元王召博士衛平而問之平曰南風新至江使
先來斗柄指日使者當囚退之詩我生之辰月宿南斗牛奮其角箕張其口言衛平張口
如箕也小雅巷伯哆兮侈兮成是南箕註哆大貌昌者反狐腋牛衣同一
燠越世家簡子曰千羊之皮不如一狐之腋漢王章傳疾病無被卧牛衣中高丘
無女甘獨宿離騷經忽反顧以流涕兮哀高丘之無女虛名挽人
受實禍累棊既危安處我荀息累十二棊子加九卵于上晉平
公曰危哉　見魏都賦詩室中凝塵散髮坐唐楊綰凝塵蒲席文選張
茂先詩云散髮重陰下註引鍾會遺榮賦云散髮抽簪四壁矗矗見天
下奎蹄曲隈取脂澤莊子徐無鬼篇有濡需者豕蝨也奎蹄曲隈乳

間股脚自以爲安室利處婁豬艾豭彼何擇左傳既定爾婁豬盍歸吾
艾豭傾腸倒胃得相知貫日食昴終不疑漢鄒陽書
昔荆軻慕燕丹之義白虹貫日太子畏之衛先生爲秦畫長平之策太白食昴昭王疑之
李白詩太白夜食昴長虹日中貫古來畢命黃金臺曹子建表云量
能而受爵者畢命之臣也文選放歌行將起黃金臺註云上谷郡圖經曰黃金臺易水東
南十八里燕昭王置千金於臺上以延天下之士杜詩未怪及時年少子揚眉結義黃金
臺李白詩洒掃黃金臺招邀青雲士佩君一言等觜觿爾雅二曰靈龜
註即今觜觿龜也月沒參橫惜相違柳子厚龍城錄開皇中趙師雄
遷羅浮天寒日暮憩於松間酒肆見一女子淡糚素服出迓師雄與共飲醉寢但覺風寒
相襲起視乃在大梅花樹下月落參橫但惆悵而已秋風金井梧桐落

太白詩梧桐落金井一葉飛銀床又詩金井雙梧桐故人過半在鬼錄文選魏文帝書徐陳應劉一時俱逝觀其姓名已爲鬼錄柳枝贈君當馬策見上歲晏星回觀盛德月令星回於天歲且更始張弓射雉武且力晉陸雲傳荀隱字鳴鶴與雲會張華坐雲抗手曰雲間陸士龍荀曰日下荀鳴鶴雲又曰旣開青雲覩白雉何不張尒弓挾尒矢隱曰本謂是雲龍騤騤乃是山鹿野麋獸微弩強是以發遲華大笑白鷗之翼沒江波杜詩白鷗沒浩蕩抽弦去軫君謂何韓詩外傳孔子南遊有處子佩瑱而浣者孔子抽琴去其軫以授子貢曰善爲之詞云云

山谷外集詩註卷六

山谷外集詩註卷七

林爲之送筆戲贈

閻生作三副規摹宣城葛三副栗尾棗核散卓皆筆名宣州諸葛氏皆作筆柳公權求之不能用惟王右軍能用之故世有曰非右軍不能用諸葛筆也東坡云宣城諸葛氏筆擅天下其間不甚佳者終有家法如北苑茶內庫酒教坊樂雖弊精神欲強學之而草野氣終不可脫山谷嘗言宣城諸葛三副筆鋒雖盡而心故圓外貌雖銑澤毫心或麁糲爾雅絶澤謂之銑註云美金光澤也蜀志張裔傳張府君如瓠壺外雖澤而內實麁杜詩百年麁糲腐儒餐功將希栗尾拙乃成棗核李慶縛散卓東坡云散卓筆惟諸葛能之他人學者皆得其形似而無其法反不如常筆含墨能不洩退之毛潁傳潁爲人強記無不愛重又善隨人意後雖見廢棄終默不洩病在惜白毫往往半巧拙小字亦周旋大字難曲折時時一毛亂乃似逆梳髮張鼎徒有表明皇雜錄上欲相蘇頲夜艾召直宿舍人蕭嵩草詔旣成其詞曰國之瓌寶上曰頲瓌之子不欲斥其父名當爲刋削久之復進唯改曰國之珍寶上擲其草曰虛有其表耳此借喻也徐偃元無骨後漢東夷傳註云徐君宮人娠而生卵弃之有犬名鵠倉銜卵以歸遂生小兒生而偃因以爲名尸子曰偃王有筋而無骨故曰偃東坡云魯直出衆工筆使僕歷試筆鋒如著鹽曲蟮詰曲紙上魯直云此徐偃筆也有筋無骨可謂名不虛得如東坡之言則徐偃有筋無骨非獨山谷借喻亦當時固有此語耶模畫記姓名項籍傳書足記姓名而已亦可應倉卒爲之街南居時通鈴下謁

晉羊祜傳鈴閤之下侍衛不過數人揚方傳初為郡鈴下威儀晴軒坐風凉怪我把枯筆開囊撲蠹魚遣奴送一束洗硯磨松煤揮灑至日沒蚤年學屠龍莊子朱泙漫學屠龍於支離益殫千金之家技成無所用其巧溫廷筠詩虎拙休言畫龍稀莫學屠適用固踈闊自言所學不同流俗若屠龍之技無所用之如退之書云凡所辛苦而僅有之者皆符於空言而不適於實用故學成而道益窮年老而身愈困也廣文困虀鹽唐增國子學置廣文館以鄭虔為博士山谷時為大名府國子監教授故以自況退之送窮文云太學四年朝虀暮鹽烹茶對秋月略無人問字况有客投轄揚雄傳劉棻常從雄學作奇字陳遵傳遵嗜酒每大飲賓客滿堂輒關門取客車轄投井中雖有急不得去杜詩甘從投轄飲肯作置書郵文章寄呻吟講授費頰舌頰舌見上閑無用心處雌黄到筆墨晉王衍傳世號口中雌黄時不與人遊即歲不我與也孔子尚愛日楊子法言或曰孔子之道不可小歟曰小則敗聖如何曰若是則何為去乎曰愛日曰愛日而去何也曰由羣婢之故也作詩當鳴鼓聊自攻短闕用論語鳴鼓而攻之自攻其短也退之詩還家雖闕短指日覲晨飧

此摘其字

再和荅為之

君勿嘲廣文沍寒被絺葛左傳其藏冰也深山窮谷固陰沍寒註沍閉也北史袁充傳年十餘歲父黨至門時冬初充尚衣葛衫客戲曰絺兮葛兮淒其以風充應聲曰唯絺唯綌服之無斁杜詩焉知南鄰客九月猶絺綌君勿嘲廣文窮年飯粢糲列子云食則粢糲居則蓬室常恐俎豆予與世充肴核莊子云老聃之役有庚桑楚者居畏壘之山三年而畏壘大穰畏壘之民相與言曰胡不尸而祝之社而稷之庚桑子聞之曰畏壘之細民而竊竊然欲俎豆予於賢人之間小雅賓之初筵云籩豆有楚殽核惟旅註殽豆實也核加籩也箋云豆實葅醢也籩實有桃梅之屬凡木不顧材退之祭子厚文凡木之生不願為材大折小枝洩櫟依曲轅社聊用神其拙莊子曰匠石之齊至于曲轅見櫟社樹其大蔽牛觀者如市匠石顧曰散木也無所可用故能若是之壽匠石歸櫟社見夢曰汝將烏乎比予哉若將比予於文木耶夫柤棃橘柚果蓏之屬實熟則剝則辱大枝折小枝洩吾家本江南一丘藏曲折杜詩一丘藏曲折緩步有躋攀瀕溪蔭蒼筤繫辭震為蒼筤竹蕭洒可散髮文選嵇叔夜詩散髮巖岫既無使鬼錢見上又無封侯骨見上薄祿庇閑曹且免受逼卒為此懶出門徒弊懷中謁漢高祖紀乃紿為謁曰賀錢萬師古曰為謁者書刺自言爵里若今參見通名也後漢禰衡傳陰懷一刺既無所之至於刺字漫滅直齋賓客退風物供落筆詩成着牀頭晉王湛傳牀頭有周易不知今幾束君何向予勤見詩歎埋沒嗣宗須酒澆嗣宗見上未信胷懷闊自狀一片心唐裴度自贊曰一片靈臺丹青莫狀碧潭浸寒月寒山子詩我心似秋月碧潭清皎潔令德感來教為君賦車轄小雅閒關車之轄兮此篇又云令德來教左傳昭二十五年宋公享昭子賦新宮昭子賦車轄君思揚雄吒吒當

爲吃本傳口吃不能劇談何以張儀舌史記張儀傳儀云視吾舌尚在否此意恐太狂頗為引繩墨此語蓋荅其和章之意望其規正如木從繩也政使此道非改過從今日報章望瓊琚詩不成報章又云報之以瓊琚勿使音塵闕文選月賦美人邁兮音塵闕謝靈運詩各勉日新志音塵慰寂滅

再和答為之

林君維閩英數面成爪葛數面成親爪葛並見上鄰居接杖藜過飯厭踈糲漢鮑宣傳俱過宣一飯去後漢第五倫傳不過從兄飯杖藜見上大雅召旻云彼踈斯粺箋云踈麄也謂糲米也退之詩踈糲亦足飽我饑讀書飽工夫論事極精核南史王僧虔傳宋文帝書天然

勝羊欣工夫少於欣漢書孝宣之治綜核名實政事文學法理之士咸精其能此摘其字奮身君子場勇若怒未洩東都賦云馬踠餘足士怒未渫窮年棲旅巢易旅卦鳥焚其巢由命非由拙王良驅八駿左傳哀二年郵無卹御簡子註王良也左傳又稱子良又曰郵良穆天子傳云八駿之乘盜驪赤驥白義渠黃華騮綠耳方駕度九折杜詩切攀屈宋宜方駕又方駕曹劉不啻過九折阪在漢蜀郡嚴道縣王尊叱馭處學堂踈雨餘退之秋懷詩學堂日無事石砌長苔髮爾雅藫石衣註云水苔也一名石髮弟子肥如瓠漢張蒼傳肥白如瓠先生瘦唯骨元註云林君在朱氏講授朱氏兒皆面白豐肥林君如刻削北門一都會一都會也史記貨殖傳多有此語塵埃人卒卒司馬遷書卒卒無須臾之間霍光傳見雲家卒卒高蓋如秋荷勢利相奔謁漢張耳傳勢利之交古人羞之惟君尚寂寞來觀草玄筆揚雄傳雄作太玄自言寂寞爲尸斯文未易陳政當高閣束退之詩春秋三傳束高閣字本出庾翼傳金馬事陸沉陸沉見上市門逐乾沒貨殖傳刺繡文不如倚市門張湯傳始爲小吏乾沒未須相賢愚退之別趙子云宜各從所務未用相賢愚聊自嘲迂闊孟子題辭時君咸謂之迂闊於事憶昨戲贈詩逦辱報明月鄒陽傳明月之珠夜光之璧極知推挽意左傳或挽之或推之我車君欲轄見前篇車轄註屠龍真強言屠龍見前篇奔馬不及舌論語駟不及舌自悔出屠龍之語也第二篇固云此意恐太狂頗爲引繩墨鄧析書曰一言而非駟馬不及追賜書盈五

車莊子曰惠施多方其書五車直舍方二墨二墨見上會意便欣然淵明集五柳先生傳云好讀書不求甚解每有會意便欣然忘食餘事過窻日尚恐素飡錢諸生在城闕詩不素飡兮又云子衿刺學校廢也挑兮達兮在城闕兮漢高后紀賜餐錢奉邑

贈趙言

饒陽趙方士眼如九秋鷹釋氏書云舍利弗此言鶖鷺子以其毋眼如鶖鷺也此用其意學書不成不學劒項籍傳學書不成去學劒又不成去心術妙解通神明醫如俯身拾地芥夏侯勝傳取青紫如俛拾地芥耳相如仰面觀天星劉向傳夜觀星宿自言方術雜鬼怪萬種一貫皆天成論語吾道一以

貫之）大梁卜肆傾賓客（李白詩荆門倒屈宋梁苑傾鄒枚）二十餘年聲籍籍（前漢江都易王非子建傳國中口語籍籍李白詩高名動京師天下皆籍籍）得錢滿屋不經營（詩經之營之寒山子詩丈夫莫守困無錢即經紀）散與世人還寄食（韓信傳寄食於漂母）北門塵土滿衣襟廣文直舍官槐陰（杜詩廣文到官舍）白雲勸酒終日醉紅燭圍棋清夜深大車駟馬不回首（史記范雎傳須賈曰非大車駟馬吾不出）強項老翁来見尋（強項見上）向人忠信去表襮（詩揚之水云素衣朱襮爾雅黼領謂之襮退之云襮順而裏方）可喜正在無機心（機心見上）輕談禍福邀重糈（史記貨殖傳諸食技術之人爲重糈也司馬季主傳卜而有不審不見奪

糈註云離騷經曰懷椒糈以要之王逸云糈精米所以享神王荆公詩老吏閉門無重糈韻略有糈字無稰字疑即糈也集韻音胥說文粮也又音所廣韻私呂切孫鴻慶詩蕭蕭鳧鶩行重糈不到門）所在多於竹葦林（維摩經云譬如甘蔗竹葦稻麻叢林）翁言此輩無足聽見葉知根論才性飛騰九天沉九泉（漢郊祀志九天巫祠九天師古曰九天謂中央鈞天東方蒼天東北旻天北方玄天西北幽天西方浩天西南朱天南方炎天東南陽天其說見淮南子淵有九名見莊子應帝王篇晉胡奮傳聞女爲貴人哭曰老奴不死唯有二兒男入九地之下女上九天之上）自種自收皆在行（班固奕旨曰博懸於投不必在行）先期出語驗傳聞事至十九中時病輪囷離奇惜老大成器本可千萬乘（鄒陽傳蟠木根柢輪囷離奇而爲萬乘器）自歎輕霜白髮新又去驚動都城人都城達官老於事（退之詩中朝大官老於事杜詩屋底達官走避胡）嫌翁出言不娬媚（唐魏徵傳帝曰人言徵擧止踈慢我但見其娬媚耳前集元師此君軒詩云神人傳書道人命死生禍福如看鏡晚知直語觸憎嫌深藏幽寺聽鐘磬與此同意）有手莫炙權門火（杜詩炙手可熱勢絕倫唐崔鉉傳曰鄭楊段薛炙手可熱）有口莫辯荆山玉（新序曰荆人卞和得玉璞而獻之荆厲王王使玉尹相之曰石也以和爲謾而斷其左足武王即位和復奉璞而獻之武王使玉尹相之曰石也又斷其右足共王即位和乃奉璞而哭於荆山三日三夜泣盡繼之以血共王使人問之對曰寶王而名之曰石貞士而戮之以謾此臣之所以悲也王乃使人理其璞而得寶玉焉名之曰和氏之璧）吴宫火起燕焚

巢（此語謂上句權門火越絕書吴西宮在長秋門秦始皇十一年守宫者照燕失火燒也鮑照空城雀云猶勝吴宫燕無罪得焚窠李白野田黄雀行遊莫逐炎洲翠棲莫近吴宫燕吴宫火起焚爾窠炎州逐翠遭網羅）當時卞和斷兩足（此語謂上句荆山玉）千里辭家却入門（韓詩二十辭家來射策）三春榮木會歸根（歸去來詞木欣欣以向榮老子云夫物芸芸各復歸其根歸根曰静）我有江南黄篾舫（隋書煬帝紀上御龍舟幸江都文武官五品以上給樓船九品以上給黄篾）與翁長入白鷗羣（莊子曰入獸不亂羣入鳥不亂行李白詩明朝拂衣去永與白鷗羣）

次韻題粹老客亭詩後

客亭長短路南北（長亭短亭見哀江南賦）袞袞行人那

得知惟有相逢即相别一杯成喜只成悲（古樂府木蘭歌父母見木蘭喜極成悲傷韋應物詩此日相逢非舊日一杯成喜亦成悲）

贈張仲謀

車如鷄栖馬如狗（見上）閉門常多出門少去天尺五張公子（老杜贈韋七贊善詩時論同歸尺五天自註曰俚語云城南韋杜去天尺五前漢外戚傳云童謠曰燕燕尾涎涎張公子時相見杜詩天上張公子）官居城南池舘好（杜詩宋公舊池舘）健兒快馬紫游韁（杜詩朔方健兒好身手洛陽伽藍記快馬健兒不如老婢吹篪杜詩右持腰間刀左牽紫游韁自註云昔鄴下童謠曰青青御路楊白馬紫游韁）迎我不知沙路長高榆老柳媚寒日枯荷小鴨凍野航津人

刺船起應客（莊子漁父言吾去子矣乃刺船而去陳平傳解衣贏而佐刺舡杜詩刺舡思郢客解水乞吳兒）遥知故人一水隔下馬索酒呼三遲（杜詩馬上誰家白面郎當堦下馬坐人牀不通姓字麁豪甚指點銀瓶索酒甞盧仝詩等閑對酒呼三遲屠羊殺牛皆自在）騎奴笑言客竟癡（晉王述傳桓溫欲爲子求婚子坦之言溫意述大怒曰汝竟癡耶）向來情義比瓜葛萬事略不置町畦（騎奴瓜葛町畦並見上）追數存亡異憂樂燭如白虹貫酒卮（白虹貫日見鄒陽傳）開軒臨水弄長笛（笛稱弄用晉桓伊傳三調弄也）吹落殘月風凄凄城頭漏下四十刻破魔驚睡聽新詩（楞嚴經云親見如來降伏諸魔今言睡魔也石曼卿詩已爲物象添詩瘦更被陰晴長睡魔）

君詩清壯悲節物政與秋蟲同一律（韓文由漢至今用一律）爾来更覺苦語工思婦霜砧擣寒月（曹子建七哀詩曰明月照高樓流光正徘徊上有愁思婦悲歎有餘哀沈休文云高樓切思婦蓋用子建語也謝玄暉有擣衣詩白樂天詩誰家思婦秋擣帛月苦風凄砧杵悲）朱顏綠鬢深誤人（孟郊詩酒人皆倚春髮綠病叟獨藏秋髮白）不似草木長青春（文選潘尼詩予涉素秋子登青春註云素秋謂老青春謂少）潔身好賢君自有今日相看進於舊以茲敢傾一盃酒爲太夫人千萬壽（張翰曰使我有身後名不如即時一盃酒後漢岑彭傳以朔望問太夫人起居註云漢法列侯之母方稱太夫人）

乞猫（山谷手書此詩題云從隨主簿乞猫）

秋来鼠輩欺猫死（魏志曹公曰憂天下無此鼠輩耶退之詩立召賊曹與五伯盡取鼠輩尸諸市）窺甕翻盤攪夜眠聞道貍奴將數子（傳燈錄第十卷僧曰貍奴白牯爲什麽却有知南史何承天云鳳凰將九子此摘其字）買魚穿柳聘銜蟬（銜蟬用俗語也後山詩話云乞猫詩雖滑稽而可喜千歲之下讀者如新）

謝周文之送猫兒

養得貍奴（見上）立戰功將軍細柳有家風（用周亞夫細柳營事）一簞未厭魚餐薄四壁當令鼠穴空

謝張泰伯惠黃雀鮓

去家十二年黃雀慳下筯（晉何曾傳日食萬錢猶曰無下筯處）

笑開張侯盤湯餅始有助東晳餅賦云湯餅為最蜀王
煎蘱法醢以羊彘兔自註云俗謂亥卯未餛餛內則三牲用蘱註云
蘱煎茱萸也正義曰賀氏云今蜀郡作之三牲謂牛羊豕麥餅薄於紙含
漿和醎俗醎字酢秋霜落場穀詩云食我場穀一一挾
蠒絮東坡詩披綿黃雀謾多脂飛飛蒿艾間入網輒萬數
烹煎宜老稚罌缶煩愛護南包鮮京師老杜北征
詩粉黛亦解包至尊呀珍御文選西京賦侈靡踰乎至尊退之李花詩冰盤
夏薦碧實脆斥去不御慙其花此御字之意玉盤登百十睥睨輕
桂蠹漢陸賈傳尉佗獻桂蠹二器註桂蠹桂樹蠹蟲師古曰此蟲食桂故味辛而漬
之以蜜食之也五侯嚵豢豹西漢婁護合五侯閒奇膳以為鯖世稱五侯鯖

見西漢雜記文選枚叔七發云山梁之餐豢豹之胎退之南山詩思想甚含嚵見謂
美無度美無度見上瀕河飯食漿瓜菹已佳茹漢食
貨志菜茹有畦誰言風沙中鄉味入供具漢荊王劉澤傳請張
卿臨親脩具註曰具供具也又叙傳云迎延滿堂日為供具坐令親饌甘
更使客得與郭林宗傳茅容殺鷄為饌林宗謂為已設既而以供其母自以
草蔬與客同飯山谷用此意而反其詞蒲陰雖窮僻蒲陰祁州所治縣也
張泰伯官於此勉作三年住願公且安樂分寄尚能
屢詩云將安將樂

贈答晁次膺

次膺豪健如霜鶻空拳誤掛田犬牙漢李陵傳士張

空拳拳音桊杜詩霜鶻不空拳山谷用少陵語當音權漢文紀地形如犬牙果輸
司空城旦作漢轅固傳太后怒曰安得司空城旦書乎按刑法志云完為城
旦舂文選任彥昇策秀才文睚眦有違論輸左校註輸役也付與步兵厨
人家晉阮籍傳籍聞步兵厨營人善釀酒野馬橫郊作凝水莊子
野馬也塵埃也文選連珠沈寒凝冱不能結風牽牛引竹上寒花無
酒醉公不甚惜誦公五字使人嗟東坡詩樂天長短三
千首却愛韋郎五字詩樂天嘗云韋應物為蘇州牧詩甚多有郡宴詩兵衛森畫戟宴寢
凝清香最為警策詩意歎次膺掛吏議而左遷酒官

楊朴墓

三尺孤墳一布衣人言無復似當時千秋萬

歲還來此千秋萬歲見上註月笛煙蓑世不知元註云楊
朴喜吹笛嘗作蓑詩極工按范文正公詩話云楊朴字契玄鄭州人善為詩不仕少與畢
相同學畢薦之太宗召見面賦蓑衣詩云狂脫酒家春醉後亂堆漁舍晚晴時除官不受
聽歸山以其子從政為長水尉東坡云昔年過洛見李公簡言真宗東封訪天下隱者聞
鄭人楊朴能為詩召對自言不能上問臨行有人作詩送卿否朴曰唯臣妻有一首云更
休落魄耽盃酒且莫猖狂愛詠詩今日捉將官裏去這回斷送老頭皮上大笑放回山

次韻孔著作早行

棄置鉏犂就車馬選詩棄置勿重陳退之詩起身自犂鉏從來
計出古人下退之詩之罘别我去計出栢馬下塵埃好在三
尺桐不疑萬世期子野白樂天詩家池動作經年别松竹禽魚好

在無琴操曰琴長三尺六寸六分象三百六
十六日左傳昭八年石言于晉魏揄晉侯問
於師曠對曰云云叔向曰子野之言君子哉
註云子野師曠字晉成公綏琴賦云伯牙彈
而駟馬仰秣子野揮而玄鶴鳴明經使者著書郎風雨乘騶
忘夙夜左傳昭五年楚子以駟至於羅汭註駟傳也回車過門問
無恙退之書云問無恙外不暇出一言何意深巷勤長者陳平
傳家乃負郭窮巷以席爲門然門外多長者車轍聖師之後蓋多賢
左傳昭七吾聞將有達者曰孔丘聖人之後
也又云聖人有明德者若不當世其後必有
達人其在孔丘乎領略世故有餘暇選詩領略歸一致又云世故尚
未夷白而長身雖不見好古發憤尚類也韓文孔戣
墓誌曰孔世三十八吾見其孫白而長身寡
笑與言其尚類也論語子曰述而不作信而
好古竊比於我老彭葉公問孔子於子路子
路不對子曰女奚不曰其爲人也發憤忘食
樂以忘憂東坡和孔君亮詩固知嚴勝風流
在又在長身十世孫孔戣字君嚴孔戡字君
勝今君亮四十八世自然身如鷺露鶴周處風土記白鶴性警至八月
露降於草木滴滴有聲則鳴駱賓王登王司
馬樓宴序鶴鳴在陰上中天而驚露李義山
詩鶴應聞露警蜂亦爲花忙每先鳴鷄整初駕文選鷄鳴戒具則嚴
尒晨征又選詩整駕肅時命北行河決盱至郡此詩先言明經使者
又言北行河決蓋比之漢平當也平當傳云
以明經爲博士又云以明經禹貢使行河
下更反肅肅王命哀鰥寡詩肅肅王命仲山甫將之又曰不侮鰥寡
力排滹沱避城郭後漢王霸傳光武南馳至下曲陽傳聞王郎兵在後
及至呼沱河令霸往視之霸詭曰氷堅可渡
下曲陽漢屬鉅鹿郡今入祁州鼓城縣呼沱

所在於此可見深澤疲民亘田舍賈生三策藏胷中
漢溝洫志賈讓奏言治河有上中下策羿矢百中不虛捨羿射官也
南宮适云羿善射孟子云逢蒙學射於羿此
羿以前羿也寒浞虞羿于田殺而烹之此有
窮后羿也詩云捨矢如破周紀養由基去柳葉百步而射之百發而百中行歸定
拜關內侯但賜黃金恐非價平當傳又云至丞相以冬月賜
爵關內侯註云以冬月非封侯時且先賜爵
也非價謂功大賞輕如市物之不當價也

次韻孔四著作北行滹沱

駞褐蒙風霜歐陽文忠詩輕寒漢漢侵駞褐左傳范宣子曰蒙荊棘註蒙冒
也雞聲眇墟里淵明詩曖曖遠人村依依墟里煙青燈進豆
粥後漢馮異傳光武自薊東南馳時天寒異上豆粥因復渡滹沱杜詩語罷休邊角青
燈兩鬢絲落月踏冰水平生不龜藥纔可衛十指
持比千户封誰能優劣此莊子逍遙篇宋人有善爲不龜手之
藥者世世以洴澼絖爲事客聞之買其方百
金以說吳王吳王使之將冬與越人水戰大
敗越人裂地而封之能不龜手一也或
以封或不免於洴澼絖則所用之異也

和陳君儀讀太真外傳五首

朝廷無事君臣樂花柳多情殿閣春柳公權聯句薰
風自南來殿閣生微凉不覺胡雛心暗動一作付與山河買忠義李
白猛虎行胡雛綠眼吹玉笛綺羅飜作墜樓人外傳云初祿山於上
前應對雜以諧謔而妃常在坐祿山心動及
聞馬嵬之死數日歎惋晉石崇傳崇有妓綠
珠孫秀求之不與秀勸趙王倫誅崇介士到
門綠珠自投於樓下而死杜牧之詩可憐金

谷鑒樓人

扶風喬木夏陰合斜谷鈴聲秋夜深外傳云上至斜谷霖雨涉旬棧道雨中聞鈴因採其聲爲雨霖鈴曲考之史及諸書明皇自陳倉入散關出河池初不由斜谷今梓潼有上亭驛古今詩刻皆以爲明皇聞鈴之地當不妄也

人到愁來無處會不關情處揔傷心太白詩何許最關情

梁州一曲當時事當時事一作開元夢按開元傳信記西涼州獻新曲曰涼州寧王聞之以爲恐有播越之禍樂府詩集涼州歌序亦稱梁州曲云云初無區別

記得曾拈玉笛吹外傳云妃子竊寧王玉笛吹故張祜詩云小花靜院無人見閑把寧王玉笛吹

端正樓空春晝永小桃猶學淡燕支華清宮有端正樓貴妃梳洗之所杜詩林花着雨燕脂落

高麗條脫琱紅玉條脫釧也高麗所貴眞誥萼綠華降羊權家遺以金條脫一李義山詩羊權雖得金條脫溫嶠終虛玉鏡臺

邏逤琵琶撚綠絲一作一雙條脫玻瓈玉三尺琵琶綠蠶絲妃子琵琶邏逤檀也寺人白秀眞使蜀還獻木潤如玉光可鑑有金縷紅文蹙成雙鳳紋乃末訶彌羅國所貢綠水蠶絲也

蛛網屋煤昏故物昏故物一作脂澤歇

此生唯有夢來時

上皇曾御昭儀傳鏡裏觀形只眼前上覽漢成帝內傳見飛燕身輕欲不勝風帝爲製七寶避風臺上曰爾則任吹多少妃曰霓裳一曲可掩千古杜詩聽說開元事分明在目前退之詩聽說兩京事分明皆眼前

養得祿兒傾四海祿山恩遇最深上及貴妃皆呼以爲兒

千秋更有一伶玄趙飛燕外傳漢江東尉伶玄所撰也玄自叙云伶玄字子于歷刺守州郡爲淮南相哀帝時老休買妾樊通德有才色知書能言飛燕姊弟事通德曰斯人俱灰滅矣當時疲精力馳騖蠱惑寧知終歸荒田野草乎通德顧視燭影以手擁髻悽然泣下於是撰趙后別傳詩意謂以古爲鑒興壞在目前而明皇不之戒爲可歎也

讀曹公傳并序

曹公自以勳高宰衡文對西伯漢禮樂志及王莽爲宰衡欲燿衆庶西伯謂周文王也蟬蛻揖讓之中史記屈原傳蟬蛻於濁穢而用漢室於家巷離騷經云五子用失乎家巷後漢延篤傳篤以病免歸教授家巷更黨錮之災義士忠臣耘除略盡獻靈之間北面朝者拱而觀變漢魏何擇焉彼見宗廟社稷之無與也執太

阿而用其顛梅福傳倒持太阿授楚其柄以司一世之命左右無不得意引後宮於鈇鉞如刈蒲茅後漢獻帝伏皇后紀政在曹操操求董貴人殺之帝以貴人有娠累爲請不得后懷懼與父書言操殘逼狀令密圖之事露操逼帝廢后令華歆勒兵入宮收后后閉戶藏壁中歆就牽后出時帝在後殿后被髮徒跣行泣過訣曰不能復相活耶帝曰我亦不知命在何時遂將后下暴室以憂崩夫匹婦婢使得罪家人猶爲謝過而親北面受命之君自以爲未知死所嗚呼厲憐王其誰曰過言戰國策楚語云或說春申君曰孫子天下賢人也君何辭之春申君於是使人請孫子於趙孫子爲書謝曰癘人憐王此不恭之語也雖然不可不審察也此爲劫弒死亡之

主言也夫人主年少而矜材無法術以知姦則大臣主斷楚王子圍以冠纓絞王殺之因自立也齊崔杼攻莊公射中其股遂殺之近代李兌用趙餓主父於沙丘淖齒用齊擢閔王之筋縣於其廟梁夫癘雖癰腫胞疾上比前世未至絞纓射股下比近代未至擢筋而餓死也由此觀之癘雖憐王可也註云續韓非子諺曰癘憐王雖然終已恭讓腹毒而色取仁任丕以易漢姓者何也漢之末造雖得罪於社稷骨鯁之臣而猶不得罪於民故猶相與愛其名耳余聞曰道揆以上惠不足而明有餘不在社稷而數有功粢盛殆其不繼哉感之作曹公詩一章

南征北伐數功頻劉氏親為魏國賓書微子篇作賓于王家畢竟以丕成霸業豈能於漢作純臣獻帝紀建安二十五年正月庚子魏王曹操薨三月改元延康冬十月乙卯皇帝遜位魏王丕稱天子奉帝爲山陽公奏事不稱臣左傳君子曰潁考叔純孝也註曰純猶篤也傳又云君子曰石碏純臣也兩都秋色皆喬木二祖恩波在細民班固作兩都賦辭曰有西都賓問東都主人云云孟子曰所謂故國者非謂有喬木之謂也二祖謂高祖世祖杜詩莫怪恩波隔又云恩波錦帕舒駕馭英雄雖有術杜詩君王自神武駕馭必英雄又云君王無所惜駕馭英雄材力扶宗社可無人

雜詩

古風蕭索不言歸貧賤交情富貴非下邽翟公爲廷尉賓客填門及廢門外可設爵羅後復爲廷尉客欲往翟公大書其門曰一死一生乃知交情一貧一富乃知交態一貴一賤交情乃見鄭當時傳後世祖本無天下量子陵何慕釣魚磯後漢嚴光傳光字子陵與光武同遊學及光武即位變姓名隱身不見帝令以物色求之後齊國上言有一男子披羊裘釣澤中帝疑其光乃備安車聘之三反而後至竟不屈子陵高抗皆世祖之量有以容之也若世祖有貧富交情之異則嚴光豈慕此哉此語必有爲而發

衛南衛南屬澶州與北京爲鄰

今年畚鍤棄春耕折葦枯荷繞壞城杜詩菱荷枯折隨風濤陸龜蒙鵁鶄詩不似閑棲折葦秋白鳥自多人自少甞聞東坡知登州有一主簿白事不已公頗倦謾云晚可見過主簿不測其意至晚獨入公強出見之因闕杜詩問云江湖多白鳥天地足青蠅白鳥鷗鷺之屬耶主簿曰白鳥乃蚊蚋以況贓吏江湖之間距朝廷遠多贓吏耳天地之間君子少而小人多公即改觀厚待之按月令羣鳥養羞註云羞謂所食也夏小正曰九月丹鳥羞白鳥說曰丹鳥謂丹良也白鳥謂閩蚋也又按金樓子云白鳥蚊也齊桓公卧栢寢謂仲父曰一物失所寡人悒悒今白鳥營營是必飢耳聞音文人少字蓋用杜詩蕭條四海內人少豺虎多也汙泥終濁水終清老杜詩濁河終不汙清濟退之詩清瀟映汙渠沙場旗鼓千人集漁户風煙一笛橫唯有鳴鵶古祠栢對人猶是向時晴

酒

江形團似阮家盆世說阮仲容至宗人間共集以大盆盛酒山勢峯如北海樽孔融傳樽中酒不空户有浮蛆春盎盎周禮五齊三曰盎齊山谷嘗有玉醴頌醞玉醴撥浮蛆春盎盎想可斟雙松一路醉鄉門唐王績有醉鄉記楞嚴經頌云十方薄伽梵一路涅槃門

次韻答柳通叟求田問舍之詩

少日心期轉謬悠文選任彦昇詩中道遇心期莊子末篇以謬悠之說荒唐之言蛾眉見妬且障羞離騷經衆女嫉余之蛾眉兮謠諑謂余以善淫李白詩由來紫宮女共妬青蛾眉南史劉穆之曾孫祥齊建元中爲正員郎司徒褚彦回入朝以腰扇障日祥從側過曰作如此舉止羞見人面扇障何益玉臺新詠云舉扇且障羞李義山美人賦抛有光而聮淚屏無影而障羞但令有婦如康子列女傳魯黔婁先生之妻先生死曾子往弔之曰何以爲謚其妻曰以康爲謚曾子曰先生食不充口衣不蓋體何樂於此而謚爲康乎妻曰昔君嘗欲以爲國相辭而不爲是有餘貴也君嘗賜之粟三十鍾辭而不受是有餘富也甘天下之淡味安天下之卑位求仁而得仁求義而得義其謚爲康不亦宜乎曾子曰唯安用生兒似仲謀吳志孫權字仲謀曹公歎曰生子當如孫仲謀劉景升兒子若豚犬耳橫笛牛羊歸晚徑杜詩牛羊歸徑險鳥雀聚枝深卷簾瓜芋熟西疇蜀都賦云瓜疇芋區歸去來詞云將有事於西疇功名可致猶回首何況功名不可求

書扇

魯公筆法屋漏雨未減右軍錐畫沙可惜團團新月面故教零亂黑雲遮書法苑云顏魯公與懷素學草書於鄔兵曹或問曰張長史見公孫大娘舞劍得低昂回翔之狀兵曹有之乎懷素以古釵脚爲對魯公曰何如屋漏痕懷素曰老賊得之矣如印印泥錐畫沙見墨竹賦註

次韻答叔原會寂照房呈稚川按山谷石刻次韻王稚川客舍題云王斿稚川元豐初調官京師前後集數篇皆同時作時山谷入京改官蓋元豐庚申歲

客愁非一種歷亂如蜜房杜詩天寒割蜜房食甘念慈母衣綻懷孟光內則曰衣裳綻裂紉箴請補綴孟光乃後漢梁鴻妻我家猶北門時解北京教授至京師其家猶在北京母夫人無恙初在北京喪偶殯於北京者十一年王子湫湖湘寄書無鴈來衰草漫寒塘故人哀王孫哀王孫而進食見韓信傳交味耐久長唐魏元同與裴炎締交能保始終號耐久朋置酒相暖熱元稹苦樂相倚曲猶得半年佯暖熱王荆公次程公闢韻云清明若覩蘭亭月暖熱應忘蕙帳秋愜於冬飲湯孟子云公都子曰冬日則飲湯夏日則飲水吾儕凝絕處不減顧長康顧愷之癡絕見上得閑枯木坐長沙石霜山釋慶諸衆議延請諸聞之更入深山無人之境長坐不卧屹若枯株天下謂之石霜枯木衆見僧北山寶傳冷日下牛羊詩云日之夕矣牛羊下來坐有稻田衲山北録曰稻畦爲衣陶土爲器稻畦袈裟也陶土鉢也僧道舉妙高堂詩何時捲此稻畦衲慰我彌年歸意勤頻薰知見香釋氏書有解脫知見香勝談初亹亹晉阮脩傳王衍談易有所未了敎曰阮宣子可與言衍曰

未知其臺臺之處定何如耳又謝安傳安弱冠詣王濛清言良久既去濛子脩曰向客何如大人濛曰此客臺臺爲來逼人脩綆汲銀牀用退之汲古得脩綆之意古詩後園鑿井銀作牀金餅素綆汲寒漿杜詩露井凍銀牀太白詩梧桐落金井一葉飛銀牀聲名九鼎重見上文章九鼎重註冠蓋萬夫望禮記君子知微知彰知柔知剛萬夫之望漢文詔使者冠蓋相望韓詩冠蓋相望催入相老禪不掛眼退之詩餘事不掛眼看蝸書屋梁酉陽雜俎云睿宗爲奠王時寢齋壁上蝸跡成天字上遽掃之經數日如初及即位鑄金爲蝸分寘道釋像前杜詩鳥喙催寒木蝸涎蠹畫梁韻與境俱勝文選頭陀寺碑道勝之韻虛往實歸意將言兩忘繫詞子曰書不盡言言不盡意莊子云不若兩忘而化其道出門事袞袞斗柄莫昂昂月色麗雙闕三輔黃圖

古歌詞云長安城西有雙闕雪雲浮建章文選謝元暉詩金波麗鳷鵲玉繩低建章豈寒無處避唯欲酒中藏李白詩青蓮居士謫仙人酒肆藏名三十春

同王稚川晏叔原飯寂照房得房字

高人住寶坊杜詩虛白高人靜華嚴論云安立寶坊集諸人天重客欵齋房漢高帝紀豪傑聞令有重客又禮樂志有齋房之歌元封二年芝生甘泉齋房作此借用其字市聲猶在耳左傳言猶在耳虛靜生白光莊子虛室生白幽子遺淡墨退之別趙子詩海中諸山中幽子頗不無窻間見瀟湘蒹葭落鳧鴈詩蒹葭蒼蒼秋色媚橫塘博山沈水煙淡與人意長西京雜紀有五層金博山鑪古詩云

博山鑪中百和香自攜鷹爪芽來試魚眼湯鷹爪魚眼見上寒浴得温湢內則曰外內不共井不共湢浴釋音彼力切註湢浴堂也體淨心凱康宋玉神女賦心凱康以樂歡爾雅釋詁第一云愷康樂也盤飡取近市杜詩盤飡市遠無兼味厭飫謝羶羊莊子羊肉不慕蟻蟻慕羊肉羊肉羶也裂餅羞豚膾晉何曾蒸餅上不裂作十字則不食老杜詩浮瓜供老病裂餅常所愛包魚芰荷香平生所懷人詩卷耳嗟我懷人寘彼周行忽言共榻牀常恐風雨散白樂天詩風雨或消散江山遡回立劉禹錫詩故人雲雨散滿目山川多千里鬱相望斯游豈易得淵對妙濠梁莊子與惠子游於濠梁之上詳見上雅雅王稚川晉劉惔傳洛中雅雅有三嘏易親復難忘古樂

府君家甚易知易知復難忘晏子與人交論語晏平仲善與人交風義盛激昂兩公盛才力宮錦麗文章鄙夫得秀句杜詩最傳秀句寰區滿成誦更懷藏文選楊脩答曹植箋云有所造作若成誦在心餘見上註

次韻叔原會寂照房得照字

風雨思齊詩齊國風風雨思君子也亂世則思君子不改其度焉風雨淒淒雞鳴喈喈思齊亦詩名草木怨楚調宋玉悲秋辭草木搖落而色衰淵明有怨詩楚調一篇本無心擊排賈誼疏云屠牛坦一朝解十二牛而芒刃不頓者所排擊剝割皆衆理解也勝日用歌嘯勝日見上僧窻茶煙底杜牧詩今日鬢絲禪榻畔茶煙輕颺落花風清絕對二妙晉衛

雍傳一臺二妙南史伏曼容與袁粲時論以爲一臺二妙以比叔原稚川俱含萬里情杜詩中原有兄弟萬里正含情雪梅開嶺徼謂大庾嶺頭梅花我慙風味淺砌莎慕松蔦詩頍弁云蔦與女蘿施于松栢中朝盛人物退之詩云國朝盛文章誰與開顏笑一公老諳事退之詩中朝大官老於事似鮮寂寞釣退之答崔立之書耕於寬閑之野釣於寂寞之濱對之空歎嗟樓閣重晚照杜詩上方重閣晚百里見秋毫又云連山晚照紅

次韻稚川得寂字

平生萬里興歛退著寸尺退之詩歛退就新懦趨營悼前猛向来類竊鈇列子曰人有亡鈇者意其鄰之子視其行步竊鈇也顏色竊鈇也言語竊鈇也動作態度無爲而不竊鈇也俄而扣其谷而得其鈇它日復見其鄰人之子動作態度無似竊鈇也鈇音斧少日已爭席見上囊過招提飯老杜遊奉先寺詩已從招提遊更宿招提境按僧輝記云招提者梵言拓鬭提奢唐言四方僧物後人傳寫之誤以拓爲招又省去鬭奢二字止稱招提則今十方住持寺院也涅槃經云造僧招提則生不動國愜當易爲適杜詩愜當久忘筌蓋用淵明詩人亦有言稱心易足也又云稱心固爲好食鮭如舉士食鮭見上名下無遺索閻立本見張僧繇畫曰名下定無虛士談餘天雨花楞嚴經云即時天雨百寶蓮花間錯紛糅茶罷風生腋盧仝謝孟諫議寄新茶詩云七椀喫不得也唯覺兩腋習習清風生誰言塵土中有此坐上客呂布顧謂劉備曰玄德卿爲坐上客謝安傳安旣出桓溫問右左頗嘗見我有此客不言前傾許可後漢宣秉等傳語曰同言而信則信在言前嵇康與山巨源書曰足下旁觀多可註多可言多有許可也會次開塥塞退之南山詩塥塞生拘愁同是蠹魚癡退之詩豈殊蠹書蟲生死文字間癡謂書癡還歸理編冊長安千門雪借長安以言汴京可見此四詩自北京解官至京師作蟹黃熊有白更約載酒行無爲守岑寂

都下喜見八叔父

入叔父諱廉字夷仲爲集賢校理判尚書刑部元豐三年除河東提刑正山谷入京之時詩中有一別七冬夏之句當是熙寧間山谷在北京時夷仲體量河東北災傷經由相見今七年矣夷仲終於給事中相見蓋元豐庚申也

一別七冬夏山谷官北京留守文潞公留再任遂跨七年故前詩云我坐廣文舍七年讀書燈又云七年身屢到欝欝蔭簷瓦杜詩云一別五秋螢幾書通置郵孟子德之流行速於置郵而傳命冥鴻難借問江鯉多沉浮用蘇武傳上林射鴈得鴈足繫帛書事及古樂府呼童烹鯉魚中有尺素書兼用晉殷羨事所致書皆投水中曰沈者自沈浮者自浮殷洪喬不作致書郵杜詩甘從投轄飲肯作置書郵心因夢想去迹爲山川留叔趨丹鳳闕身向臥龍洲詩意謂叔先入京而身往南陽已乃會都下也闕中記云建章宮圓闕臨北道鳳在上故曰鳳闕也臥龍洲在南陽見上註邂逅入關馬詩邂逅相遇同時鮮轡鞦考記必緇其牛後註關東謂紂爲緇緇亦作鞦別後事萬端後漢吳漢傳帝責漢曰比勑公千條萬端向

來身百憂詩逢此百憂咨嗟舊田園歸去來詞田園將蕪慟
哭新松楸退之詩畢命依松秋稍詢耆舊間太半歸山
丘秦收太半之賦小兒携婦子詩同我婦子襁褓皆裹頭
漢衛青傳臣子在襁褓中杜詩去時里正與裹頭青燈照逆旅左傳今號
爲不道保於逆旅呼酒濯亂愁破啼爲笑語文選劉越石答
盧諶詩并序曰相與舉觴對膝破啼爲笑李白送姪序中悲道舊破涕爲笑霜夜
盡更籌杜詩城暗更籌急歲寒叔舊節况又高春秋
漢蘇武傳陛下春秋高老松心梗槩張平子東京賦粗爲言其梗槩緑
竹氣和柔霍去病傳去病以和柔自媚於上張釋之傳馬賴和柔言如
不出口體若不勝衣檀弓云趙文子其中退然如不勝衣其言吶吶
然如不出諸其口德音潤九里河潤九里本出莊子後漢郭汲傳帝勞之
日河潤九里冀京師幷蒙福也政事無全牛莊子云庖丁爲文惠君解牛文
惠君曰技蓋至此乎庖丁曰始臣之解牛之時所見無非全牛者三年之後未嘗見全牛
也詩成戲筆墨清甚韋蘇州唐韋應物爲蘇州刺史有詩集
篆籒有志氣當於古人求漢藝文志史籒十五篇註云周宣王
太史作大篆十五篇晉王戎傳當從古人中求耳杜詩似君須向古人求自悲聞
道晚涉世如虛舟雖無觸物意儻亦遭罵咻
莊子云方舟而濟於河有虛船來觸舟雖有惼心之人不怒孟子衆楚人咻之稍窺
性命學未窮言行尤論語言寡尤行寡悔息心待自信
湫如大河流堤防小不密一決敗數州此言防心

之難也傳燈録有僧名息心銘山谷常手寫安得心服禮左傳僖三十三
年服於有禮社稷之衛也不見爲瘡疣退之隨事生瘡疣荆鷄變
化材鶴卵滯陰幽莊子曰奔蜂不能化藿蠋越鷄不能伏鵠卵吾才小
不足以化子頹因啄菢力浩蕩碧雲游退之詩鶴翎不天生
變化在啄菢杜詩白鷗没浩蕩萬里誰能馴

次韻叔父夷仲送夏君玉赴零陵主簿

田竇堂上酒未醉已變態太白詩田竇相傾奪賓客互盈虧竇
嬰田蚡事見漢書本傳子虛賦覽將帥之變態又云殫覩衆物之變態何如東
陵瓜子母相鉤帶阮嗣宗詩已見上註富貴席未煖班固
賓戲孔席不暖珠玉作灾怪孟子寶珠玉者殃必及身文選阮嗣宗詩多財
爲患害茅茨雖長貧終有懿親在左傳封建親戚以藩屏周
不廢懿親也丈人困州縣短髮餘會撮莊子曰支離疏者頤
隱於齊肩高於頂會撮指天會古外反撮子外反詩言髮脫僅餘髻耳居然枳
棘棲後漢仇覽傳一名香考城令王渙署爲主簿謝遣曰枳棘非鸞鳳所棲坐
閱歲月代青雲已迷津太白詩迷津覺路失託勢隨風翻又贈友
人詩斯人無良朋豈有青雲望濁酒未割愛杜詩割愛酒如澠自註云平生
所愛消渴止之簿領能無休飣餖喚魚菜退之云呼奴具槃飧
飣餖魚菜贍羈旅嘗地偏淵明詩心遠地自偏江湖見天大
萬里一帆檣長風可倚賴樂府詩云象牙作帆檣南史宗慤云
願乘長風破萬里浪因行訪幽禪頭陀煙雨外文選頭陀寺碑

文註抖擻煩惱故曰頭陀李白詩頭陀雲外多僧氣王立之詩話云山谷有送零陵主簿夏君玉詩末云因行訪幽禪頭陀煙雨外蓋君玉頭甚大故以此戲之梵語頭陀此言斗藪斗藪煩惱也

病起次韻和稚川進叔倡酬之什

池塘夜雨聽鳴蛙老境侵尋見上每憶家白髮生来驚客鬢黃粱炊熟又春華見上百年不負膠投漆後漢陳重雷義同郡為友鄉里為之語曰膠漆自謂堅不如陳與雷白樂天詩百年膠漆初心在萬里煙霄中路分萬事相依葛與瓜見上勝日主人如有酒猶堪扶病見鸎花杜詩鸎花圍世界盧仝詩鸎花爛熳君不來

稚川約晚過進叔次前韻贈稚川并呈進叔

人騎一馬鈍如蛙晉祖納傳幽冀之士鈍如椎行向城東小隱家文選王康琚詩小隱隱陵藪大隱隱朝市李白詩小隱慕安石遠遊學子平道上風埃迷皂白皂白見上堂前水竹湛清華文選謝叔源詩水木湛清華我歸河曲定寒食公到江南應削瓜禮記為天子削瓜者副之樽酒光陰俱可惜端須連夜蕟園花明朝遊後苑火急報春知花須連夜發莫待曉風吹武后語也見唐人小說

汴岸置酒贈黃十七與後篇曉放汴舟同時作黃名幾復

吾宗端居叢百憂長歌勸之肯出游一作百丈暮捲萬人休侵星爭前猶幾舟黃流不解涴明月孟郊寓言誰言濁路泥不汙明月色碧樹為我生涼秋杜詩寒蟬碧樹秋初平郡羊置莫問叔度千頃醉即休一作詩吟吾黨夜來作酒買田翁社後葛洪神仙傳云皇初平年十五家使牧羊有道士將至金華山四十餘年其兄初起求得之問羊何在初平言叱叱羊起於是白石皆起成羊數萬頭後漢黃憲字叔度郭林宗曰叔度汪汪若千頃陂皇初平亦作黃山谷多用此事按楊文公談苑金華山乃皇初平化石之地有石如羊形者人爭求以為玩好有內侍掌市征於婺州輙已俸募人求得耳角尾足皆具如真羊者數枚歸闕獻之太祖曰此墓田中物也杖其內侍神仙之說固多渺茫而皇初平事信而有證此其彰彰者也誰倚柁樓吹玉笛用晉王廙柁樓長笑事玉笛見上斗杓寒挂屋山頭屋山見上又王荊公詩落木回飆動屋山王立之詩話山谷謂洪龜父云甥愛老舅何等篇龜父舉蜂房各自開戶牖蟻穴或夢封侯王及黃流不解涴明月碧樹為我生涼秋深類老杜山谷云得之矣

山谷外集詩註卷七

山谷外集詩註卷八

曉放汴舟山谷罷北京教授入京改京官得知吉州太和縣其秋自汴京歸江南寔元豐三年

秋聲滿山河行李在梁宋梁即汴京宋即南京川塗事鷄鳴淵明詩目倦川塗異心念山澤居文選謝靈運詩豈伊川塗異註云周禮兩山之間必有川焉大川之間必有塗焉身亦逐羣動淵明詩云日入羣動息歸鳥趨林鳴李白詩滅見羣動息霜清漁下流橘柚入包貢禹貢揚州厥包橘柚錫貢又持三十口去作江南夢杜詩兩京三十口雖在命如絲

次盱眙同前韻盱眙泗州所治縣也紹興十二年升盱眙爲軍以天長招信屬焉

去此二十年持家西過宋起予者白鷗論語起予者商也歸興尖飛動宮殿明寶坊華嚴合論云安立寶坊集諸天人山川開禹貢破浪一帆風更占夢中夢南史宗慤傳願乘長風破萬里浪莊子齊物篇方其夢也不知其夢也夢之中又占夢焉

外舅孫莘老守蘇州留詩斗野亭庚申十月庭堅和庚申元豐三年也

謝公所築埭未歎曲池平晉謝安傳至新城築埭於城北後人追思之名爲召伯埭在今揚州廣陵縣雍門周以琴見孟嘗君曰君百歲之後高臺既已傾曲池又已平文選沈休文詩貴賤猶如此況乃曲池平蘇州来賦詩句與秋氣清僧構擅空闊浮光飛棟甍杜詩江闊浮高棟維斗天司南莊子維斗得之終古不忒漢天文志斗爲帝車古有司南車也其下百瀆傾具宮産明月含澤遍諸生槃礴淮海間解衣槃礴見莊子風煙侵十城屈原九歌云紫貝闕兮珠宮明月謂明月之珠也沈存中筆談云嘉祐中揚州有一珠甚大天晦多見初出於天長縣陂澤中後轉入甓社湖後又在新開湖中九十餘年常常見之又文昌雜錄云孫華老莊居在高郵新開湖邊一夕莊客報湖中珠見因至水除光明如月忽見蚌蛤如蘆席大一殼浮水上一殼如張帆狀其疾如風飛小艇逐之不可及今以珠比華老也元祐三年華老丐祠得請山谷贈詩亦以珠爲喻云甓社湖中有明月淮南草木借光輝籟簫吹木末通典樂門凡簫一名籟杜詩我儕猶木末浪波沸庖烹退之詩還家勑妻兒具此煎炰烹此摘其字我来秋搖落霜清見魚行白鷗遠飛來得我若眼明杜詩二月六夜春水生門前小灘渾欲平鸕鶿溪鶒莫漫喜吾與汝曹俱眼明佳人歸何時鮮衣繞廂榮上林賦偓佺之倫暴於南榮註云屋南檐也集韻云屋梠之兩頭起者爲榮佳人謂莘老也莘老在熙豐間以言事屢黜自蘇州徙福州徐州時猶未還也歸何時者望其歸故里也

十月十三日泊舟白沙江口元註云眞州唐永正縣之白沙鎮也

岸江倚帆檣見上已專北風權飛霜挾月下西京雜記淮南王著鴻烈自云字中皆挾風霜百筆直如絃後漢末謠言直如弦

死道邊摘其字以言引竹索纜舡如弦直退之聯句云浮橋交萬笮綠水去清夜黃蘆搖白煙篙人持更柝易重門擊柝相語聞並船平生濯纓心滄浪之水清兮可以濯我纓滄浪之水濁兮可以濯我足見於孟子離婁篇又見於文選屈原所作漁父篇鷗鳥共忘年言與鷗鳥爲忘年之友也南史江揔傳張纘等雅相推重爲忘年交風吹落塵網歲星奔回旋歲星十二歲一周天險艱自得力左傳言晉文公險阻艱難備嘗之矣此其所以霸也故云得力孟子所謂生於憂患死於安樂也細故可棄捐漢文帝與匈奴書朕與單于皆捐細故俱蹈大道至今夢洶洶呼禹濟黃川元註云河出崐崘墟色白所渠并千七百一川色黃見爾雅釋水

發白沙口次長蘆

篙師救首尾孫子善用兵者如常山之蛇擊其首則尾至擊其尾則首至擊其中則首尾俱至我為制中權左傳宣十二年中權後勁挂席湍風力杜詩挂席窮海島如推強弩絃曉放白沙口長蘆見炊煙一葉託秋雨滄江百尺船亥觀世風波誰能保長年杜詩冉冉征塗間誰是長年者念昔聲利區鮑明遠詩三川養聲利與世闕周旋大道甚閒暇老子云大道甚夷而民好徑百物不廢捐易繫詞下云其道甚大百物不廢懼以終始其要無咎此之謂易之道也誰知目力淨改觀舊山川結摩經目淨脩廣如青蓮孟郊詩覩實改舊觀

阻風入長蘆寺長蘆寺屬眞州

福公開百室周頌云以開百室按續燈録眞州長蘆崇福禪院祖印禪師諱智福江州人四處住持勝緣畢集三十年間衆盈五百不借鄰國權法遶森龍象傳燈録達磨傳云波羅提法中龍象智度論曰龍象言力大龍水中行力大象陸中行力大負荷大法者比之龍象天樂下管絃老杜道林嶽麓二寺詩云六時天樂朝香爐我来雨花地楞嚴經云即時天雨百寶蓮花青黃赤白間錯紛糅李白詩漫漫雨花落嘈嘈天樂鳴依舊薰爐煙金碧動江水子虛賦其土則錫碧金銀註云碧謂玉之青白色者也杜詩云潤聚金碧氣蜀都賦連珠金碧之岩鍾魚到客船茗椀洗昏著退之詩茗椀纖纖捧經行數徂年歲寒風落山故鄉喜言旋左傳昭元年風落山謂之蠱小雅黃鳥云言旋言歸林回負赤子白壁乃可捐見上侍親如履冰意取孝經第三章云如臨深淵如履薄冰風雨淼暗川

次韻伯氏長蘆寺下

風從落帆休天與大江平僧坊晝亦靜鍾磬寒逾清淹留屬暇日植杖數連甍歸去來詞云或植杖而耘耔字本出論語頗與幽子逢退之詩幽子頗不無煮茗當酒傾杜詩每過得酒傾李白詩愁多酒雖少酒傾愁不來樂天詩聊將茶代酒携手霜木末朱欄見潮生檣移永正縣見泊舟白沙口題下註鳥度建康城薪者得樹鷄退之有答道士寄樹鷄詩云軟

濕青黃狀可猜欲烹還喚木盤迴煩君自入華陽洞直劚乖龍左耳來東坡和陶詩黃菘
養土羔老楮生樹鷄未忍便烹煮繞觀日百回羹盂味南烹退之初南食詩
自宜味南烹香秔炊白玉杜詩白玉定晨炊退之聯句庖霜鱠玄鯽白玉
炊香粳飽飯愧閑行叢祠思歸樂吟弄夕陽明
思歸誠獨樂薇蕨漸春榮漢陳勝傳注叢祠謂草木岑蔚者元
稹謫江陵有思歸樂詩云山中思歸樂盡作思歸鳴應緣此山路自古離人征云云白居
易和云山中不棲鳥夜半聲嚶嚶似道東歸樂行人掩泣聽陶岳零陵記云思歸樂狀如
鳩而慘色三月則鳴其音云不如歸去
金陵今建康府也治上元江寧二縣本楚邑楚威王以其地有王氣埋金
以鎮之故曰金陵秦改曰秣陵吳改建業

豪士阻江海瓜分域中權戰國策趙語云乘趙之弊而瓜分之
唐書瓜分河北地鮑昭蕪城賦竟瓜剖而豆分注其土地如瓜之劃肌老子域中有四大
真人開關梁曾不費一綫開寶七年十月詔曹彬潘美等伐江
南所至克捷十一月以龍舡數千艘爲浮梁自采石磯以濟大軍八年十一月攻拔昇州
擒唐國主李煜江南平六朝妙人物吳都秣陵晉元帝渡江復都焉宋齊
梁陳皆因之蔓草縈寒煙至今哀江南後周書庾信有哀江
南賦一首宋玉招魂篇末云魂兮歸來哀江南庾信蓋取諸此詠歌在漁船
窮山虎豹穴磨衲擁高年謂法秀也按僧寶傳秀住法雲寺神
宗遣中使賜香并磨衲青天行日月坐看磨蟻旋蘇子美詩
臥看青天行白雲晉天文志日月實東行而天牽之以西役如蟻行磨石之上磨左旋而

蟻右行身將時共晚道與世相捐莊子繕性篇世喪道矣道
喪世矣世與道交相喪也猶能攬壯觀史記封禪書云皇皇哉斯事天下之
壯觀巨浸朝百川元註云時秀禪師在鍾山寺秀乃圜通禪師法秀也呂汲
公銘其塔云元豐二年王荊公居金陵以禮邀師居鍾山之興國寺興國者公捐私財以
治者也寺之事一聽於公而後行師至之日告於衆曰以財營寺則宜歸王氏以寺聽命
則宜歸老僧一日公以所著佛書解義示師師曰文章之妙所不敢議然不可以智知殆
非義學所能盡也公滋不悅師遂棄去按元豐二年歲已未而山谷此行蓋三年庚申歲
時秀師正在金陵莊子大浸稽天而不溺元祐間和東坡送李方叔詩又用此語云君看
巨浸朝百川

贈别李端叔李之儀字端叔姑孰人舉進士元祐中爲樞密院編

修官東坡帥定武辟置幕下
我觀江南山如目不受垢憶食江南薇子獨
於我厚在北思江山如懷冰雪顏杜詩試看他時冰雪
容千峯上雲雨列子周穆王篇化人之宮出雲雨之上岑絕何
由攀當時喜文章各有兒子氣漢高五王傳朱虛侯章嘗
入侍燕飲高后兒子畜之爾來頷須白有兒能拜起史記三王
世家皇子賴天能勝衣趨拜蜀志伊籍傳一拜一起未足爲勞讀書浩湖海
解意開春冰老子云渙若冰將釋春秋序若江河之浸膏澤之潤渙然冰釋
怡然理順成山更崇崛論語譬如爲山未成一簣止吾止也顧我醜
丘陵醜類也白玉著石中與物太落落老子不欲琭琭

如玉落落如石涇渭相將流世不名清濁文選曹子建詩山岑高無極涇渭揚濁清注引毛萇詩云涇渭相入而清濁異乞言既不易贈言良獨難晉桓伊傳爲君既不易爲臣良獨難古来得道人挂舌屋壁間牧羊金華道載酒太玄宅兩事見上支頤聽晤語陳國風云可與晤語傳燈録天台豐干禪師傳居國清寺厨中有二苦行寒山拾得二人執爨終日晤語潛聽者都不解獨與師相親頤君喙三尺見莊子我行風雨夜船窻聞遠鷄故人不可見故人心可知李陵與蘇武書人之相知貴知心

阻風銅陵銅陵縣亦隷池州唐爲銅官縣五代改銅陵

頓舟古銅官晝夜風雨黒洪波崩奔去天地

無限隔文選魏都賦巖岡潭淵限蠻隔夷船人謹維笮唐韻笮竹索也老杜桔栢渡詩篙竹爲長橋連笮動嫋娜何暇思挂席杜詩挂席上南斗憑江裂嵌空嵌口銜切太白詠山樽云擁腫寒山木嵌空成酒樽中有時水滴洞視不敢前潭潭蛟龍宅老杜瞿塘詩猱玃鬚髯古蛟龍窟宅尊網師登長鱣貫我腥釜鬲賈誼弔屈賦橧江潭之鱣鯨史記蔡澤傳過奪釜鬲於塗斑斑被文章突兀老杜畫鶻行初驚無抅攣何得立突兀喙三尺見上言語竟不通噞喁亦何益吳都賦云噞喁浮沉魁梧類長者左太沖三都賦序風謡歌舞各附其俗魁梧長者莫非其舊魁梧奇偉見張良贊杜詩泉出巨魚長比人卒以筌餌得莊子得魚而忘筌注積柴水中使魚依而食一云魚笱莊子魚鼈以

江湖爲淺而穴其中卒所以得之者餌也浮沉江湖中波友永相失有生甚甞相細大更噉食楞嚴經以人食羊羊死爲人人死爲羊死死生生互來相噉安得無垢稱對榻忘語默譯梵云維摩羅詰此云淨名又淨無垢稱按維摩經時維摩詰默無言文殊師利歎曰善哉乃至無有文字語言是眞入不二法門

阻水泊舟竹山下

竹山蟲鳥朋友語朋友語如漢衡山王傳乃昆弟語除前隙也討論陰晴怕風雨論語世叔討論之丁寍相教防禍機杜詩便覺鶯語太丁寍禍機見上草動塵驚忽飛去陸機豪士賦序風起塵合而禍至常酷提壺歸去意甚真提壺見上栁暗花

濃亦半春北風幾日銅官縣欲過五松無主人五松山在銅陵西五里太白銅官山詩我愛銅官樂千年未擬還要須回袖舞拂盡五松山

池口風雨留三日

孤城三日風吹雨小市人家只菜蔬杜詩小市常爭米孤城早閉門水遠山長雙屬玉上林賦鴻鷫鵠鴇駕鵝屬玉註云屬玉似鴨而大長頸赤目蘇子美詩屬玉雙飛水滿塘菰蒲深處浴鴛鴦身閑心甞一春鋤爾雅鷺春鋤皮日休詩數點春鋤煙雨微翁從旁舍来收網漢高紀高祖適從旁舍來我適臨淵不羨魚董仲舒策臨淵羨魚不如退而結網俛仰之間已陳迹王逸少蘭亭禊飲序向之所欣

俛仰之間已爲陳迹莫䆫歸了讀殘書
貴池貴池池州所治縣也元注云池人祀昭明爲郭西九郎時新覆大舟
水死者十二人以爲神之威也
橫雲初抹漆盧仝月蝕詩云初飢猶朦朧既久如抹漆歐陽文忠詩浮雲蔽
天衆星没舉首向空如抹漆爛漫南紀黑詩滔滔江漢南國之紀老杜八
哀詩相國生南紀不見九華峯如與親友隔池州青陽縣有
九華山太白改九子山爲九華山聯句其序云青陽縣南有九子山山高數十丈上有九
峯按圖徵名無所依據予乃削其舊號加以九華之目憶當秋景明九
老對几席何曾閉蓬䆫卧聽寒雨滴不食貴
池魚喜尋昭明宅寰宇記貴池在縣北七里按顧野王輿地志云梁昭

明太子食此魚美遂立名焉筆硯鼠行塵世說晉簡文爲撫軍時所坐床
上塵不聽拂見鼠行迹視以爲佳芝菌生銅鬲釜鬲見上郭璞曰鼎曲脚
音歷詩意謂無祀賽也思成佳句夢貽我錦數尺江淹夢人
索錦事屬者浪吞舟漢李尋傳屬者頗有變註云近時也莊子云吞舟之
魚退之詩黑沙白浪相吞屠風雹更附益論語而附益之老翁哭
婦兒相將難再得白樂天詩有時還後到無處不相將漢外戚傳佳人
難再得此摘其字存亡如日月薄蝕行道失春秋經云曆家
之說謂日光以望時遥奪月光故月蝕日月同會月掩日故日食日以朔食月食以望不
爾謂之薄流俗暗本源謂神吐其食左傳僖五年若晉取虞而
明德以薦馨香神其吐之乎神理儻有私丘禱久以默見論

語
大雷口阻風庚寅按同安志大雷口屬舒州望江縣去縣三十里
鵁鶄下滄江避風大雷口天與水模糊樂天詩平
明山雪白模糊杜詩子章髑髏血模糊摘此二字不復知地厚荀子不臨
深壑不知地之厚也杜詩坡陁因地厚誰家上江船杜詩百丈誰家水上
船狂追雪山走孤村無十室杜詩孤村春水生論語十室之
邑旅飯困三韭南史庾杲之貧食惟有韭葅瀹韭生韭詳見上黃蘆
麋鹿場豳風東山云町疃鹿場此地廣千肘傳燈錄尊者在世化
導證果最多每度一人以籌置於石室縱十八肘廣十二肘譯梵云二尺成一肘四肘成
一弓得禽多文章當謂雉也肯顧魚貫柳見上蕣蒼天

物悲莊子適蕣蒼者三飡而反音義云蕣蒼皆平上二音彫弓故在手
麀鳴猶念羣小雅呦呦鹿鳴食野之苹註云鹿得苹呦呦然鳴而相呼家語
夫子云關雎興於鳥而君子美之取其雌雄之有別鹿鳴興於獸而君子大之取其得食
而相呼雉媒竟賣友文選潘安仁射雉賦序云習媒翳之事註曰媒者少
養雉子至長狎人能招引野雉也賣友見漢書酈商傳贊曰當孝文時天下以酈寄爲賣
友夫賣友者謂見利而忘義也若寄父爲功臣而又執劫雖摧呂禄以安社稷誼存君親
可也商人萬斛船挂席上牛斗挂席見上橫笛倚柁
樓晉王廙倚柁樓長嘯神氣甚逸波深蒼龍吼失水不能神
楚詞神龍失水而陸居爲螻蟻之所裁退之三星行嗟汝牛與斗汝獨不能神伐鼓
作城守漢高祖紀閉城城守註謂守其城也龍之自衛亦若守城焉欲寄

大雷書鮑明遠文集中有登大雷岸與妹書即此地也太白秋浦寄內云結荷倦
水宿却寄大雷書徃問長干婦古樂府有長干曲李太白有四首其間云
十四為君婦羞顏未嘗開文選吳都賦長干延屬註云江東謂嵩間為干池州隸江東
何當楫迎汝玉臺新詠王獻之桃葉歌桃葉復桃葉渡江不用楫但渡無所
苦我自迎接汝一作楫迎汝秦淮緑如酒杜牧詩煙籠寒水月籠沙夜泊
秦淮寄酒家劉禹錫詩淮水東邊舊時月夜深還過女墻來此金陵五題也按寰宇記秦
淮乃秦所鑿在丹陽湖姑熟之界西北流經建康綿亘三百里左傳昭十四有酒如淮有
肉如坻
庚寅乙未猶泊大雷口按國史元豐三年十二月己丑
朔庚寅蓋初二日也

廣原嘷終風詩終風且霾發怒土囊口宋玉風賦盛怒於土
囊之口萬艘萍無根文選吳都賦渾萬艘而旣同杜詩舟楫無根蔕乃
知積水厚莊子逍遙篇水之積也不厚則負大舟也無力龍鱗火熒
熒子虛賦照爛龍鱗鞭笞雷霆走退之詩不如散仙鞭笞鸞鳳終日相
追陪杜詩安得鞭雷公公私連檣休森如東春韮杜詩夜雨
剪春韮倚筇蒹葭灣垂楊欲生肘莊子至樂篇俄而柳生其
左肘雄文酬江山惜無韓與柳退之子厚五言呻吟
內杜詩作詩呻吟內墨淡字欹傾慚愧陶謝手杜詩焉得思如陶謝手令
渠述作與同遊送菜煩鄰船杜詩園官送菜把買魚熟溪友
杜詩溪友得錢留白魚兒童報晦冥正晝見箕斗杜詩兒童

報急流易豐之九三日中見斗吾方廢書眠史記樂毅贊未嘗不廢書而泣
也杜詩老困廢書眠鼻鼾鞴囊吼鞴韋囊吹火步拜切亦作排魏志韓暨作
水排說文云鼾鼻息也音旱退之外集有嘲鼾睡詩二首猶防盜窺家嚴
鼓申夜守冶城謝公墩寰宇記昇州江寧縣開皇移於冶城唐武
德移白下貞觀移還冶城六朝事迹謝安墩在半山報寧寺之後基址尚存太白詩冶城
訪古迹猶有謝安墩介甫詩我名公字偶然同我屋公墩在眼中公去我來墩屬我不應
墩姓尚隨公人言王介甫性好爭退居與謝安爭墩見詩話牛渚蕩子婦
寰宇記太平州當塗縣有牛渚山望夫山皆在縣北昔人往楚累歲不還其妻登此山望
夫乃化為石文選古詩昔為倡家女今為蕩子婦蕩子遊不歸空床難獨守何時
快登臨篙師分牛酒文選吳都賦篙工楫師杜詩稽留篙師怒後漢

耿弇傳擊牛釃酒
乙未移舟出元註云畏風濤復入遂宿焉同行有劉三班善射沙
夾遇盜劉手殺三人
江湖吞天胷杜牧之詩大江吞天去一練橫坤抹今言江之吞天如人之胷
量闊也子虛賦吞若雲夢者八九其於胷中曾不芥蔕吳都賦或吞江而納漢蛟龍
垂涎口柳子厚嶺南詩山腹雨晴添象迹潭心日暖長龍涎歐陽公乞致仕表上
賴至仁脫臣於鮫鰐垂涎之口養軀無千金沈約雜詩坐喪千金軀杜詩王
孫善保千金軀特為親故厚自言此身不足惜而臨危憂恐為毋在故耳
本心非華軒選詩金張服貂冕許史乘華軒而與馬爭走荀子
云君子力如馬而不與馬爭走司馬遷荅任安書曰太史公牛馬走聘婦緝落

毛昭明太子作淵明集序云或貨海東之藥草或紡江南之落毛蓋用列女傳楚老萊妻曰鳥獸之解毛可績而衣之其遺粒可食也庾信詩曰蒙吏觀秋水萊妻績落毛教兒耨葱韮莊子徐無鬼篇食芋栗厭葱韮衣食端須幾淵明詩衣食當須幾將老猶掣肘家語宓子賤爲單父宰辭行請君之近史二人與之俱至官令二史書輒掣其肘書不善則怒之二史辭歸魯報於君君太息曰寡人亂宓子之政而責其善者數矣遂發使告宓子曰自今單父非吾有也從子之制宓子得行其志於是單父治焉安能詭隨人曲折作杞柳詩民勞云無縱詭隨孟子云以杞柳爲桮棬桓公甕盎癭莊子德充符篇甕盎大癭説齊桓公公悅之而視全人其脰肩肩楚國不龜手莊子第一篇宋人有善爲不龜手之藥者客得其方以説吳王越有難吳王使之將冬與越人水戰大敗越人裂地而封之今曰楚國恐誤生涯但如此那問託婚友書盤庚至于婚友久陰快夜晴天文若科斗村南鬼火寒杜詩陰房鬼火青壞道哀湍瀉村北風虎吼野人驅雞豚縛落堅纏守劉郎弓石八猛氣厭馮婦孟子曰晉人有馮婦者善搏虎虎負嵎莫之敢攖望見馮婦趨而迎之馮婦攘臂下車衆皆悅之其爲士者笑之一試金僕姑左傳莊十一年公以金僕姑射南宮長萬註矢名歸飲軟臂酒大唐稽疑云郭子儀自同州歸代宗詔大臣就宅作軟脚局令挽弓故曰軟臂

丙申泊東流縣東流建德二縣皆隸池州元註云語曰東流迭客驚動建德

前日蔑大雷真成料虎頭莊子盜跖篇孔子曰丘所謂料虎頭編虎須幾不免虎口哉今日伐鼓出詩采芑伐鼓淵淵棹歌傲陽侯戰國策塞漏舟而輕陽侯之波則舟覆矣屈原哀郢云陵陽侯之氾濫兮忽翺翔之焉薄太白詩驚浪棹海客喧呼傲陽侯滄江百折來及此始東流東流會賓客建德椎羊牛野語尚信然小市黃蘆洲唯有采薪翁經營往来舟櫧櫂盡斤斧上林賦沙棠櫟櫧音歷諸山童煙雨愁孫卿子曰斬伐養長不失時故山林不童公孫弘傳山不童澤不涸

書石牛溪旁大石上同安志云石牛洞在三祖山山谷寺之西北其石狀若伏牛因以爲名初李伯時畫魯直坐石牛上因此號山谷道人題詩石上所謂青牛駕我山谷路也

鬱鬱窈窈天官宅黃庭經云鬱鬱窈窈眞人墟眞人即天官也諸峯排霄帝不隔六時謁天關鑰我身金華牧羊客見上羊眠野草我世間高眞衆靈思我還石盆之中有甘露青牛駕我山谷路劉向列仙傳李耳字伯陽陳人也生於殷時爲周柱下史轉爲守藏吏積八十餘年後周德衰乃乘青牛車去入大秦西過關關令尹喜知其眞人也乃強使著書作道德上下經

題山谷大石

畏畏音委佳佳音背石谷水莊子齊物篇山林之畏佳註云大風之所扇動也釋音云畏於鬼反佳醉癸反鬖鬖隆隆山木風揚雄解嘲云炎

炎者威隆隆者絕註云隆隆雷聲也爐香四百六十載開山者
誰梁寶公謂寶志也同安志云飛錫泉在三祖山後寶公自金陵飛錫而至以
相山谷寺基泉爲之湧出遂寓此山今資壽殿有寶公遺像
同蘇子平李德叟登擢秀閣同安志曰擢秀閣在
舒州彰法寺乃陳瑩中讀書處自此登第黃魯直名而書之城中樓觀與城北
山水凭欄盡見
築屋皖公城木末置曲欄杜詩我行已水濱我僕猶木末歲
晚對煙景人家橘柚間李白詩人煙寒橘柚秋色老梧桐獨
香司命峯同安志司命峯至皖山二里有九天司命眞君祠衆口讓
高寒退之作劉統軍碑云仍世北邊樂其高寒松竹二橋宅同安志孫

策周瑜得橋公二女今郡城東有佛廬世傳爲公故宅雪雲三祖山纂異
一本作暮雨二橋宅孤雲三祖山山谷寺在懷寧縣西有三祖僧璨大師塔衰懷
造勝境轉覺落筆難蘇李工五字屬聯不當
慳文選李陵蘇武相贈荅詩皆五字句以比二子取其同姓
靈龜泉上同安志載此詩註云靈龜泉在皖口中路去州七十里
大靈壽日月化石皖公陂偶無斧斤尋左傳文七
年諺所謂庇焉而縱尋斧焉者也不作牢上碑王建詩澗底盤陁石漸稀
盡向墳前作羊虎靈龜泉銘有序其略云發皖口而西四十里泉淙淙行山徑亂石間坎
甃清徹頂有大石如龜引氣云云牢上已見上註傾首若有謂指泉
来自西泉甘崖木老坐笑欲忘歸風流裴通

直一作裴鬅喜幽事商略從我嬉世說商略先往名達蒔梅盈
百科洗石出崛奇文選創阿房之倔奇退之詩心跡兩崛奇更約
聘石工鑱我靈龜詩舅弟妙學古元註云舅弟李德叟亦復
按韓文柳子厚墓誌云葬子厚於萬年之墓者舅弟盧遵舅弟之稱蓋出於此
古須眉卿家北海公謂李邕也筆法可等夷張良傳諸
將皆陛下故等夷杜詩雅量涵高遠清襟照等夷為我書斯文要與
斗牛垂
從丘十四借韓文二首
吏部文章萬世吾求善本編窺散帙雲窻棐
几同安得見丘遲謝靈運詩散帙問所知太白詩得憩雲窻眠王羲之

傳諸門生家見棐几滑淨因書之南史丘靈鞠傳子遲詞采麗逸同安今舒州也
中有先君手澤禮玉藻父沒而不能讀父之書手澤存焉耳丹鉛
點勘書詩退之秋懷詩不如覷文字丹鉛事點勘莫惜借行千
里他日還君一鴟古語借書一癡還書一癡蘇黃詩乃作鴟詳見胡朝
請借書目註
發舒州向皖口道中作寄李德叟同安志云
皖口鎮去州八十里
黒雲平屋簷一作崔嵬雲壓空李賀詩黑雲壓城城欲摧長夜隔
星月曉裝商旅前冰底泥活活野人讓畔耕
一作侵畔耕史記帝紀舜耕歷山歷山之人皆讓畔文選註云朝子曰歷山農者侵畔舜

爭坻舜往而漁者讓往而耕者讓河濱漁者蹇馬不能滑駞裘惜蒙茸（左傳狐裘蒙茸）俱落水塘缺孤村小蝸舍（三國志焦光傳光常作小盧形如蝸牛殼故曰蝸牛盧白樂天詩鳳池隔絕三千里蝸舍沉冥十五春）乞火乾屨韈（漢蒯通傳束縕乞火崔浩女儀冬至進履韈於舅姑見初學記）前登極崢嶸（一作高寒）他日飛鳥沒寒花委亂草（杜詩寒花隱亂草宿鳥擇深枝）耐凍鳴風葉（一作耐東風葉間梅萼零亂發）江形篆平沙（退之聯句沙篆印迴平）分派回勁筆鬚弟不俱来得句漫剞劂（一作謾得句奇崛甘泉賦般倕弃其剞劂註云剞曲刀也劂曲鑿也劂劂同音居衛切亦見楚辭）却望同安城唯有松鬱鬱（選詩鬱鬱澗底松）遥知浦口晴諸峯見朗

雪（一作松雪選詩山明望松雪）

庭堅得邑太和六舅按節出同安邂逅於皖公溪口風雨阻留十日對榻夜語因詠誰知風雨夜復此對床眠別後覺斯言可念列置十字字為八句寄呈十首（同安郡舒州也有皖公山六舅謂李常字公擇也提點淮南西路刑獄提刑司在舒州）

鵠白不以烏（莊子天運篇鵠不日浴而白烏不日黔而黑）蘭香端為誰（家語蘭生深林不以無人而不香）外家秉明德晚與世參差（退之詩豈敢尚幽獨與世實參差）乖離歲十二（淵明荅龐參軍

詩序云人事好乖便當語離）會面李孝期（杜詩主稱會面難司馬遷傳卒卒無須史之間）何言灊岳底玉稻同一炊（舒州有灊山一名天柱）滄江渺無津同濟共安危（書微子云若涉大川其無津涯孫子曰同舟濟而遇風其相救也如左右手言世路風波也）四海非不廣舅甥自相知孔鸞在榛梅（上林賦道孔鸞促鵷儀退之詩明庭集孔鸞以喻公擇言處非其地）鷦鷯一亦枝（莊子鷦鷯巢於深林不過一枝此以自喻）千里同明月（見上）相期不磷緇（韓詩方爲金石姿萬世無緇磷杜詩但取不磷緇磷緇字出論語）少小長毋家拊憐董諸童食貧走八方（衛國風氓

三歲食貧）略已一老翁（見上）不能成宅相（晉魏舒傳少孤爲外家甯氏所養甯氏起宅相宅者云當出貴甥外祖母以盛氏甥小而慧意謂應之舒曰當爲外氏成此宅相北史刑晏稱其甥李繪曰如對珠玉宅相之寄當在此甥李白別從甥高玉能成吾宅相不減魏陽元）頗似舅固窮（論語君子固窮晉何無忌傳桓玄曰何無忌劉牢之之甥酷似其舅）何以龢嘉德取琴作南風（禮記舜作五絃之琴以歌南風一作鼓琴歌南風）德人心寂寥立朝實莊語（莊子天下篇以天下爲沉濁而不可與莊語公擇熙寧初自太常博士改右正言論新法通判滑州知鄂湖齊三州徙淮西提刑）虎節坐山城（周禮地官掌節云凡邦國之使節山國用虎節）孤雲猶能雨文章被甥姪孝友諧婦女偃息一畝

宮植梅當歌舞詩北山或偃息在床儒行云儒有一畝之宮
江都克家才易蒙卦子克家萬卷書插架退之詩鄴侯家多書架插三萬軸
願言渠出仕從舅問耕稼誰云瀕老境曲禮曰耆指使釋文耆至也至老境也
此子即長夜杜詩短褐即長夜
歸歟叅前期蒔橘鉏甘蔗元註云江都尉李攄字安詩
囊窺涉世方白駒且塲穀小雅皎皎白駒食我塲穀
平生漫歲晚志尚向山木莊子有山木篇言山中之木以不材得終其天年
返身觀小醜孟子反身而誠樂莫大焉
真成覆車犢晉書石季龍傳快牛爲犢子時多能破車汝當小忍之
否臧太磊磊從此更三復漢鄭當時不敢甚斥臧否詩意蓋悔其有所評品欲三復白圭也

負薪反羊裘愛裘只傷裏魏志明帝破諸葛亮露布曰亮反裘負薪裏盡毛殫事本出新序其辭曰魏文侯出游見路人反裘而負芻問之對曰臣愛其毛文侯曰若不知其裏盡而毛無所恃耶明年東陽上計錢布十倍文侯曰此無異夫路人反裘而負芻也民不加衆而錢十倍必取之民也
補紉雖云工歲晏安可恃洗心如秋天易繫詞云聖人以此洗心退藏於密
六合無塵滓莊子出入六合遊乎九州晉會稽王道子戲謝重曰卿強欲滓穢太清耶
浮雲風去来在彼不在此此篇有所諷
阿髯學升堂德叟幹母思靡悔蠱九二幹母之蠱
文成蓺桃李不言行道兊大雅緜曰行道兊矣兊成蹊也此用李廣贊桃李不言下自成蹊
阿蘇妙言語機警欲無對子姓何

預人蘭玉要可珮阿蘇舅氏幼子晉謝玄傳叔父安嘗戒約子姪因曰子弟何預人事而正欲其佳玄曰如芝蘭玉樹欲其生於堦庭耳
鮮衣卧相語濤波夜掀床十年身百憂險阻心已降詩我心則降
涉旬風更雨宿昔燭生光衾幬無端冷明月一舡霜詩小星抱衾與裯註衾被也裯單被也鄭云裯床帳也爾雅幬謂之帳楚詞蒻阿拂壁羅裯張又云翡帷翠幬飾高堂杜詩避近無端出餞遲
親依為日淺李密陳情表母孫二人相依爲命祖母劉今年九十有六是臣盡節於陛下之日長報劉之日短也
愛不舍我眠退之示爽詩座中悉親故誰肯捨汝眠
教我如牧羊更著後者鞭莊子達生篇善養生者若牧羊然視其後者而鞭之
得邑邇梅嶺開花向春妍杜詩短日行梅嶺
碌碌幸苟免稱觴大人前晉周顗母李氏字絡秀顗等並列顯位嘗置酒絡秀舉觴曰吾本渡江託足無所不謂爾等並貴列吾目前嵩起曰伯仁志大而才短名重而識暗非自全之道嵩性抗直亦不容於世唯阿奴碌碌當在阿母目下耳阿奴謨小字也後果如其言大人自言其母也後漢范滂就誅與母訣曰大人割不忍之愛勿增慼慼韓文柳子厚墓誌播非人所居而夔得親在堂吾不忍夔得之窮無詞以白其大人漢淮陽王欽傳王遇大人益解註云自稱其母也

題馬當山魯望亭四首

元註云彭澤舊治所

馬當一曲孤煙按尋陽志馬當山江州彭澤縣西四十里高八十丈其下無底有廟封爲上元水府陸龜蒙字魯望有馬當山銘大槩言太行呂梁馬當合是三險

而爲一未敵小人方寸之包藏名亭曰魯望以此故也因畫陶元亮等四人人物于今聊然當今人物聊然王逸少帖中語也不見繞籬黃菊陶詩采菊東籬下誰收種秫圭田一作有地自荒秫稻無人更與酒錢晉書陶潛傳潛字元亮爲彭澤令在縣公田悉令種秫穀曰令吾常醉於酒足矣妻子固請種秔乃使二頃五十畝種秫五十畝種秔圭田見孟子老杜贈鄭虔云賴有蘇司業時時與酒錢

右元亮

鯨波橫流砥柱杜詩溟漲鯨波動劉夔得詩世道劇頹波我心如砥柱禹貢砥柱在陝州硤石縣熙寧廢縣爲鎮隸陝縣河水分流包山而過若柱然唐太宗勒銘於此虎口活國宗臣莊子盜跖篇幾不免虎口哉漢叔孫通傳通自言幾不免虎口唐狄仁傑傳力勸武后迎廬陵王曰立廬陵王則千秋萬歲後常享宗廟三思立廟不祔姑后感悟即日迎王於房州杜詩冀公柱石姿論道邦國活漢蕭曹贊爲一代之宗臣小屋絃歌百里仁傑嘗爲來俊臣所誣捕送制獄已承反減死貶彭澤令人爲置生祠不誣天下歸仁小屋一作少日不誣一作莫言論語一日克己復禮天下歸仁焉

右狄梁公

不見魯公斷石誰家爲礎爲杠魯公當是貶吉州司馬時經行此地有紀行碑石而不存疑其爲礎以薦柱或爲橋梁也孟子云十一月徒杠成註踈引說文云石矼石橋也俗作杠從木心期曉月秋霜心期見上

右顏魯公

笠澤道人高古吳郡圖經曰松江一名笠澤陸魯望居甫里號所註書曰笠澤叢書李白宣城青溪篇山見日高古石容天傾側文章白髮蕭條一作文章歲寒後凋欲問勒銘遺墨即馬當銘應書水府蛟綃吳都賦泉室潛織而卷綃淵客慷慨而泣珠註云俗傳鮫人從水中出曾寓人家積日賣綃綃即乎俞也臨去索器泣而出珠滿盤以遺主人

右陸魯望

泊大孤山作元註云庚申十二月作庚申蓋元豐三年也是年赴太和有寄李公擇詩序云元豐庚申得邑太和此詩當在官亭湖詩之前大孤山在德化縣東四十五里大江中

匯澤爲彭蠡書禹貢東匯澤爲彭蠡其容化鵾鵬見莊子第一篇中流擢寒山正色且無朋莊子天之蒼蒼其色正耶詩椒聊碩大無朋退之詩汝豈無朋匹其下蛟龍臥宮譙珠貝層屈原九歌紫貝闕兮珠宮譙城也朝雲與莫雨何處會高陵高唐賦旦爲朝雲莫爲行雨不見凌波韈洛神賦凌波微步羅韈生塵靚粧照澄凝上林賦靚粧刻飾歐陽歸田錄江南有大小孤山在江中嶷然獨立而世俗轉孤爲姑江側有一石磯謂之彭浪磯遂轉爲彭郎磯云彭郎小姑壻也予過小孤山廟像乃一婦人而勑額爲聖母廟豈止俚俗之繆而東坡亦有小姑嫁彭郎之詩今山谷詩中亦用世俗相傳之語退之詩凝澄閟陰嘼空餘血食地猨嘯枯楠藤高帆駕天來退之詩高浪駕天輸不盡落葉聚秋蠅幽明異禮樂禮記明則有禮樂幽則有鬼神忠信豈其

憑白樂天入峽詩一跌無完舟吾生繫於此常聞仗忠信蠻貊可行矣揚子豈其卿豈其卿風波浩平陸何況非履冰詩如履薄冰安得曠達士霜晴嘗一登老杜登慈恩寺塔詩自非曠士懷登茲翻百憂

題落星寺四首山谷真蹟前二首題云題落星寺第三首題云題落星寺嵐漪軒第四首題云徃與道純醉卧嵐漪軒夜半取燭題壁間又有蜀本石刻前一首題云落星寺僧請題詩而首句作游空天衆有寶墜又書吟作畫倚江撼床作波撼床蜜房作蜂房牖户作户牖青雲梯幾級作虛空更幾級瘦藤作一藤而第四首石刻題作醉書落星寺壁時與劉道純同飲二僧在焉四詩非同時作後人類聚於此故詩語有重復不可指其歲月

星宮游空何時落寰宇記落星石在江州廬山東周迴一百五步高丈許着地亦化為寶坊寶坊見上落星寺在彭蠡湖中詩人畫吟山入座白樂天詩高堂虛且迥坐卧見江山王禹偁詩隨船曉月孤輪白入坐晴山數點青醉客夜愕江撼床蜜房各自開牖户魏志管輅射覆卦成曰家室倒懸門户衆多此蠭窠也杜詩風落收松子天寒割蜜房蟻穴或夢封侯王用異聞集淳于棼夢入大槐安國事詳見後宿觀音院詩註不知青雲梯幾級墨子公輸班為雲梯以攻宋文選謝靈運詩共登青雲梯更借瘦藤尋上方上方見維摩經杜詩上方樓閣晚巖巖正俗先生廬後漢郡國志廬江郡尋陽註云釋慧遠廬山記曰尋陽南濱宮亭湖有匡俗先生者出殷周之際隱遁潛居時人謂其所止為仙人之廬而命焉匡俗字君平尋陽記匡俗先生廬在德化縣南三十里其下宮亭水所

都荊州記宮亭即彭蠡澤也北辰九關隔雲雨爾雅北極謂之北辰九關見楚詞南極一星在江湖杜詩南極一星朝北斗相粘蠔山作居室退之初南食云蠔相粘為山百十各自生嶺表録異云蠔即牡礪也初生海島邊如拳石漸長有高一二文者雜俎云介蟲中惟牡礪是鹹水中生竅鑿混沌無完膚莊子應帝王篇儵與忽謀報渾沌之德曰人皆有七竅以視聽食息此獨無有嘗試鑿之日鑿一竅七日而渾沌死萬鼓春撞夜濤洶退之瀧吏詩險惡不可狀舡石相春撞驪龍莫睡失明珠見上

落星開士深結屋楞嚴經云幷其同伴十六開士杜詩獨在深崖結茅屋龍閣老翁来賦詩元註云寺僧擇隆作宴坐小軒為落星之勝處龍閣老翁當謂李公擇南康軍建昌人廬山亦在南康境内必有賦詠按元祐三年八月丙子御史中丞李常充龍圖直學士其賦詩當在此前小雨藏山客坐久莊子大宗師藏舟於壑藏山於澤長江接天帆到遲宴寢清香與世隔韋應物詩宴寢凝清香畫圖妙絶無一作絶筆人知元註云僧隆畫甚富而寒山拾得畫最妙蜂房各自開户牖處處煮茶藤一枝

北風吹倒落星寺吾與伯倫俱醉眠晉劉伶字伯倫以況劉道純螟蛉蜾蠃但癡坐劉伶酒德頌云二豪侍側焉如蜾蠃之與螟蛉蜾蠃螟蛉本出詩又見揚子夜寒南北斗垂天元註云戲題落星寺壁時與劉道純俱在

山谷外集詩註卷八

山谷外集詩註卷九

玉京軒　元註云玉京山在爐峯下落星寺僧開軒對之按纂異蜀本云

蒼山其下白玉京廣成安期來訪道紫雲黃霧瑣玄關雷驅不祥電揮掃上有千年來歸之白鶴下有萬世不凋之瑤草野僧雲卧對開軒爐香霏霏日杲杲稻田衲子非黃冠一鉢安巢若飛鳥莫見仙人乞玉泉問取紫霄耶舍老又山谷有眞蹟跋語云將旦起坐復得長句忽忽就竹輿不暇寫歲行一周道純已凋落爲之隕涕故書遺超上人可刻石於吾二人醉處它日有與予交及道純好事者尚排佪碑側元祐六年大寒黃庭堅書自元祐逆數元豐蓋庚申歲一周也

蒼山其下白玉京五城十二樓　史記封禪書方士有言黃帝時爲五城十二樓以候神人命曰迎年太白詩云天上白玉京十二樓五城　鬱儀結鄰常杲杲　黃庭經云鬱儀結鄰善相保註云鬱儀奔日之仙結鄰奔月之仙毛詩杲杲日出　紫雲黃霧鏁玄關　文選王簡棲碑云玄關幽鍵　雷驅不祥電揮掃　韓文歸盤谷序云鬼神守護兮呵禁不祥老杜詩去秋羣胡反不得無電掃　上有千年来歸之白鶴　續搜神記遼東華表柱有鶴歌曰有鳥有鳥丁令威去家千歲今來歸城郭猶是人民非何不學仙冢纍纍　下有萬歲不凋之瑤草　江淹香爐峯詩瑤草正翕赩註云玉芝也老杜詩方期拾瑤草李太白詩上有無花之古樹下有傷心之春草　野僧雲卧對開軒　杜詩雲卧衣裳冷　一鉢安巢若飛鳥　傳燈録有道吾和尚一鉢歌　北風卷沙過夜窻枕底鯨波撼蓬

島　太白詩白波連山倒蓬壺又云海鯨東蹙百川回　箇中即是地行仙但使心閑自難老　楞嚴經第八卷有十種名地行仙其一也

過致政屯田劉公隱廬　劉渙字凝之筠州人舉進士爲潁上令以剛直不屈棄官家于廬山之陽時年五十歐陽公爲作廬山高按蜀本拜劉凝之畫像詩置之崇寧元年時山谷自荆入岳遵陸至萍鄉回途自筠陽豫章山行由東林太平觀至江州初不經南康且道純已卒於元祐前而詩中有少子似公賢之句則是詩作於元豐無疑

兒時拜公牀　後漢馬援傳嘗有疾梁松來候之獨拜牀下又龐公傳註諸葛孔明每至德公家獨拜牀下　眼碧眉紫煙　祖庭事苑初祖達磨眼有紺青之色故稱祖曰碧眼　舍前架茅茨爐香坐僧禪女奴煑鬻粟　杜詩童子能煎鬻粟湯　石盆瀉機泉　退之聯句云機春潺湲力莊子天地篇鑿木爲機後重前輕挈水若抽其名爲槹　今来掃門巷　杜詩三年門巷空　竹間翁蜕蟬　退之謝自然詩入門無所見冠履同蜕蟬　堂堂列五老　寰宇記云五老峯在廬山東高崖突出如五人相逐羅列之狀　勝氣失江山石盆爛黃土茅齋薪壞椽女奴爲民妻又瘞蒿里園　漢武五子傳廣陵厲王歌曰蒿里召兮郭門閲註云死人里也　當年笑語地華屋轉朱欄　曹子建詩生存華屋處　課兒種松子傘蓋上參天　文選曹子建詩荆棘上參天　投策數去日木行天再環　尚書考靈耀云歲星木精也歲星十二歲一周天自兒時拜公牀至是二十四年矣恐是山谷兒時常拜凝之至元豐庚申歲過其

隱廬蓋天再環矣山谷是年三十六則拜疑之時年十二必少時自豫章至南康也先
生古人風鐵膽石肺肝皮日休稱宋廣平鐵腸石心見日休桃花
賦序文選曹子建三良詩哀哉傷肺肝眼前不可意壯日掛其
冠鮮衣廬君峯按世說言遠公在廬山事引豫章舊志曰廬俗字君孝本
姓匡夏禹苗裔野王助漢定天下野王亡軍中漢封俗鄡陽男食邑於兹即曰廬君故世
謂廬山又引遠法師廬山記有匡俗先生廬洗耳瀑布源莊子堯讓天下
於許由巢父聞之而洗其耳李白廬山瀑布詩云日照香爐生紫煙遥看瀑布掛長川飛
流直下三千尺疑是銀河落九天霧豹藏文章驚世時一斑王
見上衆人初易之久遠乃見難退之答李翺書及之而後知履
之而後難耳憶昔子政在為翁數鮮顏劉向字子政以比道

原也道原名恕凝之之子列子云老商始一解顏而笑五兵森武庫周禮
夏官司兵五盾註謂戈殳戟酋矛夷矛晉杜預傳號曰杜武庫言其無所不有也道原博
學強記裴楷傳目鍾會云如觀武庫森森但見矛戟在前河漢落舌端莊子
第一篇有吾問於連叔曰吾聞言於接輿吾驚怖其言猶河漢而無極也韓詩外傳君子
避三端避文士之筆端避武士之鋒端避辨士之舌端王陽已富貴塵
冠不肯彈漢書王吉字子陽與貢禹為友世稱王陽在位貢禹彈冠道原與王
介甫有舊介甫欲引道原修三司條例辭不就因言宜恢張堯舜之道不應以財利為先
介甫不能用亦未之怒也及呂誨得罪知鄧州道原見介甫曰公所以致人言蓋亦有所
未思因為條陳所更法令不合衆心者宜復其舊則議論自息介甫怒遂與之絕道原以
親老遂告歸南康乞監酒稅以就養呻吟刋十史凡例墨新乾

道原著十國紀年四十二卷杜預春秋經傳集解序云其發凡以言例皆經國之常制又
云脩丘明之傳以釋經經之條貫必出於傳傳之義例揔歸諸凡老杜八哀詩贈李邕云
各蒲深望還森然起凡例宰木忽拱把莊子人間世云宋有荆氏者宜楸柏
桑其拱把而上者求狙猴之杙者斬之宰木見上相望風隧寒左傳隱元
年頴考叔曰若闕地及泉隧而相見其誰曰不然註云隧若今延道百楹書萬
卷少子似翁賢少子謂道純也
壽聖觀道士黃至明開小隱軒太守徐
公為題曰快軒庭堅集句詠之洪覺範冷齋夜
話云山谷在星渚賦道士快軒詩點筆立就其略曰吟詩作賦北窻裏萬言不
及一杯水願得青天化作一張紙想見其高韻氣摩雲霄也覺範安知此為何

人語而處評品耶星渚即落星灣已見上註山谷以集句為百家衣而此篇專
取太白一家略問以他人數言以成章也太白古風云金華牧羊兒乃是紫煙
客襄陽歌云鸕鷀杓鸚鵡盃百年三萬六千日一日須傾三百盃清風明月不
用一錢買玉山自倒非人推蜀道難云砯崖轉石萬壑雷寒夜獨酌云吟詩作
賦北窻裏萬言不直一盃水山中對酌云兩人對酌山花開一盃一盃復一盃
廬山謠云廬山秀出南斗傍銀河倒掛三石梁送寶明府云登高送遠形神開
樂府云有長鯨白齒若雪山選詩云桂水日千里因之平生懷古樂府羅敷行
使君東南來五馬立踟躕呂洞賓詩云一粒粟中藏世界二升鐺內煮乾坤
金華牧羊兒一粒粟中藏世界使君從南来
清風明月不用一錢買鸕鷀杓鸚鵡杯一杯

一杯復一杯玉山自倒非人推廬山秀出南
斗傍登高送遠形神開銀河倒挂三石梁硃
崖轉石萬壑雷吟詩作賦北窻裏安得青天
化作一張紙有長鯨白齒若雪山我頼因之
寄千里

駐輿遣人尋訪後山陳德方家

江雨濛濛作小寒雪飄五老髮毛斑五老峯見上
城中咫尺雲横棧獨立前山望後山

題李夫人偃竹李夫人山谷之姨母公擇之妹善臨松竹木石見米芾畫史

孤根偃蹇非傲世唐杜審言傳恃才高以傲世勁節癯枝
萬壑風閭中白髮翰墨手落筆乃與天同功唐李賀詩筆補造化天無功

次韻章禹直開元寺觀畫壁兼簡李德素禹直字嗣功嘗以上書言新法羈管洪州詳詩中語意山谷未赴太和家居時作

丹青古蔵壁風雨飽侵食拂塵開藻鑑老杜云持衡留藻鑑
志士淚霑臆老杜云人生有情淚霑臆靈山遠飛来
不可以智測臨安靈隱山有飛來峯晏元獻輿地志云晉咸和元年西天僧慧理曰此是中天竺國靈鷲山之小嶺不知何年飛來
龍神湛回向楞巖經有十回向

擁衛立劒戟依俙吴生手旌旆略可
識老杜云畫手看前輩吴生遠擅場又曰冕旒俱秀發旌旆盡飛揚又云依俙橋奴跡
鴻濛插樓殿張衡思玄賦踰濛鴻於巖冥兮貫倒景而高厲老杜靈湫作云東山氣蒙鴻宮殿居上頭又嶽麓山道林二寺行云殿脚挿入赤沙湖毫髮數
動植周禮大司徒其動物宜毛物其植物宜皁物杜詩直欲數秋毫廣牀瞻
二聖有衆拱萬億詩云萬億及秭飛行湊六合莊子六合之内聖人論而不議六合之外聖人存而不論攬取着一席人人開
生面老杜丹青引凌雲功臣少顏色將軍下筆開生面絶妙推心得莊子得之心應之手世說曹娥碑題云絶妙好辭
李侯天機深莊子大宗師篇其嗜欲深者其天機淺杜詩劉侯天機精指點目所及杜詩指點虛無是征路
三生石上夢甘澤謠記圓澤事云圓澤歌曰三生石上舊精魂賞月吟風不要論慙愧情人遠相訪此身雖異性長存
天樂鳴我側太白登瓦官問詩漫漫雨花落嘈嘈天樂鳴又東林寺詩天香生虛空天樂鳴不歇幽尋前
日事退之詩幽尋事隨去晦明忽復易童生南溟鵬莊子北溟有魚化而爲鳥其名爲鵬海運則將徙於南溟
籠檻鎖六翮韓詩外傳鴻鵠一舉千里所恃者六翮耳能同寂寞遊濁酒聊放適文選嵇叔夜書濁酒一盃彈琴一曲志願畢矣
西風葉蕭蕭蟋蟀依墻
壁月令季夏蟋蟀居壁家無萬金產退之詩指渠相賀言此是萬金產
四鄰碪聲急杜詩白帝城高急暮碪藜羹傲鼎食見上退之送惠師云嚢無一金資龢謂富者貧藍縷亦山立左傳宣十二年篳路藍縷

樂記揔干而山立玉藻山立時行言雖貧而不動如山也並船有歌姝粉白眉黛黑淮南子云粉白黛黑韓文云粉白黛綠期公開顏笑醉語離翰墨不須談俗事秖令人氣塞淳化帖王羲之書云而覲疾若此令人短氣唐書田令孜矯詔殺孟昭圖聞者氣塞而不敢言此言熙豐之政

豐城

元註云亭上有李衛公劍池賦世父長善石隄記豐城乃洪州屬邑洪今爲隆興府

豐城邑巖巖詩云太山巖巖水種六萬戶石隄眠長虹工朝野僉載趙州石橋望之初月出雲長虹飲澗轂棹日沉霧杜詩翳翳月沉霧暉暉星近樓令君政有聲新亭延客步淚落世父碑晉羊祜襄陽百姓於峴山立碑望其碑者莫不流涕杜預因名墮淚碑心傾文饒賦李德裕字文饒有劍池賦云丙辰孟夏予届途豐城弭檝江渚問埋劍之地則有池存焉感人亡劍去因爲此賦云憶昔兩神兵周亞夫傳兵事上神密張景陽七命註曰劍能威天下故謂之神兵南史沈慶之傳文帝北侵慶之處分旬日內外整辦時皆謂神兵杜詩近賀中興主神兵動朔方埋玉思武庫晉庾亮傳埋玉樹於土中武庫見上寒光射漢津爾雅析木謂之津箕斗之間漢津也兩賢紆一顧張公拆中台杜詩星拆台衡地註中台星拆張華見誅木拱孔章墓不能從兒嬉退之送張道士詩又不媚笑語不能伴兒嬉歲晚龍蛇去空餘寒泉泓因雨長蛙鮒鈆刀藏寶室萬世同此度張華傳斗牛之間常有紫氣華邀豫章雷煥問之煥曰寶劍之精上徹於天在豫章豐城即補煥爲豐城令煥到縣掘獄基入地四丈餘得一石函中有雙劍並刻題一曰龍泉一曰大阿送一與華留一自佩華誅失劍所在煥卒子華持劍行經延平津劍忽於腰間躍出墮水使人沒水取之但見兩龍各長數丈華少子韙以中台星拆勸華遜位華不從而難作雷煥字孔章見水經贛水註篇末用賈誼賦莫耶爲鈍鈆刀爲銛之意離騷經云何不改此度也

上蕭家峽

玉笥峯前幾百家山明松雪水明沙文選顏延年詩庭昏見野陰山明望松雪趂虛人集春蔬好桑菌竹萌煙蕨芽一作趂虛人在煙中語荷蓧歸來有蕨芽柳子厚柳州詩云青若裹鹽歸峒客綠荷包飯趂虛人元註云虛市也寰宇記吉州廬陵縣玉笥山道書福地記云此山地肥美宜穀辟兵桑菌桑椹也詩食我桑椹爾雅箏竹萌山谷嘗有詩云蕨芽已作小兒拳

何蕭二族

西漢功名相國多南朝人物數諸何相國謂蕭何也南史何尚之傳廬江灊人子孫弟姪附傳者八人向來富貴喧天地亦有文章在澗阿澗阿見上

魏夫人壇

獨掃蛾眉作遠山卓文君眉色不加黛飾常如遠山杜詩淡掃蛾眉朝至尊春風瑤草照朱顏李白詩相期拾瑤草我來欲問許玉斧二十四峯如髻鬟寰宇記撫州臨川縣西北六里二百步有魏夫人壇神仙內傳夫人晉司徒舒之女傳法于護軍長史許穆穆子玉斧皆昇仙韋應

物綠華歌云世淫濁兮不可降胡不來兮玉斧家

隱梅福處

吳門不作南昌尉上疏歸來朝市空淵明詩一世異朝市笑拂巖花問塵世故人子是國師公漢書楳福字子眞九江壽春人寰宇記洪州南昌縣有梅福池福歎曰生爲我酷仕爲我梏形爲我辱智爲我毒於是棄南昌尉去妻子入洪崖山得道爲神仙代代有人或於玉笥山中逢見詩意謂梅福與劉向皆仕元成間數上疏直諫亦略相似而向之子歆改名秀王莽篡位歆爲國師後事皆在莽傳

蕭子雲宅

郁木坑頭春鳥呼雲迷帝子在時居風流掃

地無尋處只有寒藤學草書南史齊高帝孫子雲字景喬善草隸自云效鍾元常王逸少而微變字体出爲東陽太守百濟國使人至建鄴求書逢子雲爲郡維舟將發望船三十許步行拜行前子雲遣問之答曰侍中尺牘之美遠流海外今日所求唯在名迹子雲停船三日書三十紙與之獲金貨數百萬玉笥山記曰蕭子雲來棲正有人謂曰東北有洞曰都木坑水自東注可以久居子雲遂徙家居之後全家隱洞中不知所之其地名都木巖也大曆初有道士謝修通居此山四十年後遇人引行見宅基遂結庵居之長慶初入都木坑見一宅重扉須臾有青衣童子招修通入見一人紫綬我冠珮劒立堂之左一人碧綬素簡立堂之右童子曰左者蕭君右者梅君即梅福也此記詳見太平御覽郁水坑頭當作都木坑掃地見上

避秦十人

九真承詔上龍胡史記封禪書有龍垂胡髯下迎黄帝黄帝上騎羣臣從者七十餘人按漢金日磾傳捽胡投莽何羅殿下註胡頸也尚書序云承詔作傳盡是驪山所送徒唯有鄧公留不去松根楮鼎煑菖蒲漢高紀爲縣送徒驪山

黄雀

牛大垂天且割烹莊子逍遥篇其翼若垂天之雲以割烹要湯見孟子細微黄雀莫貪生頭顱雖復行萬里卿頭顱方行萬里見表紹傳王荆公嘗用此事作二十字送呂望之赴臨江云黄雀有頭顱長行萬里餘想因君出守暫得免苞苴猶和塩梅傳説羹和羹見尚書説命

到官歸志浩然二絶句到官蓋初至太和也此後皆太和所作

雨洗風吹桃李淨劉䕫得詩桃花淨盡菜花開松聲聒盡鳥驚春湍船明月從此去本是江湖寂寞人鳥烏未覺常先曉笋蕨登盤始見春曉鴉未鳴而先起因見笋蕨始知春深言作邑之勞如此也斂手還他能者作從来刀筆不如人漢曹參傳起秦刀筆吏師古曰刀所以削書古者用簡牒故吏皆以刀筆自隨也陳湯傳挫於刀筆師古曰刀筆謂吏

題吉州承天院清涼軒

菩薩清涼月東坡詩亦如訶佛丹霞老却向清涼禮白毫註清涼山萬菩薩所在遊於畢竟空維摩經云無戲論畢竟空故楞嚴經若離明暗見畢竟空

我觀諸境盡心與古人同僧髮侵眉白桃花映竹紅儻來尋祖意展手似家風傳燈録南岳讓禪師問嵩山安如何是祖師西來意安曰如何不問自已意

次韻答楊子聞見贈

金盤厭飫五侯鯖五侯鯖見上玉壺澆潑郎官清國史補云酒則郢之富水烏程之若下滎陽之土窟春劔南之燒春京城之蝦蟇陵郎官清李白詩玉壺美酒清若空長安市上醉不起老杜云李白一斗詩百篇長安市上酒家眠左右明粧奪目精楊炯少室山廟碑光照耀兮奪目退之李花詩云靜濯明粧有所奉目精見上結交賢豪多杜陵班孟堅西都賦云鄉曲豪舉遊俠之雄連交合衆馳騖乎其中若乃觀其四郊浮遊近縣則南望杜霸北眺五陵英俊之域紱冕所興註云宣帝葬杜陵文帝葬霸陵桃李成蹊見上卧落英上林賦垂條扶䟽落英幡纚黃綬今爲白下令元註云太和縣古白下漢朱博傳云刺史不察黃綬師古曰丞尉職卑皆黃綬蒼顏只使故人驚督郵小吏皆趨版晉陶潛傳潛爲彭澤令素簡貴不私事上官郡遣督郵至縣吏白應東帶見之潛歎曰吾不能爲五斗米折腰拳拳事鄉里小人解印去縣趨版謂執手版而趨手版見上退之詩匆嫌法官未登朝猶勝赤縣長趨尹趨字蓋取此義陽春白雪見上分吞聲李白古風郢客吟白雪遺響飛青天徒勞歌此曲舉世誰能傳試爲郢人唱和者乃數千吞聲何足道歎息空悽然江淹恨賦莫不飲恨而吞聲鮑明遠和行路難心非木石豈無感吞聲躑躅不敢言杜詩吞聲躑躅涕淚零楊君青雲貫公子劉伶酒德頌云貴介公子歎嗟簿領困書生文選劉公幹詩沉迷簿領書李善曰簿領謂文簿而記録之莊子記曰領録也贈我新詩甚高妙淚斑枯笛月邊橫述異記舜葬蒼梧二妃淚下沾竹文悉爲之斑唐高駢題二妃廟當時珠淚垂多少直到如今竹尚斑文章不直一杯水太白云吟詩作賦北窗裏萬言不直一杯水老矣忍與時人爭江城歌舞聊得醉但願數有美酒傾莫要朱金纏縛我陸沉世上貴無名楊子法言紆朱懷金之樂老子曰無名萬物之始又曰道常無名李白詩含光混世貴無名何用孤高比月明

聞致政胡朝請多藏書以詩借書目

萬事不理問伯始萬事不理問伯始天下中庸有胡公見後漢胡廣字伯始傳籍甚聲名南郡胡名聲籍甚見陸賈傳胡廣南郡華容人遠孫白頭坐郎省蔡質漢官典質云尚書郎省中以胡粉塗壁乞身歸來猶好書手抄萬卷未閣筆典略王粲才旣高辯每朝廷奏議卿相閣筆不敢措手唐劉知幾傳云閣筆相視含毫不斷心醉六經還荷鉏列子問之而心醉見列子中說云心若醉六經目若營四海常林性好學帶經耕鉏願公借我藏書目時送一鴟開鏁魚古語借書一癡還書一癡或謂癡當作瓻說文云瓻音絺註酒器按集韻瓻字註云古以借書借書餽酒一瓻還書亦餽酒一瓻獨蘇黃詩乃作鴟東坡云不持兩鴟酒肯借一車書山谷又有詩云莫惜借行千里他日還君一鴟秦少游亦云知續春明退朝録借觀當奉一鴟還蓋用楊雄酒箴鴟夷滑稽腹大如壺盡日盛酒人復借酤師古曰韋囊盛酒即

今鵜夷滕也芝田錄云門鑰必以魚者取其不瞑目守夜之義李義山詩鵜舟繫兩岸魚鑰啓重關

戲贈南安倅柳朝散

柳侯風味晚相見衣袂頗薰荀令香襄陽記劉季和云荀令君至人家坐席三日香詳見觀王主簿酴醾詩註桃李能言妙歌舞借使李廣傳桃李不言樽前一曲斷人腸劉禹錫於李司空坐上賦詩曰鬖髩梳頭宮樣糚春風一曲杜韋娘司空見慣渾閑事斷盡江南刺史腸李因以妓贈之洞庭歸客有佳句玉臺新詠有梁柳惲江南曲云洞庭有歸客瀟湘逢故人亦見文選庾嶺梅花如小棠庾嶺見上詩蔽芾甘棠箋云召伯舍小棠之下正義郭璞曰今之杜梨又曰杜赤棠白者棠然則其白者為棠其赤

者為杜宜以北梅也乘興高帆少相待淮湖秋月要傳觴文選南都賦儇才齊敏授爵傳觴

題槐安閣并序東禪屬虔州山谷自太和考試南安過虔州作

東禪僧進文結小閣於寢室東養生之具取諸左右而足彼雖閒中天之臺百常之觀文選西京賦徑百常而莖擢註云倍尋曰常蓋無慕嫪之心予為題曰槐安閣而賦詩夫據功名之會以嫮嫮一世其與蟻丘亦有辨乎雖然陋蟻丘而仰泰山之崇崛猶未離乎俗觀也淳于棼夢大槐安國詳見宿觀音院詩註

曲閣深房古屋頭病僧枯几過春秋垣衣本草垣衣一名昔邪又云在墻垣謂之垣衣在水中石上謂之陟釐蛛網蒙窻牖萬象縱橫不繫留賈誼服鳥賦汎乎若不繫之舟白蟻戰酣千里血檀蘿國來伐王命棼征之敗績亦槐安國事也晉楚戰於鄢陵戰酣之時子反渴而求飲見淮南子黃粱炊熟百年休炊黃粱未熟見上王荊公詩邯鄲四十餘年夢相對黃粱欲熟時功成事遂人間世老子功成名遂身退天之道人間世莊子篇名欲夢槐安向此遊

洪範以不合俗人題廳壁二絕句次韻和之余洪範名卞山谷元豐四年自太和往南安軍考試經行贛上洪範時為贛州郡掾與之唱和故有南康郡下參軍之句南康即贛州之郡名有荅

洪範二首寄一詩皆此時作

寂寥吾道付萬世忍向時人覓賞音臨博而企竦聞樂而竊抃者或有賞音而識道也見曹子建求自試表聞絃賞音見吳志周瑜傳集中荅明略云枯桐蒲腹生蛛網忍向時人覓清賞皆用鍾期伯牙事搔首金城西萬里樽前從此嘆人琴元註云德占最知洪範徐德占死事見後和荅魏道輔詩註晉王徽之傳獻之卒徽之奔喪不哭直上靈牀取獻之琴彈之久而不調歎曰嗚呼子敬人琴俱亡白樂天祭元微之文絃筆兩絕其今日乎乃人琴俱亡之變也

埋沒高才築釣閒杜牧之築釣乘時用言傅說太公也韓文公代裴相辭官表高宗登傅說於版築周文用呂望於釣屠風雲未會要鯢桓

南康郡下參軍耳付與紅塵白眼看鮑桓青白眼並見上
婺贛上寄余洪範山谷眞蹟第三聯却作紅衣傳酒傾諸客清夜中談誇九州又有題名云王誠之柳誠甫周道甫魏伯殊余洪範徐適道徐致虛馬固道東禪惠老及詩一首云惠老有才氣往來三十年松風沉求日詩句即深禪萬水千山裏長安大道邊相逢欲留語此月別時圓因附註此
二川来集南康郡虔州治贛縣唐武德日虔州天寶日南康郡二川謂貢水章水皆北流合于贛縣流入大江紹興二十三年改作贛州氣味相似
相和流白樂天長恨歌迴看血淚相和流木落山明數歸鴈
鬱孤欄楯繞深秋鬱孤臺在虔州胷中淳于吞一石

史記淳于髡一石亦醉塵下庖丁解十牛莊子音義庖人丁其名也管子有屠牛坦一朝解九牛又賈誼傳屠牛坦一朝解十二牛而芒刃不頓者所排擊剥割皆衆理解也塵下疑是筆下它日欲言人不解西風散髮
掉扁舟嵇叔夜詩散髮巖岫

次元明韻寄子由山谷兄大臨字元明寄子由詩云鍾鼎功名淹管庫朝廷翰墨寫風煙管庫謂鹽筠州鹽酒稅也子由在筠有東軒記實元豐三年十二月作是歲庚申山谷得邑太和辛酉到官
半世交親隨逝水論語子在川上曰逝者如斯夫不捨晝夜劉公幹逝者如流水哀此遂分離盧仝詩百年逝過如流川幾人圖畫入凌煙唐書貞觀中功臣圖形凌煙閣春風春雨花經眼江北江南

水拍天韓詩海氣昏昏水拍天欲解銅章行問道漢官儀縣令秩五百石銅章墨綬欲解銅章可見太和作四首同時定知石友許忘年石友忘年並見上脊令名有思歸恨日月相催雪滿顛杜詩干戈況復塵隨眼鬢髮還應雪滿頭言彼此皆有兄弟之思如脊令在原也

再次韻奉答子由
蠆尾銀鉤見上寫珠玉剡藤唐舒元輿有弔剡藤文蜀繭照松煙繭紙見上似逢海若談秋水莊子秋水篇見上始覺醯雞守甕天莊子曰子方篇孔子曰丘之於道其猶醯雞歟微夫子之發吾覆也吾不知天地之大全也杜詩謬知終畫虎微分是醯雞何日清揚能覿面鄘國風君子偕老云子之清揚揚且之顏也註云清視清明也揚廣揚而

頭角豐滿魯國風猗嗟云抑若揚兮註揚廣揚又云猗嗟名兮美目清兮注目上爲名目下爲清又云清揚婉兮只今黃落月令季秋草木黃落漢武帝秋風辭草木黃落兮鴈南翔又凋年文選舞鶴賦窮陰殺節急景凋年萬錢買酒從公醉杜詩左相日興費萬錢飲如長鯨吸百川一鉢行歌聽我顛傳燈錄道吾和尚有一鉢歌

再次韻寄子由
想見蘇耽携手僊神仙傳蘇仙公桂陽人漢文帝時得道仙去後有白鶴來止郡城東北樓上人或挾彈彈之鶴以爪攫樓板似漆書云城郭是人民非三百甲子一來歸吾是蘇君彈何爲又一說蘇耽者桂陽人也少以至孝著稱初去時云今年大疫死者略半家中井水飲之無恙果如所言出洞仙傳所載鄉里及行事大槩皆同可見

仙公即蘇耽也青山桑柘冒寒煙麒麟墮地思千里
韻書曰騏驎白馬黑脊傅玄豫章行云男兒當門戶墮地自生神虎豹憎人
上九天宋玉招魂云魂兮歸來君無上天些虎豹九關豕害下人些風雨
極知雞自曉鄭國風風雨淒淒雞鳴喈喈雪霜寍與菌爭
年莊子逍遙篇朝菌不知晦朔蟪蛄不知春秋此小年也杜牧題魏文貞蟪蛄寍與雪
霜期賢哲難教俗士知詩意謂松栢冒霜雪豈與朝菌較脩短耶何時確論
傾樽酒醫得儒生自聖顛元註云出素問今按難經五十九難
曰狂顛之病何以別之自高賢也自辯智也自貴倨也妄笑好歌樂也
次韻寄上七兄
學得屠龍長縮手屠龍見上鍊成五色化蒼煙列子
湯問篇天地亦物也物有不足故昔者女媧氏鍊五色石以補其闕誰言遊刃
有餘地恢恢乎其於遊刃必有餘地矣此莊子言庖丁解牛今以言屠龍李白詩
投刃有餘地自信無功可補天言鍊石也啼烏笑歌追
暇日飽牛耕鑿望豐年帝王世紀老人擊壤于道曰吾鑿井而飲
耕田而食帝何力於我哉荷鋤端欲相隨去避近青雲恐
疾顛高位寔疾僨厚味實腊毒見國語周語下
和七兄山蕷湯
廚人清曉獻瓊糜見上正是相如酒渴時司馬相如
傳常有消渴病杜詩酒渴愛江清能解飢寒勝湯餅束晳餅賦玄冬
猛寒清晨之會涕凍鼻中霜凝口外充虛解戰湯餅爲最略無風味笑蹲

鴟漢貨殖傳下有蹲鴟至死不飢註謂芋也世說大飢不飢蜀有蹲鴟打窓急
雨知然鼎亂眼睛雲看上匙已覺塵生雙井
椀雙井茶出洪州分寍濁醪從此不須持杜詩濁醪有妙理
同韻和元明兄知命弟九日相憶山谷有此
詩草本眞蹟云萬重雲裏孤飛鴈只聽歸聲不見身却把黃花同悵望寄傳詩
句更清新末句奉親歸製白綸巾傍註改今本南北作南渡兄弟作摹寫老作
改晚作次篇田鄰作鄰田
革囊南渡傳詩句摹寫相思意象真九日黃
花傾壽酒幾回青眼望歸塵蚤爲學問文章
誤杜詩紈袴不餓死儒冠多誤身晚作東西南北人檀弓上孔子曰
丘也東西南北之人也高適人日寄杜二拾遺龍鍾還忝二千石愧爾東西南北人安
得田園可溫飽長拋簪紱裹頭巾後漢皇甫規傳退不
得溫飽以全命
萬水千山厭問津芭蕉林裏自觀身維摩經是身如
芭蕉中無有堅又云又復觀身身不離病鄰田雞黍論語殺雞爲黍而食之
留熊也風雨關河走阿秦熊也阿秦當是山谷兄弟小字山谷
兄弟五人大臨庭堅叔獻叔達仲熊仲熊即墓誌所謂非熊代書一篇所謂阿熊而今詩
所謂熊也阿秦蓋可類推鴻鴈池邊照雙影脊令原上憶
三人兄弟中兩人相聚而三人別去也年年獻壽須歡喜白
髮黃花映角巾晉羊祜傳與從弟琇書曰既定邊事當角巾東路歸故里

王導曰元規若來吾便角巾還第杜詩錦里先生烏角巾白樂天詩病喜頭輕換角巾

代書

阿熊去我時（山谷有非熊墓銘云仲熊其名非熊其字先大夫之幼子漢外戚傳竇廣德曰姊去我西時與我訣傳舍中）秋暑削甘瓜（魏文帝與吳質書浮甘瓜於清泉）離別日月除（詩日月其除）蓮房倒箭轂（轂箭室也）得書報平安肥字如栖鴉（玉川子添丁詩忽來案上翻墨汁塗抹詩書如老鴉）汝才躍鑪金自必為鏌鋣（莊子大宗師篇今大冶鑄金金踊躍曰我且必為鏌鋣大冶必以為不祥之金）窮年抱新書（新書謂王氏經學東坡次韻秦觀秀才見贈詩縱橫所值無不可如君不怕新書新）挽條咀春葩（退之進學解含英咀華又詩云東野動驚俗天葩吐奇芬）弄

筆不能休（文選典論云傅毅之於班固伯仲之間也而固小之與弟超書曰武仲下筆不能自休）屈宋欲作衙（唐杜審言傳常語人曰吾文章當得屈宋作衙官）屈指推日星（屈指計其日見陳湯傳）許身上雲霞（杜詩許身一何愚墓銘云先大夫以歲月日時參伍以曆為吉祥非熊亦自恃其命曰我生日在申辰在卯歲庚午天地合終富貴）安知九天關虎豹守夜义（虎豹九關夜义守門並見上）祝田操豚蹄持狹所欲奢（史記淳于髡傳臣從東方來見道傍有禳田者操一豚蹄酒一盂而祝曰甌窶滿篝汙邪滿車五穀蕃熟穰穰滿家臣見其所持者狹而所欲者奢故笑之）文章六經來汗漫十牛車（漢紀寬傳大家牛車小家擔負柳子厚作陸文通墓表其為書處則充棟宇出則汗牛馬李白詩筆禿千兎毫書載兩千腰）譬如觀

滄海細大極龍蝦（退之鰐魚文云潮之州大海在其南鯨鵬之大蝦蟹之細無不容歸）古人以聖學未肯廢百家舊山木十圍齋堂綠陰遮紅稻香盂飯（維摩經化菩薩以滿鉢香飯與維摩詰）黃雞厭食鮭（食鮭見上鮭魚也音鞋不在此韻疑是食蛙按圖經本草蛙有背作黃文者又云一名水雞）摩挲垂腴腹（韓詩外傳魚之後口垂腴者魚畏之凡言腹腴皆魚也獨王充論衡云堯若腊舜若腒桀紂之君垂腴尺餘）頗復讀書耶念汝齒壯美無婦助烹茶父兄亦憐汝須兒牧犬豭（左傳使卒出豭行出犬雞鮑明遠詩倚杖收雞豚）且伐千章木（漢貨殖傳木千章）贈行當馬檛（文選馬融笛賦云剡其上孔通洞之裁以當簻使易持註云簻馬策也）贏糧果後時

（史記李斯傳躍馬贏糧唯恐後時）定隨八月槎（張華博物志云舊說天河與海通近世有人居海渚年年八月有浮槎去來不失期人有奇志立飛閣於槎上多齎粮乘槎而去十餘日中猶見星月日辰自後茫茫忽忽亦不覺晝夜十餘日奄至一處有城郭狀屋舍甚嚴遙望宮中多織婦見一丈夫牽牛渚次飲之牽牛人驚問曰何由至此此人具說來意并問此是何處荅曰君還至蜀郡訪嚴君平則知之及歸問君平對曰某年月日有客星犯牽牛宿計其年月正此人到天河時也杜甫秋興詩聽猿實下三聲淚奉使虛隨八月槎）覺民在中林（集中字說云弟仲堪之溫恭而文庭堅字之曰覺民）丁丁聞兎罝（詩肅肅兎罝椓之丁丁又云肅肅兎罝施于中林）奉身甚和友幹父辦咄嗟（易云幹父之蠱晉石崇傳為客作豆粥咄嗟便辦按文選曹子建詩自顧非金石咄唶令心悲註引說文云咄叱也唶大呼也）

言人命在叱呼之間咄丁兀切嗟子夜切漢末有此語至晉而訛為咄嗟也臺源
吟松籟集中有次韻十九叔臺源詩云聞道臺源境鉏荒三徑通先生岸
巾紗杜詩白幘岸江皋王荆公詩孫陵西曲岸烏紗留客醉風月槃
筋供柔嘉退之詩野蔬拾新柔詩柔嘉維則此摘其字仍工朱絲
絃文選陸士衡詩直如朱絲絃洗心拂奇邪禮記祭義雖有奇邪而不
治者則微矣孤臣叢楚調謂屈原楚詞傾國怨胡笳世傳
胡笳十八拍蔡琰所作傾國見漢書李夫人傳把筆學周皷鳳翔石皷文世
傳周宣王時作字形錐畫沙見上詩書乃宿好淵明詩詩書敦
宿好林園無俗情不為蓬生麻說苑蓬生麻中不扶自直元明祖
師禪山谷兄大臨字元明妙手叢琵琶已無富貴心皷

吹一池蛙孔珪池蛙見上註天民胝農圃頗復秋斂
賒天民疑是覺民昆仲周禮泉府斂市之不售貨之滯於民用者以其賈買之凡賒者
祭祀無過旬日下田督未耘入嶺按新畬周頌臣工云亦又何
求如何新畬註云田一歲曰新二歲曰畬悉力輸王賦至今困生
涯莊子吾生也有涯知命叔山徒莊子德充符篇魯有兀者叔山無趾
知命山谷弟名叔達足蹇故以為喻爐香嚴佛花圓覺經云心花發明唯
思苾蒭園梵語比丘或曰苾蒭尊勝經號僧曰苾蒭此物草也而有五義一生
不背日二冬夏常青三體性柔軟四香氣遠騰五引蔓傍布為佛徒弟亦然故以為名
脫冠着袈裟梵語袈裟此云不正色即壞色染衣也起家望兩
李漢儒林傳孔氏有古文尚書孔安國以今文讀之因以起其家佩金蹋朝

韡嘉魚在南國小雅南有嘉魚樂與賢也宗廟薦鱨鯊小雅
魚麗美萬物盛多可以告於神明矣魚麗于罶鱨鯊我為萬夫長書咸有一
德萬夫之長可以觀政言為萬户縣也朝論不齒牙南史謝朓傳朓好奬
人才曰士子聲名未立應共奬成無惜齒牙餘論退之詩顧我未肯置齒牙刺頭
簿領中蚤虱廢搔爬柳子厚詩中散蝨空爬蓋用文選嵇康絕交書
性復多蝨爬搔無已而當裹以章服世累已纏縛官箴易疵瑕
左傳襄四年魏絳論和戎云昔周辛甲之為太史也命百官官箴王闕僖七年楚文王謂
申侯曰予取予求不女疵瑕何時煙雨裏驅羊入金華黃初
平牧羊金華山見上遣奴追王事不暇學驚蛇晉衛恒傳張伯
英臨池學書池水盡黑下筆必為楷則號忽忽不暇草書法書要録羲之自敘草書云疾

若驚蛇之失道
雙澗寺寺在太和境內
二水犇犇鳴屋除韓文藍田丞廳記水㶁㶁循除鳴松林落
日吼烏菟左傳楚人謂虎為烏菟老僧更有百歲毋白
髮身為反哺烏詩嗷嗷林烏反哺於子爾雅純黑而反哺者烏也杜詩舟
鵝排風影林烏反哺聲
山陘江深屋翠崖夜鐘聲自甕中来長松偃
蹇蒼龍卧六月澗泉轟怒雷

睡起

柿葉鋪庭紅顆秋薰爐沉水度衣篝說文曰篝落也

可薰衣松風夢與故人遇同駕飛鴻跨九州文選郭璞遊仙詩赤松臨上仙駕鴻乘紫煙李白詩不及廣成子乘雲駕輕鴻

奉送周元翁鎖吉州司法廳赴禮部試周敦頤濂溪二子壽燾壽字季老後改元翁燾字通老後改次元山谷在太和元翁任吉州司法至元豐五年於黃裳牓登第此詩即送其赴禮部試也後次元亦於元祐三年李常寧牓登第元翁終司封員外郎次元終徽猷閣待制集中與元翁及次元唱和詩凡十篇

江南江北木葉黃楚詞洞庭波兮木葉下五湖歸鴈天雨霜後漢隗囂傳范蠡乘扁舟於五湖杜詩青楓葉赤天雨霜繫船湓城秣高馬湓城江州也言自此陸行文選馬賦旦刷幽燕晝秣荆越退之云膏吾車兮秣吾馬客丁結束女縫裳詩葛屨云摻摻女手可以縫裳貢書登名徹未央退之復志賦豈不登名於一科兮曾不補其遺餘漢高帝紀蕭何治未央宮立東闕北闕師古曰未央殿雖南向而上書奏事謁見之徒皆詣北闕公車司馬亦在北蓋以北闕爲正門而又有東門東闕以厭勝之術也不比長卿薄游梁司馬長卿病免客游梁見本傳梁即汴京也南山霧豹出文章見上註去取公卿易驅羊杜牧示阿宜云願汝出門去取官如驅羊與君初無一日雅漢谷永傳永奏書謝王鳳曰永無一日之雅左右之介傾蓋許子如班揚家語孔子之郯遭程子於塗傾蓋而語班謂固揚謂雄也囚拘官曹少相見服鳥賦愚士繫俗窘若囚拘忽忽歲晚稼滌場詩七月云十月滌場一盃僚友喜多

在謝守不見空澄江澄江如練明橘柚謝朓元暉詩云餘霞散成綺澄江淨如練元暉爲宣城守南中榮橘柚亦元暉詩也李白詩解道澄江淨如練令人長憶謝玄暉萬峯相倚摩清蒼莫堂醺醺客被酒漢書高祖被酒夜徑澤中艷歌聒醉燭生光韓退之短檠歌長檠艷歌照珠翠前集聽宋宗儒摘阮歌云促絃聒醉驚客起雨用此字按春明退朝録云太宗嘗謂侍臣曰後唐莊宗湛飲以鄭聲與胡部合奏謂之聒帳自昏達旦不息山谷蓋取此意椎鼓發船星斗白見上明日各在天一方杜云我行山川異各在天一方寒鴉滿枝二橋宅樽前顧曲憶周郎吳志周瑜傳時年二十四吳中皆呼爲周郎從孫策攻皖城拔之得橋公兩女皆國色也策自納大橋瑜納小橋瑜少精意於音樂雖三爵之後其有闕誤瑜必知之知之必顧故時人謠曰曲有誤周郎顧寰宇記云橋公亭在舒州懷寧縣此隔皖水一里同安志有橋公亭記云聞之耆耋橋公之舊居也鱸魚斫膾蔗爲漿後漢左慈傳在司空曹操坐操曰今日高會珍羞略備所欠吳松江鱸魚耳元放曰此可得也因求銅盤貯水以竹竿餌釣於盤中須臾引出一鱸魚又餌釣沉之須臾復引出皆長三尺餘操使目前鱠之周浹會者蔗漿見上恨君不留誰與嘗殿前春風君射策漢庭諸公必動色劉文房餞蕭郎中赴潤州序我蕭公建隼此地化行五年漢庭羣公方待以美職呂和撰劉公神道碑重氣再廓閣境昭蘇由是漢庭諸公始重其節杜詩蕭堂動色嗟神妙射策見上故人若問黃初平將作金華牧羊客太白詩金華牧羊兒迺是紫煙客黃初平見上

飲潤父家黃渥字潤父會稽人後更名育字懋達山谷以同宗爲作字序時爲吉州司理與之同寅

齋閤寒齋薰書帙映斜景老杜詠竹云色侵書帙晚偶来樽俎同延此笑言頃宮線添尺餘荆楚歲時記云宮中以紅線量日影至日日添一線杜詩何人錯認窮愁日愁日愁隨一線長朝来日未永一醉鮮語花開元天寶遺事太液池千葉白蓮開帝與貴戚燕賞指貴妃曰爭如我解語花萬事畫地餅魏志盧毓傳詔曰選舉莫取有名名如畫地作餅不可啖也白樂天詩望梅閣老無妨渴畫餅尚書不救飢要似虎頭癡何須樗里癭虎頭顧愷之也晉書本傳云愷之才絶畫絶癡絶史記樗里子傳滑稽多智秦人号曰智囊愷之傳無虎頭之稱東坡詩有癡虎頭字注謂顧愷之常爲虎頭將軍按張彥遠名畫記愷之小字虎頭樗里傳不言癭白氏六帖疾門有智囊宿瘤注並癭也

次韻寄潤父

昏昏迷簿領昏昏簿領見上匆匆貴晷景顏氏家訓世中書翰多稱匆匆相承如此莫知其由或有妄言此忽忽之殘缺耳索說文匆者州里所建之旗也象其柄及三游之形所以促民事故忽遽者稱匆匆說文又曰晷日影也周禮地官曰大司徒以土圭之法測土深正日景以求地中退之秋懷詩憂愁費晷景日月如跳丸貴字疑是費嘗盡身百憂左傳稱晉侯險阻艱難備嘗之矣訖無田二頃蘇秦傳使我有雒陽負郭田二頃吾豈能佩六國相印乎喜從吾宗游九里河潤永見上呼兒跪酒樽戒婦饌湯餅杜詩喚婦出房親自饌劉夢得云我作坐上客引箸舉湯餅老夫何取焉君悅甕盎癭甕盎大癭見上退之詩余瀾怒不已喧聒鳴甕盎

送濟與周法曹用前韻吉州司法周元翁也

遥知謝法曹南史謝惠連爲彭城王義康法曹行參軍詩句多夏景聞道學書勤墨池方一頃王羲之傳曾與人書云張芝臨池學書池水盡黑法書要録所載一同唯石刻孫過庭書譜云張精熟池水盡墨當以碑板爲正臨川有王逸少墨池曾子固作記見本集大字嘗未道魏文帝與吳質書曰公幹有逸氣但未道耳劉峻廣絶交論聲未道於雲閣小字逼智永法書要録陳永欣寺僧智永會稽人遠祖逸少歷紀專精眞草唯命張祜詩不絶羲之法難窮禪智流我有何郎樽清江醖玉餅還書及斗數與君酌楠癭玉餅謂麴也司馬遷傳云媒孽其短師古曰孽如麴孽之孽齊人謂麴餅爲媒媒還書及斗數疑有外誤武攸緒王公遺以癭杯東坡賦酌以癭藤之紋樽

山谷外集詩註卷第九

山谷外集詩註卷第十

出迎使客質明放船自瓦窰歸

皷吹喧江雨不開丹楓落葉放船回（謝靈運詩曉霜楓葉丹杜詩送客蒼溪縣山寒雨不開直愁騎馬滑故作泛舟回）風行水上如雲過（易渙卦風行水上渙）地近嶺南無鴈来（衡陽有回鴈峯詳見上註）樓閣人家捲簾幕（杜牧之詩深秋簾幕千家雨落日樓臺一笛風）菰蒲鷗鳥樂灣洄惜無陶謝揮斤手（杜詩焉得思如陶謝手令渠述作與同遊揮斤見上）詩句縱横付酒杯

次韻和答孔毅甫（毅甫嘗爲吉倅）

鵬飛鷃化未即逍遥游（見莊子第一篇）龍章鳳姿終

作廣陵散（嵇康傳人以爲龍章鳳姿康將刑東市顧視日影索琴彈之曰昔袁孝尼嘗從吾學廣陵散吾每靳固之廣陵散於今絶矣初康遊洛西宿華陽亭引琴而彈夜分或有客至與康談音律因索琴彈之而爲廣陵散聲調絶倫遂以授康而誓不傳人韓皐生知音律聞鼓琴至止息歎曰美哉嵇康之爲是曲其當晉魏之際乎其音主商晉金運商又金聲此所以知魏方季而晉方代也王夌毋丘儉諸葛誕繼爲揚州都督咸謀興復爲司馬氏所殺康以揚州故廣陵地夌等皆魏大臣故名其曲曰廣陵散言魏散亡而廣陵始止息者晉雖暴興終止息於此見白氏六帖知音門併附于此）湓浦鑪邊督數錢（平仲字毅甫元祐入館時監江州錢監按潯陽志廣寧監歲鑄錢二十萬東坡帖云數日前孔毅甫見過此人錢監得替欲入京注擬中路恩家而還後漢志童謡曰河間姹女工數錢）故人陸沈心可見（陸沈見上）氣與神

兵上斗牛（神兵劍氣衝斗牛並見上）詩如晴雪濯江漢（孟子江漢以濯之）把詠公詩闔且開（王荆公寄王逢原披衣起坐愁不愜歸坐把卷闔且開和微之高齋青燈明滅照不寐但把君詩闔且開）旁無知音面墻歎（書不學墻面後漢鄧后傳面墻學術）我今廢書迷簿領（樂毅傳未嘗不廢書而泣）魚蠹筆鋒蛛網硯（選詩五車摧筆鋒）六年國子無寸功（退之詩三年國子師腸肚集藜莧李廣傳終無尺寸功）猶得江南萬家縣客来欲語誰與同令人熟寐觸屏風（三國管輅傳嘗謂人曰吾與劉頴川兄弟語使人神思清發自此之外殆白日欲寢矣漢陳萬年傳子咸有異材萬年嘗病召咸教戒於牀下語至夜半咸睡頭觸屏風）竊食仰愧冥冥鴻（楊子云鴻飛冥冥弋人何篡焉）少年

昕期如夢中江頭酒賤樽屢空（孔融傳罇中酒不空）南山有田歲不逢（漢揚惲傳其詩曰田彼南山蕪穢不治種豆一頃落而爲其人生行樂耳須富貴何時）相思夜半涕無從（檀弓上吾惡夫涕之無從也）千金公亦費屠龍（屠龍見上韓詩屠龍破千金爲藝亦云亢）

再用舊韻寄孔毅甫

鑒中之髮蒲柳望秋衰（晉書顧悅之與簡文同年而髮早白帝問之曰松栢之姿經霜猶茂蒲柳常質望秋先零歐陽乞致仕表羣才方茂蒲柳未秋而早衰）眼中之人風雨俱星散（陸士衡詩感念桑梓域髣髴眼中人魏文帝詩迴顧四向望眼中無故人李白大堤曲不見眼中人杜詩青眼高歌望吾子眼中之人吾老矣言熙豐間諸人皆斥逐三國志姜維傳星散流離杜詩別離同雨散行止）

若雲浮又草閣柴扉星散居白樂天詩同出復同歸從朝復至暮風雨或消散江山映迴互劉禹錫詩故人雲雨散滿目山川多往者託體同青山陶淵明挽歌死去何所道托體同山阿健者漂零不相見庾公樓上有詩人樓在江州平生落筆瀉河漢莊子逍遙游篇其言猶河漢而無極也韓文公上于頔書文章變化若雷霆浩汗若河漢置驛勤来索我詩自說中郎識元歎吳志顧雍傳雍字元歎吳郡吳人蔡伯喈避怨於吳雍從學琴書江表傳云伯喈謂曰今以吾名與卿故雍與伯喈同名吳錄曰雍字元歎言為蔡雍所歎也我方凍坐酒官曹為公然薪炙冰硯西漢雜記以酒為書滴以玉為硯皆取其不冰不解窮愁著一書史記虞卿傳不重萬戶侯卿相之印與魏齊間行卒去趙困於梁不得意乃著書世

傳之曰虞氏春秋太史公曰虞卿非窮愁亦不能著書以自見於後世云豈有文章名九縣漢光武贊九縣飆回奴星結柳送文窮退之送窮文云主人使奴星結柳作車退倚北窻睡松風太阿耿耿截歸鴻張華傳雷煥握豐城獄得一石函中有雙劍一曰龍泉一曰太阿退之詩利劍光耿耿夜思龍泉號匣中斗柄垂天霜雨空獨鴈叫羣雲萬重退之詩一一叫羣徠杜詩孤鴈不飲啄飛鳴聲念羣誰憐一片影相失萬重雲何時握手香爐峯香爐峯隸江州不看寒泉濯卧龍諸葛孔明卧龍

二月二日曉夢會於廬陵西齋作寄陳適用適用名汝器時知廬陵縣

燕寢著爐香韋蘇州詩燕寢凝清香愔愔閑窻闥左傳祈招之愔愔註云安和貌夢到郡城東笑談西齋月行樂未渠央詩庭燎夜未央注夜未渠央渠央渠音遽昔遭晴鳩聒杜詩苦遭此物聒孰謂吾廬幽江郡梅李白士女嬉城闕鄭國風在城闕兮閒道潘河陽滿城花秀發潘岳為河陽令樹桃李花人號曰河陽一縣花庾信集中有春賦云河陽一縣併是花金谷從來滿園樹文選蜀都賦君平王褒曄曄而秀發頗留載酒車揚雄傳時有好事者載酒肴從游學共醉生塵韈文選洛神賦凌波微步羅襪生塵李白詩香塵動羅襪綠水不沾衣想見舞餘姿風枝斜蠆髮詩都人士云彼君子女卷髮如蠆鄙夫不舉酒春事亦可悅老杜詩自知白髮非春事且盡芳罇對物

華又北征詩幽事亦可悅雨足肥菌芝沙暄饒筍蕨海牛壓風簾海牛犀也前集有詩云海牛壓簾風不開蓋用張君房脞說蕭學士夢中賦曉寒歌云海牛壓簾風不入前註偶不及此野飯薰僧鉢維摩經以滿鉢香飯普薰毗耶城飽食愧公家曾無助毫末勸塩惟新令王欲惇獨活尚書無虐惇獨此邦淡食傖賈誼傳國制搶攘注搶音傖吳人罵楚人曰傖傖攘亂貌也音仕庚切晉周處傳處子玘將卒謂子勰曰殺我者諸傖子能復之乃吾子也吳人謂中州人曰傖故云耳南史宋孝武狎侮羣臣各有稱目柳元景垣護之並北人而王玄謨獨受老傖之目南史杜坦曰臣本中華高族直以南渡不早便以傖荒見隔世說雅量門云昨有一傖父來寄亭中註云晉陽秋曰吳人以中州人為傖柳子厚詩我今誤落千萬山身同傖人不思還以上所說不同故具

列之山谷豫章人也而詆吉州人爲傖蓋取傖荒之義無分於南北也勸鹽已見賦鹽詩蓋官鹽不售而抑配焉婉其詞曰勸耳傖陋深刺骨漢杜周傳內深次骨公困積丘山貫暨但圭撮漢律歷志量多少者不失圭撮注四圭曰撮三指撮之也又曰六十四黍爲圭撮倉括反縣官息乳哺縣官霍光傳南史梁宗室始興王憺傳行荆州事人歌曰始興王人之爹赴人急如水火何時復來哺乳我荆土方言謂父爲爹徒我反下吏用鞭撻政恐利一源陰符經云絕利一源用師十倍未塞兔三窟戰國策馮諼爲孟嘗君收債於薛燒券而還孟嘗君不悅後就國於薛老幼迎於道孟嘗君乃喜馮諼曰狡兔二窟免其死耳今君有一未得高枕而臥請復鑿二窟云云謂孟嘗君登三窟已成請君高枕矣晉王衍傳以弟澄爲荆州族弟敦爲青州因謂曰荆州有江漢之固青州有輔海之險卿二

人在外而吾留此足爲三窟矣蓋舉馮諼語也寄聲賢令尹何道補黥劓莊子大宗師篇息我黥而補我劓從来無研桑班固賓戲研桑心計於無垠註云史記勾踐用范蠡計然研計然之名也漢書桑洪羊以上計爲侍中顧影愧簪笏退之詩峨峨進賢冠耿耿水蒼佩服章豈不好不與德相對顧影聽其聲頗顏汗慚背何顏課殿上鮮繳行采葛漢兒寬傳寬還左內史以負租課殿當免民聞當免皆恐失之大家牛車小家擔負輸租繈屬課更以最上國風采葛懼讒也

長句謝陳適用惠送吳南雄所贈紙

盧陵政事無全牛吉州治盧陵縣適用與山谷同時作邑莊子庖丁未嘗見全牛見上杜詩妙割無全牛恐是漢時陳太丘後漢陳寔傳除太丘長修德清淨百姓以安書記姓名不肯學項籍傳少時學書不成去學劍又不成去籍曰書足記姓名而已得紙無異夏得裘琢詩包紙送贈我自狀明月非暗投見上詩句縱橫剪宮錦惜無阿買書銀鉤退之詩阿買不識字頗知書八分詩成使之寫亦足張吾軍銀鉤見上蠻溪切藤卷盈百側厘羞滑蠒羞白拾遺記南越獻側理紙南人以海苔爲之其理縱橫斜側因以爲名蘇易簡紙譜云張華造博物志成晉武帝賜側理紙萬番南越所貢也本草陟釐陶隱居云此即南人所用作紙者唐本註云此物乃水中苔今取爲紙音陟釐陟釐與側黎相近側黎又與側理相近也又云即石髮也蠒紙見上想當鳴杵砧面平桄榔葉風溪水碧桄榔木廣南所出此紙吳南雄所贈南雄州隸

廣南東路千里鵝毛意不輕復齋謾錄云諺曰是人眼裏有西施又曰千里寄鵝毛物輕人意重皆鄙語也山谷取以爲詩答公益春思云西施逐人眼稱心最爲得謝陳適用惠紙云千里鵝毛意不輕瘴衣腥膩北歸客君侯謙虛不自供胡不贈世文章伯老杜詩同心不減骨肉親每語見許文章伯一涔之水容牛蹄淮南子曰牛蹄之涔無尺之鯉退之題炭谷湫祠堂堂無吹毛劍血此牛蹄殷殷血深色識字有數我自知楊文公談苑云晉開運中詔令兩制各作詩賦一篇付禮部爲考試之式獨學士李懌不肯曰李懌識字有數因人成事使令衣白袍入貢部下第必矣胡能作文章爲世模楷時論美之小時雙鉤學楷法山谷論學字云先當雙鉤用兩指相疊蹙筆壓無名指高捉筆令腕隨已左右然後觀人字格則不患其難矣至今兒

子憎家雞南史王僧虔傳論書云征西庾翼書少時與右軍齊名右軍後進庾猶不分在荊州與都下人書云小兒輩賤家雞皆學逸少書柳子厚詩聞道近來諸子弟臨池尋已厭家雞雖然嘉惠敢虛辱賈誼賦恭承嘉惠兮青泥續尾成大軸後漢鄧訓傳註云東觀記曰訓故吏最貧羸者念訓常所服藥北州所乏又知訓好青泥封書從黎陽步推鹿車於洛陽市藥還過趙國易陽并載青泥一襆至上谷遺訓其得人心如此寫心與君心莫傳詩既見君子我心寫兮平生落魄不問天酈食其傳家貧落魄魄音薄杜詩自斷此生休問天樽前花底幸好戲杜詩退朝花底散為君絕筆謝風煙杜詩揮毫落紙如雲煙已無商頌猗那手商頌以那為首其辭曰猗與那與請續南華內外篇莊子號南華真經內篇七外篇三十三李白大鵬賦南華老仙發天機於漆園

寄陳適用

日月如驚鴻歸燕不及社杜詩日月不相饒節序昨夜隔杜牧之歸燕詩畫堂歌舞喧地社去社來人不看清明氣妍暖亹亹向朱夏楚詞時亹亹而過半兮蹇淹留而無成杜詩人生幾何春已夏輕衣頗宜人杜詩宜人獨桂林又云踈快頗宜人衮褐就椸架曲禮男女不同椸架已非紅紫時韓詩黃黃芜菁花紅紫事已退春事歸桑柘空餘車馬跡顛倒桃李下新晴百鳥語各自有匹亞選詩春鳥飜南飛翩翩獨翱翔悲聲命儔匹哀鳴傷我腸林中僕姑歸嘗遭拙婦罵見上氣候使之然光陰促晨

夜鮮甲號清風即有幽蟲化言蟬也退之聯句化蟲枯揭莖朱墨本非工後周書蘇綽傳始制文案程式朱出墨入王事少閑暇幸蒙餘波及左傳重耳云其波及晉國者君之餘也治郡得黃霸黃霸傳及為相功名損於治郡時邑鄰陳太丘後漢陳寔為太丘長威德可資借決事不遲疑敏手擘秦華西京賦綴以二華巨靈贔屓高掌遠蹠以疏河曲厥跡猶存善曰古語云此本一山當河水過之而曲行河之神以手擘開其上足蹋離其下中分為二以通河流手足之跡今尚在也頗復集紅衣呼嗥飲休假退之詩兩府變炎涼三年就休假歌梁韻金石歌梁用韓娥能使逶迤之聲環梁而凝塵奮飛三日不止事謝靈運詩急弦動幽聽清歌拂梁塵謝玄暉詩舞館識餘基歌聲想遺囀李白詩醉舞紛綺

席清歌遠飛梁曾子曳縰而歌商頌聲滿天地若出金石舞地委蘭麝寄我五字詩句法窺鮑謝明遠靈運亦歎簿領勞行欲問田舍求田問舍見上相期黃公壚黃公壚見上不異秦人炙孟子告子篇耆秦人之炙無以異於耆吾炙我初無廊廟王義之傳吾素無廊廟身頹執耕稼今將荷鋤歸區芋畦甘蔗文選蜀都賦瓜疇芋區甘蔗辛薑觀君氣如虹禮記聘義君子於玉比德焉氣如白虹天也江淹謂郭鞏曰子之咳唾成珠玉吐氣作虹蜺千葦可陵跨自當出懷璧徑取連城價趙得和氏璧秦願以十五城易之藺相如使從者衣褐懷璧歸趙詳見相如傳賜地買歌僮珠翠羅廣廈杜詩安得廣廈千萬間富貴不相忘寄聲

相慰藉苟富貴無相忘見陳勝傳界上亭長寄聲謝我見趙廣漢傳所以慰薦走
卒師古曰薦者舉藉也見胡建傳所以慰藉之良厚見後漢隗囂傳

寄懷元翁

歲年豐稻秔井邑盛煙火選詩井邑自相循註引周禮九夫爲
井四井爲邑史記律書煙火萬里北園曾未窺董仲舒傳三年不窺園
王事方勤我詩王事適我花枝互低昂韓文公詩道傍草木
花紅紫相低昂歐陽詩薰風入花骨花枝互低昂鳥語相許可漢蕭何傳
上奏許可師古曰可其所奏許其所請觀物見歸根撫時終宴
坐老子云萬物並作吾已觀其復芸芸各復歸其根歸根曰靜是謂復命宴坐見上
搔首望四隣諸賢皆最課班固敘傳云奏課連最韓詩寄鄭刺
史初如遺宦情終乃最郡課極工簿領書甚辦米鹽顆史記
天官書其占驗凌雜米鹽漢書咸宣傳其治米鹽平生短朱墨見上吏
考仰丞佐初無公侯心骨相本寒餓退之詩自歎虞
飜骨相屯明窻懷玉友清絕吟楚些見楚詞招魂南史王琳傳
時謂銓錫二王玉昆金友沈存中云今夔峽湖湘人凡禁呪句尾皆稱些乃楚人舊俗
念君方坐曹薛宣傳曰至休吏賊曹椽獨不肯休坐曹治事白樂天詩竟日
坐官曹經旬曠休沐無因奉虛左史記魏公子無忌傳公子從車騎虛左自
迎夷門侯生魏勃願見相君無因見齊悼惠王傳

對酒次前韻寄懷元翁

花光漸寒食李白詩花光不減上林紅木燧催國火論語鑽燧
改火鄴中記幷州一百五日爲介子推斷火冷食三日內則云大鑴木燧註云木燧鑽火
也周禮司爟掌行火之政令四時變國火以救時疾張景陽詩離居幾何時鑽燧忽改火
沽酒鳥勸人見上懷賢吾忘我莊子齊物論云今者吾喪我註
云我自忘矣事徃墮甑休孟敏荷甑墮地不顧而去林宗見而問其意對
曰甑已破矣視之何益林宗異之勸令游學十年知名見後漢郭太傳心知求
田可陳登謂許汜曰君求田問舍言無可采附呂布傳後王荆公詩老吾無用亦求
田可人不在眼禮記管仲遇盜取二人焉上以爲公臣曰其所與游辟也
可人也晉史桓溫過王敦墓曰可人可人樽俎思促坐有生常倥
傯後漢卓茂傳斯固倥傯不暇給之日無暇天所課如東坡詩此病天所
赭長安小吏天所放之類不解閑徒飲韓退之詩不解文字飲白樂天詩聞
徒偷閑且勸飲俄成一蓬顆賈山傳曾不得蓬顆蔽家而託宿焉泥鈞
埏萬物董仲舒策云猶泥之在鈞唯甄者之所爲老子云埏埴以爲器註云埏和
也埴土也寒暑勤五佐史記天官書云天神貴者太一太一佐曰五帝按月
令四時皆有帝而土王四季豈其懷愛憎私使我窮餓莊子
大宗師篇云父母豈欲吾貧哉天無私覆地無私載天地豈私貧我哉醉魂招
不来浪下巫陽些杜詩不知臨老日招得幾人魂退之詩愁狖酸骨死
惟花醉魂馨招魂云帝告巫陽曰云云乃下招曰魂兮歸來去君之恒幹何爲乎四方些
夢成少年嬉走馬章臺左漢張敞傳走馬章臺街太白詩青雲
少年子挾彈章臺左

侯尉之吉水覆按未歸三日泥雨戲成

寄之

歎息侯嬴老史記魏公子無忌傳封爲信陵君魏有隱士侯嬴年七十家貧爲大梁夷門監者公子往請欲厚遺之不肯受乃置酒大會賓客坐定公子從車騎虛左自迎侯生云云尉曹鞍馬疲山花迷部曲江雨壓旌旗越鳥勸沽酒太白詩清風動窻竹越鳥起相呼謂提壺盧竹雞憂蹋泥謂泥滑滑不知何處醉遙寄解酲詩劉伶五斗解酲

侯尉家聽琵琶

舴艋蒼竹雨聲中一曲琵琶酒一鍾恰似潯陽江上聽只無明月與丹楓白樂天琵琶引其略云潯陽江頭夜送客楓葉荻花秋索索主人下馬客在船舉酒欲飲無管弦醉不成歡慘將別別時茫茫江浸月云云

寄袁守廖獻卿

公移猥甚叢生筍退之詩戢戢已多如束筍集中有符移官移與公移皆檄也司馬相如有諭巴蜀檄訟牒紛如蜜分窠訟牒即北山移文所謂牒訴倥偬也少得曲肱成夢蝶見上不堪衙吏報鳴鼉詩靈臺云鼉鼓逢逢柳子厚詩蹀躞騶先駕籠銅鼓報衙東坡詩鼉鳴宄中如打衙已荒里杜田園了見歸去來辭可柰春風桃李何想見宜春賢太守袁州宜春郡亦治宜春縣無書來問病維摩維摩經維摩詰即以神力空其室內唯置一床以疾而臥

廖袁州次韻見荅并寄黃靖國再生傳

次韻寄之

春去懷賢感物多飛花高下罥絲窠杜詩風花高下飛退之聯句絲窠掃還成傳聞治境無戾虎戰國策秦語云陳軫曰有兩虎爭人而鬬者管莊子將刺之管與止之曰虎者戾蟲人者甘餌也註云戾貪也兼用後漢宋均爲九江太守虎渡江事更道豐年鳴白鼉唐張籍詩天欲雨有東風南溪白鼉鳴窟中史筆縱橫窺寶鉉元註云干寶作搜神記徐鉉作稽神錄當時謂寶鬼之董孤詩才清壯近陰何杜詩李侯有佳句往往似陰何謂陰鏗何遜寄聲千萬相勞苦如倚胡床得按摩趙廣漢傳界上亭長戲曰至府爲我多謝問趙君師古曰多厚也言殷勤若今人言千萬問訊據胡床見晉桓伊傳禮記內則問衣燠寒疾痛疴癢而敬抑搔之註云抑按搔摩之孟子爲長者折枝注折枝按摩折手節也劉峻廣絕交論折枝按摩手足也

袁州劉司法亦和予摩字詩因次韻寄之

袁州司法多兼局日暮歸來印幾窠詩罷春風榮草木歸去來詞木欣欣以向榮書成快劒斬蛟鼉退之石鼓歌快劒斫斷生蛟鼉遥知吏隱清如此杜詩吏隱適情性茲焉其窠宅汝南先賢傳鄭敬吏隱於蛾陂之陽應問卿曹果是何王徽之傳爲桓冲騎兵參軍冲問卿署何曹對曰似是馬曹頗憶病餘居士否

在家無意食蘿摩本草枸杞註曰諺云去家千里不食蘿摩枸杞

次韻奉荅吉老幷寄何君庸

傾懷相見開城府文選于令昇晉紀總論云宣皇帝性深阻有如城府而能寬綽以容納李林甫城府深密人莫窺其際取意閑談沒臼窠臼窠見上但取吏曹無狡兔狡兔三穴見上任呼舞女伐靈鼉采芑詩伐鼓淵淵南都賦吹紫鳳之簫伐靈鼉之鼓屢中甕面酒樂聖釭面即甕頭見上註魏志徐邈傳時科禁酒而邈私飲至沈醉校事趙達問以曹事邈曰中聖人達白之太祖太祖甚怒鮮于輔日平日醉客謂酒清者爲聖人濁者爲賢人偶醉言耳坐得免後文帝踐祚問曰頗復中聖人不對日時復中之李白詩酒傾愁不來所以知酒聖昔憶尊前人姓何願得兩公俱助

我不唯朱墨要漸摩非特治簿書朱入墨出亦欲漸仁磨義也

次韻奉荅廖袁州懷舊隱之詩

詩題怨鶴與驚猿文選北山移文蕙帳空兮夜鶴怨山人去兮曉猿驚一幅溪藤剡溪上多古藤見舒元輿弔剡藤文照麝煙聞道省郎方結綬後漢黃香爲尚書郎不離省闥白樂天集有賀楊十二新拜省郎詩杜詩省郎京尹必俯拾蕭朱結綬見漢蕭育傳可容名士乞歸田淵明詩云守拙歸園田文選張平子有歸田賦嚴安名見天嗟晚主父偃傳上書朝奏暮召時徐樂嚴安亦俱上書上召見三人謂曰公等皆安在何相見之晚也賈誼歸来席更前誼爲長沙傳帝思誼徵之至入見至夜半文帝前席何况班家有超固應封定遠勒燕然班超封定遠侯班固勒燕然銘各有傳

上權郡孫承議

公家簿領如雞棲簿領見上車如雞棲馬如狗見陳蕃傳後私家田園無置錐荀子無置錐之地而明於爲社稷之大義真成忍罵加湌飯杜詩具成浪出游文選古詩努力加餐飯不如江西之水可樂飢詩泌之洋洋可以樂飢它人勤拙猶相補樂天詩救煩無若靜補拙莫如勤列子云恩過不相補矣漢何武傳聖王有計功除過故云無功狀身無功狀堪上府漢朱博傳齋伐閱詣府註伐功勞也于定國傳具獄上府公誠遣騎東縛歸文選魏文帝書今遣騎到鄴老杜云大官喜我來遣騎問所須鮑叔牙曰使管仲無心東縛於魯時杜詩君看東縛去亦得歸山岡山谷

在太和闕郡守三人按集中所誌墓云知吉州姚公元豐辛酉卒又一誌云知吉州畢公元豐五年十一月卒又按吉州西峯院三秀亭記云盧陵比缺守輒以他吏攝承託宿傳舍吏胥視民爲俎豆執鞭者衆羊失其牧元豐六年春詔用壽春魏侯以此觀之則孫權郡者必能病諸邑故詩有忿語長隨白鷗卧煙雨

奉和孫奉議謝送菜

春蔬照映庾郎貧南史庾杲之傳庾郎貧食鮭遣騎持籠佐茹葷遣騎見上莊子人間世篇不飲酒不茹葷却得齋厨厭滋味白鵝存掌鼈留裙江南別録云僧謙明好詩酒烈祖問其所求曰唯願鵝生四箇腿鼈生兩重裙陶岳五代史補亦云

和孫公善李仲同金櫻餌唱酬二首

人生欲長存日月不肯遲淵明詩日月不肯遲四時相催逼
百年風吹過忽成甘蔗滓寒山子詩更足三十年還如甘蔗滓
傳聞上世士烹餌草木滋檀弓必有草木之滋焉薑桂之謂也
千秋垂綠髮李賀詩綠鬢少年金釵客綠髮見上每恨不同時
司馬相如傳朕獨不得與此人同時哉
李侯好方術方術見上註肘後探神奇莊子臭腐化爲神奇
南史陶洪景傳著肘後方杜甫詩腹中書籍幽時曬肘後醫方靜處看金櫻出
皇墳本草金櫻子味酸濇久服令人耐寒輕身方術多用云是今之刺棃子色黃有
刺本草序云世所傳曰神農氏本草三卷尚書序云伏犧神農黃帝之書謂之三墳刺
橐覽霜枝寒窗司火候古鼎凍膠飴內則棗栗飴蜜

釋文飴錫也圖經本草云金櫻子蜀中人熬作煎初嘗不可口莊子曰柤
棃橘柚皆可於口老杜病橘詩紛然不適口醇酒和味宜和味宜見石耳
詩芥薑作辛和味宜註至今身七十孺子色不衰莊子達生
篇單豹行年七十而猶有嬰兒之色田中按耘鉏孫息親抱持
却笑鄰舍公未老須杖藜見上假守富春公漢南
粵王傳誅秦所置吏以其黨爲守假註云令爲郡縣之職或守或假劉禹錫討假守亦高
卧墨卿正垂耳集中有上櫂郡孫承議詩即此人也廬陵比鈌守孫攝州事秋毫
聽民詞夙夜臨公廳歸卧酸體肢枚乘七發云恣支體
之安柳子厚讀書詩云欠伸展肢體樂天聽琴詩聽者酸心髓李侯来饋藥
論語康子饋藥期以十日知史記扁鵲傳長桑君出懷中藥予扁鵲曰飲是

以上池之水三十日當知物矣古方書云以知爲度未知再服深中護靈根
黃庭經玉池清水灌靈根太女經云藏心於淵美厥靈根金鑠祕玉笈黃庭
經玉笈金篇常完堅不須許斧子辛勤采玉芝眞誥英夫人吟
云有心許斧子言當采玉芝芝草不必得汝亦不能來汝來當可得芝草與汝食許斧子
許玉斧也一本作五芝天台山賦云五芝含秀而晨敷見文選我方困健訟
擿翁争一錐魏武紀第五伯魚三妻孤女謂之擿婦翁此摘其字争錐見左
傳昭六年錐刀之末將盡争之註云錐刀末喻小事不能鳴弦坐頗似
巫馬期韓詩外傳子賤治單父彈鳴琴身不下堂而單父治巫馬期以星出以星
入日夜不處以身親之而單父亦治巫馬期問於子賤子賤曰我任人子任力任人者佚
任力者勞亦見說苑敢乞刀圭餘本草序例云刀圭者十分方寸七之一准

如梧桐子大也退之詩云乞取刀圭救病身白樂天詩相哀白髮分刀圭歸和卯
飲卮白樂天詩卯飲一卮眠一覺世間何事不悠悠儻令憂民病從
此得國醫晉語云上醫醫國

荅余洪範二首

道在東西祖傳燈録天竺有二十七祖達磨西來爲中華初祖贊寧僧史以
中國爲東夏僧寶傳立泐禪師傳云師曰達磨不來東土二祖不往西天又按傳燈録大
同禪師傳師問僧什麽處來曰東西山禮祖師來師曰祖師不在東西山疑或用此意南
岳石頭和尚參同契云竺土大仙心東西密相付人根有利鈍道無南北祖詩如
大小山按許子解淮南鴻烈其叙云安襲封淮南王方術之士多往歸焉遂與蘇
飛李尚左吳田由雷被毛被伍被晉昌等八人及諸儒大山小山之徒共講論道德總統

仁義而著此書一家同雪月即龍光和尚干江同一月之意萬事廢
機關樂天詩應須繩墨機關外天上麒麟閣漢書甘露三年上思股肱
之美圖畫其人於麒麟閣山中虎豹閑何時得丘壑前漢叙傳
漁釣於一壑則萬物不奸其志栖遲於一丘則天下不易其樂明鏡失朱顏
樂天詩腰間紅綬掛未穩鏡裏朱顏看已失
懸磬齋厨數米炊室如懸磬見左傳樂王詩貧室如懸磬簡髮而櫛數
米而炊見莊子庚桑楚篇貧中氣味更相思可無昨日黃
花酒又是春風柳絮時
三月乙巳来賦鹽萬歲鄉且蒐獮匿賦
之家晏飯此舍遂留宿是日大風自採

菊苗薦湯餅二首纂異別本湯餅下有紅藥盛開四字二首
作三首第三首云春風一曲花十八拼得百醉玉東西露葉煙枝見紅藥猶似
舞餘和汗蹄
飛廉決雲開白日離騷云前望舒使先驅兮後飛廉使奔屬註飛廉風
伯也頓撼天地萬竅號退之女拏壙銘云輿致走道撼頓莊子齊物篇
云大塊噫氣其名爲風是唯無作作則萬竅怒呺挼莎桃李欲淨盡
曲禮云共飯不澤手註澤謂挼莎也劉禹錫玄都觀詩桃花淨盡菜花開乞與游
絲百尺高古詩游絲百尺誠嬌妬欲絆青春歸上天庾信燕歌行洛陽游絲百
丈連黃河春水千片穿退之同冠峽詩落英千尺墮游絲百丈飄
幽叢秀色可攬擷大業拾遺帝曰古人云秀色若可餐杜牧之云光絜

疑可攬欲以襟懷貯晉志隆安中民作懊惱歌有草生可攬結之言煑餅菊苗
深注湯崔氏四民月令曰立秋無食煑餅及水溲餅飲冰食蘗浪
自苦白樂天詩三年爲刺史飲冰復食蘗摩挲滿懷春草香後漢
薊子訓傳摩莎金狄

題高君正適軒

至靜在平氣至神惟順心繫辭非天下之至神孰能與於此淵
明歸去來詞序云因事順心命篇曰歸去來兮道非貴與賤達者古
猶今見上功名屬廊廟閒暇歸山林已見廊廟等山林註
畜魚觀羣嬉籠鳥聽好音詩睍睆黃鳥載好其音文選潘岳秋
興賦曰池魚籠鳥有江湖山藪之思不如一丘壑隨願得飛沉

丘壑見上開門納日月選詩璇題納日月呼客解纓簪詩
書撫塵迹歌舞送光陰妖嫺傾國笑上林賦妖冶閒
都史記作妖冶嫺都陽城下蔡傾城傾國見上絲竹感人深樂記曰物之感
人無窮而人之好惡無節又曰姦聲感人而逆氣應之正聲感人而順氣應之豁然
開胷次風至獨披襟宋玉風賦楚襄王遊於蘭臺之宮宋玉景差侍
有風颯然而至者王乃披襟而當之曰快哉此風樊籠鎖形質物外
有幽尋退之詩幽尋事隨去孰能量近遠又云物外日月本不忙

寄李次翁

雨斷山川明老杜詩楚天不斷四時雨太白詩嶺峭紛上千川明屢回顧
花深鳥烏樂見上枯骨不霑名列子曰死後餘名豈足潤枯骨

古今同一壑漢揚惲傳古與今如一丘之貉註云言其同類也惟有在世時聊厚不為薄文選古詩斗酒相娛樂聊厚不為薄王荆公詩珍足海物味其厚不為薄南箕與北斗親友多離索集中有詩云故人南箕與北斗已註其詳檀弓云子夏曰吾離羣而索居斯文如舊歡李侯極磊落頗似元魯山用心撫疲弱元德秀字紫芝為魯山令有德政天下高其行不名謂之元魯山詳見唐書卓行傳前集有贈別李次翁四言詩其略云觀物慈哀涖民愛莊而此詩又比之元魯山此人當是作邑張方回家本編四言詩於太和詩中此詩亦在太和作不以民為梯俯仰無所作退之詩將舉汝懲尤以為已階梯孟子仰不愧於天俯不怍於人曾中種妙覺圓覺經由彼妙覺性徧滿故根性塵性無壞無雜歲晚期必

穫然青夜讀書進學解云然膏油以繼晷見聖宜有作書君陳云凡人未見聖若不克見既見聖亦不克由聖文字寄我来官郵遠飛槖槖謂置筒也白樂天云與微之唱和來去常以竹筒貯詩又有詩云寂寥無復遞詩筒世緣心已死儻得萬金藥萬金良藥見灌夫傳

四月戊申賦鹽萬歲山中仰懷外舅謝師厚山谷銘胥夫人謝氏墓云嘗任司封郎中提點成都府路刑獄公事或以疑似中之坐失官數年已而有大臣冤其獄天子直之今為屯田郎中通判襄州名景初者父也景初字師厚按師厚之弟刑部尚書景溫所作謝氏小隱田記云元豐五年予自長沙以禮侍召道出襄陽時伯兄通判襄州兄弟相見皆白首矣山谷此詩是年所作無疑其下十數詩皆述賦鹽之苦蓋同時也

只今漢龐公白髮佐州郡後漢書龐公者南郡襄陽人也用襄陽事因以龐比師厚窮通視寒暑莊子讓王篇古之得道者窮亦樂通亦樂所樂非窮通也道得於此則窮通為寒暑風雨之序矣仕已誰喜慍見上長松臥澗底文選詩鬱鬱澗底松離離山上苗以彼徑寸莖蔭此百尺條世胄躡高位英俊沈下寮桴雷多裂壘方言器破而未離謂之壘未須論才難柳子厚詩才難不其然字本出論語世人無此韻晉庾敳傳雅有遠韻陶潛詩少無適俗韻性本愛丘山謝渾為韻語獎勸靈運等曰康樂誕通度實有名家韻禪悅稱性深維摩經云雖復飲食而以禪悅為味語端入理近渙若開春冰左傳序云渙然冰釋韓文公詩離思春冰泮爛漫不可收超然聽年運老子燕處超然莊子年運而往臨民秉三尺

漢杜周傳客有謂周曰君為天下平不循三尺法註云以三尺竹簡書法律也左傳魯秉周禮朱墨不可棄朱墨見上傳聞但言歸心許手自隱自隱見次韻師厚苔馬著作註欲知南陂稻得幾就收捃後漢范冉傳捃拾自資註引他書云捃拾麥得五斛胥䟽江湖濱莊子山木篇猶且胥䟽於江湖之上不適金玉訓詩云毋金玉爾音濡需且肉食濡需見上觳觫恐鍾釁孟子對齊宣王曰王坐於堂上有牽牛而過堂下者王曰牛何之對曰將以釁鍾王曰舍之吾不忍其觳觫龍移山鼓洪虎乳月生暈淮南子虎嘯而谷風至龍舉而景雲屬月生暈謂月暈而風也竹聲寒夏簟輟寢中夜聽寄聲向鹿門儻賜勞苦閒龐公傳云遂攜妻子登鹿門山因采藥不反勞苦見漢張耳傳杜甫

冬日懷李白詩未因乘興去空有鹿門期李白詩嘗聞龐德翁家住洞湖水終身栖鹿門不入襄陽市

癸丑宿早禾渡僧舍 壬戌四月癸丑至辛酉賦臨萬歲山及金刀坑凡十篇

城頭渡可涉早禾渡可斢 詩大東云維北有斗不可以挹酒漿註云挹斢也釋音云廣雅曰酌也音拘 試問安用舟春水三丈餘是維一都會 史記貨殖傳邯鄲亦漳河之間一都會也凡言一都會者入 駔儈權征輸 漢貨殖傳節駔儈註儈者合二家交易者也駔者其首率也駔子黨切征輸即賦輸也史記平準書天下賦輸或不償其僦費 鬱鬱多大姓儒冠頗詩書 漢趙廣漢傳潁川豪傑大姓 以武斷鄉曲

食貨志晁錯奏言并兼豪黨之徒以武斷鄉曲 舊俗小未除厭囂謝近市 左傳昭三年景公謂晏子曰子之宅近市秋隘囂塵又云賈而欲贏而惡囂乎 斬絶得僧區 劉孝標廣絶交論太行孟門豈曰斬絶韓文鄭羣墓誌云不爲崖岸斬絶之行 此地美水竹林明見浴鳧 杜詩沙低風蝶天晴喜浴鳧 相追踶蔆藻 楚詞鳧鴈皆唼粱藻兮鳳飄翔而高舉子虛賦唼喋菁藻咀嚼蔆藕唼亦作踶踶色甲反 天樂非世娛 莊子黃帝張樂於洞庭之野其卒無尾其始無首此之謂天樂李白宮中行樂詞春風開紫殿天樂下珠樓 憶在田園日放浪友禽魚 蘭亭禊飲序云放浪形骸之外 今來長山邑忍飢撫惸孤出入部曲隨 漢光武紀云各領部曲註引續漢志曰大將軍營有五部部三校尉部下有曲曲有軍候一人 咳唾吏

史趣 法書要録羲之帖云頃因小差欲極遊娛而吏卒守之可歎耳 形骸東簪笏可意一事無 杜詩咸陽客舍一事無 謀生理未拙仰愧擁腫樗 擁腫樗見上 曲肱晴簷底結網看蜘蛛 王荆公詩移床獨卧秋風裏靜看蜘蛛結網絲

宿觀山

莫發白下地 白下見上 暝投觀山宿橫溪赤欄橋 溫飛卿樂府云一渠春水赤欄橋 一徑入松竹野僧如驚麏 文選沈休文詩驚麏去不息 避堂具燈燭 曹參傳避正堂舍蓋公 我眠興視夜 詩子興視夜 部曲始炊熟筧水煙際鳴 以竹通水曰筧古典切 萬籟入秋木 莊子齊物論敢問天籟子綦曰吹萬

不同而使其自已也 平生蕭洒興本願終澗谷 杜詩非無江海志蕭洒送日月 世累漸逼人 晉謝安傳亹亹爲來逼人 如垢不頮沐 禮内則五日則燂湯請浴三日具沐其間面垢燂潘請頮釋文曰頮音悔 已成老翁爲作吏長碌碌 史記平原君傳公等碌碌因人成事

上大蒙籠 乙卯晨起

黃霧冥冥小石門苔衣草路無人迹 爾雅藫石衣註水苔也東漢馬后傳黃霧四塞杜詩日滿樓前江霧黃 苦竹參天大石門 杜詩喬木上參天 虎迒兔蹊聊倚息 爾雅麇其跡躔兔其跡迒註跡脚所踐處迒户郎切 陰風搜林山鬼嘯 宋玉風賦梢殺林莽屈原九歌有山鬼篇杜詩山鬼吹燈滅厨人語夜闌白樂天詩水虫能射影山鬼解藏身 千

丈寒藤繞崩石杜詩鉄鏁將棘拒倒石韜藤纏清風源裏有人家牛羊在山亦桑麻向来陸梁嫚官府陸梁見上莊子官天地府萬物試呼使前問其故衣冠漢儀民父子光武紀復見漢官威儀吏曹擾之至如此窮鄉有米無食盐今日有田無米食當作今日有鹽無食米但願官清不愛錢太白贈崔秋浦云見客但傾酒爲官不愛錢縣古槐根出官清馬骨高見歐陽公詩話長養兒孫聽驅使退之贈盧仝云有力未免遣驅使

勞坑入前城乙卯飯後

刀坑石如刀樂天入峽詩大石如刀劒小石如牙齒勞坑人馬勞窈窕篁竹陰退之送區冊序云夾江荒茅篁竹之間本出漢書是常主逋逃武成云爲天下逋逃主白狐跳梁去甘泉賦註云陸跳梁也豪猪森怒嘷雲黃覺日瘦杜詩久行見空巷日瘦氣慘悽木落知風饕退之祭文云雪虐風號號一作饕輕軒息源口飯羹煮溪毛左傳澗溪沼沚之毛山農驚長吏退之詩山農驚見之出拜家騷騷檀弓騷騷耳則野借問淡食民祖孫甘餔糟退之徐偃王碑祖孫相望楚詞餔其糟而啜其醨賴官得盐喫正旹無錢刀泉布刀皆錢也食貨志王莽造契刀錯刀柳子厚詩錢刀恐賈害飢至益逡巡

乙卯宿清泉寺

稅輿陂高岡詩卷耳云陟彼高岡却立倚天壁宋玉大言賦長劒耿介倚天外東坡詩倚天無數開青壁就輿亂清溪轉石飛霹靂太白詩崩崖轉石萬壑雷韓文公祭張署文洞庭漫汗粘天無壁風濤相豗中有霹靂十步一沮洳魏國風彼汾沮洳韓詩大魚豈肯居沮洳杜詩沮洳棧道濕五步一枳棘阿房宮賦五步一樓十步一閣上方未言返上方見上谿見平土宅書是降丘宅土孟子然後人得平土而居之田家雞犬歸佛廟檀欒碧枚乘菟園賦修竹檀欒夾池水旋菟園王維詩閑居日清淨修竹自檀欒謝玄暉詩莘蕤起雜樹檀欒映修竹蓮蕩落紅衣趙嘏詩紅衣落盡渚蓮愁泉泓數白石人如安巢鳥杜詩東走無復憶鱸魚南飛覺有安巢鳥韓文公聯句暮鳥已安巢春蠶看滿箔稍就一枝息莊子鷦鷯巢於深林不過一枝鍾魚各知時吾亦自得力杜詩生我不得力

丙辰仍宿清泉寺

山農居負山呼集来旹遲既来授政役文選東京賦賦政任役常畏人力之盡也謡詠謂余欺按省其家貲可忍鞭扶之元結春陵行悉使索其家而又無生資左傳一扶女庸何傷註扶擊也敕栗切息言諭公家疑阻久乃隨滕口終自愧易咸之上六滕口說也吾敢乏王師官寧憚淹留官字蓋用韓退之瀧吏詩云瀧吏垂手笑官何問之愚譬官居京邑何由知東吳左傳僖三十三不腆敝邑爲從者之淹職在拊惸嫠所將部曲多涸汝父

老為漢陸賈傳毋久溷汝爲也西山失半壁太白詩青山猶御半邊日又云半壁見海日且復下囊輜漢王吉傳所載不過囊衣左傳襄十二年楚重至于泌註云輜重也正義曰輜一名輧前後蔽以載物啼鴉散篇帙靈運詩散帙問所知詩意謂日暮罷休文書也休吏漢薛宣傳日至休吏稅巾衣石泉鼓坎坎詩坎坎鼓我言泉鳴如鼓聲竹風吹參差楚詞吹參差兮誰思註參差洞簫也補註曰風俗通云舜作簫其形參差此聯雖以簫鼓爲喻然亦取柳子厚南澗詩迴風一蕭瑟林影久參差也書怜行熠燿詩熠燿宵行註熠燿燐也燐螢火也詩蓋取車徹聚螢之意壁蟲催杼機古今註促織一名投機謂其聲如急織也昏釭夜未央釭燈也西都賦金釭銜壁夜未央見詩高枕夢登巘

丁巳宿寶石寺

鍾磬秋山靜柳子厚詩鶴鳴楚山靜爐香沉水寒楞嚴經云見諸比丘燒沉水香晴風蕩濛雨詩東山零雨其濛雲物尚盤桓歸去來詞云撫孤松而盤桓註云爾雅曰盤桓不進也瀹茗赤銅椀筧泉蒼煙竿紅榴罅玉房吳都賦云榛栗罅發文選陸士衡弔魏武文云陪窈窕於玉房註引漢書郊祀歌曰神之出排玉房柳子厚詩侯家熾炭雕玉房此摘其字么橋委金丸西京雜記韓嫣好彈以金爲丸蘇舜欽詩洞庭柑熟客分金枕簟已思燠飯羹可加飡翟方進傳飯我豆食羹芋魁樂府詩上言加飡食觀己自得力談玄舌本乾晉殷仲堪傳每云三日不讀道德經覺舌本間強理窟乃塊然晉張憑傳簡文

帝召憑與語歎曰張憑勃窣爲理窟駱賓王上章明府奉訓趨庭東情田於理窟曹子建求通親親表每四節之會塊然獨處世故浪萬端杜詩世故莽相仍王莽傳云方故萬端牛刀經肯綮莊子庖丁解牛枝經肯綮之未嘗古人貴守官左傳守道不如守官孟子曰守道不如守官信孔子之言矣柳子厚論守道不如守官是非聖人之言未有守官而失道守道而失官之事也摩挲發硎後漢薊子訓摩挲銅人此摘其字刀刃若新發於硎亦庖丁事手考此一丘槃衛國風考槃在澗註云考成槃樂也

山谷外集詩註卷第十

山谷外集詩註卷第十一

己未過太湖僧寺得宗汝為書寄山藾白酒長韻寄答

從學晚聞道莊子曰孔子行年五十有一而不聞道謀官無見功魏伯陽參同契云竭力勞精神終身無見功早衰觀水鑒酒誥云人無於水監當於民監註視水見已形莊子人莫監於流水而鑒於止水內熱愧鄰邦莊子人間世篇今吾朝受命而夕飲水我其內熱歟北鄰有宗侯治劇乃雍容摩手撫鰥寡橐碪礫強梁老子強梁者不得其死莊子從其強梁隨其曲轉樂府詩云橐碪今何在橐碪鈇也項籍傳身伏斧質師古曰質謂鍖也古者斬人加於鍖上而斫之鍖竹林反景帝紀云改磔曰棄市師古磔謂張其尸也棄市殺之市也磔竹客反桃李與荊棘說苑簡子謂陽虎曰樹桃李者夏得休息秋得食焉樹蒺藜者夏不得休息秋得其刺焉稱物施露霜易謙卦君子以稱物平施言恩威兼用如雨露霜雪也詩云蒹葭蒼蒼白露爲霜此摘其字政經甚積窓柳子厚誌崔永州墓悼於政經莫有禁禦私不蚍蜉通韓文無蚍蜉蟻子之援此言無一蟻之私也吏舍無請賕曹參傳後園近吏舍吏舍日飲歌呼趙廣漢傳吏受取請求銖兩之姦皆知之尹賞傳受賕報仇家有侯在堂府符下壚策管子曰海王之國謹正鹽筴十口之家十人食鹽百口之家百人食鹽縣官勸和羹書若作和羹作民敏風雨令先諸邑行我居萬夫上闒惰世無雙此邑宅巖巖魯頌太山巖巖里中頗秦風翁媪無恙時出分如蜂房賈誼書秦人家富子壯則出分家貧子壯則出贅一錢氣不直漢書灌夫罵賢曰平生毀程不識不直一錢白梃及父兄簪筆懷三尺揖我謂我臧山谷江西道院賦序其略云江西之俗其細民險而健以終訟為能名曰珥筆之民惟筠為州獨不嚚於訟然與南康廬陵宜春三郡並蒙惡聲廬陵即吉州也齊國風還云揖我謂我臧兮三尺見上向来豪傑吏治之以牛羊我不忍敵民教養如兒蜴荊雞伏鵠卵从望羽翼成莊子庚桑楚篇越雞不能伏鵠卵魯雞固能矣音義曰小雞也或云荊雞魯雞大雞也今蜀雞張良傳上召戚夫人指視曰羽翼已成不可動矣訟端洶洶来諭去稍聽從尚餘租庸調見唐書杜詩況聞處處鬻男女割慈忍愛還租庸歲稽法程漢賈誼策云立經陳紀可以為萬世法程按圖索家資四壁達牖窻揜目鞭朴之檀弓每斃一人揜其目桁楊相推振莊子云桁楊接槢音義云械夾頸及脛者身欲免官去鶩馬戀豆糠桓範出赴曹爽蔣濟曰鶩馬戀棧豆爽必不能用也見魏志所以積廩鹽未使户得烹八月釃社酒公私樂年登遣徒與會稽史記夏紀太史公曰禹會諸侯江南計功而崩因葬焉命曰會稽會稽者會計也而悉走荻篁吾惟不足遣張良傳上曰吾惟之豎子固不足遣迺公自行耳夙駕略我疆詩星言夙駕邑西軑戾地軑當作軱音孤莊子庖丁解牛技經肯綮之未嘗而況大軱乎註云軱戾大骨也音義云盤結骨是嘗嬰吾鋒齟齕其強宗

齦齒也口狠切退之曹成王碑齦其姦猾漢書曰詹傳云秦復得志於天下則齮齕首用事者墳墓矣註云齮側齧也音義齒齕也音紇彼乃可使令夙夜于
遠郊草露沾帷裳詩漸車帷裳入磴履虎尾用易履卦語
捫蘿觸虆芒杜詩捫蘿澁先登借問夕何宿煙邊
數峯橫松竹不見天楚詞山鬼余處幽篁兮終不見天漢書廣川王歌曰內茀鬱憂哀積上不見天生何益蟠空作秋聲谷鳥與溪
瀨合絃琵琶箏楚詞石瀨兮濺濺杜詩絕壁過雲開錦繡踈松隔水奏笙簧張籍祭退之詩云乃出二侍女合彈琵琶箏秘駕亂石間李斯曰吾未知所秘駕矣
巖寺鳴踈鍾山農頗来脈見其父孫翁退之銘馬少監云吾未耄老而哭其祖子孫三世
皆辭王賦遲户户

無積藏民病我亦病呻吟達五更韻為誦書語一作書生語行歌類楚狂論語楚狂接輿歌而過孔子舉鞭
問嘉禾秣馬可及城嘉禾謂吉州永新縣也縣有禾山故號嘉禾集中有答永新宗令寄石耳詩云嘉禾令尹清如水宗令即汝爲也惜哉憂城
旦漢儒林傳竇太后好黃老轅固曰此家人言矣太后怒曰安得司空城旦書乎惠帝紀當爲城旦舂者皆耐爲鬼薪白粲註云城旦者旦起行治城舂作米皆四歲刑也不
得對榻床灑筆付飛鳥北風吹報章書回銀
鉤壯見上句與麝煤香李建中題楊凝式大字壁後云枯杉倒檜霜天老松煙麝煤風雨寒山谷喜書此詩浮蛆撥官醅太白詩始似葡萄新撥醅曾南豐詩浮蛆蘮甕嘗春酒傾壺嫩鵝黃杜詩鵝兒黃似酒對酒愛新鵝

山氣常蓊鬱杜詩蓊鬱川氣黃此物可屢觴蘋藥割
紫藤開籠喜手封味温頗宜人杜詩踈快頗宜人茗
以石飴薑舉盃引藥糜詠詩對寒江寄聲甚
勞苦寄聲勞苦並見上相思秋月明我邑萬户鄉其
民資嚚凶欲割以壽公使之承化光易坤含萬物而化光反以来壽我中有吞舟鯨賈誼弔屈文彼尋常之汙瀆兮豈能容夫吞舟之巨魚杜詩中有悼尾鯨銅墨俱王命文選策秀才文深汰珪符妙簡銅墨註云珪符謂刺史銅墨謂縣令漢書曰縣令長皆秦官秩六百石銅印墨綬
職思慰孤惸詩職思其憂何時賭一擲燒燭呪
明瓊晉劉毅傳樗蒱大擲一判至數百萬列子說符篇射者射明瓊註云齒玉白也

此卷先有三月乙巳來賦鹽萬歲鄉且蒐獮匿賦之家二首又有四月戊申賦鹽萬歲山中一首今觀此詩可見鹽之擾民甚矣司馬温公記聞載皮公弼言官賣鹽無利實錄載皮公弼言官賣鹽不得不罷今觀此詩蓋官賣不售而賦之民也前三首有月日後十一首止稱甲子自癸丑至辛酉凡浹旬歷盡崎嶇雖不能無怨而詞甚婉

庚申宿觀音院

谷底一墟落文選范彥龍詩軒蓋照墟落李善曰說苑云師曠謂晉平公曰五鼎不當生墟落地形如盆盎榱題相照耀孟子榱題數尺釋文云爾雅曰桷謂之榱題頭也其民頗家温董仲舒傳家温而食厚祿
土風甚於秦不可借釜甑音言賈誼言秦俗云借父耰鉏慮有德色母取箕箒立而誶語潘安仁西征賦子贏鋤以借父訓秦法而著色僧屋無

陶瓦剪茅蒼竹樊晁錯傳茅茨不剪詩東方未明折柳樊圃註樊藩也
借問僧安在乞飯走諸門人閧烏鳥語法言云一閧之市
簟涼風水文退之詩水文浮枕簟旁有蜂蜜廬山海經云是惟螫虫實惟蜂蜜之廬
頗聞衙集喧埤雅蜂有兩衙應潮錢昭度村居云黃蜂衙退海潮上白蟻戰酣山雨來見談苑將雨蟻爭丘壘兵
復追奔異聞集淳于棼夢人扶入宅南古槐穴中有大城門樓題曰大槐安國其王以女瑤芳妻之使爲南柯郡守二十年有檀蘿國來伐王命生征之敗績其妻病死王謂生可暫歸生上車出一穴見本里閭巷入其門見已身卧堂廡下發悟如初夢中倏忽若度一世矣遂尋古槐下穴見大穴洞然積土壤爲城郭臺殿之狀有蟻數斛中有小臺二大蟻處之即槐安國也又窮一穴直上南枝亦有土城小樓即南柯郡也宅東一里澗側有大檀樹藤蘿擁織旁有蟻穴意其爲檀蘿國合短兵鏖皋蘭下見霍去病傳追奔逐北見文選李陵書
紅英委鳳翼赤幘戴雞冠老杜樹雞栅詩云終日憎赤幘今以言雞冠花汲烹寒泉窟伐竹古松根相
戒莫浪出月黑虎夔藩老杜課伐木詩序云我有藩籬是缺是補有虎知禁若恃爪牙之利必昏黑撐突夔人屋壁山谷蓋用此語而杜詩作於夔州所謂夔人蓋夔州之人也老杜有夔府詠懷詩云市暨瀼西巔自註云市暨夔人語也夔人屋壁即此類文選靈光殿賦頷欲動而躨跜夔藩蓋誤以夔人爲躨跜之義也躨跜動也

辛酉憇刀坑口

羣山黛新染卓文君眉色不加黛飾當若遠山韓文公南山詩天宇浮脩眉濃綠畫新就
蒙氣寒鬱鬱漢京房傳上封事曰辛酉以來蒙氣衰去太陽精明辛巳蒙氣復乘卦太陽侵色復上封事曰乃丙戌小雨丁亥蒙氣去

掃除迎將家莊子寓言篇其往也舍者迎將其家公執席釋文曰家公主人公也一讀舍者迎將其家爲句此事本出列子列子云舍者迎將家註云客舍家也山谷本用此語而莊子云迎將其家多一其字轉寫誤耳釋文又承誤也
下簟脫巾韈退之送文暢詩詭制恒巾韈
南北舍小棠詩蔽芾甘棠勿翦勿伐召伯所茇毛云蔽芾小貌茇云舍小棠之下
況可清煩暍文選西京賦此焉清暑史記禹扇暍暍暑病也
鳥聲廢晝眠聊以休吏卒竹雞呰喚人北夢瑣言醫工云竹雞食半夏陶岳零陵記云竹雞狀如鵪尾少長大率皆鳩也方言各異耳喚謂喚雨
覺坐觀法窟無外同一家見上王荆公雜詠萬物予一體九州予一家
惟已非萬物清波兩鴛鴦善游
且能沒莊子達生篇顏淵問仲尼曰吾嘗濟乎觴深之淵津人操舟若神吾問焉曰操舟可學耶曰可善游者數能若乃夫沒人則未嘗見舟而便操之也
驚人相追飛甚念失其匹文選劉安招隱士云禽獸駭兮亡其曹
春鉏貌閒暇爾雅鷺春鉏鸍鳥賦止於坐隅貌甚閒暇
羨魚情至骨董仲舒云臨川羨魚不如退而結網杜周傳內深次骨註云深刻至骨也
廣道策堅良漢食貨志乘堅策良墨子聖王爲衣服之法堅車良馬不知貴也
熙熙集於苑國語晉施優謂李克妻曰主孟啗我我教茲暇豫事君乃歌曰暇豫之吾吾不如烏烏人皆集於苑已獨集於枯里克曰何謂苑何謂枯曰其母爲夫人其子爲君可不謂苑乎其母既死其子又有謗可不謂枯乎詩苑彼柳斯鳴蜩嘒嘒菀音欝今叶韻當用此音
爛額始論功儻能謀曲突漢霍光傳初霍氏奢後茂陵徐

生曰霍氏必亡迺上疏言霍氏泰盛宜以時抑制無使至亡書三上輒報聞其後霍氏誅滅而告霍氏者皆封人爲徐生上書曰臣聞客有過主人者見其竈直突傍有積薪客謂主人更爲曲突遠徙其薪不者且有火患主人默然不應俄而家果失火鄰里共救之幸而得息於是殺牛置酒謝其鄰人灼爛者在於上行餘各以功次坐而不録言曲突者人謂主人曰向使聽客之言不費牛酒終亡火患今論功而曲突徙薪亡恩澤燋頭爛額爲上客耶主人寤而請之今茂陵徐福數上書言霍氏且有變宜防絶之使福説得行則國亡裂土出爵之費臣亡逆亂誅滅之敗往事既已而福不蒙其功唯陛下察之此詩篇末蓋有所諷也

金刀坑迎将家待追漿坑十餘户山農不至因題其壁

窮鄉阻地險篁竹嘯夔魖篁竹見上國語云木石之恠蘷水之恠龍文選東京賦殘蘷魖與罔象註云蘷木石之恠説文曰魖耗鬼也甘泉賦亦云梢蘷魖而抶獝狂惡少擅三窟見上杜詩姦雄惡少皆封侯又詩寄語惡年少黄金且休擲李白詩孟嘗習狡兎三窟賴馮諼不承吏追呼老翁燕無凶此句疑外誤偃蹇坐里閭後生集聞見官不禁權輿爾雅權輿始也懷書斥長吏持杖鏖公徒鏖見上魯頌公徒三萬遂令五百里化為豺豕墟古来沉牛羊檄水臣鱷魚韓退之告鱷魚文云以羊一猪一投惡溪之潭水以與鱷魚食而告之日云云猛虎剥文章矧而民髮膚孝經身體髮膚哀哉奉其身曾不如鳥烏註見上破家縣令

手南面天子除要能伐強梁然後活惸孤屬為民父母未教忍先誅孟子曰惡在其爲民父母也又曰其教之不改而後誅之乎山川甚秀拔人物亦詩書十室有忠信此鄉何獨無見論語

次韻漢公招七兄

白髮霏霏雪點斑朱櫻忽忽鳥銜殘傳燈録潙山與仰山游行次鳥銜一紅柹落前祐後與仰山仰山接得以水洗之却與祐云云介甫詩云鳥殘紅柹昔曾分公庭休吏進湯餅漢薛宣傳日至休吏湯餅見上戲贈彥深詩註語燕無人窺井欄詩句多傳知有暇道人相見不應難老郎親屈延處士風味依俙如姓桓元註云桓沖禮處士劉驎之鄭粲甚厚按晉桓沖傳云命處士南陽劉驎之爲長史驎之不屈親往迎之禮之甚厚又辟處士長沙鄭粲爲别駕備禮盡恭粲感其好賢乃起應命

寄題安福李令適軒安福縣隷吉州

琳宮接叢霄此軒當在道觀故云道人勤洒掃渌水連翠微爾雅山未及上翠微幽花露林薄甘泉賦列新夷於林薄韓文公詩潛軍索林薄好鳥娛清輝謝靈運詩清輝能娛人游子澹忘歸道人勤洒掃令尹每忘歸孝慈民父母虎去蝗退飛後漢劉昆傳守弘農虎北渡河卓茂傳時天下大蝗獨不入密縣界魯恭傳郡國螟傷稼犬牙緣界不入中牟左傳六鷁退飛来思僚友同小雅爾羊來思爾牧來思歌

舞醉紅衣定知與民樂孟子云與民同樂吏瘦吾民肥唐韓休傳帝曰吾雖瘠天下肥矣

寄題安福李令先春閣

宮殿繞風煙此句與前篇琳宮同意江山壯城郭令君藝桃李太白詩因君藝桃李此地忽芳菲面春築飛閣春至最先知雨露徧花藥淵明詩言息其廬花藥分列鮑明遠詩亂燕拾草蟲巢蜂拾花藥是曰勸農桑冰銷土膏作國語周語云土乃脉發文曰土膏其動張平子東京賦祥晨正土膏脉起弦歌出縣齋子之武城聞弦歌之聲見論語退之有縣齋讀書詩裴回問民瘼後漢循吏傳序廣求民瘼雞犬聲相聞莊子胠篋篇鄰邑相望雞犬之聲相聞老子亦云

嬰此薄領縳簿領見上安得攜手嬉烹茶煨鴨脚歐陽公和梅聖俞鴨脚子詩絳囊因入貢銀杏貴中州及詩鴨脚雖百箇得之誠可珍

寄題安福李令愛竹堂

淵明喜種菊見陶潛詩集子猷喜種竹晉王徽之字子猷寄居空宅便令種竹曰何可一日無此君耶託物雖自殊心期俱不俗見上千載得李侯異世等風流風流見答張沙河詩註李白答杜秀才吾非謝尚邈彦伯異代風流各一時為官恐是陶彭澤愛竹最知王子猷寒窗對酒聽雨雪夏簟烹茶卧風月小僧知令不凡材老杜鷹詩金眸玉爪不凡材自掃竹根培老節富貴於我如浮雲見論語安

可一日無此君見上人言愛竹有何好此中難為俗人道晉孟嘉傳桓溫問嘉酒有何好而卿嗜之嘉曰公未得酒中趣耳司馬遷任安書曰此可為智者道難為俗人言也我於此物更不疎一官窘束何由到賈誼賦窘若囚拘文選吳都賦馬籠僮東退之詩人生如此自可樂豈必局束為人鞿

題安福李令朝華亭

丹楹刻桷上崢嶸春秋莊二十三年秋丹桓宮楹二十四年三月刻桓宮桷表裏江山路一作皆眼平表裏山河必無害也見左傳僖二十八年晉子犯云樂天詩嵩山表裏千重雪曉日成霞張錦綺謝玄暉詩餘霞散成綺青林多露綴珠纓謝靈運詩云花上露猶泫法華經普門品云無盡意白佛言我今當供養觀世音菩薩即解頸衆寶珠纓珞以與之文選三明君詞云泣淚濕珠纓人如旋磨觀羣蟻見上田似圍棊據一枰文選博弈論一枰之上李善本從木音平五臣本作一抨補萌切對宗昏昏迷簿領暫來登覽見高明

登快閣快閣在太和山谷送呂知常赴太和二云我去太和欲春矣呂君初得太和又云快閣六月江風寒

癡兒了却公家事生子癡了官事官事未易了也了事正作癡復為快耳見晉傅咸傳快閣東西倚晚晴唐李涉感興隋氏造宮闕峩峩倚雲煙落木千山天遠大澄江一道月分明老杜天河詩常時任顯晦秋至輒分明李白詩水寒夕波急木落秋山空柳子厚詩木落寒山靜江

以下二葉原書漫漶，用日本藏朝鮮刻本補。

空秋月明朱絃已為佳人絶用鍾期伯牙事不知謂誰青眼聊
因美酒橫萬里歸船弄長笛此心吾與白鷗
盟夏文莊詩自有沙鷗知此心

和李才甫先輩快閣五首

山寒江冷丹楓落唐文藪傳崔信明詩云楓落吳江冷爭渡行
人簇晚沙庾信詩河橋爭渡喧孟浩然詩漁梁渡頭爭渡喧菰葉蘋
花飛白鳥一張紅錦夕陽斜杜牧之題韋家亭子云蔦紅半
落平池晚曲渚飄成錦一張
赤欄終日倚西風山色挼藍小雨中雪浪齋日記荆
公小詞云揉藍一水縈花草寂寞小橋千嶂抱人不到柴門自有清風掃唐人詩但言水

如藍挼藍字當茹於荆公将老鬢毛秋著水相思親舊水
連空
長江淡淡吞天去杜牧之詩大江吞吳去一練橫坤軸甲子隨
波日日流杜詩別來頻甲子歸到忽春華萬事轉頭同墮甑
郭林宗傳後孟敏荷甑墮地不顧而去一身隨世作虛舟莊子虛舡
觸舟見上
雲橫章貢二水兩翻盆杜詩白帝城下雨翻盆寺下江深
水到門落日荷鉏人著本漢食貨志理民之道地著爲本註謂
安土也音直略反賈誼說上曰今驅民而歸之農皆著其本而食其力西風滿
地葉歸根鮑明遠詩別葉早辭風註引翼氏風角云木落歸本水流向東

西南嘉氣浮馬祖馬祖山也東北祥風繞靜居靜居
寺即清原山王褒頌恩從祥風翔山邑豐年人少訟身來訪
道得齋魚

八月十四日夜刀坑口對月奉寄王子
難子聞適用元註云聞郡中數月未嘗有燕游子難名尭臣

去年對月廬陵郡吉州曰廬陵郡治廬陵縣醉留歌舞蹋
金沙老杜陪王使君晦日泛江詩云有徑金沙軟無人碧草芳今年今夕
千峯下新磨古鑒動菱花魏武帝有菱花鏡趙飛燕外傳有七
出菱花鏡一奩庾信詩鏡失菱花影釵除却月梁寒藤老木被光景
深山大澤皆龍蛇左傳襄二十一年深山大澤實生龍蛇杜詩深山大

澤龍蛇遠春寒野陰風景暮西風為我奏萬籟落葉起舞
鸞棲鴉遥憐城中二三友風流慣醉五釵斜
退之詩金釵半醉座添春今夕傳杯定何處老杜詩舊日重陽日傳杯
不放杯應無二十四琵琶此言吉州官妓琵琶之數亦見次韻周德
夫詩註

彫陂

彫陂之水清且泚老杜云蛟之橫出清泚屈為印文三
百里韓文公城南聯句沙篆印平回沙篆鳥迹之在沙者印如篆文呼船載
過七十餘褰裳亂流初不記鄭國風子惠思我褰裳涉溱彫
亦作雕韻書云琢文也乘舟七十餘渡徒涉者不可復記竹輿嶇[illegible]見上山

徑涼僕姑呼婦聲相倚（見上）篁中（見上）猶道泥滑
滑（泥滑滑蜀中號雞頭鶻梅舜俞五禽詩泥滑滑苦竹岡）僕夫慘慘耕
夫喜窮山為吏如漫郎（漫郎唐元結自謂也見本傳）安能
為人作嚆矢（莊子在宥篇知曾史之不為桀跖之嚆矢也言曾參史鰌）老
僧迎謁喜我来吾以王事篤行李（鮑明遠詩手迹可傳
心願爾篤行李）知民虛實應縣官我豈信目不信耳（霍光傳縣官非我家將軍不得至是如淳曰縣官謂天子東平王宇傳縣官年少張晏曰不敢指斥成帝謂之縣官高士傳孔子曰吾之信顏回非獨今日所信者目目猶不可信）
僧言生長八十餘縣令未曾身到此
幾復寄檳榔且答詩勸予同種次韻寄

之（黃幾復名介豫章西山人山谷誌其墓熙寧九年同學究出身為長樂尉廣州教授楚州推官知四會縣仕于嶺南者十年元祐三年没于京師與山谷少年交游）
少来不食蟻丘漿（莊子則陽篇孔子之楚舍於蟻丘之漿詞多不録白氏六帖謂蟻丘之漿賣漿之家也）老去得意添園方（見上）鑑中
已失兒顏面忍能乞與兵作郎（傳燈録云認奴作郎此摘出其字獨未知其意所指也）
黃幾復自海上寄惠金液三十兩且曰
此有德之士宜享將以排蕩陰邪守衛
真火幸不以凡物畜之戲答

皺面黃須已一翁（迫於衰耄髮白面皺見楞嚴經已成老翁見上）樽
前猶鬬少年紅（樂天詩衰顏借酒紅王荆公詩衰顏漫到酒邊紅）金
丹乞與煩真友只恐無名帝籍中（禮記月令藏帝籍之收於神倉今借使以言掛名仙籍也樂天詩但恐長生須有籍仙臺試為檢名看篆異本作黨籍蜀本作常籍舊本作掌籍皆誤）
幾道復見檳榔
蠻煙雨裏紅千樹逐水排痰肘後方（肘後見上）莫
笑忍飢窮縣令（陸龜蒙杞菊賦序云我幾年來忍飢誦經豈不知屠沽兒有酒肉耶）煩君一斛寄檳榔（劉穆之為丹徒尹召妻兄弟及醉令廚人以金柈貯檳榔一斛進之）

次韻幾復答予所贈三物三首
誰憐湖海士（見上）白髮夜窻檠（退之短檠歌太學書生東魯客二十餘家來射策夜書細字綴語言兩眼眵昏頭雪白）風雨雞不已（詩風雨如晦雞鳴不已）
詩書眼尚明禪枝安宿鳥（禪枝見和外舅夙興詩註）僧粥吼華鯨（東都賦發鯨魚鏗華鍾以言木魚呼粥也）但淵
五車讀（五車見上）行看一座傾（一坐盡傾見司馬相如傳）
右石燈檠
絕域薔薇露（嶺南有薔薇露楊文公談苑金陵宮中人接薔薇水染生帛一夕忘收為濃露所漬色倍鮮翠今言其香也）他山菡萏鑪（詩他山之石可以攻玉西漢雜記丁緩作九層博山香鑪鏤為奇禽怪獸今刻蓮花也爾雅荷芙蕖其華

菡萏薰衣作家想伏枕夢閨姝遊子官蟻宂見上
謫仙居瓠壺用費長房傳壺公事當時有憂樂回首亦
成無一作稍薰衣一莞似慰客心孤遊子憂蟻宂謫仙居瓠壺霏霏麗絲網清與可
能無

右石博山

九原誰復起檀弓死者如可作也吾誰與歸糟魄未傳心見上
不取丁儀米晉陳壽傳丁儀丁廙有盛名於魏壽謂其子曰可覓千斛米見與當爲尊公作佳傳丁不與竟不立傳疑成校尉金曹操特置發丘中郎將摸金校尉文選陳琳檄見名從高位借德有下僚沉選詩英俊沉下僚筆削多瑕點孔子世家筆則筆削則削退之詩指摘困瑕玷

猶希畏友箴一本云筆從高位曲陸有德人沉救俗規如此傭踈慶古今

右石刻

送酒與畢大夫

淺色官醅昨夜篘一樽聊付卯時投卯酒見上甕邊吏部應歡喜殊勝平原老督郵晉畢卓字茂世爲吏部郎比舍郎釀熟卓夜至其甕間盜飲之爲掌酒者所縛明旦視之乃畢吏部也世說桓公有主簿善別酒好者謂青州從事惡者謂平原督郵青州有齊郡言至齊也平原有華縣言至華上住也

喜太守畢朝散致政

膏火煎熬無妄災文選阮嗣宗詩膏火自煎熬多財爲患害注引莊子山木自寇也膏火自煎也易無妄六三無妄之災杜詩置膏烈火上哀哀自煎熬就陰息迹信明哉就上出莊子已見上書元首明哉功名富貴兩蝸角莊子則陽篇有國於蝸之左角者曰觸氏有國於蝸之右角者曰蠻氏時相與爭地而戰伏尸數萬逐北旬有五日而後反險阻艱難一酒杯左傳險阻艱難備嘗之矣百體觀來身是幻維摩經云又復觀身身不離病萬夫爭處首先回胷中元有不病者傳燈錄德山宣鑒禪師傳師因疾僧問還有不病者無師曰有如何是不病者師曰阿邪阿邪記得陶潛歸去来山谷誌畢守之基云吉州太守以元豐五年冬沒於理所其銘云公疾卧牖上章請老

次韻道輔雙嶺見寄三疊和答魏道輔等凡四詩今考三詩皆言徐德占而求樂之禍乃元豐五年九月令置之五年庶與詩合

明如九井璜見上羨如三危露三危露見上正觀魏公孫魏證也今来功名誤杜詩從來夔魑魅多被才名誤兒時漢南柳搖落傷歲暮時不與我謀論語日月逝矣歲不我與韓文公復志賦哀白日之不與吾謀兮至今十年其猶初羲和促天步離騷經云吾令羲和弭節兮望崦嵫而勿迫註云羲和日御也詩云天步艱難陸士衡詩昭昭清漢暉粲粲光天步生涯魚吹沫莊子大宗師篇泉涸魚相與處於陸相呴以濕相濡以沫不如相忘於江湖文彩豹藏霧南山霧豹見上文選謝玄暉詩雖無玄豹姿終隱南山霧人言壺公老渠但未得趣晉孟嘉傳公未得酒中趣耳飲酒入壺中茫然失巾屨後漢

費長房傳市有老翁賣藥掛一壺市罷輙跳入壺中唯長房覩之因往奉酒脯翁與俱入壺中唯見玉堂嚴麗旨酒甘肴共飲畢而出老杜詩松下丈人巾屨同偶坐似是商山翁

時不與我謀今君向何處蓮塘倒箭戟集中有代書一篇亦云蓮房倒箭戟桂影涼一作落霜兎平生知音地地下無尺素樂府詩云中有尺素書十夜九作夢虜乘驚沙度李華弔古戰場文驚沙入面又云河冰夜度時不與我謀征西枕戈去自平生知音地至此皆言徐德占也越王勾踐出則嘗膽夜則枕戈晉劉琨傳吾枕戈待旦志梟逆虜

次韻章禹直魏道輔贈答之詩

按山谷與章禹直手簡云昨與德素天倪會語縣庭殊思與公同之又云與道輔唱酬詩已送道輔聞道輔昨已宿雙嶺少間録呈可見在太和作

我老倦多故心期馬少游淵明詩實欣心期方從我游文選任彥昇詩中道遇心期後漢馬援傳援謂官屬曰吾弟少游常哀吾慷慨多大志曰士生一世但取衣食才足乘下澤車御款段馬爲郡掾吏守墳墓鄉里稱善人斯可矣頹爲春眠蠶吐絲自綢繆詩綢繆束薪白樂天詩燭蛾誰救護蠶繭自纏縛翩翩魏公子史記平原君翩翩濁世之佳公子也閱世無全牛見上吹噓鼓萬物說卦云動萬物者莫疾乎雷撓萬物者莫疾乎風領袖傾九流晉裴秀傳時人爲之語曰後進領袖有裴秀後漢班固傳博貫昨来懷載籍九流百家之言無不窮究註云九流謂道儒墨名法陰陽農雜縱橫白壁徃撼西諸侯史記藺相如奉壁入秦使其從者衣褐懷其壁亡歸

退之王適墓誌云聞金吾李將軍年少喜士可撼乃踏門告曰天下奇男子王適願見將軍白事中丞文武將徐德占自布衣爲中書户房習學公事召對除太子中允館閣校勘權監察御史裏行拜中丞致永樂之敗已見上註良非衛霍侔青去病誓開河源地畫作禹貢州壯士捐軀死文選曹子建詩捐軀遠從戎鯨鯢尚吞舟莊子吞舟之魚蕩而失水則螘能苦之左傳宣十二取其鯨鯢而封之客心無一寸庾信詩且將一寸心能容萬斛愁老杜心折此時無一寸草食隨百憂木食草衣見傳燈録故人道舊語漢高祖紀諸母故人日樂飲極歡道舊故爲笑樂末路非前籌鄒陽傳至其晚節末路張良傳請借前箸籌之重来滕王閣閣在洪州德占洪州人今爲隆興府楓葉江上秋童子飽經術賦詩如曹劉曹植子建劉楨公幹太學得虛名文選古詩南箕北有斗牽牛不負軛良無盤石固虛名復何益權勢殊未尤禍機發無妄易無妄之災禍機見上對吏抵搶頭司馬遷書見獄吏則頭搶地遇逢椎鼓赦帝澤萬邦休退之詩昨日州前槌大鼓嗣皇繼聖登夔臯赦書一日行萬里罪從大辟皆除死章江三年拘解裝買莫愁文選馬賦輟駕回慮息徒解裝退之詩解裝具盤箋古樂府云河中之水向東流洛陽女兒名莫愁唐書樂志曰莫愁樂者出於石城樂石城有女子名莫愁善歌謡麗姬泣又悔見上生故難豫謀邂逅識面晚困窮理相收夜語倒樽酒參旗偃風旒文選景福殿賦參旗九旒從風飄揚註云參三也旗上畫日月星今言夜語見星耳兩公但

取醉古今共高丘（取醉見上漢楊惲傳古與今如一丘之貉註云言同類也）

次韻道輔旅懷見寄

歲華其將晚霜葉不可風（孟子王曰有寒疾不可以風此借使漢韓安國傳草木經霜者不可以風過）生理魚乞水（轍中鮒魚見上）歸心鳥飛空風塵化衣黑（陸士衡詩京洛多風塵素衣化爲緇謝玄暉詩誰能久京洛緇塵染素衣皆見文選）旅宿夢裙紅（退之詩孤游懷耿介旅宿夢婉娩又云不解文字飲唯能醉紅裙）人言家無壁（司馬相如家徒四壁立）自倚筆有鋒（退之詩題詩尚倚筆鋒勁蓋用鮑明遠詩兩說窮舌端五車催筆鋒）轉蓬且半歲（曹子建詩轉蓬離本根飄飄隨長風步里客談云古人多用轉蓬不知何物外祖林公使遼見蓬花枝葉相屬團欒在地遇風即轉問之云轉蓬也）交臂各衰翁（莊子吾終身與汝交一臂而失之司馬長卿巴蜀檄文單于怖駭交臂受事注交臂拱手也）扁舟去日遠明月與君同（千里共明月見上）露晞百年駛（詩湛湛露斯匪陽不晞言人生如朝露也駛音史疾也圓覺經雲駛月運）麟獲萬事窮（春秋絕筆於獲麟）裝懷酒澹淡（菼琰二字元注也上林賦云隨風澹淡與波搖蕩師古曰澹大覽反淡音琰北山移文云牒訴悾傯裝其懷）塞意霧空濛諸公尚無恙（賈誼書六七貴人皆無恙）不見陳元龍（此語亦指徐德占按魏志陳登字元龍許汜曰陳元龍湖海之士豪氣不除）

和答魏道輔寄懷十首（魏泰字道輔襄陽人曾子宣婦弟有東軒録自號漢南處士）

堂堂陽元公人物妙晉東（晉魏舒字陽元太白詩能成吾宅相不滅魏陽元）魏侯多能事髯鬚見家風長魚無波濤坐與蝦蜆同（後漢隗囂傳魚不可脫於淵神龍失勢與蚯蚓同）諸山搖落盡旅食歲時窮（魏文帝與吳質書旅食南館耳杜詩旅食京華春）

平生弄翰墨客事半九州天末逢故人（老杜天末懷李白云凉風起天末君子意何如）園蔬當肴羞（柳子厚詩掇野代嘉肴）酒闌豪氣在尚欲椎肥牛（漢高祖紀酒闌註云飲酒者半罷半在謂之闌魏志季布傳許汜曰陳元龍湖海之士豪氣不除曹子建箜篌引中廚辦豐膳烹羊宰肥牛李白詩丈夫相見宜爲樂椎牛撾鼓會眾賓桐江詩話云魏道輔與王介甫兄弟最相厚試院中因上請恃才豪縱毆主文幾死坐是不許取應）

虞卿不窮愁後世無春秋（詳見上用舊韻寄孔毅甫詩註）雷行萬物春（易无妄天下雷行物與无妄）天震而地撼閉塞成冬冰（月令孟冬之月天地不通閉塞而成冬）楚越自肝膽（莊子德充符篇自其異者視之則肝膽楚越也李白詩肝膽不楚越山河亦衾裯）貂狐諒柔溫（貂狐見上溫柔鄉見趙飛燕外傳）藜藿自羹糝（藜羹不糝見上六家指要云墨氏糲粱之食藜藿之羹）相思牛羊下（詩牛羊下來）城鼓寒紞紞（晉鄧攸傳吳人歌曰紞如打五鼓雞鳴天欲曙）劒埋豐城獄氣與牛斗平（見上）皇明燭九幽（文選

西都賦云散皇明以燭幽山海經曰赤水之北有神其瞑乃晦其視乃明是燭九陰是謂
燭龍黃庭經九幽日月洞虛無湔祓用神兵神兵見豐城詩註誰言
黃沙磧張籍關山月云胡兒夜度黃龍磧唐人出塞曲云黃沙直上白雲間矢
盡鼓不鳴李陵傳一日五十萬矢皆盡夜半時擊鼓起士鼓不鳴至今
門下士落涕為荊卿荊軻傳荊軻衛人也衛人謂之慶卿軻爲燕太
子丹使秦左手把秦王之袖而右手持匕首揕之秦王自引而起左右前殺軻此語爲徐
德占作德占娶山谷從妹潘子真詩話云道輔少與徐忠愍及山谷老人友善
別時燕辭屋草黃秋半分今来冬日至稍添
刺繡文冬至日添一線史記貨殖傳刺繡文不如倚市門百年幾會
合美酒不屢醺犀牛可乞角窮士難薦論文選

蜀都賦拔象齒戾犀角戾立結反拔犀之角擢象之齒見唐舒元輿傳山谷帖有戲答寶
勝云易拔蒼龍角難參寶勝禪語意與此同
排江鬼瞰室楊雄解嘲高明之家鬼瞰其室貫朽粟紅陳漢食
貨志京師之錢累百鉅萬貫朽而不可校太倉之粟陳陳相因紅腐而不可食君行
誰為容鄒陽傳蟠木根柢輪囷離奇而為萬乘器者以左右先為之容也欵
門乞生嗔漢宣紀欵塞來享註云叩塞門也韓文公詩誰家有竹門可欵又詩
剝剝啄啄有客至門我出不應客去而嗔今言主人嗔也諒無綈袍故史記
范雎傳綈袍戀戀有故人之意盡是白頭新鄒陽傳白頭如新傾蓋如故
天涯阿介老有鼻可揮斤阿介老疑是黃介字幾復元豐末為
端州四會縣令山谷誌其墓前集和謝公定秋懷云四會有黃令學古著勳多白頭對紅

葉杰此搖落何雖懷斵鼻巧有斧且無柯與斵鼻可揮斤語意同阿介云者如晉人以王
平子為阿平也斵鼻見上
赤豹負文章楚詞乘赤豹兮從文貍歲晚智剞劂楚詞握剞
劂而不用兮操規矩而無所施注剞劂刻鏤刀也劂亦作劂淮南子鏤之以剞劂退之詩
先生闕窮巷未得窺剞劂上居蟻切下音厥渴飲南山霧見上飢食
西山蕨張翰傳與子採南山蕨見春菜詩註封狐託脂澤豐狐文豹
見莊子等書離騷經又好射夫封狐註云封大也郭氏玄中記曰千歲之狐為淫婦百歲
之狐為美女白樂天古塚狐云狐假女妖害猶淺一朝一夕迷人眼女為狐媚害即深日
長月長弱人心眉頰頰秀發唐司空圖山居記云中條距虞鄉百里亦猶人
之秀發必見於眉宇之間時時一罇酒沈休文詩勿言一樽酒明日難重持

老杜何時一罇酒婆娑弄風月退之詩我今官閑得婆娑
猛虎倚山⿰弓虒強梁不敢前失身檻穽間搖尾
乞人憐司馬遷書猛虎虡深山百獸震恐及其在穽檻之中搖尾而求食積威約
之漸也男子要身在退之詩學問藏之身身在則有餘史記魏豹等贊曰
智略絕人獨患無身耳得攝尺寸之柄雲蒸龍變萬金自保全老杜王孫
善保千金軀雲黃雉兎伏霜鶻莫空拳杜詩霜鶻不空拳
生涯共七十去日良已半山谷生於乙酉至庚申作邑太和時
年三十六短長相觖望楚詞卜居尺有所短寸有所長漢盧綰傳羣臣觖望
觖音決面一作向盡酒可斷大道體甚寬大道甚夷見上
窘束非達觀賈誼傳鵩賦曰達人大觀物亡不可又曰愚士繫俗僒若囚拘

莫問夜如何詩庭燎夜如何其醉從雞號旦
明駝思千里楊妃外傳貴妃私發明駝以瑞龍腦遺安祿山明駝者眼下有毛夜明日行五百里酉陽雜俎云古樂府木蘭篇願馳明駝千里足多誤作鳴驢驢卧腹不帖地屈足通明則行千里駑馬怯負荷智度論云今以負荷大法者比
龍象小人蠹詩書韓詩古史散左右詩書置後前豈殊蠹書蟲生死文字間
安樂北窻卧國語人生安樂孰知其他瓢空且乞飯淵明有乞食詩兒寒教補破山谷寫衲襖歌其略云補破遮寒過一生豈問人言妙不妙機巧生五兵五兵見上杜詩所歷厭機巧百拙可用過傳燈録宣州栢巖明哲禪師傳藥山云跛跛挈挈百醜千拙且恁麼過時

倉後酒正廳昔唐林夫謫官所作十一

月已卯余納秋租隔墻芙蓉盛開元豐五年十一月已卯乃初二日

攀檻朱雲頭未白朱雲請尚方斬馬劒斬張禹上大怒御史將雲下雲攀殿檻檻折見本傳不知流落向何州空餘前日學書地小閣紅蕖取意秋元註云林夫喜作隸字

吉老受秋租輒成長句吉老太和丞也後篇云播糠眯眼丞良苦

黃花事了綠叢霜黃花事了蓋儆退之桃李事已退也蟋蟀催寒夜夜床詩十月蟋蟀入我床下阮嗣宗詩開秋兆凉氣蟋蟀鳴床幃愛日捃收如盜至漢食貨志力耕數耘收穫如寇盜之至失時便鞭扑柰民瘡田夫田婦肩頳擔退之聯句刈熱擔肩頳江北江南稼滌場豳詩云十月納禾稼又云十月滌場毛云滌掃也場功畢入也少忍飛糠眯君眼要令私廩上公倉莊子天運篇播糠眯目則天地四方易位矣

再次韻和吉老

今日僕姑晴自語僕姑見上愁陰前日雪鋪床三冬一雨禾頭濕朝野僉載云秋雨甲子禾頭生耳百斛幾痕牛領瘡白樂天官牛詩云官牛駕官車滻水岸邊般載沙載向五門官道西綠槐陰下鋪沙堤馬蹄踏沙雖淨潔牛領牽車欲流血但能濟人治國調陰陽官牛領穿亦無妨民欲與翁歸作臘漢嚴延年傳延年母從東海來欲從延年臘又

云毋畢正臘遂去師古曰建丑之月為臘祭因會飲若今蜡節也公方無事可開場相勸凍坐真成惡愧我偷閑飽太倉太倉見上

招吉老子範觀梅花子範姓李名覯袠州人元豐二年特奏推恩為太和尉

播糠眯眼丞良苦鳴鼓連村尉始歸後魏李崇徙兗州刺史兗土舊多刼盜崇命村置一樓樓皆縣皷盜發之處亂擊之聲布百里皆發人守險由是盜發無不獲諸州皆效之及取江梅來一醉明朝花作玉塵飛玉塵眯目見上何遜雪詩若逐微風起誰言非玉塵此言梅片飛也

子範徼巡諸鄉捕逐羣盜幾盡輒作長

句勞甞行李
白髮尉曹能挽弓老杜前出塞云挽弓當挽強用箭本用長著鞭
跨馬欲生風乃兄本是文章伯杜詩毎語見許文章伯子
範之兄李覯字夢符爲清江尉甞爲太守作祭歐公母夫人文曰昔孟軻亞聖母之教也
今有子如軻雖死何憾文忠孳節故有文章伯之句此老真成矍鑠翁
馬援傳矍鑠哉是翁也枹鼓諸村宵警柝漢張敞傳云枹鼓稀鳴市
無偷盜牛羊幾處暮牢空得公萬户開門卧漢汲
黯傳上曰吾徒得君重唐魏證傳外户不閉行旅不齎糧看取三年治最
功魏梁集爲并州刺史政治爲天下稱最
送徐隱父宰餘干餘干隸饒州山谷眞蹟藁本地方百里古

諸侯嚬笑陰晴民具瞻寒霜改冰霜又改冷霜皆廉改爭廉第五句樽前桃李
親朋友註云改此次篇瑞卅改下瑞同生改同兄
地方百里身南面論語雍也可使南面孟子地方百里而可以王翻
手冷霜覆手炎漢陸賈謂尉佗曰越殺王降漢如反覆手耳○杜詩翻手
作雲覆手雨贅壻得牛庭少訟賈誼傳家貧子壯則出贅舊唐書張
允濟傳大業中爲武陽令元武縣鄰接人有以牸牛依其婦家者八九年牛孳生十餘頭
及將異居婦家不與累政不能決其人詣武陽質於允濟允濟令左右縛牛主以衫蒙其
頭將至村中云捕盜牛賊召村中牛悉集問所從來妻家不知其故指其所訴牛曰此女
壻家牛也非我所知允濟發蒙曰此即女壻以牛歸之妻家叩頭伏罪長官齋
馬吏爭廉舊唐書馮元淑傳則天時歷浚儀治平二縣令未甞以妻子之官所

乘馬午後不與蒭云令其作齋身及奴僕日一食而已僧道擧詩豈無齋馬馮元淑邑
中丞掾陰桃李李白詩擧邑樹桃李垂陰亦流芳案上文書
略米鹽米鹽見上治狀要須聞豈弟詩豈弟君子民之父母
此行端爲霽威嚴漢魏相傳爲霽威嚴
天上麒麟來下瑞南史徐陵傳陵年數歲釋寶誌摩其頂曰天上石麒
麟也杜牧之詩天上麒麟時一下韓詩董生行生祥下瑞無時期江南橘柚
間生賢禹貢淮海惟揚州厥包橘柚錫貢楚詞后皇嘉樹橘來服兮受命不遷生
南國兮王逸註橘柚受命於江南不可移徙種於北地則變而爲枳玉臺書在
猶騷雅玉臺新詠徐陵所編也孺子亭荒只草煙見上半
世功名初墨綬後漢志千石六百石墨綬同兄文字直青

錢唐張薦傳祖鷟字文成貧半千稱鷟文詞猶青銅錢萬選萬中時号青錢學士割
雞不合庖丁手割雞焉用牛刀也家傳風流更著鞭
晉祖逖傳先我著鞭家傳言其家世也詩中皆用徐姓事

山谷外集詩註卷第十一

山谷外集詩註卷第十二

次韻君庸寓慈雲寺待韶惠錢不至

主簿看梅落雪中閨人應賦首飛蓬 詩伯兮自伯之東首如飛蓬 問安兒女音書少 記問安視饍 破笑壺觴夢寐同 歸去來詞引壺觴以自酌文選劉越石詩序云破涕爲笑排終身之積憒求數刻之暫歡 馬祖峯前青未了鬱孤臺下水如空 馬祖峯在太和鬱孤臺在虔州見和李才甫登快閣發贛州寄余洪範詩杜詩齊魯青未了 江山信美思歸去 文選登樓賦雖信美非吾土兮曾何足以少留 聽我勞歌亦欲東 文選謝叔源詩悟彼蟋蟀唱信此勞者歌註引韓詩曰朋友之道缺勞者歌其事漢書高祖曰吾亦欲東耳

次韻奉答存道主簿

主簿朝衣如敗荷高懷千尺上松蘿 小雅鳰弁蔦與女蘿施于松栢毛云蔦寄生也女蘿兎絲松蘿也 旅人爭席方歸去 莊子寓言篇其往也舍者避席其反也舍者與之爭席矣 秋水黏天不自多 莊子秋水篇吾未嘗以此自多退之祭文洞庭汗漫粘天無壁 學到會時忘粲可 僧粲惠可傳燈録皆有傳杜詩余亦師粲可身猶縛禪寂或謂王粲可朋二人能詩 詩留别後見羊何 羊濬何長瑜與謝靈運荀雍爲四友文選謝靈運詩序云登臨海嶠初發強中作與惠連見羊何共和之太白詩别後遥傳滄海作可見羊何共和之 向來四海習鑿齒今日期君不曾過 四海習鑿齒彌天釋道安見晉書習鑿齒傳此用主簿事杜詩方駕曹劉不曾過

從時中乞蒲團 纂異蜀本作謝時中送蒲團云織蒲投我最宜寒政欲陰風雪作團方竹火爐趺坐穩何如夔鑠據征鞍與今本句多不同詳詩意是謝送蒲團今本題作從時中乞蒲團疑有悞

撲屋陰風雪作團織蒲投我最宜寒君當自致青雲上 見上 快取金狨覆馬鞍 國朝侍從皆跨狨鞍

奉送時中攝東曹獄掾 時中蓋太和同官入城攝事故有府中奪我同官良之句又云蒼崖按轡昨日歸恐是代子範爲尉

公退蒲團坐後亭 詩羔羊自公退食白樂天詩清旦方堆案黃昏始退公傳燈錄龍牙禪師傳師在翠微時問如何是祖師意翠微曰與我過禪板來又問臨濟如何是祖師意臨濟曰與我過蒲團來 短日松風吟萬籟 莊子齊物篇汝聞地籟而未聞天籟李白詩一風皷羣有萬籟各自鳴 黃葵紫菊委榛叢雪梅靚粧欲無對 上林賦靚粧刻飾顏延年曲水詩序靚糚藻野袪服襍川世說習鑿齒曰樂令無對於晉世 遣騎相呼近酒樽 遣騎見上 言君曉皷前征旆蒼崖按轡虎豹號 周亞夫傳天子迺按轡徐行 野水呼船風雨晦 詩風雨如晦 昨日歸來有行色 莊子盜跖篇車馬有行色 未曾從容鮮冠帶府中奪我同官良 老杜送長孫侍御赴武威判官云奪我同官良飄飄按城堡 簡書趣行將數輩 詩出車云豈不懷歸畏此簡書 王事君今困馬鞍田園我亦思牛背 牛背見上又唐陸羽傳又使牧牛羽潛以竹畫牛背爲字 安得歸舟載月明 滿舡空載月明歸船

了和尚偈也鸕鷀白鷗為友生詩雖有兄弟不如友生一身
不是百年物五湖無邊萬里行欲招簑笠同
雲水念君未可及吾盟春秋公及邾儀父盟於蔑孟子凡我同盟
之人既盟之後言歸于好富於春秋西漢書帝富春秋又云富於春秋貌
突兀杜詩夜深殿突兀睥睨渊世收功名睥睨視也左傳子產
授兵登陴註陴城上睥睨也好功名者睨視一世城上短垣亦於此睨視因以爲名衆
軍雖卑獄司命多由陰德至公卿于定國傳我治獄多
陰德顉頤折額秦相國楊雄解嘲云蔡澤山東之匹夫顉頤折額註顉
曲也晉職官志丞相相國並秦官也不滿三尺齊晏嬰史記晏平仲嬰
傳晏子長不滿六尺身相齊國名顯諸侯丈夫身在形骸外莊子德充
符篇索我於形骸之外俗眼那能致重輕

奉荅茂衡惠紙長句年譜羅茂衡太和人
陽山山之南曰陽老藤截玉肪文選魏文帝論玉玦書云白如截肪
唐舒元輿弔剡藤文剡溪上多古藤溪中多紙工斬伐無時通俗文曰脂在腰間曰肪王
逸正部論曰或問王符曰白如猪肪烏田翠竹避寒光蘇易簡紙譜今
江浙間有以嫩竹爲紙者作密書隨手裂烏田地名羅侯包贈室生白
莊子虛室生白明於機上之流黃樂府詩長安有狹邪行大婦織綺羅
中婦織流黃又文選別賦註間色有五紺紅縹紫流黃又註流黃素名張載詩佳人贈我
筒中布何以報之流黃素愧無征南蠆尾手法書要録載宋羊欣古來
能書人名云燉煌索靖張芝姊之孫晉征南司馬亦善草書又載王僧虔論書云索氏自

謂其書具銀鉤蠆尾晉書不言曾爲征南司馬又王羲之嘗爲征南將軍為寫黃
門急就章急就章漢黃門令史游撰羅侯相見無雜語陶詩
相見無雜言但道桑麻長旹問潙山有無句春草肥牛脫
鼻繩潙山露地白牛石鞏禪師牧牛入草便拽鼻孔來並見覔銅犀註菰蒲
野鴨還飛去傳燈録百丈與馬祖遊山見野鴨子祖問曰是甚麼丈曰野鴨
子又曰甚麼處去丈曰飛過去祖隨引手搯百丈鼻丈作痛聲祖曰何曾飛過去丈於是
大悟山谷嘗草書一偈云野鴨子知何許馬祖見來相共語話盡山空水月清依前不會
還飛去還飛去却把住故將藤面乞伽佗梵語伽佗此言諷誦楞嚴
經秘密伽佗微妙章句顛草驚虵起風雨法書要録王羲之自敘草
書勢云疾若驚虵之失道遲若緑水之徘徊懷素草書如飛鳥出林驚虵入草長詩

說紙落秋河要知溪工下手處溪多紙工見上卻將
冰幅展似君震旦花開第一祖梵語震旦此云漢地第一
祖謂迦葉也二十八傳而至達磨達磨天竺國人告尊者曰我既得法當往何國而作佛
事尊者曰待吾滅後當往震旦後寓止嵩山少林寺以法傳慧可告之曰昔如來以正法
眼付迦葉大士展轉囑付累而至於我我今付汝聽吾偈曰吾本來茲土傳法救迷情一
花開五葉結果自然成證道歌曰第一迦葉首傳燈二十八代西天記入此土菩提達磨
爲初祖

雜言贈羅茂衡

嗟来茂衡莊子嗟來桑户乎學道如登孟子盡心上公孫丑曰道
則高矣美矣宜若登天然似不可及也國語云諺曰從善如登從惡如崩淳化帖有何氏

書云道大難俗情見善從善如登欲與天地為友欲與日月
並行萬物崢嶸本由心生去子之取舍與愛
憎莊子去子之態色與淫志惟人自縛非天黥傳燈錄僧璨傳有沙
彌禮師曰乞與解脫法門師曰誰縛汝又曰律師持律自縛莊子天刑之安可解又曰庸
詎知造物之不息我黥而補我劓隨子筋骨莊子墮汝形體吐爾聰明又云
忘汝神氣墮汝形骸堂堂法窟九丘四溟書序曰九州之志謂之九
丘丘聚也左傳曰楚左史倚相能讀三墳五典八索九丘四溟見上同一眼精
不改五官之用而透聲色荀子天論篇耳目鼻口形能各有接
而不相能也夫是之謂天官心居中虛以治五官夫是之謂天君常為萬物
之宰而無死生念子坐幽室爐香思青寘是

謂蟄蟲欲作吾驚之以雷霆莊子天運篇蟄蟲姑作吾驚之
以雷霆

寄晁元忠十首

國工裁白璧考工記輪人曰可規可萬謂之國工巧冶鑄干將
聖主得賢臣頌云巧冶鑄干將之璞吳越春秋云干將者吳人也能爲劒作二枚一曰干
將二曰莫耶莫耶干將之妻也成為萬乘器貫日吐寒光漢鄒
陽傳云荆軻慕燕丹之義白虹貫日又云蟠木根柢而爲萬乘器其誰湔拂
汝文選絕交論剪拂使其長鳴註云與湔祓同歲月海生桑神仙傳云
王遠字方平過蔡經家麻姑亦至麻姑自說接待以來見東海三爲桑田蛛網連
城玉史記藺相如傳趙得和氏璧秦願以十五城請易璧苔生百鍊剛

文選劉越石詩何意百鍊剛化爲繞指柔
子雲賦逐貧揚雄逐貧賦見上退之文送窮退之此文蓋擬
逐貧而筆力遠過之二作雖類俳漢枚乘傳其孽子皋談笑類俳倡又云皋
賦辭中自言爲賦不如相如又言爲賦迺俳見視如倡自悔類倡也頗見壯士
胷晁子問行津論語使子路問津焉欲濟無山窮左傳宣下
云楚子圍蕭還無社號申叔展叔展曰有麥麴乎曰無有山鞠窮乎曰無河魚腹疾柰何
註云麥麴鞠窮所以禦濕欲使無社逃泥水中鞠音穹子虛賦曰穹窮葛蒲著書
蓬蒿底端有古人風古人風見上文選雜擬詩顧念張仲蔚蓬蒿滿
中園註引三輔決錄云張仲蔚隱身不仕明天官博物所居蓬蒿沒人
沙擁大江水韓信傳龍且與信夾濰水陳信乃夜令人爲萬餘囊盛沙以壅

水上流引兵半度擊龍且陽不勝還走龍且追度水信使決壅囊水大至龍且軍太半不
得度即急擊殺龍且泥封函谷關隗囂傳囂將王元說囂曰元請以一丸泥
爲大王封函谷關此萬世一時也古来世上雄李白詩長才猶可倚不慚
世上雄宰木風雨寒公羊春秋秦伯謂蹇叔曰若爾之年者宰上之木拱
矣魯儒守一經亦有澗谷槃漢韋賢傳遺子黃金滿籯不如
一經賢號稱鄒魯大儒詩考槃在澗何事窮愁極江南庾子山
史記虞卿傳云虞卿非窮愁亦不能著書以自見於後世云庾信字子山作哀江南賦後
周書具載其詞河清無人待左傳周詩有之俟河之清人壽幾何註逸詩也蘭芳無
人采退之琴操云蘭之猗猗揚揚其香不採而佩於蘭何傷山空露團

團詩零露團兮團作漙葛蔓石磊磊楚詞石磊磊兮葛蔓蔓世有
傾國媒一笑珠百琲西漢李延年歌北方有佳人絕世而獨立一顧
傾人城再顧傾人國韓詩誰爲傾國媒自許連城價吳都賦金溢珠琲注金二十四兩爲
溢珠十貫爲一琲往時禰處士顛倒孔北海見後漢禰衡傳
杜詩處士禰衡俊諸生原憲貧
楚宮細腰死長安眉半額馬援傳子廖上疏長樂宮云傳曰吳
王好劍客百姓多創瘢楚王好細腰宮中多餓死長安語曰城中好高髻四方高一尺城
中好廣眉四方且半額城中好大袖四方全匹帛斯言如戲有切事實比來翰
墨場文選謝宣遠詩褧褧翰墨場爛熳多此色揚子法言曰女有色
書亦有色乎曰有文章本心術萬古無轍迹老子善行章善

行無轍迹吾嘗期斯人隱若一敵國漢劇孟傳大將軍得之若
一敵國云後漢吳漢傳帝歎曰吳公差強人意隱若一敵國矣
北書來無期鴈不到梅嶺杜詩短日行梅嶺蓋謂大庾嶺上梅
也衡山有回鴈峯柳子厚過衡山詩云正是峯前回鴈時欲之雙鯉魚之字
誤遺我雙鯉魚見上楓葉江路永平生中心顛褊短不
獲騁富貴安可爲吾亦有岑鼎韓非子云齊伐魯索讒鼎
魯以其鴈往齊人曰鴈也魯人曰眞也齊人曰使樂正子春來吾將聽子魯君請樂正子
春子春曰胡不以其眞往君曰吾愛之答曰臣亦愛臣之信又按新序云齊攻魯求岑鼎
魯載鼎往齊不信而反之使人告魯君柳下惠以爲是則請受之魯君請於下惠對曰君
之欲以爲岑鼎也以免國也臣亦有國於此破臣之國以免君之國此臣所難也魯君乃

以眞岑鼎往柳下惠可謂守信矣信之於人重矣言不可以富貴而易其素守也
濟岱有佳人北方有佳人見上肌膚若冰雪莊子逍遙篇藐
姑射之山有神人焉肌膚若冰雪綽約若處子我願從之遊補我黥
與刖莊子見上了不鮮人嗔眞成一癡絕晉顧愷之俗傳
愷之有三絕才絕畫絕癡絕櫟社定頽然聊用神吾拙見上
山公懷涇渭濟冲遭鑒賞晉山濤傳濤所奏甄拔人物各爲題
目時稱山公啟事王戎傳戎有人倫鑒識常目山濤如渾金璞玉人皆欽其寶莫知名其
器弟敦有高名戎惡之後果逆亂其鑒賞先見如此濬冲戎字也代豈無若
人吹噓青雲上韓詩青冥送吹噓強箭射魯縞李白詩功略蓋天地名飛
青雲上念君如濟水抱清伏泉壤文選謝玄暉詩濁河穢清

濟註引戰國策張儀說秦王曰清濟濁河足以爲阻尚書註曰濟水入河並流十數里而
南截河又並流數里溢爲滎澤行潦酌尊彝吾猶恃源往大雅
洞酌彼行潦書作會宗彝註云宗廟彝尊莊子徐無鬼篇請只風與日相與守河而河以
爲未始其攖也恃源而往者也
蛾眉在蒿萊衛國風云螓首蛾眉以美人比君子也金玉千里
音詩無金玉爾音遥思甑生塵後漢范冉傳冉字史雲閭里歌之曰甑中
生塵范史雲釜中生魚范萊蕪汗漫觀古今沉冥驚人句楊子
法言蜀莊沉冥老杜詩句不驚人死不休摹寫詠時禽陸士衡悲哉行目感
隨氣草耳悲詠時禽無爲愁肝腎君子要刳心元稹作老杜墓
誌云擺去拘束摹寫物象退之贈崔立之云勸君韜養待徵招不用雕琢愁肝腎莊子天

地篇君子不可以不刳心焉臨川徃長懷神交可心晤論語子罕篇子在川上曰逝者如斯夫不舍晝夜此段說者不一獨景迂講義云江湖日人非山立俛仰而過臨川興懷能不慨然山谷意恐或近此文章不經世文選應休璉百一詩云文章不經國筐篋無尺書風期南山霧見上化蟲哦四時退之詩化蟲枯揭莖悲喜各有故吾獨無間然論語禹吾無間然子規勸歸去予規鳴若云不如歸去又有次韻晁元忠十詩與此詩同是元豐間作

次韻晁元忠西歸十首

我田失耕耘歲暮拾枯萁枯萁不可食日晏抱長飢漢楊惲傳其詩曰田彼南山蕪穢不治種一頃豆落而爲其淵明詩屢空不獲年長飢至于老猛虎依山林眼有百歩威司馬遷荅任安書猛虎處於山林百獸震恐退之猛虎行正晝當谷眠眼有百步威一從梁鴦食風月何時歸列子云周宣王之牧正有役人梁鴦能養禽獸雖虎狼無不柔馴者梁鴦曰養虎之法順之則喜逆之則怒夫食虎者不敢以生物與之爲其殺之之怒也虎與人異而媚養己者

聖莫如東家長年困行路公養爲淹留豈不以食故邴原別傳曰原遊學詣孫崧崧曰君捨鄭君所謂以鄭君爲東家丘也原曰君謂僕以鄭爲東家丘必以僕爲西家愚夫耶孟子萬章下云孔子有見行可之仕有際可之仕有公養之仕林薄鳥遷巢水寒魚不聚老杜詩林茂鳥有歸水深魚知聚孤士似無家左傳心苟無瑕何恤乎無家轉

蓬何由住說苑魯哀侯弃國而走齊齊侯曰是猶秋蓬惡其本根而美其枝葉秋風一起根且拔矣曹子建云轉蓬離本根飄飄隨長風老杜云飄零似轉蓬前有熊羆咆後有虎豹號文選劉安招隱士云虎豹鬬兮熊羆咆杜詩空荒咆熊羆乳獸待人肉已出澗谷底更陟山阪高五日一併食儒行云儒有易衣而出并日而食十年一緼袍論語衣弊緼袍莊子載曾子居衛緼袍無表顏色腫噲手足胼胝三日不舉火十年不製衣兼用檀弓所云晏子一狐裘三十年之意未知歸宿處豈憚鞍馬勞退之病中贈張籍詩言籍之詞云從此識歸處東流水淙淙

驪姬封人子弄影愛朝日文選舞鶴賦疊霜毛而弄影晉國始得之涕泣甘首疾詩伯兮甘心首疾憂危與安樂一生誰能必同床食芻豢迺悔沾襟失莊子曰麗之姬艾封人之子也晉國之始得之也涕泣沾襟及其至於王所與王同匡床食芻豢而後悔其泣也怨句識之推史記晉世家文公賞從亡者介子推不言禄禄亦不及隱不復見子推從者懸書宮門曰龍欲上天五蛇爲輔龍已升雲四蛇各入其宇一蛇獨怨終不見處所文公見之曰此介子推也商歌知寗戚琴操曰寗戚飯牛車下叩牛角而商歌曰南山粲白石爛生不逢堯與舜禪短布單衣裁至骭長夜冥冥何時旦齊桓公聞之舉以爲相我占晁氏賢乃在賦行役詩父曰嗟予子行役同遊羿彀中莊子德充符篇云遊於羿之彀中儻免非爾力孟子其中非爾力也滔滔今如此去邦將安適論語桀溺

曰滔滔者天下皆是也兼用陳文子違之至
他邦之意退之古風云一邑之水可走而違
天下湯湯
曷其而歸
熱避惡木陰渴辭盜泉水尸子孔子過於盜泉渴而不飲惡其
名也管子孔子忍渴於盜泉曾參回車於勝
毋文選陸士衡詩渴不飲盜泉水熱不息惡
木陰惡木豈無
枝志士多苦心曾回勝毋車鄒陽書里名勝毋曾子不入邑
號朝歌墨
子回車卞落抱玉淚鄒陽書玉人獻寶楚王誅之註云卞和抱
其璞哭於郊太白
詩抱玉入楚國晁氏猛虎行古有猛虎行飢不從猛虎
食老杜詩烈士惡苟能俊傑思
自致贈子猛虎行出郊載酸鼻皦皦壯士意
人生高唐觀高唐之觀見文選宋玉賦有情何能已文選顏延
年詩有懷誰能已元註云晁詩云安得龍山
潮駕回實河水水從樓前來中有美人淚

腰垂九井璜尚書中候曰呂尚釣於磻溪得玉璜云云見文選註山谷琴銘
云釣魚而得九井之璜蓋兼用山海經事經
云海内崐崙墟在西北帝之下都高九仞有
九井以
玉爲檻耳著明月璫文選洛神賦贈江南之明璫註云耳珠曰璫
蘭蓀沈休文和謝宣城詩昔賢佇時雨今守馥蘭蓀結襟帶芰荷製
衣裳離騷經製芰荷以爲衣兮集芙蓉以爲裳其人雖甚遠其室
大道傍鄭國風東門之墠云其室則邇其人甚遠古語築室道旁三年不成當
身不着意千載永相望太白詩遮莫親姻連帝城不如當身自簪
纓當字作
去聲讀
風雨去家行手龜面黧黑莊子宋人有善不龜手之藥者韓非
子晉文公反國及河令籩豆捐之席蓐捐之
手足胼胝面目黧黑者後之列子年老力弱

面目黧黑杜詩
會面嗟黧黑屠龍非世資屠龍見上學問求自
得孟子君子深造之以道欲其自得之也我思脊令詩同飛復
同息兄弟無相遠急難要羽翼小雅常棣云脊令在原兄
弟急難小雅角弓云兄弟婚姻無胥遠
矣唐玄宗賜讓皇帝兄弟天生之羽翼
人言貧在家殊勝富作客樂天詩始知爲客苦不及在家貧唐
戎昱詩遠客歸去來在家貧亦
好又在家貧亦好殊勝富作客鷄棲牛羊下
見上君子亦安息千里求明師營糧從事役莊子
胠篋篇延頸舉踵曰某所有賢者贏糧而趣
之庚桑楚篇南榮趎贏糧七日七夜至老子
之所退之南溪始
泛云誰謂非事役學問非物外室虛生純白
虛室生白見上杜詩與殘虛白室前集贈柳
展如詩入方去求道渺渺困多蹊歸來坐虛

室夕陽在吾西與此同意
蓋謂道在邇而求諸遠也
開田望食麥春隴無秀色王僧達詩麥隴多秀色揚園流好音
深耕不償勤牛耳徒濕濕小雅無羊爾牛來思其耳濕濕豐
凶誰主張坐令愁煎迫河清會有時河清見上得
酒灑胷臆集中有答晁元忠書云未識足下之面因諸昆弟得足下之詩與託
深遠不犯世故之鋒求懷善怨欝然類騷故
追韻寫意於無能之詞又云南來拘窘吏事
雖江山映發心不在焉又云十詩仰報盛意
又云承去歲不利秋官可見詩中之意矣其
言南來拘窘吏事可見在太和作追韻
寫意即此詩十詩仰報盛意乃前十詩
食笋十韻前集上子瞻書云聞燕坐東坡心醉六經又云比以職事
在山中食笋得小詩輒上寄一笑旁州
士大夫和詩時有佳句要自不滿人意

莫如公待我厚願爲落筆思得申紙疾讀如老杜所謂一洗萬古凡馬空者按東坡集和篇乃將去黃州時作山谷至太和蓋元豐四年春庚申歲七年甲子歲春移監德平鎮東坡亦以七年春移汝州此詩當是六年作

洛下斑竹筍花時壓鮭菜庾郎貧食鮭已見上註杜詩云自愧無鮭菜空煩卸馬鞍鮭户佳切切韻曰魚名出呉志一束酬千金掉頭不肯賣杜詩巢父掉頭不肯住我來白下聚此族富庖宰退之鬭雞聯句義肉恥庖宰蠒栗戴地翻觳觫觸墻壞退之詠筍云見角牛羊沒又云穰穰疑翻地天地之牛角蠒栗見禮記觳觫見孟子饑饑入中廚詩無羊爾羊來思其角濈濈如償食竹債楞嚴經云身爲畜生酬其宿債詩意謂牛羊食竹及死爲筍爲人所食若償債然又用傳燈録死爲菌令人食之之意按第十五祖那提婆傳尊者既得法後至毗羅國有長者園樹生大耳如菌味甚美惟長者與第二子羅睺羅取而食之盡而復生餘皆不得見時尊者知其宿因長者問其故尊者曰汝家昔供養一比丘然此比丘道眼未明以虛霑信施故報爲木菌惟汝與子得以享之甘葅和菌耳葅謂酢菜也生大耳如菌見上句註辛膳胹薑芥左傳宣二年使宰夫胹熊蹯烹鵝雜股掌炮鼈亂裙介江南别録云僧謙明好詩酒烈祖問其所求曰惟願鵝生四个腿鼈生兩重裙陶岳五代史補亦云詩韓奕云其殽維何炰鼈鮮魚小兒哇不美孟子出而哇之注出門而哇吐之鼠壤有餘嘬莊子鼠壤有餘蔬孟子蠅蚋姑嘬之可貴生於少古来食共噫記不敢嘰噫尚想高將軍五溪無人采明皇雜録高力士謫黔州山谷多薺而人不食

力士作詩曰兩京作斤賣五溪無人采夷夏雖有殊氣味都不改

蕭巽葛敏修二學子和予食筍詩次韻荅之

呉氏漫録云山谷南還至南華竹軒令侍史誦詩板戒勿言姓名誦一絶句云不用山僧供帳迎世間無此竹風清獨拳一手支頤卧偷眼看雲生未生徐視姓名曰果吾學子葛敏修也此篇言二妙各能詩端不濫語

北饌厭羊酪南庖豐筍菜退之詩我來禦魑魅自宜味南烹自北初落南退之南海神碑人士之落南不能歸者幾爲兒所賣史記越世家陶朱公中男殺人事莊生羞爲兒子所賣習知價廉平史記呉起傳起廉平能得士心此摘其字百態事烹宰鹽晞枯腊瘦蜜漬真味壞就根煨茁美茁出也見上春菜詩註豈念炮烙債史記周紀西伯請紂去炮烙之刑咀吞千畝餘退之南食詩咀吞面汗騂史記貨殖傳渭川千畝竹胷次不蔓芥子虛賦其於胷中曾不蔕芥二妙各能詩晉衛瓘索靖俱善草書人号爲一臺二妙才名動江介楚詞長江介之遺風魏都賦與江介之湫湄注云韓詩章句曰介界也詩論多佳句膾炙甘我嘬孟子膾炙與羊棗孰美言其詩膾炙人口也曲禮毋嘬炙注嘬謂一舉盡臠因君思養竹萬籟聽秋噫莊子齊物篇汝聞地籟而未聞天籟又云大塊噫氣其名爲風從此繕藩籬下令禁漁采韭黃照春盤歐陽行周有春盤賦杜詩春日春盤細生菜菰白媚秋菜本草菰根蔣草也江南人呼爲茭草圖經云又謂之茭白惟此蒼竹

苗市上三時賣江南家家竹萯伐誰主宰詩甘
棠勿翦勿伐半以甞見蹠不言甘易壞表記云君子之接如
水小人之接如醴君子淡以成小人甘以壞莊子山木篇君子之交淡如水小人之交甘
若醴君子淡以親小人甘以絕葛陂雕龍睡未索兒孫債後漢
費長房傳長房辭歸翁與一竹杖曰騎此任所之則自至矣既至可以杖投葛陂中也長
房乘杖須臾來歸即以杖投陂顧視則龍也莊子千金之珠必在驪龍頷下子能得之必
遭其睡也獺膽能分杯虎魄妙拾芥本草序例云虎嘯風生龍
吟雲起磁石引針虎珀拾芥漆得蟹而散麻得漆而湧桂得葱而軟樹得桂而枯戎鹽累
卯獺膽分杯其氣爽有相關感者多如此類三國志虞翻年十二客有過其兄不過翻追
與書曰虎珀不取腐芥磁石不受曲針過而不存不亦宜乎客得書奇之此物於

食穀如客得儐介漢食貨志詔曰夫鹽食肴之將思入帝鼎
烹忍遭飢涎嘬懶林供翰墨碪杵風號噫每
下歎枯株焚如落樵采懶林疑字誤詩意謂其始也思入大烹以
享上帝之鼎其次爲筆以供翰墨最下枯槁而爲樵夫所采頗含箴規之意焚如見易離
卦每下愈況見莊子知北遊篇

胡朝請見和復次韻

人笑庾郎貧滿胃飯寒菜見上春盤食指動左傳
宣上云子公之食指動曰他日我如此必嘗異味筍茁入市賣回首
萬錢厨不羨廊廟宰日食萬錢見上文選李陵答蘇武書聞子之歸
無尺土之封而親戚貪佞之類悉爲廊廟宰民生暫神奇見上胞雋

伐性壞枚叔七發云皓齒蛾眉命曰伐性之斧甘脆肥醲命曰腐腸之藥蓋取呂
氏春秋靡曼皓齒命曰伐性之斧肥肉厚酒命曰爛腸之食雋永謂肥肉胞當作肥又疑
是庖字東方朔傳館陶公主胞人師古曰胞與庖同忍持芭蕉身見上多
負牛羊債楞嚴經云以人食羊羊死爲人人死爲羊羊死死生生互來相噉汝負
我命我還汝債籜龍不稱冤盧仝寄男抱孫詩云竹林吾最惜新筍好看守
萬籜包龍兒攢迸溢林藪又云籜龍正稱冤莫鈞入汝口丁寧囑託汝汝活籜龍否易
致等拾芥夏侯勝傳如俛拾地芥蕭蕭煙雨姿壯士持
戈介杜牧之晚晴賦竹林外裹兮十萬丈夫甲刃摐摐密陣環侍駢頭沸
鼎烹易貫魚以宮人寵註云貫魚謂五陰駢頭相次似貫貫魚也退之又魚詩駢首類
同條可口垂涎嘬莊子云其味相反而皆可於口杜詩道逢麴車口流涎

霜叢負後凋玉食香餘噫書惟辟玉食晉王濬玉食錦服續
詩無全功列子天地無全功聖人無全能葑菲儻可采詩采葑采
菲

立春

韭苗香煮餅崔寔四民月令曰立秋無食煮餅野老不知春
看鏡道如咫倚樓梅照人杜詩勳業頻看鏡行藏獨倚樓退之
春雪間早梅詩寒光助照人唐趙嘏詩長笛一聲人倚樓

寄舒申之戶曹年譜舒申之名卷

吉州司戶官雖小曾屈詩人杜審言唐杜審言傳恃
才高以傲世見疾嘗語人曰吾文章當得屈宋作衙官遷洛陽丞坐事貶吉州司戶參軍

審言生子閑閑生甫字子美今日宣城讀書客還趨手板趨手板見上傍轅門項羽傳羽見諸侯將入轅門膝行而前江山依舊歲時改桃李欲開煙雨昏公退但呼紅袖飲詩自公退食剩傳歌曲教新翻元稹連昌宮詞云偷得新翻數般曲劉禹錫楊柳枝詞聽唱新翻楊柳枝

次韻杜仲觀二絕

鳥啼花動却春寒雨壓青旗卷畫千多事今年廢詩酒煩君傳語問平安用李衛公報竹平安借取其字

重簾複幕和風雨無奈催沽鳥喚人鳥名提壺蘆見上註只是樽前欠狂客舞娃冰雪酒磷磷退之詩黃簾綠幕朱户閉唐賀知章自號四明狂客莊子云肌膚若冰雪詩揚之水白石粼粼註清澈也粼亦作磷

再次韻

短舞朱裙愜醉看陶岳零陵記長沙王發於上前自爲短舞人笑其拙惜公官守隔江干遥憐得句無人賞走馬城東覓道安習鑿齒傳時有桑門釋道安俊辯有高才與鑿齒初相見道安曰弥天釋道安當謂遊寺

詩家二杜審言及甫見仍雲仍雲見爾雅佳句風流照映人青眼向来同醉醒白頭相望不緇磷論語磨而不磷涅而不緇杜詩但取不緇磷

社日奉寄君庸主簿何君庸爲太知簿

花簇社公雨社公見上陰寒殊未開初聞燕子語似報玉人来元稹作張君傳崔氏詩曰待月西廂下迎風户半開拂墻花樹動疑是玉人來遮眼便書用傳燈録僧問藥山爲什麼看經師曰只圖遮眼挑聾欺酒杯李氏談録李相濤小字社公爲兵部時文公昉爲翰林學士月給內醞兵部因春社寄昉詩云社公今日沒心情爲乏治聾酒一缾俗云社日酒治聾治音持挑當作治欺當作欠劉蕭仲社日招客飲治聾聊復盡余盃傳聲習主簿勤爲撥春醅晉習鑿齒傳爲桓溫西曹主簿溫曰三十年看儒書不如一詣習主簿太白詩恰似蒲萄新撥醅

觀王主簿家酴醾

肌膚冰雪薰沉水肌膚冰雪見上百草千花莫比芳白居易詩綠水紅蓮一朶開千花百草無顏色楊文公談苑稱鄭文寶詩百草千花路斜風細雨天露濕何郎試湯餅語林曰何平叔美姿儀面絶白魏文帝疑其著粉夏月與熱湯餅既噉大汗出隨以朱衣自拭色轉皎然平叔何晏也魏初尚主日烘荀令炷爐香襄陽記劉季和性愛香常如廁還輒過香爐上主簿張坦曰人名公作俗人不虛也季和曰荀令君至人家坐席三日香與我如何坦曰醜婦效顰見者必走公欲遣走耶季和大笑詩人詠花多比美女山谷賦酴醾獨比美丈夫見冷齋夜語李義山詩謝郎衣袖初翻雪荀令薰爐更換香風流徹骨成春酒韓持國詩只恐春歸有餘恨典刑元在酒杯中夢寐宜人宜人見上入枕囊世說有以荼蘼花作枕囊前集酴醾詩名字因壺酒風流付枕幃與此句

意同輸與能詩王主簿瑤臺影裏據胡床晉王徽之
泊舟青溪側桓伊於岸上過伊日聞君善吹曲爲我一奏伊據胡床爲作三調弄

酴醾

漢宮嬌額半塗黃後漢馬廖傳城中好廣眉四方且半額幽恠録橘中
四老一叟曰君輸我智瓊額黃十二枝王介父梅花詩漢宮嬌額半塗黃粉色凌寒透薄
糚詩句偶同附載于此入骨濃薰賈女香晉賈謐傳母賈午充少女
也吏韓壽與女通家中莫知時西域貢奇香一著人則經月不歇帝以賜充女密盗以遺
壽充寮屬與壽燕處聞其芬馥稱之於充云云日色漸遲風力細倚
欄偷舞白霓裳楚詞青雲衣兮白霓裳朱元晦注青衣白霓裳日出東方
入西方故用其色今借使楊太眞外傳進見日奏霓裳羽衣曲偷字如樂天詩蘭偷葡令

香之類

元翁坐中見次元寄到和孔四飲王夔
玉家長韻因次韻率元翁同作寄湓城
夔玉名球太和人侍郎王贄之子
雨罷山澤明日長花柳困老杜春光嬾困倚微風游絲
上天彌簡文帝春日詩落花隨燕入游絲帶蝶驚老杜落花游絲白日靜觀
物得無悶易遯世無悶酒德頌云俯觀萬物時從顧曲人周瑜
傳曲有誤周郎顧以言周元翁筭饌酌春醞季子未識面想
見眉目俊新詩如鳴弦快讀開鄙吝後漢黃憲傳時
月之間不見黃生則鄙吝之萌復存乎心銅官魯諸生事道三無

愠見上比來工五字句法妙何遜梁記室兼水部郎何遜字
仲言有詩集枯棊覆吳圖文選博弈論云夫一木之枰孰與方國之封枯
棊三百孰與萬人之將杜牧送國棊王逢云別後竹窻風雪夜一燈明滅覆吳圖齊書曰
能棊人琅邪王抗爲第一品吳郡褚思莊會稽夏赤松第二品宋文帝世羊玄保戲因製
局圖還於帝前覆之青簡玩秦燼後漢吳祐傳殺青簡以寫書葉暗
黃鳥時見上風號報花信東臯雜録云江南自初春至初夏有二十
四風信梅花風最先楝花風最後唐人詩曰楝花開後風光老梅子黃時雨意濃晏元獻
詩亦曰二十四番花信風是也遥仰吟思苦江錦割向盡南史
江淹傳夢一人自稱張景陽謂曰前以一疋錦相借今可見還探懷中得數尺與之此人
大恚曰那得割截都盡顧見丘遲曰餘此數尺無所用以遺君自是淹文章躓矣應

煩王公子又破黃封印宮酒以黃羅帕封之東坡所謂上尊日日
寫黃封是也

再次孔四韻寄懷元翁兄弟并致問穀
甫

書帙蠹魚乾退之云豈殊蠹書蟲生死文字間爐香眠鴨困
李義山云舞鸞鏡匣收殘黛睡鴨香爐換夕薰佳人來無期選詩佳人殊未
來詩句且排悶杜詩排悶強裁詩遥知烏衣游劉夢得金
陵五題云朱雀橋邊野草花烏衣巷口夕陽斜舊時王謝堂前燕飛入尋常百姓家蓋江
左諸王多居烏衣巷建康圖經云在上元縣東南四里棊局具肴醞爭
道嘲不恭漢吳王濞傳吳太子入見得侍皇太子飲博吳太子素驕博爭道不

恭鏖兵勞得俊漢霍去病傳合短兵鏖皐蘭下師古曰鏖謂苦擊而多殺
也左傳云得雋曰克頗尋文獻盟文獻見論語不落市井吝
揚子云市井相與言則以財與利四月明朱夏南風鮮人慍
帝王世紀曰舜彈五絃琴歌南風曰南風之薰兮可以解吾民之慍兮風前懷
二陸家法竊抗遜晉陸機傳祖遜吳丞相父抗吳大司馬太康末與弟
雲俱入洛范陽盧志於衆中問機曰陸遜陸抗於君近遠機曰如君於盧毓盧班志默然
身有三尺桐爨下得餘燼焦尾琴見上端可張洞
庭莊子黃帝張樂於洞庭之野謝玄暉詩洞庭張樂地瀟湘帝子遊寥闊世
未信為我謝孔君舉酒取快盡世故安足存
文選潘正叔詩世故尚未夷青天飛鳥印白樂天詩更無尋覓處鳥跡印

空中退之聯句云沙篆印迴平蓋言鳥跡印沙今言印青天

次韻元翁從王夔玉借書

為吏三年弄文墨文選劉公幹詩職事相填委文墨紛消散註云漢書
功臣皆曰蕭何文墨顧居臣上草萊心徑失耕鋤孟子今茅塞子之心
矣常思天下無雙祖得讀人間未見書後漢黃香
傳京師號曰天下無雙江夏黃童肅宗詔香詣東觀讀所未嘗見書公子藏山
真富有言其藏書如老氏藏室道家蓬萊山也繫辭富有之謂大業司馬遷與任
安書僕誠已著此書藏之名山小儒捫腹正空虛退之詩詩書勤乃有
不勤腹空虛何時管鑰入吾手為理籤題撲蠹魚
杜詩書籤映隙曛蠹魚見上

學元翁作女兒浦口詩

五老峯見上前萬頃江女兒浦口鴛鴦雙女兒浦隷
江州德化鷺飛何處沙上宿夜雨釣船燈照窻
去歲和元翁重到雙澗寺觀余兄弟題
詩之篇總忘收録病中記憶成此詩
素琴聲在時能聽陶潛傳蓄素琴一張白鳥盟寒以未
尋左傳盟可尋也亦可寒也眼見野僧垂雪髮養親元不
顧朱金史記聶政傳嚴仲子具酒聶政母前奉黃金百鎰為母壽聶政固謝曰家
貧養親親供養備不敢當仲子之賜列子傳秋胡子之妻曰妾採桑奉二親不願人之金
法言曰紆朱懷金之樂開泉浸稻雙澗水煨筍充盤春

竹林安得一廛吾欲老孟子願受一廛而為氓君聽莊
舄病時吟史記陳軫傳軫至秦惠王曰子去寡人之楚亦思寡人否對曰王聞
夫越人莊舄仕楚執珪有頃而病楚王曰舄故越之鄙細人也今仕楚執珪貴富
矣亦思越不對曰凡人之思故在其病也彼思越則越聲不思越則楚聲使人往聽之猶
越聲也今臣雖棄逐之楚豈能無秦聲哉李白笑吐張儀舌愁為莊舄吟

次韻周法曹游青原寺即周元翁

市聲故在耳說苑孔子謂弟子曰違山千里蟪蛄之聲猶在耳一原
謝塵埃乳竇響鍾磬選詩南鄰擊鍾磬翠峯麗昭回
詩倬彼雲漢昭回于天俯看行磨蟻磨蟻見上車馬度城隈
水猶曹溪味傳燈録僧問清涼如何是曹溪一滴山自思公開

傳燈録行思禪師傳師吉州安城人聞曹溪法席乃往參禮問曰當何所務即不落階級云云祖深器之師既得法住吉州清原山淨居寺有沙弥希遷問曰曹溪大師還識和尚否師曰汝今識吾否曰識又爭能識得師曰衆角雖多一麟足矣

浮圖湧金碧淨圖塔也杜詩潤聚金碧氣文選陸機連珠曰金碧之岩必辱鳳舉之使廣厦

構環材蟬蛻三百年史記屈原傳蟬蛻於濁穢至今猿鳥

哀祖印平如水傳燈録初祖達磨傳師曰内傳法印以契證心外付袈裟以定宗旨有句非險崖心花照十方圓覺經世尊告普覺菩薩云心花發明照十方剎東坡嘗作偈云心花發明照十方蓋本此初不落梯

階不落階級見此篇註步步踏佛階梯見傳燈録法融禪師傳我行瞑託

宿夜雨滴華榱王仲宣詩高會君子堂並坐飲華榱殘僧四五

輩杜詩野寺殘僧少法筵歎塵埋石頭麟一角見上本傳云師付法石頭道價直九垓相如封禪書云上暢九垓盧陵米貴

賤傳與後人猜本傳云僧問如何是佛法大意師曰盧陵米作麼價曉

躋上方上方見上秋滕亂萁荄寒藤上老木龍

蛇委筋骸禮記禮運云肌膚之會筋骸之束魯公大字石筆

勢欲崩摧德人曩来游頗有嘉客陪憶當擁

旌旗千騎相排𨻶且復歌舞隨絲竹寫煩哇

事如飛鴻去杜牧詩恨如春草多事與孤鴻去名與南斗偕狄仁傑傳北斗以南一人而已松竹吟高丘何時更能来顏魯公眞卿貶吉州司馬大字當是紀遊也回首翠微合爾雅山未及上翠微

于役王事催詩君子于役又云王事靡盬猿鶴一日雅孔德璋北山移文云蕙帳空兮夜鶴怨山人去兮曉猿驚詩意謂猿鶴既有一日之雅再來尚可從容也一日之雅見漢書谷永傳重来尚徘徊碑本菱字韻下有兩句云蓮子委箭鏃葵花仄金杯

次韻曾都曹喜雨都曹在郡中不應有禳齋蘄得歲之句又集中有戲題曾處善尉廳即此人亦非都曹所居而集中又有送時中攝東曹詩恐是時中與之對攝

水旱國代有左傳僖十三天災流行國家代有人神理本通

徧雩祠小大周禮春官若國大旱則帥巫而舞雩禮記祭法雩禜祭水旱也春秋書大雩敢指蜺雌雄郭璞云雄曰虹雌曰蜺五歷吾結反南史王筠傳沈約製郊居賦示筠草筠讀雌霓五的反連蜷約撫掌曰僕常恐人呼為霓五兮反地厭

焚惔極詩雲漢如惔如焚天回顧眄中蛟龍起乖臥

星斗晦澄空雲挾雷聲走西京雜記淮南王著鴻烈自言字中皆挾風霜江飜電脚紅寵光歸稼穡老杜江雨詩寵光蕙葉與多碧點注桃花舒小紅滴瀝在梧桐孟浩然詩疎雨滴梧桐詖訟

猶相及時霖恐未豐潔齋蘄得歲同病託諸

公

戲題曾處善尉廳二首

雞塒啄鴈如駕鵝詩雞棲于塒子虛賦弋白鵠連駕鵝揚雄反騷豈駕鵝之能捷萬里天衢且一波營錦絡衫弓石八與

人同狀不同科論語爲力不同科
右超然臺
茅茨中安一牀寂退之送張道士云臣有膽與氣不能死茅茨維摩經
維摩詰即以神力空其室內唯置一牀以疾而卧天女元非世閒色
道人今日八關齋南史袁粲傳宋孝武即位還侍中文帝諱日羣臣並
於中興寺八關齋中食竟粲別與黃門郎張淹更進魚肉食何尚之密以白孝武並免官
南史又云吳興有項羽神太守到必須祀以輒下牛李安人不與又於廳上設八關齋俄
而牛死道人山谷自謂也按釋氏書戒有八一不殺二不偷盜三不邪婬四不妄語五不
飲酒六不坐高廣大牀七不著花鬘瓔珞不用香油塗身薰衣八不自歌舞不得輒往聽
不過中食此八戒名八關齋戒關者閉也禁也白樂天詩八關淨戒齋銷日一曲狂歌醉

送春莫散花来染衣裓天女散花見維摩經裓古得切衣前襟也彌陀
經曰西方聖衆以衣裓盛花奉諸佛皎然詩禪女來相試將花欲染衣禪心定不起還捧
舊花歸

右不動菴

寄上高李令懷道上高隸筠州
李侯湖海士魏志陳登傳元龍湖海之士瓜葛附婚友瓜葛
婚友見上平生各轉蓬轉蓬見上未曾接樽酒司馬遷報任安
書云未曾銜杯酒接殷勤之歡寄聲維勞勤寄聲見上江路常永
久節物居然秋莊子山木篇居然不免於患蛻蟲悲高柳
謂蟬也傳聞關學館皷士薦豚韭皷字如李膺皷動流俗之

皷禮內則豚春用韭秋用蓼能使珥筆黠黠謂黠首也史記秦紀更名民
曰黠首珥筆見上稍知忠信有論語十室之邑必有忠信驕虎縮
爪距李翰贊裴旻將軍射虎圖戰羣虎之命使鋸牙鉤爪戢而莫措詩禮開
戶牖事勝感邦人淵明詠二疏云餘榮何足顧事勝感行人伐山
謀不朽漢地理志以漁獵山伐爲業左傳襄二十四年春穆叔如晉范宣子逆之
問焉曰古人有言曰死而不朽何謂也穆叔曰魯有先大夫曰臧文仲既沒其言立其是
之謂乎豹聞之太上有立德其次有立功其次有立言雖久不廢此之謂不朽武功
筆如椽晉王珉傳夢人以大筆如椽與之文字爛瓊玖國風木瓜
報之以瓊玖謂子有書癖書癖見次顏答張沙河注摹篆寫科
斗不珍金石刻陸士衡文賦被金石而德廣叚墨卿平淮西碑刻金石以

揚休德要我一揮肘安知乃兒戲漢周亞夫傳鄉者霸上棘
門如兒戲耳敢傳萬世後麈拂幼婦篇後漢蔡邕題曹娥碑
云黃絹幼婦外孫虀臼慙非換鵝手見王羲之傳李白詩山陰道士如相
見爲寫黃庭換白鵝公其勤勞来小雅鴻鴈萬民離散而能勞來還定安集
之正義曰勞來者來勤也殷勤於民嘉政民父母不用琢蒼崖
豐碑在人口禮公室視豐碑詩意謂姓蘇人作碑山谷爲書末章言但能勞
來安定則民事之如父母所謂道上行人口似碑無用此也

山谷外集詩註卷第十二

山谷外集詩註卷第十三

謝文灝元豐上文藁

虎豹文章非一斑王獻之傳管中窺豹時見一斑乳雉五色蜃胎寒書山龍華蟲疏云華蟲雉也雉五色象草華也揚雄賦剖明月之珠胎吳都賦蚌蛤珠胎爾雅蚌含漿注蚌即蜃也天生材器各有用太白將進酒云天生我材必有用千金散盡還復來相如名獨重太山藺相如傳退而讓頗名重太山風流小謝宣城後南齊書云謝朓字玄暉轉中書郎出爲宣城太守而南史不載太白宣州謝朓樓餞別詩蓬萊文章建安骨中間小謝又清發少年如春膽如斗見上裕陵書藁公不朽永裕乃神宗陵持心鐵石要長久魏武帝令長史王必曰忠能勤事心如鐵石國之良吏也

讀方言楊雄著此書名曰輶軒使者絕代語釋別國方言其荅劉歆書云成帝時天下上計孝廉及內郡衛卒會者雄常把三寸弱翰賫油素四尺以問其異方語歸即以鉛摘決之於槧云云八月梨棗紅杜詩庭前八月梨棗熟繞墻風自落江南風雨餘未覺衣衾薄壁蟲憂寒来催婦織衣去聲著所音二字元注也荒畦杞菊花猶用充羹臛招䰟云露雞臛蠵註云有菜曰羹無菜曰臛齊民要術有羹臛法一門大率以肉作羹臛耳爾雅蟋蟀蛬註云促織也陸龜蒙有杞菊賦連日無酒飲令人風味惡頗似楊子雲家貧官落魄楊雄傳何爲官之拓落也酈食其傳家貧落魄音薄忽聞輶軒書文選詩輶軒使者車澁讀勞輔齶柳子厚荅韋珩書雄之遣辭措意頗短局澁滯周易咸其輔頰舌注輔上頷也講學根本齶齒斷也逆各反虛堂漏刻閒九土可領略宋玉登徒子賦云少曾遠遊周覽九土李善曰九土九州之土也頗多載酒人喜我識字博淵明詩云子雲性嗜酒家貧無由得時賴好事人載醪祛所惑觴來爲之盡是諮無不塞設心更自笑欲過屠門嚼文選曹子建書過屠門而大嚼雖不得肉貴且快意註云桓子新論人聞長安樂則出門向西而笑知肉味美對屠門而大嚼往時抱經綸待價一丘壑論語我待價者也班固敘傳云漁釣於一壑栖遲於一丘卜師非熊羆史記齊太公世家云呂尚以漁釣干周西伯西伯將出獵卜之曰所獲非龍非彲非虎非羆所獲霸王之

輔西伯獵果遇太公立爲師杜詩燕王買駿骨渭老得熊羆夢相鮮靡索書高宗夢得說俾以形旁求于天下說築傅巖之野惟肖爰立作相䟽曰皇甫謐云高宗夢天賜賢人胥靡之衣使百工寫其形像求諸天下果見築巖者胥靡衣褐帶索執役于虞虢之閒所欲吾未奢史記淳于髡傳所持者狹而所欲者奢儻使耕可穫揚子法言耕不穫獵不享耕穫乎今年羡牟麥廚饌豐餅拓歐陽公歸田錄湯餅唐人謂之不托今俗謂之餺飥矣束皙餅賦有饅頭薄持起溲牢九惟饅頭至今存餘莫曉何物摩挲腹中書安知非糟粕世說郝隆曬腹中書莊子所讀者古人之糟粕已見上註此篇言索寞無酒因讀方言頗多有好事者載酒肴來問奇字因得大嚼耳古者固有抱經綸之術而隱於築釣後爲師爲相我則異於此所望不奢也若使麥田豐而富湯餅足矣

次韻秋郊晚望

道同一指馬 莊子齊物篇以指喻指之非指不若以非指喻指之非指也以馬喻馬之非馬不若以非馬喻馬之非馬也天地一指也萬物一馬也 心鮮廢耳目短生行衰謝 文選謝靈運詩短生旅長世 黃落看草木 漢武秋風詞秋風起兮白雲飛草木黃落兮鴈南飛見光武故事月令季秋之月草木黃落 無懷世不知有酒客可速 易蒙不速之客來 誰能縛詩書 用老杜身猶縛禪寂之意 閉門抱羈獨披襟臨江皐 宋玉風賦王乃披襟當之 萬籟發空谷 李白詩一風鼓羣有萬籟各自鳴 風力斜鴈行山光森雨足 選詩森森散雨足杜詩雨聲先已風散足盡西靡 壁蟲先知寒機織日夜促 促織見上

居人思行人裘褐誰結束 文選古詩何爲自結束 行人喜歸来邂逅天從欲 左傳人之所欲天必從之 可柰甑生塵 後漢范冉傳甑中生塵范史雲 嚴霜凍杞菊 見上

次韻周德夫經行不相見之詩

春風倚樽俎綠髮少年時 歐陽詩綠髮少年時青衫喜從事 酒膽大如斗 蜀志姜維膽大如斗 當時淮海知醉眼槩九州何嘗識憂悲看雲飛翰墨 老杜詩明日看雲還杖藜 秀句詠蛛絲 杜詩最傳秀句寰區滿 樂如同隊魚 退之詩少小聚嬉戲不殊同隊魚 游泳清水湄波濤倏相失歲月秣馬馳 詩言秣其馬李斯傳時乎時乎羸粮躍馬唯恐後時 客事走京洛鄉貢趨禮闈艱難思一臂 唐薛元超傳帝幸東都留輔太子曰朕留卿若失一臂 講學抱羣疑 易睽卦羣疑亡也 邂逅無因得 詩邂逅相遇適我願兮 君居天南陲誰言井裏坐 後漢馬援傳子陽井底蛙也韓文坐井觀天 忽枉故人詩清如秋露蟬 李白詩白若白鷺鮮清如清唤蟬 高柳噫衰遲 大塊噫氣見上注子虛賦榜人歌聲流喝郭璞曰言悲嘶也一介切退之聯句云騰口甚蟬喝又云蟬煩鳴轉喝噫喝音義同 感歎各頭白民生竟自癡 晉王述排其子坦之曰汝竟癡耶見本傳 過門不我見寧復論前期 文選沈休文詩平生少年日分手易前期注謂春秋富前期非遠分手之際輕而易之及年衰則難別今過門不相見豈論此耶 杯酒良難必況望功名垂吉

守鄉丈人 易師貞丈人吉 政成犬生氂 後漢岑熙爲魏郡太守人歌曰狗卧不驚足下生氂 綠柳陰鈴閣 晉羊祜傳祜都督荊州諸軍事鈴閣之下侍衛不過十數人 紅蓮媚官池 老杜有官池春鴈詩媚字蓋用謝靈運詩綠篠媚清漣又云孤嶼媚中川山谷多用此字 開軒納日月 見上 高會無吏譏琵琶二十四 前有詩言廬陵郡燕游寄郡僚云今夕傳杯定何處應無二十四琵琶當是言吉州官妓琵琶之數如東坡云琵琶一抹四十絃也 明糚百騎隨 鮑明遠詩明糚帶羅綺退之詩淨濯明糚有所奉頷我未肯寘齒牙 為公置樂飲纔可慰路岐 列子岐路又有岐焉詩言分攜也 矧公妙顧曲 周瑜傳曲有誤周郎顧取同姓也 調笑才不羈 玉臺新詠馮子都詩調笑酒家胡鄒陽傳不羈之士司馬遷傳僕少負不羈之才

幕中佳少年多欲從汝嬉人事喜乖梧淵明集人
事好乖會當語離班固賔戲乖忤而不可通老杜新婚別人事多錯忤對君永相忘曾
莫把一危朝雲高唐觀高唐賦襄王望高唐之觀又云妾在巫山
之陽高唐之阻旦爲朝雲暮爲行雨客枕勞夢思杜詩雲雨荒臺豈夢思
主翁悲琴瑟禮有喪事撤琴瑟而不御丁晉公榴花詩莫怪主翁相看好舉
家新自洞庭來王荆公詩日暮主翁投客轄周與吉守同鄉不知官於何郡主翁蓋指其
郡將以悼亡不聽音樂也生憎見蛾眉杜詩生憎柳絮白於綿君亦
晚坎坷楚辭七諫云年既過半百兮愁轗軻而滯留古詩坎軻常苦辛有句
怨棄遺退之詩頻蒙怨句刺棄遺夜光暗投人見上所向蒙
詆唅相思秋日黃杜詩血戰乾坤赤氛迷日月黃又云錦城曛日黃

西嶺含半規謝靈運詩密林含餘清遠峯隱半規白樂天悲清秋賦西陽半
規映島欲没老矣失少味尚能詩酒為忽解扁舟
下何年復来兹寄聲緩行李鮑明遠詩願爾篤行李此反其
意激箭無由追賈誼傳失激則遠白樂天詩年光同激箭
歐陽從道許寄金橘以詩督之元註云從道參
禪嵓有言句來頗聞數從歌舞飲故及之
禪客入秋無氣息白樂天詩掩鏡望東寺降心謝禪客想依紅
袖醉毰毸射雉賦敷藻翰之陪鰓上薄回反下蘇來反二字玉篇云鳳舞霜
枝摇落黄金彈許送筠籠殊未来西京雜記韓嫣好彈
以黄金爲九杜詩西蜀櫻桃也自紅野人相贈滿筠籠

次韻吉老十小詩
十襲裝硎刀見上無名自貴高秋衣猶葛製重裘
兼味養大賢冰食葛製神所憐退之苦寒歌也午飯厭溪毛澗溪沼沚之毛
見左傳
萬木霜摇落見上山呈斧鑿痕退之詩徒觀斧鑿痕不矚治水
航癡蠅思附尾史記伯夷傳顏淵雖篤學附驥尾而行益顯素隱曰蒼蠅
附驥尾而致千里後漢書蒼蠅之飛不過十步若附驥尾日馳千里驚鶴畏乘
軒衛懿公好鶴鶴有乘軒者見左傳閔二年
日短循除廡溪寒出臼科臼科見上官居圖畫裏
杜詩飛閣捲簾圖畫裏小鴨睡枯荷謂薰爐也李義山詩云睡鴨香爐換

夕薰
眼看人換世文選歎逝賦川閱水以成川水滔滔而日度世閱人而爲世人
冉冉而行暮人何世而弗新世何人之能故歐公夢中詩碁罷不知人換世手種
木成陰杜牧之詩綠葉成陰子滿枝葳拙無三窟見上談禪
劚七禽談禪問荅之間譬若孔明之於孟獲七縱七禽也詳見寄謝外舅詩註
寒水幾痕落秋山萬竅號莊子齊物篇大塊噫氣其名爲風是
唯無作作則萬竅怒呺紅梨啄鳥鵲殘菊掛蠨蛸詩東山云
蠨蛸在户柳子厚詩庭除盛蓬艾隟牖懸蠨蛸
佳人斗南北集中有詩云故人南箕與北斗言離別也美酒玉東
西酒杯名王荆公詩舞急錦腰迎十八酒酣金盞照東西夢鹿分真鹿

列子曰鄭人有薪於野者遇駭鹿御之擊之斃之恐人見之也遽而藏之隍中覆之以蕉俄而遺其所藏之處遂以爲夢焉順誦其事傍人有聞者用其言而取之薪者之歸不厭失鹿其夜眞夢藏之之處又夢得之之主爽旦案所夢而尋得之遂訟而爭之歸之士師士師請二分之無雞應木雞莊子達生篇紀渻子爲王養鬬雞曰望之似木鷄矣異雞無敢應者反走矣

斲鼻昔常示絕絃知者稀無人與爭長唯有

釣魚磯並見前註

茵席絮剪蠒枕囊收决明杜詩階下决明顏色鮮南風

入晝夢起坐是松聲夢中聞風起及覺乃松聲也如楞嚴經云如重睡人其家有人擣練舂米其人夢中聞舂擣聲别作他物或爲擊鼓或爲撞鍾宋玉高唐

賦云俯視崢嶸不見其底虛聞松聲

半菽一瓢飲項籍傳卒食半菽論語顏子一瓢飲縣鶉百結衣荀子曰子夏家貧衣若縣鶉董京隱居白社以殘絮縷帛爲衣號百結衣杜詩弊衣何啻聯百結

蕭條鬼不瞰鬼瞰其室見上聊可與同歸楊雄逐貧賦其末云貧遂不去與我遊息此用其意白樂天詩歲晚青山路白首期同歸

學似斲輪扁見上詩如飯顆山本事詩李白嘲杜甫詩飯顆山頭逢杜甫頭戴笠子日卓午聊問年來太瘦生摠爲從前作詩苦室中餘一

劒無氣斗牛間見上

次韻吉老寄君庸

何郎生事四立壁見上心地高明百不憂杜詩願聞

第一義迴向心地初心地地本出佛書杜詩又云吾知徐公百不憂白眼醉来

思阮籍見上碧雲吟罷對湯休文選江文通擬休上人詩日暮碧雲合佳人殊未來沙門惠休本姓湯諸公著力書交上尺璧

深藏價未酬空使君如巢幕燕將雛處處度

春秋燕之巢於幕上見左傳樂府有鳳將雛

聞吉老縣丞按田在萬安山中

昔雨初聞喚婦鳩左傳昭四申豐曰春無凄風秋無苦雨歐陽公詩天將陰鳴鳩逐婦鳴中林鳩婦怒啼無好音天雨止鳩呼婦歸鳴且喜婦不亟還呼不已

紅粧滿院木蕖秋木蕖即木芙蓉也亦名拒霜花韓柳皆有木芙蓉詩芙蓉亦曰芙蕖韓詩又云平鋪紅蕖蓋明鏡此言水芙蓉即荷花也樽前不記

崔思立應在諸山最上頭韓文有藍田縣丞廳壁記云博陵崔思立黜官再轉而爲丞茲邑老杜詩安得萬丈梯爲君上上頭又詩東山氣蒙鴻宮殿居上頭

次韻喜陳吉老還家二絶

公庭無事吏人休日至休吏見上垂箔寒廳對弈秋孟子云使弈秋誨二人弈

催織青龍蒻白酒竹爐煨栗煮雞頭

夜寒客枕多歸夢歸得黃柑紫蔗秋小雨對

談揮麈尾麈尾見上青燈分坐寫蠅頭南史齊衡陽王巾箱五經蠅頭細書

再次韻答吉老二首

水宿風飡甚勞苦文選升天行云風飡委松宿雲卧恣天行謝靈運詩客游倦水宿風潮難具論勉旃吾子富春秋漢楊惲書願勉旃毋多談富春秋見上我愧疲民欲歸去麥田春雨把鋤頭傳燈錄傳大士頌云空手把鋤頭步行騎水牛山谷屢寫此頌

賢勞王事一歸休孟子萬章上勞於王事而不得養父母也曰此莫非王事我獨賢勞也霜落園林失九秋想得君家烏鵲喜蛛絲縈繞玉搔頭李固傳搔頭弄姿註引西漢雜記武帝過李夫人就取玉簪搔頭西漢雜記目瞤得酒食燈火花得錢財乾鵲噪而行人至蜘蛛集而百事喜

太和奉呈吉老縣丞

山擁鳩民縣左傳隱八年君釋三國之圖以鳩其民君之惠也註云鳩集也江橫決事廳土風尊健訟吏道要繁刑觟䚦今無種觟胡瓦切䚦除倚切此兩姓今無人矣按後漢儒林洼丹傳時中山觟陽鴻亦以孟氏易教授有名又按姓氏書䚦姓古有善聽者䚦俞汲黯傳公以此無種矣蒲盧教未形禮中庸云夫政者蒲蘆也註云蒲蘆蜾蠃謂土蜂也詩云螟蛉有子蜾蠃負之螟蛉桑蟲也蒲盧取桑蟲之子化之爲己子政之於民亦然釋文云爾雅蜾蠃蒲蘆今細腰蜂里多齊瞯氏元註云瞯氏漢書音閑而今濟南田家有此姓音諫材謝宋庖丁庖丁莊子不言宋當考令尹三年課斯人萬物靈泰誓曰惟人萬物之靈吾方師豈弟僚友

助丹青丹青謂緣飾吏事也楊子或問聖人之言炳若丹青

次韻知命永和道中

靈骨閟金鏁續玄怪錄延州有婦人少年子悉與之狎昵數歲而歿葬於道左大歷中有胡僧敬禮其墓曰此乃大慈悲喜捨即鏁骨菩薩也衆開墓視其骨鉤結如鏁狀世傳觀音化身所謂金沙灘頭馬郎婦類此梵宮超玉繩選詩玉繩低建章玉繩星名言超出星辰之上道人徃香火獨先開靜行柳子厚詩始悟三空門華堂開淨域東坡云酌茗開淨筵山谷云獨先開淨行其意一也又山谷爲惠林沖禪師燒香頌西瞿耶尼開靜呼船久無人月沉河漢傾杜詩七星在北户河漢聲西流謂天河也虛舟不受怒故在蓼灘橫莊子山木篇方舟而濟於河有虛舟來觸舟雖有褊心之人不怒

次韻吉老知命同遊青原

洗鉢尋思去傳燈錄行思禪師傳師得法於曹溪住吉州青原山靜居寺六祖將示滅有沙彌希遷問曰和尚百年後希遷當依附何人祖曰尋思去及祖順世遷每於靜處端坐第一坐曰汝有師兄行思和尚今住吉州汝因緣在彼師言甚直汝自迷耳遷便禮辭直詣靜居論詩匡鼎來見上鵶窺錫處井如羅浮山卓錫泉也梁景泰禪師居此山病無水師卓錫於地泉湧數尺自是得井唐子西作記又如舒州三祖山飛錫泉寶公自金陵飛錫而至以相山谷寺基泉爲之湧出見同安志魚泳釣時臺垂足收親子師既付法希遷垂一足還禮拜尋辭往南嶽即南嶽石頭和尚也存身亘刼灰漢武帝穿昆明池悉是灰有外國胡僧曰此天地刼灰之餘見高僧傳李白詩留歡若可盡刼石盡成灰僧雛手

金鑰一為道人開杜詩不寐聽金鑰至人来有會吾道本無家莊子至人無已賈誼鵩賦至人遺物獨與道俱閱世魚行水遺書鳥印沙見上齋盂香佛飯法席雨天花並見維摩經時有清談勝還同歎永嘉晉書不意永嘉之末復聞正始之音

次韻知命入青原山口

坑路羊腸繞魏武苦寒行羊腸坂詰曲車輪爲之摧注太行羊腸在太原稻田棊局方林間塔餘寸風外竹斜行吠客犬反走驚人鳥坌忙山形與祖印岑絕兩相當傳燈錄中華初祖達磨傳慧可曰諸佛法印可得聞乎又云內傳法印以契證心漢衛霍領兵與匈奴殺戮常相當白樂天詩窻與竹相當

次韻吉老遊青原將歸

欣欣林皋樂莊子知北篇山林與皋壤與使我欣欣然而樂與賞心天際翔文選謝靈運詩序賞心樂事又詩靈境信淹留賞心非徒設殷文仲詩雲天亦遼亮時與賞心遇清樽鱠魴鯉詩六月云炰鼈膾鯉采綠云其釣維何維魴及鱮朱果實圓方謝玄暉詩夏李沈朱實文選南都賦珍羞琅玕充溢圓方王仲宣詩嘉肴充圓方醉罷聽疎雨孟浩然詩疎雨滴梧桐衾寒夢國香左傳宣三年初鄭文公有賤妾曰燕姞夢天使與已蘭曰余爲伯儵余而祖也以是爲而子以蘭有國香人服媚之如是既而文公見之與之蘭而御之生穆公名之曰蘭雨餘山吐月杜詩四更山吐月的皪滿簾

霜上林賦明月珠子的皪江靡展轉復展轉詩云輾轉反側張籍宛轉行云宛轉復宛轉憶憶更未央鍾魚曉鄉鄉思歸笑迎門兒女相扶將古詩歸來兒女笑迎門扶將出拜見上

喜知命弟自青原歸知命諱叔達

為吏困米鹽見上曲肱夢靈泉諒非調鼎手正覺荷鋤便選詩主生和鼎實淵明詩帶月荷鋤歸在公雖勤苦詩夙夜在公歸喜叔山禪莊子德充符篇魯有兀者叔山無趾踵見仲尼知命山谷弟也足蹇故比之叔山去我忽數日草蟲傍牀煎詩十月蟋蟀入我牀下樂天聞虫詩猶恐愁人暫得睡聲聲移近卧牀前屋角鳥烏樂見上行輿響檐肩退之聯句刈熟檐肩頳包鮮分柿栗老杜北征詩粉黛亦解包兒女鬧樽前白紵繞祖塔知命布衣也故稱白紵鮑照集有白紵歌沈約有四時白紵歌思公塔見次韻周法曹游青原寺注香携青原煙玄珠一百八莊子罔象得玄珠以言數珠也夜紉湘縷穿內則紉箴請補綴紉女陳反湘當作緗按說文緗帛淺黃色也高林風落子老僧選霜堅杜詩葉裏松子僧前落袖中出新詩山水含碧鮮五言吾老矣佳句付惠連謝靈運詩山水含清暉惠連靈運弟也事見南史本傳

寄張宜父

建德之國有佳人莊子山木篇市南宜僚謂魯君曰南越有邑焉名爲建德之國其民愚而朴少私而寡欲知作而不知藏與而不求其報猖狂妄行乃蹈乎大

方吾願君去國捐俗與道相輔而行莊周蓋寓言也文選江文通雜擬詩云幸遊建德鄉
亦用此事而池州有建德縣張宜父乃此縣人耶明珠為佩玉為衣
去國三歲阻音徽詩思齊太姒嗣徽音箋云徽美也所種桃
李民愛之見前過太湖僧寺得宗汝為寄山蕷白酒寄答詩註射陽城
變春爛熳楚州山陽縣本漢射陽縣地張宜父當是建德人而仕於山陽時已
解去柳暗學宮烏相喚追隨裘馬多少年老杜壯遊
詩放蕩齊趙間裘馬頗清狂退之云從茲富裘馬寧復茹藜蕨肥馬輕裘本出論語獨
忍長飢把書卷秦韜玉貴公子行却笑儒生把書卷學得顏回忍飢面
讀書萬卷不直錢一作筆有神杜詩讀書破萬卷下筆如有神漢灌夫
傳夫日平生毀程不識不直一錢此用其字太白詩吟詩作賦北牕裏萬言不直一杯水

此用其意逐貧不去與忘年一作交親揚雄有逐貧賦莊子忘年忘義
禰衡始弱冠孔融年四十為忘年友南史江揔傳與張纘等為忘年友杜詩清談見滋味
爾輩可忘年虎豹文章被禽縛易大人虎變其文炳也君子豹變其
文蔚也何如達生自娛樂莊子有達生篇

送彥孚主簿彥孚姓黃故有吾宗之語

斯文當兩都江夏世無雙後漢黃香傳京師號曰天下無雙江
夏黃童叔度初不言漢庭望風降黃憲傳憲字叔度論曰黃
憲言論風旨無所傳聞然士君子見之者靡不服深遠去玼吝中間眇人物
王逸少帖云當今人物眇然而艱疾若此令人短氣潛伏老崆谾元註云許
江切本朝開典禮易繫辭云觀其會通以行其典禮棫樸作

株椿大雅棫樸文王能官人也芃芃棫樸薪之槱之詩人謂小木可為薪山谷以為
可作株椿皆言無棄材也莊子吾處也若橜株拘退之詩窖豁斸株櫱又云斬伐枿與椿
世父盛文藻集中有豐城詩自註云有世父長善丕隄記韓退之薦士詩云
國朝盛文章本出宋玉神女賦其盛飾也則羅紈綺繢盛文章如陸海潘江
鍾嶸詩品云陸才如海潘才如江三戰士皆北管仲曰吾嘗三戰三北鮑
叔不以我為怯今云士皆北言其勝也韔弓錦韜杠檀弓下射之襲一人
韔弓詩采綠云之子于狩言韔其弓爾雅素錦綢杠注旗之竿白衣受傳詔
短命終螢窗論語顏回不幸短命晉車胤傳家貧不常得油練囊盛數十螢
火以照書退之詩安居守螢窗夢升卧南陽耆舊無兩龐謂龐
德公及其從子士元也見後漢德公傳及蜀志龐統傳空鏡歐陽銘松

風悲隴瀧音雙退之詩籍乃隴頭瀧又有瀧吏詩亦音問江切歐陽文忠集有
黃夢升墓誌銘云諱江四海羣從間爾來頗琤土耕切淙
土江切退之聯句泉音玉淙琤淙兩音主簿吾宗秀李邕詩吾宗固神秀
體物寫謀長其能任為邦論語善人為邦百年軀幹雖眇小
杜詩子雖軀幹小老氣橫九州勇沉鼎可扛項籍傳力扛鼎擇師别
陳許孟子云陳相見許行而大悅盡棄其學而學焉取友觀羿逄孟子
離婁下逄蒙學射於羿盡羿之道思天下惟羿為愈己於是殺羿孟子曰是亦羿有罪焉
云云其取友必端矣折腰佐髯令陶潛傳不能為五斗米折腰邑訟
銷吠尨詩無使尨也吠時邀府中飲下箔蠟燒釭杜詩
銅盤燒蠟光吐日謝希逸宋妃誄金釭曖兮玉座寒紅裳笑千金異聞實録

揚纘於昭應寺讀書每見一紅裳女子驗之乃經幢中燈列女傳楚成王夫人鄭瞀初成主登臺瞀宜行不顧王曰顧吾與汝千金瞀不一顧鮑明遠詩千金雇笑買芳年太白詩美人一笑千黃金清夜酒百缸同僚有惡少嘲諠語亂咤管子曰四民雜處則其言咤註咤亂也退之詩子言得無咤君但隱几笑莊子隱几而坐諸老嘆敦庬左傳成十六年傳曰民生敦庬況乃工朱墨見上氣和信甚砡莊子德厚信砡註云慤實貌持此應時須杜詩竇氏檢察應時須十年擁麾幢退之詩不令見麾幢相逢常鞅掌詩北山或王事鞅掌銜鼓趨鼕鼕詩靈臺鼉鼓逢逢簿書敗清談王戎傳阮籍曰俗物已復來敗人意此摘其字汗顏吏樅樅子虛賦樅金鼓退之詩扶机導之言曲節初樅樅音窻臨分

何以贈退之云臨分不汝誑有路即歸田要我賦蘭茳子虛賦茳蘺蘪蕪黃華雖衆笑莊子天地篇大聲不入於里耳折揚皇華則嗑然而笑註折揚黃華古之俗中小曲樂府解題有折揚柳黃華子舒元輿悲剡溪古藤文使周南風骨折入於揚柳黃華中李白詩折揚黃華合流俗晉君聽琴枉清角白雪不同腔陽春白雪歌見前寄李師載詩註野人甘芹味文選嵇叔夜絕交書云野人有快炙背而美芹子者欲獻之至尊亦已疏矣事見列子敢饋厭羊腔退之云酒壺綴羊腔顧予百短拙百拙見答魏道輔詩註飽腹饞胮龐肛音工許江切退之詩連日挾所有形軀頓胮肛唯思解官去一丘事耕耰音憂集韻云不耕而種君當取富貴鍾鼓羅擊撞漢田蚡傳前堂羅鍾鼓立曲旃退之詩金石日擊撞伏藏鼪

鼬逕莊子徐無鬼篇逃虛空者藜藋柱乎鼪鼬之逕聞人足音跫然而喜矣猶想足音跫莊子音義云跫巨恭曲恭反又苦江反

寄餘干徐隱甫餘干縣屬饒州

江行長邅回楚詞邅吾道兮洞庭又云固邅回而不息風水憂索米東方朔傳無令但索長安米相逢解人頤匡衡傳匡說詩解人頤豪士徐孺子後漢徐稺字孺子鸕鷀蕭閒煑茗當酌醴詩以御賓客且以酌醴樂天詩聊將茶代酒夜船餉蒸鵝白髮厭甘旨禮記內則慈以旨甘東江始分風廬山廟有神分風送客舟見神仙傳苔網饋百紙後漢蔡倫傳造意用樹膚麻頭及敝布魚網以爲紙遺兵夜賦詩月冷石齒齒退之羅池廟碑桂樹團團兮白石齒齒別來星環天左傳襄九年是謂一終一星終也註歲星十二歲一周天韓文公詩天星回環數纔周謂周歲也再見艷桃李退之詩偶逢明月曜桃李選詩艷陽桃李節寄聲良勞勤集中有答宗汝爲詩寄聲甚勞苦即良勞勤也趙廣漢傳寄聲謝我張耳傳勞苦如平生歡師古曰勞苦相勞問其勤苦也報我鬫雙鯉並見上但聞佳邑政杻械生菌耳蓮經普門品云或囚禁枷鎖手足被杻械頗聞延諸儒破訟作詩禮顧予白下邑山谷先有詩黃綬今爲白下令自註云太和縣古白下按寰宇記太和漢爲廬陵縣也隋改爲太和唐貞元三年移歸白下驛西置即今理也庭聚雨前蟻李義山詩鬧若雨前蟻多於秋後蠅義山以言洞庭魚山谷以言縣庭人聚珥筆誦漢章錐刀爭未已珥筆錐刀見上初

無得民具（周禮太宰一曰牧以地得民二曰長以貴得民言得民者九）名實正爾爾（爾爾魏晉間語也崔琰傳生女耳耳阮咸傳聊復爾耳）顧聞庖丁方江湖天到水遥知鮮千牛（庖丁解牛見上）袖手笑血指（退之祭柳子厚云不善爲斲血指汗顔巧匠旁觀縮手袖間）書来儻垂教改事從此始（左傳宣十二年不泯其社稷使改事君退之詩君其務貰過我亦謂改事）

奉答李和甫代簡二絶句

山色江聲相與清（杜詩湖水林風相與清）卷簾待得月華生（歐陽公歌曲云欄干倚徧待得月華生）可憐一曲並船笛說盡故人離別情

夢中往事隨心見醉裏繁華亂眼生（太白詩不知繁華子擾擾何所迫）長爲風流惱人病不如天性總無情

贈王環中

丹霞不蹋長安道（傳燈録丹霞天然禪師初習儒學將入長安應舉方宿逆旅偶一禪客問曰仁者何往曰選官去客曰選官何如選佛遂直造江西見馬大師）生涯蕭條破席帽囊中收得刼初鈴（寶積經云善順菩薩得刼初時閻浮金鈴於四衢中高聲言此舍衛中誰最貧窮當以此鈴而施與時有耆舊最勝長者云我於此城最爲貧窮可施於我菩薩曰汝非貧者有波斯匿王最爲貧者而施與之今齎此鈴顧以相奉復説偈言若人多貪求積財無厭足如是狂亂者名爲最貧人王聞斯語内懷慙愧曰仁者汝雖善勸我猶未信爲汝自說爲有證乎答曰汝不聞耶如來至眞等正覺當證大王是貧窮人王言我願相與往見如來於是善順菩薩說偈遥請如來從地湧出爾時世尊告言大王當知或有於法善順貧窮王當富貴或有於法王爲貧窮善順富貴所以者何身登王位於世自在王爲富貴善順貧窮勤持梵行樂持尸羅善順富貴王爲貧窮）夜静月明師子吼（傳燈録釋迦牟尼佛生兜率天分手指天地作師子吼聲）那伽定後一爐香（譯梵曰那伽此云龍也）牛没馬回觀六道（牛頭没馬頭回曹溪鏡裏絶塵埃山谷喜書此偈傳燈録寶誌十讚云輪迴六道不傳結）耆域歸来日未西一鉏識盡婆娑草（高僧傳耆域天竺人神奇任性迹行不常且善醫見本傳）

戲和于寺丞乞王醇老米

君不見公車待詔老詼諧幾年索米長安街（謂東方朔並見上）君不見杜陵白頭在同谷夜提長鑱掘黃獨（老杜集云乾元中寓居同谷縣作歌七首其一云長鑱長鑱白木柄我生託子以爲命黃獨無苗山雪盛短衣數挽不掩脛山谷云往時儒者不解黃獨義改爲黃精學者承之以予考之蓋黃獨是也本草赭魁肉白皮黃巴漢人蒸食之江東謂之土芋江西謂之土卵蒸煑食之類芋魁）文人古来例寒餓安得野蠶成繭天雨粟（漢光武紀野蠶成繭被於山阜淮南子昔者倉頡作書而天雨粟史記天雨粟鬼夜哭）王家圭田登幾斛（孟子卿以下必有圭田圭田五十畝）于家買桂炊白玉（戰國策蘇秦曰使臣食玉炊桂山谷前集又有詩云薪桂炊白玉）

答永新宗令寄石耳永新與太和皆吉州屬邑
飢欲食首山薇史記伯夷傳義不食周粟隱於首陽山采薇而食之渴
欲飲潁川水莊子讓王篇故許由娛於潁陽後漢逸民傳序云堯稱則天不
屈潁陽之高註云潁陽謂巢許陸士衡猛虎行渴不飲盜泉水熱不息惡木陰太白詩有
耳莫洗潁川水有口莫食首陽蕨嘉禾令尹清如冰文選白頭吟清
如玉壺冰寰宇記永新縣西北有禾山寄我南山石上耳筠籠
動浮煙雨姿瀹湯磨沙光陸離莊子云疏瀹而心澡雪而
精神上林賦牢落陸離爛漫遠遷竹萌粉餌相發揮爾雅筍竹萌禮
記內則糗餌粉酏劉夢得楊柳枝詞云桃紅李白皆誇好須得垂楊相發揮芥薑
作辛和味宜禮記王制中國夷蠻戎狄皆有安居和味宜服公庭退

食飽下筋詩退食自公晉書無下筋處杞菊避席遺萍虀
陸龜蒙有杞菊賦韭萍虀見石崇傳借使孝經曾子避席字鴈門天花不
復憶代州鴈門郡五臺山有天花蕈況乃桑鵝與楮雞桑鵝楮雞未詳
東坡和陶詩云老楮生樹雞當是黃耳菌之屬小人藜羹亦易足嘉
蔬遺餉荷眷私吾聞石耳之生常在蒼崖之
絕壁老杜挂君高堂之素壁此用其句律苔衣石腴風日炙苔衣
石髮見上註捫蘿挽葛採萬仞文選謝靈運詩薜蘿若在眼又云葛
弱豈可捫仄足委骨豺虎宅莊子側足而墊之及黃泉佩刀買
犢劒買牛漢龔遂傳民有帶持刀劒者使賣劒買牛賣刀買犢曰何為帶牛佩
犢作民父母今得職漢趙廣漢傳盛制豪強小民得職註云職常也

閔仲叔不以口腹累安邑後漢書太原閔仲叔世稱節士客居
安邑日買猪肝一片屠者或不肯與安邑令聞敕吏常給焉仲叔曰閔仲叔豈以口腹累
安邑耶我其敢用鮭菜煩嘉禾鮭菜見上顧公不復
甘此鼎免使射利登嵯峨文選吳都賦富中之甿貨殖之選乘
時射利財豐巨萬司馬相如賦坌入曾宮之嵯峨
贈朱方李道人
顴骨橫穿壽門過年比數珠剩三顆傳燈錄趙州從
諗禪師傳俗壽一百二十歲嘗有人問師年多少師云一穿數珠數不足橫吹鐵
笛如怒雷國初舊人唯有我劉禹錫與歌者米嘉榮云舊人
唯有米嘉榮

題前定録贈李伯牖
五賊追奔十二宮維摩經云樂離五欲樂觀五陰如怨賊五陰即多心
經五蘊皆空也色受想行識是為五陰東坡詩君知五蘊都是賊十二宮即十二辰也
白頭寒士黑頭公晉王珣與謝玄俱為桓溫所重溫曰王掾當作黑頭
公明朝一飯先書籍前定録韓晉公滉在中書嘗召一吏不時至將
撻之吏曰某不幸兼屬陰司主三品以上食料公曰若然吾明日當何食吏請疏於紙明
晨既對適太官進饌糜上以半賜公食之美又賜焉退而腹脹進橘皮湯夜啗漿水粥及
旦視其書皆如其說因問以人間所食皆有籍耶對曰然三品以上日支五品旬支六品
至九品季支庶人歲支安用研桑作老翁班固賓戲研桑心計於无
垠研計然桑桑弘羊

萬般盡被鬼神戲看取人間傀儡棚樂府雜録傀儡起漢平城之圍陳平訪知閼氏妬忌造木偶運機關舞埤間閼氏望見謂是生人慮下城冒頓必納之遂退軍後翻爲戲舊唐書樂志云又有窟儡子等戲煩惱自無

安脚處從他鼓笛弄浮生傳燈録梁寶誌十讚云衆生身同太虛煩惱何處安脚

靜居寺上方南入一徑有釣臺氣象甚古而俗傳謬妄意嘗有隱君子漁釣其上感之作詩吉州青原山靜居寺行思禪師道場

避世一丘壑論語且而與其從辟人之士也豈若從辟世之士哉漁釣於一壑栖遲於一丘見班固叙傳似漁非世漁柳子厚饒娥碑世漁鄱水獨吟嘉橘頌屈原九章有嘉橘頌者杜詩向來嘉橘頌誰欲討蓴羹不遺子公書漢陳咸傳寻陳湯書曰即蒙子公力得入帝城死不恨笋蕨園林晚絲緡歲月除詩其釣維何維絲伊緡安知冶容子繫辭曰冶容誨淫紅袖泣前魚文選阮嗣宗詩昔日繁華子安陵與龍陽註云說苑曰安陵纏得幸於楚恭王云云戰國策云龍陽君釣十餘魚而泣下王問之對曰臣始得魚甚喜後得益多而不欲弃前所得也今臣得拂枕席爵至人君走人於庭避人於途四海之内美人甚多矣聞臣得幸於王褰裳而趨王臣亦曩之所得魚也亦將棄矣陸韓卿詩云子瑕矯後駕安陵泣前魚註云泣魚是龍陽非安陵

高至言築亭於家圃以奉親揔其觀覽之富退之南山詩崎嶇上軒昂始得觀覽富命曰溪亭乞

余賦詩余先君之弊廬左傳猶有先人之弊廬在望高子所築不過十牛鳴耳釋氏書五里爲一牛鳴王荆公詩潮溝直下兩牛鳴十畝漣漪一草亭又詩京峴城南隱映深兩牛鳴地得禪林故余未嘗登臨而得其勝處

逸人生長在林泉李白詩愚憇裴逸人嵓居陵丹梯更築亭皋名意在上林賦亭皋千里靡不被築明月清風共一家傳燈録張拙頌云凡聖含靈共我家南史謝譓傳入吾室者但有清風對吾飲者唯當明月全以山川為眼界多心經無眼界無意識界鳥度雲行閱古今太白詩人行明鏡中鳥度昇風裏易云雲行雨施溪濱木末聽竽籟杜詩萬籟眞笙竽本出高唐賦纖條悲鳴聲似竽籟老夫平生行樂處前漢楊惲傳人生行樂耳只今許公分一派東坡集中文與可畫竹記云余爲徐州與可以書遺余曰近語士大夫吾墨竹一派近在彭城可往求之

題息軒

僧開小檻籠沙界金剛經以恒河沙數三千大千世界文選頭陁寺碑演勿照之明而鑒窮沙界李善註亦引金剛經鬱鬱參天翠竹叢老杜古栢行黛色參天二千尺萬籟參差寫明月一家寥落共清風萬籟一家並見上蒲團禪板無人付過禪板來過蒲團來見上註茶鼎薰爐與客同文選雪賦燎薰爐兮炳明燭萬水千山尋祖意歸来笑殺舊時翁僧貫休詩萬水千山得得

來祖師意見上

題神移仁壽塔

十二觀音無正面僧伽至臨淮覺卧賀跋氏家現十二面觀音形其家欣慶遂捨宅焉即今寺也見宋僧傳問十二面觀音阿那面正見傳燈録義玄禪師傳誰令塔户向東開大醫禪師示寂後明年四月八日塔户無故自開定知四梵神通力阿含經曰世尊説四梵福若能補理故寺是謂二梵之福見初學記曾借六丁風雨摧老君六丁符圖云丁卯神司馬卿丁丑神趙子玉丁亥神張文通丁酉神成文公丁未神石叔通丁巳神崔巨卿退之詩天官勑六丁雷電下取將鼃説氷霜如夢寐莊子秋水篇井蛙不可以語於海夏蟲不可以語於氷鷃聞鍾鼓亦驚猜達生篇譬之若載鷃以車馬樂鷃以鍾鼓也彼又鳥能無驚乎哉從今不信維摩詰斷取三千世界来維摩經斷取三千大千世界如陶家輪著右掌中擲過恒沙世界之外

題海首座壁

騎虎度諸嶺天台豐干禪師居天台山國清寺覺誦唱道歌乘虎入松門衆僧驚畏見傳燈録杜詩有時騎猛虎虚室使仙童入鷗同一波王立之詩話云方時敏言荆公云鷗鳥不驚之類如何作語則好故山谷有云入鷗同一波香寒明鼻觀楞嚴經云世尊教我觀鼻端白日永稱頭陀文選頭陀寺碑李善曰天竺言頭陀此言斗藪蓋斗藪煩惱也白樂天詩百衲頭陀任運僧

題仁上座畫松

偃蹇松枝隔煙雨知儂定是歲寒材百年根節要老硬傳燈録巖頭云德山老人一條脊骨硬如鐵將恐崩崖倒石来太白詩崩崖轉石萬壑雷

摩詰畫

丹青王右轄詩句妙九州唐王維傳維字摩詰遷尚書右丞畫思入神至山水平遠雲勢石色繪工以爲天機所到學者不及也别墅在輞川賦詩爲樂物外常獨往物外見上淮南子江海之士山谷之人輕天地細萬物而獨往人間無所求袖手南山雨輞川桑柘秋窗中有佳處涇渭看同流詩谷風註云涇渭相入而有清濁杜詩濁涇清渭何當分

追憶予泊舟西江事次韻

江西泊舟後作註云太和小舫板上塵土中得此詩甫田李才甫江水寘寘沙石陰一舸行盡春已深浪花緑蔓曳錦帶短蘆刺水抽玉簪飢魚未沉波面筒小舫正横溪上風清輝濯淨遠山碧白鳥飛入蒼煙叢

老大無機如漢陰見前次韻荅張沙河亦有此句已詳註白鳥不去相知深文選江文通詩疊疊玄思清胷中去機巧物我倶忘懷可以狎鷗鳥李太白鳴臯歌云白鷗兮飛來與君兮相親往事刻舟求墜劒

呂氏秋春察令篇楚人有涉江者其劒自舟中墜於水遽契其舟曰是吾劒之所從墜舟止從其契者入水求之舟已行矣而劒不可求

懷人揮淚著直略反**亡簪**韓詩外傳孔子出遊少源之野有婦人中澤而哭甚哀使弟子問焉婦人曰向者刈薪亡吾蓍簪是以哀也弟子曰亡著簪有何悲焉婦人曰非傷亡簪也蓋不忘故也

城南皷罷吹去**畫筒城北歸帆落晚風人煙犬吠西山麓鬼火狐鳴春竹叢**杜詩陰房鬼火青漢陳勝傳叢祠中夜篝火狐鳴

宮亭湖尋陽志江州德化縣東四十五里有彭蠡湖荊州記曰宮亭湖即彭蠡澤又謂之彭澤又謂之匯澤山谷癸亥解太和歸途作蓋歸舟自湖濱入艣江由武寧而至分寧耳

左手作圓右手方史記龜策傳人雖賢不能左畫方右畫圓韓非子功名篇右手畫圓左手畫方不能兩成北史儒林傳劉炫少以聰敏見稱強記傳識莫與爲儔左畫圓右畫方口誦目數耳聽三事同舉無所遺失玉川詩信手斫方圓規矩一一中**世人機敏便可爾一風分送南北舟斟酌鬼神宜有此江津留語同濟僧他日求我於宮亭吁嗟人蓋自有口獨爲欒公不舉酒**神仙傳曰時廬山廟有神於帳中與人言語飲酒能令宮亭湖中分風船行者舉帆相逢欒巴未到數日廟中神不復作聲高僧傳安清字世高自言前身已經出家有一同學多嗔高與訣云卿命過當受惡形我若得道必當相度靈帝末行過宮亭湖廟廟甚靈能分風送客商旅三十餘船奉牲求福乃降祝曰船有沙門可呼上高入廟請神出形乃出大蟒頭不知尾之長短高向之胡語蟒悲淚如雨須臾還隱後人於山西澤中見一死蟒頭尾數里今尋陽郡蛇村名曰蛇岡山兩事相類故摘其大槩兩存之

欒公千歲湖冥冥白茅縮酒巫送迎左傳爾貢苞茅不入王祭不供無以縮酒**朱幡皂蓋來託宿**杜詩東蕃駐皂蓋後漢輿服志中二千石二千石皆皂蓋朱兩幡**不聽靈君專此屋雄鴨去隨鷗鳥飛**尋陽記日周訪與商人共入宮亭廟宿明起如廁見一白頭翁訪逐之化爲雄鴨還船欲煑之商人爭奪遂飛去**老巫莫歌望翁歸貝闕珠宮開水府**九歌云紫貝闕兮珠宮靈何爲兮水中文選海賦水府之內極深之處**雨棟風簾豈来處**滕王閣記畫棟朝飛南浦雲朱簾暮捲西山雨**平生来往湖上舟一官四十已包羞**山谷自言平生來往於此故經

行詩難辨其歲月惟一官四十粗可考見山谷生於乙酉至元豐七年甲子恰四十歲時移監德平鎮易否卦六三包羞**靈君如願儻可乞**錄異傳廬陵歐明從賈客道經彭澤湖每以舟中所有投湖中後忽見一人來候明云青洪君感君前後有禮故要君必有重遺君勿取獨求如願爾明見青洪君求如願使逐明去如願者青洪君婢也明將歸所願輒得數十年大富**收此桑榆老故丘**桑榆見上

元豐癸亥經行石潭寺見舊和棲蟾詩甚可笑因削柎滅槀別和一章癸亥乃元豐六年是歲十二月自太和移德平經塗所作又按纂異一本云千里追奔兩蝸角百年得意大槐宮夢回身卧竹窻日晥靜鵶啼柿葉風丗路侵人頭欲白山僧笑我頰猶紅壁間佳句多丘壠問訊髑髏聊攓蓬題云癸卯歲過宿石潭寺得

前朝詩僧栖蟾長句和之歲行二十一重來讀舊詩復用其韻按長歷嘉祐八年歲在癸卯至元豐六年癸亥二十一年前詩蓋嘉祐癸卯作

千里追犇兩蝸角蝸角見上百年得意大槐宮見宿觀音院詩註空餘祇夜數行墨涅槃經云因本經以偈頌名祇夜譯梵祇夜此云重頌不見伽梨一臂風譯梵僧伽梨三衣也俗眼只如當日白我顏非復向来紅言俗人猶以白眼相視而吾亦老矣白眼見阮籍傳浮生不作游絲上即在塵沙逐轉蓬游絲轉蓬見上

山谷外集詩註卷第十三

山谷外集詩註卷第十四

夜發分寧寄杜澗叟

山谷居雙井隸分寧縣

陽關一曲水東流渭城微雨浥輕塵客舍青青柳色新勸君更盡一杯酒西出陽關無故人此王維送元二使安西詩遂爲歌曲燈火旌陽一釣舟寰宇記旌陽山在分寧縣東一里旌陽許君曾遊故以爲名我自只如常日醉歐陽公別滁州云我欲秪如當日醉莫教絃管作離聲滿川風月替人愁杜牧詩蠟燭有心還惜別替人垂淚到天明王介甫絕句只有月明西海上伴人征戍替人愁

題杜槃澗叟冥鴻亭

按詩中語亭在廬山

少陵杜鴻漸顏薰知見香唐杜鴻漸傳以宰相兼成都尹性畏怯無他達略而溺浮圖道畏殺戮釋氏書有解脫知見香風流有諸孫結屋廬山陽籍交游使窟郭璞詩京華游使窟杜詩蕭條游使窟獵艷少年場漢游俠傳郭解以軀藉友報仇尹賞傳安所求子死桓東少年場光恠驚鄰里收身反摧藏收身見上選詩扶風歌云抱膝獨摧藏江湖拍天流退之詩海氣昏昏水拍天羅網蓋稻粱安能衎衎飽易漸卦飲食衎衎不素飽也遂欲冥冥翔鴻飛冥冥見上畏影走萬里不如就陰涼就陰見上亭東亭西湫煙水稻田衲子交行李稻田衲見和稚川詩註又僧祇律云佛住王舍城帝釋石窟前經行見稻田畦畔分明語阿難過去諸佛衣相如是從今依此作衣相王摩詰詩乞飯從香積裁衣學水田左傳若舍鄭以爲東道主行李之往來

共其困乏古靈庵下倚寒藤莫向明窻鑽故紙古靈
禪師云鑽他故紙去

過家

絡緯聲轉急炙轂子雜録云莎雞古今注一名促織一名絡緯一名蟋蟀促
織謂其聲鳴如急織也絡緯謂其鳴如紡績織緯也田車寒不運兒時
手種柳上與雲雨近舍傍舊傭保司馬相如傳與庸保
雜作少換老欲盡窣木鬱蒼蒼窣木見上田園變畦
畛周禮遂人溝上有畛招延屈父黨勞問走婚親歸来
飜作客唐劉長卿詩舊業今已無還鄉反爲客顧影良自哂一
生萍託水劉伶酒德頌俯觀萬物擾擾焉如江海之載浮萍萬事雪

侵鬢夜闌風隕霜隕霜見上乾葉落成陣燈花何
故喜杜詩燈花何太喜酒醁正相親大是報書信親年當喜
懼見論語兒齒欲毁亂周禮司厲未亂者不爲奴注毁齒也男八歲女
七歲初覲切繫船三百里去夢無一寸

上冢

自公返蓬蓽詩羔羊云自公退食禮記儒行蓽門圭窬蓬户甕牖家語作蓽
稅駕上丘壠李斯傳吾未知所稅駕也後漢岑彭傳有詔過家上冢霜
露此日悲祭義日霜露既降君子履之必有悽愴之心松楸十年
拱退之詩深思罷官去畢命依松楸養雛數毛羽初不及承
奉康州斷腸猿山谷父庶字亞夫嘗攝康州世說新語桓公至三峽有得

猿子者其母緣岸哀號遂跳上船即絕破視其腹腸寸寸斷李白贈武諤云余愛子伯禽
在魯許爲冒胡兵致之其詩云愛子隔東魯空悲斷腸猿風枝割永痛一作
風樹終日痛家語丘吾子曰樹欲靜而風不停子欲養而親不待少年不如
人左傳僖三十年燭之武曰臣之壯也猶不如人今老矣無能爲也已登仕無
前勇髮踈齒牙摇韓文云髮蒼蒼而齒牙動摇鯨波怒號
洶徐陵江行鯨鯢湧波鼉蛟作浪頎爲保家子左傳昭二年非保家之主
也敢議世輕重稱觴太夫人魚菜贍庖供岑彭
傳大長秋以朔望問太夫人起居退之詩呼奴具盤飡飣餖魚菜贍

明叔知縣和示過家上冢二篇復次韻
郭明叔名知章治平二年進士元豐中知分寧縣詩中云去國二十年蓋自太

和還家赴德平所作
敝邑荷佳政文選曹子建書在彼自有佳政耕桑及時運淵明
有時運詩令君平生歡遠别喜親近漢鄒陽傳云求親近於左
右吾友徐光禄死戰萬事盡徐禧熙寧五年與沈括等建議
城永樂城戍虜騎圍之禧及李舜舉李稷闔城俱没不見東陵侯唯見
瓜連畛阮嗣宗詩見上且當置是事椎牛會賔親百
年共如此破涕作嘲哂破涕見都下見入叔父詩註又李白送姪
耑序申悲道舊破涕爲笑枯荷野塘水照影驚頽鬢功名
黄粱炊成敗白蟻陣呂公邯鄲道上炊黄粱事已見錢薛樂道詩註
此事與南柯事相類皆出異聞集大槩言淳于棼夢入槐安國其王妻以女使爲南柯太

守十年有樝蘿國來伐王命棼征之敗績及覺見蟻穴云云山谷多以此二事爲一事事雖不同其義一也又按古今五行記後魏顯宗時有黑蟻與赤蟻鬬赤蟻斷頭而死東魏孝靖帝時鄴下有黃蟻與黑蟻鬬黃蟻盡死少時無老境身到乃盡信曲禮六十曰者指使音義曰者至也至老境也淵明詩嘗聞長者言揜耳每不喜李何五十年忽已親此事蓋用此意此来見抱子詩云亦既抱子别日多未亂夜闌如夢寐寒燭泣餘寸杜詩夜闌更秉燭相對如夢寐女蘿上杉松爾雅唐蒙女蘿兎絲詩蔦與女蘿施于松栢文選古詩與君爲新婚菟絲附女蘿註引詩傳云女蘿松蘿也草木䟽曰今松蘿蔓松而生菟絲蔓聯草上與松蘿殊異野葛蔓畦壠詩葛生蒙楚蘞蔓于野蛛絲網祠

屋芝菌生畫拱老杜新樓成詩云朱拱浮雲細細輕太白登揚州西靈塔云霞連繡拱張去國二十年雪涕夙嚴奉杜甫入哀不知萬乘出雪涕風悲鳴李白詩有言不可道雪涕惜蘭芳更歷飽艱難左傳僖二十八楚子曰晉侯在外十九年矣而果得晉國險阻艱難備嘗之矣抑搔知痒痛内則問衣燠寒疾痛苛癢而敬抑搔之聞道下士笑老子云下士聞道大笑之轉物大人勇楞嚴經一切衆生從無始來迷已爲物失於本心爲物所轉若能轉物即同如來平生隨風波歸来夢猶洶持此寸草心孟郊詩誰言寸草心報得三春暉負荷九鼎重史記平原君傳使趙重於九鼎大呂柔嘉無牛羊保身以為供詩烝民仲山甫之德柔嘉維則又云既明且哲以保其身供謂供養其母也漢班倢伃傳求供

養太后長信宮退之作歐陽詹哀辭其序云詹父母老矣捨朝夕之養以來京師其心將以有得而歸爲父母榮也詹在側雖無離憂其志不樂也詹在京師雖有離憂其志樂也所謂以志養志者歟其詞曰以志爲養兮何有牛羊又按晉周顗母絡秀傳嘗置酒舉觴賜三子曰吾本渡江託足無所不謂尔等並貴列吾目前嵩起曰恐不如尊旨伯仁志大而才短非自全之道嵩性抗直不容於世唯阿奴碌碌當在母目下耳保身蓋用此事

次韻郭明叔長歌案山谷眞蹟云謹次韻上荅知縣奉議惠賜長歌邑子黃庭堅再拜上其間不同者何如高陽酈生醉落魄作都不如蚓食而蚓跧蚓跧作蚓跧自可老斲輪作自奇老斲輪公直起作公且起黃花零落作零亂此帖見藏泉江劉鷹家亦太和還家時作

君不見懸車劉屯田騎牛㵎壑弄潺湲楚詞觀流

水之潺湲白樂天詩搴芳躡翠弄潺湲八十唇紅眼點漆金鍾舉酒不留殘謂劉涣凝之也詳見送劉道純詩註晉杜乂傳眼如點漆庾信詩飲酒那得留殘君不見征西徐尚書為國捐軀矢石間徐禧字德占洪州分寧人與山谷同鄉死於永樂之禍已見過家上冢詩註贈吏部尚書謚忠愍文選曹子建詩云誰言捐軀易殺身良獨難龍章鳳姿委秋草嵆康事見上唐李揆傳龍章鳳姿士不見用麞頭鼠目子乃求官耶天馬長辭十二閑周禮校人曰天子十有二閑馬六種王平甫詩海鵬未擊三千里天馬須歸十二閑何如高陽酈生醉落魄長揖輟洗酈食其傳陳留高陽人落魄無衣食業爲里監門沛公略地陳留麾下騎驚龍顏士適食其里中子從容言食其食其入謁沛公方踞床令兩女子洗食其長揖不拜沛公

掇洗起衣謝之漢高紀隆準而龍顏丈夫當年傾意氣太白豪士歌意氣相傾山可移安用蚓食而蝎蛙孟子夫蚓上食槁壤蝎普歇又音曷猶蟜也古人已作泉下土風義可想猶班班後漢五行志童謡曰車班班入河間郭侯忠信如古人薦書飛名上九關楚詞虎豹九關啄害下人詩書自可老斵輪輪扁行年七十而老斵輪見莊子智略足以鮮連環莊子言志施之辯曰連環可解也銅章屈宰山水縣銅章見上退之詩出宰山水縣讀書松桂林友聲相求不我頑詩求其友聲鵬翼垂天公直起莊子其名爲鵬翼若垂天之雲燕巢見杜身思還文思舜禹開言路杜牧詩文思天子復河湟字本出堯典思息嗣反又如字即看承詔著豸冠漢官儀御史四人持書皆法冠一名柱後一名獬豸冠尚趨手板事直指手板見上注雋不疑傳暴勝之爲直指使者少忍吏道之多艱漢薛宣傳吏道以法令爲師黃花零落一尊酒别有天地非人寰太白詩問君何事栖碧山笑而不答心自閑桃花流水窅然去別有天地非人間

詠清水巖呈郭明叔并序

清水巖號為天下勝處去縣庭才二十里一山空洞如覆青玉盎也寒泉在其間甚壯急至巖口伏流入石鼻中巖下有石鍾鼓磬其聲清越不敞衮衮跑跑能警動人

世間金革聲亦不足道也巖前平衍略可坐千人不審旌旆嘗因公事一游否山海經河水其源渾渾泡泡註云水濆湧之聲交泡兩音

嘗聞清水巖空洞極明好虎狼遷部曲仙傳拾遺郭文字文舉隱餘杭天柱山虎常馴擾於左右亦可撫而牽之文出山虎必隨焉俛首隨行如羊犬耳晉書有傳事亦略同李廣傳行無部曲行陳鍾鼓天擊考唐國風子有鍾鼓弗鼓弗考注考擊也釋文曰鼓本或作擊雲生卧龍石水入煉丹竈李白謁老君廟詩流沙丹竈滅關路紫煙沉有意携管絃淵明詩明朝有意抱琴來山祇應洒掃文選顏延年詩山祇蹕嶠路李善曰山祇山神也

次韻清水巖

西安封域中案太平寰宇記洪州分寧縣云西安縣故城在縣西二十里按古今志云漢獻帝建安中置隋開皇元年廢山谷所居雙井隸分寧且在邦域之中矣見論語清水巖泉好金堂茂芝朮晉許邁傳採藥於桐廬餌朮涉三年移入臨安西山登嵓茹芝遺王羲之書曰自山陰南至臨安多有金堂玉室仙人芝草左元放之徒漢末得道者多在焉仙吏書勳考劉向列仙傳邢子者上山山上有臺殿官府仙吏侍衛桃源人已往千古遺井竈陶淵明歸田園詩云徘徊丘壠間依依昔人居井竈有遺處桑竹殘朽株借問採薪者此人皆焉如桃源事亦見淵明集已見上註雙鳧能来游俗子跡可掃雙鳧謂郭令也事見上詩豈弟君子來游來歌老杜兩過蘇端云諸家憶所歷一飯跡便

（掃又詩苦乏大藥貧山林迹如掃）

題章和甫釣亭（放言）

斬木開亭却倚石壁寒灘百雷（文選西京賦複陸重閣轉石成雷）古木千尺觀魚樂而相忘（魚樂見莊子）聽鳥啼而自得去而之京洛之間數年猶常夢嶄巖之石（家語孔子謂弟子曰違山千里蟪蛄之聲猶在耳）

銅官縣望五松山集句（元註云集句西清詩話云集句自國初有之至石曼卿始大著下第詩云一生不得文章力欲上青雲未有因聖主不勞千里召常娥何惜一枝春鳳凰詔下雖霑命豺虎叢中也立身啼得血流無用處著朱騎馬是何人至元豐間王荊公益工於此人言起自公非也）

北風無時休（退之詩十月陰氣盛北風無時休老杜詩烈風無時休）崩浪聒天響（淵明詩崩浪聒天響長風無息時）蛟鼉好為祟（老杜詩舟楫無根蔕蛟鼉好爲祟）此物俱神王（老杜詩天寒大羽獵此物俱神王）我來五松下（太白遊五松詩我來五松下）白髮三千丈（太白云白髮三千丈緣愁似箇長）松門點青苔（太白詩）惜哉不得往（退之詩惜哉不得往豈謂吾無能）今日天氣嘉（淵明詩今日天氣佳清吹與鳴彈）清絕心有向（老杜云殊姿各獨立清絕心有向）子雲性嗜酒（淵明云子雲性嗜酒家貧無由得）況乃氣清爽（老杜八哀詩）此人已成灰（太白詩吟詠思管樂此人已成灰）懷賢盈夢想（太白詩日夕聽猿愁懷賢盈夢想）衣食當須幾（淵明詩衣食當須幾力耕不吾欺）吾得終疎放（老杜詩中原未解兵吾得終疎放）弱女雖非男（淵明詩弱女雖非男慰情良勝無蓋山谷時未有男也按遺文有乞奏補姪樸狀云今遇明堂大禮臣子相纔六歲明堂乃元祐四年逆數至元豐七年歲甲子相始生前一年十二月自太和移德平集句蓋經途所作）出處同世網（老杜八哀詩）搔背牧雞豚（太白詩閑時田野中搔背牧雞豚）相見得無恙（退之詩憐我竄逐歸相見得無恙）

自咸平至太康鞍馬間得十小詩寄懷晏叔原并問王稚川行李鵝兒黃似酒對酒愛新鵝此他日醉時與叔原所詠因以為韻（咸平太康兩縣皆隸開封府）

詩入雞林市（唐白居易傳最工詩當時士人爭傳雞林行賈售其國相率篇易一金）書邀道士鵝（王羲之傳山陰道士好養鵝羲之固求市之道士云爲寫道德經當舉羣相贈羲之欣然寫畢籠鵝而歸）雲間晏公子風月興如何（晉陸雲傳雲曰雲間陸士龍荀隱曰日下荀鳴鶴）春風馬上夢樽酒故人持猶作狂時語鄰家乞侍兒（元註云稚川醉時在傍知狀侍兒婢也見爰盎傳）

憶同嵇阮輩醉臥酒家牀今日壚邊客初無人姓黃（黃公壚見上阮籍傳鄰家有美色當壚沽酒籍嘗詣婦飲醉便臥其側）

對酒誠獨難論詩良不易人生如草木臭味要相似（並見上）

春色挾曙来韓詩威風挾惠氣惱人似官酒酬春無好語懷我文章友紅梅定自開有酒無人對歸時應好在常恐風雨晦詩風雨如晦定自好在並見上東南萬里江緑盡一杯酒王孫江南去更得消息否退之詩水容與天色此處皆緑净又云瞰臨渺空闊緑净不可唾樂天詩澄鮮净緑表裏光歔笑果不情莊子大宗師篇造適不及笑獻笑不及排唐魚朝恩傳釋菜執易升坐言鼎有覆餗象以侵宰相王縉怒元載怡然朝恩曰怒者常情笑者不可測也貌親初不愛禮記情踈而貌親在小人則穿窬之道也與誰言百年交投分一傾蓋投分傾蓋見上

四十垂垂老山谷生於慶歷五年乙酉至元豐七年甲子蓋四十矣時自太和移監德平鎮集中有代其母祭陳氏女云我徂江南三年搖搖元豐甲子汝兄還朝可見是歲過汴京故在咸平太康之間作此詩僧貫休詩一瓶一鉢垂垂老文章豈更新鼻端如可斲猶擬為揮斤斲鼻揮斤見上土氣昏風日人𩕳極鴈鵝東口極鵝鴈見上尋河著斫繩墨詩思略無多

寄家

近别幾日客愁生固知遠别難為情文選王昭君詩傳語後世人遠嫁難爲情退之詩人間有累不可住依然離别難爲情夢回官燭不盈把後漢巴祇與客暗坐不然官燭杜詩何須把官燭似照鬢毛斑又云

浩歌淚盈把又云盈把那須滄海珠檀道鸞續晉陽秋曰陶潛九月九日無酒於宅邊菊叢中摘盈把望見白衣人送酒猶聽嬌兒索乳聲退之詩嬌女未絶乳念之不能忘忽如在我前耳若聞啼聲

古風次韻荅初和甫二首詩云道人四十心如水山谷生於乙酉至元豐甲子年四十凡五詩皆德平作

飢思河鯉與河魴詩豈其食魚必河之魴豈其取妻必齊之姜豈其食魚必河之鯉豈其取妻必宋之子渴思蔗漿玉盌涼楚詞招魂云胹鼈炮羔有柘漿前漢禮樂志歌泰尊蔗漿柘朝酲注取甘蔗汁爲飲可解酲杜甫入奏行蔗漿歸廚金盌凍冬願純綿對陰雪王褒頌云荷旃被毳者難與道純綿之麗密夏願縐絺度盛陽國風蒙彼縐絺是紲袢也洪範五行

傳盛陰雨雪凝滯而氷寒陽氣薄之不相入則散而爲霰盛陽雨水溫暖而陽熱陰氣脅之不相入則轉而爲雹萬端作計身愁苦王莽傳所以誑耀媚事大后下至旁側方故萬端一事不諧鬢蒼浪後漢宋弘傳帝顧謂主曰事不諧矣蒼浪見上調笑天街吟海燕文選詩調笑輒酬荅嘲謔無慭沮李白詩手把一枝菊調笑二千石晉天文志昴畢之間謂之天街梁吳筠燕詩一燕海上來一燕高堂息藜羹脫粟非公狂孔子在陳藜羹不糝王褒頌云羹藜含嗅者不足與論太牢之滋味脫粟見公孫弘傳君吟春風花草香杜詩春風花草香我愛春夜璧月涼陳書后妃傳其曲云璧月夜夜滿美人美人隔湘水杜詩美人胡爲隔秋水貫休善哉行有美一人兮婉如青陽久不見之兮湘水茫茫岑參春夢詩洞

房昨夜春風起遥憶美人湘江水柳子厚贈吳武陵美人隔湘浦一夕生秋風其雨其雨怨朝陽國風伯兮其雨其雨杲杲出日阮籍詩其雨怨朝陽蘭荃盈懷報瓊玖左傳聲伯夢涉洹或與已瓊瑰食之泣而為瓊瑰盈其懷歌曰濟洹之水贈我以瓊瑰歸乎歸乎瓊瑰盈吾懷乎國風木瓜報之以瓊玖韓文公送靈師詩逐客三四公盈懷贈蘭荃冠纓自潔非滄浪滄浪之水清兮可以濯我纓見孟子及楚詞白樂天詩莫唱滄浪曲無塵可濯纓道人四十心如水孟子我四十不動心漢鄭崇傳臣門如市臣心如水那得夢為胡蝶狂蝶夢見上

次韻答和甫盧泉水三首并序初虞世字和甫善醫有必用方行於世盧泉其所居也在東平府須城縣盧泉鄉

和甫作盧泉之水不求於古樂府而規摹暗合余為和成三疊自余官河外罕得逆耳之言於朋友和甫愛我也居有藥言吾不欲其思盧泉也故作其一父母之邦有如仲尼柳下惠而懷安之以吾之樂雙井知和甫之不忘盧泉也故作其二坐進此道者於物無擇清漳之波濁河之流盧泉之水求其異味而不得也親樂之身安之斯可矣故作其三夫三言者雖不同唯知言者領其不異也

初侏不能六尺長史記晏嬰傳云其御之妻謂其夫曰晏子長不滿六尺身相齊國顯名諸侯少日結交皆老蒼杜詩脫略小時輩結交皆老蒼勢利不可更炎涼漢張耳陳餘贊勢利之交古人羞之老杜詩且復過炎涼太白詩榮枯異炎涼解纓從我濯滄浪解纓見上與君論心松栢香取後凋之義樂天祭崔相羣文玉德彌溫松心不凋何為獨憶盧泉之上多緑楊盧泉如練照秋陽謝玄暉詩澄江淨如練泉上之人猶謗傷退之詩不知羣兒愚那用故謗傷此邦雖陋有佳士勿厭風沙吹莛莛顏君不須上池水史記扁鵲傳長桑君呼扁鵲與語曰我有禁方年老欲傳與公乃出其懷中藥予扁鵲曰飲是以上池之水三十日當知物矣其後扁鵲過虢虢太子死

扁鵲能生之故天下盡以扁鵲為能生死人扁鵲曰越人非能生死人也此自當生者越人能使之起耳囊中探丸起人死漢尹賞傳長安閭里少年相與探丸為彈得赤丸者斫武吏得黑者斫文吏借此以言丸藥杜詩囊中藥未陳又戲答趙伯充勸莫學書章懷中探丸起九死才術頗似宋太倉詩意亦謂藥石之言盧泉之木百尺長下蔭泉色如木蒼蘋風荷雨洒面涼倒影搖蕩天滄浪漢郊祀志登遐倒影則日月返從下照於上孫綽天台賦序或倒影於重溟樂天詩倒影咫尺如千尋杜詩影動倒景搖瀟湘網登錦鱗蒲荇香李白詩魯酒若琥珀汶漁紫錦鱗杜詩渚蒲牙白水荇青何以貫之柳與楊石鼓文其魚維何維鱮維鯉何以貫之維楊與柳古來希價入咸陽見上貪功害能相中傷

文選李陵荅蘇武書妨功害能之臣盡爲萬户侯白樂天詩自賢誇智惠相糾鬭功能君今已出紛爭外但思煙波春淼茫奉親安樂一杯水啜菽飲水見上李白詩萬言不直一杯水此摘其字盧泉之濱可忘死說苑楚昭王欲之荊臺司馬子綦諫曰荊臺之遊左洞庭右彭蠡其樂使人遺老而忘死

舍後鍾梵爐煙長杜詩梵放時出寺鍾殘仍殷床舍前簾影竹蒼蒼事親煗席扇枕涼東觀漢記曰黃香躬勤苦盡心供養冬無被袴而親極滋味暑即扇枕寒即以身温席陶淵明黃香贊其序云九歲失母思慕骨立事父竭力以致養暑則扇牀枕寒則以身温席本傳不載中有一士鬢蒼浪同心之言蘭麝香繫辭同心之言其臭如蘭與游者誰似姓楊朝發枉渚夕辰陽屈原九章云朝發枉渚兮夕宿辰陽懷瑾握瑜祇自傷左氏握瑜而懷瑾九章又云懷瑾握瑜兮窮不知所示東有濁河西清漳漢高紀田肯曰夫齊西有濁河之限胡爲搔頭盧泉思茫茫玉搔頭見上清明在躬不在水禮孔子閒居云清明在躬氣志如神此曹狡獪可心死神仙傳王遠謂麻姑曰吾老矣不復作此狡獪變化也列子云心死形廢莊子心若死灰杜詩心死著寒灰

和甫得竹數本於周翰喜而作詩和之

初侯一畝宮禮記儒行云儒有一畝之宮環堵之室風雨到臥席前日築短垣國語晉人謂吴曰君有短垣而自踰之昨日始

封植平生歲寒心樂見歲寒色見論語翩翩佳公子史記曰平原君翩翩濁世之佳公子也爲致一窻碧憶公来相居筮吉龜墨食洪範相協厥居洛誥云召公既相宅又云惟洛食註云卜必先畫龜然後灼之兆須食墨周禮春官卜師揚火以作龜致其墨人言陋如何我自適其適莊子適人之適而不自適其適論語子欲居九夷或曰陋如之何子曰君子居之何陋之有柳子厚詩我自適其適非顧爲世儒白眼對俗徒晉阮籍傳見禮法之士以白眼對之醉帽坐欹側北史獨孤信在秦州嘗因獵日暮馳馬入城其帽微側旦而吏人有戴帽者咸慕而側帽焉人知愛酒耳不鮮心得得莊子吾所謂聰者非謂其聞彼也自聞而已矣非謂其見彼也自見而已矣夫不自見而見彼不自得而得彼者是謂得人之得而不自得其得者也阿堵絕徃還晉王衍傳衍口未嘗言錢晨起見錢謂婢曰舉阿堵物却蓋言將此物去耳後人遂以錢爲阿堵顧愷之傳云傳神寫照正在阿堵中蓋謂目睛也然則目睛亦可稱阿堵乎蓋相傳承誤耳此君是賔客王徽之傳徽之指竹曰何可一日無此君清風吹月来韓詩清風吹空月舒波懽甚齒折屐謝安傳既破符堅有驛書至過户限心喜甚不覺屐齒之折有節似見聖書君陳篇凡人未見聖若不克見既見聖亦不克由聖左傳成十五年前志有之曰聖達節無言諒知默揚雄解嘲云知玄知默守道之極數回長者車見上猶恨地未僻杜詩地僻懶衣裳又曰幽棲地僻經過少陰雨打葉時白樂天詩秋雨梧桐打葉時曲肱自宴息曲肱見論語易君子向晦入宴息心游萬物初莊子曰

方篇老子曰吾游於物之初何處尋轍迹老子云善行無轍跡劉伶酒德頌云行無轍跡居無室廬從来脩竹林乃是逸民國晉阮咸傳與叔父籍爲竹林之游論語逸民乃夷齊下惠之屬後漢逸民傳蓋隱士耳

寄耿令幾父過新堂邑作廼幾父舊治之地堂邑隸博州

呼船淩大河驅馬踏平沙退之詩遂淩大江極東陬道傍開新邑千户有生涯四衢平且直爾雅四達謂之衢緑槐陰縣衙古詩縣古槐陰細官清馬骨高問誰作此邑者舊對予嗟前日耿令君遷民出坳窊退之聯句採月漉坳泓東坡重九詩惟有黄茆浪堆壠生坳窊窊鳥爪反一高一下也始遷民

懷土異端極紛拏論語小人懷土攻乎異端漢霍去病傳漢匈奴相紛拏既遷人氣和草木茂萌芽桃李雖不言見上春風滿城花陵陂青青麥見上煙雨潤桑麻杜詩桑麻深雨露自非耿令君大澤荒蒹葭漢高帝紀嘗息大澤之陂爾雅葭華註云即今蘆也蒹薕註云似萑秦國風蒹葭蒼蒼毛云蒹薕葭蘆也詩碩人云葭菼揭揭毛云葭蘆菼薍也陸璣云薍或謂之荻至秋堅成則謂之萑白頭晏起飯穲稏語嘔啞見送吳彥詩云伊啞弄文穲註自非耿令君漂轉隨魚鰕豈弟民父母詩豈弟君子民之父母不專司斂賒周禮泉府斂市之不售貨之滯於民用者以其賈買之凡賒者祭祀無過旬日令君兩男兒有德必世家問令今安

在鮮官駕柴車韓詩外傳齊子曰臣賴君之賜駕馬柴車陶詩日暮巾柴車當時舞文吏漢張湯傳舞文巧詆白璧強生瑕藺相如傳白璧有瑕請指示王令君袖手去不忍試虎牙見上猛摩虎牙注人徃惜事廢感深知政嘉我聞耆舊語歎息至昏鷄見上定知循吏傳来者不能加今為將軍客軒蓋湛光華幕府省文書漢李廣傳幕府省文書醉歸接䍦斜晉山簡傳童兒歌曰山公出何許徃至高陽池日夕倒載歸茗艼無所知時時能騎馬倒著白接䍦懷寶仁者病論語懷其寶而迷其邦可謂仁乎偷安道之邪左傳閔元管敬仲言於齊侯曰宴安酖毒不可懷也僖二十三晉公子重耳及齊齊桓公妻之有馬二十乘公子安之從者以為不可姜

氏曰行也懷與安實敗名勉哉思愛日贈言同馬檛見折柳當馬箠註愛日見上

放言十首論語謂虞仲夷逸隱居放言

廢興宜有命論語道之將行也與命也道之將廢也與命也得失但自知踽踽衆所忌詩杖杜獨行踽踽孟子曰古之人行何爲踽踽涼涼悠悠誰與歸詩悠悠我思檀弓云死者如可作也吾誰與歸范文正岳陽樓記微斯人吾誰與歸吾義苟不存豈更月攘鷄孟子曰今有人日攘其鄰之鷄者或告之曰是非君子之道曰請損之月攘一鷄以待來年然後已如知其非義斯速已矣何待來年風清聞鶴唳想見南山棲晉謝玄傳苻堅餘衆弃甲宵遁聞風聲鶴唳皆以爲王師至此借用

匣中綠綺琴文選張孟陽詩云佳人遺我綠綺琴註云傅玄琴賦序曰齊桓
公有琴曰號鍾楚莊王有琴曰繞梁司馬相如有焦尾蔡邕有綠綺皆名器也欲撫
已絕絃問絃何時絕鍾期謝世年見上正聲不
可聞千載寂寞閒未有顏叔子安知柳下賢
小雅巷伯云哆兮侈兮成是南箕毛公云哆大貌南箕箕星也侈之言是必有因也斯人
自謂避嫌之不審也昔者顏叔子獨處于室鄰之嫠婦又獨處于室夜暴風雨至而室壞
婦人趨而至顏叔子納之而使執燭放乎旦而蒸盡縮屋而繼之自以爲避嫌之不審矣
若其審者宜若魯人然魯人有男子獨處于室鄰之嫠婦又獨處于室夜暴風雨至而室
壞婦人趨而託之男子閉戶而不納婦人自牖與之言曰子何爲不納我乎男子曰吾聞
之也男子不六十不閒居今子幼吾亦幼不可以納子婦人曰子何不若柳下惠然嫗不

逮門之女國人不稱其亂男子曰柳下惠固可吾固不可吾將以吾不可學柳下惠之可
孔子曰欲學柳下惠者未有似於是也
輕肥馬上郎論語乘肥馬衣輕裘老杜云馬上誰家白面郎枯槁林
下士屈原漁父篇顏色憔悴形容枯槁聲名斷自然自然見此章華
胥註勢利焚和氣莊子外物篇利害相摩生火甚多衆人焚和權載之
起居序無耗氣無焚和智人不駃俗同朝皆用事物外
有華胥時時夢中至列子黃帝篇黃帝晝寢而夢遊於華胥氏之國
蓋非舟車之所及神遊而已其國無帥長自然而已其民無嗜慾自然而已云云
蘭檝桂爲舟九歌云木蘭爲檝桂爲舟權載之有美一人兮桂木爲檝蘭爲
舟大江可遠游堅車無良馬西漢食貨志乘堅策肥後漢鄧

太后詔溫衣美食乘堅驅良出門敗吾轍論語出門如見大賓柳子厚愚
溪對云吾謚而趨不知太山之異乎九衢以敗吾車吾放而游不知呂梁之異乎安流以
沒吾舟一身交萬物用我未易周安得柳下惠
窮年與之遊
徹雲起膚寸大蔭彌九州公羊春秋云觸石而出膚寸而合不
崇朝而徧雨乎天下者唯泰山爾彌字取彌天之意晉習鑿齒傳時桑門釋道安與鑿齒
相見道安曰彌天釋道安鑿齒曰四海習鑿齒石林詩話曰舊不解四海彌天爲何等語
因讀梁慧皎高僧傳載鑿齒與道安書云夫不終朝而雨六合者彌天之雲也弘淵源而
潤八極者四海之流也因摘其語以爲戲耳至仁雖愛物用舍如
春秋孟子云是故孔子曰知我者其惟春秋乎罪我者其惟春秋乎晴空不

成雨遠岫行歸休淵明歸去來詞云雲無心而出岫曹子建詩云朝雲
不歸山暮雨成川澤此反其意何疑陶淵明一去如鷺鷗淵明
去官如海上之狎漚人欲取而玩之則舞而不下漚鳥見列子
黃鵠送黃鵠中道言別離漢西域傳烏孫公主作歌曰願爲黃
鵠兮歸故鄉文選蘇子卿荅李少卿云黃鵠一別遠千里顧徘徊又云願爲雙黃鵠送汝
俱遠飛送君不憚遠愁見獨歸時退之送李負外云飲中相
顧色送後獨歸情羅網翳稻粱杜詩君看隨陽鴈亦有稻粱謀江湖
水彌彌行行不相見勉哉冥冥飛揚子云鴻飛冥冥弋
人何篡焉
蟬聲已紓遲秋日行畹晚宋玉九辯云白日畹晚其將入兮

長年困道路驅馬方更遠從事常厭煩（詩黽勉從事後漢書閔仲叔世稱節士註引高士傳云周黨遺之生蒜仲叔曰我欲省煩耳今更作煩耶）歸心自如卷旨甘良未豐安得懷息偃（詩我心匪席不可卷也又云或偃息在床）月滿不踰望日中為之傾（孔子傳易日中則昃月盈則食天地盈虛與時消息而況於人乎蔡澤傳語曰日中則移月滿則虧李文饒欹器賦序月滿而虧日中而昃彼天道而常然欲久盛而焉得）天地尚乃爾萬物能久盈（李白詩天地有泰否日月有盈虧況尔悠悠人安能久世間）明德忌瞱瞱（韓文公知名箴勿瞱瞱病無聞病其瞱瞱）高才貴寘寘（顏延年祭屈原文云物忌堅芳人諱明潔寘寘見上）忽解扁舟去懷哉張季鷹（晉張翰傳字季鷹齊王冏辟為大司馬東曹掾因見秋風起乃思吳中菰菜蓴羹鱸魚膾曰人生貴得適志何能羈宦數千里以要名爵乎遂命駕而歸謝玄暉詩懷哉謝歡宴懷哉懷哉本出詩）榨床在東壁（榨玉篇作醡又作醡仄射反切韻云壓酒具也）病起繞壁行新醅浮白蟻（白樂天詩香醅淺酌浮如蟻杜詩蟻浮仍臘味）渴見鮮朝酲（劉伶傳五斗解酲）小槽垂玉筋（李賀云小槽酒滴真珠紅）音響有餘清疾風春雨作靜夜山泉鳴（雨作及泉鳴以喻槽床滴聲也）安得朱絲絃為我寫此聲（禮記朱絃疏越一唱而三歎有遺音者矣史記樂書衛靈公將之晉至於濮水之上夜半聞鼓琴聲召師涓曰為我聽而寫之）想知舜南風正爾可人情（禮記舜作五絃之琴以歌南風正爾見上）弄水清江曲采薇南山隅（詩陟彼南山言采其薇史記伯夷傳隱於首陽山采薇而食之及餓且死作歌曰登彼西山兮采其薇矣索隱曰薇蕨也）當吾無事時此豈不我娛喬木好鳥音（詩伐木丁丁鳥鳴嚶嚶出自幽谷遷于喬木）天風韻虛徐（詩其虛其邪邪音徐）遐心游四海（詩毋金玉爾音而有遐心陸機文賦精騖入區心游萬仞）萬里不須臾回首古衣冠荊樊老丘墟（文選月賦曰臣東鄙幽介長自丘樊注引爾雅樊藩也郭璞曰藩籬也回視古衣冠者皆老於荊棘之籬丘壑墟落之間古衣冠謂背時也不隨時俯仰在熙寧間皆斥逐也）欲付此中意歸翻蟲蠹書（退之詩豈殊蠹書蟲生死文字間）短生（見上）憂不足此道樂有餘

送伯氏入都

貧賤難安處別離更增悲（老杜云乃知貧賤別更苦孟郊詩人言貧別易貧別愁更重）經營動北征（詩經之營之杜詩杜甫將北征）慈母待春衣（言母欲令待縫衣就乃行孟郊詩慈母手中線游子身上衣臨行密密縫意恐遲遲歸）短箠驅瘦馬青草牧中斷送行不知遠可忍獨歸時（已見前篇送君不憚遠愁見獨歸時注）太華物華春街柳囀黃鸝（王維詩陰陰夏木囀黃鸝）九衢生紫煙（退之詩子雲秪自守奚事九衢塵三輔舊事云長安城中八街九陌）到家使人迷知音者誰子（老杜詩伐木者誰子退之詩訐謀者誰子又聯句唱

道者誰子倦客無光輝王侯不可謁易蠱上九不事王侯戰國
策蘇秦之楚三日乃得見乎王談卒辭而行曰楚國之食貴於玉薪貴於桂謁者難得見
如鬼王難得見如天帝今令臣食玉炊桂因鬼見帝秣馬與言歸詩之子于
歸言秣其馬又云與言出宿又云言旋言歸豈無他人遊不如我
塤篪詩豈無他人不如我同父又云伯氏吹塤仲氏如篪陳書北窻下
陶淵明高卧北窻之下此自有餘師孟子子歸而求之有餘師

渡河

客行歲晚非遠遊河水無情日夜流去年排
堤注東郡漢東郡治濮陽今澶州所治縣也詔使奪河還此
州憶昔冬行河梁上文選李少卿詩携手上河梁遊子暮何之飛
雪千里曾冰壯杜詩交河幾蹴曾冰裂又云安得赤脚踏層冰蓋取東方
朔神異經云北方有曾冰萬里人言河源凍徹天冰底猶聞
沸驚浪漢書贊張騫窮河源

送吕知常赴太和丞

我去太和欲暮矣山谷在太和三年至元豐七年移監德州德平鎮是
年三月過泗州僧伽塔有發願文八年四月以校書郎召令言去太和欲暮猶在德平也
吕君初得太和官邑中亦有文字樂韓詩不辭文字
飲惟能醉紅裙此反其意惜不同君澗谷槃見上觀山千尺
夜泉落快閣六月江風寒觀山快閣在太和白樂天噴玉泉詩
練垂青嶂上珠寫綠盆中溜滴三秋雨寒生六月風往尋佳境不知處

掃壁覓我題詩看退之詩曲江山水聞來久恐不知名訪倍難願借圖
經將入境亦逢佳處便開看漸入佳境見晉書顧愷之傳

別蔣頴叔

蔣之奇字頴叔新法行爲福建通判遷淮東運副毋喪服
除爲江西運副改河北入奏計上神宗奬諭之移陝西官制行移淮南轉運使
擢江淮荆浙等路發運副使元豐六年五月奏計上神宗勞問甚備賜三品服
此據實録也此詩云三品衣魚人仰首當是六年以後作山谷移監德平鎮過
泗州僧伽塔作發願文時元豐七年三月也別蔣頴叔當是此時
金城千里要人豪張良傳此所謂金城千里天府之國賈誼過秦論金
城千里子孫帝王萬世之業也理君亂絲須孟勞左傳猶理絲而棼之
漢龔遂曰治亂民猶治亂絲不可急也北史齊文宣帝紀神武嘗使諸子各理亂絲文宣
獨抽刀斬之曰亂者當斬老杜大食刀歌云得君亂絲與君理孟勞者魯之寶刀也見穀
梁傳僖元年文星合在天東壁杜詩北斗避文星晉天文志東壁二星主
文章天子圖書之祕府也清都紫微醉雲璈列子曰穆王以爲清都紫
微鈞天廣樂帝之所居漢武帝內傳上元夫人自彈雲璈之璈荆溪居士傲
軒冕胷吞雲夢如秋毫司馬相如子虛賦吞若雲夢者八九胷中
曾不芥蔕三品衣魚人仰首見題下注又李翺撰韓文公行狀賜三品
衣魚不見全牛可下刀見上秦川渭水森長戟言爲
陝西轉運也續本事詩韋蟾題驛亭云渭水秦川豁眼明方壺蓬萊冠巨
鼇列子無底之谷有五山曰岱輿員嶠方壺瀛洲蓬萊五山之根無所連著帝使巨鼇
十五舉首而戴之五山始峙而不動詩意言其負荷重也萬釘寶帶瑚犹

席隋楊素傳賜萬釘寶帶國朝侍從跨猳鞍獻納論思近赭袍文選兩都賦序云朝夕論思日月獻納杜詩獻納司存雨露邊又獻納紆皇眷唐王建詩曰日色赭袍相似不著紅鸞扇遮杜光庭詩曾上雲天侍赭袍連營貔虎湛如水尚書如虎如貔閑盡西河擁節旄謂移陝西漕也時已復河湟何時出入諸公間漢晁錯傳云顯諸公間淮湖閱船今二毛左傳不擒二毛鑿渠決策與天合潁叔在淮南始鑿泗州般渠以避長淮之險舟行自是無覆溺下詔褒賞之祈窘束縮怒濤異聞集載古嶽瀆經云禹治水至桐栢山獲淮渦水神曰巫之祈善應對辨淮之淺深源之遠近禹鏁于龜山之足淮乃安流至唐有漁者釣得一古鏁牽出其末有獼猴即支祈也衣食京師看上計漢武紀令與計偕註計者上計簿使也陛下

文武收英髦退之詩三公盡是知者人曷不薦賢陛下聖春風淮月動清鑑白拂羽扇隨輕舠詩誰謂河廣曾不容刀註小船曰刀下榻見賢傾禮數陳蕃下榻詳見上王勃滕王閣序云徐孺下陳蕃之榻後車載士回風騷詩命彼後車謂之載之文選魏文帝與吳質書云從者鳴笳以啓路文學託乘於後車斲鼻於郢郢人堊漫其鼻端使匠石斲之已見上註又按楊子雲解難云鍾期死伯牙絕絃破琴而不肯與俗人彈優人亡則匠石輟斤而不敢妄斲服虔曰優古之善塗墍者也施廣領大袖以仰塗而領袖不汚有小飛泥誤著其鼻因令匠石揮斤而斲知匠石之善斲也師古曰墍即今之仰泥也優挍拭也故謂塗者爲優人優乃高反又音乃回反此叚與莊子意同而事異又非寓言山谷喜用斲鼻事故具列之觀魚於濠濠梁見上小夫閱人蓋

多矣唐房玄齡傳高孝基曰僕觀人多矣未有如此郎者漢蓋寬饒傳此如傳舍所閱多矣幾成季咸三見逃莊子應帝王篇鄭有神巫曰季咸知人之死生禍福若神列子與之見壺子出曰子之先生死矣列子入涕泣以告壺子壺子曰是殆見吾杜德機也甞又與來明日又與之見壺子出曰幸矣子之先生遇我也有瘳矣列子入以告壺子壺子曰是殆見吾善者機也甞又與來明日又與之見壺子出曰子之先生不齊吾無得而見焉列子入以告壺子壺子曰是殆見吾衡氣機也甞又與來明日又與之見壺子立未定自失而走又家語季羔謂刖者曰今吾在難正子報怨之時而逃我者三因併記之

平原宴坐二首

按蜀中刻山谷真蹟題作平原郡齋而詩句小異云平生浪學不知株江北江南去荷鋤窻風文字翻葉葉猶似勸人勤讀書成巢不處避歲鵲得巢不安呼婦鳩金錢滿地無人費一斛明珠薏苡秋平原郡德州也山谷元豐七年在太和移監德州德平鎮此詩題下註公擇二字詩意殊不相涉蓋本注於舊集謝送宣城筆而後人誤寘於此今去之

老作儒生不解事文選楊德祖牋脩家子雲老不解事強著一書唐婁師德傳云解事僕射江南有田歸荷鋤北窻風來舉書葉猶自勸人勤讀書謂風吹葉子冊如勸人讀書也黃落委庭觀九州月令草木黃落杜詩黃落驚山樹蟲聲日夜戒衣裘謂促織金錢滿地無人費謂黃葉一斛明珠薏苡秋以薏苡比明珠蓋馬援傳南方薏苡實大援欲以爲種軍還載一車譖之者以爲所載皆明珠文犀

同劉景文遊郭氏西園因留宿

人居城市虛華館秋入園林著晚花落日臨池見科斗必知清夜有鳴蛙 劉景文有西園和韻絕句云雨過西園物物佳柳風竹日掩葵花更無人迹宜清睡奈此池頭一部蛙元符三年七月山谷自戎州至青神省其姑有和青神士人蒲志同字泰亨詩其序云伏承泰亨先輩和示東坡之友劉景文同不肖宿城西郭氏園七言小詩且推不肖當與嶺南數公同時鵩騫鳳舉非所擬倫輒用元韻上答并叙東坡伯仲方來之意其詩云我已人間無所用鬢飄霜雪眼生花東坡兄弟來雖晚折箭堪除蝕月蛙東坡海上無消息想見驚帆出浪花三十年來卅三變幾人能不化鶉蛙王座天開旋北斗清班烏散落餘花有人難立百官上不為廟中羔莬蛙栽竹養松人去盡空聞道士種桃花昨來一夜驚風雨蒲地殘紅噪暮蛙又謝泰亨送酒云風掃三栽山外雨霜催五柳宅邊花非君送酒添秋睡可耐東池到曉蛙此詩真本尚存而遺文不載因附見於此城西郭園不知何處案前集有次韻劉景文登鄴王臺見思五首云何時郭池晚照影寫閑情時正在德平也按宋徽宗實錄元符三年九月上謂輔臣韓忠彥曰章惇求去朕不欲以定策貶惇秖緣護哲宗靈駕不職累有彈章惇於是遂出故和章云有人難立百官上不為廟中羔莬蛙霍光傳霍山曰丞相擅減宗廟羔莬蛙可以此罪也言章丞相之罪不獨如此耳

山谷外集詩註卷第十四

山谷外集詩註卷第十五

奉送劉君昆仲

游子歸心日夜流 漢高祖紀謂沛父兄曰游子悲故鄉 南陔香草可晨羞 束廣微補亡詩云循彼南陔言採其蘭又云馨爾夕膳潔爾晨羞 平原曉雨半槐夏汾上午風初麥秋 杜詩麥秋晨氣潤槐夏午風涼歐陽公詩註云趙學士師民詩思尤精如麥天晨氣潤槐夏午陰清前世名流皆所未到也 鴻鴈要須翔集早脊鴒無憾急難求 詩鴻鴈云鴻鴈于飛集于中澤常棣云鶺鴒在原兄弟急難論語翔而後集 欲因行李傳家信姑射山前是晉州 劉君兄弟當自德州歸晉故稱平原汾上時山谷在德州德平也按寰宇記晉州所治臨汾縣有平山一名壺口禹貢所謂壺口治梁及岐也今名姑射山在縣西八里莊子藐姑射之山有神人焉即此

和答莘老見贈

徃歲在辛丑 嘉祐六年辛丑山谷時年十七有溪上吟春江引二詩 從師海瀕州外家有行役 外家謂母家見漢書 拜公古邗溝 邗溝謂揚州也唐曰邗州左傳吳城邗溝以通江淮取此義也 兒曹被鑒賞 晉王戎傳鑒賞先見如此 許以綜九流 見上 仍許歸息女采蘋助春秋 後集黃氏二室墓銘云庭堅之初室曰蘭溪縣君孫氏故龍圖閣直學士孫公覺莘老之女初庭堅年十七從舅氏李公擇學於淮南始識孫公孫公憐其少立以蘭溪歸之息女見漢高祖紀采蘋見詩 斯文開津梁 世說庾公

見卧佛曰此子疲於津梁列子體道窮宗爲世津梁江文通詩道喪涉千載津梁誰能了
盛德見虛舟虛舟見上杜詩對君疑是汎虛舟離合略十年
文選陸士衡詩離合非有常譬彼弦與栝杜詩人生有離合豈擇貴賤端每見仰
清脩魏志陳登曰清脩疾惡有識有義吾敬趙元達久次不進遷楊雄
贊以者老久次轉爲大夫此言華老天祿勤校讎文武脩褒職
諫垣始登收實錄治平四年正月丙子祕書丞館閣校勘孫覺直集賢院昌
王府記室熙寧元年四月癸亥太常博士直集賢院孫覺爲右正言楊雄贊校書天祿閣
上詩褒職有闕唯仲山甫補之身趨鄴公城鄴當作葉傳寫誤耳山谷初仕
爲汝州葉縣尉葉本楚地楚惠王以封沈諸梁謂之葉公逐臣既南浮實錄
熙寧元年八月癸卯以太子中允直集賢院同知諫院孫覺通判越州以言事得罪也詩

意自言方之葉縣而華老已爲逐臣南往矣到官與華老竄逐同是元年漢高祖紀云南
浮江漢以下孌彼丞中饋詩泉水云孌彼諸姬易家人無攸遂在中饋
家庭供百羞周禮天官內饔選百羞醬物珍物以俟饋堂堂來問
寢忽爲雲霧休遺玩猶在篋汝水遶墳丘二室
墓誌云孫氏年二十而卒殯於葉縣者二十二年文選潘安仁悼亡云流芳未及歇遺挂
猶在壁南箕與北斗日月行置郵速於置郵見孟子相
逢輦轂下存沒可言愁元豐八年四月山谷以校書郎召時華老
爲祕監當年小兒女杜詩遙憐小兒女未解憶長安生子欲勝
裦勝裦見上甌越委琴瑟江湖拱松楸文選謝靈運游方山
詩云指期憩甌越越州春秋時爲越國所都史記東甌王徐廣曰今之永寧也當是華老

在越州悼亡返葬於江南墓木拱矣故有存沒可言愁之句詩云妻子好合如鼓瑟琴按
秦少游集中與參寥簡云華老壽安君竟不起子實遂丁憂遠方罹此禍故殊可傷也華
老悼亡於此可見越州今爲紹興府持節轉七郡華老自越倅徙知通州召
還修起居註又以言事黜知廣德軍踰年徙湖州又徙廬州持祖母喪服除知蘇州徙福
州徐州又南京召爲太常少卿易祕書少監哲宗即位兼侍講遷右諫議大夫故言七郡
治功無全牛見上還朝蒙嗟識明月豈暗投見上
抱被直延閣劉歆七略云武帝廣獻書之路書積如丘山外有太常博士之
藏內則延閣廣內祕室之府退之送殷侑序云持被入直三省丁寧踈簾近奎
鈎書斷曰蒼頡仰觀奎星圓曲之勢合而爲字孝經援神契云奎主文章蒼頡文字總
而爲言晉天文志鈎陳後宮也大帝之正妃也時宣仁后御簾三生石上夢

葛洪州畔牧童叩牛角而歌曰三生石上舊精魂賞月吟風不要論慙愧情人遠相訪此
身雖異性長存此乃僧圓澤事見於甘澤謠東坡刪改作圓澤傳見遺文記是復
疑不隱几付天籟莊子齊物篇南郭子綦隱几而坐仰天而噓云云又
曰汝聞地籟而未聞天籟閟人如海鷗列子云海上之人有好鷗鳥者每旦
之海上從鷗鳥游鷗鳥之至者以百數而不止其父曰吾聞鷗鳥從汝游取來吾玩之明
日之海上鷗鳥舞而不下襟懷俯萬物顏鬢與百憂長歌
可當泣短生等蜉蝣古樂府王融悲歌云悲歌可以當泣遠望可以
當歸短生見上註詩蜉蝣之羽毛云渠略也朝生夕死郭璞詩借問蜉蝣輩寧如龜鶴年
白樂天詩長生無得者舉世如蜉蝣悲歡令人老文選任彥昇詩悲歡不自
持萬世略同流書畢命萬世同流軒冕來逼身軒冕見上

白蘋晚滄洲〔許渾江南曲云汀洲採白蘋日落江南春〕履拂知道肥〔杜詩巾拂香餘擣藥塵階除灰死燒丹火詩意言學道蕭散也子夏戰勝故肥見上淵明詩貧富常交戰道勝無慼顏〕淨室見天游〔莊子外物篇室無空虛則婦姑勃谿心無天游則六鑿相攘〕小人樂蛙井〔莊子井蛙不可以語於道〕癡甚顧虎頭〔晉書顧愷之癡絕才絕畫絕或曰小字虎頭或曰虎頭將軍〕世縁真嚼蠟〔楞嚴經於橫陳時味如嚼蠟〕骨相謝封侯〔後漢班超傳相者曰此萬里侯相也〕松根養茯苓〔杜詩知子松根養茯苓遲暮有意來同煮〕歲晏望華輈〔考工記輈人爲輈註車轅也謝玄暉詩壘鼓送華輈〕

以潞公所惠揀芽送公擇次舊韻〔前集有謝公擇分賜茶三絕句今次前韻〕

慶雲十六升龍樣〔前漢志若煙非煙若雲非雲郁郁紛紛蕭索輪囷是謂慶雲〕國老元年密賜来〔左傳國老皆賀子文北苑貢茶錄云慶歷中蔡君謨造小鳳團自小團出而龍鳳遂爲次元豐有旨造密雲龍其品又加於小團之上〕披拂龍紋射牛斗外家英鑒似張雷〔謂張華雷煥也〕

吏部蘇尚書右選胡侍郎皆和鄙句次韻道謝

不待烹茶喚睡回天官兩宰和詩来清如接覺〔以竹通水〕通春溜快似揮刀斫怒雷〔天官吏部也冢宰以踰尚書其屬有太宰卿一人比侍郎〕

奉同公擇作揀芽詠〔貢茶錄云茶芽最上曰小芽如雀舌鷹爪次曰中芽乃一芽帶一葉者號一槍一旗一槍一旗號揀芽最爲挺特〕

赤囊歲上雙龍璧〔元註云囊貢小團亦單壘唯揀芽雙壘〕曾見前朝盛事来想得天香隨御所延春閣道轉輕雷〔元註云元豐末作延春閣張平子西京賦複陸重閣轉石成雷複陸複閣道也於上轉石以象雷聲〕

今歲官茶極妙而難爲賞音者戲作兩詩用前韻

雞蘇狗蝨難同味〔煎茶賦云或濟以鹽勺賊破家滑竅走水又況雞蘇之與胡麻雞蘇俗呼紫蘇胡麻一名狗蝨皆見本草〕懷取君恩歸去來

青箬湖邊尋顧陸〔箬溪在湖州顧陸謂顧野王陸羽按寰宇記湖州長興縣箬溪在縣南一名顧渚顧野王輿地志云夾溪悉生箭箬南岸曰上箬北岸曰下箬村人取下箬水釀酒醇美俗稱箬下酒陸鴻漸名羽有顧渚山記二篇盛言顧渚茶之美爲江左第一陸龜蒙嗜茶置園顧渚山下歲取茶租自判品第張彥遠名畫記有論顧陸張吳用筆一篇謂顧愷之陸探微非此詩所引〕白蓮社裏覓宗雷〔白蓮社在江州廬山晉慧遠法師故事也同社十八人宗炳字少文雷次宗字仲倫與焉〕

乳花翻椀正眉開時苦渴羌衝熱来〔拾遺記晉有羌人姚馥但言渴於酒羣輩呼爲渴羌初學記程曉伏日詩云今世褦襶子觸熱到人家搖扇髀中疼流汗正滂沱褦襶謂不曉事渴羌亦此流也〕知味者誰心已許維摩雖默語如雷〔時維摩詰默然無言文殊師利歎曰善哉善哉〕

乃至無有文字語言是真入不二法門莊子淵默而雷聲
公擇用前韻嘲戲雙井
萬仞峯前雙井塢山谷所居雙井隷洪州分寧縣婆娑曾占
早春来如今摸索蒼龍璧許敬宗曰若遇曹劉沈謝暗中摸索
著亦可識借用其字沈井銅缾漫學雷老杜銅缾詩亂後碧井廢時清
瑤殿深銅瓶未失水百丈有哀音
又戲為雙井解嘲
山芽落磑風回雪曾為尚書破睡来勿以姬
姜棄顦顇逢時瓦釜亦鳴雷雖有姬姜無棄顦顇見左傳文
選屈平卜居云黃鍾毀棄瓦釜雷鳴

奉同六舅尚書詠茶碾煎烹三首
要及新香碾一盃不應傳寶到雲来見上碎身
粉骨方餘味莫厭聲喧萬壑雷李白蜀道難砅崖轉石萬
壑雷碎身粉骨如老杜詠丁香云晚墮蘭麝中休懷粉身念也
風爐小鼎不須催魚眼長隨蟹眼来深注寒
泉收第一亦防枵腹爆乾雷嵇康養生論終朝未餐則囂然
思食枵囂皆言空腹蟹眼見上
乳粥瓊糜霧脚回色香味觸映根来六根眼耳鼻舌
身意即色聲香味觸法見楞嚴經茶錄有色香味瓊糜見上睡魔有耳不
及掩石曼卿詩更被陰晴長睡魔唐李靖傳兵機事以速爲神雷霆不及掩耳直

拂繩床過疾雷
與李公擇道中見兩客布衣班荆而坐
對戲弈秋因作一絕
兩客班荆覆局圖左傳襄二十六年楚伍舉奔鄭將遂奔晉聲子將如
晉遇之於鄭郊班荆相與食而言復故陶淵明詩班荆坐松下數斟已復醉魏志王粲傳
觀人圍棊局壞粲爲覆之不誤一道看人車馬溷泥塗文昌八
座鄰樞極唐劉洎䟽云八座比於文昌六曹尚書及令僕爲八座見晉職官志
後漢梁統傳論宰相運動樞極天上歸来愧不如
六舅以詩来覓銅犀用長句持送舅氏
學古之餘復味禪悅維摩經曰雖復飲食而以禪悅爲味

故篇末及之
海牛壓紙寫銀鉤海牛壓簾銀鉤並見上阿雅元註師奴僧號
守之索自收長防玩物敗兒性書云玩物喪志得歸
老成散百憂先生古心冶金鐵魏武帝令長史王必曰忠
能勤事心如鐵石退之孟先生詩云孟生江海士古皃又古心皮日休云余常慕宋廣平
鐵腸石心堂堂一角誰能折犀蓋一角獸也漢朱雲傳云五鹿嶽嶽朱
雲折其角兒言觳觫見孟子持贈誰外家子雲乃翁
師子雲蓋比之楊雄也不着鼻繩袖兩手古犀牛兒好
看取傳燈錄撫州石鞏慧藏禪師一日在厨下作務馬祖問曰作什麼曰牧牛祖曰
作麼生牧曰一回入草去便把鼻孔拽來福州大安禪師曰安在溈山三十年只看一頭

（水牯牛若落路入草便牽出若犯人苗稼即鞭撻調伏既久可憐生如今變作露地白牛常在面前露迥迥地趂亦不去也）

奉和公擇舅氏送吕道人研長韻

奉身玉壺冰立朝朱絲絃（文選白頭吟云直如朱絲絃清如玉壺冰）妙質寄郢匠（郢人堊漫其鼻端使匠石斲之見莊子已見上註）素心乃林泉力耕不罪歲（孟子王無罪歲）嘉穀有逢年（史記佞幸傳力田不如逢年善仕不如遇合）校書天祿閣（見揚雄傳）埶竹老風煙攜提寒泉泓（退之毛穎傳謂硯爲淘泓）松煤厭磨研（後漢蘇竟傳以磨研編削之才）籍甚在臺省六經勤傳箋（毛氏註詩曰訓詁傳鄭氏曰箋公擇有詩傳十卷）諫草蠹穿穴江

湖渺歸船（公擇熙寧初爲右正言論新法謫通判滑州元豐六年召爲太常少卿遷禮部侍郎哲宗立進吏侍）春官酌典禮（左太沖魏都賦斟洪範酌典憲）日月麗秋天（易離卦日月麗乎天按實錄元豐八年四月黄庭堅爲祕書省校書郎是年十二月禮部侍郎李常爲吏部侍郎此時未遷吏侍也）少也長母家學海頻尋沿（楊子學行篇百川學海而至于海丘陵學山而不至于山）（是故惡夫畫也）諸公許似舅（似舅見上）賤子豈能賢（杜詩賤子請具陳左傳云豈曰能賢）轅駒蒙推挽（漢竇嬰田蚡傳云今日廷論局趣若轅下駒山谷除校書郎時孫莘老李公擇皆在朝故最先諸公收召信推挽之力也及元祐五年二月丁酉公擇卒戊戌莘老卒六年三月山谷除右史中書舍人韓川有言至六月遂居母憂自此不復振矣山谷遺文有祭莘老文云二月丁酉公擇去化厥明戊戌公亦命駕）官次奉丹鉛（退之秋懷詩丹鉛事點勘言作校書也左傳襄二十三閔子騫謂公鉏曰若能孝敬富倍季氏可也公鉏然之敬共朝夕恪居官次）新詩先舊物包送比青氊（晉王獻之傳青氊我家舊物言以詩先研也左傳僖末年弦高以乘韋先牛十二犒師註云古者將獻遺於人必有以先之襄十九年享晉六卿于蒲圃贈荀偃束錦加璧先吳壽夢之鼎註古之獻物必有以先之柳子厚送濬上人序云古之贈禮必以輕先重故鄭商之犒先乘韋魯侯之贈後吳鼎）縲傳黄梅鉢未印少林禪（少林謂達磨也自南天竺國來寓止于嵩山少林寺面壁而坐終日默然後傳法與慧可且付袈裟慧可傳僧璨僧璨傳弘忍弘忍大師蘄州黄梅人也黄梅傳盧行者慧能有道明者聞五祖密付衣法與盧行者即率同意數十人追逐至大庾嶺盧行者擲衣鉢於磐石曰此衣表信可力爭耶任君將去道明舉之如山

不動乃曰我來求法非爲衣也願行者開示祖曰不思善不思惡正恁麼時阿那箇是明上座本來面目明當下大悟徧體汗流維摩經言若能如是坐者佛所印可）汲井滌敗墨（謝靈運詩激澗待汲井）蒼珪謝磨鐫（蓋以所送研比衣鉢）（以墨比蒼珪也）玉蟾瀉明滴（西京雜記晉靈公舊冢竅中有玉蟾蜍一枚大如拳）要須筆如椽（見上）眷求盡耆德（元祐初多用故老）舅氏且進遷山龍用補衮（書益稷帝曰予欲觀古人之象日月星辰山龍華蟲作會補衮見毛詩）舟楫功濟川（說命云若濟巨川用汝作舟楫）當身任百世（當字去聲見上註）舊學不虛捐私持殺青簡（見上）緝綴報餐錢（漢高后紀列侯幸得賜餐錢奉邑）屢書願無愧儻繼麟趾篇（詩麟之趾關雎之應也退之答元稹書云嗣德

有繼將大書特書屢書不一書而已也自當身任百世至篇末皆言身爲史官書傳百世敘青屢書皆史官事而關睢之應言宣仁后也後漢郭泰傳林宗卒同志者共刻石立碑蔡邕爲其文曰吾爲碑銘多矣皆有慙德唯郭有道無愧耳

再和公擇舅氏雜言

外家有金玉詩械樸追琢其章金玉其相我躬之道術莊子天下篇道術將爲天下裂又云古之道術有在於是者有衣食我家之德心書作德心逸日休使我蟬蛻俗學之市後漢竇融傳論蟬蛻王侯之尊莊子繕性篇俗學而求復其初烏哺仁人之林爾雅純黑而反哺者烏也文選補亡詩嗷嗷林烏受哺於子山谷有母在也養生事親汔師古炊玉爨桂能至今見上歲莫三十裘食

口三百指寒不緝江南之落毛緝落毛見上饑不拾狙公之橡子莊子齊物篇狙公賦芧音義云芧音序橡子也杜詩有客有客字子美歲拾橡栗從狙公平生荆雞化黃鵠荆雞伏鵠卵見上今日江鷗作樊雉江鷗見上莊生養生主篇澤雉十步一啄百步一飲不蘄畜乎樊中人言無忌似牢之見上挽入書林覵文字長楊賦并包書林退之詩文字覵天巧又云不如覵文字更蒙著鞭翰墨場選詩粲粲翰墨場贈研水蒼珪玉方玉藻云大夫佩水蒼玉蓬門繫馬晚色淨杜詩水花晚色淨茅簷垂虹秋氣涼湔拂見上垢面生寒光漢隸書呂硯其陽東坡云呂道人沉泥硯其首有呂字非刻非畫堅緻可以試金呂翁之冶與

天通不但澄泥燒鉛黃初疑蠻溪水中骨山谷有帖云嘉州峨眉縣中正寨之蠻溪出研石青綠密緻而宜筆墨不見鸜鵒目突兀端石有鸜鵒眼但見受墨無聲松花叢頫似龍尾琢紫煙歐陽公硯譜歙石出於龍尾溪端溪以北品爲上龍尾以深溪爲上東坡龍尾硯歌君看龍尾豈石材玉德金聲寓於石不見羅縠紋粼粼唐積歙硯圖譜有羅紋石出羅紋山但見含墨不泄如寒淵往在海瀕時前篇云從師海瀕州晨夕親几杖恪居有官次恪居官次見前篇遣吏問無恙戰國策齊語云齊王使使者問趙威后書未發問使者歲無恙耶民無恙耶王無恙耶撫摩寶泓置道山寶泓謂陶泓也見前篇註後漢竇章傳是時學者稱東觀爲老氏藏室道家蓬萊山

遂薦章入東觀爲校書郎鬱鬱秀氣似舅眉宇間唐元德秀傳見紫芝眉宇使人名利之心都盡其重可以回進躁之首其溫可以解橫逆之顏橫逆見孟子烏虖端是萬乘器萬乘器見感春詩輪囷註紅絲潭石之際知才難硯錄云紅絲石出青州黑山其理紅黃相參二色皆不深理黃者其絲紅理紅者其絲黃歐陽硯譜云紅絲石硯君謨贈余云此青州石也得之唐彥猷云須飲以水使足乃可用

次韻荅王四

病懶百事廢不惟書問疎新詩苦招喚是日鎖直廬文選陸士衡詩朝游游曾城夕息旋直廬潢汙深一尺左傳潢汙行潦之水大道覆行車賈誼書前車覆後車戒枚乘七發車覆能起之

晴夜遥相似秋堂對望舒離騷前望舒使先驅兮注月御也謝
玄暉詩借問下車日匪直望舒圓

戲答仇夢得承制

仇侠能騎矍鑠馬後漢馬援傳武威將軍劉向擊武陵五溪蠻夷深入
軍沒援因請行時年六十二帝愍其老未許援自請曰臣尚能被甲上馬帝令試之援據
鞍顧眄以示可用帝笑曰矍鑠哉是翁也席上亦賦競病詩南史曹景
宗傳梁武帝宴連句令沈約賦韻唯景宗不得韻意色不平詔約與韻時韻已盡唯有競
病二字景宗操筆便成曰去時兒女悲歸來笳鼓競借問行路人何如霍去病玄冬
未雷蒼虬卧玉山無年天馬饑山海經崐崙亦名玉山上
有玉禾其脩百尋退之詩稱騏驎云飢食玉山禾飽明遠詩誠不及青鳥遠食玉山禾

三年荷戈對摇落十倍乞弟亦可縛乞弟事見秦少
游所作任師中墓表甚詳其大略云元豐中朝廷治西南乞弟之罪至於斬將帥縛監司
兩蜀騷然四年而後定實部使者爲之裔夷何足責也劉備謂諸葛亮曰君才十倍曹丕
何如萬騎出河西捕取弄兵黄口兒西夏自昭永樂
城後爲邊患及秉常卒子乾順立元祐二年遣使冊乾順夏人以地界爲詞不入謝且犯
涇原鎮戎軍又侵德靖砦又犯塞門砦黄口兒謂乾順也家語孔子見羅雀者所得皆黄
口少雀弄兵潢池見龔遂傳

戲答仇夢得承制二首

結髮從征聽鼓鼙李廣傳謂其麾下曰廣結髮與匈奴大小七十餘戰
禮記君子聽鼓鼙之聲則思將帥未曾一展胷中奇退之代張籍書

開口一吐胷中之奇彎弓如月落霜鴈誰道將軍能賦
詩李白幽州胡馬客歌彎弓若轉月白鴈落雲端
横槊南史桓榮祖傳榮祖曰曹操曹丕上馬横槊下馬談論此可不負飲食矣元稹
作老杜墓誌云曹氏父子往往横槊賦詩不爲萬騎先傳杯把筆
過年年杜詩傳杯不放杯杜牧之詩自說江湖不歸去阻風中酒過年年懷
中黄石閑三略兵書有黄石公三略三卷道上青旗謾百
篇青旗謂置筒上加旗也元白號詩筒

和任夫人悟道

夫亡子幼如月魄書武成旁死魄疏云魄形也月之輪郭無光之處朔
後明生而魄死望後明死而魄生退之詩維時月魄死冬日朝在房摧盡蛾眉

作詩客二十餘年刮地寒見兒成人乃禪寂
杜詩予亦師粲可身猶縛禪寂萬事新新不留故瘦藤六尺
持門户玉臺新詠健婦持門户勝似大丈夫煩惱林中即是禪
更向何門覓重悟

暮到張氏園和壁間舊題

邵平不見見園瓜三徑還尋二仲家莫道暫
来無所得未秋先見碧蓮華邵平二仲見上高僧傳求那跋
摩於别室入禪累日不出寺僧遣沙弥候之亘室弥漫生青蓮花

從人求花

舍南舍北鵓鴣啼柳子厚聞黄鸝詩此時晴煙最深處舍南巷北遥相

語杜詩舍南舍北皆春水勃姑見上

體中不佳陰雨垂晉王湛傳兄子濟嘗詣湛見牀頭有周易問何用此爲湛曰體中不佳脫復看耳欲向黃梅問消息背陰合有兩三枝傳燈錄慧能大師傳智遠禪師謂曰西域菩提達磨傳心印於黃梅汝當往彼參決師辭決直造黃梅之東禪詩含此意李白詩聞道春還未相識走傍寒梅訪消息祖庭事苑曰經律異相云有瞰人鬼捉得一人日方欲出人謂鬼曰君何以面白背黑曰我鬼性畏日也其人向日而走既得脫因說偈言勤學第一道勤問第一方道逢羅剎難背陰向太陽白樂天忠州桃花詩長憶小樓風月夜紅欄干上兩三枝

贈陳師道

元祐元年二年陳無已在京師寓居陳州門按實錄二年四月乙巳徐州布衣陳師道充徐州州學教授贈此詩時未得官也按黃㽦年譜王景文質聞之榮茂世云得之前輩言山谷與後山相遇於潁昌因及杜詩客子入門月皎皎誰家擣練風淒淒故此詩有云霜月入戶寒皎皎萬人叢中一人曉

陳侯學詩如學道王立之詩話稱潘邠老云陳三學詩如學仙時至骨自換自謂此語得意然山谷有學詩如學道之句陳三所得豈其苗裔耶今按張良傳乃學道欲輕舉學道即學仙也陳無已此語乃印山谷之言此篇論詩固非王立之所及苟非陳無已山谷亦未嘗向人說此也故云十度欲言九度休萬人叢中一人曉又似秋蟲噫寒草如蟋蟀候秋吟也噫見上歐陽詩下視區區郊與島螢飛露濕吟秋草日晏腸鳴不俛眉盧仝月蝕詩飢腸徹死無由鳴楊雄解嘲云羣卿不揖客將相不俛眉得意古人便忘老君不見向

来河伯負兩河觀海乃知身一蠡河伯觀海見奉荅子高見贈詩註按東方朔傳語曰以管窺天以蠡測海註云蠡瓠瓢也來奚切今作河字韻乃蚌屬也疑別有所出然山谷集中又有詩云在公每懷歸安得借明駞畏塗失無鄉酌酒持一蠡則是用東方朔語也蓋文選以蠡測海音力禾切杜詩且持蠡測海況把酒如澠旅床爭席方歸去爭席見上秋水黏天不自多退之祭文洞庭汗漫粘天無壁秋水篇又云北海若曰天下之水莫大於海吾未嘗以此自多王荊公詩白浪黏天無限斷春風吹園動花鳥霜月入戶寒皎皎十度欲言九度休雲居膺示衆云知有底人終不取次十度擬發言九度却休去見祖庭事苑萬人叢中一人曉貧無置錐人所憐窮到無錐不屬天莊子云堯舜有天下

子孫無置錐之地張良傳無立錐之地傳燈錄溈山傳香嚴頌曰去年貧未是貧今年貧始是貧去年貧尚有卓錐之地今年錐也無呻吟成聲可管絃能與不能安足言莊子呻吟裘氏之地檀弓云彈琴而不成聲孔子世家詩三百五篇皆弦歌之以求合韶武雅頌之音詩意謂吟詠之際而自成聲音可被之管絃不復有能否之念如東坡南行集叙夫昔之爲文者非能爲之爲工乃不能不爲之爲工也

送六十五弟貫南歸

風驚鴻鴈行吹落秋江上爲掃碧巖邊問叔今無恙史記范雎傳須賈曰范叔固無恙乎

贈吳道士

吴仙十二棊一擊玄關應探人懷中事如月
入清鏡劉存事始云世本曰烏曹作六愽說文曰十二棊也御覽方術部異苑曰十二棊卜出自張文成受法於黃石公行師用兵萬不失一至東方朔密以占衆事後秘不傳晉寗康中襄城寺法味道人遇一老公著黃皮衣竹筒盛此以授法味無何失所在遂復傳於世山谷稱十二棊蓋異苑所言者非六愽也張文成蓋張良謚文成侯文選王簡栖碑云玄關幽鍵陸龜蒙詩幽憂拂長劒憔悴懟清鏡

同謝公定攜書浴室院汶師置飯作此
竹林風與日俱斜細草猶開一兩花天上歸
来對書客一作卷杜詩天上張公子韓詩應知侍史歸天上愧勤僧
飯更煎茶

謝人惠茶
一規蒼玉琢蜿蜑此言龍圖退之南海神碑云蜿蜿蜑蜑來慕飲食
籍有佳人錦段鮮張平子四愁詩云美人贈我錦繡段莫笑持
歸淮海去為君重試大明泉唐張又新水記云水之與茶宜者凡七品淮南路揚州大明寺水第五

懋宗奉議有佳句詠冷庭叟野居庭竪
於庭叟有十八年之舊故次韻贈之庭叟有佳侍兒因早朝而逸去乃插椒藩甚嚴密
城西冷叟半忙閑湘山野錄云楊大年爲閑忙令世上何人最號閑世上何人最號忙人道王陽得早還漢王吉字子陽爲諫大夫謝病歸琅

耶四望樓臺皆我有一原花竹住中間初無
狗盜窺籬落史記孟嘗君客最下坐有能爲狗盜者入秦宮藏中取狐白裘
底事蛾眉失鎖關每為朝天三十里時時驚
枕夢催班杜詩汝陽三斗始朝天坡詩曉風宮殿夢催班

古意贈鄭彥能八音歌前集有送鄭彥能宣德知福昌縣山谷有此詩眞蹟跋云吾友鄭彥能令可爲縣令師也以予寒鄉士不能重之於朝故作詩贈行以識吾愧元祐元年壬寅黃庭堅題彥能名僅今附此詩於元祐時
金欲百鍊剛柳子厚詩幹有千尋竦精聞百鍊剛不欲繞指柔劉越石詩何意百鍊剛化爲繞指柔石羊卧荒草一世如蜉蝣

石羊塚閒物也王建詩澗底盤陁石漸稀盡向墳前作羊虎蜉蝣朝生夕死詩云蜉蝣之羽注渠略也絲成蠶自縛白樂天詩蠶繭自纏縈智成龜自
囚莊子曰楚有神龜死已三千年王巾笥而藏之此龜者寧其死爲留骨而貴乎寧其生而曳尾於塗中乎竹箭天與美爾雅東南之美者有會稽之竹箭焉豈
頽作嚆矢莊子在宥篇不爲桀跖嚆矢匏枯中筌竽不用
繫墻隅匏瓜繫而不食見論語土偶與木偶未用相賢
愚孟嘗君傳孟嘗君將入秦蘇代謂曰今旦代從外來見木偶人與土偶人相與語木偶人曰天雨子將敗矣土偶人曰我生於土敗則歸土今天雨流子而行未知所止息也今秦虎狼之國而君欲往有如不得還君得無爲土偶人所笑乎乃止未用相賢愚退之語也革轍要合道覆車還不好木訥赤子心百

巧令人老論語剛毅木訥近仁孟子曰大人者不失其赤子之心者也注謂人能不失其赤子時心則爲貞正大人

子瞻題狄引進雪林石屏要同作東坡集有狄詠石屏考其歲月蓋元祐元年作時山谷在館中

翠屏臨研滴西漢雜記廣川王發晉靈公冢唯玉蟾蜍腹空容五合水取以成書滴明窻翫寸陰帝王世紀禹不重徑尺之璧而愛日之寸陰呉都賦責千里於寸陰意境可千里意境如劉夢得詩腰斧上高山意行無舊路也

搖落江上林百醉歌舞罷四郊風雪深將軍貂狐暖見上士卒多苦心選詩志士多苦心

送張林翁赴秦簽

金沙酴醿春縱橫荆公詩云酴醿一架最先來夾水金沙次第栽又有詩云故作酴醿架金沙紙謾栽似矜顔色好飛度雪前開提壺栗留催酒行歐陽公啼鳥詩云獨有花上提壺蘆勸我酤酒花前傾詩正義陸機疏云黄鳥黄鸝留也或謂之黄栗留公家諸父酌我醉橫笛送晚延月明此時諸兒皆秀發杜詩平公今詩伯秀發吾所羨酒閒乞書藤紙滑北門相見後十年謂北京教授時醉語十不省七八吏事衮衮談趙張廣漢敞張華説漢書衮衮可聽乃是樽前緑髮郎緑髮見上風悲松丘忽三歲言其居憂也更覺緑竹能風霜前漢嚴助傳不能其水土師古曰能堪也去作將軍幕下士退之云水北山人得聲名去年去作幕下士猶

聞防秋屯虎兕唐陸贄傳西北邊歲調河南江淮兵謂之防秋杜詩聞道君牙帳防秋近赤霄虎兕出於柙見論語只今陛下思保民所要邊頭不生事此語可見元祐初作短長不登四萬日如太白云百年三萬六千日人壽短長多不及此數也南史袁峻傳抄書自課日五十紙紙數不登則不止此摘其字愚智相去三十里世説云魏武過曹娥碑下楊脩見碑背上題作黄絹幼婦外孫虀臼八字魏武謂脩曰解否答曰解魏武曰卿未可言待我思之行三十里曰吾已得之令脩別記所知脩曰黄絹色絲也於字爲絶幼婦小女也於字爲妙外孫女子也於字爲好虀臼受辛也於字爲辭所謂絶妙好辭也魏武亦記之與脩同乃歎曰我才不及卿乃較三十里百分舉酒更著為古樂府隔谷歌食糧乏盡若爲活太白詩桃李今若爲當窻發光采千户封侯儻

来爾莊子繕性篇軒冕在身非性命也物之儻來寄也寄之其來不可圉其去不可止

題陽關圖二首

斷腸聲裏無形影畫出無聲亦斷腸白樂天詩一聲腸一斷能有幾多腸想得陽關更西路北風低草見牛羊高歡玉壁之敗使斛律金作勑勒歌其詞曰山蒼蒼天茫茫風吹草低見牛羊歡自和之哀感流涕

人事好乖當語離淵明答龐參軍詩序云人事好乖便當語離龍眠皃出斷腸詩李伯時畫也杜詩皃得山僧及童子坡詩龍眠獨識慇懃意畫作陽關意外聲渭城柳色關何事自是離人作許

悲渭城柳色見上漢書陽關去長安二千五百里唐人送客西出都門三十里曰渭城今有渭城館劉夢得詩舊人帷有何戡在更與殷勤唱渭城

題歸去来圖二首

日日言歸真得歸迎門兒女笑牽衣太白詩兒女歌笑牽人衣宅邊猶有舊時柳陶潛宅邊有五柳樹漫向世人言昨非詞云覺今是而昨非

人間處處猶崔子論語崔子弒齊君陳文子有馬十乘棄而違之至於他邦則曰猶吾大夫崔子也崔子以比劉裕篡晉也豈忍更令三徑荒歸去来辭三徑就荒誰與老翁同避世桃花源裏捕魚郎桃花源見上注荆公詩漁郎漾舟迷遠近

題畫鵝鴈

駕鵝引頸回子虛賦弋白鵠連駕鵝似我胷中字右軍數能来杜詩鄰家送魚鱉問我數能来不爲口腹事王立之詩話云古人有詩駕鵝引頸回似我胷中字右軍數能來不爲口腹事或曰山谷詩非也王羲之傳性愛鵝會稽有孤居姥養一鵝善鳴携親舊就觀姥聞羲之將至烹以待之羲之歎惜弥日後漢書閔仲叔豈以口腹累安邑哉

水國鴻鴈秋煙沙風日曬莫遣弓角鳴驚飛不成字

題老鶴萬里心老杜遣興云蟄龍三冬卧老鶴萬里心

仙人駕飛騎朝會白雲衢文選別賦駕鶴上漢莊子乘彼白雲至于帝鄉老驥不伏乘曹孟德樂府云老驥伏櫪志在萬里縶辭服牛乘馬

引重致遠清唳徹九虛太白詩清清如唳蟬野田篁竹底淮南王書云越處溪谷之閒篁竹之中毰毸伴雞鳧文選射雉賦敷藻翰之陪鰓毰毸鳳舞張羽皃時因長風起猶欲試南圖莊子而後乃今將圖南

題韋偃馬

韋侯常喜作群馬杜陵詩中如見畫老杜戲爲壁畫馬歌自註云韋偃畫忽開短卷六馬圖想見詩老醉騎驢杜詩騎驢三十載龍眠作馬晚更妙謂李伯時至今似覺韋偃少老杜雙松圖歌天下幾人畫古松畢宏已老韋偃少言晚歲筆畫老蒼視韋偃如少年也一洗萬古凡馬空句法如此今誰工老杜丹青引須臾九重真龍出一洗萬古凡馬空

答王道濟寺丞觀許道寧山水圖按外集十二卷又載一篇云往逢醉許在長安蠻溪大硯磨松煙忽呼絹素翻硯水久不下筆或經年一日踏門摵門鈕巾帽欹斜猶索酒舉盃意氣欲翻盆倒卧虛樽將八九醉拈枯筆當墨色勢若山崩不停手數尺江山萬里遙滿堂風物冷蕭蕭山僧歸寺童子後漁伯欲渡行人招先君笑指溪上宅鸕鶿白鷺如相識許生再拜謝不能迺是天機非筆力自陳精力初未衰八幅生綃作四時蚤師李成最得意十襲自藏人已知貴人取去棄墻角流落幾姓知今誰大梁畫肆閱水墨四圖宛然當物色自言早過許史門常賣一聲儻然得雨雪涔涔滿寺庭四圖冷落讓丹青往來睥睨誰比數十萬酬之觀者驚客還次第閱春夏坐見

歲序寒崢嶸王丞來觀歎唧唧亦如我昔初見日新詩雌黃多得實信知君家有摩詰我持此圖二十年眼見綠髮皆華顛許生縮手入黃泉衆史弄筆摩青天君家枯松出老翟頗似破屏有骨骼一時所棄顧愛惜不誣方將有人識比此篇多一韻其間大同小異恐此是改定本因附見

往逢醉許在長安郭若虛圖畫見聞錄云許道寧河間人學李成山水筆墨簡快峯巒峭拔自成一家醉許如懷素世稱醉素蠻溪大硯磨松煙蠻溪硯見上忽呼綃素翻硯水杜詩詔謂將軍拂絹素久不下筆或經年異時踏門闖白首退之詩闖然入其戶又聯句云儒門雖大啓姦首不敢闖闖丑甚反韻書註云馬出門貌巾冠欹斜更索酒杜詩不通姓字麁豪甚指點銀瓶索酒嘗舉杯意氣欲翻

盆倒臥虛樽將八九張籍詩酒盡臥空瓶醉拈枯筆墨淋浪杜詩戲拈秃筆掃驊騮勢若山崩不停手退之進學解手不停披於百家之編數尺江山萬里遥南史竟陵王傳其孫賁字文煥善畫於扇上圖山水咫尺之內便覺萬里爲遥杜詩咫尺應須論萬里滿堂風物泠蕭蕭杜詩滿堂動色嗟神妙退之詩蕭蕭風景寒山僧歸寺童子後杜詩貌得山僧及童子漁伯欲渡行人招莊子漁父篇孔子鼓琴奏曲未半有漁父下船而來曲終而招子貢此反而用之先君笑指溪上宅廬鷺白鷺如相識許生再拜謝不能項籍傳陳嬰謝不能元是天機非筆力老杜山水障歌云劉侯天機精愛畫入骨髓自言年少眼明時手揮八幅錦江

絲贈行卷送張京兆京兆不知謂誰而言錦江絲疑是張乖崖蓋比之張敞云心知李成是我師圖畫見聞錄云李成字咸熙家營丘志尚沖寂傳涉經史尤善畫山水寒林開寶中都下貴人王公貴戚爭馳書延請成多不答子覺職踐館閣贈光祿丞張公身逐銘旌去流落不知今主誰大梁畫肆閱水墨我君槃礴忘揖客槃礴見下註汲黯曰使大將軍有揖客反不重耶蛛絲煤尾意昏昏集中有答郭英發書云蛛絲所謂蠨蛸在戶者煤尾屋塵屋塵合墨醫方謂之烏龍尾杜詩頭白昏昏足醉眠幾年風動人家壁杜詩掛君高堂之素壁雨雪涔涔滿寺庭老杜秦州雜詩涔涔塞雨繁四圖冷落讓丹青笑訕肆翁十萬錢卷付騎奴見上市盡傾司馬

相如傳一坐盡傾王丞來觀皆失席指點如見初畫日四時風物入句圖楊大年談苑云李昉以司空致仕畜五琴皆以客爲名各爲詩一章畫爲圖傳於好事者句圖蓋此類也信知君家有摩詰王維字摩詰唐書有傳其詩云宿世謬辭客前身應畫師我持此圖二十年眼見綠髮皆華顛綠髮見上後漢崔駰傳駰作達旨云唐且華顛以悟秦甘羅童牙而報趙許生縮手入黃泉韓文巧匠旁觀縮手袖閒左傳不及黃泉無相見也衆史弄筆摩青天莊子田子方篇宋元君將畫圖衆史皆至受揖而立舐筆和墨有一史後至者儃儃然不趨受揖不立因之舍公使人視之則解衣槃礴臝君曰可矣是眞畫者也君家枯松出老翟畫圖見聞錄云翟院深北海人學李成山水但自創意者格下臨摹者奪眞風煙

枯枝倚崩石李白詩枯松倒掛倚絶壁蠹穿風物君愛惜不誣方將有人識言此畫雖蠹而他日有識之者按文選謝靈運擬鄴中詩其序言建安末在鄴宮究歡愉之極古無此娛何者楚襄王有宋玉唐景梁孝王有鄒枚嚴馬其主不文漢武時徐樂諸才備應對之能而雄猜多忌豈獲晤言之適不誣方將庶必賢於今日耳靈運之意謂他日人必以今日之樂爲賢於昔人不誣之義如嵇叔夜養生論云一溉之益不可誣也五臣注詞不達故爲箋云

山谷外集詩註卷第十五

山谷外集詩註卷第十六

和劉景文

劉季孫字景文父平與西夏戰於三川口死焉景文篤學能詩文爲兩浙兵馬都監東坡知杭州薦其才除知隰州

追隨城西園殘暑欲退席傳燈録云六祖慧能荅洪州法達云若不肯信者從他退席借使此二字夜涼雨新休城譙掛蒼壁譙樓見陳勝傳譙門註佳人携手嬉調笑忘日夕樂天詩打嫌調笑易飲訝卷波遲自註云抛打曲有調笑飲酒有卷白波劉侯本將家今爲讀書客詩名二十年風雅自推激杜詩詞華傾後輩風雅藹孤騫又詩陶謝不枝梧風騷共推激牛鐸調黃鍾晉荀勗傳初勗於路逢趙賈人牛鐸識其聲及掌樂音韻未調乃曰得趙之牛鐸則諧矣遂下郡國悉送牛鐸果得諧者北史長孫紹遠傳聞浮屠上鐸鳴雅合黃鍾薪餘合琴瑟蔡邕傳吳人燒桐以爨邕聞火烈之聲因而裁爲琴果有美音而尾猶焦故時人名曰焦尾琴食無千户封漢貨殖傳此其人皆與千户侯等句有萬人敵項羽傳學萬人敵耳兼用老杜白也詩無敵之意頗類鄴侯家連墻架書冊鄴侯書見上退之送石洪序云戒行李載書冊殘編汲縣冢杜預經傳集解後序云太康元年汲縣有發其界内舊冢者大得古書皆簡編科斗文字半隸鴻都壁漢靈帝元和元年二月始置鴻都門學法書要録載王逸少筆陣圖云蔡尚書入鴻都觀碣十旬不反嗟其不羣退之石鼓歌云觀經鴻都尚塡咽蓋嘉平四年三月詔諸儒正五經文字命議郎蔡邕爲古文篆隸三體書之刻石于太學門外使後生晚學咸取正焉碑始立其觀覽及摹寫者車乘日千兩塡塞街陌退之

所云蓋出於此按漢書初無鴻都字山谷所引用又出於韓詩也半隸謂三體書隸居其半

渠成亦秦利漢溝洫志韓聞秦之好興事欲罷之無令東伐使水工鄭國閒說秦令鑿涇水以溉田中作而覺秦欲殺鄭國鄭國曰始臣爲閒然渠成亦秦之利也秦以爲然卒使就渠頗公多賺獲竟須卜比隣左傳匪宅是卜唯鄰是卜漢孫寶傳祭竈請比鄰勞苦相飲食身有小醜女諸葛亮擇婦得阿承醜女已自喜翰墨要傳未見書見上遮眼差有益傳燈録僧問藥山爲什麼看經師曰只圖遮眼人生但安樂國語云人生安樂莫知其他券外豈吾力莊子券內者行乎無名券外者志乎期實註云券分也分麀誰覺夢蕉鹿出列子見上亡羊路南北列子曰揚子之鄰人亡羊既率其黨又請楊子之豎追之揚子曰嘻亡一羊何追者之衆鄰人曰多歧路既反問獲羊乎曰亡之矣歧路之中又有歧焉吾不知所之所以反也公今百寮底杜詩有才無命百寮底雪髮不勝幘愛公欲湔拂顧我已頭白見上

奉謝劉景文送團茶

劉侯惠我大玄壁上有雌雄雙鳳跡鵝溪水練落春雪蔡君謨茶録云茶羅以絶細爲佳羅底用蜀東川鵝溪畫絹之密者投湯中揉洗以羃之詩意謂以白練爲羅茶如雪落也粟面一杯增目力粟面蓋名花也孟子旣竭目力焉劉侯惠我小玄璧自裁半璧養瓊糜離騷經云精瓊靡以爲粻靡音糜借此以喻點茶如茶録所謂湯少茶多則粥面聚收藏殘月惜未碾直待阿衡来說詩匡衡傳無說詩匡鼎來絳囊團團餘幾璧因来送我公莫惜箇中渴羌飽湯餅渴羌湯餅見上雞蘇胡麻煑同喫本草水蘇一名雞蘇胡麻一名巨勝今油麻

謝景文惠浩然所作廷珪墨

廷珪贗墨出蘇家韓非子云齊伐魯索讒鼎魯人以其鴈往齊人曰鴈也魯人曰眞也東坡嘗云予蓄墨數九云是李廷珪墨雖形色異衆然歲久墨之亂眞者多矣疑而未決今時多貴蘇浩然墨浩然本用高麗煤雜遠煙作之麝煤滲澤紋鳥韡柳枝瘦龍印香字十襲見上一日三摩挱劉侯愛我如桃李揮贈要我書萬紙不意神禹治水圭禹貢禹錫玄圭忽然入我懷袖裏吾不能手抄五車書五車書見上亦不能寫論付官奴周越法書苑云王獻之字子敬羲之第七子五六歲時學書右軍從後掣其筆不脫歎曰此兒後當有大名遂書樂毅論一篇與之後題云書賜官奴官奴子敬小字也劉夢得詩日日臨池弄小雛還思寫論付官奴便當閉門學水墨灑作江南驟雨圖李成有驟雨圖山谷跋郭熙山水云熙因與蘇才翁家摹六幅李成驟雨從此筆法大進按名畫記李成營丘人

同景文丈詠蓮塘

塘上鈎簾對晚香半斜紅日已侵床江妃羞出凌波韈長在高荷扇影涼吳都賦江妃於是往來洛神賦凌波微步羅韈生塵

送劉道純

東坡與鮮于子駿簡云故人劉格字道純劉恕道原之親弟讀書强記辯博文詞粲然而立節强鯁吏事亦建君實頗知之而餘人未識也欲告子駿與一差遣收置門下敢保稱職也旦夕歸南康軍待闕軾非私之爲時惜才也

五松山下古銅官太白銅官山絕句我愛銅官樂千年未擬還要須回舞袖拂盡五松山又遊五松山詩自註云山在南陵銅井西五里按南陵縣今爲銅陵縣隸池州在唐亦嘗爲銅官縣邑居褊小水府寬文選西都賦名都對郭邑居相承杜詩吳呑水府寬民安蒲魚少嚚訟周禮職方氏兗州其利蒲魚堯典帝曰嚚訟可乎簿領未減一丘槃簿領見上詩考槃在澗道純當是主銅陵簿胷中崢嶸書萬卷數弄日月江湖閒退之詩婆娑海水南簸弄明月珠稠人廣衆自神王灌夫傳云稠人廣衆薦寵後輩莊子養生主篇神雖王不善也世說新語司馬太傅多名士一時儁異庾文康云見子嵩在其中常自神王按劍之眼白相看按劍相眄白眼視之並見上老身風波諳世味退之詩吾老世味薄如食橘柚知甘酸麒麟圖畫偶然耳漢書甘露三年單于始入朝上思股肱之美圖畫其人於麒麟閣後漢劉昆傳帝問前在江陵反風滅火後守弘農虎北渡河何以致之昆對曰偶然耳半枕百年夢邯鄲見餞薛樂道詩註平生樽俎宫亭上宫亭湖屬江州及南康軍荊州記曰宫亭湖即彭蠡澤涉世忘味皆朱顔此時阿翁尚無恙阿翁謂劉渙凝之也廬山記云凝之筠州人天聖八年擢進士第居官有直氣不屑輒弃

去卜居落星渚常乘黃犢往來廬山中追琢秀句酬江上詩追琢其章秀句見上堂堂今爲蛻蟬去史記屈原傳蟬蛻於濁穢五老偃蹇無往還寰宇記五老峯在江州德化縣懸崖突出如五人相對大梁城中笏拄頰大梁城汴京也笏拄頰用王徽之顧西山言爽氣事領髭今成雪點斑退之云若摘頷底髭青雲何必出公右漢田叔傳上召見與語漢廷臣無能出其右者亨衢在天無由攀椎鼓轉船如病已杜詩打鼓發船何郡郎夢想樓臺落星灣寰宇記落星寺在江州廬山東周迴一百五步高丈許圖經云昔有星墜水化爲石當彭蠡灣中故名落星灣子政諸兒喜文史阿秤亦聞有筆端子政謂劉恕道原也外集有過致政屯田劉公隱廬詩亦云憶昔子政在爲翁數解顔元祐八年改葬道原山谷誌之曰初凝之忿世不容弃官老於廬山之下至道原而節愈高又自以源出歆向務追配前人則子政云者比道原於劉向也其誌又云生三男羲仲和叔秤才器皆過人和叔以文鳴而秤篤行不幸相繼死韓詩外傳君子避三端避文士之筆端丹徒布衣未可量南史劉穆之傳謂所親曰貧賤常思富貴富貴必踐危機今日思爲丹徒布衣不可得也此亦用劉家事詩書且對藜藿盤家語子路曰常食藜藿爲親負米鮑宣傳漿酒藿肉註云藿豆葉也穴中生涯識陰雨木末牖户知風寒見上我今四壁戀微祿知公未能長挂冠後漢逢萌傳王莽殺其子萌即解冠挂東城門歸將家浮海陶弘景挂冠神武門

送薛樂道知鄭鄉

黃山葉縣連墻居（汝州葉縣有黃成山　山谷爲葉尉同官也）謝公席上對樗蒲雙鬟女弟如桃李蚤許歸我舍中雛（詩何彼穠矣華如桃李箋云興王姬與齊侯之子顏色俱盛也漢張耳傳舍中人皆笑此　摘其字）平生同憂共安樂（史記范蠡曰越王可與共患難不可與　共樂）歲晚相望青雲衢去年樽酒輦轂下（司馬遷書云待罪輦轂下曹子建表出從華蓋入侍輦轂）各喜身爲反哺烏（反哺烏　見上）城頭歸烏尾畢逋（漢靈帝紀註云桓帝之初京都童謡曰城上烏尾畢逋杜詩城頭烏尾訛）春寒啄雪送行車解珮我無明月珠（列仙傳二女步游江濱鄭交甫挑之女解珮與之數十步空懐無珮女亦不見詩曰何以贈之瓊瑰玉佩漢鄒陽書曰明月之珠）折柳不對千里駒（折柳贈行也古歌曲有折楊柳無玉佩以贈送而徒折柳與千里馬不相稱也千里駒見前　漢宗室劉德傳）念君胷中極了了作吏辦事猶詩書濁酒挽人作年少關防心地亦時須（楞嚴經當平心地則世界地一切皆平杜詩延州秦北户關防猶未已又詩君臣各有分管葛　本時須）鄖鄉縣古民少訟但問自己不關渠（杜詩治生但耕鑿只有不關渠民之治否在長吏之邪正耳）登臨一笑雙白髮宜城凍篘供行廚（鄖鄉屬均州宜城屬襄陽府）人生此樂他事無行李道出漢南都寄聲諸謝今何如（文選張平子南都賦李善曰南陽郡治宛在京之南故曰南都翰曰南都在南陽光武舊里以置都焉桓帝時議欲廢之故衡作是賦漢之南郡今鄧州也山谷繼室南陽謝景初師厚之女也自襄陽至鄖鄉必取道南陽故詩云爾左傳襄八亦不使一介行李告于寡君）謝公書堂迷竹塢（莊子云桓公讀書堂上）手種竹今青青否（章臺柳昔日青青今在否此以言竹）我思謝公淚成雨（詩泣涕如雨古樂府烏夜啼停梭悵然憶遠人獨宿孤房淚如雨）屬公去灑穰下土（鄧州治穰縣）

寄朱樂仲

故人昔在國北門鄰舍杖藜（見上）對樽酒十五餘年乃一逢黃塵急流語馬首（文選恨賦云黃塵匝地註引山陽公載記云鳴鼓雷震黃塵蔽天急流蓋用後漢馬后紀車如流水馬如龍也左傳唯予馬首是瞻）懶書愧見南飛鴻君居三十六峯東（三十六峯謂嵩山見上註白樂天詩何似峯嵩三十六長隨申甫作家山）我心想見故人面曉雨垂虹到望崧（洛陽嵩山嵩亦作崧）

贈陳元輿祠部

武成園木鎖中秋久得汀州刺史遊招喚丁寧方邂逅誰言天網漏吞舟（實録元祐二年八月祠部郎中陳軒爲主客郎中元輿軒字也武成王廟考試院陳祠部與山谷試幃中同事前集亦有戲答陳元輿詩云平生所聞陳汀州此詩亦同時作老子天網恢恢踈而不漏漢酷吏傳敘號爲網漏吞舟之魚曹子建戕設天網以該之頓八紘以掩之）

松下淵明（此詩在前集已有註畫本今藏眉山陳氏與板本小異今錄於此南度誠草草長沙濟艱難夜半舟移岸今無晉衣冠松風自度曲我絃

不須彈憲遠香火社遺民文字禪雖非老翁事幽尚亦可歡客來欲開說觴至不得言按蜀本詩集前一篇註云皆試院作後一篇載外集當是初本又按蜀本石刻眞蹟題云題李伯時所作松下淵明而第三第四句亦不同云平生夢管葛把菊見南山

老杜浣花谿圖引 按金陵續帖山谷有草書此詩其間多不同如碧雞坊西結茅屋百花潭水濯冠纓作浣花溪邊築茅屋百花潭底濯冠纓空蟠作獨蟠探道作譚道且眼前作佢眼前樂易作樂逸圖翁作田翁皆去作皆出酒船作江樓無主看作爛漫列解鞍脫作千戈解不用作不願平安報作平安信鋪墻作鋪壁常使作長使千古無作古今無因附于此

拾遺流落錦官城 杜詩花重錦官城 故人作尹眼爲

青 故人嚴武也眼青見上 碧雞坊西結茅屋 杜詩時出碧雞坊坊名取碧雞金馬之義 百花潭水濯冠纓 杜詩萬里橋西宅百花潭北庄百花潭事蓋節度使崔寧妻冀國夫人家于浣花溪上夫人初爲兒童有異僧過其家徧身瘡穢夫人奉之甚謹僧持弊衣謂曰爲我濯此夫人即就溪浣之蓮花隨出潭中及貴俗呼百花潭 故衣未補新衣綻 禮記內則衣裳綻裂紉箴請補綴 空蟠胷中書萬卷 杜詩讀書破萬卷 探道欲度羲黃前 陶淵明與子儼等疏云五六月中北窗下臥遇涼風至自謂羲黃上人南史王僧虔傳駸駸常欲度驊騮前摘此二字 論詩未覺國風遠千戈崢嶸 一作終風且霾 暗寓縣 文選謝玄暉詩霸功興寓縣註引說文曰寓籀文宇字杜詩宇縣復小康 杜陵韋曲無雞犬 老杜贈韋七詩云時論同歸尺五大自註云俚語云城南韋杜去天尺五 老妻稚子具眼前 杜詩老妻畫紙爲棋局稚子敲針作釣鉤 弟妹飄零不相見 杜詩干戈猶未定弟妹各何之又云喪亂聞吾弟飢寒傍濟州人稀書不到兵在見何由 此公樂易真可人 蜀志費禕傳君信可人字本出禮記 園翁溪友肯卜隣 杜詩溪友得錢留白魚又園人送瓜詩共少及溪老又詩王翰願卜隣 鄰家有酒邀皆去 杜詩田父要皆去隣家問不違要邀義同 得意魚鳥来相親 世說簡文入華林園顧謂左右曰會心處不必在遠翳然林水不覺鳥獸禽魚自來親人太白鳴皐歌曰白鷗兮飛來長與君相親 浣花酒船散車騎 野墻無主看桃李 杜詩手種桃李非無主野老墻低還是家又云桃花一簇開無主 宗文守家宗武扶 老杜云熊兒幸無恙驥子最憐渠又

有示宗文宗武兩詩宗武生日詩註云宗武小字驥子陳無已和饒節詠周昉畫李白眞詩云君不見浣花老翁醉騎驢熊兒捉轡驥子扶金華仙伯哦七字好事不復千金摸謂此詩也金華謂山谷 落日蹇驢馱醉起 杜詩蹇驢破帽隨金鞍 頋闘鮮鞍脫兜鍪 書太甲惟甲冑起戎註甲鎧冑兜鍪也漢韓延壽傳披甲鞮鍪註即兜鍪也退之詩邊封脫兜鍪 老儒不用千戶侯 老杜憶昔云老儒不用尚書郎樂府木蘭歌木蘭不用尚書郎 中原未得平安報 杜詩夕烽來不近每日報平安 醉裏眉攢萬國愁 一作清揚之閒廬皁 雜記遠法師結白蓮社以書招淵明淵明造焉遠因勉以入社陶攢眉而去杜詩故國愁眉外長歌欲損神 生綃鋪墻粉墨落 老杜詠畫鶴佳此志氣遠豈推粉墨新、平生忠義今寂寞兒呼不蘇驢失脚猶恐醒来有新作常使詩人拜畫圖煎膠續絃千古無東方朔十洲記鳳喙麟角合煎作膠名爲續絃膠博物志漢武時西海國獻膠五兩以付外庫餘半兩使者佩以自隨後從帝射於甘泉帝弓絃斷西使乞以所餘膠續之弦遂相著使力士各引一頭終不相離因名續絃膠杜詩麟角鳳觜世莫辨煎膠續弦奇自見杜牧之讀韓杜集云杜詩韓筆愁來讀似倩麻姑癢處抓天外鳳凰誰得髓無人解合續弦膠

戲和舍弟船場探春二首

雨餘禽語催天曉月上棃花放夜闌莫聽遊人待妍暖十分傾酒對春寒李白詩月上飛天鏡王荆公詩娟娟月上初

百舌鮮啼泥滑滑梅聖俞禽言四首其一竹雞云泥滑滑苦竹岡雨蕭蕭馬上郎泥滑滑蜀人號爲雞頭鶻東坡詩泥深厭聽雞頭鶻忽成風雨落花天顔延年詩寄語落花風莫吹花落盡城南一段春如錦喚取詩人到酒邊

次韻舍弟題牛氏園

春與園林共晚人將蜂蝶俱来唐王駕詩蛺蝶飛來過墻去樽前鳥歌花舞李太白詩好鳥迎春歌後院飛花送酒舞前簷歸路星翻漢回明月清風良宵會同星河易翻歡娛不終此廣記所載鬼詩也蘇黃皆喜爲人書之字本出文選鮑明遠舞鶴賦云星翻漢回曉月將落

春事欲了鷽催主人雖貧燕来武瓘詩花開蝶滿枝花謝蝶還稀惟有舊巢燕主人貧亦歸王荆公詩鷽猶求舊友燕不背貧家玉燭傳盃未厭爾雅四氣和謂之玉燭此借使其字杜詩傳盃不放盃金吾靜夜驚回本或作晝夜或作盡夜今定爲靜夜唐十六衛有左右金吾衛蓋循漢執金吾之名掌京城巡警韋述西都新記云京城街衢有金吾曉暝傳呼以禁夜行惟正月十五日夜勑金吾弛禁前后各一日杜詩醉歸應犯夜可怕李金吾

急雪寄王立之問梅花王才元舍人名棫立之其子也宇直方是年出貢院作

紅梅雪裏與蓑衣莫遣寒侵鶴膝枝吳都賦家有鶴膝户有犀渠借此以言梅枝之瘦也老子此中殊不淺庾亮在武昌諸佐吏乘秋夜共登南樓俄而亮至諸人將起避之亮曰老子於此處興復不淺尚堪

何遜作同時杜詩東閣官梅動詩興還如何遜在揚州按三輔決録何遜在揚州見官梅亂發賦四言詩人得傳寫遜有詩名作揚州法曹廨舍有梅花盛開常吟詠其下後居洛思梅花再請其任司馬相如傳上曰朕獨不得與此人同時哉

又寄王立之

南人羇旅不成歸夢遶南枝與北枝蜀州紅梅閣鬼詩南枝向煖北枝寒安得孤根連夜發要當雪月並明時花須連夜發見上

王立之以小詩送並蔕牡丹戲荅

分送香紅惜折殘邵堯夫謝寄梅花詩太守分香及野人韓魏公錦袐堆詩香紅不解知人意睡取東君不放回春陰醉起薄羅寒不如

王謝堂前燕曾見新粧並倚欄劉夢得詩舊時王謝堂前燕飛入尋常百姓家唐王謝航海至一州見翁媪皁服引見王王以女妻之謝問曰此何所也女曰烏衣國也後王取飛雲軒令謝入其中閉目少頃已至其家梁上雙燕呢喃下視謝乃悟所止燕子國也因併記之

露晞風晚別春叢拂掠殘粧可意紅王荊公詩荷花稱意紅

多病廢詩仍止酒可憐雖在與誰同玉臺新詠有歌詞云東飛伯勞西飛燕其末云空留可憐與誰同

從王都尉覓千葉梅云已落盡戲作嘲

吹笛侍兒

若為可耐昭華得柳子厚詩若爲化作身千億遍上峯巒望故鄉駙馬都尉王晉卿家吹笛妓名昭華

脫帽看髮已微霜杜詩脫帽露頂王公前

催盡落梅春已半樂府詩集漢橫吹曲有梅花落其序云梅花落本笛中曲唐大角曲亦有大梅花小梅花等曲今其聲猶有存者李太白詩黃鶴樓中吹玉笛江城五月落梅花

更吹三弄乞風光晉桓伊傳王徽之泊舟青溪側伊於岸上過令人謂伊曰聞君善吹笛爲我一奏伊踞胡床爲作三調弄杜詩風光草際浮又云傳語風光共流轉

次韻李士雄子飛獨遊西園折牡丹憶

弟子奇二首按舊本共三首前二首云傾三百盃已撥春醅闊如蟻望君及得花開西寺十里雪管領須禁煙回東陽瘦盡吟詩骨冷落花前飲鳳團龜紫姚黃滿京洛大名城裏看山丹而此本第一首却題作再和子飛寄子奇

西園春色才桃李蜂已成圍蝶作團更欲開

花比京洛放教姚魏接山丹歐陽公花品云姚黃魏紫以姓著蘇門下種山丹詩云淮陽千葉花到此三百里城中衆名圃栽接比桃李秉秋種山丹得雨生可喜山丹非佳花老圃有深意宿根已得土絕品皆可寄又種花詩云山丹得春雨艷色照庭除末品何曾數羣芳自不如今秋接千葉試取洛人餘

桃李陰中五兄弟扶將白髮共傳盃風吹一

鴈忽南去空得平安書信回扶將傳盃見上

和曹子方雜言曹輔字子方爲太僕寺丞前集有次韻答曹子方雜言此篇亦次韻也而不言次韻詩意略同不應再出又不稱再和疑是先作此篇後復竄易故兩存耳此詩蓋子方未出使以前所作也

正月尾垂雲如覆盂鴈作斜行書三十六陂

浸煙水王荊公詩三十六陂煙水白頭想見江南

想對西江彭蠡

湖三十六陂在揚州天長縣此據實錄蔣之奇傳天長今屬盱眙軍彭蠡湖在江州

人言春色濃如酒楊文公談苑載鄭文寶詩杜曲花光濃似酒灞陵春色老於人

不見揷秧吳女手老杜補稻畦水詩云揷秧適云已

冷卿小塢頗藏春語錄京師謂宗正爲冷卿謂其管玉牒東坡詩冷卿誰復溫刁景純有藏春塢前集雜言云往時畫醉冷卿酒舊註謂冷卿如冰廳之類恐未必然外集有冷庭叟詩其序云庭堅於庭叟有十八年之舊庭叟有佳侍兒因早朝而逸去前集詩云往時畫醉冷卿酒侍兒琵琶春風手又云誰憐相逢十載後其事跡及歲月皆相

似疑庭叟即冷卿也張侯官居柳對門張侯謂闇曹張仲謀當風橫笛留三弄見上燒燭圍棊覆九軍莊子德充符篇勇士一人雄入於九軍盡是向来行樂事每見琵琶憶朝雲李白詩瑤姬天帝女精彩化朝雲洛陽伽藍記言河間王有婢名朝雲善吹篪諸羌叛令朝雲假爲老嫗吹篪羌皆流涕復降語曰快馬健兒不如老婢吹篪只今不舉蛾眉酒紅牙捍撥網蛛塵曹侯東書丞太僕見上試說相馬猶可人莊子徐無鬼見魏文侯曰嘗語君吾相狗也吾相狗又若吾相馬也武侯大悅而笑徐無鬼出女商曰先生何以說吾君使吾君悅若此乎曰吾直告之吾相狗馬耳照夜白真乘黄詩大叔于田乘乘黄老杜觀曹將軍畫馬圖云將軍得名三十載人間又見真乘黃曾貌先帝照夜白龍池十

日飛霹靂萬馬同秣隨低昂楚詞服偃蹇以低昂一矢射落皁鵰雙杜詩皁鵰寒始急漢李廣傳是必射鵰者也北齊書斛律光傳嘗從世宗校獵見一大鳥雲表飛颺光引弓射之形如車輪旋轉而下乃大鵰也張侯猶思在戎行橫山虎北開漢疆橫山隸西夏虎北隸契丹御史中丞呂誨上奏云种世衡有復橫山之意而後保安軍宋迪言招橫山之民執政深信其說歐陽文忠公集中有論塞垣云晉高祖得戎主爲援乃以幽薊山後爲耶律之壽故契丹有幽陵遂絕虎北之隘冷卿智多髮蒼浪牛刀蔱研思一邦並見上政成十綴舞紅粧樂記云其治民逸者其舞行綴遠兩侯不如曹子方朶頤論詩蝟毛張易頤卦觀我朶頤賈誼傳高帝功臣反者如蝟毛而起魏志蘇則傳則鬚髯悉張欲正論以對傅巽

掐則乃止退之書張巡傳後云巡怒鬚髯輒張王摩詰送高判官詩眼如紫石稜鬚如蝟毛磔龜藏六用中有光祖庭事苑曰雜阿含云有龜被野干所得藏六不出野干怒而捨去佛告諸比丘汝當如龜藏六自藏六根魔不得便楞嚴經云塵既不緣根無所偶反流全一六用不行東坡詩得如虎挾乙失若龜藏六龜首尾及四足凡六何時端能俱過我掃除北寺讀書堂北寺即前集雜言所謂酺池寺也山谷入館後寓居於此讀書堂上見莊子菊苗煑餅深注湯更碾盤龍不入香蔡君謨茶錄云茶有真香而入貢者微以龍腦和膏欲助其香建安民間試茶皆不入香恐奪其真

謝曹子方惠二物二首

飛来海上峯地理書云錢塘縣郭下有靈隱山昔梵僧云自天竺鷲下飛来

琢出華陰碧華岳山峯也注香上褭褭映我鼻端白楞嚴經世尊教我觀鼻端白我初諦觀經三七日見鼻中氣出入如煙身心內明圓洞世界徧成虛淨猶如琉璃煙相漸銷鼻息成白心開漏盡諸出入息化爲光明照十方界得阿羅漢蘇養直詩閉門聊想鼻端白宴坐倏移窻日紅聽公談昨夢沙暗雨矢石今此非夢耶煙寒已無迹博山爐短喙可候煎枵腹不停塵莊子言魏王大瓠非不呺然大也註云呺然虛大貌嵇康養生論終朝未餐則囂然思食呺囂皆言空腹山谷屢用此皆作枵字柳子厚祭裴令文云枵然其量廓尔其宇蟹眼時探穴龍文已碎身茶錄云候湯最難未熟則沫浮過熟則茶沉前世謂之蟹眼者過熟湯也龍文謂龍團茗椀有何好孟嘉傳酒有何好而卿嗜之此摘其字煑餅

被寵珍茶録又云餅中貴之不可辯故曰候湯難文選劉公幹詩北面自寵珍言茶餅亦爲人所貴也石交諒如此湔被長日新煎茶餅蘇秦曰此所謂棄仇讎而得石交者也湔被見上

送高士敦赴成都鈐轄二首東坡集中亦有此詩乃元祐三年也

玉鈐淮南子云通許由之論金縢豹韜廢矣註云金縢豹韜周公太公陰謀圖王之書也國朝置鈐轄曰鈐曰縢曰韜皆取祕密之義王判公詩府謨資石畫兵略倚珠鈐註珠鈐猶玉鈐謂兵書也歐陽詩將論縱横輕玉鈐金印臨參井太白蜀道難云捫參歷井仰歌息控蜀通秦四十州日下書来望鴻鴈江頭花發醉貔貅禮記曲禮前有摯獸則載貔貅註貔貅亦摯獸也

巴滇有馬駒空老漢有巴郡治江州今重慶府所治巴縣也後漢末分而爲三巴西郡治閬中今閬州所治縣也巴東郡治魚復今夔州所治奉節也與巴郡爲三巴蜀馬皆取之西南夷史記西南夷傳云西南夷君長以什數夜郎爲大其西靡莫之屬以什數滇爲大如淳曰滇音顛顛馬出其國駒空老言不用兵也林箐無人葉自秋能為将軍歌此曲鳴機割錦與纏頭開元中富人王元寶會賓客明日或問曰昨來有何高談元寶曰但費錦纏頭耳杜詩罇前還有錦纏頭

捧日高宣事東京四姓侯後漢紀顯宗九年爲四姓小侯開立學校置五經師註外戚樊氏郭氏陰氏馬氏也高蓋宣仁后家軍中聞俎豆論語俎豆之事則嘗聞之廟勝脫兜鍪退之詩邊封脫兜鍪燒燭海

棠夜香衣藥市秋君平識行李嚴君平見漢書河漢接天流

次韻子瞻送穆父二絶錢勰字穆父元祐初知開封府還給事中復以龍圖閣待制知開封以繫囚別所還就圖空出知越州越今爲紹興府

渺然今日望人材當今人物渺然見上每見紫芝眉宇開唐元德秀字紫芝房琯每見嘆曰見紫芝眉宇使人名利之心都盡又觸惠文江海去快帆誰與挽令回漢張敞傳弟武拜爲梁相曰梁國大都吏民凋弊當以柱後惠文彈治之秦時獄法吏冠柱後惠文武意欲以刑法治梁

謫官猶得住蓬萊越州有蓬萊館抱牘人稀書巻開牘謂案牘退之藍田丞廳記云文書行吏抱成案詣丞張敞憮眉應急名此用尹京事也張敞治京兆爲婦畫眉長安中傳張京兆眉憮有司以奏上問之云云董宣強項莫低回楊雄解難大語叫叫大道低回韓詩聯句聖籍飽商榷危行無低回強項令見墨竹賦註

和子瞻内翰題公擇舅中丞山房

幽人八座復中臺東坡還端明翰林侍讀二學士守禮部尚書時公擇爲御史中丞想見書堂山杏開四十餘年僧屈指時因秋鴈寄聲来東坡集有李氏山房藏書記其略云余友李公擇少時讀書於廬山五老峯下白石庵之僧舍公擇既去而山中之人思之指其所居爲李氏山房藏書其後元豐七年東坡自黄移汝因往筠自筠遊廬山書李公擇白石山房云偶

尋流水上崔嵬五老蒼頭一笑問若見謫仙還寄語匡山頭白早歸來屈指字見漢陳湯傳詘指計其日日不出五日

題子瞻書詩後

詩就金聲玉振見孟子書成蠆尾銀鉤見上已作青雲直上何時散髮滄洲北山移文云干青雲而直上散髮見上註

戲贈高述六言

江湖心計不淺翰墨風流有餘相期乃千載事要須讀五車書見上

戲題大年防禦蘆鴈

揮毫不作小池塘蘆荻江村落鴈行雖有珠簾蔵翡翠不忘煙雨罩鴛鴦詩話又云宗室大年名令穰喜徽行而善畫小景山谷詩云雖有珠簾籠翡翠不忘煙雨罩鴛鴦蓋有所譏也太白詩玉樓巢翡翠金殿鎖鴛鴦

避暑李氏園二首

李侯別館鎖春陰花徑吹香可細尋杜詩花徑不曾緣客掃王荆公詩隔壁吹香併是梅又山櫻詩賴有春風嫌寂寞吹香渡水報人知迸筍侵堦盧仝詩攅迸溢林藪藤倒架主人重為費千金用孫子日費千金字

荷氣竹風宜永日冰壺涼簟不能回題詩未

有鷩人句會喚謫仙蘇二來王立之詩話曰山谷嘗避暑城西李氏園題兩詩其一云題詩未有鷩人句喚取謫仙蘇二來秦少游言於東坡曰以先生爲蘇二大似相薄少章爲予言

次韻胡彥明同年羇旅京師寄李子飛三章一章道其困窮二章勸之歸三章言我亦欲歸耳胡李相甥也故有檳榔之句

看除日月坐中銓言坐待銓選閱歲月之除去也唐制三銓選士尚書爲尚書銓侍郎二人分爲中銓東銓見德宗實録今銓法有尚書左右選侍郎左右選胡彥明隸侍郎左選故曰中銓文選褚淵碑云轉吏部郎執銓以平註云韋照漢書註曰銓

稱錘也聲類曰銓所以稱物一歲應無官九遷文選任彥升代范雲謝表云千秋之一日九遷荀爽之十旬遠至方之微臣未爲速達註云千秋自寢園郎戾太子事一日起九級至大鴻臚退之上張建封書雖日受千金之賜一日九遷其官

葱韭盈盤市門食市門見上詩書滿枕客床氊杜詩坐客寒無氊留連節物孤朋酒豳七月朋酒斯饗杜詩朋酒日懽會惱亂鄰翁謁子錢漢貨殖傳吳楚兵之起長安中列侯封君行從軍旅齎貸子錢家子錢家以爲關東成敗未決莫肯予唯毋盐氏出捐千金貸其息十之誰料丹徒布衣得困窮且忍試新年南史劉穆之傳曰今日思爲丹徒布衣不可得也穆之少時家貧好往妻兄家乞食食畢求檳榔江氏兄弟戲侮之按爾雅妻之晜弟爲甥詩序相甥蓋謂此

丁未同升鄉里賢丁未治平四年同登第別離寒暑未推遷賈誼鵩賦萬物變化固無休息斡流而遷或推而還太白詩百齡何蕩漾萬化相推遷淵明詩序云日月推遷蕭條羇旅深窮巷蚤晚聲名上細氊漢王吉傳諫昌邑王疏曰廣廈之下細旃之上註云旃與氊同碧嶂清江元有宅白魚黃雀不論錢杜詩白魚如切玉朱橘不論錢檳榔一斛何須得李氏弟兄佳少年斛貯檳榔見上太白詩何時黃金盤一斛薦檳榔畏人重禄難堪忍文選魏文帝詩棄置勿復道客子常畏人閲世浮雲易變遷徐步當車飢當肉戰國策齊語云齊宣王見顏斶云云斶辭去曰斶願得歸晚食以當肉安步以當車無罪以當貴東坡答畢仲舉書云偶讀戰國策見處士顏斶之語晚食以當肉欣然而笑若斶者可謂巧於居貧者也菜羹菽黍差飢而食其味與八珍等而既飽之後芻豢滿前唯恐其不持去也鋤頭為枕草為氊元無上馬封侯骨見上安用人間使鬼錢見上不是朱門爭底事清溪白石可忘年樂天詩白石清泉就眼來杜詩爾輩可忘年

與胡彥明處道飲融師竹軒

井寒茶鼎甘竹密午陰好文選謝靈運詩密竹使徑迷瓜嘗邵平種見上酒為何侯倒晉何充字次道能飲酒雅爲劉惔所貴惔每云見次道飲令人欲傾家釀言其能温克也倦須槃礴羸歸可倒著帽欲去更少留道人談藥草槃礴羸見上晉山簡

云日夕倒載歸茗艼無所知時時能騎馬倒著白接䍦法華經有藥草喻玉續使奴婢自種黍時藥草自供

謝送宣城筆山谷草書此詩又跋云李公擇在宣城令諸葛生作雞距法題云草玄筆以寄孫莘老

宣城變樣蹲雞距白樂天雞距筆賦足之健者有雞足毛之勁者有兔毛就足之中奮發者利距在毛之內秀出者長毫合爲乎筆正得其要矣諸葛名家捋鼠鬚草書本作捋鼠鬚法書要録云右軍寫蘭亭序以鼠鬚筆世説王羲之得用筆法於白雲先生遺之鼠鬚筆又云鍾繇張芝皆用鼠鬚筆一束喜從公處得千金求買市中無漫投墨客摹科斗子墨客卿問於翰林主人見楊雄長楊賦勝與朱門飽蠹魚愧我初非草玄手不將閑寫吏文書

王彥祖惠其祖黃州制草書其後其祖禹偁字元之咸平中自西掖謫知黃州

脫略看時輩江淹賦脫略公卿跌宕文史老杜壯遊詩脫略小時輩結交皆老蒼諸君等發蒙汲黯傳淮南王謀反憚黯曰黯好直諫守節死義至說公孫弘等如發蒙耳董狐常直筆左傳宣元趙穿攻靈公於桃園宣子未出山而復太史書曰趙盾弑其君宣子曰不然對曰子爲正卿亡不越境返不討賊非子而誰孔子曰董狐古之良史也書法不隱修太祖實録禹偁直書其事執政以禹偁輕重其閒出知黃州汲黯少居中黯傳黯以數切諫不得久留內袁盎傳盎以數直諫不得久居中鵩入遷臣舍漢賈誼爲長沙傅有鵩飛入誼舍鵩似鴞

不祥鳥也誼自傷悼以爲壽不得長元之謫
黄州其事大類此東坡在黄作五禽言其一
云使君向蘄州更唱蘄州鬼自註云王元之
自黄移蘄州聞啼鳥問其名或對曰此名蘄
州鬼元之大惡之果卒於蘄**烏號厭世弓**言元之未謫黄州時太宗已上
仙矣封禪書云黄帝鑄鼎既成有龍垂胡髯
下迎黄帝帝上騎小臣不得上乃悉持龍髯
髯拔墮帝之弓百姓乃抱其弓與龍髯而號
名其處曰鼎湖弓曰烏號莊子天地篇千歲
厭世去而上仙**平生有嘉樹猶起九原風**左傳韓宣子來聘公
享之韓子賦角弓既享宴于季氏有嘉樹焉
宣子譽之武子曰宿敢不封殖此樹以無忘
角弓遂賦甘棠詩意謂元之名德在人如其
宰上之木人思之不忘也檀弓趙文子與叔
譽觀乎九原云云李白詩
更尋嘉樹傳不忘角弓詩

送徐景道尉武寧

李苦少人摘見上**酒醇無巷深**古語美酒無曲巷**當官**
莫避事左傳當官而行**為吏要清心**清心見上**葛藟松千**
尺國風緜緜葛藟**寒泉綆百尋**莊子綆短者不可以汲深**公朝有**
汲引漢劉向云禹稷皐陶轉相汲引**吾子茂徽音**詩太姒嗣徽音謝靈
運詩長絶子徽音
黄綬補一尉朱博傳刺史不察黄綬注丞尉職卑皆黄綬李太白趙少翁才
見瓌雅志氣豪烈以黄綬作尉泥蟠當塗亦雞栖鶴籠不足以窘束鸞鳳耳**還依**
水竹居身隨南渡馬晉五馬渡江一馬化爲龍退之詩一馬南渡開
新主此摘其字**書寄北来魚風俗諳鄰並艱難試事**
初官閑莫歌舞教子誦詩書鄰並事初使俗語所謂以俗爲

雅也

杜似吟院兩首

日長吟院無公事燕入花開必有詩莫道南
風吹鴈去春来亦有北風時世說鴻鴈知避陰陽寒暑者春
則避陽暑而北秋則避陰寒而南退之詩嗷嗷鴻鴈鳴且飛窮秋南去春北歸
吟院虚明如畫舫想成檻外是長江杜郎忽
作楊州夢雨帶風沙打夜窻唐杜牧之詩十年一覺楊州夢
赢得青樓薄倖名

歲寒知松栢

此詩效進士體元祐閒作有兩篇其一見前集
松栢天生獨青青貫四時禮記其在人也如竹箭之有筠也如

松栢之有心也貫四時而不改柯易葉莊子受命於地唯松栢獨也在冬夏青青**心**
蔵後凋節歲有大寒知論語歲寒然後知松栢之後凋也**慘**
淡冰霜晚輪囷澗壑姿輪囷見上**或容螻蟻穴**老杜
古栢行苦心豈免通螻蟻**未見斧斤遲揺落千秋静婆娑**
萬籟悲鄭公扶正觀已不見封彝唐魏證傳帝曰此證
勸我行仁義既效矣惜不令封德彝見之杜牧之題魏文貞詩可怜貞勸太平後天且不
留封德彝

效進士作觀成都石經

成都記孟蜀時偽宰相毋昭裔
以俸金刻九經於石其毛詩儀禮禮記皆秘書郎張紹文書周禮校書郎孫朋
古詩周易國子博士孫逢吉書尚書校書郎周德政書爾雅簡州平泉令張德

昭書題云廣政十四年蓋孟昶所鐫惟三傳至皇祐元年方畢工後列知益州樞密直學士右諫議大夫田況名

成都九經石歲久𪐳煤寒𪐳煤寒見上字畫參工

拙文章可鑒觀危邦猶勸講後漢楊秉傳以明尚書徵入勸講註云猶侍講也相國校凋刊羣盜煙塵後諸生竹帛殘劉向典校書籍皆先書竹改易刊定可繕寫者以上帛見御覽簡門王春尊孔氏孔子作春秋首書春王正月乙夜詔甘盤漢官儀中黃門持五夜謂自甲夜至戊夜杜陽雜編文宗視朝後即閱羣書謂左右曰若不甲夜視事乙夜觀書則何以爲人君耶書說命舊學于甘盤願比求諸野漢藝文志仲尼有言禮失求諸野成書上學官尚書序悉上送官藏之書府漢文翁爲蜀郡守起學官於成都市中學官謂學舍也劉歆移書讓責太常博士欲建立左氏春秋逸禮毛詩尚書皆列於學官爲置博士

送曹子方福建路運判兼簡運使張仲謀此詩及前兩詩後四五詩皆是元祐三年作按實錄元祐三年九月太僕寺丞曹輔權發遣福建路轉運判官輔字子方

曹侯黃須便弓馬魏志任城王彰太祖之子大破烏桓歸功諸將太祖喜持彰鬚曰黃須兒竟大奇也從軍賦詩橫槊閒橫槊見上阿瞞文武如兕虎魏志帝紀註云太祖一名吉利小字阿瞞詩云匪兕匪虎率彼曠野遠孫風氣猶斑斑上林賦被斑文昨解弓刀退之送鄭尚書序大帥府或道過其府府帥必戎服左握刀右屬弓矢迎于郊丞太僕坐

看收駒十二閑杜詩伊昔太僕張景順監牧收駒閱清峻一作考牧攻駒周禮校人天子十有二閑邦國六閑遠方不異輦轂下司馬遷傳待罪輦轂下詔遣中使哀恫鰥康誥王曰嗚呼小子封恫鰥乃身註恫痛鰥病吾聞斯民病鹽策見上天有雨露東南乾謝君論河秉禹貢用左傳魯秉周禮之義平當以明禹貢行河詳見上註詰難蠭起安如山杜詩風雨不動安如山老郎不作患失計論語苟患失之無所不至矣凜然宜著侍臣冠顏公不落謝君後江湖以南尚少寬百城閑人如閑馬泛駕亦要知才難漢武紀五年詔曰泛駕之馬跅弛之士亦在御之而已泛方勇切劉禹錫嘉話石季龍少好挾彈其父怒之母曰健犢須走車破轅良馬須逸鞅泛駕

鹽車之下有絕足戰國策云汗明見春申君曰驥之齒長矣服鹽車上太行中坂遷延負轅不能上伯樂遭之下車攀而哭之解紵衣而冪之於是俯而噴仰而鳴欣伯樂之知已也魏文帝與孫權書中國雖多馬其知名絕足亦少敗羣勿縱為民殘卜式傳式言牧羊曰非獨羊也治民亦猶是矣以時起居惡者輒去毋令敗羣左傳政寬則民慢猛則民殘官焙薦璧天鮮顏官焙謂建安北苑所造茶也瀹湯試春聊加飡樂府詩上言加飡食下言長相憶子魚通印蠔破山適齋閑覽云蒲陽通印子魚名天下蓋有通應侯廟廟前有港其魚最佳今人必求其大可容印者謂之通印子魚荊公云長魚俎上通三印此傳聞之誤也蠔相粘為山見上註不但蕉黃荔子丹退之羅池廟碑荔子丹兮蕉葉黃雜肴蔬兮進侯堂道逢使者漢

郎官謂張仲謀清溪弭節問平安屈原九歌云朝騁騖兮江皋夕
弭節兮北渚枚乘七發弭節乎江潯天子命我參卿事晉孫楚傳爲石
苞參軍初至曰天子命我參卿軍事杜詩參
卿休坐幄蕩子不還鄉註老杜爲劒南節度
參謀謂參卿奮髯相對亦可歡迴波一醉嘲㭠栳
本事詩中宗朝裴談爲御史大夫妻悍妬談
畏之內宴互唱迴波詞有優人唱云迴波尒
時㭠栳怕婦也是大好外聞只有裴談內
裏無過李老韋后意色自得此句當有爲山
驛官梅破小寒杜詩梅蘂臘前破又云東閣官梅動詩興

山谷外集詩註卷第十六

山谷外集詩註卷第十七

戲贈曹子方家鳳兒

東芽入湯師子吼按北苑貢茶錄一槍一旗號東芽上品東芽蝺茶名
也維摩經云演法無畏猶師子吼此借用荔子新剥女兒頰鳳郎
但喜風土樂不鮮生愁山疊疊目如點漆射
清揚晉杜乂傳王羲之目之曰膚若凝脂眼如點漆此神仙人也詩云之子清揚正
義曰眉之上下皆曰揚目之上下皆曰清歸時定自能文章莫隨
閩嶺三年語轉却中原萬籟簧閩嶺一作阿囝通典樂門
凡簫一名籟禮明堂位女媧之笙簧閩人謂
父爲郎罷謂子爲囝唐顧況囝哀閩曰郎罷
別囝吾悔生汝囝別郎罷心摧血下
隔地絕天及至黃泉不得在郎罷前

次韻子瞻書黃庭經尾付蹇道士東坡書黃

庭經跋云成都道士蹇拱辰翊之蓧光
法師將歸廬山東坡居士蘇軾子瞻爲
書黃庭內景經一卷龍眠居士李公麟
伯時爲畫經相贈之元祐三年九月二
十二日時山谷正在史局山
谷和篇其序云十月四日

琅函絳簡蘂珠篇黃庭經云玉書絳簡赤丹
文又云閑居蘂珠作七言
註曰秘要經云仙宮中有陽寥之殿蘂珠之
闕白樂天詩斜支花石枕卧詠蘂珠篇又詩
八戒夜持香火印寸田尺宅可斬仙經云寸
三元朝念蘂珠篇田尺宅
可理生註謂三丹田之宅高真接手玉宸前
各方一寸尺宅謂面也
經云燒香接手玉葉前女丁來謁粲六妍經云
又云太上大道玉宸君
神華執巾六丁謁註云六丁陰神玉女也又
引六甲符圖言六丁名韓文公陸渾山火詩

女丁歸壬傳世婚陰陽書火畏水以丁爲壬妃壬公言水丁女言火金鑰閉欲形完堅經云結珠固精養神根玉筐金籥常完堅萬物蕩盡正秋天使形如是何塵緣楞嚴經有六塵謂地火水風空見又有三緣謂世界衆生業果也蘇李筆墨妙自然萬靈拱手書已傳漢郊祀志黃帝接萬靈於明廷傳非其人恐飛騫當付驪龍藏九淵賈誼賦襲九淵之神龍蹇侁奉告請周旋緯蕭探手我不眠左傳奉以周旋莊子河上有家貧恃緯蕭而食者其子沒於淵得千金之珠其父謂其子曰取石來鍛之夫千金之珠必在九重之淵而驪龍頷下子能得之必遭其睡也莊子釋音緯織也蕭荻蒿也織蕭以爲畚而賣之

何氏悅亭詠栢

澗底長松風雨寒岡頭老栢顏色悅澗底松見上文選歎逝賦信松茂而栢悅嗟芝焚而蕙歎天生草木臭味同見上同盛同衰見冰雪君莫愛清江百尺船刀鋸来謀歲寒節千林無葉草根黃蒼髯龍吟送日月東坡樂府詠松云雙龍對起白甲蒼髯煙雨裏杜詩非無江海志蕭洒送日月

次韻答少章聞鴈聽雞二首

平生絕少分甘處司馬遷傳與士大夫絕甘分少師古曰自絕旨甘而與人共其多少身要從師萬事忘霜鴈叫羣傾半枕退之詩一一叫羣猿夢回兄弟綵衣行禮記王制父之齒隨行兄之齒鴈行綵衣用老萊子事見上朝士聞雞常半途朱門擁被

不關渠秦郎五起聽三唱李白白頭吟五起雞三唱清晨白頭吟殘燭貪傳未見書見上

伯父祖善耆老好學於所居紫陽溪後小馬鞍山爲放隱齋遠寄詩句意欲庭堅和之幸師友同賦率爾上呈按黃㽦年譜載山谷伯祖詩并序云老伯行年七十有六近築亭於馬鞍山松聲泉溜足以忘年魯直九姪爲我乞詩朝中諸公要驚山祇突兀出聽耳詩云直木皆先伐輪囷却歲寒時露病者栗倒着掛時冠人樂觀魚尾山齋跨馬鞍朝中乞佳句留與子孫看時山谷所求朝士和篇甚多今張文潛集中有和篇末句云平生未識面試作阿咸看今言師友同賦當是求東坡明年東坡已在杭矣

樵入千巖靜松含萬籟寒兒童給行李藜蓧對衣冠莊子徐無鬼篇逃虛空者藜藋柱乎鼪鼬之徑藋徒弔反藋蓧同音小檻聊防虎時来即鮮鞍阿翁吹笛罷懷昔淚相看晉向秀聞嵇康被誅作思舊賦云鄰人有吹笛發聲寥亮追思曩昔遊宴之好

題李十八知常軒

身心如一是知常老子知常曰明事不驚人味久長史記淳于髠傳齊威王喜隱髠說之以隱曰國中有大鳥三年不飛不鳴王知此鳥何也王曰此鳥不鳴則已一鳴驚人蓋世功名棊一局幽閑鼓吹云令狐相擬李遠爲杭州宣宗曰李遠曰長日惟能一局棊豈可臨郡藏山文字紙千張司馬遷自序云整齊百家雜語藏之名山副在京師坡詩功名半幅紙兒女良

苦辛無心海燕窺金屋漢武故事金屋貯阿嬌有意江鷗
傍草堂驚破南柯少時夢見上新晴皷角報斜
陽杜詩不勞鍾皷報新晴

次韻奉答吉鄰機宜

黠虜乘秋屢合圍禮記王制天子不合圍諸侯不掩羣上書公
獨請偏師馮奉世子明討羌願益兵上讓之曰大將軍出必有偏將軍何煩焉
庭中子弟芝蘭秀晉謝元謝朗爲謝安所器因戒子姪曰子弟何預人
事譬如芝蘭玉樹欲使生於階庭塞上威名草木知唐張萬福傳德
宗以萬福爲濠州刺史召謂曰先帝改爾名正朕謂江淮草木亦知爾威名若從所改恐
賊不知是卿也復賜舊名千里折衝深寄此晏子春秋范昭謂晉平公

曰齊未可并吾欲試其君晏子知之吾欲犯其樂太師知之於是輟伐齊謀孔子聞之曰
不出樽俎之間而折衝千里之外晏子之謂也文選任彦升作齊竟陵行狀深寄負圖李
白詩寄深且戎幕望重必台司三衙虛席看除誰三衙謂殿前都指揮
使侍衛馬軍都指揮使侍衛步軍都指揮使與公相見清班在仁
祖重來築舊基

題劉氏所藏展子虔感應觀音二首張彦

遠歷代名畫記云展子虔歷北齊周隋爲朝散大夫帳內都督觸物留情悉皆
絕妙尤善臺閣人馬
人間猶有展生筆佛事蒼茫煙景寒退之詩蕭蕭風
景寒常恐花飛胡蝶散明窗一日百回看恐歲久化

爲胡蝶也杜陽雜編穆宗殿前千葉牡丹始開宮中夜有黄白蛺蝶萬數飛集花間輝光
照耀達旦乃去上令張密網於空中遂得數百皆金玉也後開寶厨覩金屑玉屑錢內將
有化爲蝶者迺覺焉杜詩自今以後知人意一日須來一百回東坡見吳道子畫佛碎爛
詩素絲斷續不忍看已作胡蝶飛聯翩
羣盜挽弓江皷船杜詩浪皷船應折丹青當在普通
前普通梁武帝年號時未有侯景之亂也誰能與作赤挽板當是
護衛之物赤挽恐是赤欄外集有詩云橫溪赤欄橋晏元獻類要云台州有赤欄橋在州
城臨江老筆猶堪壽百年

李濠州挽詞

循吏功名兩漢中平生風義最雍容魚遊濠

上方云樂見上鵩在承塵忽告凶西漢雜記云賈誼在長沙
鵩鳥集其承塵而鳴長沙俗以鵩鳥至人家主人死誼作鵩鳥賦齊死生等榮辱以遣憂
累焉掛劒自知吾已許吳世家季札過徐徐君好季札劒口弗敢言
季札心知之爲使上國未獻還至徐徐君已死乃解其寶劒繫之徐君冢木而去曰始吾
心已許之豈以死背吾心哉脫驂不為涕無從檀弓云孔子之衛遇
舊館人之喪入而哭之哀出使子貢說驂而賻之子貢曰於門人之喪未有所說驂說驂
於舊館無乃已重乎夫子曰予向者入而哭之遇於一哀而出涕予惡夫涕之無從也小
子行之百年窮達都歸盡淮水空圍墓上松禮
數最優徐孺子見上風流不減謝宣城見上老杜陪裴
使君詩禮加徐孺子詩接謝宣城那知此別成千古未信斯

言隔九京禮記晉獻文子曰從先大夫於九京註謂晉卿大夫之墓地在九原
京蓋字之誤落日松楸陰隧道西風簫鼓送銘旌
善人報施今如此隴水長寒嗚咽聲史記伯夷傳或
曰天道無親常與善人若伯夷叔齊可謂善人者非耶積仁潔行而餓死天之報施善人
其何如哉樂府有隴頭歌古詞云隴頭流水鳴聲幽咽遥望秦川心肝斷絕

寄忠玉提刑按實録元祐五年六月己未右宣德郎馬城提點淮
南西路刑獄八月戊戌改兩浙提刑山谷有眞蹟藁本題云贈送忠玉提刑朝
奉市骨斬千里作市骨收駔駿別渭涇作有渭涇喜劇部作宜劇部稍衰息作
頗衰息眼終青作眼自青紫微禁作太微垣又按黄㽦年譜載其族伯父仲貢
跋承天塔記云先生初自蜀出峽留荆州待辭免乞郡之命與府帥馬城忠玉
相從歡甚聞人陳舉自臺察出爲運判先生未嘗與之交也承天寺僧智珠造
七級浮圖乞記於先生一日記成忠玉飰諸部使者於浮圖下環視先生書碑
先生碑尾但云作記者朝奉郎新知舒州事豫章黄庭堅立石者承議郎知府
事茌平馬城而已舉與運判李植提舉常平林虞相顧逡請於前曰某等願託
名不朽可乎先生不荅舉憾之知先生昔在河北與趙挺之有怨挺之執政遂
以墨本走介獻于朝廷謂幸災謗國先生遂除名羈置宜州忠玉亦以長州徭
賊寇邊監察御史席震繼而劾之奪官羈置海州遂俱歿於貶所不踰年挺之
去位而舉因指青蟲爲龍物奏爲祥瑞遂坐欺罔因備録以見忠玉交於山谷
坐累而小人陷君子之深其寓荆州蓋建中靖國辛巳也因附見于此

市骨斬千里戰國策郭隗對燕昭王曰古之人君有以千金求千里馬者三

年不能得涓人言於君曰請求之君遣之三月得千里馬馬已死買其首五百金反以報
君君大怒曰安用死馬而捐五百金涓人對曰死馬且買之况生者乎馬今至矣於是不
能期年千里之馬至者三量珠買娉婷張平子思玄賦斥西施而弗御兮縶
腰褭以服箱司空圖擢英集序當西施之翫鏡不賞娥眉豈伯樂之停車空收駿骨山谷
用此意朝野僉載喬知之有婢碧玉武承嗣借而不還知之作緑珠怨曰石家金谷重新
聲明珠十斛買娉婷嶺表録異梁氏女有容貌石季倫爲交趾採訪使以眞珠三斛買之
即緑珠也劉夢得泰娘歌斗量明珠鳥傳意紺幰迎入專城居杜詩喚人看腰褭不嫁惜
娉婷駑駘參逸駕西子泣深屏杜牧詩西子下姑蘇一舸逐鴟
夷吾人材高秀曾次別渭涇渭涇見上嚴能喜劇
部持節按祥刑書監于茲祥刑崔蒲稍衰息左傳昭二十年
鄭子產卒子太叔爲政不忍猛而寛鄭國多盜取人於萑苻之澤太叔悔之興徒兵以攻
萑苻之盜盡殺之盜少止郡縣或空囹王襃得賢臣頌故有囹空之隆讀
書頭愈白見士眼終青杜詩別來頭併白相對眼終青王立之詩
話云讀書頭欲白相對眼終青身更萬事已頭白相對百年終眼青看鏡白頭知我老平
生青眼爲君明故人相見尚青眼新貴如今多白頭江山萬里將頭白骨肉十年終眼青
此東坡詩也用青眼對白頭非一而工拙有差今時斤斧地虛次待
發硎莊子刀刃若新發於硎漢賈誼傳上疏云屠牛坦一朝解十二牛而芒刃不頓
者所排擊剥割皆衆理解也至於髖髀之所非斤即斧夫仁義恩厚人主之芒刃也權勢
法制人主之斤斧也今諸侯王皆衆髖髀也釋斤斧之用而欲嬰以芒刃臣以爲不缺則
折杜詩遣辭必中律利物當發硎早晩紫微禁占來有使星

唐中書省開元中改曰紫微省禁即省也蔡邕獨斷云門户有禁故曰禁中孝元皇后父名禁當時避之故曰省中詩意謂省中人占星而知其召歸也使星蓋後漢李郃傳郃漢中南鄭人爲幕門候吏和帝分遣使者微服單行觀采風謡使者二人到益部投郃候舍郃問曰二君發京師時寧知朝廷遣二使耶二人驚相視問何以知之郃指星示云有二使星向益部分野故知之

次韻元日

會朝四海登圖籍 東都賦春王三朝會同漢京是日也天子受四海之圖籍 絳闕清都想盛容 列子周穆王篇王實以清都紫微帝之所居司馬子微身居赤城名在絳闕 春色已知回寸草 孟郊詩誰言寸草心報得三春暉 霜威從此霽寒松 霜威見上 飲如嚼蠟初忘味 楞嚴經云於橫陳時味如嚼蠟 事與浮雲去絕蹤 選詩雨絕無還雲又云風流雲散一別如雨李善曰鸚鵡賦云何今日以雨絕陳琳檄吳將校曰雨絕于天諸人同此言未詳其始 有户見重重 莊子則陽篇蘧伯玉行年六十而六十化未嘗不始於是之而卒詘 四十九年蘧伯玉聖人門 之以爲非也未知今之所謂是之非五十九非也駱賓王帝京篇且論二十八年是寧知四十九年非李白紫極宮感秋四十九年非一若不可復

題大雲倉達觀臺二首

池州泝流四十里至北岸蔣家沙又四十里至大雲倉按同安志此詩註云大雲倉即今樅陽鎮去舒州一百四十里又云達觀臺在樅陽鎮東永利寺按山谷有手書石刻跋云求利禪寺東偏遵微徑攀古松登高丘四達而所瞻皆數百里間其地主曰戴器之因名曰達觀臺而屬器之築屋於其上器之忻然曰敢不諾因爲作二詩踰旬屋成器之置酒命歌舞者二三時與鎮官蘇臺范光祖同賞焉余既越三年聞器之以疾不起但增感歎耳山徑荒蕪好事者遠聞而來或不得一登而去問其故曰更數尉以爲臺上窺見其室家故鍵閉而藏其鑰余笑曰人家不過有五七婦女亦當在室屋中作女工事豈嘗鋤耘於後圃耶州西酺池寺僧伽浮屠高三百六十尺下見親賢宅旁見禁中游人以時登未聞官典其鑰也岳陽樓下瞰郡官數家游者無虛日特未之思耳余流落夔梓間九年而歸見智遠長老莊嚴此院甚有意思而詩以經元符揞擊不存臺上石刻聞尉公密令彎生碎之復來求故書遺之并紀述鍵閉游人之意冀諸識者能思之耳崇寧元年五月朔黃庭堅書蓋紹聖元年甲戌以責命過池州作此詩至崇寧壬午赴太平經行作此跋自甲戌至壬午十九年戴郎臺即戴器之也

戴郎臺上鏡面平 同安志獨無戴郎臺疑是流俗所呼山谷始易名取賈誼賦達人大觀也石鼎聯句下與鏡面平 達人大觀因我名 達人大觀見上 何時燕爵賀新屋 淮南子云大廈成而燕雀相賀湯沐具而蟣虱相弔杜詩樓上炎天冰雪生高飛燕雀賀新成 喚取竹枝歌月明 劉夢得竹枝詞引云余來建平里中兒聯歌竹枝吹短笛擊鼓以赴節音中黃鍾之羽

瘦藤拄到風煙上乞與遊人眼豁開不知眼界闊多少白鳥飛盡青天回 多心經無眼界無意識界

送曹黔南口號

按實録紹聖元年十二月甲午黃庭堅謫涪州別駕黔州安置二年四月二十三日到黔州見謝表寓開元寺寺有摩圍閣黔

守曹譜字伯達山谷初到黔南守待之甚厚與大主簿三十三書云太守曹供備譜齊陽之姪通判張犹張景儉孫公休之妻弟皆賢雅相顧如骨肉

摩圍山色醉今朝試問歸程指斗杓荔子陰
成棠棣愛 詩甘棠美召伯也蔽芾甘棠勿翦勿伐箋云思其人敬其樹今以甘
棠爲棠棣 竹枝歌是去思謡 山谷嘗云竹枝歌本出三巴其流在湖湘
耳漢何武傳所居無赫赫名去後常見思 陽關一曲悲紅袖巫峡
千波怨畫橈歸去天心承雨露雙魚来報舊
寳僚

十四弟歸洪州賦莫如兄弟四章贈行

十四弟即天民此詩年月不可考意在蜀中作附之庚辰歲

惱人自作樂休休莫莫莫 司空圖集休休亭記謂其才一宜休
揣其分二宜休且耄而聵三宜休因爲耐辱居士歌咄諾休休休莫莫莫伎倆雖多性靈惡賴
是長教閑處着 相看将白頭止有不如昨 樂天詩今既不如昔
後當不如今
北来哺慈烏南歸護爾雛 林烏反哺見上退之詩那暇更護雛
窠雛 昨夜雲飛鴈相随我不如 退之詩青青水中蒲長在水中
居寄語浮萍草相隨我不如
志欲收九族 莊子列禦寇篇澤及九族本出堯典 別離乃同生
同生謂親弟兄淵明送從弟詩禮服名羣從恩愛若同生淳化帖王逸少書云吾有七兒
一女皆同生 誰能成此意惟有孔方兄 言以貧而仕兄弟指

別也晉魯褒傳著錢神論云云親之如兄字曰孔方
大夫無恙時刻意教子弟 莊子刻意篇云刻意尚行離世異俗
歸掃松楸下洒我萬里涕 退之詩深思罷官去畢命依松楸

以虎臂杖送李任道二首

走送書堂倚絳紗 後漢馬融傳常坐高堂施絳紗帳前授生徒後列女
樂 瘦藤七尺走驚虵 邵堯夫詩古木參天羅劒戟長藤垂地走龍虵
晴沙每要交頭拄尋徧漁翁野老家
未衰筋力先扶杖 曲禮云老者不以筋力爲禮漢賈山傳雖老羸癃疾
扶杖而往聽之 能救衰年十二三 漢高祖紀士卒墮指者十二三注謂
十人之中二三墮指今以言十分救得二三分也 八百老彭嗟杖晚
可憐矍鑠馬征南 神仙傳彭祖姓籛名鏗至殷末已七百六十七歲而
不衰論語竊比於我老彭矍鑠見後漢馬援傳

題王居士所藏王友畫桃杏花二首 山谷

元符三年五月復宣德郎自戎泝江省其姑於青神尉廨十一月復還戎過嘉
州與至樂山王朴子厚題桃杏花草書超逸今藏於洪雅楊氏戎今爲敘州

凌雲一笑見桃花三十年来始到家從此春
風春雨後亂随流水到天涯 傳燈録福州靈雲志勤禪師初
在潙山因桃花悟道有偈曰三十年來尋劒客幾逢落葉幾抽枝自從一見桃花後直至
如今更不疑

凌雲見桃萬事無我見杏花心亦如從此華

山圖籍上更添潘閬倒騎驢潘閬詩高愛三峯挿太虛回頭
仰望倒騎驢傍人大笑從他笑終擬移家向此居魏野贈閬詩昔賢放志多狂怪若此而
今慫未如從此華山圖籍上又添潘閬倒騎驢
碾建溪第一奉邀徐天隱奉議并效建
除體與晁無咎贈答詩雖同是建除體而非同時作當是徽宗初即位時
作也
建溪有靈草能蛻詩人骨北苑貢茶録以建溪所產爲靈芽陳
無已云學詩如學仙時至骨自換除草開三徑為君碾玄月
滿甌泛春風詩味生牙舌平斗量珠玉李白吐言
貴珠玉落筆回風霜又詩將欲維風雅豈徒清心魂章莊讀許渾詩千斛明珠量不盡劉

夢得詩斗量明珠鳥傳意今以比詩句也以救風雅渴定知胷中
有璀璨非外物執虎探虎穴吳志呂蒙傳不探虎穴安得虎
子李白詩萬里操戈探虎穴三盃拔劍舞龍泉斬蛟入蛟室吳氏春秋荆有
飲飛者得寶劍還涉江蛟夾繞其船飲飛拔劍赴江斬蛟殺之文選海賦其垠則有天琛
水怪鮫人之室以鮫爲蛟借使其字耳破鏡挂西南見上夜闌清
興發危言諸公上論語邦有道危言危行殊勝弄翰墨
成仁冒鼎鑊謂殺身以成仁聞已歸諫列此語當謂鄒志完按
實録元符三年正月徽宗即位二月己未上謂輔臣曰鄒浩敢言且夕當與召還癸亥除
名勒停人鄒浩爲宣德郎三月辛未宣德郎添差袁州酒稅鄒浩爲右正言收汝
救月弓蛙腹當拆裂周禮庭氏掌射國中之天鳥若不見其鳥獸則

以救日之弓救月之矢夜射之開元遺事長安城中每當月蝕即士女取鑑向日擊之蓋
云救月退之月食詩臣有一寸刃可刳凶蟇腸開雲照四海黃道行
堯日昔天文志黃道日之所行杜詩閶闔開黃道劉禹錫望賦日轉黃道天開碧落
閉門斲車輪出門同軌轍傳燈録潭州鹿苑和尚僧問如何是
閉門造車師曰南嶽石橋又問如何是出門合轍師曰拄杖頭鞋言時政更新不謀於衆
而皆合人心也
再作答徐天隱
建德真樂國建德之國見上萬里渺中州相如大人賦世有大
人兮在平中州除蕩俗氛盡心如九天秋滿船載明
月見上乃可與同游平生期斯人共挾風雅輈

左傳隱十一年潁考叔挾輈以走註輈車轅也杜詩風雅藹孫騫定知詩客
来夜虹貫斗牛白虹貫日見鄒陽傳執斧修月輪酉陽雜俎
大和中有一人遊嵩山迷路見一人布衣枕一襆物方眠二人問其所自其人笑曰君知
有月七寶合成乎月勢如丸其影日爍其凹處也常有八萬二千户修之予即一數開襆
有斤鑿數事言訖不見鍊石補天陬見上破的千古下乃
可泣曹劉子建公幹也老杜詩破的由來事先鋒孰敢爭又寄李白云筆落驚
風雨詩成泣鬼神危柱鳴哀箏知音初見求危柱見上註自
喻其詩也時以吏部郎召故云初見求成功在漏刻光武紀尋邑自以爲
功在漏刻意氣甚逸堯舜去共吺共工驩兠也古文尚書驩兠作鴅吺言去
章子厚蔡卞也收此文章戲徃作活國謀文選孫楚與孫浩書

愛民活國柱詩活國名公在拜壇羣寇疑又冀公柱石姿論道邦國活開納傾
萬方皇極運九疇見洪範閉姦有要道新舊隨
才收王立之詩話云山谷元祐初詩云人材包新舊王度濟寬猛至建中初復有句云閉姦有要道新舊隨宜收又云不須要出我門下實用人材即至公

重贈徐天隱

建極臨萬邦洪範皇建其有極當謂改元建中靖國有合前篇新舊隨才收之意故允欣然因再賡韻稽古陛下聖書若稽古帝堯退之詩昌不薦賢殿下聖除書日日下有耳家相慶書依徂之民室家相慶滿
意見升平晉五行志哀帝隆和初童謠曰升平不滿斗隆和那得久此摘其字
父老扶杖聽漢賈山傳云山東吏布詔令民雖老羸癃疾扶杖而往聽之

平生所傳聞似仁祖德性定鼎百世長左傳王孫滿對楚子曰成王定鼎于郟鄏卜世三十卜年七百櫜弓四夷靜詩載櫜弓矢執事當在朝官冷殊未稱杜詩廣文先生官獨冷破
帽風欹欹簡易不騎乘史記商鞅傳趙良曰五羖大夫勞不坐乘暑不張蓋危顛相扶持見論語泉石供嘲詠成樂澗
阿中衛國風考槃在澗考槃在阿毛云考成槃樂也傲世似未敬收
潦下秋船楚詞潦收而水清期公拜嘉命左傳敢不拜嘉陸士衡詩匪願伊始惟命之嘉開元正觀事杜詩憶昔開元全盛日又云盼然正觀初身得見全盛閉門長蓬蒿或許老夫病三輔決録張仲蔚隱身不仕所居蓬蒿没人文選詩顧念張仲蔚蓬蒿滿中園此詩具言朝廷

進賢黜姦人心欣快庶幾復見盛治如咸平景德間不啻唐之正觀開元也

以十扇送徐天隱前篇言官冷此篇言坐客有氈皆用廣文事可見同時作

人貧鵝鴈聒鄰墻鵝鴈聒墻見上公貧琢詩聲繞梁繞梁見上坐客有氈吾不愛杜詩坐客寒無氈暑榻無扇
公自涼黨錮諸生尊孺子徐孺子見上建安七人
先偉長建安七人孔融自有傳餘皆附魏志王粲傳後徐幹字偉長取同姓也詳見新詩凌建建安註又按文選典論曰今之文人魯國孔融廣陵陳琳山陽王粲北海徐幹陳留阮瑀汝南應瑒東平劉楨斯七子者於學無所遺於辭無所假退之詩建安能者七卓犖變風操遣奴送箑非為好恐有佳客或升堂

戲呈田子平六言元符三年十二月山谷發戎州明年改建中靖國四月至荊南乞知太平州留荊南待命遂踰冬有戲簡田子平詩此詩蓋同時作子平荊南人也

茸割即非茸割肥羊自是肥羊老杜詩云禮過宰肥羊愁當置青醥老夫纔堪一筯諸生贊詠甘香却歎佳
人纖手晚来應廢紅粧詩纖纖女手可以縫裳古詩娥娥紅粉粧纖纖出素手此言田家庖婢或其內子如老杜所云喚婦出房親自撰也荊州衣
冠千戶厚意獨有田郎三輔決録云田鳳爲尚書郎容儀端正帝目送之題杜云堂堂乎張京兆田郎今以子平比田鳳

荊州即事藥名詩八首類格云王融為此体文選沈休

文詩即事既多美註即此山中之事

四海無遠志一溪甘遂心牽牛避洗耳卧著桂枝陰樂名遠志甘遂牽牛子菓耳桂枝世說桓温問謝安遠志又名小草何以一物而有二名郝隆曰處則爲遠志出則爲小草蜀志姜維傳但有遠志不在當歸洗耳用許由事

前湖後湖水初夏半夏涼夜闌鄉夢破一鴈度衡陽前胡半夏蘭香杜衡

千里及歸鴻半天河影東家人森户外笑擁白頭翁半天河人參白頭翁

天竺黄卷在人中白髮侵客至獨掃榻自然同此心天竺黄人中白自然銅天竺黄卷謂佛書

垂空青幕六一一排風開石友常思我預知子能來空青預知子屈原遠遊云經營四荒兮周流六漠補註云漢樂歌作六幕謂六合也

幽㵎泉石緑閉門聞啄木運柴胡奴歸車前挂生鹿石緑啄木柴胡車前

雨如覆盆来平地没牛膝回望無夷陵天南星斗濕覆盆子牛膝蕪荑天南星峽州治夷陵與江陵接境自界首至夷陵七十里言回首不見夷陵也

使君子百姓請雨不旋復守田意飽滿高壁挂龍骨使君子旋復花半夏一名守田龍骨王荆公詩龍骨長乾掛梁梠又詩翛翛雨龍骨豈得長掛壁前集詩云壁挂蒼龍骨意謂得雨應祈不復車水溉田也東南呼水車爲龍骨車

太平州作二首

崇寧元年春自荆南歸洪州分寧因往袁州萍鄉省其兄元明還至江州與其家相會六月赴太平州九日而罷黄㽦有家藏山谷眞蹟前一首題云戲作觀舞絶句奉呈功甫兄片片梨花雨作細點梨花雨又按張于湖孝祥作高侍郎三大夫墓誌侍郎諱衛爲太平州判官山谷來爲守謫久貧甚既入境矣復坐黨事免侍郎得黨帖不以告迎候如禮山谷既視印已乃知之侍郎爲治歸裝甚飭備觀此則冷齋夜話載徐師川言東坡欲學長生瑩中對日者談命山谷赴官姑熟聞罷而俯就其説妄矣

歐靚腰支柳一渦白樂天詩楊柳小蠻腰小梅催拍大梅歌此皆太平州官妓舞餘片片梨花雨言其泣下也樂天詩梨花一枝春帶雨柰此當塗風月何太平治當塗縣

千古人心指下傳楊姝煙月過年年不知心向誰邊切彈盡松風欲斷絃楊姝善琴古曲有風入松李太白琴松風兮寂萬壑吴氏漫録云豫章先生守當塗日會上作木蘭花贈故人庾元規曰庾郎三韭常安樂使有萬錢無處著徐熈小鴨水邊花明月清風都占却朱顏老盡心如昨萬事休休休莫莫尊前健在不饒人歐舞梅歌君更酌自註云歐梅當時二妓也山谷評書云按欲入木彈欲斷絃此用筆法也

送昌上座歸成都

昭覺堂中有道人昭覺寺在成都道人當是圜悟禪師克勤也崇寧初歸蜀住昭覺一時叢林之盛無與爲比山谷崇寧元年夏罷太平州寓居鄂州二年冬謫宜州此詩當在鄂渚作龍吟虎嘯隨風雲易雲從龍風從虎雨花經席冷如鐵杜詩布衾多年冷似鐵一滕日轉十二輪法華經化城品世尊轉法輪尒時大通智勝如來受十方諸梵天王及十六王子請即時三轉十二行法輪寶勝蓬蒿荒小院按成都記寶勝院在成都蓋大慈寺諸院之數元豐間改作十方昌上座必住此院也埋沒醯羅三隻眼傳燈録鄂州巖頭全豁禪師曰吾教意如摩醯首羅劈開面門豎亞一隻眼梵語摩醯首羅此云大自在又威靈帝魔王按本行經云太子初生西國之法合禮天神其名摩醯首羅極惡而有靈抱太子至神所神自離坐下階先禮太子蓋禪家以此借喻也

箇是江南五味禪廣語云有僧辭歸宗云諸方學五味禪去宗云我這裏有一味禪爲甚不學僧云如何是一味禪宗便打更往參尋莫擔板傳燈録趙州從諗傳云只是箇擔板漢又陸州龍興寺陳尊或見講僧乃召云座主其僧應諾師云擔板漢

長沙留別崇寧二年謫宜州三年二月過洞庭歷潭衡永桂夏至貶所長沙即潭州也

折脚鐺中同淡粥傳燈録汾州無業禪師曰古得道人得意之後茅茨石室向折脚鐺子裏煑飯喫過三十二十年又婺州招德誦禪師問僧你什麼時離庵日今朝師曰來時折脚鐺了分付與阿誰僧無語曲腰桑下把離杯太白集中有魯城北郭曲腰桑下送張子還嵩陽一首知君不是南遷客

魑魅無情須早回左傳文十八舜臣堯流四凶族投諸四裔以禦魑魅注魑魅山林異氣所生爲人害者老杜懷太白詩魑魅喜人過江淹別賦遷客海上流戍隴陰東坡集中有送柳宜歸詩折脚鐺中煨淡粥曲腰桑下飲離杯書生不是南遷客魑魅驚人須早回未知孰是

贈花光老

浙江衲子靜無塵衲子見傳燈録箇箇莊嚴服飾新何似乾明能效古渠知北斗裏藏身傳燈録慧清禪師傳僧問北斗裏藏身意旨如何師曰九九八十一又僧問文殊應眞禪師云德山一曲師親唱北斗藏身事若何荅云日月同天照何處不分明

題花光老爲曾公卷作水邊梅按王仲言揮麈後録云崇寧三年黄太史赴宜州貶所是時外舅曾空青坐鉤黨先徙衡州太史留連極其歡洽相與酬唱如江樾書事之類率游浯溪觀中興碑太史賦詩書姓名于左外祖急止之曰公詩文一出即日傳播某方爲流人豈可出郊公又遠徙蔡元長當軸豈可不過爲之防耶太史從之詩中但言亦有文士相追隨蓋爲外祖設空青即公卷名紓

梅蘂觸人意樂天櫂花詩香塵擬觸坐禪人冒寒開雪花遥憐水風晩片片點汀沙冷齋夜話云衡州花光仁老以墨爲梅魯直觀之曰如嫩寒春曉行孤山籬落間但欠香耳

山谷外集詩註卷第十七

湖北黄岡陶子麟刊

山谷别集詩注二卷

史季温注

清光緒二十六年（一九〇〇）義寧陳三立仿宋刻宣統二年傅春官印本

原版框高二十二點三釐米，寬十七點三釐米

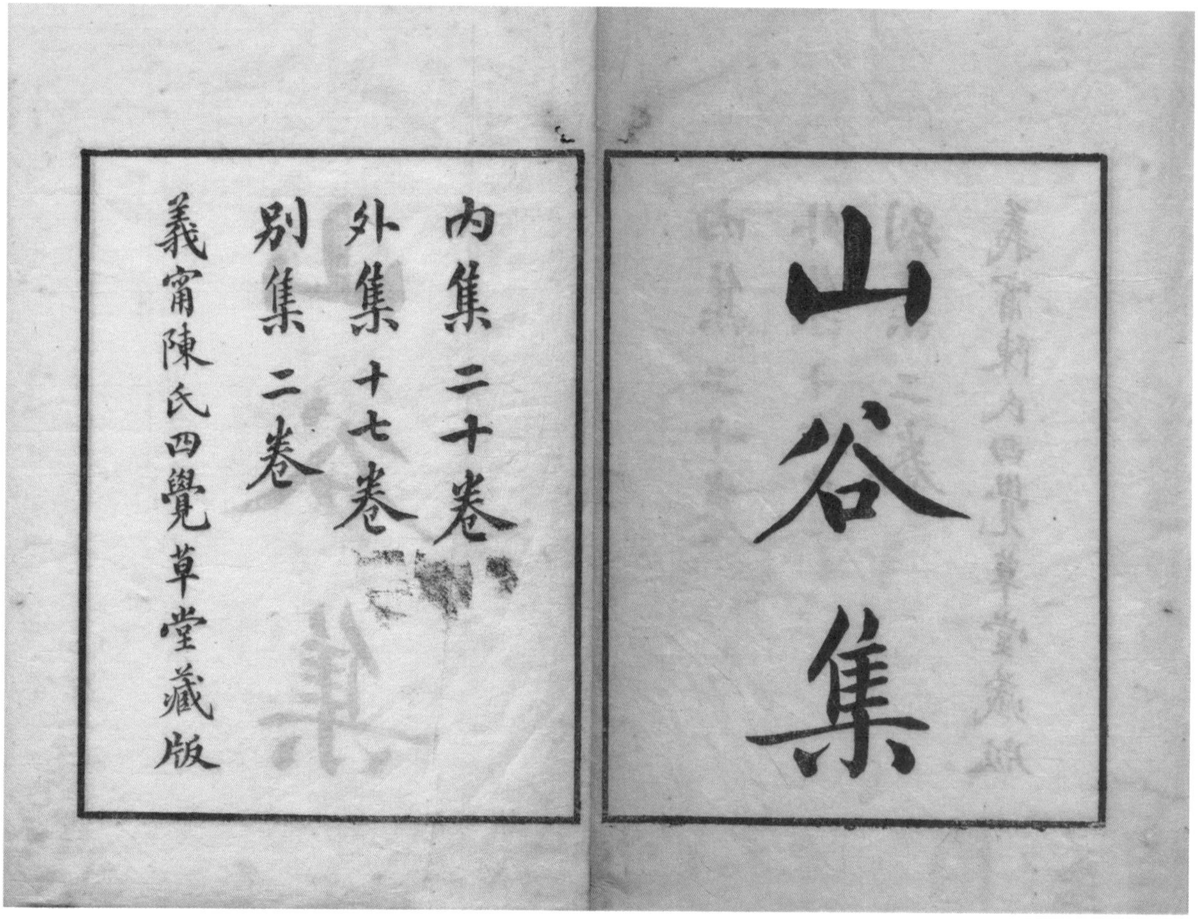

山谷集

內集二十卷
外集十七卷
别集二卷
義甯陳氏四覺草堂藏版

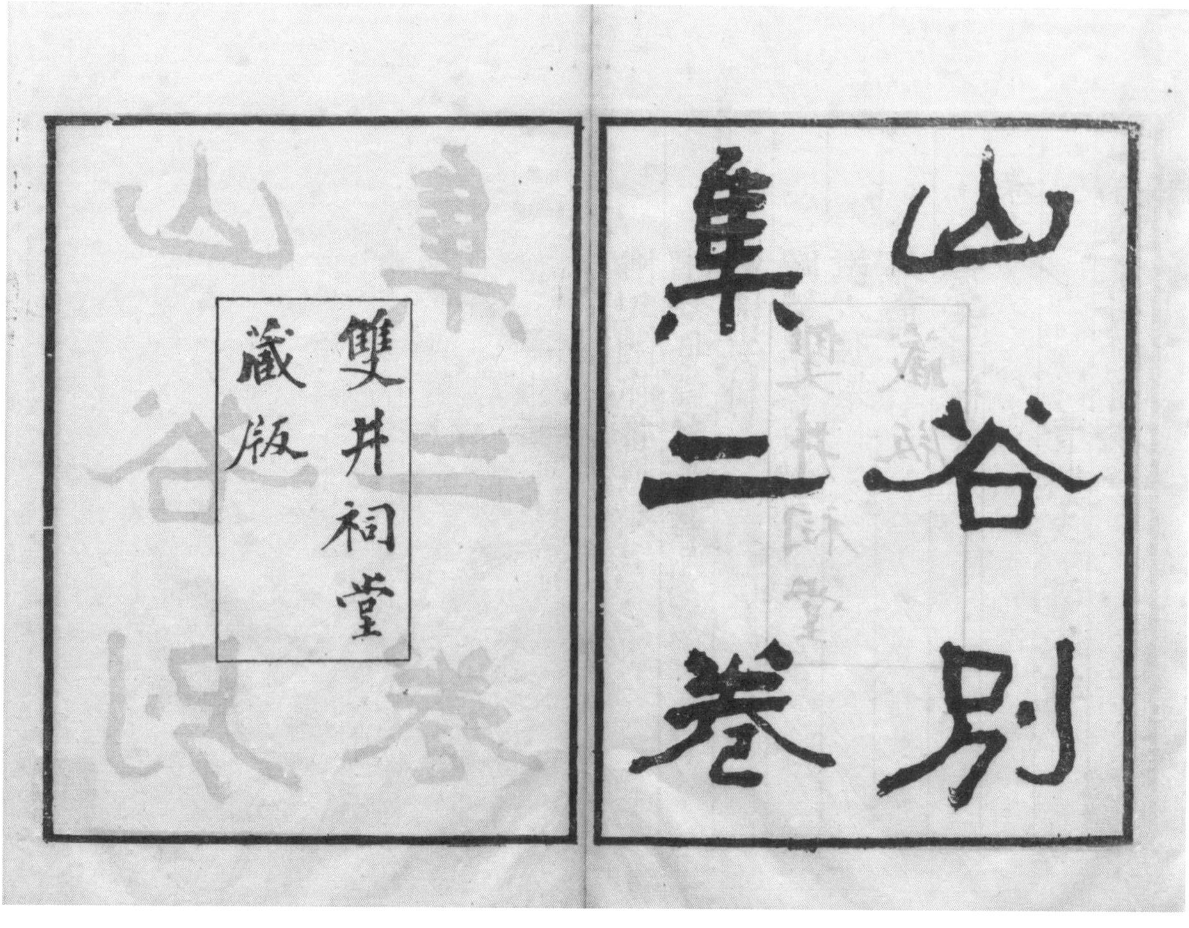

山谷别集二卷

雙井祠堂藏版

山谷別集詩註目録

青神史　季温註

卷上

卷下

觀秘閣蘇子美題壁及中人張侯家墨蹟十九紙率同舍錢才翁學士賦之

題文潞公黃河議後

題宗室大年畫

題燕郎洋川公養浩堂畫

題劉法直詩卷

送莫郎中致仕歸浩州 并引

雜詩

明叔惠示二頌

與黔倅張茂宗

次韻任道雪中同游東阜之作

戲用題元上人此君軒詩韻奉答周彦起予之作病眼空花句不及律書不成字

和蒲泰亨四首

奉謝泰亨送酒

和東坡送仲天貺王元直六言韻

元師自榮州来追送余於瀘之江安綿水因復用舊所賦此君軒詩韻贈之并簡元師法弟周彦公

木龜亭留題

題羅公山古栢菴

書東坡畫郭功父壁上墨竹

史天休中散挽詞

宋夫人挽詞

贈法輪齊公

與成之書并二詩 并引

題周昉畫美人琴阮圖

信中遠来相訪且致今歲新茗又枉任道寄佳篇復次韻呈信中兼簡

和柳子王官舍十首

任道

心適堂

思山齋

小池

新泉

竹塢

土塌

山谷別集詩註目錄終

山谷別集詩註卷上

濂溪詩（并序此篇前集已載）

舂陵周茂叔（濂溪先生姓周名惇頤字茂叔道州營道人也）人品甚高胷中灑落如光風霽月（光風和也如顏子之春霽月清也如孟子之秋合清和於一體則夫子之元氣可識矣李延平愿中嘗誦此語以爲善形容有道氣象）好讀書雅意林壑初不為人窘束世故權輿仕籍不卑小官（孟子柳下惠不卑小官）職思其憂（詩蟋蟀無已太康職思其憂）論法常欲與民決訟得情而不喜（論語曾子曰如得其情則哀矜而勿喜）其為少吏（前漢百官表其縣百石以下有斗食佐史之秩是爲少吏）在江湖郡縣盖十五年所至輒可傳任司理參軍轉運使以權利變其獄茂叔爭之不能得投告身欲去使者歛手聽之（按先生年譜及朱文公事狀慶歷五年任南安軍司理有囚法不當死轉運使王逵欲深治之先生力爭之不聽則置手板歸取告身委之而去日如此尚可仕乎殺人以媚人吾不爲也逵感悟囚得不死）趙公悅道（趙清獻公抃字悅道）號稱好賢人有惡茂叔者趙公以使者臨之甚威茂叔處之超然其後乃寤曰周茂叔天下士也薦之於朝論之於士大夫終其身（按年譜先生以嘉祐元年僉書合州判官六年通判虔州事狀云先生在合州趙公時爲使者

人或讒先生趙公臨之甚威而先生處之超然趙公疑終不釋及守虔先生適佐州事趙公熟視其所爲乃寤執其手曰幾失君矣今日乃知周茂叔也其爲使者進退官吏得罪者自以不冤按年譜熙寧元年先生爲提點廣南東路刑獄于定國傳定國爲廷尉民自以不冤中歲乞身老於湓城有水發源於蓮花峯下潔清紺寒下合於湓江茂叔濯纓而樂之築屋於其上用其平生所安樂媲水而成名曰濂溪與之游者曰溪名未足以對茂叔之美春陵新志云濂溪在營川門外二十里周元公故居又按何棄營道齋詩序春陵郭縣曰營道三十里而近有村落曰濂溪周氏家焉又按春陵舊志載章頴云甞以營

道古碑大富橋記攷之自有所謂濂水又按朱文公濂溪先生事狀云按張拭跋先生手帖據先生家譜云濂溪隱居在營道縣營樂鄉鍾貴里石塘橋西而邵武鄒旉言甞至其處溪之源委自爲上下保先生故居在下保其地號樓田又按春陵新志載熙寧中陳令舉作廬山記云由江州之南出德化門五里至延壽院舊名羅漢壇又五里至石塘橋有濂溪乃茂叔自名然則春陵之濂溪乃先生之故居也九江廬山下之濂溪則先生因其溪而名之以識鄉國之思耳又如石塘橋恐亦同爲寓名此如東坡世居峩眉之下而因汝州峩眉山以寄意焉鄒旉又云近世士大夫又謂先生子求其詩於山谷避其叔父諱遂加以水此尤臆說今山谷詩序謂先生用其平生所安樂媲水而成名曰濂溪恐非事實故備論之若謂溪名未足以對茂叔之美則亦東坡詩中柳州柳愚溪愚之意也雖然茂叔短於取名

而惠於求志薄於徼福春秋左傳屈完對齊侯曰君惠徼福於敝邑之社稷而厚於得民菲於奉身而燕及煢嫠陋於希世而尚友千古孟子以友天下之善士爲未足又尚論古之人聞茂叔之餘風猶足以律貪則此溪之水配茂叔以永久所得多矣茂叔諱惇實避厚陵奉朝請名改惇頤二子壽燾皆好學承家求予作濂溪詩思詠潛德韓退之荅崔立之書發潛德之幽光壽字元翁登元豐五年第終司封員外郎燾字次元登元祐三年第終徽猷閣待制按先生年譜以熙寧六年卒元豐間山谷知太和縣壽爲吉州司法

因同官而遊從甚熟是詩必太和所作故有潛德之語云茂叔雖仕官三十年而平生之志終在丘壑按事狀云先生襟懷飄灑雅有高趣尤樂佳山水遇適意處或徜徉終日故余詩詞不及世故猶髣髴其音塵

溪毛秀兮水清左氏傳澗溪沼沚之毛詩伐檀河水清且漣猗可飯羹兮濯纓漢書翟方進傳飯我豆食羹芋魁孟子滄浪之水清兮可以濯我纓不漁民利兮又何有於名漢景後元年詔漁奪百姓侵牟萬民禮坊記諸侯不下漁色莊子楊朱曰不矜貴何羨名弦琴兮觴酒舜作五弦之琴以歌南風山濤舉嵇康自代康告絕曰濁酒一盃彈琴一曲志願畢矣寫溪聲兮延五老以爲壽詩以寫我憂歐陽永叔詩携琴寫幽泉五老峯

在廬山五峯相連論語讖云仲尼曰堯舜觀河洛有五老飛爲流星上入于昴故河洛閒有五老峯此峯以其峭拔效其名焉詩如南山之壽而蟬蛻塵埃兮玉雪自清史記屈原傳蟬蛻於穢濁以浮游塵埃之外韓退之馬少監墓誌幼子立側肌肉玉雪可怜聽潺湲兮鑒澄明謝靈運詩乘月弄潺湲宋之問遊江南靈隱寺夜月澄明獨行廊下激貪兮敦薄孟子聞伯夷之風者頑夫廉懦夫有立志聞柳下惠之風者鄙夫寬薄夫敦非青蘋白鷗兮誰與同樂宋玉風賦風起於青蘋之末杜詩白鷗没浩蕩晉謝安傳簡文帝曰安石既與人同樂不得不與人同憂津有舟兮蕩有蓮韓退之鄆州溪堂詩淺有蒲蓮深有蒹葦勝日兮與客就閒晉書衛玠傳遇有勝日親友時請一言人聞挐音兮不知何處散髮醉莊子漁父篇孔

子至於澤畔方將杖挐而引其船又曰刺船而去延緣葦閒孔子待水波定不聞挐音而後敢乘晉書阮孚爲安東參軍蓬髮飲酒不以王發嬰心文選張茂先詩散髮重陰下注引鍾會遺榮賦云散髮抽簪高荷爲蓋兮倚芙蓉以當伎離騷經製芰荷以爲衣集芙蓉以爲裳青箱雜記曹修已詩荷葉罩芙蓉圓清映嫩紅佳人南陌上翠蓋立春風東坡詩貪看翠蓋擁紅粧霜清水寒兮舟著平沙韓退之詩山淨江空水見沙唐李遐叔文碧水連漪淺深見沙八方同宇兮雲月爲家尸子四方上下曰宇荀子富國篇萬物同宇而異情淮南子天地之間九州八極註八方之極也班孟堅東都賦總八方而爲極張拙頌凡聖合靈共我家懷連城兮佩明月用史記藺相如懷趙璧易秦十五城事文選魏文帝書價越萬金貴重連城東坡詩自當出懷璧往取連城價漢書鄒陽傳明月之

珠夜光之璧魚鳥親人兮野老同社而爭席世說簡文帝曰鳥獸禽魚自來相親韓退之詩顧爲同社人鷄豚燕春秋東坡次聰上人見寄韻前身本同社注引陶潛與廬山遠師結白蓮社事莊子舍者與之爭席矣白雲蒙頭兮與南山爲伍東坡留別王子立詩聞道年來丹伏火不愁老來雲蒙頭漢書韓信傳笑曰生乃與噲等爲伍非夫人攘臂兮誰余敢侮左氏傳非夫人之力不及此又正考父鼎銘曰循墻而走亦莫余敢侮孟子馮婦攘臂下車詩今此下民或敢侮予二章因言以見先生山水之樂得之於心至於人與我相忘此東坡所謂與造物爲徒與牧童西清詩話云世傳山谷七歲作騎牛遠遠過前村後漢光武紀光武初騎牛杜少陵詩前村山路險

吹笛風斜壠上聞馬融去京踰年有洛客逆旅吹笛聞之甚悲壯晉王徽之令人謂桓伊曰聞君善吹笛試爲我一奏杜少陵詩愁連吹笛生又吹笛秋山風月清又高樓夜吹笛歐公詩夜凉吹笛千山月東坡詩鄰人吹笛不堪聞杜詩輕燕受風斜邵康節牧童詩數聲牛背笛一曲隴頭歌王介父詩贘水縢溝隔隴分多少長安名利客長安前漢所都在國朝爲永興軍後人稱帝都者皆例呼爲長安林和靖詩不知呵止長安客戰國策爭名者於朝爭利者於市蓋爭名利者必於帝都也白樂天詩皇皇名利客白首千百輩機關用盡不如君白樂天詩應須墨綆機關外意謂用盡機關以爭名利反不若牧童之安逸也李義山悶賦那心思之機關兮還競巧於蛛鳴丁晉公詩欺天行當吾何有立地機關子太乖邵康節詩爭先徑路機關惡亦此意也

送人赴舉西清詩話云魯直少警悟八歲能作詩送人赴舉此已非髫稚語矣

送君歸去明主前江文通賦春草碧色春水綠波送君南浦傷如之何李白詩送君此時去回首淚成行若問舊時黃庭堅謫在人間今八年漢武內傳王母曰汝侍郎東方朔昔爲太上仙官謫斥使在人間列仙傳許碏詩羣仙拍手嫌輕薄謫向人間作酒狂白樂天酬吳七詩不知有何過謫作人間仙湘山野錄潘佑詩只因騎折王龍腰謫向人間三十六詩最多體製每句自三字抵于七字每章自兩韻極于百韻未可槩舉近世詩格必欲合聯以成章三句者蓋亦罕見周詩則亦有之麟趾甘棠等篇是也山谷此詩蓋捨近例而援古法由是推之山谷不特平生句法奇妙早年詩格已高古矣

嗣深尚書弟晬日山谷叔父諱廉字夷仲終于給事中幼子叔敎字嗣深丙午生終于戶部尚書建炎間山谷之兄大臨嘗跋此詩云嗣深弟初生骨爽神秀氣已萬里故山谷有此佳句黃㽦年譜係此詩於治平四年丁未時山谷初登第

骨秀已知騏驥子袁宏三國名臣贊天骨秀朗老杜八哀詩云復見秀骨清桓譚新論曰善相馬者薛公得馬惡貌而正走其名驥子東方朔曰騏驥綠耳天下良馬也北齊裴景鸞景鴻並有逸才河東呼景鸞爲驥子杜少陵詩別養驥子稱神俊性仁端是鳳凰雛易林曰鳳生五雛龐統傳統德公從子也德公謂統爲鳳雛陸雲幼時吳尚書閔鴻見之甚奇之曰此兒若非龍駒當是鳳雛老杜入奏行竇御御驥之子鳳之雛又詩先拂鳳凰雛東坡詩鳳雛驥子目相高不騰渥水稱神俊漢史武帝紀元鼎四年馬生渥洼水中作天馬之歌高僧傳支道字道林嘗養馬人有譏之者曰愛其神俊杜少陵詩可憐九馬爭神俊又送李校書詩渥洼騏驥兒應出岐山作瑞符岐山屬鳳翔寰宇記載地志云周文王時鳳凰鳴於岐山故亦曰鳳凰堆春秋元命包曰鳳凰游文王之都老杜鳳凰臺詩所重王者瑞韓文公岐山詩丹穴五色羽其名爲鳳凰昔周有盛德此鳥鳴高岡漸指家人知姓字李義山嬌兒詩文葆未周晬固已知六七四歲知姓名眼不視梨栗子生一歲爲晬試看屏上識之無唐史白居易始生六七月乳母抱弄於書屏下指之無二字雖百十其試指之不差乃翁斷獄多陰德往往高門待汝車漢史項羽傳曰令不急下吾烹乃翁于公曰少高大門間令容駟馬高蓋車吾治獄多陰德子孫必有興者

讀謝安傳年譜熙寧戊申葉縣尉時作

傾敗秦師琰與玄矯情不顧驛書傳持危又幸桓溫死論語危而不持顛而不扶太傅功名亦偶然晉史謝安傳桓溫請爲司馬將發新亭朝士咸送高崧戲之曰卿高臥東山人言安石不肯出將如蒼生何蒼生今亦將如卿何簡文帝疾篤溫上疏薦安宜受顧命帝崩溫入赴山陵止新亭大陳兵衛將移晉室呼安見王坦之欲於坐害之坦之汗流霑衣倒執手板安從容謂溫曰諸侯有道守在四鄰明公何須壁後置人耶孝武帝富於春秋政不自已溫威振內外安與坦之盡忠匡翼溫病篤諷朝廷加九錫使袁宏具草安見輒改之由是歷旬不就會溫薨錫命遂寢時苻堅強盛疆場多虞諸將敗退相繼安遣弟石及兄子玄隨機征討所在克捷堅後率衆百萬次於淮淝京師震恐加安征討大都督玄入問計安夷然

無懼色答曰已別有旨遂命駕游山墅玄等旣破苻堅有驛書至安方對客圍棊看書旣竟便攝放了無喜色棊如故客問之徐答云小兒輩遂已破賊旣罷還內過戶限心甚喜不覺屐齒之折其矯情鎮物如此後贈太傅安有二子瑤琰按琰傳苻堅之役安以琰有軍國才用出爲輔國將軍以精卒八千人與玄破堅

酌姨母崇德君壽酒外集有聽崇德君鼓琴詩米元章畫史云朝議大夫王之才妻南昌縣君李氏尚書公擇之妹能臨松竹木石等山谷之姨母也年譜熈寧辛亥葉縣作

日月行當壽星紀尚書釋文堯典云日月所會者謂日月交會於十二次辰曰壽星丑曰星紀晉天文志曰老人一星在弧一曰南極常以秋分之旦見於景春分之夕沒於丁見則治平主壽昌

仙人初出閬風時神仙傳崐崘一曰玄圃一曰積石瑤房一曰閬風臺一曰華蓋一曰天柱增城縣圃閬風崐崘之山三重也穆天子傳曰崐崘之山三級下曰樊桐一名拔松二曰玄圃一名閬風上曰層城一名天庭東方朔十洲記崐崘山有三角一角正北名閬風顛一角正西名玄圃臺一角正東名崐崘宮南都賦崐崘無以後閬風不能踰杜詩閬風玄圃與蓬壺

欲將何物

獻壽酒天上千秋桂一枝歐公詩欲將何物招佳客唯有新秋一味涼晉郤詵對武帝曰臣舉賢良對策爲天下第一猶桂林一枝崐山片玉也

謝五開府番羅襖熈寧中山谷爲宮教五開府者酒餘脫淺色番羅襖衣之山谷醉中作此

疊送香羅淺色衣杜少陵詩香羅疊雪輕白樂天與元微之詩淺色縠衫輕似霧

着来春色入書帷漢史董仲舒下帷講誦

到家慈母驚相問曾子問外有傳內有慈母後漢馬皇后紀違慈母之拳拳杜少陵詩家貧仰母慈

爲說王孫脫贈時楚詞王孫游兮不歸杜詩王孫若箇邊

雜吟

城中蛾眉女毛詩碩人螓首蛾眉

珂佩響珊珊鸚鵡花

間弄唐明皇雜錄廣南有白鸚鵡養之宮中曉人言號雪衣娘一日飛上妃子粧臺曰夢爲鷹鶻所搏妃子授以多心經持誦甚悲後妃子携之弄於花間果爲鷙鳥所斃葬之號鸚鵡塔

琵琶月下彈釋名曰推手前曰琵引手却曰琶張籍詩爲出二侍女合箏彈琵琶白樂天送客湓浦口聞舟中夜彈琵琶爲作琵琶行東坡詩取琴月下彈

長歌三日繞蘇武詩長歌正激烈沈約詩輕歌易繞弱舞難持唐史薛仁貴傳將軍三箭定天山將士長歌入漢關杜少陵詩長歌激梁屋又長歌意無極又吾醉亦長歌又樂助長歌送高適詩長歌達者杯中物李太白詩清風吹歌入空去歌曲自繞行雲飛列子韓娥東之齊匱粮過雍門鬻歌假食旣去而餘音繞梁欐三日不絕

短舞萬人看陶岳零陵記長沙定王入朝於上前自爲短舞曰臣國地狹不足以回旋

未必長如此陶淵明詩但願長如此盧照隣詩願得長如此東坡詩未必長如此

芙蓉不耐寒西京雜記卓文君臉際常若芙蓉此詩亦見寒山子詩集中恐非山谷作

海棠年譜元豐戊午北京作

海棠院裏尋春色薛能詩獨尋春色上高臺

日炙嫣紅滿院香李太白詩日炙錦嫣王未醉王建牡丹詩且願風流著唯愁日炙銷杜牧詩嫣

紅半落平池晚李義山詩側近嫣紅伴柔綠老杜詩娑娑一院香

不覺風光都過了東窻渾為讀書忙

壓沙寺梨花 趙舜欽茅齋詩話云大名壓沙寺梨花之盛聞於天下魯直爲國子監教授日曾有詩一絕外集十二卷又有次韻晉之五丈賞壓沙寺梨花一首年譜係元豐戊午歲

壓沙寺後千株雪 昌黎聞梨花發贈劉師命詩聞道郭西千樹雪欲將君去醉何如又雪詩千株照耀開東坡詩普慈寺後千竿竹此句相類

長樂坊前十里香 梁任昉述異記千年松香聞十里之外東坡詩裊裊爐煙十里香

寄語春風莫吹盡夜深留與雪爭光 宮詞梨花白雪香

和早秋雨中書懷呈張鄧州 年譜元豐已未北京作

喜聞三徑被恩書 按三輔決録蔣詡字元卿嵇康高士傳曰蔣元卿還杜陵荆棘塞門舍中有三徑不出

五馬来歌塞里閭 墨客揮犀世謂太守爲五馬詩曰孑孑干旟在浚之都素絲組之良馬五之鄭註謂周禮州長建旟漢太守北州長法御五馬古樂府陌上桑曰使君從南來五馬立踟躕南齊柳元伯之子五人皆領郡號五馬殷文圭云柳氏亭邊參差五馬杜詩人生五馬貴韓昌黎詩車馬僕從塞里閭

天上日清消蝃蝀 詩蝃蝀在東莫之敢指註虹也

海濱風静復爰鶋 國語海鳥曰爰居止於魯東門外展禽曰今兹海其有災乎是歲海多大風韓詩風静爰鶋去左氏臧文仲不知者三其一祀爰鶋莊子至樂篇昔者海鳥止于魯郊魯侯御而觴之于廟杜詩鶢鶋至魯門

龜逢街骨方為鶻蘭不當門亦見鋤 蜀先主云芳蘭當門不得不鋤李太白詩蘭生不當户别是閑庭草

已發覆盆瞻睿聖 莊子田子方篇丘之於道也其猶醯雞與微夫子之發吾覆也吾不知天地之大全也司馬遷傳戴盆何以望天尚書洪範睿作聖

何因猶著故溪魚

絶句 年譜元豐已未北京作

富貴功名繭一盆繰車頭緒正紛紛 禮記曰夫人繰三盆手太白詩繰絲憶君頭緒多歐陽公詩問其别後學初若繭抽絲

肯尋冷淡做生活 撫言曰裴度夜宴聯句白樂天曰笙歌鼎沸勿作此冷淡生活坡詩冷淡誰能用許功又莫笑吟詩淡生活

定是著書楊子雲 文選揚脩答臨淄王牋云脩家子雲老強著一書悔其少作

臨河道中 臨河屬開德路由河堤外集中有曹村道中詩云瓜田餘蔓有荒壟梨子壓枝鋪短牆明月風煙如夢寐平生親舊隔湖湘是也蓋經行先曹村後臨河故此詩有覺來去家三百里之句指大名也年譜元豐已未作

村南村北禾黍黄 古詩蔌蔌衣中落棗花村南村北響繰車杜詩西嶺紆村北白樂天折臂翁詩村南村北哭聲哀東坡食荔丹詩南村諸楊北村盧史記鄭國渠白渠成人歌之曰鄭國在前白渠起後長我禾黍王介甫詩欲收禾黍善先去蒿萊惡

穿林入塢岐路長 列子楊子之隣人亡羊既率其黨又請楊子之豎追之楊子曰噫亡一羊何追者之衆鄰人曰多岐既反問獲羊乎曰亡之矣曰奚亡之曰岐路之中又有岐焉吾不知所之所以反也文選孫子荆詩晨風飄岐路謝元暉詩岐路多

徘徊據鞌夢歸在親側後漢劉尚擊五溪蠻伏波將軍馬援年六十二據鞌顧眄以示可用老杜詩蘇侯據鞌喜樂府飲馬長城窟行夢見在我旁忽覺在他鄉弟妹婦女笑兩廂兩廂字見毛詩兩廂廡也韓詩兩廂鋪氍毹白樂天詩仙仗環雙闕神兵鬭兩廂甥姪跳梁暮堂下惟我小女始扶床白樂天詩惟弄扶床女時時強展眉杜牧之詩扶床乳女午啼飢賀方回詞何物係人心三歲扶床女韓退之盧君夫人墓銘扶床坐膝嬉戲懽爭屋頭撲棗爛盈斗詩豳風八月剝棗河東人以杖擊棗謂之撲嬉戲歡爭挽衣裳昌黎詩少長聚嬉戲不殊同隊魚太白詩兒女歌笑牽人衣又出門妻子強牽衣杜少陵詩短衣數挽不掩脛覺來去家三百里陸士衡飲馬長城窟行冬來秋未返去家邈以綿一園兔絲花氣香淮南子說山訓

曰千年之松下有茯苓上有兔絲註云茯苓千歲松脂也兔絲生其上而無根一名女蘿毛詩頍弁篇蔦與女蘿施于松柏註云女蘿兔絲松蘿也杜詩名園花草香可憐此物無根本韓昌黎詩浮雲柳絮無根本天地闊遠隨飛揚依草着木浪自芳風煙雨露非無力白樂天詩云等閑栽樹木隨分占風煙年年結子飄路傍老杜詩早枝低結子晉史王戎不趣道傍苦李杜詩今日飢寒趨路傍東坡詩全生依路傍南豐詩已覺路傍行似鑑不如歸種秋栢實莊子彫胡嘗視其良既爲秋柏之實矣東坡歲寒知松柏詩永無秋實悲他日隨我到冰霜王介父詩曾與蒿藜同雨露終隨松柏到冰霜杜少陵詩老樹飽經霜山谷意謂如草木之依附隨即飄零不若慕秋柏之梗介以閱冰霜也

和范廉年譜元豐己未解北京教授後作

一代功名醉斯人尚獨醒史記屈原曰衆人皆醉惟我獨醒風霜寒慘淡松栢後凋零劉公幹詩風聲一何盛松枝一何勁冰霜正慘悽終歲常端正豈不罹凝寒松柏有本性老杜詩慘澹風雲會魯論歲寒然後知松柏之後凋也歲晚虛前席老杜詩歲晚仍分袂漢史文帝徵賈誼入見帝方受釐宣室問鬼神之本夜半前席天涯作使星後漢和帝遣使者二人當到益部皆微服單行李郃指星云有二使星向益州分野老杜詩喧呼閱使星百城同緩帶東漢賈琮爲冀州刺史百城聞風自然竦震前漢匈奴傳父兄緩帶稚子咽哺晉羊祜在軍不親戎服常輕裘緩帶列校聽横經漢史韓信傳諸校皆賀師古曰諸校諸部也後漢儒林傳明帝爲功臣子孫四姓末屬別立校舍自期門羽林之士悉令通孝經章句韓詩簷際聽横經東坡詩春夢猶横經汲直非刀筆漢史汲黯傳淮南王謀反憚黯曰黯好直諫守節死義至說公孫宏等如發蒙爾張湯深文苛刻黯罵曰天下謂刀筆吏不可爲公卿果然必湯也賈捐之傳置之爭臣則汲直註汲黯方直故世謂汲直山公識寗馨晉史王衍字夷甫總角當造山濤濤嗟歎良久既去目而送之曰何物老嫗生此寗馨兒愁思理前語祠下柳陰庭潘安仁閑居賦柳垂陰車結軌

從舅氏李公擇將抵京輔以歸江南初

自淮之西猶未秋日思歸年譜此詩當是元豐庚申歲山谷自京師改官復往北京挈家歸江南作

歸心搖搖若鞦帶杜詩歸心折大刀王介甫詩不奈歸心日日歸史記

蘇秦傳齊王曰寡人心搖搖然如懸旌柳子厚詩搖心劇懸旌謝元暉辭隨王牋歸志莫從邈若墜雨翩似秋蔕註秋蔕去於樹喻已別王也恐𣫍帶字誤哀操切切如蟬吟鮑明遠蕪城賦抽琴命操李善註曰琴有伯夷之操窮則獨善其身故謂之操潘安仁秋興賦蟬嘒嘒以寒吟百年雙鬢欲俱白杜少陵詩百年雙鬢白一別五秋螢千里一書真萬金李太白詩相思千萬里一書直千金杜少陵詩家書抵萬金

翌日阻雨次前韻

愁雲垂垂雨溪溪楚詞嚴忌哀時命夕淫淫而淋雨野館重賦思歸吟老杜詩那堪野館跡琴操曰楚龍丘高出游三年思歸故鄉望楚而長歎故曰楚引張平子思玄賦情悄悄而思歸白樂天和思歸樂詩云似道思歸樂行人掩泣聽東坡詩謳吟思歸出無計坐想蟋蟀空房語老農那問客心苦老農字見魯論謝靈運詩大江流日夜客心悲未央任彥昇詩客心幸自弭中道遇心期杜詩故國移居見客心高適詩旅館寒燈獨不眠客心何事轉淒然靈運詩如何乘苦心矧復值秋晏韓文公河之水詩三年不見兮使我心苦但喜粟粒如黃金杜詩園柑長成時三寸如黃金

五老亭

并序東坡作李公擇山房藏書記載五老峯在廬山按寰宇記廬山屬江州年譜元豐庚申自汴京歸江南經行作

知郡大夫改築射亭與五老峯晤對極為勝賞輒以長句詠歎

白髮蒼髯五老人歐陽公醉翁亭記蒼顏白髮頹然其間者太守醉也東坡詩山中只有蒼髯叟數里蕭蕭管送迎又和海州石室詩手植數松今偃蓋蒼髯白甲低瓊戶又鬱鬱蒼髯真道友又中山松醪鬱鬱蒼髯千歲姿太白詩白髮四老人德雖不孤世無鄰魯論德不孤必有鄰晉史門之德不孤文選劉琨荅盧諶詩既孤我德又闕我鄰松風忘味同戴舜左傳文公十八年天下如一同心戴舜梅雨蒙頭非避秦周處風土記云夏至前雨名黃梅雨埤雅云今江湘二浙四五月間梅欲黃落則水潤土溽柱礎皆汗蒸鬱成雨謂之梅雨東坡梅雨脩脩荔子然桃花源記晉太康中武陵人捕魚緣溪行忘路忽逢桃花夾岸窮源得一山捨舡從口入屋舍儼然人見漁父大驚問所從來便邀還家為設酒食自云先世避秦亂率妻子邑人來此絕境不復出不知有漢無論魏晉數日辭去及郡詣太守說遣人隨往迷不復得路華山南有川廣袤數百里連山洞不知其淺深人有登蓮花峯見人煙屋舍疑是仙窟或云秦人避難居此其後裔也東坡詩當時依山來避秦築亭風流二千石此老入謁官不嗔一樽相對是賓友謝惠連雪賦乃置旨酒命賓友韋應物詩賓友仰稱歎一生何所求學得養生通治民莊子文惠君曰吾聞庖丁之言得養生焉

答余洪範

洪範名卞元豐四年山谷自太和考試舉人于南安軍時為贛州郡掾歸途相見嘗和其二絕句有南康郡下參軍耳南康即贛之郡名也詩見外集

倒海弄明月李太白詩倒海索明月又云回山倒海不作難韓昌黎詩婆娑海水南攲弄明月珠太平廣記鬼詩還山弄明月伐山茹芝英楊雄太元經茹芝英以禦飢兮杜詩吾慕漢初老時清猶茹芝婆娑一世間答賓戲曰

婆娑乎術藝之場班彪北征賦登障隧而遙望兮聊須史以婆娑晉史陶侃傳老子婆娑正坐諸君輩王述亦曰致仕之年不爲此公婆娑之事宋玉神女賦婆娑乎人間漢史魏豹傳人生一世間如白駒過隙吕后強食張良曰人生一世間如白駒過隙何自苦如此韓詩人生一世間不似張與施**浩蕩懷友生**楚詞志浩蕩而懷傷張平子思玄賦志浩蕩而不嘉詩伐木不如友生宋玉九辯曰廓落兮羇旅而無友生潘安仁笙賦爾乃促中筵攜友生李太白詩落帽醉山月空歌懷友生杜甫詩途窮仗友生**佳人貂襜褕**張平子四愁詩美人贈我貂襜褕何以報之明月珠註引蔡邕獨斷曰侍中中常侍加貂蟬說文曰直裾謂之襜褕李白詩披君貂襜褕對君白玉壺**眉宇秋江晴**枚乘七發曰陽氣見於眉宇之間唐元德秀字紫芝房琯見而歎息曰見紫芝眉宇使人名利之心都盡杜詩眉宇真天人東坡詩眉宇秀發如春巒**曾懷**

府萬物莊子內篇而況官天地府萬物而心未嘗死者乎**器識謝羣英**江文通別賦金閨之諸彥蘭臺之羣英**贈我白雪弦此意少人明**張平子四愁詩美人贈我錦繡段何以報之青玉案宋王云有歌於郢中者陽春白雪國中屬而和之者數十人引商刻羽雜以流徵屬而和之者不過數人是以曲彌高則和彌寡老杜詩哀弦遶白雪**別懷數弦望相思何時平**後漢律歷志舒先速後近一遠三謂之弦相與爲衡衡分天之中謂之望李陵詩行人難久留各言長相思安知非日月弦望自有時韋應物詩況茲晝方永展轉何由平**猶憶把樽酒**杜甫詩何時一樽酒重與細論文**夜談盡傳更**東觀漢記曰尹敏與班彪相厚每相與談嘗晏暮不食晝即至冥夜徹旦韓詩對食每不飽共言無倦聽連延二十日晨坐達五更世說衛玠與謝琨連旦徹言

即来

先去豈長別後来非久親新墳将舊塚相次似魚鱗李郢寒食詩舊墳新壠哭多時漢史劉向傳子弟鱗集於朝師古曰言其相次如魚鱗韓文公詩府西三百里候館同魚鱗東坡城中樓閣似魚鱗**茂陵誰辨漢**漢武帝葬茂陵在長安北**驪山詎識秦**咸陽驪山始皇葬所也**千里與昨日一種併成塵**陸士衡挽歌詩昔爲七尺軀今成灰與塵寒山子詩始憶八尺漢俄成一聚塵**定知今世士還是昔時人烏用取他骨復持埋我身**晉劉伶嘗乘鹿車攜一壺酒使人荷鍤隨之曰死便埋我

奉答固道

年譜元豐癸亥太和作

平生湖海魚竿手杜牧之詩惆悵江湖釣竿手卻遮西日向長安老杜詩獨把魚竿終遠去**強學来操製錦刀**左氏鄭子皮欲使尹何爲邑子產曰猶未能操刀而使割也子有美錦不使人學製焉大官大邑身之所庇也而使學者製焉其爲美錦不亦多乎**末俗相看終眼白**晉阮籍青白眼**古人不見想山高**毛詩高山仰止**未乘春水歸行李**行李字見左傳杜詩行李須相問又行李淹吾舅**儻得閑官去坐曹**韓詩豈有閑官敢推引又云得就閑官即至公漢史薛宣傳日坐曹治事曾南豐詩坐曹風義動江淮**自是無能欲樂爾**漢史楊惲傳人生行樂爾**煩君錯爲歎賢勞**毛詩北山我獨賢勞東坡詩主人獨賢勞

奉答聖思講論語長句

年譜元豐癸亥太和作

簿領文書千筆禿文選詩沈迷簿領間東坡詩一笑簿領間又云十年
簿領催衰白元稹詩滿眼文書堆按過王羲
之贊雖禿千兎之翰聚無一毫之筋老杜詩
戲拈禿筆掃驊騮太白詩書禿千兎毫韓文
公毛穎傳後因進見上將有任使拂拭之因
免冠謝上見其髮禿梅聖俞詩諸公醉時索筆吟吾兒暗寫千毫兎公庭嚚訟
百蟲鳴曲禮公庭不言婦女李太白詩秋浦舊蕭索公庭人吏稀堯典放齊曰胤
子朱啓明帝曰吁嚚訟可乎謝靈運詩虛館
絶爭訟空庭來鳥雀此反其意東坡詩吟詩
莫學秋虫鳴時從退食須臾頃毛詩退食自公中庸道不可須臾離
喜聽鄰家諷誦聲觀海諸君知浩渺孟子盡心觀於
海者難爲水東坡詩江湖浩渺歐公
詩江海淮濟暨漢沔豈不浩渺注而大學山
他日看崇成揚子學行篇上陵學山而不至於山暮堂吏退張

燈火南史韋叡傳張燈達曙杜詩息鴈宿張燈韓昌黎詩燈火稍可親抱取
魯論來講評此蓋以講學爲急爲政次之
題學海寺學海字疑是覺海年譜有題覺海寺詩元豐癸亥太和作
爐香滔滔水沈肥滔滔見魯論唐本草註曰沈水香出天竺單于二國
木似欅柳重實黑色沈水者是水遶禪床竹遶溪王荊公詩芭蕉一枕
西窗雨復似當年水遶床一段秋蟬思高柳夕陽元在竹
陰西法眼禪師金剛經四時般若頌曰理極忘情謂如何有喩齊到頭霜夜月任運
落前溪果熟兼猿重山高似路迷舉頭殘照在元在住居西杜牧之詩斜陽竹西路歌吹
是揚州
梅花年譜元豐間太和作

障羞半面依篁竹漢史張敞傳自以便面拊馬師古曰便面所以障面
劇談傳唐長安唐昌觀玉蘂花發元和中有
女子以白角扇障面直至花所此用徐妃半
面粧壽陽公主宮粧二事嚴助傳越
處篁竹之間王介父詩荒茅篁竹間隨意淡
粧窺野塘東坡詞淡粧濃抹總相宜飄泊風塵少滋味老杜
詩即今漂泊干戈際韓昌黎詩今旦胡爲卻
惆悵萬片飄泊隨東西陸機詩京洛多風塵
高適爲封丘尉詩盛甚作吏風塵下杜
少陵詩薄宦走風塵又清談見滋味一枝
猶傍故人香荊州記陸開寄早梅詩江南無所有聊贈一枝春此言雖飄泊
風塵而清香不改
山谷蓋以自況也
題太和南塔寺壁
熏爐茶鼎暫來同文選江文通擬古詩云膏爐絶沈燎註云爐是熏爐

也
寒日鷄啼柿葉風藝文類聚載梁庾仲容詠柿詩發藥臨層檻翻
英揉花藥風生樹
影移露重新枝弱萬事盡還杯酒裏晉史張翰傳使
我有身後名不
如即時一杯酒百年俱在大槐中異聞集載淳于棼事
云棼夢見入宅南古槐穴中行數十里有大
城門樓題曰大槐安國其王以女妻生使爲
南柯太守在郡二十年發悟呼二客尋古槐
下穴有蟻數斛中有小臺二大蟻處之即槐
安國也又窮一穴直上南枝即有土城小樓
即南柯郡也山谷平生薄名利輕富貴之心
於此
可見
和答君庸見寄別時絶句何君庸太和簿可見太和
作
看鏡白頭知我老杜甫詩勲業頻看鏡平生青眼為君

明晉史阮籍常作青白眼蕭籍雜記范飆詩惟有南山與君眼相逢不改舊時青杜少陵詩別來頭併白相對眼終青東坡詩讀書頭欲白相對眼終青又曰看鏡白頭知我老平生青眼爲君明其餘使白頭青眼甚多惟此聯與蘇黃句法相似舞姝別後閑珠履毛詩鄘國風靜女其姝箋云姝美好之子太白詩魏姝弄鳴絲春申君客三千人皆躡珠履吳都賦出躡珠履動以千百老杜詩欲向何門躧珠履已報絲蟲網玉笙玉臺新詠徐悱贈内詩曰網虫生錦薦文選張景陽詩曰蜘蛛網四屋江淹擬張司空詩曰蘭徑少行迹玉臺生網絲杜少陵詩書籤藥裹封蛛網

寄劉泗州寄泗州凡二首前篇載外集第十四卷後篇載此元豐甲子歲赴德平鎮經途所作

生天生地當爲主此事惟應作者知康濟小民歸一臂屈伸由我更由誰書康濟小民東坡詩康濟此身殊有道十六觀行經譬如壯士屈伸臂項即生西方東坡詩生死猶如臂屈伸邵康節思慮吟不由乎我更由乎誰

平原郡齋此詩監德州德平鎮時作平原屬德州外集有平原宴坐詩二首老作儒生不解事江南有田歸荷鋤北窻風來舉書葉猶似勸人勤讀書黃落委庭觀九州虫聲日夜戒衣裘金錢滿地無人費一斛明珠薏苡秋與此不同又按蜀本詩刻有山谷真蹟題云平原郡齊

生平浪學不知株江北江南去荷鋤文選謝靈運詩江南倦歷覽江北曠周旋杜少陵詩瀼東瀼西一萬家江南江北春冬花江文通詩雖有荷鋤倦淵明詩帶月荷鋤歸老杜詩方春獨荷鋤又荷鋤功易止眷言終荷鋤又云細雨荷鋤笠窻風文字翻葉葉猶似勸人勤讀書成巢不處避歲鵲酉陽雜俎鵲巢避太歲得巢不安呼婦鳩詩鵲巢維鵲有巢維鳩居之歐陽公詩天雨止鳩呼婦歸鳴且喜金錢滿地無人費一斛明珠薏苡秋朝野僉載緑珠怨石家金谷重新聲明珠十斛買娉婷

題邢敦夫扇邢居實字敦夫河間人邢恕和叔之子早有文稱東坡云敦夫自爲童子所與交皆諸公長者不待年而卒有呻吟集行於世王直方詩話云秦少游嘗以真字題一絶於邢敦夫扇上云月團新碾瀹花甆飲罷呼兒課楚詞風定小軒無落葉青虫相對吐秋絲山谷見之復作小草題此一絶皆所自作詩也少游後見之復云逼我太甚與平原郡齋詩大同小異

黃葉委庭觀九州太白詩坐來黃葉落四五禹貢禹別九州小蟲催女獻功裘周禮有司裘春秋考異郵曰立秋促織鳴宋均曰促織蟋蟀也立秋女功急故促之金錢滿地無人費唐人詩細雨濕衣看不見閑花滿地落無聲王介父詩雨後餘花滿地存百斛明珠薏苡秋盧綝四王起事曰張方劫晉帝西還輦真珠百餘斛後漢馬援傳援在交趾常餌薏苡實用能輕身省欲軍還載之一車欲以爲種及卒人有譖之者以爲前所載還皆明珠文犀邢敦夫有和黃魯直平原郡齋秋懷二首云木落天高憶舊居幾時歸去帶經鋤黃花爛漫無人折柿葉翻紅正好書目送愁雲盡日愁寒來著破舊貂裘憑誰說與西風道留取花間點綴秋

絶句贈初和甫初虞世字和甫家於盧溪嘗爲主簿山谷有盧

泉詩幷酒渴愛江清五詩兼簡和甫年譜元豐甲子德平鎮作

處士孤懷少往還孟子處士橫議荀子古之所謂處士者德盛者也後漢禰衡爲黃祖作書記輕重疎密各得體祖曰處士正得祖意平時一刺字多漫禰衡傳陰懷一刺既無所之適至刺字漫滅李義山詩刺字從漫滅東坡詩唱酬往復字應漫能容著帽揮譚拂晉桓温請謝安爲司馬温詣安值其理髮久之方罷使取幘温見留之日令司馬著帽進其重安者如此可見高人禮數寬杜詩自識將軍禮數寬

次韻清虛同訪李園清虛謂王定國見後註四詩皆元豐乙丑作

年来高興滿尊綠殷仲文詩能使高興盡杜詩高興潛有激又高興激荊衡晉史張翰傳齊王冏辟爲掾因見秋風起乃思吳中菰菜蓴羹鱸膾曰人生貴得適志何能羈宦數千里以要名爵乎遂命駕東歸本草七八月以前曰絲蓴寒薄春風駘蕩時文選謝元暉詩春物方駘蕩稍見燕脂開杏萼王介父詩燕脂洗出杏花勻已聞香雪爛梅枝王介甫詩遥知不是雪爲有暗香來老逢樂事心猶壯王羲之蘭亭記良辰美景賞心樂事四者難幷病得新詩和更遲何日聯鑣向金谷晉石崇有別館在河陽之金谷裴度居守東洛夜宴半酣度索聯句元白有得色度爲破題至楊汝士曰昔日蘭亭無艷質此時金谷有高人居易知不能加遽裂之曰笙歌鼎沸勿作此冷淡生活韓退之詩即是連鑣向闕時擬追仙翼到瑤池列子周穆王駕八駿之乘升崐崙之丘賓于西王母觴於瑤池之上

次韻清虛

地遠城東得得来貫休詩一瓶一鉢垂垂老萬水千山得得來東坡詩知是多情得得來正如湖畔昔銜盃漢史司馬遷詩曰未嘗銜杯酒接慇懃之歡劉伶酒德頌銜盃漱醪李太白詩銜盃大道邊李適之詩樂聖且銜盃杜少陵詩銜盃樂聖稱世賢又生前相遇且銜盃眼中故舊青常在鬢上光陰綠不回東坡詩霜蓬已枯不再綠歸去汴橋三鼓月崔塗詩胡蝶夢中家萬里子規枝上月三更東坡詩令嚴鍾鼓三更月相思梁苑一枝梅說苑曰越使諸發執梅一枝以遺梁王梁臣韓子曰烏有以一枝梅遺列國之君者乎梁苑指汴京梁孝王兎園所在我閑時欲從君醉爲備芳醪更滿罍

次韻清虛喜子瞻得常州東坡自元豐二年十二月謫黃州居黃五年至元豐七年八月量移汝州八年得請居常州蘇子由爲王定國作清虛堂記清虛即定國也

喜得侵溪動搢紳史記五帝本紀太史公曰薦紳先生難言之徐廣曰薦紳即搢紳也杜詩東方領搢紳高適詩遠追隨搢紳歐公詩風猷藹搢紳曾子固詩驚傳動搢紳俞音下報謫仙人唐史李白傳賀知章歎曰子謫仙人也山谷嘗呼東坡李太白爲兩謫仙杜甫贈李白詩昔年有狂客號爾謫仙人驚回汝水間關夢東坡嘗欲居汝潁乞與江天自在春老杜詩恣意買江天罨畫初游冰欲泮罨畫屬常州古稱陽羨三湖九溪地理志云今只有六溪其三溪不知其處而六溪之中有荆溪則首受蕪湖東至陽羨入海俗呼

爲罨畫溪也邵康節詩罨畫溪深方誤入張師正倦游録云能罨畫乃今之生色也毛詩迨冰未泮昌黎聯句離思春冰泮王介父詩歸期只待春冰泮 浣花何處月還新 浣花溪在成都此言東坡未有還蜀之日 涼州不是人間曲 涼州曲名蓋唐以州名曲如伊涼甘涼之類鄭棨開元傳信記西涼州製新曲曰涼州盛王曰斯曲也宮離而少徵商亂而加暴恐有播越之禍及安史亂始驗寗王審音之妙明皇雜録明皇自蜀回乘月登樓命歌涼州涼州即貴妃所製親御玉笛爲倚樓曲因廣其曲傳於人間東坡詩歸來羯鼓打涼州白樂天集載盧貞和永豐坊園柳詩玉皇曾採人間曲應逐歌聲入九重 佇見君王按玉宸 唐史禮樂志康崐崙奏琵琶於玉宸殿宋次道東京記後苑有玉宸殿此言東坡非久外者樂天詩借問晨霞子何如朝玉宸

次韻公秉子由十六夜憶清虛 元豐乙丑作

九陌無塵夜際天 三輔舊事長安城中八街九陌韓退之詩雖有九陌無塵埃韓偓詩輕寒著背雨凄凄九陌無塵未有泥 兩都風物各依然 班固有兩都賦國朝以東汴西洛爲兩都 車馳馬逐燈方鬧 後漢馬后紀車如流水馬如游龍 地靜人閑月自妍佛館醉談懷舊歲齋宮詩思瑣今年 漢宣紀神光燭耀齋宮後漢周澤爲太常嘗臥疾齋宮權德輿詩看花詩思發對酒客愁輕杜荀鶴詩窻風從此冷詩思當時清 但聞公子微行去 博物志王孫公子皆古人相推敬之辭始皇三十一年始爲微行咸陽張晏註若微賤之所爲故曰微行也史記范雎傳雎微行見須賈西漢武帝成帝紀並載微行 門外驊騮立繡韉 劉向新序驊騮騄驥天下之駿馬也杜甫詩馬寒防失道雪沒錦鞍韉

訪趙君舉 年譜元豐八年臘雪時在館中作

朔風吹雪滿都城 謝元暉詩朔風吹飛雨老杜詩朔風鳴淅淅鮑昭效劉公幹體云一風吹朔雪千里度龍山左傳隱公二年祭仲曰都城過百雉國之害也歐陽公詩日久都城車馬喧 曉踏驊騮訪玉京 靈樞金景內經日下離塵境上界玉京史記天上白玉京五城十二樓 相引槽頭看春酒 李賀詩小槽酒滴真珠紅毛詩曰爲此春酒以介眉壽杜詩春酒盃濃琥珀薄 細流三峽夜泉聲 杜子美詩詞源倒流三峽水又泉聲帶玉琴李太白詩彈爲三峽流泉音又響入百泉去聽如三峽流

和王明之雪 按吳曾漫録云歐陽季默問東坡山谷詩何處好東坡不答但稱重黃詩季默云如夜聽疎疎還密密曉看整整復斜斜豈是佳耶東坡云正是佳處此詩賦元祐丁卯春雪時在館中奉呈廣平公廣平即宋盈祖此篇

次前韻

金母紫皇開壽域 東方朔神異經揖金母拜木公漢史王吉傳驅一世之民躋之仁壽之域杜甫詩八荒開壽域杜牧之詩生人但食眠壽域富農桑 煉成天地一爐沙 莊子子黎曰今一以天地爲大爐造化爲大冶賈誼鵩賦天地爲爐兮造化爲工 千花亂發春無耐萬井交光月未斜貧巷有人衣不纊 左氏楚子一言而三軍之士如挾纊陳平傳家貧居陋巷以席爲門 北窻驚我眼飛花 華嚴經如目翳人見空中花圓覺經譬如病目見空中花老杜詩來歲還舒滿眼花韓文公詩眼知別後自添花陸暢

詩天人寧底巧剪水作飛花歌樓處處催沽酒誰念寒生泣白華毛詩白華孝子之潔白也

題子瞻墨竹年譜元祐間館中作山谷嘗有䟦云東坡畫竹數本筆墨皆掀風霜真神仙中人惜無賀監賞之但有衆人皆欲殺之耳

眼入毫端寫竹真梁簡文帝詠美人看畫詩可憐俱是畫誰能辨寫真杜詩必逢佳士亦寫真李後主竹詩傳真無好筆寫影有擴塘東坡詩花心起墨暈春色入毫端又詩老可能爲竹寫真又詩寫真頼有文夫子枝撇葉舉是精神昌黎竹詩風枝未飄吹露粉先合淚柳詩風枝陳散葉因知幻物出無象楞嚴經云一切浮塵諸幻化相傳燈録七佛偈曰身從無相中受生猶如幻出諸形象問取人間老斲輪莊子曰齊桓公讀書於堂上輪扁斲輪於堂下曰以臣之事觀之斲輪徐則甘而不固疾則苦而不甘不徐不疾得之於手應之於心口不能言有數存焉於其間古之人與其不可傳也死矣然則君之所讀者古人之糟粕也

山谷別集詩註卷上

山谷別集詩註卷下

觀秘閣蘇子美題壁及中人張侯家墨跡十九紙率同舍錢才翁學士賦之元祐元年丙寅山谷爲校書郎所賦

仁祖康四海按國史仁宗慶曆四年朋黨滋盛參政范仲淹不自安出爲陝西河東路宣撫使樞密副使富弼出爲河北宣撫使劉巽蘇舜欽並除名勒停王洙刁約江休復王益柔周延雋章岷呂溱周延讓宋敏求徐綬並皆斥逐先是杜衍范仲淹富弼等同執政多引用一時聞人欲更張庶事御史中丞王拱辰等不便其所爲諷其屬魚周珣劉元瑜劾奏舜欽等同時斥逐者多知名士上以爲過薄而拱辰等方自喜曰吾一舉網盡矣歐陽公誌蘇子美墓銘曰君諱舜欽字子美開封人少好古工爲文章官于京師位雖卑數上䟽論朝廷大事敢道人之所難言范文正公薦君召試得集賢校理自元昊反兵出無功天下殆於久安而困兵事天子奮然用三四大臣欲盡革衆弊以紓民是時范文正公與富丞相多所設施而小人不便顧人主方信用思有以撼動未得其根以君文正公之所薦而宰相杜公壻也乃以事中君坐監進奏院祠神奏用市故紙錢會客自爲盜除名君名重天下所會客皆一時賢俊悉坐貶逐然後中君者喜曰吾一舉網盡之矣其後三四大臣繼罷去君携妻子居蘇州買水石作滄浪亭日益讀書時發其憤悶於歌詩至其所激往往驚絶又喜行草書皆可愛雖短章醉墨落筆爭爲人所傳本朝盛文章孟子曰立乎人之本朝杜詩本朝再樹立韓詩國朝盛文章子昂始高蹈

蘇郎如虎豹孤嘯翰墨場文選謝宣遠詠張子房詩粲粲翰墨場杜詩出游翰墨場柳子厚鋒摇翰墨場風流映海岱書禹貢海岱及淮爲

徐州桓彝謂庾亮曰徐寧真海岱清士李太白詩歷詆海岱豪結交魯朱家**俊鋒**

不可當陳孔璋檄天威不可當岑參詩鼓怒不可當**學書窺法窟**項羽傳學書不成去學劍**南代見崔張**崔瑗字子玉善草書王隱謂之草賢張芝字伯英性好書其草急就章字皆一筆而成張伯英自稱上比崔杜不足下方羅趙有餘崔乃崔瑗張即伯英也**銀鉤刻琬琰**法書苑索靖草書絕代名曰銀鉤蠆尾晉史索靖草書狀曰草書之為狀也琬若銀鉤漂若驚鸞杜詩龍蛇動篋蟠銀鉤又詩拜舞銀鉤落又詩頭陀琬琰鐫**蠆尾回纖湘**歐公詩牧愚老纖湘**擢**

登羣玉府穆天子傳曰羣玉山先王之所謂策府柳子厚文森然炳然若開羣玉府**臺閣自生光**韋應物詩英聲久籍籍臺閣多故人岑參詩高價振臺閣清詞出應徐**春風吹曉雨禁直夢滄浪**東坡詩禁林夜直鳴

江瀨孟子離婁上滄浪之水清兮可以濯我纓**人聲市朝遠**謝元暉詩寂寞市朝變陸士衡詩日中市朝滿車馬若川流**簾影花光涼**韋應物詩思逐花光亂賞餘山景多**秋河湔筆研怨句挾風霜**西京雜記淮南王著鴻烈自云字中皆挾風霜之句韓文公詩頻蒙怨句刺弃遺東坡詩怨句寫余恨

不甘老天禄天禄閣漢世以藏祕書揚雄校讎天祿閣天祿獸也因以為名**試欲叫未央**漢有未央宮**小臣膽如斗**禮運大臣法小臣廉左傳僖公四年太子祭于曲沃歸胙于公與小臣小臣亦斃成公十年小臣有晨夢負公以登天劉公幹詩小臣信頑魯杜詩亦如小臣媚至尊太白詩小臣拜獻南山壽東坡詩小臣願對紫微花蜀志姜維傳丗語曰維死時見剖膽如斗大**侏儒俸一囊**西漢東方朔上書上偉之令待詔公車俸祿薄朔紿侏儒曰上欲盡殺若曹上問朔何恐

侏儒對曰侏儒長三尺餘俸一囊粟錢二百四十朔長九尺餘亦俸一囊粟錢二百四十侏儒飽欲死臣朔飢欲死無令但索長安米上大奘因使待詔金馬門**請提師**

十萬韓昌黎詩提師十萬餘四海欽風稜前漢史樊噲言願得十萬衆橫行匈奴中季布曰噲可斬也夫以高帝兵三十萬餘困於平城噲時亦在其中今噲奈何以十萬衆橫行匈奴中哉**奉辭問犬羊**大禹謨肆予以爾衆奉辭伐罪潘安仁西征賦異奉辭以伐罪初垂翅於回谿**歸鞍飲月支**漢張騫傳匈奴破月支王以其頭為飲器**伏背皆中行**漢史賈誼傳陛下試以臣為典屬國請必係單于之頸而制其命伏中行說而笞其背**人事多乖迕**陶潛答龐參軍詩序人事好乖便當語離杜詩人事多錯迕東坡詩人事固多乖又詩人事多**南遷**

傾奪謀未臧

魯酒圍邯鄲莊子外篇魯酒薄而邯鄲圍莊子註楚宣王朝諸侯魯恭公後至而酒薄宣王怒發兵攻魯梁惠王嘗欲擊趙而畏楚救楚以魯為事故梁得圍邯鄲許慎註淮南子楚會諸侯魯趙俱獻酒於楚王魯酒薄而趙酒厚酒吏易魯薄酒故楚王圍邯鄲**老龜禍枯桑**異苑孫權時永康有人入山遇一大龜即東之歸龜便言曰游不良時為君所得人甚怪之載出欲上吳王夜泊越里纜舡於大桑樹宵中樹呼龜曰勞乎元緒奚事爾耶龜曰我被拘縶方見烹臛雖盡南山之樵不能潰我樹曰諸葛元遜博識必致相

苦令求如我之徒計將安出龜曰子明無多
詞禍將及汝樹寂而止既至權命煑之焚柴
萬車語猶如故諸葛恪曰然以老桑乃熟獻
者仍說龜樹共言權命使伐樹煑龜立爛白
樂天詩老龜烹不爛延禍及枯桑兼官百郡邸漢成紀封舅諸吏光祿大
夫王崇爲安成侯應劭曰諸吏武帝初置皆兼官所加史記諸侯朝天子於天子之所立
宅舍曰邸漢文紀至邸議之師古曰郡國朝宿之舍在京師者率名邸邸至也報賽
用歳常招延青雲士伯夷傳閭巷之人欲砥行立名者非附青雲之
士烏能施於後代哉盧象杜甫包佶李紓劉禹錫武陵集紀云常所與游皆青雲之士聞
名如盧杜高韻如包李韓詩朝爲青雲士暮作白首囚共醉椒糈觴離騷
巫咸將夕降兮懷椒糈而要之四民月令云元日進椒柏酒俗客避白眼
傲歌舞紅裳王益柔字勝之與蘇子美祠神會爲傲歌者誇書動

宸極史記甘茂傳魏文侯使樂羊伐中山返而論功文侯示之謗書一篋詩話載蘇
子美句當進奏院因賽神會召館中同列時洪州李中舍因梅聖俞願與此會子美答曰
食中不設饅羅饆夾坐上安有國舍虞比也李衙之暴揚其事子美坐責聖俞有客至詩
云客有十人至共食一鼎珍一客不得食覆鼎傷衆賓蓋指李也杜詩聲華夾宸極牢
户繫桁楊莊子桁楊接槢音義云械夾頸及脛者一網收冠蓋
左太冲詩冠蓋蔭四衢曹子建詩冠蓋相追隨九原人走藏禮記晉獻文子
曰從先大夫於九京註謂晉卿大夫之墓地在九原京蓋字誤老杜詩婦女行泣夫走藏
庖丁提刀立莊子內篇庖丁爲文惠君解牛提刀而立四顧爲之躊躇善刀
而藏之文惠君曰善吾聞庖丁之言得養生焉滿志無四旁論罪等
饕餮左傳文公十八年縉雲氏有不才子貪于飲食冒于貨賄天下之民以比三凶

謂之饕餮舜臣堯流四凶族渾敦窮奇檮杌
饕餮投諸四裔以禦魑魅東京賦滌饕餮之
貪慾善曰杜預左氏傳註貪財曰饕貪食曰餮罔衣禦方良夏官方相氏以
戈擊四隅毆方良註方良音罔兩又如字張平子東京賦斬蟒蛇腦方良註向曰並惡鬼
名綜曰方良草澤之神姑蘇麋鹿疃詩町疃鹿場註鹿跡也疃宅短反
被諫淮南王曰昔子胥諫吳王吳王不聽迺曰臣今見麋鹿遊於姑蘇之臺宮中生棘荆
露沾衣也李太白詩棘生白虎殿鹿走姑蘇臺白樂天詩姑蘇臺下草麋鹿暗生麑風
月在書堂永無湔祓期曹子建應詔詩表求無執珪之望漢史昌
邑王賀傳曰以湔洒大王退之詩云懼終莫湔洗山鬼共幽篁山鬼字見
史記秦始皇紀楚詞九歌有山鬼詩鮑明遠蕪城賦水魅山鬼野鼠城狐風嗥雨嘯昏見
晨趨杜詩山鬼幽憂雪霜逼萬户封侯骨漢史李廣傳文帝曰惜廣不逢

時令當高祖世萬户侯豈足道哉後漢班超傳相者指超曰生燕頷虎頸飛而食肉此萬
户侯相也翟方進傳從蔡父相蔡父謂曰小史有封侯骨今成狐兔岡桓子
新論雍門周見孟嘗君曰臣竊悲千秋萬歲後墳墓生荆棘狐兔穴其中張孟陽七哀詩
狐兔窟其中蕪穢不復掃邇來四十年諸葛亮出師表爾來二十有一年矣
太白蜀道難爾來四萬八千歲歐公詩邇來不覺四十年我亦校書郎山谷
元豐八年四月除校書郎恰四十年雄文終膾炙歐公祭蘇子美云子於文
章雄豪放肆孟子曰膾炙哉邵康節詩言味止如甘膾炙妙墨見垣墻費誓
無敢寇攘踰垣墻高山仰豪氣毛詩高山仰止豪氣見上註崢嶸
乃不亡吳都賦南北嶸崢註險峻皃李白大鵬賦吐崢嶸之高論郭璞方言註崢
嶸高峻也老子曰死而不亡曰壽張侯開詩卷詞意尚軒昂

韓退之聽穎師彈琴詩劃然變軒昂草書十紙餘雨漏古屋廊周越法書苑顏魯公與懷素同學草書于鄔兵曹或問張長史見公孫大娘舞劍始得低昂回翔之狀兵曹有之乎懷素以古釵脚對魯公曰何如屋漏痕杜少陵詩床床屋漏無乾處誠知千里馬不服萬乘箱戰國策郭隗謂燕昭王曰古人君遣使者賫千金市千里馬於他國買捐之傳孝文帝時有獻千里馬者毛詩睆彼牽牛不以服箱張平子思玄賦縶腰褭以服箱東坡詩空飛不服箱遂令駕鼓車後漢循吏傳建安十三年有獻名馬日行千里詔以馬駕鼓車老杜詩吾聞駕鼓車不合用騏驥又今日翔麟馬先宜駕鼓車東坡詩汗血駕鼓車此豈用其長事往飛鳥過文選張景陽詩忽如鳥過目杜少陵詩餘生如過鳥樂天詩生猶鳥過目杜牧之詩長空碧杳杳萬古一飛鳥九原色莽蒼莊子逍遥篇適莽蒼

者三飡而還腹猶果然王介父詩武昌山川今可想綠水逶迤煙莽蒼敢告大鈞手賈誼賦大鈞播物坱圠無垠李太白詩存亡任大鈞才難肇扶將魯論曰才難不其然乎漢孝景王皇后傳女逃匿扶將出拜樂府木蘭歌爺孃聞女來出郭相扶將是篇始則美蘇公之才中則伸蘇公之宄終則嘆人才之難謂當愛護詩人箴規美刺之體備矣

題文潞公黃河議後蘇子由遺老傳云元豐中河決大吳神宗知故道不可復因導之北流水性已順至元祐初文潞公呂汲公主回河之議勞民費財竟無益也詳見遺老傳

澶淵不作渡河梁九域志河北東路開德府本曰澶淵即澶州由是中原府庫瘡白首丹心一元老杜少陵詩北闕丹心

在毛詩方叔元老歸來高枕夢河隍史記張儀傳大王高枕而卧又楚詞故高枕而自適

題宗室大年畫米芾書畫史宗室令穰字大年作小軸甚清麗陳後山詩云今代風流數大年是也此詩洪景盧夷堅志所載山谷嘗跋大年畫云大年學東坡先生作小山叢竹殊有思致但竹石皆覺筆意柔嫩蓋年少喜奇故耳又云荒遠閑暇亦有自得意處比之古人但少豪壯及餘味耳年譜元祐間館中作

水色煙光上下寒李太白詩山光水色綠如藍忘機鷗鳥恣飛還文選江文通雜體詩曰亹亹玄思清冐中去機巧物我俱忘懷可以狎鷗鳥列子海上有人好鷗鳥至者以百數其父曰吾聞鷗從汝游汝取來吾從玩之曰諾明

旦之海上鷗鳥舞而不下李太白詩白鷗兮飛來長與君相親年来頻作江湖夢對此身疑在故山坡詩江湖來夢寐謝靈運詩故山日月還杜詩故山多藥物輕鷗白鷺定吾友杜少陵詩鷗輕故不還東坡赤壁賦侶魚蝦而友麋鹿韓昌黎詩吾友柳子厚山谷前集詩兩用吾友陳師道翠栢幽篁是可人韋應物詩清晨上亭下獨愛此幽篁可人字見蜀志費禕及晉史桓溫傳海角逢春知幾度范文正公海陵西溪牡丹詩陽和不擇地海角亦逢春憶得上林色相看如古人卧遊到處摠傷神杜詩回首一傷神王荊公詩山林投老一傷神

題燕邸洋川公養浩堂畫此詩洪景盧夷堅志表出

之年譜元祐閒館中作按容齋紀異云燕邸萊州洋川公家有古今畫十冊東坡過之爲書載題其後云高堂素壁無舒卷之勞明窻淨几有坐臥之安又按容齋紀異上載蕭寺吟雙竹及題大年畫二篇東坡志方載後一聯今併録之

蕭寺吟雙竹秋醪薦二螯破塵歸騎速横日鴈行高昌黎詩歸騎得相收歐公詩天街緑樹騰歸騎東坡詩遥知寒食催歸騎白樂天詩鴈點青天字一行東坡詩碧天無際鴈行高擁膝度殘臘樂天詩度臘都無苦霜霰攀條驚早春謝靈運詩攀條摘蕙草文選古詩攀條折其榮將以遺所思李太白詩攀條摘朱實柳子厚詩攀條何所歎歐詩攀條驚雪盡陳郎浮竹葉着我北歸人

題劉法直詩卷年譜元祐閒館中作

徃日劉隨州作詩驚諸公唐人劉長卿字文房嘗爲隨州刺史有詩集行於世杜甫詩語不驚人死不休老兵睨前輩晉謝奕嘗逼桓温飲温避之奕遂引一兵帥共飲曰失一老兵得一老兵後漢孔融論盛孝章書曰今少年喜謗前輩欺誑阮嗣宗嵇康絶交書阮嗣宗口不論人過吾每師之才卿望長卿歲數未三百豈其苗裔耶項羽贊豈其苗裔歟何其若興之暴也詩句侵唐格名賢詩話云黃魯直自黔南歸詩變前體且云要須唐律中作活計乃可言詩此所以有取於法直也慨然古人風魏志毛玠傳太祖以素屏風素憑几賜玠曰君有古人之風故賜君古人之服乃作逐客篇逐客見史記李斯傳東坡詩逐客何人著眼看朝廷重九鼎史記毛先生一行使趙重九鼎大呂政欲多此賢虎豹九關嚴楚詞招䰟曰虎豹九關啄害下人漂零落閑處空餘三百篇詩三百一言以蔽之曰思無邪不隨夜臺去劉禹錫酬樂天詩曰華屋坐來能幾日夜臺歸去便千秋

送莫郎中致仕歸湖州并引

世傳霅上多高士今莫公其人哉公為刑部郎中一旦浩然思歸遂奏乞謝事朝廷深惜其人材重違其高致即以本曹郎致仕考之近歲未有此例也是時公方中年擺落顯仕如遺芥考之近歲未見其人也凡朝廷之士大夫至於府史閭巷之人莫

不咨嗟歎息曰賢乎哉莫公然予嘗觀之士風之零替未有如今日之甚也非特士風之尤乃法令致使然爾異日三丞致仕得官一子今則不得也至朝奉郎乃得之及朝奉郎年及格不得也不躬受不得也至則有耄老而不去既去而復来自列其年歸過乃父疾亟方請命至巳亡哭扶尸以給將命使者不授牒訟紛紛逾時不决古人以致仕為榮交親畢賀今人目致仕為病子弟交諱嗚呼天下士風一至於此

由是觀之莫公其賢者乎天下之人聞其風者可以興起矣余雖於公不深獨喜而樂道之

雲上多高士 寰宇記云苕霅二溪屬湖州霅者四水激射之聲蓋四水合爲一溪也曰苕溪曰前溪曰餘不溪曰霅溪東漢有高士傳張志和自稱煙波釣徒往來苕霅間亦名元眞子 君今又乞身 後漢李通傳時天下略定通思欲避榮寵以病乞身歐陽永叔詩晚節恩深許乞身東坡詩粗報君恩便乞身 中年謝事客 晉王羲之傳謝安曰中年以來傷於哀樂與親友別輒作數日惡 白日上昇人 神仙傳蜀女謝自然師司馬承禎後白日上昇洞仙傳茅濛字初成師鬼谷先生乘雲駕龍白日升天邵康節詩靈丹換骨還知否白日昇天似得麽珠囊十六云馳騁

龍駕白日登晨酉陽雜俎日白日去曰上解崔居士唐中岳韓尊師碣文曰嘗覽鏡自贊曰我曬正方可白日升天 静泛苕溪月閑嘗顧渚春 按輿地廣記顧渚隸湖州地有進茶品甚珍劉夢得試茶歌何況蒙山顧渚春東坡詩千金買斷顧渚春 滔滔夜行者 論語滔滔者天下皆是也漢史朱買臣傳富貴不歸故鄉如衣錦夜行 能不愧清塵 楚詞聞赤松之清塵謝靈運述祖德詩遙遙播清塵杜詩前後間清塵曾子固詩郎位襲清塵山谷因莫公以起當世之痼疾也

雜詩 年譜紹聖元年夏山谷與佛印相遇當是此時作

迷時今日如前日 韓詩外傳云昨日何生今日何成 悟後今年似去年隨食隨衣隨事辦誰知佛印祖禪師 觀佛三昧經云住念佛者心印不壞乎傳燈録慧光問達磨曰諸佛印可得聞乎師曰諸佛法印匪從人得又仰山謂香嵓禪師曰汝只得如來禪未得祖師禪東坡詩後來簷蔔祖師禪

明叔惠示二頌 年譜紹聖丁丑謫黔南作其序云明叔惠示二頌云見七佛偈似有警覺乃是見道之端發於此故以二頌爲報楊皓字明叔眉州丹稜人官於黔中時山谷遷謫與之游從山谷和楊明叔隅字韻七詩皆謂之頌前集載其五敘州墨妙亭碑刻其二即此是也彭山黃氏舊藏山谷墨蹟七首並録

山川園宴坐 東方朔外傳武帝宴坐朔執戟在殿階旁唐貫休諾詎羅贊鴈蕩經行雲漠漠龍湫宴坐雨濛濛東坡詩持顧宴坐不出門又徑山詩結茅宴坐荒山顛又宴坐林間時有虎又幽人宴坐處又宴坐柳生肘山谷題胡逸老致虛菴亦云山園宴坐畫圖出 日月轉庭隅 杜甫詩野月滿庭隅東坡明月豈肯留庭隅 般若尋常事 般若經須菩提宴坐嵓中帝釋散花曰我聞尊者善談般若須菩提曰我於般若未嘗談著一字帝釋曰尊者無說我亦無聞無說無聞是名般若 如來臥起俱 佛書雖說如者來之體來者如之用湛然常自在而如如者謂之如應物而來者謂之來 多聞成外道 楞嚴經阿難見佛頂禮悲泣恨無始來一向多聞未全道力傳燈録外道問佛不問有言不問無言 只是守凡夫 金剛經凡夫者如來說即非凡夫東坡詩要知盃渡是凡夫 欲聽虛空教 楞嚴經第六卷偈迷妄有虛空老杜詩虛空不離禪 須彌作鼓桴 禮運云蕢桴而土鼓疏云桴謂擊鼓之物史記司馬穰苴援桴而鼓之抱作桴寶積經須善提言世尊我若入定正使有人具大神力以百億四天下爲一大鼓取須彌山爲一大椎於我定時令一大

人住在我前執彼大椎撾擊大鼓雪竇後録戴監宮齊安和尚示衆云虛空爲鼓須彌爲椎甚麼人打得

平生討經論苦行峻廉隅文選石闕銘人識廉隅家知禮義王子淵洞簫賦故貪饕者聽之而廉隅僞契已無分買山雲自如世說支遁就深公買仰山公曰未聞巢由買山而隱王介父詩天空雲自如身爲廊廟宰李少卿答蘇武書親戚貪佞之類悉爲廊廟宰夢作種田夫前漢東坡我是識字耕田夫欲辨身兼夢還如鼓與桴李尋傳和氣可立致猶桴鼓之相應也

與黔倅張茂宗按蜀本詩集註云山谷初到黔南守曹譜伯達倅張兟茂宗待之頗厚山谷與大主簿三十三書云太守曹供備譜濟陽之姪通判張兟張景儉孫公休之妻弟皆賢雅相顧如骨肉年譜元符初元遷戎州作

靜居門巷似烏衣楞嚴經云譬如人靜居王逸九思靜居兮自娛孟東野詩問禪徒靜居老杜詩故鄉門巷荊棘底世說王導曰元規若來吾角巾還烏衣註引丹陽記曰烏衣起吳時烏衣營處所也江左初立瑯琊諸王所住按寰宇記烏衣巷在今建康上元縣劉禹錫詩朱雀橋邊野草花烏衣巷口夕陽斜文采風流衆所歸杜甫詩文采風流今尚存別乘来同二千石晉史庾亮曰別駕舊與刺史別乘同流王化任居刺史之半歐陽公詩玉麈高談别乘賢化民曾寄十三徽樂書曰琴一也或謂伏羲作或謂神農作上圓下方象天地徽十有二象十二律寒香亭下方遺愛吏隱堂中已息機李白送賀監詩曾問長生說息機白樂天詩功名已息機韓偓詩爭敢當年便息機暫與計司參婉畫文選謝宣遠詩曰婉婉幕中畫百城官吏借光輝杜甫詩擁別借光輝李適之送賀知章詩行路滿光輝李諒詩篇章時到借光輝

次韻任道雪中同游東皐之作山谷與王觀復書云有李仔任道本梓人而寓江津二十餘年其人言行有物則參道得其要老成人也集中有答任道諸詩元符二年自黔移戎至江津作

四方民嗷嗷詩鴻鴈哀鳴嗷嗷焦枯百姓嗷嗷老杜詩萬户哀嗷嗷我奔走獨勞詩我從事獨賢停舟近北渚楚詞帝子降兮北渚陸士龍詩北渚無河梁扶杖步東皐前漢賈山至言山東吏布詔令

民雖老羸癃疾扶杖而往聽之陶淵明歸去來詞登東皐以舒嘯江文通雜擬詩種苗在東皐霜落瘦石骨韓昌黎詩巧匠斲山骨河圖括地象曰地以石爲骨水漲腐溪毛左傳隱公三年澗溪沼沚之毛更有山陰興晉史王徽之嘗居山陰夜雪初霽忽憶戴逵逵時在剡溪便夜乘小舡詣之經宿方至造門不前而返人問其故徽之曰本乘興而來興盡而返何必見戴安道耶杜詩山陰野雪興難乘東坡詩忽起山陰興能無秦復陶左傳昭十二年楚子狩于州來雨雪王皮冠秦復陶注秦所遺羽衣也

戲用題元上人此君軒詩韻奉答周彥起予之作病眼空花句不及律書不成字詩後題云此詩如元公欲刻之此君軒可聽渠摹本也王庠字周彥榮州

人山谷前集有寄題榮州祖元大師此君軒詩詩中有公家周彥筆如椽之句榮州嘉祐寺此君軒詩刻又有山谷跋云余既追韻作此詩寄周彥周彥鈔本送元師元師得余手墨因爲作草草書近時士大夫罕得古法但弄筆左右纏紇遂號爲草書爾不知與科斗篆隸同法同意數百年來惟張長史永州狂僧懷素及余二人悟此法爾蘇才翁有悟處而不能盡其宗趣其餘碌碌爾江安城北灘上作茅亭尉李相如爲余開兩窻極明暎故能戲弄筆墨可意墨蹟今藏於前忠南劉守子暉家元符二年自黔移戎留江安作

此道沉霾多歷年尚書君奭篇故殷禮陟配天多歷年所孟子萬章上歷年多施澤於民久**喜君占斗斸龍泉**晉張華傳斗牛之間常有紫氣雷煥曰此寶劍之精上徹于天當在豫章豐城華郎補煥爲豐城令煥到縣掘獄屋基得一石函中有雙劒一曰龍泉一曰太阿**我學淵明貧至骨**杜甫詩已訴徵求貧到骨東坡詩先生年來窮到骨**君豈有意師無弦**陶淵明傳不解音律常蓄無弦素琴一張每酒酣輒撫弄以寄意李太白詩崔令學陶令北窻常晝眠抱琴時弄月取意任無弦**瀟灑倏非貪爵命道人胷中有水鏡**東坡詩道人胷中水鏡清蜀志龐統傳註司馬德操爲水鏡晉史樂廣傳衛瓘曰此人之水鏡也**霜鐘堂下明月前**山海經豐山有鐘九耳霜降則鳴元以霜鐘名其堂**枝枝雪壓如懸磬**昌黎喜雪獻裴尚書詩欺梅併壓枝左氏室如懸磬野無青草**敝帚不掃舍人門**魏文帝論文曰里語曰家有弊帚享之千金漢史高五王傳魏勃常獨掃齊相舍人門**如願不謁青洪君**録異傳曰廬陵歐陽明從賈容道經彭澤湖每以舟中所有投湖中

後忽見一人來候明云是青洪君明甚怖青洪君感君前後有禮故要君必有重遺君勿取獨求如願爾明既見青洪君乃求如願使逐明去如願者青洪君婢也明將歸所願輒得**來聽道人寫風竹**杜甫詩嗜酒愛風竹東坡詩衆賓起舞風竹亂**手弄霜鐘看白雲平生竊聞公子舊今日誰舉賈生秀**漢史賈誼傳河南守吳公聞誼秀才召至門下文帝立聞吳公治爲天下第一徵爲廷尉吳公乃言誼年少通書上召以爲博士**未知東帛何當來但有一節相倚瘦欲截老龍吟夜月無人處爲江山說中郎解賞柯亭椽**張騭高士傳蔡邕告吳人曰吾嘗經會稽高遷亭見屋東間第十六椽竹可以爲笛取用果有異聲伏滔長笛賦叙曰蔡邕避難江南宿於柯亭柯亭之館以竹爲椽邕仰而眄之曰良竹也取以爲笛奇聲獨絕歷代傳之晉史桓伊傳伊善音樂盡一時之妙有蔡邕柯亭笛常自吹之王徽之赴召泊舟青溪令人謂伊曰聞君善吹笛試爲我一奏伊素聞徽之名便下車踞胡床爲作三調邕嘗爲中郎將**玉局歸時君爲傳**玉局蓋指東坡意欲待東坡之賞音如蔡之賞柯亭椽也

和蒲泰亭四首

泰亭青神人元符庚辰徽宗即位山谷自戎州放還省其姑張祉介卿之母於青神是詩此時所和墨迹今藏于祕撰楊公家

我已人間無所用鬢飄霜雪眼生花東坡兒弟來雖晚折箭堪除蝕月蛙盧仝月蝕詩傳聞古老說蝕月蝦蟇精東坡送三椽罷官詩月啖蝦蟇行復皎**東坡海上無消息**老杜夢李白詩金瓶落井無消息李義山詩丹丘萬

里無消息想見驚帆出浪花東坡詩驚帆度海風掣回劉禹錫詩無端陌上狂風急驚起鴛鴦出浪花杜甫詩閃閃浪花翻慢卷浪花浮又正憐日破浪花出東坡詩樽酒那能泛浪花又虎跑泉詩龍作浪花供撫掌又八月十五看潮詩欲識潮頭高幾許越山渾在浪花中又詩云篙師酣寢浪花中三十年來世三變沈約宋書謝靈運傳論自漢至魏四百餘年詞人才子文體三變三變蓋指熙豐元祐紹聖也幾人能不變鶡蛙列子天瑞篇若蛙爲鶡註事見墨子玉座天開旋北斗謝元暉銅雀臺詩玉座猶寂寞老杜詩玉座應悲白露團獨孤及風后八陣圖若星馳天旋雷動山破時徽廟登極故有玉座天開之句清班鳥散落餘花白樂天詩早接清班登玉陛東坡珪璋蕭清班謝元暉詩魚戲新荷動鳥散餘花落有人難立百官上杜甫詩每於百寮上不

為廟中羕菟蛙漢史霍光傳山曰丞相擅減宗廟羔菟鼃此可罪也師古曰羕菟蛙所以供祭難立百官上指章惇言惇罪不特羕菟蛙耳裁竹養松人去盡空聞道士種桃花劉夢得元和十年自郎州召至京師戲贈看花諸君子詩紫陌紅塵拂面來無人不道看花回玄都觀裏桃千樹盡是劉郎去後裁大中二年三月復來游作絕句幷引曰予貞元二十一年爲尚書屯田員外郎時此觀中未有花木是歲出牧連州尋貶郎州司馬居十年召至京師人皆言有道士植仙桃滿觀如爍晨霞遂作詩以志一時之事旋又出牧于今十有四年得爲主客郎中重遊茲觀蕩然無復一樹惟兎葵燕麥動揺春風耳因再題二十八字詩云百畝中庭半是苔桃花淨盡菜花開種桃道士歸何處前度劉郎今又來昨来一夜驚風雨滿地殘紅噪莫蛙蜀僧遠國詩兩朝基業都成夢

林木蒼蒼噪暮鴉

奉謝泰亨送酒

風掃三峩山外雨東坡峩眉翠掃雨餘天霜摧五柳宅邊花陶潛宅邊種五柳自號爲五柳先生非君送酒添秋睡可耐東池到曉蛙

和東坡送仲天貺王元直六言韻山谷自序云王元直惠示東坡先生與景文老將唱和六言十篇感今懷昔似聞東坡巳渡瘴海來歸而景文墓木已拱仲天貺之蟄亦有宿草猶喜元直尚健能道錢塘舊事故追韻作此五篇只今眼前無景文輩人故詩語及之尤多此詩山谷留青神時所作墨跡今藏祕撰楊公家按坡詩序云仲天貺王元直自眉山來

見予錢塘留半歲既行作絕句五首送之詩見前集劉景文和東坡詩序云季孫惶恐伏蒙判府內翰寵示送仲天貺王元直詩五首仰同嚴韻不勝狂妄之罪誰懷二子千里公賦五篇六言月底飛雲西去山頭歸鴈雙騫小艇辭公晚發高齋記客初來耿耿不忘歸路阻脩萬折千回府下莫非羣雋坐中不見三明榛同少行章秀遠意關河馬首靜吟筆硯泉聲雖到蜀都有日却逢謝傅何年歷歷林溪勝處想君把酒依然樂事莫如飲酒休官自是高人紅帶罏頭寄與是翁矍鑠尋春紅帶謂王慶源老人也因附于此

仲子霣霜殺草春秋僖公二十三年霣霜不殺草漢武紀元光四年夏四月隕霜殺草風流無地寄言屈原懷沙願寄言於浮雲兮宋玉九辯願寄言夫流星兮嵆叔夜琴賦叙吟詠之不足則寄言以廣意王君攀鱗附

翼揚子淵騫篇攀龍鱗附鳳翼禮義端能不騫左氏禮義不愆何恤於人言騫字當考

不怨子堂堂去堂堂字本論語薛能詩青春背我堂堂去蓋念君

得得来僧貫休詩萬水千山得得來家蔵會稽妙墨晚歲

喜識方回山谷自註云都方回王石軍妻弟山谷以王元直東坡妻弟故引此爲喻

兩公六字語妙韓詩六字常語一字難獨我一雙眼明貫休古意詩只應天上人見我雙眼明杜甫吾與汝曹俱眼明韓昌黎城南聯句遥岑出寸碧兩目增雙明

筆似出林鳥翼懷素草書飛鳥出林驚蛇入草東坡王逸少帖詩出林飛鳥一掃空

詩如落澗泉聲杜詩藍水遠從千澗落山谷前集寄題此君軒詩響如清夜落澗泉

老憶夷門老將指劉景文也當年許我忘年文士傳禰衡與孔融作爾汝交衡年二十餘融年五十敬衡秀才而忘年也南史江揔傳張纘等雅相推重爲忘年友

博學似劉子政漢史劉向字子政通達能屬文詔向領校中五經祕書專積思於經術劉歆傳父子俱好古博見強志司馬遷贊劉向傳極羣書

清詩如孟浩然杜甫解悶詩復憶襄陽孟浩然清詩句句盡堪傳

天子文明濬哲尚書舜典濬哲文明溫恭允塞今年不次用

人九原埋此佳士百草無情自春韋應物金谷園歌百草無情春自綠寒山子詩黃泉無曉日青草自知春或用王胄庭草無人隨意綠之義唐崇陽公主詩行路至今空嘆息嵓花澗草自春秋王荆公破冢詩埋没殘碑草自春時徽廟嗣位復用元老大臣故山谷有是詩

元師自榮州来追送余於瀘之江安綿水驛因復用舊所賦此君軒詩韻贈之并簡元師法弟周彦公按黃罃年譜云此詩山谷跋云舊時東坡所作醉翁操善本嘗對元道之元欣然曰往歲從成都通判陳君須得其譜遂促琴彈之詞與聲色相得也蜀人由是有醉翁操然詞中之微旨弦外之餘韻俗指塵耳豈易得之建中靖國元年正月辛未江安水次偶住亭書故詩有醉翁之語王周彦此君軒和詩附庠竊觀學士九文題此君軒詩謹次元韻因以求教下情愧悚之至竹君久要已忘年臨風相語葉響泉休學我圖中似璧莫師我直勁如絃勸人達節通天命舒卷若繩明若鏡尺無枉已空宿晝聖

豈有心猶擊磬歲寒來伴老柴門我豈好靜爲躁君惟有青青四時性笑發千載空浮雲平安爲報春依舊珍重道人憐特秀忍飢寧可食無肉相對忘形筍黑瘦更有涪翁心似月平生相照何勞說不爲煎茶不作椽清風萬壑到處傳庠拜手頓首啓伏蒙學士九丈再賜詩章庠僣率繼和尚覬采覽庠再拜鳴鳳覽德來紀年要知聖澤如流泉霜鍾堂前飽竹實道人娛鳳撫舜絃敲門剥啄誰傳命淡雲磨丹開天鏡明朝相約送涪翁夜靜林深遠清磬涪翁萬里離鬼門竹枝莫惱白使君欲試剛腸置冰炭抱琴遠列衛行雲邂逅東坡應話舊但說海山千萬秀道庠問訊今何如自笑儂還空鶴瘦我不愧天欺日月何須更扣杯校說玉局洞天雲遶椽漁竿遠信煩公傳

歲行辛巳建中年諸公起廢自林泉韓退之別知賦

余取友於天下將歲行之兩周建中靖國元年歲在辛巳徽宗改元大赦諸老擯斥者皆復起廢

王師側聞陛下聖列子吾仄聞之試以告汝老杜詩側聞夜來寇坡詩仄聞長者言又仄聞頓夫子漢史高帝紀大王陛下應劭曰陛者堂陛陳階陛之側羣臣與至尊言不敢指斥故呼陛下者而告之因卑以達尊之意韓詩曷不薦賢陛下聖

抱琴欲奏南風弦舜彈五弦之琴以歌南風韓昌黎詩欲和薰風琴東坡不須寫入薰風弦又欲和南風琴

孤臣蒙恩已三命孟子孤臣孽子韓昌黎詩孤臣昔放逐柳子厚詩孤臣淚已盡東坡詩刻畫愧孤臣又孤臣南游墮黃管左傳昭七年宋正考父鼎銘曰一命而僂再命而傴三命而俯按山谷辭免恩命狀臣昨於元符三年五月蒙恩自責授涪州別駕復宣義郎監鄂州在城鹽稅又准告復奉議郎簽書定國軍節度判官廳公事建中靖國元年又准告復朝奉郎權知舒州所謂三命也

望堯如日開金鏡史記堯紀望之如日緯書曰秦失金鏡鄭玄曰金鏡喻明道也絕交論握金鏡闡風烈注金鏡喻明道也

但憂衰疾不敢前眼前黑花耳聞聲老杜詩時因問衰疾王禹偁表云蚤年多病眼有黑花晚歲多憂頭生白髮東坡詩前年黑花生

豈如道人山繞門東坡野人廬詩剛壓青山繞故居

開軒友此歲寒君老杜詩開軒納微涼

能來作詩賞勁節家有曉事楊子雲文選楊脩答臨淄王牋云脩家子雲老不曉事強著一書悔其少作

籜龍森森新間舊盧仝詩籜龍正稱冤判公詩籜龍名爲道人留東坡詩斤斧何曾赦籜龍詩人以竹爲龍祖出費長房以青竹投葛陂化爲龍事東坡詩兒子森森如立竹左傳隱公三年石碏諫曰賤妨貴少陵長遠間親新間舊小加大邵康節詩世態不堪新間舊

父翁

老蒼孫子秀鄭玄周禮註孫竹枝根之末生者也韓文公詠筍詩竹亭人不到新筍滿前軒成行齊婢僕環立比兒孫

但知戰勝得道肥韓非子子夏肥或有問之者子夏曰吾戰勝曰何爲戰勝曰吾入見夫子之義則榮之出見富貴又榮之二者戰於胷臆而夫子之義勝謝元暉觀雨詩方同戰勝者去剪北山萊陶淵明詩貧富常交戰道勝無戚容山谷答王雩書曰想以道義敵紛華之兵戰勝久矣

莫問

無肉令人瘦東坡綠筠軒詩可使食無肉不可使居無竹無肉令人瘦無竹令人俗

是師胷中抱明月東坡赤壁賦抱明月而長終

醉翁

不死起自說歐陽文忠公自號爲醉翁

竹影生涼到屋椽老杜詩發地扶屋椽又早枝成屋椽

此聲可聽不可傳

木龜亭留題

年譜編在建中靖國初元自蜀至江陵詩後未詳地名

南臺西路木龜坊乃是靈蛙贔屓藏吳都賦巨鼇贔屓首冠靈山註云作力皃韓昌黎效盧仝月蝕詩寒氣贔屓頑無風坡詩不知贔屓舞釣天

從此改名杉蚵蚾玉篇蚵胡多反蚵蠪蜥蜴蚾薄碑反蟲今當從惻音馬今南唐書註台符貽書誚宋齊丘齊丘飲之誘台符乘舟飲醉推沈石頭城下蚵蚾磯恐木龜名亭如蚵蚾之名磯也

恐來吞月直須防盧仝月蝕詩奈何萬里光受此吞吐厄又云此時怪事發有物吞食來

題羅公山古栢菴

同前註

塵埃奔走尚飄蓬文選曹子建詩轉蓬離本根飄飄隨長風

想聽菴頭老栢風會向天階乞衰晚楚詞曰攀天階而下視

佳菴長作主人翁韓昌黎詩来報主人翁劉禹錫紇那歌曰願郎千萬壽長作主人翁千年鹿死尚精神左氏鹿死不擇音睡足蒼龍半屈伸百年妖狐住不得東坡詩眼看百藥走妖狐妖狐莫誇智有餘箇中曾卧謫仙人南史會稽山有人姓蔡不知名時人謂之謫仙李白答湖州迦葉司馬問白是何人詩曰青蓮居士謫仙人

書東坡畫郭功父壁上黑竹東坡與郭功父唱酬見坡集中黃㽦年譜載家藏山谷此詩真蹟題云次韻東坡先生屏間墨竹止此六句惟草木春作草偃風一棊作一壺瓊房作琳房并有功甫跋語云東坡作於予家漆屏之上觀魯直之詩可以見其髣髴矣功甫蓋太平州人可見在太平作

郭家髹屏見生竹髹音休漆赤多黑也漢史昭陽舍中庭形朱而殿上髹漆景福殿賦列髹彤之繡桷註髹漆丹漆也惜哉不見人如玉惜哉字本史記宓不齊傳文選王仲宣詩惜哉空爾爲老杜詩惜哉結實小惜哉功名忤惜哉李蔡不復得惜哉形勝地東坡惜哉此清景惜哉不可致後漢徐穉傳郭林宗曰詩不云乎生芻一束其人如玉凌厲中原草木春歲晚一棊終玉局按東坡年譜紹聖元年自定州貶英州再貶惠州再謫昌化軍元符三年移廉州又改永州復朝奉郎提舉成都府玉局觀建中靖國元年五月至常州七月卒巨鼇首戴蓬萊山李白懷仙歌巨鼇莫戴三山去吾欲蓬萊頂上行列子歸墟中有五山帝使巨鼇十五戴之五山始峙而不動龍伯國之大人一釣連六鼇於

是二山流於北極吳都賦巨鼇贔屭首冠靈山史記封禪書曰自威宣燕昭使人入海求蓬萊方丈瀛州此三神山者昔傳在海中諸仙人及不死之藥皆在曹子建詩靈鼇戴方丈神岳儼嵯峩仙人翔其隅玉女戲其阿今在瓊房第幾間此言東坡乃歸蓬萊也

史天休中散挽詞年譜崇寧癸未作按史氏譜系史利用贈銀青光祿大夫生九男第二曰祥字天休贈太中大夫三子約綱維故有光祿九男之語

光祿九男君獨秀賦名幾與景仁班范鎮字景仁封蜀郡公淹留州縣看恬默出入風波笑險難左傳僖公二十八年險阻艱難備嘗之矣遺愛蜀中三郡有左氏昭公十年子産卒仲尼聞之出涕曰古之遺愛也東坡詩不見鐫碑須遺愛退身林下十年閑老子曰功成名遂身退天之道也杜詩身退豈待官東坡詩便從洛社休官去猶有閑居二十年又幾人林下是真休僧靈徹詩指逢盡道休官去林下何曾見一人白樂天詩一坐十五年林下春復秋山川英氣消磨盡昨日華堂作土山曹子建詩生存華屋處零落歸丘山山谷蓋倣此意吳志呂蒙傳治土山必歷日乃成文選張孟陽七哀詩昔爲萬乘君今作丘山土

宋夫人挽詞年譜崇寧癸未作

往歲塗宮暗碧沙傾城出祖路人嗟文選孫子荊詩傾城遠追送餞我千里道烝民仲山甫出祖前漢史臨江王榮傳榮行祖於江陵北門師古曰祖者送行之祭陸士衡挽歌詩死生各異倫祖戴當有時東坡挽姚屯田高人淪落

路人悲松柟峯下遷華寢謝惠連七夕詩留情顧華寢雪月光中咱曉笳李義山詩如何雪月光交暎有子今爲二千石前漢百官表郡守秦官掌治其郡秩二千石同州才數兩三家老杜詩江深竹靜兩三家又此地兩三家退之詩哀猿啼處兩三家兒孫滿地邵康節詩兒孫滿眼愛無涯周禮司服廞衣服皆掌其陳序不見廞衣舉

歸時桃李華漢史文帝紀六年冬十月桃李華東坡鄧忠臣母挽詩慈顏如春風不見桃李實

贈法輪齊公法輪即南嶽岣嶁峯龍雲寺山谷有重書法輪古碑跋云大明本名惠遠思大禪師之孫與虞世南李百藥岑文本爲方外之友三人皆爲作碑銘幸岑中書之文僅存又爲不解事僧傳於石刻敗剥之後幾不可讀矣而法輪寺住持禪師景齊來求予刊定且乞書而刊之師金陵蔣山中人嘗入予方外之師晦堂心公之室謂我爲同門蓋嘗參宇說於王荆公其人通達辨識欲有所立人不能傾也故欣然爲之書法輪寺自晉至唐貞觀中雖旣廢復與昔號龍雲寺中間改號金輪而無文記可尋意武后時所改耳其號法輪則太平興國五年勑書也崇寧三年二月丙寅修水黃庭堅書即貶宜州經行時也

法輪法眷有齊公曾探班班虎穴中漢史班氏之先與楚同姓令尹子文之後子文初生弃於𡿺澤中虎乳之楚人謂虎班其子以爲號東漢班超傳不探虎穴安得虎子文選七命曰拉虎摧班注班虎文杜少陵寄贊上人詩徊徘虎穴上又虎穴連里閭東坡作王大年哀詞曰黳墮地走虎生而班不必老夫

親到也自然千里便同風傳燈錄立沙傳雪峯曰君子千里同風東坡詩東軒長老未相逢已見黃州一信通何必揚眉資目擊須知千里事同風

與成之書弁二詩幷引

余之竄嶺南道出衡陽見主簿君益陽黃成之問宗派乃同四世祖兄也於是出嫂氏子婦相見喟然念高祖父之兄弟未遠也而殊鄉異井六十歲然後相識亦可悲也益陽兄弟之叔父晦夫侍御在家著孝友之譽立朝有忠鯁之名不幸五十有四被名而歿於道上將啓手足自力作疏極論濮園事所謂歿猶不忘諫君以德其枝葉必將豐茂有赫赫於世者故作詩遺之

兩祖門中種陰德唐憲宗欲庶幾二祖風烈尚書臯陶邁種德陰德見上註名塞四海世有人諸兒莫斷詩禮種觧有無雙聳搢紳前漢蕭何薦韓信如信國士無雙後漢黃香傳京師號曰天下無雙江夏黃童

人間卿相何足道曾次詩書要不忘男兒邂逅起屠釣毛詩邂逅相遇老杜詩邂逅豈即非良圖唐裴度傳成湯起伊尹於庖厨文王用呂望於屠釣杜詩賢名隱屠釣何如林下日月長杜詩提携日月長

題周昉畫美人琴阮圖高子勉詩序云龍眠李亮功家藏周昉畫美人琴阮圖兼有宮禁富貴氣象旁有竹馬小兒欲折檻前柳者亮功官長沙山谷謫宜州過之嘆愛彌日大書一詩於黄素上丹青有神藝周郎獨能兼圖畫絶世人真態不可添却憐如畫者相與落誰手想像猶可言雨重煙籠柳此畫後歸禁中胡馬驚塵流落何許而詩亦世不傳獨僕舊見之位置猶可想象病中追和其詩當令善工細圖之亮功伯時弟見東坡詩中名寅

周昉富貴女畫斷云周昉畫美人子女爲古今冠絶衣飾新舊兼髻重髮根急東坡詩髻重不嫌黄菊滿粧薄無意添紅嫩妖饒臉薄粧見王荆公詩琴阮相與娛唐史元行冲傳有人破古冢得銅器似琵琶身正圓行冲曰此阮咸所作器也命易以木弦之其聲清亮樂部遂謂之阮琴

聽弦不觀手數腴竹馬郎杜詩得我色數腴跨馬欲折柳古樂府有折楊柳曲

信中遠来相訪且致今歲新茗又枉任道寄佳篇復次韻呈信中兼簡任道成都范寥字信中山谷乙酉家乗載崇寧四年三月十五日范寥來相訪五月七日癸卯自此宿南樓范信中同之是詩即此年作時貶宜州

坐安一柱觀渚宮故事宋臨川王義慶代江夏王鎮江陵於羅公洲上立觀甚大而惟一柱復齋謾録載張華博物志曰江陵有臺甚大而惟有一柱衆梁皆共此柱故土人呼爲木履觀梁劉孝綽江津寄劉之遴云經過一柱觀出入三休臺杜子美泊松滋江亭詩云一柱全應近又下峽云舡經一柱遲留眼共登臨送李功曹之荆州云孤城一柱觀落日九江流又所思云九江日落醒何處一柱觀頭眠幾回夔府詠懷云音徽一柱數又送弟赴齊州江通一柱觀立遣十年勞玄珪於我厚書禹貢禹錫元圭千里来江皐謝靈運歌白日麗江皐杜詩江皐已仲春

松風轉蟹眼東坡煎茶詩蟹眼已過魚眼生颼颼欲作松風鳴乳花明兎毛曹鄴茶詩碧波霞脚碎香泛乳花輕林和靖詩石碾輕飛瑟瑟塵乳花烹出建溪春宋景文詩甌泛乳花匀梅聖俞和歐詩兎毛紫盞自相稱清泉不必求蝦蟇東坡詩忽驚午盞兎毛班蔡君謨北苑試茶詩兎毫紫甌新蟹眼清泉黄何如浮大白說苑曰魏文侯與大夫飲酒使公乘不仁爲觴政曰飲不釂者浮以大白東坡詩欲浮大白追余賞又云喜氣到君浮白裏一舉醉陶陶劉伯倫酒德頌無思無慮其樂陶陶兀然而醉怳然而醒此詩蓋和江津任道雪中游東皐韻

和柳子玉官舍十首東坡破琴詩引柳瑾字子玉善作詩及行草洪駒父詩話云山谷父名庶字亞夫能詩其恠石絶句云山鬼水恠著薜荔天禄辟邪眠莓苔鉤簾坐對心語口曾見漢家池館來或疑此十首亞夫作今兩存之以見山谷詩句得之家傳猶杜子美於審言也

心適堂

一屏一榻無俗塵左置枯桐右開易晉嵇康集序孫登不知何許人無家於汲郡北山上窟放情自適夏則編草爲裳冬則披髮自覆好讀周易鼓一絃琴常不離左右柳子厚贈吴武陵詩朱絃縆枯桐坡詩梧桐得雲和白樂天詩周易休開卦陶琴不上絃皇甫謐高士傳陳仲子妻謂曰左琴右書樂在其中矣白樂天詩誰伴寂寥身無絃琴在左重門不閉誰往還周易重門擊柝以待

綦客漢史源涉傳周閣重門左太冲蜀都賦重門洞開杜少陵詩延客已曛黑張燈啓重门昌黎詩重門限禁扃東坡詩重門休上鑰

明月清風是相識南史謝譓曰入吾室者但有清風對吾飲者惟當明月集仙傳黃鶴樓詩黃鶴樓前吹笛時白蘋紅蓼映江湄衷情欲訴誰能會惟有清風明月知貫休詩是何清風清凜然似相識此即洞門無鎖鑰俗客不曾來之意

思山齋

吴兒心着吴山深晉史隱逸傳賈充令夏統歌小海唱統以足扣舡引聲清激風起晝冥衆皆恐充令妓女盛服金翠繞其舡三匝統若無所聞充曰此吴兒是木人石心也風俗記南人謂北人爲傖父北人謂南人爲吴兒杜詩解水乞吴兒李太白詩春氣變楚關秋聲落吴山東坡詩朝見吴山横暮見吴山從

滿目終南不開慰毛詩終南何有有條有枚毛萇曰終南周之名山中南也在長安之南一名太一地理志扶風武功縣東有大山古文以爲終南五經要義云終南山長安南山也一名太一漢史曰太一山古文以爲中南山潘岳關中記曰其山一名中南言在天之中都之南故曰中南西都賦帶以洪河涇渭之川表以太華終南之山杜詩錯磨終南翠又云終南在日邊

有時蟬蛻書几邊史記屈原傳曰蟬蛻於濁穢淮南子蟬飲而不食三十日而蛻班孟堅幽通賦飄凱風而蟬蛻兮張平子思玄賦歎神化而蟬蛻兮夏侯湛東方朔畫象贊曰蟬蛻龍變棄俗登仙後漢逸民傳論曰蟬蛻於囂埃之中

夢到五湖千里外李太白詩西憶故人不可見東風吹夢到長安白樂天寄行簡詩云渴人多夢飲飢人多夢食春來夢何處合眼到東川此蓋倣其意也又東坡詩云江湖來夢寐家語孔子曰折衝千里之外鮑明遠蕪城賦直視千里外惟見起黃埃是

詩言子玉湖山之興濃宦遊之念薄也

小池

清泉數斛開幽事成公子安嘯賦坐盤石漱清泉杜詩吾亦沼清泉韓文公詩清泉百丈化爲土歐陽公詩暫照白髮臨清泉抱朴子葛稚川祖爲臨沅縣有廖氏世年百歲云井水色赤葛瀣井得丹砂數斛唐杜甫詩幽事頗相關又幽事洪高卧稠疊多幽事

坐見鏡中魚往来沈雲卿詩舡如天上去魚似鏡中懸東坡詩鳥落魚動鏡

浮萍蝕盡秋月面論語曰君子之過也如日月之蝕焉歐陽公五代史詩仲尼日月也薄蝕爲之旣寒山子詩吾心似秋月碧潭清皎潔

霜爲一磨如匣開庾信鏡詩玉匣聊開鏡杜少陵詩塵匣元開鏡意謂用心旣剛斷不爲利欲所蔽

新泉

墻根新洌寒泉眼韓詩墻根菊花好沽酒周易井卦井洌寒泉食毛詩凱風爰有寒泉在浚之下左太冲前有寒泉井聊可瑩心神李白詩石甃吟蒼苔寒泉湛孤月杜少陵有太平寺泉眼詩東坡詩又聞緱氏好泉眼

風廊一股来泠泠昌黎詩風廊折談僧莊子列子御風而行泠然善也楚詞七諫下泠泠而來風老杜詩泠泠風有餘東坡寒衾虛幌風泠泠見芙蓉城詩

燈花夜半知我喜杜少陵詩燈花何太喜

恰是舊山穿石聲西漢史枚乘傳太山之霤穿石

竹塢

笋隨人意踈處生清風如歸自来去王荆公書一絶

於壁間云竹裏編茆倚石根竹莖踈處見前
村閑眠盡日無人到自有清風爲掃門蓋僧
顯中詩也毛詩柔民吉甫作頌穆如清風何
邵詩穆若洒清風左氏閔公二年傳僖之元
年齊威公遷邢於儀二年封衛於楚丘邢遷
如歸衛國忘亡時定鄂州詩白雲黃鶴自來
去 雖然不與俗子期陰過隣家亦銷暑 杜詩色借
書帙晩陰過酒樽涼東坡詩泉井分西隣竹
陰借東家蓋借竹陰銷暑以喻子玉之善政
謂其非俗
吏伍也

土塌

塌前鼓吹蛙一部 南史孔珪傳門庭内草萊不剪中有蛙鳴曰我以此
當兩部
鼓吹 塌上古木吟風雨 杜少陵詩楚林𥔵日吟風葉東坡詩
長松吟風晩雨細
孤松吟風細泠泠 客来相倚竹根眠 杜少陵詩
傾銀注瓦驚人眼共醉終同卧
竹根東坡詩歸卧竹根無遠近 免今一系許陳

登去 三國志陳登字元龍在廣陵有威名[illegible]卒其
後許汜與劉備並在荊州牧劉表坐表與[illegible]共
論天下人汜曰陳登湖海之士豪氣不除
昔遭亂過下邳見元龍元龍無客主之意久
不相與語自上大牀臥使客臥下牀備曰
君有國士之名今天下大亂帝主失所望君憂
國忘家有救世之意而君求田問舍言無可採
是元龍所諱也何緣當與君語如小人欲臥百
尺樓上臥君於地何
但上下牀之間邪

恠石

山阿有人著薜荔 楚詞若有人兮山之阿被
薜荔兮帶女蘿又貫薜荔
之落蘂註薜荔香草緣木而生一云[illegible]叔
夜養生論採薇山阿散髮巖[illegible]靈運詩想
見山阿人薜荔若在眼柳
子厚詩密雨斜侵薜荔牆 庭下縛虎眠莓苔

東坡詩醜石半蹲山下虎莓苔草名天台賦
踐莓苔之滑石柳子厚詩莓苔侵標牓又莓
苔插
瓊英 手磨心語知許事 韓詩手磨袖拂心語
口慢膚多汗真相宜
南史王融嘗遇沈昭略昭略謂主人是 曾見
何年少融殊不平昭略曰不知許事
漢唐池館来 此言恠石閲世多也曾慥端伯
云世傳山鬼木恠著薜荔天祿
辟邪眠莓苔此句嘗見魯直手書云山阿有
人着薜荔庭下縛虎眠莓苔鈎簾坐對心語
口曾見漢唐池館來兩
本互有不同未知孰是

茴香

鄰家爭插紅紫歸詩人獨行齅芳草 韓詩氣
寒鼻莫
齅 西都賦茂樹
蔭蔚芳草被隄 叢邊幽蠹更不凡 韓詩幽蠹
落書棚
胡蝶紛紛逐花老 胡蝶字
見莊子

蜜蜂

秋成想見香租入 堯典平秩西成孔安國曰
秋西方萬物成也老杜詩
秋成玄
圃外 菊露楓膠蜜幾脾 李義山柳枝詞花
房與蜜脾蜂雄蛺
蝶雌同時不同類那復更相思歐詩樹陰初
合苔生暈花蘂新成蜜滿脾東坡詩蜜脾已
滿黃 日日山童掃紅葉蜂銜知是主人歸 爾雅
蜂靜
蜂有兩衙應潮錢昭度詩黃蜂
衙退海潮上白蟻戰酣山雨来

芭蕉

有底春風能好事解持刀尺翦青天 張衡髑
髏賦飛
鋒曜景秉尺持刀古詩良工秉刀尺老杜詩
寒衣處處催刀尺劉禹錫詩仙人衣裳弃刀
尺東坡詩封題不敢妄
成翦刀尺自有佳人能 知君新得草書法旋

卷碧雲供小牋法書苑陸羽作懷素傳曰貧無紙可書常於故里種芭蕉萬餘株以供揮灑李義山詩芭蕉斜卷牋辛夷低過筆於此可見東坡謂子玉善草書尤信

山谷別集詩註卷下

右山谷內集詩二十卷任淵注外集詩十七卷史容注別集詩二卷史溫注內集為日本古時翻刻宋本今日本亦罕見前有任淵序鄱陽許尹序蓋合陳后山詩注序本也宋有紹定壬辰山谷孫黃㽦跋此跋各本皆無之稱其以蜀本重刊于延平者又云憩寂園二詩舊本僅有其目參考家集遂成全書今按第九卷末有此詩注云任氏舊注元無此詩但存其目爾今以楊氏

補注增入而翁本目録則次于
題伯時畫松之後而第九卷亡
無此詩然則黄蕘所云蜀本有
題無詩驗矣考明嘉靖全集
本有此詩翁刻缺之而無説何
耶唯此本所稱楊氏補注不詳

山谷集跋　二

為何人宋人著録皆無之其外
集别集則朝鮮活字本行款
稍異然遇宋帝皆空格亦恩
十宋本也今校第五卷黎字詩
韻第七卷贈張仲謀詩翁刻
晤有脱文適校之集注中翁

本誤字不可勝舉良由覃
溪所得是傳鈔本雖較勝
明刊而与宋本固不可同日語也
蔡公使以山谷集宋刻久絶
擬刻入叢書中會余一差滿
不果擬公使於叢書敍後深

山谷集跋　三

致惓惓焉光緒甲申九月宜
都楊守敬記於黄岡學舍

題辭

光緒十九年方侍余父官湖北提刑其秋攜友游黃州諸山遂過楊惺吾廣文書樓徧覽所藏金石祕籍中有日本所得宋槧黃山谷內外集爲任淵史容註據稱不獨中國未經見於日本亦孤行本也念余與山谷同里閈余父又嗜山谷詩嘗憾無精刻頗欲廣其流傳顯於世當是時廣文意亦良厚以爲然乃從假至江夏解資授刊人廣文復曰吾其任督校越七載而工訖至其淵源識別略具於廣文昔年所爲跋語云光緒二十六年二月義甯陳三立題

右山谷詩注內集廿卷爲日本寬永已巳繙宋紹定本（見明周宏祖古書源流攷武陵丁氏藏書志楊君惺吾稱爲古時實則寬永已已爲明萬歷年間）攷吾國藏書家所稱宋刊者三一爲類編增廣大全集五十卷查聲山沈茉園黃蕘圃汪閬源所遞藏近已歸入海源閣中楊氏寶若球璧（楹書隅錄云絳雲樓目有之只廿六卷已付刼灰此其全者世無二本洵至寶也）外間已不可見一爲錢氏遵王所稱目録二版不缺本愛日精廬所藏者即此然止存卷二至卷七六卷今亦不知流歸何所一爲皕宋所藏宋季閩中重刊紹興本近則流入海外矣烏虖時際輓近舊籍之殘缺散失已可感傷重以科學日興古粹日亡皕宋孤本盡歸外人每一思及痛恥孰甚茲本雖出自繙宋武陵丁氏已歎爲諸夏所亡（丁氏有此本今亦歸江南圖書館）楊君惺吾得自東京又

得朝鮮活字本外集別集（莫氏部亭有宋湣祐閩憲本外集在三本之外亦殘缺翁本即從此出）行款雖不盡同尚不失宋人面目陳伯言吏部見而愛之慨出重資刻諸鄂中當時印行無多其後吏部僑寓白門攜板自隨久未付印今年春南洋開辦勸業會余適搜購豫章先賢遺著賚之陳列爰商諸伯言吏部將此板返諸江西以興此邦人士共相葆護而所以提倡剞劂之業（江西許灣刻書者不下數千百家與宋元之麻沙相等今則日就零替矣）當亦有心人所默許於永永者也

宣統二年八月江甯傅春官識於南昌勸業道署

山谷詩外集補四卷

謝啓昆輯補

清乾隆五十四年（一七八九）南康謝氏樹經堂刻本
原版框高十九點四釐米，寬十四點六釐米
江西省圖書館藏

山谷詩外集補目録

卷一

流水三章章四句熙寧元年赴葉縣作

虎號南山二章章八句一章十句

采菊三章章八句

新涼示同學治平三年作

宿山家效孟浩然元豐六年太和作

病懶治平四年作

宿靈湯文室元祐八年丁母喪居家作

戲贈諸友時詔下治平三年作

午寢戊申作方綱按熙寧元年戊申先生年二十四不應云二十二年非也此蓋題下戊申有誤子耕譜中元未的指在何年也

題徐氏姑壽安君壽梅亭元豐六年赴德平作

次韻叔父臺源歌治平三年作

息暑巖

博山臺

潯陽江口阻風三日元豐三年改官太和作

過百里大夫冢熙寧四年葉縣作冢在南陽縣界公往鄧州經此

蒲城道中寄懷伯氏

舟子并序熙寧四年葉縣作

思賢并序

漫尉并序熙寧三年葉縣作

按田并序熙寧四年葉縣作

送蘇太祝歸石城

寄季張

贈陳公益并序

將歸葉先寄明復季常熙寧三年葉縣作

送張仲謀

擬君子法天運熙寧四年葉縣作

傷歌行四首

行行重行行贈别李之儀元豐三年改官太和作端叔名之儀寓居蕪湖

春思熙寧四年葉縣作

戲答公益春思二首

衆人觀俳優

次韻任公漸感梅花十五韻

答王晦之見寄

寄懷藍六在延平崇寧二年赴宜州作

送焦浚明熙寧四年葉縣作

新寨餞南歸客

曉起臨汝

答閻求仁

送陳季常歸洛

雨晴過石塘留宿贈大中供奉

次韻答薛樂道

戲贈陳季張

寄别陳氏妹

戲贈王晦之

觀崇德臺竹歌并序

卷二

送陳氏女弟至石塘河
戲贈頓二主簿不置酒
孫不愚引開元故事請爲移春檻因而贈答
陳說道約日送菜把熙寧三年葉縣作
答和孔常父見寄
次韻伯氏謝安石塘蓮花酒
題雙鳧觀
從陳季張求竹竿引水入厨
呈王明復陳季張
曉從任大夫祖行過石橋寄粹甫熙寧四年葉縣作
飲南禪梅下戲題熙寧二年葉縣作
次韻郜之才將流民過懸帛嶺均田熙寧四年葉縣作

陳季張有蜀芙蓉長飲客至輒剪去作詩戲之
再贈陳季張拒霜花二首
送杜子卿歸西淮
雪中連日行役戲書簡同僚
離汝寄張子熙寧四年葉縣作
次韻元禮春懷十首
再和元禮春懷十首幷序
次韻奉和仲謨夜話唐史熙寧四年葉縣作
書舞陽西寺舊題處幷序熙寧二年葉縣作
飲李氏園三首元豐元年北京作
宿黃山熙寧四年葉縣作
題季張竹林村

次韻答郜之才
呈李卿
六月閔雨熙寧七年北京作
既作閔雨詩是夕遂澍雨夜中喜不能寐起作喜雨詩
公益嘗茶元豐元年北京作
予旣不得葉遂過洛資醉遊累日熙寧四年葉縣作
雜詩元豐二年北京作
曹村道中元豐二年北京作
漫書呈幾復三首治平三年作
招幾復飲治平三年作
再留幾復

謝陳正字送荔支三首元豐四年太和作

卷四

答龍門潘秀才見寄熙寧四年葉縣作
寄張仲謨次韻
答自渾府來稱明因寺僧作靜照堂求予作
雜詩七首熙寧四年葉縣作
飲韓三家醉後始知夜雨
張仲謨許送河鯉未至戲督以詩
和答張仲謨泛舟之詩
食瓜有感
道中寄公壽熙寧五年自葉赴北京作
行邁雜篇六首

山谷詩外集補目錄終

山谷詩外集補卷第一

流水三章章四句　熙寧元年赴葉縣作

一溪之水可涉而航人不我直我猶力行　一溪之水不杠而涉濡首中流汝嗟何及　湯湯流水可以休兮嗟行之人則濯足兮

虎號南山二章章八句一章十句

虎號南山民怨吏也

虎號南山北風雨雪百夫莫爲其下流血相彼暴政幾何不虎父子相戒是將食汝　伊彼大吏易我鰥寡刻彼小吏取桎梏以舞念昔先民求民之瘼今其病之言置于壑　出民于水惟夏伯禹今俾我民是墊乎土豈弟君子伊我父母不念赤子今我何怙嗚呼旻天如此罪何辜

采菊三章章八句

采菊傷君子也君子將有爲獨立而無佽助是故傷之

南山有菊于采其英誰從汝往覩我惸惸伊時之人誰適有比不與我謀不如其已　薄言采之遵彼山曲汝來遲遲去我何速伊時之人誰適與同不與我好殆其覯凶　江漢滔滔有楫有杭誰以濟此中流且風嗟爾君子時處時默微雲反覆無傷爾足

新涼示同學治平三年作

西風先自無消息忽上青林報秋色天高月明露泥泥團扇已從蛛網織蛩螿何苦不自聊入我夜牀鳴唧唧似言氷雪催授衣今者不樂君髮白春深花落病在牀永夏過眼等虛擲卷簾昨莫得新涼空堂呼燈照几席豈無蘂書試一讀欲

似乎生不相識今日明日相尋來百年青天過鳥翼夜闌歎
息仰屋梁廢寢膳思無益吾徒奈何縱㛹遊君不見禹重
寸陰輕尺璧

宿山家效孟浩然（元豐六年太和作）

秋陽洗山西麥照藩落下霧連雲氣平濛濛翳中野空村曉
無人一二小蝸舍老翁止客宿喬木縻我馬松爐依俙燭槁
竹照清夜幽泉抱除鳴生涯渺瀟灑翁家炊黃粱秋雞延食
罷問余所從誰庸詎學邱也投身解世紛恥問老農稼予生
久遭回百累未一謝斑斑吾親髮弟妹適婚嫁無以供甘旨
何緣敢閑暇安得釋此懸相從老桑柘

病懶（治平四年作）

病懶不喜出收身卧書林縱觀百家語（一作治）浩渺半古今空

濛象外意高大且閑深闊有居覆盆豈能逃照臨一馬統萬
物入還見眞心適知善琴瑟先欲絕絃尋

宿靈湯文室（元祐八年丁母喪居家作）

臨池濯吾足汲水濯吾纓塵埃一謝去神與體俱清月明澌
映（一作隱）簷東出置枕東床夜蕭瑟更無俗物敗人意唯有清
風入吾室

戲贈諸友（時謫下治平三年作）

駑駘無長塗一月始千里驊騮嘶清風秪在一日耳詩酒廢
書史諸友勿自疑寧爲駑駘懶當效驊騮嘶疏水必有源析
薪必有理不須明小辨所貴論大體生死命有制富貴天取
裁儻能領眞意何有於我哉討論銷白日聖知在黃卷自此
宜數來作詩情繾綣

午寢（戊申作　方綱按熙寧元年戊申先生年二十四不應云二十二年非也此蓋題下戊申有誤子耕譜中亦未的指在何年也）

讀書常厭煩撫處意坐馳動靜兩不適塵勞敗天倪目昏生
黳花耳聵喧鼓鞞洗憂愁五神倦劇委四支不聊終日兀況
乃久違期投書曲肱卧天游從所之是身入華胥髣髴勝初
時春蠶眠巨箔夏蜩化枯枝今之隱几者豈有異子綦覺寐
須臾間艮亦休我疲適知大覺夢蓋此德之歸誰爲今日是
二十二年非

題徐氏姑壽安君壽梅亭（元豐六年赴德平作）

大鷀銜枚來作亭小鷀銜實來種花雨鷀反哺聲查查慈烏
髮白爾成家梅梁丹青射寒日梅英飛雪點親髮二鷀同味
如春酒壽親一笑宜長久金玉滿堂空爾爲有親舉酒世上

稀生育劬勞安可報折梅傾酒著斑衣

次韻叔父臺源歌（治平三年作）

吾家叔度天與閑晚喜著書如漆園臺平舊基水發源但聞
淙淙下林巒一朝斬木見萬象吞若雲夢胸中寬漱滌泥沙
出山骨瀺灂鑿竅物狀完茶甘酒美汲雙井魚肥稻香派百
泉暑風披襟著菡萏夜月洗耳聽潺湲時從甥姪置樽俎此
地端正朝諸山除書謗書兩不到紫烟白雲深鎖關鄉人訟
爭請來決到門懷慚相與還呼兒理琴蕩俗氣果在巢由季
孟間

息暑巖

水墨古畫山石屏雷起龍蛇枯木藤石囊嵌空自宮室六月
卷簟來曲肱松風琴瑟心可寫水寒瓜李嚼明冰却登夏畦

覰耘耔烘顏炙背棲蒼蠅問道九衢塵作霧烏靴席帽如饋
蒸歸嘗玉粒不敢飽高車駟馬何能乘

博山臺

宮亭只說香爐峰此地今見博山臺紫烟孤起麗朝日定是
海山飛得來化工造物能神奇不必驚世出蓬萊千年隱淪
被貽洗博山我勸爾一杯先生髮白足力強遥思秋風醉幾
回童兒數修掃灑職莫使石面霑塵埃

濤陽江口阻風三日 元豐三年改官太和作

桔槔最知天風高旅人更覺時序遒去年解官出北門猶纜
江船依賈客狙公七芧富貴天喜四怒三俱可憐湖口縣前
教戰鼓聲到濤陽渡頭船

過百里大夫冢 熙寧四年葉縣作冢在南陽縣界公往鄧州經此

行客抱憂端 一作客行感時節 況復思古人何年一邱土不見石麒
麟斷碑略可讀大夫身霸秦虞公納垂棘將軍西問津安知
五羊皮自鬻千金身末俗工媒孽浮言妬道真幸逢孟軻賞
不愧徵子瓶

按呂氏童蒙訓云或稱魯直桃李春風一杯酒江湖夜雨十年燈以爲極至魯直自以此猶砌合須石吾甚愛之勿使牛礪角牛礪角尚可牛鬬殘我竹此乃可言至耳然如百里大夫冢與快閣詩已自見成就處也

浦城道中寄懷伯氏

北征無百里日力不暇給山重烏影盡露下月華濕寒憶共
被眠屢成回馬立豈如同巢鳥莫夜得安集

舟子 并序 熙寧四年葉縣作

予自大梁過汝求荷擔者有舟子來應傭行二日釋負
謝去曰吾雅善操舟甚不樂荷負之役頳肩而汗垢豈
所久堪歸且返吾故矣因遣之而作詩

黃須客子居水濱水行水宿忘冬春莽渺三江五湖外短船
無地不知津弓彎夜月射鳴鴈艇繫曉風歌采蘋時望青旗
沽白酒醉煮白魚羹紫蓴平生未識州縣路鷗鳥蒹葭成四
鄰市人誘我利三倍輟棹一出幾危身古來有道處漁釣豈
與荷擔爲傭臣欲論舊業誰知者滿地車輪來往塵言歸明
月滄波上依舊操舟妙若神

思賢 并序

思賢感楊文公遺事也公事章聖以直筆不得久居中
詔欲命公作某氏册文公不聽卒以命陳公彭年命下
之日全家逃歸陽翟今者道出故邑冢木合抱想見風
烈故作是詩

楊家事業絕當時百家疏通問不疑高文大册書鴻烈潤色
論思禁林傑堂堂司直社稷臣諫有用否不辱身勁氣坐中
掩虎口忠言天上嬰龍鱗忍能持祿保卒歲歸去求田問四
鄰今時此事久索漠吾恐九原公可作我來回首行路難城
郭參差夕照間風急饑烏噪喬木孤墳牢落具茨山

漫尉 并序 熙寧三年葉縣作

庭堅讀漫叟文愛其不從於役而人性物理翛然詣於
根理因戲作漫尉一篇簡舞陽尉裴仲謨兼寄贈郝希
孟胡深夫一同年爲我相與和而張之倘使來者知居
厚爲寡悔之府然知我罪我皆在此詩

豫章黃魯直旣拙又狂癡往在江湖南漁樵乃其師腰斧入
白雲揮車棹清溪虎豹不亂行鷗鳥相與嬉遇人不崖異順

物無瑕疵不知愛故厭不悔爲人欺晨朝常漫出莫夜亦漫歸漫尉棄公城漫撫病餘黎不篡非已事不趨非吾時人罵狂癡拙魯直更喜之或請陳漫尉壽尉蕭蓊卮酒行激懦氣攘袂起哨規君子守一官烏肯苟簡爲奈何如秋蕿信狂風離披漫行悉汙德漫止將敗機漫黙買猜謗漫言來詬譏漫尉謝答客願客深長思漫行無軌躅漫止無𩣡鞿漫黙怨者寡漫言知者希吾生漫叟後不㑦與之齊於戲獨如子因使目爲眉强顔不討返乾坤一醯雞崑崙視糟埋旣化不自知悔吝雖萬塗直道甚坦夷覆轍索孤竹奔車求仲尼以旌招虞人賤者不肯尸玉潤安可涸日光安可緇斯言出繋表當以罔象窺賦分有自然那用時世移吾漫誠難改盡醉不敢辭

按田并序　熙寧四年葉縣作

余與晁端國思道奉檄按馬鞍山東滄（音倦）河稻田陂官丁誤引道左次水澤山深徑危泥潦堅氷長幹挾馬僅可以度行五十里遂不容馬步沮洳虎迹新徃來鳥烏叢噪荆榛盡日出入乃至河上集近山之農告以獻利者皆以爲瀕水爲舍居旁治新田果蓏有畦桑棗成行自山之東西皆不可爲陂滄河原出四頭山支分爲三其一盡南出少折而東入舞陽其一稍西流又折而北入石塘河其一滄河也出山而東流卒與二水合而入汝河汝河今漕河也吾二人旣臨河具知獻利者之狀而余獨有感焉頃歲肉食者以羌胡爲憂師老西鄙而士大夫知與不知爭道孫吳覆軍殺將開虜之輕量中國心而富貴者今日比肩近者朝言多在民事欲化西北之麥隴皆爲東南之稻田良吏攘臂起郡有名信臣縣有史起矣夫土性者自先王所不能齊而一切不問薅夫故苗灌爲新田茫茫水陂邱壟平盡其君子威以法刑其小人毒以鞭朴有舉斯有功有功斯有賞作者之議曰前日吏持印相授以媮眼前而厚利弃於蒼烟野草之間是豈不可笑以余觀之恐是非特未定也觀朝廷之意初不責必成奉承者要必有功遂失之耳語曰事傳三人輙失其真詩曰周爰咨謀蓋使指也今也咨謀者不悿怛以告者未忠信歟夫聽言之道必以事觀之奪民之故習而强以所未嘗其利安在興利者受實賞力田者受實弊郡縣行空文朝廷收虛名名爲利

民其實害之議者謂之有意於民乎吾不知也以爲有功於民乎今旣若是矣予旣有是言思道屢歎而已是日所至已遠不能歸遂宿水濱民家北風黃草破屋見星月與晁五引酒相酌忽然已醉不知跋涉之勞也綴以詩强思道和之

河水積崢嶸山雪晴索寞幽齋怯寒威況復出城郭馬爲蝟毛縮人歎狐裘薄淤泥虎跡交叢祉鳥聲樂橋經野燒斷崖傾天風落澒雲迷鴻濛戴石瘦犖确（音殻）攀緣若登天扶服如入槖窮幽至河麋落日更槃礴新民數十家飄寓初棲託壯產無情農荒榛盡開鑿臨流遣官丁悉使呼老弱恩言諭官意鄣水陂可作春秧百頃秔秋報千倉穫搔頭笑應儂吾麥自不惡麥苗不爲稻誠恐非民瘼不知肉食者何必苦改作

我行疲鞍馬目用休羈絡艱難相顧歎共道折腰錯勢窮不得已來自取束縛月明夜蕭蕭解衣寬帶索卧看雲行天北斗掛屋角析薪爨酒鼎興至且相酌

送蘇太祝歸石城

蘇侯恃才頗跌宕常欲立談取將相風期家世非一朝於我今爲丈人行偶然把酒葉公城胷懷披盡能謔浪畫燭如椽吐白虹花枝圍坐紅相向夜如何其不忍起風吹日照離筵上醉中一笑擲萬金眼前快意誠爲當僕夫結束底死催馬翻玉勒嘶歸鞅南驅面有千里塵道逺回首幾惆悵漢陽津上游女多何日石城蕩兩槳莫倚盧家有莫愁便成翻手辜前賞

寄季張

園中看筍已成竹堦下種槐還得陰出門望君車馬絶臨水問信鯉魚沉贈君以匠石斵泥之利器淵明無絃之素琴此書到日可歸來思子妙質爲知音

贈陳公益并序

官於葉城之下士之久遊而寡過者無若陳公益言中權衡行應繩墨中心誠樂其爲人曾子曰目者心之浮也言者行之指也公益眸子睟清言寡而理贍其行於是乎可攷予嘗有窮谷蒼烟寂寞之約唯公益共之故系之以詩

陳子善學問正色鉏其驕束身居言前析理在意標心隨出處樂性與寂寞超安安而雅雅不以行險徼王良馭驥子冉弱六轡調自吾與之遊忘味如聞韶志道斯近神莊生說承蜩顧恐陳子止誰能中道要我求一飯飽黄綬强折腰取舍不由己悲哉馬銜鑣長嘯天地間搔首獨無聊雅約青山雲伊人與逍遥有如渝此盟白日尙昭昭不時多英豪楚楚在本朝吾徒固長物分當老簞瓢

將歸葉先寄明復季常熙寧三年葉縣作

初日照屋山好鳥哢簷角卷簾吏却掃齋舍寞蕭索呼兒篘春醪期與夫子酌簡書驅我出衝雪凍雨脚莫行星煇煇曉起雞喔喔青烟過空村商旅無遠橐豈不欲少留王事苦敦薄平生白眼人今日折腰諾可憐五斗米奪我一溪樂公等何逍遥聊覡寄講學談犀振清風棊局落秋雹雲陰愁濛鴻山路險犖确慎無苦歸軒使我數日惡羸驂道歸心旋濘蹶霜濼悲嘶惜鄣泥短籬冷難捉南征喜氣動迎面蛛絲落買網鱠金橙歸償炊黍約

分寧本云按當注公雖作尉而沿檄不時如蕭城佚盜以校見督之類此詩雖題將歸葉寄明復季常然有簡書催我去衝雪凍雨脚之句必是因校出而歸無疑

送張仲謀

竹雞相呼泥滑滑夜雨連明溪漲澗門前馬作逹行嘶迺是張侯來訪別入門下馬未暖席猛如秋鷹欲飛掣黄花可浮惜別杯官沽苦酸不堪設張侯少年氣高秀太華孤峯帶氷雪袖中日日有新詩正與秋蟲同一律吏曹不能弄以事太尉家兒盡英悲窮愁寂寞雙凫縣唯予可輸肝膽說遊君宫室如芝蘭於我窮兒比瓜葛相親更覺相去難一作相從未蹔歲時久挽斷衫袖不忍訣一作言別何腸胃熱奈綢繆君家方盛時廼翁屢把連城節北使初隨富亳州萬死非顧探虎穴煌煌忠槩獎王

命汝等於今仕朝列稍聞塞上秋草黃螗螂怒臂當車轍將軍西擁十萬師謀士各伸三寸舌胡不還家讀父書上疏論兵欵天闕燕然山石可磨鐫誰能槊子勤動伐功業未成且自愛早寄書來慰儀渴

擬君子法天運 熙寧四年葉縣作

君子法天運不言行四時提提無近功成歲乃可知明窺秋毫端耳察穴蟻爭羣材極爲力陰拱收視聽三辰從昏明萬物安性命因時有更張斟酌如斗柄細人趨眼前翻手覆手間狂風吹長林何枝烏能安須臾誠快意狼籍不可言

傷歌行四首

草木揺落天沉陰蟋蟀爲我商聲吟高明從來畏鬼瞰貧賤不能全孝心蚤知義利有輕重積羽何翅一鈞金莫悲歸妹

無錦繡但願教兒和瑟琴

其二

孟氏至誠通竹笋姜詩純孝感淵魚古人常欲養志意君子不唯全髪膚有妹言歸奉箕箒仰誰出力助蘩苹等閑親鬢貧中自白悔從來色養踈

其三

諸妹欲歸囊褚單傾我薄宦多艱難爲吏受財恐得罪啜菽飲水終無懽永懷遂休一夜夢誰與少緩百憂端古人擇壻求過寡取婦豈爲謀儀寒

其四

伯夷不食周武粟程嬰可託趙氏孤死者復生欲無愧受遺歸妹兒在予經營百事失本意跬步尋常畏簡書人間若有

不稅地判盡筋力終年劬

行行重行行贈别李之儀 元豐三年改官太和作端叔名之儀寓居蕪湖

行行重行行我有千里適親交愛此别勸我善眠食惟君好懷抱高義動顔色贈子青琅玕結以永弗諼拭目仰盛德洗心承妙言子道甚易行易行乃難忘盧名織女星不能成文章微君好古學尙誰發予狂事親見不足擇友知無方大聖急先務君其愛頽光外將周物情中不欺己道以客從主人辨之蚤不早行身居言前悟理在意表苟能領斯會大自足請小勿念一朝患勿忘終身憂忠誠照屋漏萬物將自求此道不予欺實吾聞之邪羣居行小慧宴笑奉樽俎盍友來在門踈捐不見取誰不聞此風去君鴻鵠舉

春思 熙寧四年葉縣作

花柳事權輿東風剛作惡欲明動鐘鼓睡著初不覺簡書催秣馬行路如狗驛看雲野思亂過雨春衫薄今日非昨日過眼若飛電光陰行晼晩吾事益落莫閑尋西城道倚杖俯墟落村翁逢寒食士女飛綵索平生感節物始悟身是客搔首念江南拏舩趁鷗鷺夷猶揮釣車清波舉霜鯽黃塵化人衣此計誠已錯百年政如此豈更待經歴

戲答公益春思二首

能狂直須狂會意自不惡蚤知筋力衰此事屬先覺公詩應鍾律豈異趙人鐸我爲折腰吏王役政敦薄文移亂似麻期會急如雹賦斂及逋逃十九被木索公思當此時清興何由作前日東山歸花如委莎落徑欲共公狂知命知此樂公家胡蜀葵雖晩尙隱約晴明好天氣覺對亦愜適糚根朱粉輕

舞憐衫袖窄衣襦相補紉天吳亂濃鶼草芽多奇上蓬華有
秀色西施逐人眼稱心最為得食魚誠可口何苦必鲂鲫清
狂力能否人生天地客不者倘能來南窗理塵迹草元續周
書摭策定漢歷有意許見臨為公酤一石

其二

昔人有真意政在無美惡微言見端緒垂手延後覺大聲久
輟響誰繼夫子鐸長笑二南間斯道公不薄性懷如珮環詩
筆若隕雹前為戲謿公深井下短索子雲最清淨亦動解嘲
作光塵貴和同玉石倘磊落眾人開眼眠公獨寤此樂昔在
西宮遊初非朝夕約邂逅二三子蛾眉能勸客坐嫌席間疎
酒恨盞底窄驪駒我先返看朱已成碧況聞公等醉歌舞恣
所索舞餘必纏頭歌罷皆舉白清狂稍稍出應節自不錯管

如觀俳優誰能不一噱何為苦解紛迺似自立敵人生忽違
行車馬無歸迹黃粱一炊頃夢盡百年歷弃置勿重陳虛心
待三益

眾人觀俳優

眾人觀俳優誠有可笑時侏儒笑人後所笑動未知非桀是
堯舜諸生同一詞不能解其會何笑侏儒為桓公方讀書輪
扁釋斧鑿借問作書人已歸蒿里宅至精固不傳所說乃糟
粕使道如懷珍分我贈人貧人將遺朋友誰不獻君親喁喁
來噍食泯泯去游魂昭穆才弟兄愚智已子孫愚游智者籠
智受萬物役奔奔相後先成則自為德勞神不知疲求所不
能知深心著文字有如鳥粘黐敗新為故矜何獨鄭人妻鴟
卵待豚抱自憐非荆雞誰能起千載化此故紙癡

次韻任公漸咸梅花十五韻

花信風來自伊洛稍稍花光上林薄經年病骨怯輕寒裁就
春衫不勝著纍纍墻底卧虛樽醉鄉何處尋城郭小軒假寐
遊華胥萬籟無聲燈寂寞落梅新詩入吾手驚起詩魔如發
愣高文逸氣天馬超尾端尚許青蠅託坐恐勾芒弃我歸看
花不及空紫萼生前常苦不自閑芻豢縻人受羈絡我嗟孕
歲敝鞍韉風敗衣裾塵滿橐輕裘緩帶多公暇公獨奈何猶
不樂公言少年豈易知鳳屏翠幔愁蕭索蚤從琪樹折春風
每見新詩淚雙落勸公且共飲此酒酒令雖嚴莫嗔虐時藏
舞袖間清歌日薦南蓴羹北酪花開莫問醜與妍隨分眼前
馨杯酌不須憔悴減腰圍也學東陽沈侯約

答王聃之見寄

臨西風動商歌故人別來少書信為問故人今若何白雲濛
濛迷少室明月耿耿照秋河可憐此月幾回缺空城每見傷
離別郵筒朝解得君詩讀罷涼飈奪炎熱嗟予晦之遺詞長
於猛健故意淡而孤絕有如怒流雲山三峽泉亂下龍山千
里雪大宛天馬嘶青芻神俊照人絕世無自言欲解羈銜去
不能帖耳駕鹽車朝登商山采三秀暮上緱嶺追雙鳧紛紛
黃口爭粟粒君用此策固未疎但恐高才必為一世用雖有
潺湲不得釣空籠不得鋤西風酌酒遥勸君好去齊飛鸞鳳
羣窮山遠水迺是我輩事荷鋤把釣聽予人青雲

寄懷藍六在延平 崇寧二年赴宜州作

貧賤相知若吾友取端於此能更求德性委蛇結綠佩文章
璨爛珊瑚鉤與君千里共明月思予一日如三秋願學延平

兩龍劍風波際會永同遊

送焦浚明 熙寧四年葉縣作

西瞻岷山兮東望蛾眉錦江清且漣漪地靈山秀誕豪傑來入中州振羽儀相如傲萬物子雲窮一經黃金賣賦聘私室白頭大夫不公卿窮閻卜肆閒十步一豪英竟無人識李仲元不可屈致嚴君平四君德音閉黃壤只今壟頭松柏聲我往葉公城常如井底坐不謂焦夫子闖風宵來過焦子初見我如蘭生幽林春風爲披拂始得香滿襟中懷坦夷眉宇靜外慕淡薄天機深花開鳥啼晝寂寂酒闌燭明夜洗洗人皆扶牽爛漫醉子更把書求本心二年與燈火琢子之玉鍊我金焦夫子我以陋邦無人把書策邂逅逢君得三益胡爲棄我忽遠行手捧嘉陽從事檄焦夫子君起爲我舞我其爲君

歌君方跨馬涉遠道湖外地少山川多霜秋搖落天日遠西風翻翻水驚波一筵談笑遂相失兩地離愁各奈何焦夫子酒行君定起此盃須百分少別遂萬里歸尋所種樹應已數千尺試照嘉陽水君髮猶未白古人不朽事所願更勉力別後相逢豈在言拭目看君進明德

新寨餞南歸客

初更月蝕缺半璧三更北風雪平屋夜寒置酒送歸客長歌燕廚燈前落故園無書已十月目極千里雲水隔客方有行乃未已歸且經予江上宅比隣諸老應相問爲道於今不如昔新知翻手覆手間故人江南與江北有時日高天氣清灸背南軒把書策可憐斯人乃言語今已埋沒黃土陌乃知生前傾意氣不用身後青竹帛往在江南最少年萬事過眼如鳥翼夜行南山看射虎失脚墜入崖底黑却攀荆棘上平田何曾悔念身可惜辭家上馬不反顧談笑據鞍似無敵邇來多病足憂虞平地進寸退數尺意氣索然成老翁所有鬢髮猶未白閑居爲婦執薪爨宿處野人爭臥席昔壯今衰殆不如吾恐未必不爲福寄聲諸老善自愛客行努力更強食門前種柳今幾長戒兒勿令打鸕鷀不晚歸來躑躅間爲公置酒臨江閣

曉起臨汝

缺月欲崢嶸鳴雞有期信征人催夙駕客夢未渠盡野荒多斷橋河凍無裂璺音問羸馬踏冰翻疑狐觸林迥清風蕩初日喬木囀幽韻嵩高忽在眼岌嶪臨數郡元雲黕垂空意有萬里潤寒暗不成雨卷懷就膚寸觀象思古人動靜配天運物

來斯一時無得乃至順涼暄但循環用捨誰喜慍安得忘言者與講齊物論

答閻求仁

暮天攜手步河梁把酒淹留斜日光生當有別各異方古人嗟此樂難當大梁嬉遊少年場春風花枝囀鸝黃節物謝徂歲渠央來自江南登君堂秋氣欲動聞寒螿會幾何日今別長與子覩化言兩忘浩歌放船入莽蒼綠藻刺眼紅蕖香湖月夜飛衣袂涼相從宴坐歌胡床贈言錦繡邀報章君心溫良志則剛不能牛下學歌商欲謝世紛自翱翔果行此策無乃良昔人所學浩渺茫海涵地負無抵當棄捐及人其粃糠帝王之功一豪芒仇邈世故自退邊一作疆何異臧穀俱亡羊以生隨之中道傷止吾已知終必亡我亦聞之未能行慨今

無業可伏藏身隨衣食葉南陽脫身自當及康強不待齒疏髮蒼浪優游濠上如惠莊論交莫逆與子相

送陳季常歸洛

人生俱行役何能如聚鹿浮槎在江湖邂逅一相觸天邊數年別故人有陳叔誰云區區葉車馬肯來辱清樽聽夜語常炧（一作燒）三四燭劇談連古今天漢瀉崖谷高材歎加壯所向動乖俗我官塵土間強折腰不曲飽飯逐人行君來方拭目汝穎無奇士僕夫催結束蹉如秋窗暉來少去苦速番吾接雍容愛德心不足歲晚託懿親清義逾愈篤落日送河梁鳴蜩度喬木歲寒贈君何唯有南溪竹

雨晴過石塘留宿贈大中供奉

長虹垂地若篆字晴岫插天如畫屏耕夫荷鋤解襏襫漁父

瞰網投簦笤子期聞笛正懷舊車允當窗方聚螢獨臥蕭齋已無月夜深猶聽讀書聲

次韻答薛樂道

薛侯筆如椽峥嶸來索敵出門決一戰莫見旗鼓迹令嚴初不動帳下聞吹笛作奔水上軍拔幟入趙壁長驅劇崩摧百萬俱辟易子於風雅間信矣強有力天材如升斗吾恨付與窄攬物能微吟假借少儲積出城坐井底聞見更苦僻子非知音耶何不指瑕謫

戲贈陳季張

氣清語不凡郭與陳季優季子有美質明月懸高秋詞談貫百家炙轂出膏油放聲寄大塊肆情無去留方圓付自爾規矩爲瘖瘂當其說荒唐衆口莫能咻書案鼠篆塵銜蔬滿床

頭居不省家舍那問犬馬牛吾嘗觀聖人與世爲獻酬道通衆人行智欲萬物周微言觀季子頗亦有意不季子捧腹笑吾豈搢紳囚我將乘扶搖南與大鵬遊相牟九萬里厭則下滄洲黃子失所答如耕不能耰井蛙延海鼈樂事擅一邱東牲盟伯夷固自取揶揄（音由）無心以觸物愛子如虛舟維楫苟不存傾覆當誰尤倘思濟來者非但自爲謀

寄別陳氏妹

西風吹天雲頃刻異秦越叔子從天來忽與同姓別餞行在半塗一食三四噎遙遙馬嘶斷芳草迷車轍引襟滿眼淚回首寸心折母氏孝且慈愛養數毛髮諸兒恩至均如指孰可齕汝今始歸人綿綿比瓜瓞中畦不灌溉芳意還銷歇黃鳥止桑楚南山采薇蕨擇歸既甚明寡取逾爲悅我閒賢女傳

須已爲汝說在宋有伯姬潔身若冰雪于堂失傅母上堂就焚爇吾嘗嘉惠康有婦皆明哲戮力事耦耕甘貧至同穴彼於視三公其猶吹一吷雍容二南間此婦眞豪傑男兒何有哉今壯而善耋逢時秉鈞軸邂逅把旄鉞富貴多禍憂朋黨相媒孽等之彀中遊巧者未如拙勿以貧賤故事人不盡節母儀尊聖善婦道尚曲折葛生晚萋萋絺綌代裘褐女工既有餘枕簟清煩暍誰言淮蔡遠會不以日月跂予升高邱佇望飛鳥滅善懷詩所歌行矣勿惜別皇皇太史筆期汝書英烈

戲贈王晦之

故人遹在登封居折腰從事意何如月明曾聽吹笙否我亦未見緱山鬼棲眞世上風波惡情知不似田園樂未知嵩陽

禪老之一言何似黃石仙翁之三略

觀崇德墨竹歌并序

姨母崇德君贈新墨竹圖且令作歌

夜來北風元自小何事吹折青琅玕數枝灑落高堂上敗葉蕭蕭烟景寒廼是神工妙手欲自試襲取天巧不作難行看歎息手摩挲落勢夭矯墨未乾往往塵壖碧紗籠伊人或用姓名通未必全收俊偉功有能[redacted]事便白首不免身爲老畫工豈如崇德君學有古人風揮毫李衛言神筆衛夫人尚書郎李充母母以夫姓自稱李衛彈琴蔡琰方入室道韞九歲能論詩龍女早年先悟佛弈棊樵客腐柯還吹笙仙子下緱山更能遇物寫形似落筆不待施青丹尤知賞異老蒼節獨與長松凌歲寒世俗寧知眞與僞揮霍紛紜鬼神事黃塵汙眼輕白日卷軸無人

得覗覗見我好吟愛畫勝他人直謂子美當前身贈圖索歌追故事才薄豈易終斯文所愛子猷發嘉興不可一日無此君吾家書齋符青壁手種蒼琅十數百一官偶仕葉公城道遠莫致心慘戚我方得此興不孤造次卷置隨琴書思歸才有故園夢便可呼兒開此圖

送陳蕭縣

欲留君以陳遵投轄之飲不如送君以陶令無絃之琴酒嫌別後風吹醒琴爲無絃方見心去夏雨餘淸夜醉黃鸝不覺報春深花枝柳色競鮮好廼是前日枯朽林人生用捨四時可壯士憔悴非獨今大夫黃綬領垂素二十餘年走塵土盈車載書遺兒讀不悔早爲文墨談治聲翕然先向東古蕭了國今萬戶德性忠純吏不欺閭門孝友民所慕麥隴童兒憐

雄乳冰天窮子兼襦袴愔愔琴意如溫風廼知不必徽絃具明月淸河佳可遊官倉縻我不得去白露爲霜水一篙秋香蓮蕩浮輕舠此中亦有無絃意相憶樽前把蟹螯

致政王殿丞逍遙亭

漆園著書五十二致意最在逍遙遊後來作者逐音響百一未必知莊周幽人往往泥出處俗士不可與莊語逍遙如何一蛇一龍以無爲有當以守雌爲雄與物無對無內無外與民成功有[redacted]有對左肘生楊觀物化右臂爲雞即時夜果若乘氣有待游如何六氣無窮謝天之蒼蒼非正色道眞微妙安可得利害叢中火甚多此心寂寞誰能識文人春秋誠未高視聽聰明齒牙牢所爲淳拙有深越持置酷似巨山陶平生剛直折不得目送飛鴻向賓客早束衣冠林底眠非闕暮

年俗眼白種田百畝初爲酒買地一區今有宅家人歲計不嬰心兩兒長不能措畫邇來信已不問天萬事逍遙只眼前何必讀書始曉事此翁暗合莊生意

送何君庸上贛石醉中作時元豐五年君庸太和薄

臘梅開盡欲凋年痛飲千江壁底眠江寒山瘦思親友歸守平生二頃田西昌萬戶深篁竹楚國無人知白玉欲附絃歌慰寂寥絃斷枯桐誰識曲樽前顧曲客姓周學問東山繼先流梅花惱人已落盡眞成何遜醉揚州我今頷底髭半白背世[redacted]學春秋此書百年鎖蛛網亦謂歲晚逢何休荀侯畫諫取吞棘之奇貪賢無處適大庾嶺頭烟雨中萬峯插天如劍直苦爽行李冰繞須野店酒旗可試沽只今人才不易得儻逢滌器試相如

寄懷趙正夫奉議（元豐八年德平作）

春皇撫宇宙仁氣被園林草木懷元寵松栢抱常心攬觀萬物表有覺詠時禽一勸君沽酒一起予投簪小人畏罪罟澡雪奉官箴雞鳴風雨晦鶴鳴澗谷陰維此方寸寶日月所照臨澤蒲漸綠弱山桃破紅深永懷寂寞人黃卷事幽尋虛窗馳野馬宴坐醉古今鴛鴦求好匹笙磬和同音何時聞笑語清夜對橫琴

分寧本云按嵩註載公有題絳本法帖云元豐八年夏五月戊申趙正夫出此書于平原官舍又題樂府木蘭詩後云元豐乙丑五月戊申會食于趙正夫平原監郡西齋二詩蓋當時作又嵩按國史元祐三年十月己丑蘇軾言御史趙挺之在元豐末通判德州而著作黃庭堅方監本州德平鎮挺之希合提舉官楊景棻之意欲于本鎮行市易法而庭堅以為鎮小民貧不堪誅求若行市易必致星散公文往來士人傳笑云云公他日宜州之禍亦基於此故因備載

四月丁卯對雨寄趙正夫（方綱按一本無此題而前題云二首）

公家常愁務退食用寢訛相思雖勞勤書問不能多時雨光萬物開雲見羲和乾坤有美意吠澮未盈科凱風吹南榮官槐綠娑娑鷯鴒將其匹來巢自成家於物無譏嫌人亦不誰何眷言生理拙無地牧雞鶩丈人春秋高雛轂勤摩莎在公每懷歸安得借明駝畏塗失無鄉酌海持一蠡平生朱絲繩寂寞長絲棄故人纍纍去宰木上女蘿生存半白首會面阻山河趙侯秉金玉不與世同波從容覺差晚鄙心寄琢磨外物良難必歲寒不改柯

卷一終

山谷詩外集補卷第二

賦陳季張北軒杏花（得酒字熙寧四年葉縣作）

青春不揀勢薄厚春到人家盡花柳杏園主人殊未來豈謂一枝先入手天晴日暖籠紫煙鏡裏紅粧猶帶酒江梅已盡桃李遲此時此花即吾友欄邊漸滿（一作蒲）枝上空歎息躊躇為之久榮衰何異人一生少壯幾時成老醜狂癡未解惜光陰不飲十人常八九豈如大醉升糟邱太古乾坤隨處有更當種子如董仙搏米誰能問升斗

送蒲元禮南歸（熙寧四年葉縣作）

元禮佳少年俊氣欲無敵文章詩最豪滇漲助筆力三年葉公城於我固多益恨無荆鷄材使君有羽翼此行省親闈綵服耀春色從容文字間固未曠子職蘄春向鄂渚會不三四驛吾師李武昌金聲而玉德誠能勇一往所進豈寸尺江南後生秀居多門下客願君從之遊琢磨就圭璧斗酒清夜闌缺月挂屋壁雞鳴馬就轡少別安足惜人生共一世誰能無行役

即席

落葉不勝掃月明樹陰疎親鄰二三子樽酒相與俱霜栗剝寒蓑晚菘煮青蔬解官方就門敦薄無簡書純翁氣蕭蕭未羈天馬駒元禮喜作詩豪氣小未除大薛知力學日來反三隅小薛受善言如以柳貫魚天民嘗逸駕近稍就檻株知命雖畸人清談頗有餘阿盧快犢子規矩尚小殊不材於用少我則澗底樗會合只偶然等閑異秦吳人生一世間何異樂出虛過耳莫省領披懷使恢疎買網尚可鈴倒壺更遣沽不

當憂一醉倒倩路人扶

贈李彥深 元豐元年北京作我原字彥深厚之弟居南陽

瓊枝雖瘦渴萱草忘人憂李君氣蕭蕭翠竹揺清秋步竹來過門日色在簾鈎開雲覩白雉臨水對虛舟言少常造極色夷似無求醉尉驪索寞寒泉沃茶甌四坐愁水厄井餅檎屢投蔪錫碎玉札間薦當衆羞微物不足貴且延君少留行役阻相見心如旆悠悠春魚出清濟社酒欲勝篘時來得晤語呼客盡更籌

再和答張仲謀陳純益兄弟

渡江羈宦裏江北紅塵染盡春衫色春畬輟耕草苒苒瘦妻病餘廢組織官倉得粟何常飽清夜飢腸吟唧唧西風吹夢到故鄉千里關山雲水白可憐奪却田園樂何異萬金輸一

擲亂轍曾無長者車經年不造先生席張侯少年二陳俊傾蓋能如舊相識京秋夏日數來過要與六經生羽翼貧家雖無樽酒懽小徑曾鉏待三益劇談莫問井闌干坐須山月吐半壁

飲城南即事 元豐二年北京作

陰陰花柳一百五吹空白綿亂紅雨已看燕子飛入簾未有黃鸝學人語鬬雞走狗輕薄兒衣裙相鮮氣相許半是播間醉飽人還家驕色羞婦女顧侯邀客出城南曉踏天街已塵土春風遊絲人到狂何況客醉日當午著作文章名蚤早不愧漢庭御史祖元城茂宰民父母境不飛蝗河渡虎何侯家世看豐碑壘摹萬卷心奇古頗險從事江左賢入詠樓高風月苦劉郎曾眠武陵源好在桃花迷處所鄙夫漫有腹便便懶書欲眠誰比數一笑相懽自難得看朱成碧更起舞任他小兒拍手笑揷花走馬及嚴鼓顧侯三酌似已多明日花飛柰老何

宣九家賦雪 元豐八年秘書省作 宣九謂宗室宣州院第九家者

都城窮臘月半破晚來雪雲應朝課虛簷稍鬭飄瓦聲六花連空若推墮翩翩恐逐歌吹來皎皎不受塵泥涴試尋高處望雙闕佳氣葱葱寒貼妥遙知萬馬駕紫宸把燭天街聽宮鑠吾人豈解占豐年但喜酒樽宜附火石鼎香浮北焙茶洪爐穀爆宣城果陸珍海異厭下箸別索百種煩烹和僕奴睥睨費呼叱主人愛客無不可憑向江船問子猷山陰夜醉何如我北鄰長吉最能詩怯寒正想重裘坐故遣長須屢送來猶得王孫嘲飯顆

和舍弟中秋月 元豐二年北京作 方綱按元豐二年先生年三十五此首句與題注不合必有一誤蓋注誤也

高秋搖落四十五清都早霜凋桂叢纖塵不隔四維淨寒光獨照萬象中少年氣與節物競詩豪酒聖難爭鋒桓伊老驥思千里何能三弄當清風廣文陋儒嬾於事浩歌不眠倚梧桐百憂生火作內熱何時心與此月同後生晚出不勉學從漢至今無揚雄天馬權奇大宛種吾家阿熊風骨聳言詩已出靈運前行身未聞孟軻勇明窗文字不取讀蜘蛛結網塵堆壅少壯幾時夏已秋待而成人吾木拱憐汝起予秋月篇我衰安得筆如椽但使樽中常有酒不辭坐上更無氈把詩問字爲汝說便當侯家歌舞筵

和世弼中秋月詠懷 熙寧八年北京作

一年中秋最明月也照貧家門戸來清光適從人意滿壺觴
政爲詩社開秋空高明萬物靜此時乃見天地性廣文官舍
非吏曹况得數子發嘉興千古風流有詩在百憂坐忘知酒
聖露華侵衣寒耿耿絕勝永夏處深甑人生此歡良獨難夜
如何其看斗柄王甥俊氣橫九州樽前爲子商聲謳松煙灑
落成珠玉溪藤卷舒爛銀鈎北門樓鹵地險壯金堤濁河天
上流離宮殿閣礙飛鳥霸業池臺連秃鶖當日西園滿清夜
冠蓋追隨皆貴游使臣詞句高突兀慷慨悲壯如曹劉我於
人間觸事懶身世江湖一白鷗空餘詩酒興不淺尙能呻吟
臥糟邱偶然青衫五斗米奪去黃柑千戸侯永懷丹楓樹微
脫洞庭瀟湘晚風休晴波上下掛明鏡棹歌放船空際浮不
須乞靈向沈謝清與自與耳目謀江山於人端有助君不見

至今宋玉傳悲秋期君異時明月夜把酒岳陽黃鶴樓

次韻答常甫世弼二君不利秋官鬱鬱初不平故予
詩多及君子處得失事 熙寧八年北京作

鵬翼將圖南垂天上扶搖飛飛尋常間深樹乘風蜩大觀與
小智從事不同條揚雄老執戟金張珥漢貂松柏有本心蒲
柳望秋凋久矣結舌瘖狂言始今朝崔王兩驥子神俊萬里
超驚人吐嘉句拔俗振高標頻來草元宅共語清入寥處已
願如舜致君敢不堯回觀勢利場內熱作鶖潮趨時愧才全
敖世迺士驕二生浪許可彈炙則求鴞圜棊飯後約煨栗夜
深邀爾來數到門玉趾不憚遙相期淡薄處行樂亦云聊甘
泉沸午鼎茗椀方屢澆昏鴉相送歸風枝撼調調男兒强飲
食九鼎等一瓢富貴但甍熱名聲適爲祆世事寒暑耳四時

旋斗杓勿學懷沙賦離魂不可招

送魏君俞知宿遷

魏侯得名能治劇江湖作吏聲籍籍人言才似鉅鹿公詔書
擢守二千石前日見賢後得罪艾封瘖襟復自慚牛刀割雞
不作難看公來上宿遷最

秋懷二首 熙寧八年北京作

秋陰細細壓茅堂吟虫啾啾昨夜涼雨開芭蕉新間舊風撼
筤簹宮應商砧聲已急不可緩簷景旣短難爲長狐裘斷縫
棄墻角豈念晏歲多繁霜

其二

茅堂索索秋風發行遶空庭紫苔滑蛙號池上晚來雨鵲轉
南枝夜深月翻手覆手不可期一死一生交道絕湖水無端

浸白雲故人書斷孤鴻沒

和李文伯暑時五首 文伯字去華公之壻李柔德素之子雖納壻在後而公與龍眠李氏爲素交

團扇如明月動搖微風與所去坐上熱袪逐盤中蠅有用何
提挈無心分愛憎炎炎雖可貴棄置奈寒冰 右扇

其二

麈髦刷白玉揮弄柔毿毿不獨效擊拂與君爲指南諸生臨
廣坐辯口劇春蠶此物爲解紛吾常見不談 右麈尾

其三

洗埋寒泉骨成器世乃重賢於曲肱樂輾轉不傾動六月塵
埃間頭爲涔涔痛一卧洗煩勞華胥直通夢 右石枕

其四

吾家笛竹簟舊物哉所惜當年楚山秋林下千金得寒光不染簟舊與塵泥隔落日照江波依俙比顏色右蘄簟

其五

飛蚊遶床帷來傍青燈集微涼忽透隙如帶驚靁人念彼無幮者中夜何嘆及天下同安眠西風向秋急右葛幮

送錢一杲卿杲卿乃穆父內翰長子黃師是之妹夫時師是爲河北漕錢時在外舍師是名實

錢君佳少年濯濯春月柳開談屢過人落筆若揮帚鳧鴈菰蒲中英材頗時有同聲傾夙期異姓接婚友泠官國北門會面始八九時時過薄飯郎坐常至酉今日得休沐方醼步兵酒問子車馬南欲餞輒掣肘溫風媚行色綠淨無塵垢魚軒迎少婦能獻二親壽到家春已融柔條可結紐菱藻蔓平湖

釣船先入手南鴈正北來蚤寄詩千首

觀道二篇

聖人用仁心惻傷路傍兒虎狼舐吻血自哺胃與肌同在天地間六鑿相識知父母臨萬物大道甚坦夷百年修不善一日詐知非虎狼有悛心還與聖人齊

其二

廉藺向千載凜凜若生者曹李雖無恙如沈九泉下短長略百年共是過隙馬事來磨其鋒意氣要傾瀉風雲滅須臾草木但春夏唯此一物靈不可藉外假譽髦天下才西伯本心化君無詔斯文可以觀大雅

送朱覞中允字朱城元豐元年北京作宋城歸南京

鄴王臺邊春一空但有雪飛楊柳風我從南陽解歸棻垂簾

複幕坐學宮酒材苦責公釀薄欲經醉鄉無路通奈何當此意緒惡僚友決去如飛鴻朱侯官居鄴城下不脫轡銜秣征馬綠槐陰陰門對街唯我知君少閑暇新從天上拜書回去效割雞朱之野朱城萬家有和氣明府豈弟心傾寫愧君乞言極忠厚安得瓊瑤贈盈把古來爲縣有盛名不邀墾田歸桑柘欲蘇濁水赬尾魚舞文吏胥無假借朝廷本意在治安外論不然可驚嗟豈如規摹跨三代首聽官師困鰥寡簿書期會可半功區別枉直教刑中杜光作刑至截割及民無辜受笞罵權衡此心坐堂與草木遂生蟲蟻化朱侯明日君定行行李觸熱時已夏我官雀鼠盜太倉欲去猶須畢婚嫁幾時可上君政成即買扁舟極東下

送醇父歸蔡熙寧三年葉縣作

北風飄飄天作惡枯林已無葉可落寒溪濺濺聲迫人歲聿云莫悽不樂此時陳子迺棄我歸將索綯亟乘屋吾宅佁潭潭留君欲晤談掉頭去不顧明發解征驂君來久相從知我無所堪好學勇如虎讀書青出藍有疑必考擊無與不窮探愧無洪鍾響十不答二三慨予方食貧予腹豈屢厭藜羹稀糝苣寒菹薄醯鹽雖欲苦留君俎豆無加添從來婚友間恩義亦云兼草枯方兀兀麥秀待漸漸綠髮佳少年回首垂白鬚進德失盛時時寧爲人淹經綸自封植豈不如春蠶此行決矣戒童僕歸旁南陔種蘭菊旅床夜夜悲蛩螿行色村中異風俗青燈白酒留故人莫愛一醉至曉角

次韻七兄青陽驛西阻水見寄元豐元年北京作

挽船逆寒九牛尾寸步關梁論萬里淮由終日只對面與船

低昂如角抵水工吧沙未曾去遠者盜詩近盜恩長堤夜射
千丈潭疾雷不及先掩耳吾人猶困坎井泥何算鯨鯢著壓
滓我家詩翁坐長歌險阻艱難實經履稍尋牛豕畦畛行始
得村落魚菜市風檣雨櫓愁殺人日西月東若流水忽然槌
鼓催發船入門驩甚折屐齒道逢耦耕試借問往往見謂知
津來十年奔走營曉炊家居煩痟能得幾此行斡蠱維叔父
功苦食辛等醇醨官倚之詩鄰城下孝友懇惻見表裏強哦
竹間惜寡和如以罷兵取堅壘何當車馬城南來壽親一樽
開宴喜

酌別世弼 熙寧八年北京作

王郎婚友平生期學問文章過吾黨一見懸知白璧奇三年
未負青雲賞蘇秦六印自多金陶朱再相宜藏鏹貧賤相知

乃爲貴功名所在何須枉鄰王城下倒淸樽子雲書中羅蛛
網樽前惜別語萬千門外催發人三兩自從相見開青眼無
處會面如天上傾壺倒榼駐車馬豈但呼燈照甕旋平生相
從忘歲月手足割裂誠迷惘譬如旁人看疥癩未易能去膚
髮痒但願自恩恩愛間勿以眼前劇愁想

庭誨惠鉅硯 熙寧八年北京作

郭君大硯如南溟化我霜毫作鵬翼安得剡藤三千尺書九
萬字無渴墨

叔誨宿邀湖上之遊以故不果往

芰荷採盡若田田湖光價當酒十千主人邀客殊未來西風
枕簟廢書眠睡罷書窗齧墨汁龍蛇起陸雲雨濕晚筵紅袖
勸傾盃公榮坐遠酌不及章臺柳色未知秋折與行人鞭紫

驪金城手種亦如此今日搖落令人愁雙飛鴛鴦一朝隻春
鉏欲匹畏白鷗風標公子誠自多波淨月明如鵠何

次韻子眞會靈源廟下池亭 元豐元年北京作

繫馬著堤柳置酒臨魏城人賢心故樂地曠眼爲明十年風
烟散邂逅集此亭悲歡更世故談話及平生折腰督郵前勉
強不見情世味曾淡薄心源澹粹精晴雲有高意澗水無濫
聲誰言王安豐定識阮東平

幾復讀莊子戲贈 治平三年作

蜩化檜榆枋鵬化搏扶搖大椿萬歲壽糞英不重朝有待於
無待定非各逍遙譬如宿春糧所詣豈得遼漆園槁項翁聞
風獨參寥物情本不齊顯者桀與堯烈風號萬竅雜然吹籟
簫聲隨器形異安可一律調何嘗用吾私總領使同條惜哉

向郭誤斯文晚未聞胡不棄影事直以神理超木資不才生
鴈得不才死投身死生中未可優劣比深藏無所用一寓不
得已逍遙同我誰歲莫於吾子

次韻坦夫見惠長句 熙寧二年葉縣作

溫風撩人隨處去欲如殭蚕蟻旋蓦落英馬前高下飛牽挽
一作引挽忽與樽酒過令行如水萬夫長傾盞不減平生故素衣
成緇面黧黑笑說塵沙工點汙王事賢勞尙有詩自卷溪藤
染霜兎桃李淸陰坐未移走送雄篇疲健步張侯先不露文
章十年深深豹藏霧歘來聽訟小棠陰千里鳴弦舞豁護我
不最落諸人後頓使漂山由衆呴伐木丁丁愧友聲食苹呦
懷野麋谷陽舊壘一片春勸我引領西南條遥知紅紫能
眼錦衾作夢高唐賦倘書留拘四十里夢魂明明識歸路

公才宮比滄海宮明珠珊瑚凡幾庫惠連宰上麥纖纖（子早與仲和遊仲和才甚秀）喜公猶得春草句明朝折柳作馬箠想見杯盤咄嗟具風光暫來不供翫大似橫塘過飛鶩甕面浮蛆賸更多氣味煩公卒調護樹頭樹底勸提壺南岡北岡教脫袴春衣可著悵醉眠急觴催傳莫論數

奉和慎思寺丞太康傳舍相逢并寄扶溝程太丞尉氏孫著作二十韻（元豐元年北京作）

扶亭大夫伯淳父平生執鞭所欣慕蚤年學問多東南形阻江山想神遇阮籍臺邊有一人愛歎非爲婚姻故民言令君明且清玉壺寒冰不受汚我從王事驅傳馬落日東走駭麏兎問知鄰境欲過之備書有程嚴寸步胸懷作惡無處說天氣昏昏月含霧故人如從空中落過耳好鳥鳴韶䕶野桃窈

窕風剪拂官柳低昂春煥晌政由人好景亦好燒燭續書笑言聚同懷兩賢孤此樂無物可寫心傾倒鄧侯詩成錦繡段浣花屑玉邀我賦今年病起疎酒盃醉鄉荆棘歸無路詩窮淨欲四壁立奈何可當杜武庫不似灞橋風雪中牛背騎驢得佳句濟時之才吾豈敢樗櫟初無廊廟具上車不落强顔耳伏食官倉等雞鶩只欲苦留公把酒都畿千里勤督護及得歸時穀雨餘已剪輕衣換袍袴春色衰從一片飛兒迺紛紛不知數

次韻晋之五丈賞壓沙寺梨花（元豐元年北京作）

沙頭十日春當日誰手種風飄香未改雪壓枝自重看花思食實知味少人共霜降百工休把酒約寬縱

答王道濟寺丞觀許道寧山水圖（元祐二年秘書省作）

往逢醉許在長安蠻溪大硯磨松烟忽呼絹素翻硯水久不下筆或經年一日踏門撼門鈕巾帽欹斜猶索酒舉杯意氣欲翻盆倒卧盧樽將八九醉拈枯筆嘗墨色勢若山崩不停手數尺江山萬里遥滿堂風物冷蕭蕭山僧歸寺童子後漁伯欲渡行人招先君笑指溪上宅鸕鷀白鷺如相識許生再拜謝不能迺是天機非筆力自陳精力初未衰八幅生絹作四時蚤師李成最得意十襲自藏人已知貴人取去棄墻角流落幾姓知今誰大梁畫肆閱水墨四圖宛然當物色自言早過許史門常賣一聲偶然得雨雪滂滂滿寺庭四圖冷落讓丹青往來睥睨誰比數十萬詶之觀者驚辤還次第閱春夏坐見歲序寒崢嶸王丞來觀嘆唧唧亦如我昔初見日新詩雌黃多得實信知君家有摩詰我持此圖二十年眼見綠

髮皆華顛許生縮手入黃泉衆史弄筆摩青天君家枯松出老翟頗似破屏有骨骼一時所棄願愛惜不誣方將有人識

（分寧本云按此詩前篇載外集二十二韻而此篇比前多一韻其間大同小異恐前篇乃改定本今照舊刻並錄之）

觀王熙叔唐本草書歌

少時草聖學鍾王意氣欲齊韋與張家藏古本數十百千奇萬怪常搜索今得君家一卷書始覺辛勤總無益移燈近前拭眼看精神高秀非人力北風古樹折巔崖蒼烟寒籐掛絕壁逸氣崢嶸馳萬馬隻字千金不當價想初槃礴落筆時毫端已與心機化主人知是希世奇但見姓氏無標題自非高閑懷素不能此何必更辨當年誰

擬古雜言（元豐元年北京作）

鴈鴈隨春風過鄉縣烟雨昏行不亂同安樂共憂患雲重重

不相見日暎(音迭日昳也)晡下平湖十十五五依黃蘆得粒不豖
鳴相呼新婦見鴈懷征夫上堂曳袑(齠上聲衣襟也)袑四拜敬阿姑
(一作下堂勞苦鴈上堂問阿姑)人言鴈寄書署能寄書無阿姑語新婦古來
無此事今安得此語新婦祝鴈好自去勿學水中戀滲魚寄
汝尺素上有青塞北春寒用當襦寄書與阿誰我家蘇校尉
海上牧羊兒爲言妾能事君毋勿負漢恩作降虜

古豪俠行贈魏鄰幾(元豐元年北京作)

翩翩魏公子恐是信陵君高義動衰俗孤標對層雲風吹棠
棣花一枝落夷門俯仰少顏色蕭蕭烟景昏已朽朱亥骨侯
巖無子孫泉中氣軒昂把臂論肺肝沃之紅鸚鵡載以烏賀
蘭門前馬嘶急我弟忽扣關調言空中落逆旅有仁人老母
一解顏萬金難報恩琅玕廼未贈交好如弟昆

拘士笑大方

拘士笑大方俗吏縛文律當其擅私智轍覆千里失鳥飛與
魚潛明哲善因物欣然領斯會千百無十一剃緣裝大阿付
騶騎芻秣風雨晦冥時中夜鳴不歇張公下世久安得歎埋
沒齊王好吹竽楚客善鼓瑟衛婦新上車戒御無笞服教母
滅竈突徙薪始入室三言至丁寧於理蓋已審主人皆笑之
廼在未適節莊生亦有言外物不可必無地與揮斤眷然思
郢質

擬古樂府長相思寄黃幾復(治平三年作)

江南江北春水長中有一人遙相望字曰金蘭服衆芳妙歌
揚聲傾滿堂滿堂動色不入耳四海知音能有幾惟予與汝
交莫逆心期那間千萬里欲憑綠水之雙魚爲寄腹中之素

書溪回峽轉恐失路夜半不眠起躊躇

古樂府白紵四時歌

桃李欲開(一作在時)風雨多籠絃束管奈春何(一作圖繅絃絕經過)管風休
雨靜花滿地(一作落花著地深尺)時節去我如驚波(一作安用風日更妍和)少
年志願(一作燕燕作巢)不成就日月星辰役昏晝(一作故年主人且恩舊)侯河
之清未有期(一作及河之清八月來)斗酒聊爲社公壽

其二

日晴桑葉(一作柔桑日長)綠宛宛春蠶忽忽都成繭繅車宛轉頭緒
多相思如此心亂何少年志願(一作燕燕作巢)不成就故年主人且
恩舊及河之清八月來斗酒聊爲社公壽

其三

絡緯驚秋鳴(一作草根風裏蟲)唧唧美人停(一作張)燈中夜(一作夜半)織迴

文中有白頭吟人生難得相知心少年志願(一作燕燕作巢)不成就
故年主人且恩舊及河之清八月來斗酒聊爲社公壽

其四

北風降霜松柏彫(一作休)天形慘澹(一作澀瘦)光景銷(一作愁)山河夜
半失故處(一作冰底長河日夜)何地藏舟無動搖(一作美人贈我狐白裘)少年志
願(一作燕燕作巢)不成就故年主人且恩舊及河之清八月來斗酒
聊爲社公壽

韓信(治平三年作元注爲黃幾復作)

韓生高才跨一世劉項存亡翻手耳終然不忍負沛公顛似
從容得天意成皐日夜望救兵取齊自重身已輕躡足封王
能早寤豈恨淮陰食千戶雖知天下有所歸獨憐身與噲等
齊蒯通狂說不足撼(方綱按精華作不可撼)陳豨孺子胡能爲乎嘗貫

酒淮陰市韓信廟前木十圍千年事與浮雲去想見留侯決是非丈夫出身佐明主用舍行藏可精華作要自知功名避逅軒精華作擬天地萬事當觀失意時

淮陰侯精華無此題而前題下云韓信二首

韓生沈鷙非悍勇笑出跨下良自重滕公不斬世未知蕭相自追王始用成安書生自聖賢左仁右聖精華作義兵在咽萬人背水亦書意獨驅市井收萬全功成廣武坐東向人言將軍真漢將兎死狗烹姑置之此事已足千年垂君不見丞相商君用秦國平生趙良頭雪白分寧本云按蕭注載蜀本云韓生沈鷙非悍勇俛身跨下真自重滕公不斬人未知蕭相自追王始用從來儒者溺所聞奇兵衆不斬成安君功成千金購降虜東面置坐師廣武軍前定策收萬全燕齊爭下如風旋雖云晚計大疏略此事已足垂千年君不見秦丞相衛公子立法治秦薄如鉏法行投鼠不忌器乃是天資少恩爾白頭故人一趙良

忠言過耳棄路傍吾圖知功名成敗不足據直觀古人用心處王直方立之云元豐初山谷過下邳淮陰廟作以示孫莘老言其太過無含蓄山谷然之遂改今詩

顏闔治平三年作

顏闔無事人躬耕自衣食翩翩魯公子要我從事役軺軒來在門駟馬先拱璧出門應使者隴上不謀國心知誤將命非敢憚行役使人返錫命戶庭空履跡中隨衛侯書起作太子客誰能明吾心君子蘧伯玉

贈希孝熙寧元年葉縣作

金玉雖滿堂一去誰能守石交千秋期程嬰報杵臼綠隨丹青染變態非復舊竹杖寒蒼蒼草木黃落後匏從曲沃來管是汶陽有土性本高明天材更薄厚革之成國器實假匠伯手木平非斧斤是事公信否

侯元功問講學之意治平三年作元功名蒙政和六年爲中書侍郎

金聲而玉振從本用聖學君師所未講赤子有先覺絲直則爲絃可射可以樂竹箏不成蘆白珪元抱璞匏瓜不能匏其裔猶爲匏音溥小瓜也土俗頗暖姝西笑長安樂華無五聲材終然應宮角木人得郢工鼻端乃可斲

戲贈張叔甫集句熙寧元年葉縣作

團扇復團扇因風託方便銜泥巢君屋雙燕令人羨張公子時相見張公一生江海客文章獻納麒麟殿文采風流今尚存看君不合長貧賤醉中往往愛逃禪解道澄江靜如練淮南百宗經行處攜手落日回高宴城上烏尾畢逋塵沙立瞑途惟有摩泥珠雲夢澤南州更有赤須胡與君歌一曲長鋏歸來乎出無車食無魚不須聞此意慘愴幸是元無免破除

脫吾帽向君笑有似山開萬里雲論心何必先同調河之水去悠悠將家就魚米四海一扁舟頭陀雲外多僧氣直到湖南天盡頭潭府邑中甚淳古還如何遜在揚州但得長年飽喫飯苦無官況莫來休

以右軍書數種贈邱十四元豐三年太和作

邱郎氣如春景晴風暄百果草木生一作桃李下蹊自成之眼如霜鶻齒玉氷擁書環坐愛窗明松花泛硯摹真行字身藏穎秀勁淸問誰學之果蘭亭我昔頗復喜墨卿銀鈎蠆尾爛箱篋贈君鋪案黏曲屏小字莫作癡凍蠅樂毅論勝遺教經大字無過瘞鶴銘官奴作草欺伯英隨人作計終後人自成一家始逼真卿家小女名阿潛眉目似翁有精神試留此書他日學往往不減衛夫人

李君貺借示其祖西臺學士草聖并書帖一編二軸以詩還之

當時高蹈翰墨場(一作籍甚翰墨場)江南李氏洛下楊(一作天下最數沈與楊)二人歿後數來者(一作去後文在誰)西臺唯有(一作六見)尚書郎篆科草聖凡幾家奄有漢魏跨兩唐紙摹石鏤見髣髴曾未得似君家藏側釐數幅冰不及字體歎傾墨猶濕明窗棐几開卷看坐客失床皆起立新春一聲雷未聞(一作曾未聞雷聲)何得(一作事)龍蛇已驚蟄仲將伯英無後塵(一作縱橫渾脫若有神)邇來此公下筆親(一作意匠直與真宰親)使之(一作公)早出見李衛不獨右軍能逼人枯林棲鵶滿僧院(一作書家欲焚筆硯)旬秀何爭傳兩京遍(一作詩就爭傳兩都遍)文工墨妙九原荒伊洛氣象今淒涼夜光入手愛不得還君復入古錦囊此後臨池無筆法時時夢到君書堂

三至堂(元豐三年太和作)

楊公父子孫俱出文昌宮朱轓與別駕同最治民功當年竹馬兒市上白鬢翁相語府門前郎君有家風築室俯飛鳥我來歲仲冬人烟空橘柚栫藹破榛叢延客煮茶藥使君語雍容疇昔識二父只今天柱峯故開堂北門突兀在眼中千秋萬歲後野人猶致恭借問經始誰開國華陰公

玉照泉(玉照泉與灊山之玉照峯相直舅氏李公擇始坎石■而名之)

仙人持玉照留在灊西峯一往不返顧塵痕礙磨礱想當光溢匣雲山疊萬重有門洌寒泉照影互相容得名未覺曉學士古人風持節按九城樂此水一鐘稅車東上飯談笑攷百工金瓶煮山腴茗椀不暇攻蘇侯亦靜者疏鑿濟成功排遣塵滓行石奩清如空能令水源濁魚蝦來其中生子歲月多往往隱蛟龍玉照不見影盤桓蝸螺宮一朝揭源去枯瀆草蒙茸

延壽寺僧小軒極蕭灑予爲名曰林樂取莊生所謂林樂而無形者并爲賦詩(元豐六年太和作)

積雨靈香潤晚風紅藥翻盥手散經帙烹茶洗睡昏野僧甚淳古養拙賁邱園風懷變四境蓬藋底百椽山林皋壤歟可爲知音言而我與人樂因之名此軒孟夏嫗萬物正晝聯郊原隔牆見牛羊定知春笋繁俄頃倒干戈水攻仰翻盆地中鳴鼓角百萬薄懸門部曲伏床下少定未寒暄疾雷將雨電破柱取蛟蚖我初未知爾宴坐漱靈根諒知岑寂地竟可安元元

吉老許惠李北海石室碑以詩及之(元豐六年太和作)

往時李北海翰墨妙天下石室蒼苔世未知公獨得本令無價肉字不肥藏兔鋒郎官壁刊佳處同願公倒篋遨持贈免斷銀鉤輸蠹蟲

吉老兩和示戲答

欲聘石室碑小詩委庭下頗似山陰寫道經雖與羣鵞不當價畫沙無地覓錐鋒點勘永和書法同人言外論殊不爾勿持明冰照夏蟲

題羅山人覽輝樓(元豐八年德平作)

鳳凰山人開竹徑樓成溪山深照映眉間鬱鬱似陰功壺中有九續人命勸公洗竹買梧桐鳳何時來駕歸鴻思齊大任政勤苦來聽天子歌南風

古風寄周元翁(三言元豐六年太和作)

周元翁古人風詩書苦作字工允有德自琢礱觀古人怨慧
聰眼欲盲耳欲聾黄落後期君同

西禪聽戴道士彈琴 熙寧八年北京作

靈宫蒼烟蔭老栢風吹霜空月生魄羣鳥得巢寒夜静市井
收聲虚室白少年抱琴爲予來乃是天台桃源未歸客危冠
匡坐如無傍弄絃鏗鏗燈燭光誰言伯牙絶絃鍾期死泰山
峩峩水湯湯春天百鳥語撩亂風蕩楊花無畔岸微霜愁猿
抱山木元冬孤鴻度雲漢斧斤丁丁空谷樵幽泉落澗夜蕭
蕭十二峰前巫峽雨七八月後錢塘潮孝子流離在中野羈
臣歸來哭亡社空牀思婦感蟏蛸莫年遺老依桑柘人言此
曲不堪聽我憐醉解寫人情悲歌浩歎絃欲斷翻作恬淡雍
容聲五絃横坐嵓廊静薰風南天厚民性人言帝力何有哉

鳳凰麒麟舞虞詠我思五代如探湯真人指揮定四方昭陵
仁心及蟲蟻百蠻九譯覘天光極知功高樂未稱誰能持此
獻樂正賤臣疎遠安敢言且欲空江寒灘静漁艇幽人知我
心悠哉更作嚴陵在釣臺吾知之矣師且止安得長竿入手
來

題安石榴雙葉 元豐五年太和作

紅榴雙葉元自雙誰能一朝使渠隻如何陳張刎頸交借兵
相亡不餘力有情著物指死爭誰能有形而無情

絶句 元豐五年太和作

春風一曲花十八拚得百醉玉東西露葉烟叢見紅藥猶似
舞餘和汗啼

題虔州東禪圓照師新作御書閣 元豐四年太和作

城東寳坊金翠重道人修惠薦耆遂一瓶一鉢三十年瓊瓌
碧瓦上秋空稻田磨衲擁黄髮更築書閣諸天中三后在天
遺聖墨百神受職扶琳宫文思帝澤餘温潤雨露下國常年
豐章川貢川結襟帶梅嶺桂嶺來朝宗參旗斗柄略欄楯清
坐耳聞河漢風道人飽參口掛壁頗喜作詩如巳公家風秀
句刻琬琰邀我落筆何能工安得雄文壓勝境九原喚起杜
陵翁

送權羣孫承議歸宜春 元豐五年太和作

宜春別駕鄉丈人來假廬陵二千石虚舟無事鷗與遊艮賈
深藏客爭席諸公鞭朴立威名公獨愛民如父兄諸公馭吏
如束濕公使人人得盡情人情居官若郵傳假守攝承尤自
便憂念公家眉不開誰能勤民廢寢膳贈行欲借筆如椽公

不肯留鼓催船歸到宜春問春事斑斑筍竿蕨破拳廖侯爲
邦用詩禮府中無事多燕喜看公談笑面生春更爲鄉園蕤
桃李

戲題

平生性拙觸事真醉裏笑談多忤人安得眼前只有清風與
明月美酒百船酬一春

戊午夜宿寳石寺覗寳石戲題

石形卧蒼牛屭贔古松陰松風與溪月相守歷古今初無廊
廟姿又不能磋礪呈文謝珉光撫質愧球琳金馬與碧雞光
景動照臨圯橋授書老陳倉雉時鳴是皆爲國器不爾事陸
沉浮雲有儻來得名豈其心諒如曲轅社長存斧斤尋智士
貽美諡自珍非世琛不材以爲寳吾與汝同音

戲題承天寺法堂前柏（元豐四年太和作）

樹底蒲團禪老家高僧倚坐日西斜有人試問西來事無處安排玉如意方者風旛動不同不道風幡境亦空開口已非無問處高僧不語人歸去

陳吉老縣丞同知命弟游青原謁思禪師予以簿領不得往二公雨久不歸戲作百家衣一首二十韻招之

天高萬物肅虛寂在川岑肅此塵外軫隨山上嶇嶔列宿正參差凝霜露衣襟驚鳥縱橫去孤猿擁條吟不覩白日景惟覩松柏陰南州寶炎德看差香森沈芳草亦未老黃花如散金中有冥寂士上有嘉樹林遺掛拂在壁靡靡如面命阿閣三重階曠望何（一作極）高深能使高興盡山水有清音所在可

遊盤春醞時獻斟元雲拖朱閣小雨遂成霖挾纊如懷冰夕息憶重衾朞夫違盛觀何用慰我心孤燈曖幽幔願言思所欽良游常蹉跎賤與老相尋佳人殊未來忽忘逝景侵南榮戒其多離思故難任明月難暗投聊欲投吾簪

同吉老飲清平戲作集句（郎普覺）

飛蓋相追隨攜手共行樂我有一樽酒聊厚不爲薄珍木鬱蒼蒼衆鳥欣有託寄竹使逕迷初篁包綠籜有渰興南岑森森散雨足萬物生光輝夕陽曖平陸蠶月觀時暇振衣聊躑躅沉迷簿領書未嘗廢邱壑王度日清夷鎖俗在簡約人生非金石親友多零落漆園有傲吏君平獨寂寞所願從之遊逝者如可作

效孔文舉贈柳聖功三首（元豐四年太和作）

武庫五兵森森名駒萬里駿駿英風爽氣如林讀書鑿井欲深學道却要無心

其二

妙言玉質金相學問日月悠長良賈故要深藏屈體下心堂堂灰頭土面輝光

其三

王良終日馳驅曹商百乘從車七芊鼓舞羣狙學問聖處功夫千古與我友俱

藥名詩奉送楊十三子問省親清江（元豐五年太和作）

楊侯濟北使君子幕府從容理文史府中無事吏蚤休陟釐秋兎寫銀鉤駝峰桂蠹樽酒綠樗蒲黃昏喚燒燭天南星移醉不歸愛君清如寒水玉葳蕤韭薺煮餅香別筵君當歸故

鄉諸公爲子空青眼天門東邊虛薦章爲言同列當推轂豈有妬婦反專房射工含沙幸人過水章獨搖能腐腸山風轟轟虎須怒千金之子戒垂堂壽親頰如木丹色胡麻炊飯玉爲漿婆娑石上舞林影付與一世專雌黃寂寥吾意立奴會可忍冬花不蓋觴春陰滿地膚生粟琵琶催醉喧啄木艷歌驚落梁上塵桃葉桃根斷腸曲高帆駕天衝水花灣頭東風轉柂牙飛廉吹盡別時雨江愁新月夜明沙

次韻舍弟喜雨（元豐六年太和作）

時雨眞成大有年斯民溝壑救將然　根肥　桑葉大春壠未鉏蠶未眠奔走風雨連曉色起尋佳句寫田拳李成六幅驟雨笠掛在東南樓閣前

答何君表感古冢（元豐四年太和作）

墨頭萬蟲地上行大鈞鉅冶之化生反復生沒如車軫直與歲月爲將迎至人獨解諸物攖鍊神含嚼太和精不取造化相經營三天八景遂飛昇何郎少年毛骨清天機純粹氣坦平子有青簡當刊名應知鍊修未易成一世危脆無堅凝外慕掩襲眞氣零朝花薄莫不能榮琳宮金書有丹經胡不還魂游黃庭何爲臨冢惋枯形使吾丹元童子驚

會稽竹箭爲蘄春傳尉作

會稽竹箭天下聞青嶺霜筠搖紫雲金作僕姑如鳥翼壯士持用橫三軍邇來場師無遠慮剪伐桑荊薦葅茹人間禦武急難才不得生民飽霜露嘉爪美果無他長取升俎豆獻壺觴奈何生與此等伍大器小用良可傷吾聞先王用人力不足有餘無損益碩人俁俁舞公庭長詠國風三歎息

還深父同年兄詩卷（元豐四年太和作）

四體懶不佳百蟲夜相煎呼燈探床頭忽得故人編一哦肺渴減再讀頭風痊清切如其人石齒漱潺湲園林秋郊靜桃李春晝妍雍容比興體百物落眼前仍仍愁時語聽猿三峽船梅黃雨撲地水白鴈橫天歎息夜渠央屋角月上弦把卷著床頭我知其人賢昨日河間令橫胷不顧錢如臂使十指從我伸與拳淹留落閑處坐研考二篇更使有閒日歌嘲拾蘭荃何時造化手端爲鑄龍泉

次韻答宗汝爲初夏見寄（元豐六年太和作）

官蛙無時休不知憂復樂天日半規黃冉冉納莫壑鳥棲松隕花風下竹解籜南箕與北斗磊磊貫纓絡懷我隣邦友賢義本不薄箕斗常相望江含霧冥漠忽烹雙鯉魚中有初夏作詩詞清照眼明月麗珠箔間出句崛奇芙蕖依綠蒻雄辨簡色空韓盧逐東郭終篇談不二自脫世纏縛此道久陸沉喜公勤博約盆籠惠石芝烏皮刻猿玃野人烹嘉蔬回首葵莧惡勸鹽殊未工追呼聯縲索聞君欲課最豈有不龜藥我民六萬戶過半客棲泊棘端可沐猴且願觀其削官符晝夜下朝播責莫穫射利者誰其登隴斷繁弱昨聞數邦貢曲禮賦三錯恭惟廊廟上獻納及新瘼繡衣城南來免冠謝公作歸乘下澤車絕意麒麟閣田園蒙帝力仰以萬壽酢公材橫太阿越砥斂霜鍔智囊無遺漏膽量包空廓行當治狀聞雄飛上碧落我材甚不長有地愧槃礴不陸非距心滕薛困公綽看人取卿相妄意亦饞嚼終不作湘纍憔悴吟杜若一心思傾寫何時叩荷鑰

答周德夫見寄

自我官東南久無西北書周郎縱橫才欬唾落明珠寄聲相勞苦敦厚不忘初窮山江莾蒼胷次亦寬舒念君懷白璧故作裋褐趨秋官方按斂不與計吏俱驚嗟相見晚天子識巖徐想當蒐逸民耕釣起海隅鵠翎需啄抱龜尾且泥塗功名好采來五白成一呼小人邱壑心日月半謝除何時眞得歸猿鳥爲先驅投身嬰世故葛蔓恐難圖相思欲寫寄滴盡玉蟾蜍

招隱寄李元中（元豐四年太和作元中名冲元）

吾聞李元中學爲古人靑出藍宿昔之間如大華一段翠氣連終南我欲從之路阻長朱顏日夜驚波在蒼梧玉琯生蛛網老翁忘味傾心賞堪酌記一不識十谷中白駒閟音響濳

山南閒臥青牛萬壑松聲不得游願君爲阿閣之紫鳳莫作江湖之白鷗

送晁道夫叔姪（元豐五年時公到太和已二載）

晁氏出西鄂世家多藝文文莊和鼎實尚書亦大門簡編自襁褓簪笏到仍昆向來映軒冕頗據要路津恩勤均骨肉四海一堯民無咎晚相見實惟諸晁孫智囊似內史筆力窺瀲（一作文）園詞林少根蔕斯人今絕倫我爲折腰吏絲綺網蛛塵傾心得僚友燕及眷令原嘉肴味同和絃誦聲相聞如人逃空虛見似已解顏何況金石交迺其骨肉親二年吟楓葉忘我木索勤行行不忍別共醉古椰根樽前猶講學夏夜衆星繁念當侍白髮甘旨共蘭蓀帆檣灑風雨浪波出蛟黿持（一作侍）親慎（一作僨）行李强學加飯飧革囊走官郵寄書達相存阿

四去大農六典與討論君到輦轂下爲問平生言儻登鄴王臺多話歸參軍

戲贈潘供奉（熙寧四年葉縣作）

潘郎小時白如玉上學覓歸如杜鵑當年屢過乃翁家沽酒煮蟹不論錢大梁相逢初不識黃塵潰面催挽船不如去作萬騎將黑頭日致青雲上

次韻惜范牛

范侯驅幹小實有四海心稍臞疑內熱不怒見勇沉沽王市無價汲泉井方深得失有毫末明年斧可尋

和晁仲觀試進士（元祐二年秘書省作）

人圍廟垣重鼓作宮漏曉晨門傳放鑰登入荒庭秋初如求木猿稍若安巢鳥黃鑪各拜辱月淡秋天杳發題疏疑經按

劍或鶖鶬官曹嚴坐起迴卒禁紛擾　偃遨蟻爭邱凝坐鷺窺沼江淮有名彙專場或孤鶩袖手深槃礴乞靈頗環繞稚施半仗子相面多中表鴻將鴈行○牛舐怏犢小墨泓黝寒雲筆尾撼叢篠雕蟲寄鼻詠攘略傾耳剸剖蚌得珠難揚沙見金少遺形欲冠屨忘味弃聊嫛踶揮曾陽戈餘勇事未了喧閧遂一空星河明木杪

山谷詩外集補卷二終

山谷詩外集補卷第三

漁父二首 熙寧元年葉縣作

秋風淅淅蒼葭老波浪悠悠白鬢翁范子幾年思狡兎呂公何處兆非熊天寒兩岸識漁火日落幾家收釣筒不困田租與王役一船妻子樂無窮

其二

莽莽生涯事不多短船身外豈知他蒹葭浩蕩雙蓬鬢風雨飄零一釣蓑春鮪出潛留客鱠秋蕖遮岸和兒歌莫言野父無分別解笑沉江捐汨羅

古漁父

窮秋漫漫蒹葭雨裋褐休休白髮翁范子歸來思狡兎呂公何意兆非熊漁收亥日妻到市醉卧水痕船信風四海租庸

人草草太平長在碧波中

題楊道人默軒 崇寧二年戎州作

炙手權門烈火炎冷溪寒谷反幽潛輕塵不動琴横膝萬籟無聲月入簾秋後絲錢誰數得春餘蒼竹自知添客星異日乘槎去會訪成都人姓嚴

用幾復韻題伯氏思堂 治平三年作

夫子勤於蘧伯玉洗心觀道得靈龜開門擇友盡三益清坐不言行四時風與蛛絲遊碧落日將槐影下隆墀天空地迥何處覓歲計有餘心自知

贈别幾復

風驚鹿散豫章城邂逅相逢食楚萍佳友在門忘燕寢故人發藥見平生只今滿坐且樽酒後夜此堂還月明埶潤愁思

已知處西山影落莫江清

趙令許載酒見過 熙寧元年葉縣作

玉馬何時破紫苔南溪水滿綠徘徊買魚斫鱠須論網撲杏供盤不數枚廣漢威名知訟少平原樽俎費詩催草元寂寂下簾幙稍得閑時公合來

和答趙令同前韻

人生政自無閑暇忙裏偷閑得幾回紫燕黃鸝驅日月朱櫻紅杏落條枚詩成稍覺嘉賓集飲少先愁急板催親遣小童鋤草徑鳴騶早晚出城來

趙令答詩約攜山妓見訪

晴波瀲灩漾潭隈能使遊人判不回風入園林寒漠漠日移宮殿影枚枚未嘗綠蟻何妨撥宿戒紅粧莫待催缺月西南

光景少仍須挽搭一作取燭籠來

謝趙令載酒 熙寧元年葉縣作

邂逅相將倒一壺看朱成碧倩人扶欲眠甚急須公去能略陶潛醉後無

次韻賞梅

安知宋玉在隣牆笑立春晴照粉光淡薄似能知我意幽閑元不爲人芳微風拂掠生春思小雨廉纖洗曉粧只恐濃葩委泥土誰令解合返魂香

次韻答李端叔 元豐三年太和作

喜接高談若飲冰風騷清與坐來增重尋伐木君何厚欲賦驢駒我未能山影北來浮漲澤松行東望際鍾陵相期爛醉西樓月緩帶憑欄濯鬱烝

春近四絕句 熙寧二年葉縣作

閏後陽和臘裏回濛濛小雨暗樓臺柳條榆莢弄顏色便恐入簾雙燕來

其二

亭亭經雨壓塵沙春近登臨意氣佳更喜輕寒勒成雪未春先放一城花

其三

小雪晴沙不作泥疎簾紅日弄朝暉年華已伴梅梢晚春色先從草際歸

其四

梅英欲盡香無賴草色才蘇綠未勻苦竹空將歲寒節又隨官柳到青春

戲題葆真閣 熙寧元年葉縣作

真常自在如來性肯綮修持秖益勞十二因緣無妙果三千世界起秋毫有心便醉聲聞酒空手須磨般若刀截斷衆流尋一句不離兎角與龜毛

戲贈惠南禪師 惠南卽江西老禪號積翠菴清隱亦在分寧

佛子禪心若葦林此門無古亦無今庭前柏樹祖師意竿上風幡仁者心草木同霑甘露味人天傾聽海潮音胡床默坐不須說撥盡寒灰刼數深

寄新茶與南禪師 熙寧元年葉縣作

筠焙熟香茶能醫病眼花因甘野夫食聊寄法王家石鉢收雲液銅缾煮露華一甌資舌本吾欲問三車

讀晉史 熙寧元年葉縣作

天下放元虛誰知與道俱唯餘范武子乃是晉諸儒

讀書呈幾復二首 治平三年作

身入羣經作蠹魚斷編殘簡伴閑居不隨當世師章句頗識揚雄善讀書

其二

得君眞似指南車杖策方圖問燕居吾欲忘言觀道妙六經俱是不完書

阻水戲呈幾復二首

秋風落木秋天高月入金樽動酒豪過眼衰榮等昏曉匆嗟遲速把心勞

其二

月明還夜見秋高桂影依俙數兎豪散髮行歌野田上一樽可慰百年勞

寄别說道 熙寧三年葉縣作

數行嘉樹紅張錦一派春波綠潑油回望江城見歸鳥亂鳴雙櫓散輕鷗柳條折贈經年别蘆管吹成落日愁雙鯉寄書難盡信有情江水尚回流

學許氏說文贈諸弟 治平四年北京作

六書章句苦支離非復黃神太古時鳥跡蟲紋皆有法猶勝雙陸伴兒嬉

李大夫招飲 元祐三年秘書省作

欲遣吟人對好山莫天和雨醉憑欄座中雲氣侵人濕砌下泉聲遶酒寒紅燭圍棊生死急淸風揮麈笑談闌更籌報盡不成起車從厭厭夜已闌

南康席上贈劉李二君〈元豐三年改官太和作〉
伯倫酒德無人敵太白詩名有古風浪許薄才酬大雅長愁小戸對洪鍾月明如晝九江水天靜無雲五老峯此賞不疎眞共惜登臨歸輿尚誰同

問漁父〈熙寧元年葉縣作〉
白髮丈人持竹竿繫舩留我坐柴關偶然領會一談勝落日使人思故山

光山道中〈治平四年赴葉縣作〉
客子空知行路難中田耕者自高閑柳條鸎囀清陰裏楸樹蟬嘶翠帶間夢幻百年隨逝水勞歌一曲對青山出門捧檄羞閑友歸壽吾親得解顔

過方城尋七叔祖舊題〈元豐元年北京作　祖諱注字夢升終南陽主簿方城屬唐州〉

壯氣南山若可排今爲野馬與塵埃清談落筆一萬字白眼舉觴三百盃周鼎不酬康瓠價豫章元是棟梁材眷然揮涕方城路冠蓋當年向此來

早行〈熙寧元年赴葉縣作〉
失枕驚先起人家半夢中聞雞憑早晏占斗辨西東轡濕知行露衣單覺曉風秋陽弄光影忽吐半林紅

新息渡淮〈治平四年公是歲得官葉縣新息屬蔡州渡淮乃自京西江南之路〉
京塵無處可軒眉照面淮濱喜自知風裏麥苗連地起雨中楊樹帶煙垂故林歸計嗟遲暮久客平生厭别離落日江南釆蘋去長歌柳惲洞庭詩

初望淮山

風裘雪帽别家林紫燕黄鸝已夏深三釜古人干祿意一年慈母望歸心勞生逆旅何休息病眼看山力不禁想見夕陽三徑裏亂蟬嘶罷柳陰陰

宿廣惠寺〈元豐七年赴德平作〉
鵶啼殘照下層城僧舍初寒夜氣清風亂竹枝垂地影霜乾桐葉落堦聲不遑將母傷今日無以爲家笑此生都下苦無書信到數行歸鴈月邊横

初至葉縣〈熙寧元年作〉
白鶴去尋王子晉眞龍得慕沈諸梁千年往事如飛鳥一日傾愁對夕陽遺老能名唐郡邑斷碑猶是晉文章浮雲不作包桑計只有荒山意緒長

觀化十五首〈并序　熙寧元年罷太平州後自荆州歸家作〉

南山之役偶得小詩一十五首書示同懷不及料簡銓次夫物與我若有境吾不見其遷憂與樂相過乎前不知其所以然此其物化歟亦可以觀矣故寄名曰觀化

柳外花中百鳥喧相媒相和隔春煙黄昏寂寞無言語恰似人歸鏁管絃

其二
生涯蕭灑似吾廬人在青山遠近居泉響風搖蒼玉珮月高雲插水晶梳

其三
山田路轉水深深欲問津頭谷鳥吟隔岸野花隨意發小蹊猶憶去年尋

其四

風煙漠漠半陰晴入道春歸不見形嫩草已侵氷面綠平蕪還破燒痕青

其五

一原風俗異衣裘流落來從綿上州未到清明先禁火還依桑下繫千秋（事具王延壽千秋賦）

其六

故人去後絶朱絃不報雙魚已隔年鄰笛風飄月中起碧雲爲我作愁天

其七

菰蒲短短未出水渺渺春湖如凍雲安得酒船三萬斛棹歌長入白鷗羣

其八

不知喜事在誰邊風結燈花何太妍恐是鄰家醅甕熟竹渠今夜滴春泉

其九

柳似羅敷十五餘宮腰舞罷不勝扶年年折在行人手爲問春風管得無

其十

紅羅步障三十里憶得南溪躑躅花馬上春風吹夢去依俙人摘雨前茶

其十一

竹筍初生黄犢角蕨芽已作（精華作新長）小兒拳試挑野菜炊香飯便是江南二月天

其十二

身入醉鄉如避秦醒時塵事百端新塞鴻過盡無家信海燕歸來思故人

其十三

身前身後與誰同花落花開畢竟空千里追犇兩蝸角百年得意大槐宫

其十四

淘沙邂逅得黄金莫使沙中着意尋指月向人人不會清霄印在碧潭心

其十五

花開歳歳復年年病眼看花隔晚煙春去明明紅紫落清風明月是春前

和答王世弼（熙寧八年北京作）

文章年少氣如虹背愛閑曹一禿翁絃上深知流水意鼻端不怯運斤風燕堂淡薄無歌舞鮭菜清貧只韭蔥慚愧伯鸞留步屧好賢應與孟光同

朱道人下世（元豐六年太和作）

桑戶居然同物化青燈猶在讀書檠身如陌上狂風過心似夜來新月明

陳氏園詠竹（熙寧四年葉縣作）

不問主人來看竹小溪風物似家林春供饋婦幾番筍夏與行人百畝陰直氣難衝雲漢上高材終恐斧斤尋栽培可梟北溟釣欲贈溪翁誰姓任

和裴仲謀雨中自石塘歸（熙寧二年葉縣作）

裴友西來詠古風驅馳萬象筆端空徜將物色留分我遠近

青山烟雨中
次韻裴尉過馬鞍山
青山如馬怒盤旋錯認林花作錦韉君不據鞍朝玉帝豈宜
長作市門仙
題樵才翁草書壁後（并序）
才翁題保安寺云寺前有古松是數百年物余嘗納凉
其下松今翦伐殆盡因感以作詩
老松不得千年壽何況高材傲世人唯有草書三昧法龍蛇
夭矯鎖黃塵
哀逝（熙寧三年葉縣作）
玉堂岑寂網蜘蛛那復晨粧覲阿姑緑髮朱顏成異物青天
白日閉黃壚人間近别難期信地下相逢果有無萬化途中

能避逅可憐風燭不須臾
迎醇甫夫婦（公之妹適陳塈醇甫其字也）
陳甥歸約柳青初（一作穊）麥隴纖纖忽可鉏望子從來非一
日因人略不寄雙魚閨中鳥語勸沽酒窗下日長宜讀書策
馬得行休更秣（一作遠嫁蕭咸親髮白）已令僮稚劚生芻（一作平安行李莫徐徐）
河舟晚飲呈陳說道
西風脫葉靜林柯淺水扁舟閣半河落日遊魚穿鏡面中秋
明月漲金波由來白髮生無種豈似青山保不磨勝事只愁
樽酒盡莫言爭奈醉人何
次韻任君官舍秋雨
墻根戢戢數蝸牛雨長垣衣亭更幽驚起歸鴻不成字辭柯
落葉最知秋菊花莫恨開時晚穀穟猶思晴後收獨立搔頭

人不解南山用取一樽酬
題樊侯廟二首
漢興豐沛開天下故舊因依日月明振劍一卮戲下酒剖符
千戶舞陽城鼓刀屠狗少時事排闥諫君身後名異日淮陰
儻相見安能鞅鞅似平生
其二
門掩虛堂陰窈窕風搖枯竹冷蕭蕭邱虛餘意誰相問豐沛
英魂我欲招野老無知惟卜歲神巫何事苦吹簫人歸里社
黃雲莫只有哀蟬伴寂寥
題南寺王髯題名處（熙寧三年葉縣作）
日華長在紅塵外春色全歸綠樹中花發鳥啼常走馬故人
不見酒樽空

和答任仲微贈别（元豐五年太和作）
任君洒墨即成詩萬物生愁困品題清似釣船聞夜雨壯如
軍壘動秋鼙寒花籬脚飄金鈿新月天涯掛玉篦更欲少留
觀落筆須判一飲醉如泥
和仲謀夜中有感（熙寧二年葉縣作）
紙窗驚吹玉蹀躞竹砌碎撼金琅璫蘭釭有淚風飄地遥夜
無人月上廊愁思起如獨繭緒歸夢不到合懽床少年多事
意易亂詩律坎坎同寒螿
睡起二首（熙寧三年葉縣作時蒲城侯盍郡以校見督）
簾幕陰陰不見人日斜窗影弄遊塵風和睡起鳥聲樂天地
無私花柳春
其二

古來志士願不辱少在朝廷多在山寄食生涯無定止此心
長到白雲間
書雎陽事後熙寧四年葉縣作
莫道雎陽覆我師再興唐祚匪公誰流離顛沛義不辱去就
死生心自知政使賀蘭非長者豈妨南八是男兒乾坤震蕩
風塵晦愁絶宗臣陷賊詩一作時
漫書呈仲謀熙寧二年葉縣作
漫來從宦著青衫秣馬何嘗解轡銜眼見人情如格五心知
外物等朝三經時道上衝風雨幾日樽前得笑談賴有同僚
慰羈旅不然吾已過江南
登南禪寺懷裴仲謀
茅亭風入葛衣輕坐見山河表裏清歸燕略無三月事殘蟬

猶占一枝鳴天高秋樹葉公邑日莫碧雲樊相城別後寄詩
能慰我似逃空谷聽人聲
次韻答任仲微元豐五年太和作
邂逅相逢講世盟諸任尊行各才名交情吾子如棠棣酒椀
今秋對菊英高論生風搖塵尾新詩擲地作金聲文章學問
嗟予晚深信前賢畏後生
夏日夢伯兄寄江南熙寧四年葉縣作
故園相見略雍容睡起南窗日射紅一作相攜猶聽隔溪春睡起開書見手封
詩酒一言談笑隔江山千里夢魂通河天月暈魚分子槲葉風
微鹿養茸幾度白砂青影裏審聽嘶馬自搘筇一作白髮倚門愁絶處可堪衣斷去時縫
同孫不愚過昆陽昆陽正屬葉縣即光武破王尋之地

田園恰恰值春忙驅馬悠悠昆水陽古廟藤蘿穿戶牖斷碑
風雨碎文章眞人寂寞神爲社堅壘委蛇女採桑拂帽村簾
誇酒好爲君聊解一瓢嘗
按昆陽公自注云今昆陽有水俗號灰河圖經乃以爲瀼河予考之皆不然正在昆陽城南恐是昆水地理志言昆水出南魯是乎
寄頓二主簿時在縣界首部夫鑿石塘河
楊柳青青春向分逶迤河曲萬夫屯侵星部曲隨金鼓帶月
旌旗宿渚豐畚挿如雲聲洶洶風埃成霧氣昏昏已令訪問
津頭路行約青簾共一樽
次韻答藺元禮病起
暖律溫風何處饒莫言先上綠楊條梢頭紅糝杏花發甕面
浮蛆酒齊銷吏事困人如縛虎君詩入手似聞韶直須扶病

營春事老味難將少壯調
春祀分得葉公廟雙鳧觀廟觀皆在葉縣
春將祠事出門扉宮殿參差綠翠微清曉風煙迷部曲小蹊
桃杏掛冠衣葉公在昔眞龍去王令何時白鶴歸糟魄相傳
漫青史獨懷千古對容徽
戲招飲客解醒熙寧四年葉縣作
破卯扶頭把一盃燈前風味喚仍回高陽社裏如相訪不用
閑攜惡客來不飲者爲惡客見元次山集
送陳氏女弟至石塘河
富貴常多覆族憂賤貧骨肉不相收獨乘舟去値花雨寄得
書來應麥秋行李淮山三四驛風波春水一雙鷗人言離別
愁難遣今日眞成始欲愁

戲贈頓二主簿 不置酒

桐植客亭欣款曲一作四海聲名晉主簿歌傾家釀勿徘徊一作相逢未見酒樽
閒百年中半夜分去一歲無多春暫來落日園林須秉燭能
言桃李聽傳盃紅蕖綠暗明朝是公事相過得幾回

孫不愚引開元故事請為移春檻因而贈答

南陌東城處處春不須移檻損天真鬢毛欲白休辭飲風雨
無端只誤人鳥語提壺元自好酒狂驚俗未應嗔稍尋綠樹
為詩社更藉殘紅作醉茵

陳說道約日送菜把熙寧三年葉縣作

南山嶠青從諸父雨畢爛苗手自鋤三徑就荒歸計拙澗煩
僚友送園蔬

答和孔常父見寄

孔氏文章冠古今君家兄弟況南金為官落魄人誰問從騎
雍容獨見尋旅館別時無宿酒郵筒開處得新吟黃山依舊
寒相對豈有愁思附七林

按七林句公自注云傳子集古今事號七林來詩云黃公山下官悰冷應有新吟續七哀

次韻伯氏謝安石塘蓮花酒

花藥芙蕖拍酒醇浮蛆相亂菊英新寒光欲漲紅螺面爛醉
從歌白鷺巾行樂衡盃常有意過門問字久無人王孫欲遣
雙壺到如入醉鄉三月春

題雙鳧觀

飄蕭閱世等虛舟一作人世若虛舟歎息眼前無此流滿地悲風盤
翠竹半叢寒日破紅欄青山空在衣冠古一作不逐市朝改白鶴不
歸一作歸來宮殿秋王令平生樽酒地千年萬歲想來游

從陳季張求竹竿引水入廚

井邊分水過寒廳斬竹南溪仗友生來釀百壺春酒味怒流
三峽夜泉聲能令官舍庖廚潔未減君家風月清揮斧直須
輕放手卻愁食實鳳凰驚

呈王明復陳季張

倦客西來厭馬鞍為予休轡小長安陳遵投轄情何厚王粲
登樓興未闌雪壓群山晴後白月臨千里夜深寒少留待我
同歸去洛下林中斫釣竿

曉從任大夫祖行過石橋寄粹甫熙寧四年葉縣作

令尹鳴騶過石橋想君寒夢正飄搖追思轉覺年來劇亂似
春風柳萬條

飲南禪梅下戲題熙寧二年葉縣作

新春江上使星回不為離人寄早梅愛惜幽香意如此一樽
豈是等閑來

次韻郭之才將流民過懸弔嶺均田熙寧四年葉縣作

獨賢從是出荒城下馬攜筇上石層幽洞尋花疑阮肇斷崖
長嘯想孫登欲超浮世掛冠紱未決重雲撫劍稜經雨曉煙
寒索寞順風樵叟震崚嶒山形春到添高秀瀑溜冰消轉沸
騰行有流移攜襁褓坐看憔悴拾薪蒸素餐多愧斯民病改
作常為法吏繩官小責輕須自慰得逢佳處幾人曾

陳季張有蜀芙蓉長飲客至開輒剪去作詩戲之

剪花莫學韓中令投轄惟聞陳孟公客與不孤春竹葉年華
全屬拒霜叢元子飈廻三秋盡青女摧殘一夜空著意留連
好風景非君誰作主人翁

再贈陳季張拒霜花二首

鼓盆莊叟賦情濃天遣霜華慰此公想見尙能迷蝶夢移栽
聞說自蠶叢酒傾玉醆垂蓮盡鱠簇金盤下筯空秉燭欄邊
連夜飲金篠折與賣花翁

其二

倒著接䍦吾素風當時酩酊似山公且看小檻新花蘂休泥
他家晚菊叢屣笑千金延客醉解酲五斗為君空歡娛盡屬
少年事白髮欺人作老翁

送杜子卿歸西淮

雪意滃滃滿面風杜郎馬上若征鴻樽前談笑我方惜天外
淮山誰與同行望酒帘沽白蟻醉吟詩句入丹楓一時眞賞
無人共尙憶江南把釣翁

雪中連日行役戲書簡同僚

簡書催出似驅雞聞道飢寒滿屋啼炙背脣眠榾柮火嚼冰
晨飯薩波虀風如利劍穿狐腋雪似流沙飲馬蹄官小責輕
聊自慰猶勝擐甲去征西

離汝寄張子熙寧四年葉縣作

草枯木落晩淒淒目斷黃塵聽馬嘶想子重行分首處荒涼
巢父井亭西

次韻元禮春懷十首

漸老春心不可言亦如琴意在無絃新花準擬千場醉美酒
經營一百船

其二

春心分付酒盃銷勿為浮雲妄動搖試覓金張池館問幾人

能揷侍中貂

其三

故園春色常年早紅紫知他破幾苞壓帽花枝如可折折花
手版直須抛

其四

入無長者回車轍仲蔚門墻映野蒿稍覺春衣生蟣蝨南窓
晴日照爬搔

其五

春來問字有誰過頗覺閑銷日月多醉裏乾坤知酒聖貧中
風物似詩魔

其六

春風也似江南早梅與辛夷鬬著花自是無言桃李晩眞嗔

榆柳更萌芽來詩有春晚之嘆

其七

穿花蹴踏千秋索挑菜嬉遊二月晴已被風光催我老懶隨
兒輩遶春城

其八

老杜當年鬢髮華尙言春到酒須賒不堪詩思相料理惱亂
街頭賣酒家

其九

冉冉光陰花柳場紅飄紫落便蒿黃都無畔岸隨風去却是
游絲意思長

其十

聞道隣家有酒餅三更不臥叩柴扃我身便是鴟夷榼肯學

離騷要獨醒

按公送蕭元禮南歸詩有三年葉公城之句又云吾師李武昌金聲而玉德蓋元禮居蘄州以史考之公擇自滑復職知鄂州耳

再和元禮春懷十首 并序

元禮蕭君成都之佳少年風調清越好狎使酒頃嘗下三峽窺九疑探禹穴觀濤江故其詩清壯崛奇一揮毫數千字澡雪塵翳動揺人心然錢塘江東一都會風煙花月不知其幾坊幾曲變否一作態恍惚使少年心醉而忘反元禮蓋入其鄉陷其炙者也今已折節自苦恂恂退避從容學問文章然時時酒後耳熱稍出其故態而又激於聲詩夫不塞不流不止不行此物之情也故極道狹邪游冶之樂江湖契闊之愁至蕭然疲役不可支持乃反之以正云

回腸無奈別愁煎待得鸞膠續斷絃最憶錢塘風物苦西湖月落採菱船

其二

吳中風物最嬌饒百里春風酒旆摇往往貴人留騎從少年叢裏貫金貂

其三

行雲行雨迷三峽歸鳳求凰振九苞月白花紅傾酒滿不將春色等閑拋

其四

紅紫欲疎啼百勞洞宮春色醉蟠桃虛窓酒病扶頭起强取金釵囊處搔

其五

抹莫八切裙彩鳳盤宮錦揷鬢真珠絡貝多酒惡花愁夢多魔靈砂犀角費頻魔一作磨

其六

玉壺躭躭音詹浸晴霞庭有三春䅳績花準擬只無難白髮金爐誰爲煮黃芽

其七

雨餘花色倍鮮明最是春深多晚晴美酒壯人如敵國千金一笑買傾城

其八

風光琰琰動春華回首烟波萬里賒山似翠屏西子國溪如罨畫越王家

其九

雙盤錦帶丁香結窄袖春衫甘草黃舊贈恐能開寶匣新年時候夢殘粧

其十

滞夢停愁亂性靈安眠滅念閉幽扃體中忽覺有佳處讀易一篇如酒醒

次韻奉和仲謨夜話唐史 熙寧四年葉縣作

貞觀規摹誠遠大開元宗社半存亡才聞冠蓋遊西蜀又見干戈暗洛陽哲婦乘時傾嫡后大閹當國定儲皇傷心不忍前朝事願作元龜獻未央

書舞陽西寺舊題處 并序 熙寧二年葉縣作

已酉二月按鬭死者於舞陽授館在縣西浮圖食罷解

衣盤礴壁間得往歲書思拂塵落筆之時觀者左右便
似數百年事信今夢中强記昔夢耳新物代故物如十
指相爲倚伏抵掌而談縮手入袖遂成前塵造形乃悟
巳非其會矢貫其首方且睨引弓者誰故古人嘗妙萬
物以爲言以謂樞始得其環中以應無窮嗟乎浩浩七
年其間興廢成壞所更多矣自其究竟言之誰廢誰興
誰成誰壞非見無我非我無見故曰無所見見去言以
觀吾言後當有知言者
萬事紛紛日日新當時題壁是前身寺僧物色來相訪我似
昔人非昔人

飲李氏園三首 元豐元年北京作

小摘來禽與未厭蔬畦經雨綠纖纖坐分紫石蒲萄下不怕

龍須罥帽簷

其二

日莫涼風特特來醉呼紅燭更傳杯歌闌興盡須歸去不用
繁蟬抵死催

其三

手挼紅杏醉繁香回首春前夢一場便與經營百船酒再來
應是菊花黄

宿黄山 熙寧四年葉縣作

平時遊此每雍容掩袂今來對晚風白首同歸人不見當山
依舊月明中

題李張竹林村

百畝清陰十萬竿一溪流水四圍山太平無用經綸者乞與
閑身向此閑

次韻答鄧之才

文章直向古人疎聊有孤懷與世殊陋質不堪華袞贈可能
薏苡似明珠

呈李卿

歌舞如雲四散飛東園籃轝醉歸時細看春色低紅燭仰折
花枝墜接䍦仙李回風轉長袖野桃偎雨浸燕脂夜長晝短
知行樂不負君家樂府詩

六月閔雨 熙寧七年北京作

湯帝咨嗟懲六事漢庭災異劾三公聖朝罪己恩寬大時雨
愆期旱蘊隆東海得無寃死婦南陽疑有卧雲龍傳聞已減
太官膳肉食諸君合奏功

既作閔雨詩是夕遂澍雨夜中喜不能寐起作喜雨
詩

南風吹雨下田塍田父伸眉願力耕焚麥明年應解好簾櫳
今夜不勝清直須洗盡焦枯意不厭屢聞飄酒聲黄卷腐儒
何所用惟將歌詠報昇平

公益嘗茶 元豐元年北京作

子雲窓下草元經寒雀爭喧戸晝扃好事應無攜酒榼相過
聊欲煮茶餅

予既不得葉遂過洛濱醉遊累日 熙寧四年葉縣作

瘦民見我亦悠悠瘦木累累滿道周飛舄已隨王令化真龍
寧爲葉公留未能洗耳箕山去且復吹笙洛浦遊舍故趨新
歸有分令人何處欲藏舟

雜詩元豐二年北京作

迷情淡蕩不知津老却平生夢幻身滿眼紛華心寂寞長安市上酒家人

曹村道中元豐二年北京作

嘶馬蕭蕭蒼草黃金天雲物弄微涼瓜田餘蔓有荒壠梨子壓枝鋪短墻明月風烟如夢寐平生親舊隔湖湘行行秋興已孤絶不忍更臨山夕陽

漫書呈幾復三首治平三年作

古人踽踽已先登後學蕭蕭不再興顧我厓麤君勉强百年漂忽甚風燈

其二

空名不繫身輕重此道當如命廢興髣髴古人前日事解衣

把盞對青燈

其三

秋蟲振羽驚寒夢河漢西斜夜獨興欲罷不能呼子起新涼宜近讀書燈

留幾復飲治平三年作

幾復平生好能來屈馬蹄愈風觀草檄刮膜受金篦藏器時難得忘言物已齊買書聊教子讓粟不謀妻碧草迷寒夢丹楓落故溪爾時千里恨且願醉如泥

再留幾復

客與敝鶉衣裴金磬裹蹄羸驂多斷轡垢髮不勝篦道德千年事窮通一理齊晚田猶溉種稱子且歸妻徑欲眠漳浦幾成訪剡溪鄙心須澡雪蓮藕在淤泥

謝陳正字送荔支三首元豐四年太和作

十年梨棗雪中看想見江城荔子丹贈我甘酸三百顆稍知身作近南官

其二

齋餘睡思生湯餅紅顆分甘慨下茶如夢泊船甘柘雨芭蕉林裏有人家

其三

橄欖灣南遠歸客煩將嘉菓送蓬門紅衣殼積蠻烟潤白曬丁香之子孫

山谷詩外集補卷三終

山谷詩外集補卷第四

答龍門潘秀才見寄 熙寧四年葉縣作

男兒四十未全老便入林泉真自豪明月清風非俗物輕裘肥馬謝兒曹山中是處有黃菊洛下誰家無白醪想得秋來常日醉伊川清淺石樓高

寄張仲謀次韻

風力蕭蕭吹短衣茅簷霜日淡暉暉天寒塞北鴈行落歲晚大梁書信稀湖稻初春雲子白家雞正有菜頭肥割鮮炊黍庾前約公事可來君不違

客自潭府來稱明因寺僧作靜照堂求予作

客從潭府渡河梁籍甚傳誇靜照堂正若窮年對塵土坐令合眼夢湖湘市門曉日魚鰕白隣舍秋風橘柚黃去馬來舟

爭歲月老僧元不下胡床

雜詩七首 熙寧四年葉縣作

此身天地一蘧廬世事消磨綠鬢疏畢竟幾人真得鹿不知終日夢為魚

其二

營巢燕燕幾時休在處成家春復秋歲歲自來還自去主人無厭客無求

其三

館甥宮裏歎才難當日同朝聽百官光武早知堯舜事只今那得子陵灘

其四

少年不愛萬金身歌舞尋春愁送春滿眼紛華心寂寞長安

市上酒家人

其五

薰爐茶鼎偶然同晴日鴉啼柿葉風萬事盡還麴居士百年常在大槐宮

其六

古屋清寒雪未消小窗晴日展芭蕉酸甘荔子嘗春酒更碾新芽薦菊苗

其七

碧窗涼簟唯便睡露井無塵蔭綠槐夢入醉鄉猶病渴轆轤聲到枕邊來

分寧本云按眷注載第六首公有真蹟云比見師川錄示諸賢和南塔題壁詩甚愧老拙穢猶在前也歸闕計草中有一篇與壁題異不知壁間字是拙筆否今錄上弼老到去手寫此篇薰爐茶鼎暫時同寒日鴉啼柿葉風萬事須

還麴居士百年只作槐安宮而第八首元載第六卷題作武陵今詳錄之以備觀覽

飲韓三家醉後始知夜雨

醉臥人家久未曾偶然樽俎對青燈兵廚欲罄浮蛆甕饋婦初供醒酒冰 予嘗醉後字水晶鱠為醒酒冰酒徒皆以為知言 只見眼前人似月豈知簾外雨如繩浮雲不負青春色未覺新詩減杜陵

張仲謨許送河鯉未至戲督以詩

浮蛆琰琰動春醅張仲臨津許鱠材鹽豉欲催蓴菜熟霜鱗未貫柳條來日晴魚網應曾曬風軟河冰必暫開莫誤曉窗占食指仍須持取報章回

和答張仲謨泛舟之詩

雲容天影水中搖分坐船舷似小橋聯句敏於山吐月舉觴疾甚海吞潮興來活蠻牛心熟醉罷紅鑪鴨腳焦公子翩翩

得真意嵩蹄塵裏有嘉招

食瓜有感

暑軒無物洗煩蒸百菓凡材得我憎藓井筠籠浸蒼玉金盤碧筯薦寒氷田中誰問不納履坐上適來何處蠅此理一盃分付與我思明哲在東陵

道中寄公壽熙寧五年自葉赴北京作

坡埯瀛馬莫雲昏苦憶兇園高帝孫子舍芝蘭皆可佩後房桃李總能言鞦韆門巷火新改桑柘田園春向分病酒相如在行役梁王誰與共清樽

行邁雜篇六首

簇簇深紅間淺紅若才多思是春風千村萬落花相照盡日經行錦繡中

其二

白白紅紅相間開三三五五踏青來戲隨蝴蝶不知遠驚見行人笑却回

其三

村落人家桃李枝無言氣味亦依依可憐憔悴蓬蒿底蜂蝶不知春又歸

其四

杏村桃塢春三月少有人家不出遊一顧雖無傾國色千金肯爲使君留

其五

滿院青楊吐白綿未多柳絮解漫天野人豈會斷優劣只問床頭沽酒錢

其六

十日狂風桃柳休常因酒盡覺春愁泰山爲肉釀滄海料得人間無白頭

去賢齋熙寧四年葉縣作

爭名朝市魚千里觀道詩書豹一斑末俗風波尤浩渺古人簾陛要躋攀螗螂怒臂當車轍鸚鵡能言著鏁關顧我安知賢者事松風永日下簾間

粹老家隔簾聽琵琶元豐二年北京作

馬卿勸客且無喧請以侍兒臨酒樽粧罷黃昏簾隔面曲終清夜月當軒一作一曲明妃愁夜月聲啄木響春山借一韻數絃絃不亂撥來往字字如聞人語言千古胡沙埋妙手一作質豈如桃李在中園

江南元豐元年北京作

夢寂江南未得歸清波鴿子上鈎肥五年身屬官倉米輸與漁人坐釣磯

道中寄景珍兼簡庾元鎮熙寧五年北京作

傳語濠州賢刺史隔年詩債幾時還因循樽俎疎相見棄擲光陰只等閑心在青雲故人處身行紅雨亂花間遥知別後多狂醉惱殺江南庾子山

次韻景珍酴醾

莫惜金錢買玉英擔頭春老過清明天香國艷不著意詩社酒徒空得名及此一時須痛飲已拚三日作狂酲濠州園裏都開盡腸斷蕭蕭雨打聲

呈馬粹老范德孺元豐二年北京作

瓶上相逢杏始青爾來瓜壟有新耕四時爲歲已中半萬物

得秋將老成日永淸風搖麈尾夜闌飛雹落棊枰兩廳未覺過從數政以頑踈累友生

謝張仲謀端午送巧作熙寧四年葉縣作

君家玉女從小見聞道如今畫不成剪裁似借天女手萱草石榴偏眼明

送張子列茶

齋餘一椀是常珍味觸色香當幾塵借問深禪長不卧何如官路醉眠人

三月壬申同堯民希孝觀淨名寺經藏得宏明集中沈炯同庾肩吾諸人游明慶寺詩次韻奉呈二公就鳥道三層塔菴圃一重堂副鳥逐獻磬卿戲繞禪床摘菊山無酒然松夜有香幸得閒高勝於此憲[redacted]王元豐二年北京作

祕藏開新譯天花雨舊堂諠經多寶塔寢疾淨名床鳥語雜歌頌蛛絲凝篆香凝一作凝一同游得是李談道過何王

按此詩題下小字俱係舊本其中似有外譌未敢妄易

雨過至城西蘇家元祐元年秘書省作

飄然一雨洒靑春九陌淨無車馬塵漸散紫烟籠帝闕稍回晴日麗天津花飛衣袖紅香濕柳拂鞍韉綠色匀管領風光唯痛飲都城誰是得閑人

謝仲謀示新詩熙寧四年葉縣作

贈我新詩許指瑕令人失喜更驚嗟淸於夷則初秋律美似芙蓉八月花采菲直須論下體鍊金猶欲去寒沙唐朝韓老誇張籍定有雲孫作世家

十月十五早飯淸都觀逍遥堂

心遊魏闕魚千里夢覺邯鄲黍一炊蔬食菜羹吾亦飽逍遥堂下葉辭枝

紅蕉洞獨宿熙寧三年葉縣作

南床高卧讀逍遥真感生來不易銷桃落夢魂飛蛺蝶燈殘風雨送芭蕉永懷玉樹埋塵土何異蒙鳩掛葦苕衣笐粧臺蛛結網可憐無以永今朝

分寧本云按當注此詩別本多有不同其詩云重簾複幕夜蕭蕭真感生懷不自聊桃落夢魂飛蛺蝶燈殘風雨碎芭蕉瓊枝玉樹埋黃土衣笐粧臺闕絳綃故物盡能回白首斯人無以永今朝

春雪呈張仲謀熙寧四年葉縣作

莫雪霏霏若撒鹽須知干隴麥纖纖夢聞半桃聽飄瓦曉起高堂看入簾剩與月明分夜砌郎成春溜滴晴簷萬金一醉張公子莫道街頭酒價添

和答劉太博攜家遊廬山見寄元豐三年赴太和道中作

緩轡松陰不起塵嵐光經雨一番新遥知數夜尋山宿便是全家避世人落日已迷烟際路飛花還報洞中春可憐不更尋源入若見劉郎想問秦

次韻伯氏戲贈韓正翁菊花開時家有美酒熙寧四年葉縣作

鬢髮斑然潘騎省腰圍瘦盡沈東陽茶甌屢煮龍山白酒椀希逢若下黃烏角巾邊簪鈿朶紅銀盃面凍糖霜會須著意憐時物看取年華不久芳

答李康文元豐二年北京作

才甫經年斷來往逢君車馬慰秋思幽蘭被逕聞風早薄霧乘空見月遲每接雍容端自喜交無早晚在相知深慚借問

談經地政屈康成入絳幃

送彭南陽

南陽令尹振華鑣三月春風困柳條携手河梁愁欲別離魂芳草不勝招壺觴調笑平民訟賓客風流醉舞腰若見賢如武侯者爲言來仕聖明朝

送鄧慎思歸長沙 熙寧四年葉縣作

鄧侯過我解新羈潦倒猶能似舊時西邑初除折腰尉南陔常詠采蘭詩姓名已入飛龍榜書信新傳喜鵲知何日家庭供一笑綵衣便是老萊衣

從時中乞蒲團 元豐五年太和作

織蒲投我最宜寒正欲陰風雪作團方竹火爐趺坐穩何如矍鑠跨征鞍

分寧本云按此詩一題二首前篇載外集首句云撲屋陰風雪作團後篇即此本是一首而句法改換不同今仍其舊分編

戲答諸君追和予去年醉碧桃

當時倒著接䍦回不但碧桃邀我來白蟻撥醅官酒滿紫綿揉色海棠開

雪後登南禪茅亭簡張仲謀二首 熙寧四年葉縣作

雪後憑高望洛都萬峯遮眼白模糊相將闕苑樓臺上展盡山陰水墨圖

其二

風入村墟播酒旆雲埋行徑罷樵蘇狐裘年少宜追獵正有飢鷹待一呼

景珍太博見示舊倡和蒲萄詩因而次韻 熙寧五年北京作景珍名令蟀

映日圓光萬顆餘如觀寶藏隔蝦須夜愁風起飄星去曉喜天晴綴露珠宫女揀枝模錦繡論包一作師持味比醍醐欲收百斛供春釀放出聲名壓酪奴

喜念四念八至京 元豐八年都下改官作念四即非熊念八諱仲堪字覺民公從弟

朔雪蕭蕭映薄幃夢回空覺淚痕稀鶺鴒聞庭樹烏烏樂知我江湖鴻鴈歸拂榻喜開姜季被上堂先著老萊衣酒樽烟火長相近酬勸從今更不遲

次韻伯氏寄贈蓋郎中喜學老杜詩 元豐二年北京作

老杜文章擅一家國風純正不欹斜帝閽悠邈開關鍵虎穴深沉探爪牙千古是非存史筆百年忠義寄江花潛知有意升堂室獨抱遺編校舛差

蓋郎中惠詩有二强攻一老不戰而勝之嘲次韻解之

詩翁琢句玉無瑕淡墨稀行秋鴈斜讀罷清風生麈尾吟餘新月度簷牙自知拙學無師匠要且强狂一作言遮眼花筆力有餘先示怯真成勾踐勝夫差

和吕秘丞 元豐二年北京作

北海樽中忘日月南山霧裏聕文章清朝不上九卿列白髮歸來三徑荒車轍馬蹄疎市井花光竹影照門墻人間榮辱無來路萬頃風烟一草堂

雜詩四首 元豐二年北京作

扁舟江上未歸身明月清風作四鄰觀化悟來俱是妄漸疎人事與天親

其二

佛子身歸樂國遊至人神會碧天寥刼灰沉盡還生妄但向

平沙看海潮

其三

小德有爲因有累至神無用故無功須知廣大精微處不在

存亡得失中

其四

黃帝煉丹求子母神農嘗藥辨君臣如何苦思形中事憂患

從來爲有身

次韻子高即事熙寧八年北京作

詩禮不忘它日問文章未覺古人疎青雲自致屠龍學白首

同歸種樹書綠葉青陰啼鳥下游絲飛絮落花餘無因常得

杯中物願作鴟夷載屬車

次韻寄藍六在廣陵崇寧二年自鄂赴宜州作

聖學相期滄海頭當時各倚富春秋班揚文字初無意滕薛

功名自不優焦尾朱絃非衆聽南山白石使人愁傳聲爲向

揚州問相憶猶能把酒不

再和寄藍六

南極一星淮上老承家令子氣橫秋萬端只要稱心耳五鼎

何如委吏優海燕催歸人作社江花欲動雨含愁追思二十

年前會棠棣飄零歎鄂不歎鄂不一作歎白頭頂賊廉叔諸兄游今皆凋落

戲書效樂天熙寧四年葉縣作

造物生成稻叔嬾好人容縱接輿狂烏飛魚泳隨高下蟻集

蜂衙聽典常毋惜此兒長道路兒嗟予弟困氷霜酒壺自是

華胥國一醉從他四大忙

余成詩并序熙寧四年葉縣作

役者余成忠信不二執鄙事八年未嘗見其過其貌得

而好德畏不善而慎罰躬行而心安樂問其部伍蓋自

其少時至於今行年六十矣猶一日也察其私持廉甚

謹而遠名吾嘗與僚友論其人雖古之學問士大夫木

强而厚於德如第五公胡威未能遠過也此其人豈子

夏所謂雖曰未學吾必謂之學矣者乎吾貧不能脫其

役與之同歸江湖之上作詩以識愧

丹籍生涯無列鼎白頭忠信可專城自非車騎將軍勢愧使

王尼常作兵分寧本云按原注晉王尼爲兵大將軍幕府洛中名士王澄胡毋輔之皆與尼交將軍聞之因與尼表假遂得離兵

尼字季孫

寄張仲謀熙寧四年葉縣作

好在張公子清秋應苦吟衣穿慈母線囊罄旅人金早晚辭

天闕歸來慰陸沉黃花一樽酒期與爾同斟

次韻春遊別說道二首熙寧三年葉縣作

愁眼看春色城西醉夢中柳分榆莢翠桃上竹梢紅燕濕社

翁雨鶯啼花信風別離感貧賤殷子正書空

其二

青春倚江閣萬象客愁中江水不勝綠稽花無賴紅欹斜半

簾日留滯一帆風携手離筵上清樽不易空

講武臺南有感元豐二年北京作

月明猶在搭衣竿瞧踏臺南路屈盤驕子雨中先馬去村童

烟外倚墻看鴉啼穿木秋風急鷺立漁船野水乾花似去年
堪折贈插花人去淚闌干
孫不愚索飲九日（二字作有）一酒已盡戲答一篇（熙寧四年葉縣作）
滿眼黃花慰索貧可憐風物逐時新范丹出後塵生釜郭泰
歸來雨墊巾偶有清樽供壽母遂無餘瀝及他人年豐酒價
應須賤爲子明年作好春
辱粹道兄弟寄書久不作報以長句謝不敏
病癖無堪吾懶書交親情分豈能踈深慚烟際兩鴻鴈遺我
筲中雙鯉魚故國青山長極眼今年白髮不勝梳幾時得計
休官去箬葉裹茶同趂墟
和知命招晁道夫叔姪（元豐五年太和作）

過我諸公子寂寥非世娛茶須親碾試酒可倩行沽日永烏
皮几窻寒竹火爐不來尋翰墨僮僕解□厭
再次韻戲贈道夫
名教自樂地思君相與娛囊錐見末疾櫝玉待時沽雨歇鳴
鳩樹薰銷睡鴨爐不來應夢起予學□厭飫
秋思
椎牛作社酒新篘扶老將兒嬉隴頭木落人家見雞犬曉寒
溪口在汀洲無功可佩水蒼玉卒歲空思狐白裘身到楚傖
非屈宋顧慙踈懶作悲秋
希仲招飲李都尉北園（元豐二年北京作）
曉踏驊騮傍古墻北園同繫紫游韁主人情厚杯無算別館
春深日正長楊柳陰斜移坐晚酴醿花暗染衣香夜深恐觸

金吾禁走馬天街趂夕陽
過西山
新春未藥未嘗籠西望天涯幾日逼商洛山間白雲起行歌
思見採芝翁
夜聞鄰舟崔家兒歌
半夜聞歌客寢驚空餘縹緲渡江聲湘妃舞罷波紋冷月欲
銜山天未明
重答
莫怪東墻擲果頻沈郎眉宇正青春自言多病腰圍減依舊
瓊林照映人
鴻溝（此詩止子產廟乃和李秀才四絕句山谷晚年獨取楊朴墓一首）
英雄並世不相容割據山川計亦窮溝水已東全入漢淮陰

誰復議元功
裴晉公書堂
裴公入相便論兵躍馬淮西一戰平黃閣不須金印好却來
山下作書生
子產廟
區區小鄭多君子誰若公孫用意深監　執節誅腹誹不除
鄉校獨何心
見二十弟倡和花字漫興五首
落絮遊絲三月候風吹雨洗一城花未知東郭清明酒何似
西窻穀雨茶
其二
官驪鳴鐸逐鹽車只見風塵不見花空作江南江北夢辛夷

躑躅倚山茶
其三
睡起草元三畝宅無人載酒眼昏花不知誰勸路門講天上
日長[redacted]一作爲賜茶
其四
鄭城也似洛城潤[redacted]園林學養花欲把一樽隨飲處[redacted]
處處鎖官茶
其五
池面白魚吹落絮[redacted]退枯花無因光祿賜官酒且學
潞公灌蜀茶
九日對菊有懷粹老在河上四首後二首爲琵琶女奴作
月邀棊約屢登臺學省公廳只對街九日菊花孤痛飲百端

人事可安排
其二
黃花節晚猶可惜青眼故人殊未來金藥飛觴無計共香鈿
滿地始應回
其三
憶得舊時重九日紫萸黃菊壓梳釵寒花有意催垂淚喜鵲
無端屢下堦
其四
碧窻閑殺春風手古柳堤鶯幾日回縱有黃花堪對酒應無
紅袖與傳杯
贈謝敞王博喻元豐二年北京作
高哉孔孟如秋月萬古清光仰照臨千里特來求驥馬兩生
於此敵南金文章最忌隨人後道德無多只本心廢軫斷弦
塵漠漠起予惆悵伯牙琴
和答郭監簿詠雪元豐元年北京作
細學梅花落晚風忽飜柳絮下春空家貧無酒願鄰富官冷
有田知歲豐夜聽梳邊飄屋瓦夢成江上打船蓬覺來幽鳥
語聲樂疑在白鷗寒葦中
直舍寄陳子惠
廣文賓退下簾重涼氣微生筆硯中不得朱絃寫流水綠槐
陰合鳥呼風
和庭誨雨後熙寧八年北京作
小齋卧觀書涼軒夏簟舒天青印鳥跡雲黑卷犀渠新月來
高樹清風轉廣除雨師真解事一爲洗空虛

和庭誨苦雨不出
端居廣文舍暑服似絺綌綠竹塵蒙合紅榴目炙焉披襟風
入幌灑面雨連天莫借角巾墊勤來坐馬韉老杜有兒去看魚騎人來坐馬韉之句
次韻庭誨按秋課出城
風鳴落意地露著晚瓜田官道奔車氣經家煮棗烟稷人歌
挃挃公子騎翩翩旁舍未隱舉明秋願有年
大風熙寧八年北京作
霜重天高日色微顛狂紅葉上堦飛北風不惜江南客更入
破窻吹客衣
題司門李文園亭熙寧八年北京作
白氏草堂元自葺陶公三徑不教荒青蕉雨後開書卷黃菊

霜前碎鵠裳落日看山凭曲檻淸風談道據胡床此來遂得
歸休意都莫鱗然起相湯

次韻和臺源諸篇九首治平三年作

南屏山

襞積藍光刻削成主人題作正南屏身更萬事已頭白相對
百年終眼青烟雨數峯當隱几林塘一帶是中庭紅塵車馬
無因到石壁松門本不扃

七臺峯

欲雕佳句畀層巒深愧揮斤斵鼻端作者七人俱老大昂藏
却立古衣冠千年避世朝市改萬籟入松溪澗寒我有號鍾
鎖蛛網何時對汝發淸彈

七臺溪

先生行樂在淸溪瀟世功名對畫脂一道寒波隨眼淨百年
高柳到天垂昔人無處問誰氏遺礎有情猶舊基猿鶴至今
烟慘淡賢愚俱盡水漣漪四時相及漏催滴萬事不疑氷泮
澌聊欲烹茶薦杞菊身如桑苧與天隨

疊屏巖

掌竹參天無人行來游者多蹊自成石屏重疊翡翠玉蓮蕩
宛轉芙蓉城世緣遮盡不到眼幽事相引頗關情一爐沉水
坐終日喚夢鵓鴣相應鳴

靈壽臺

藤樹誰知先後生萬年相倚共枯榮層臺定自有天地鼻祖
已來傳父兄虎豹文章藏霧雨龍蛇頭角聽雷聲何時暫取
蒼烟策獻與本朝優老成

仙橋洞

橫閣晴虹渡石溪幾年鎗鎖鎮瑤扉洞中日月真長久世上
功名果是非叱石元知牧羊在爛柯應有看棊歸若逢白鶴
來華表識取當年丁令威

靈椿臺

固蔕深根且一丘少時嘗恐斧斤求何人比擬明堂柱幾歲
經營江漢洲終以不才名四海果然無禍閱千秋空山萬籟
月明底安得閑眠石枕頭

雲濤石濤一作溪

造物成形妙畫工地形咫尺遠連空蛟鼉出沒三萬頃雲雨
縱橫十二峯淸坐使人無俗氣閑來當暑起淸風諸山落木
蕭蕭夜醉夢江湖一葉中

羣玉峯

洞天名籍知第幾洞口諸峯蒼翠堆彫虎嘯風斤斧去飛廉
吹雨曉烟回日晴圭角升雲氣月冷明珠剖蚌胎種玉田中
飽春筍仙人憶得早歸來

寄題瑩中野軒元豐六年太和作瑩中係陳瓘

開軒城市如村落人似往時陳太丘朧景半窗行野馬雨寒
疎竹上牽牛平生江海心猶在退食詩書吏罷休
力必知書舊想風流

觀叔祖少卿奕棊治平二年作少卿諱淳字元之官太常少卿

世上滔滔聲利間獨憑棊局老青山心遊萬里不知遠身與
一山相對閑夜半解圍燈寂寞樽前饑却酒闌珊因觀勝負
無常在生死不關

歎息西窓過隙駒微陽初至日光舒
窓日（元祐八年丁母艱家居作）長宮中線添得
思堂一卷書

次韻郭明叔登縣樓見思長句（元豐六年赴德平作）
令尹登臨多暇日杖生芝菌筆生塽溪橫鳳尾寒光去山擁
旌陽翠氣來晚市張燈明遠近　留客舞徘徊紅裳珠履
知多在縣檢惟無■秀才

銅官僧舍得尚書郎趙宗閔墨竹一枝筆勢妙天下
爲作小詩二首（元豐三年改官太和經途作）
省郎潦倒今何處敗壁風生霜竹枝滿世　專翰墨誰爲
真賞拂蛛絲

其二

獨來野寺無人識故作寒崖雪壓枝想得平生藏妙手只今
猶在鬢如絲

曉出祥符趨府（熙寧八年北京作）
朝霞藻繪舜衣裳天碧山青認赭黃憶得御爐烟直下紫宸
辭罷過宮廊

夜觀蜀志（熙寧八年北京作）
蓋世英雄不自知暮年初志各參差南陽隴底卧龍日北固
樽前失箸時霸主三分割天下宗臣十倍勝曹丕寒爐夜發
塵書讀似覆輪籌一局棊

戲答龍泉余尉問禪二小詩（元豐五年太和作龍泉太和鄰邑）
重簾複幕鎖蛾眉銀燭金荷醉舞衣長爲扶頭欠卧酒不關
禪病減腰圍

其二
鬣頭作尾掉枯籐臈月花開更造氷何似清歌倚桃李一爐
沉水醉紅燈

戲贈元翁（元豐六年太和作）
從來五字弄珠璣忍負僧床鎖翠微傳語風流三語掾何時
綴我百家衣

行役縣西喜雨寄任公漸大夫（熙寧四年葉縣作）
行役勞人望縣齋心如枯井喜塵埃青燈簾外蕭蕭雨破夢
山根殷殷雷新麥欲連天際好濃雲猶傍日邊來田歌已有
豐年意令尹眉頭想豁開

戲贈水牯菴（元豐五年太和作）
水牯從來犯稼苗著繩只要鼻穿牢行須萬里無寸草卧對

十方（一作千峯）同一槽租稅及時王事了雲山橫笛月輪高華亭
浿說吹毛劍不見全牛可下刀

癸亥立春日煮茗於石池寺見庚戌中盛二十舅中
叔爲縣時題名歎此寺不日而成哀縣學樂而不能
復（元豐六年太和作）
中叔風流映江左當年桃李自光輝看成佛屋上雲雨不忍
學宮荒蕨薇人物深藏青白眼（中叔胸中人物了了而未嘗危言覈論）官聯會
近赭黃衣蛛絲柱後惠文幘憔悴今乘別駕歸

招戴道士彈琴（熙寧八年北京作）
春愁如髮不勝梳酒病綿綿困未蘇欲聽淳音消妄想抱琴
端爲一來無

延壽寺見紅藥小魏揚州號爲醉西施（元豐六年太和作）

醉紅如墮珥奈此惱人香政爾無言笑未應吳國亡

臨江寺僧以金線猿皮蒙棐几 元豐四年太和作

蒙茸冐枯几想像掛霜枝永失金衣友文章安用爲

送君庸 元豐五年太和作

北風吹雨薄寒生人與蠟梅相照明恨君草草渡江去重約歸時舞鳳笙

北園步折梅寄君庸

林中破笑派雪雨不著世間笑粉塵覆人曉風香滿袖無人同詠一枝春 似人立一

一夕風雨花藥都盡唯有鞞蘂一叢濯濯得意戲題 元豐六年太和作

紅藥山丹逐曉風春榮分到鞞蘂叢朱顏頗欲辭鏡去煮藥

掘根儻見功

漫興 元豐五年太和作

肉食傾人如出凡藜羹賦我是朝三曉來不倦聽衙鼓雲裏捲簾山正南

寄劉泗州 元豐七年德平作

萬馬千艘要路津禪翁新畫兩朱輪行春定得忘言對金碧浮圖何姓人 一作國人

次韻答任仲微 元豐五年太和作

伯氏文章足起家鴈行唯我乏芳華不堪黃綬腰銅印只合淸江把釣車縮項魚肥炊稻飯扶頭酒熟問蘆花吳兒何敢當倫比或有離騷似景差

何主簿蕭齋耶與詩思家戲和答之

善吟閨怨斷人腸二妙風流不可當傳粉未歸啼玉筯吹笙無伴澁銀簧睡添鄉夢客床冷瘦盡腰圍衣帶長天性少情詩亦少羨他蕭史與何郎

次韻和魏主簿 元豐五年太和作

梅蘂觸人意繞枝三四旋元冥與之笑青帝不爭權簾晚壽陽醉雲深姑射眠愁蛾英半落嬌靨蔕初圓短笛吹羌笛諸郎宴洞天官梅佐覽輮才拍翰林肩風力能氷酒霜威欲折綿錦衾寒有恨花信遠難傳飲罷鐘催曉詩成律換年餘香勤管領莫厭屢中賢

南安試院無酒欲周道輔自贛上携一榼時時對酌惟恐盡試畢僕夫言尚有餘樽木芙蓉盛開戲呈道輔 元豐四年太和作

聞說君家好弟兄窮鄉相見眼俱青偶同一飯論三益頗爲諸生醉六經山邑巳催乘傳馬睫窓猶共讀書螢霜花留得紅粧面酹盡齋中竹葉餅

贈淸隱持正禪師 熙寧元年葉縣作

淸隱開山有勝緣南山松竹上參天擬開華岳三峯手參得浮山九帶禪水鳥風林成佛事粥魚齋鼓到江船異時折脚鐺安穩更種平湖十頃蓮

次韻公擇雨後 元豐三年改官太和道中作

二聖勤民損膳羞雨餘今見角田秋碧酒尚堪遮眼醉紅榴不解替人愁

山谷詩

山谷詩別集補一卷

謝啓昆輯補

清乾隆五十四年（一七八九）南康謝氏樹經堂刻本
原版框高十九點四釐米，寬十四點六釐米
江西省圖書館藏

山谷詩別集補目録

宋本豫章黃先生別集二十卷黃子耕跋云：允太史別集皆今豫章前後集未載，蓋李氏所編多循洪氏定次舊本，故毀壁序所以不錄，而承天塔院記實兆晚年之禍，亦復遺逸，鑙不肖竊聞先訓，用是類次家所傳，集博求散亡，得詩七十六首云云，嗣是有得當附益之。淳熙壬寅二月旦諸孫䇲謹識。按此別集詩與史季溫注者不同，今以任史注三集所無者二十八首抄爲一卷，其題下注依分寧新刻本。謝啓昆識

山谷詩別集補

四月末天氣陡然，如秋遂御裌衣游北沙亭觀江漲 熙寧元年葉縣作

沙岸人家報急流船官觧纜正夷猶震雷將雨度絕壑遠水粘天吞釣舟甚欲去揮白羽箑可堪更着紫茸裘平生得意無人會浩蕩春鉏且自由

同宋景瞻分題汴上行 熙寧五年國子監教授作

東風何時來隄柳芳且柔河氷日已銷漫漫春水流寒梅未破萼芳草綠猶稠歲月不我還念此人生浮高車無完輪積水有覆舟鹿門不返者誰得從之游

梨花 元豐二年北京作

巧解逢人笑還能亂蝶飛清風時入戶幾片落新衣

題醒心軒 元豐六年太和作慈恩寺清由主開窻于礙坊竹陰余命曰醒心

盡日竹風談法要無人竹影又斜陽他時若有相應者莫負開軒人姓黃

承示中秋不見月及憫雨連作恐妨秋成奉次元韻 元豐七年

秀稻秋風喜太平獨疑連雨未全晴銀蟾似亦無聊賴默度寒宵嬾吐明

書王氏夢錫扇 元祐二年秘書省作

壓枝梅子大於錢慚愧春光又一年亭午無人初破睡杜鵑啼在柳梢邊

謝王炳之惠茶 元祐二年秘書省作

平生心賞建溪春一邱風味極可人香包解盡寶帶胯黑面碾出明窻塵家園鷹爪改嘔冷官焙龍文常食陳於公歲取壑源足勿遺沙溪來亂真

和答劉中叟殿院 元祐二年秘書省作

平生劉宗正聞有湖海氣黃石與兵書雷震鎖胸次跨馬開武溪韔弓作文吏守祧仁九族琢玉詔萬世去乘御史驄權貴歛手避時時倚諫草頗用文章戲風人託草木騷客拾蘭蕙傾懷謝僚友句法何壯麗諸公遊蓬壺賤子濫末至風流餘翰墨想見經行地烏啼霜臺柏岑絕不可詣峩峩觸邪冠此中有餘事醫國妙藥石立朝極涇渭餘子蠢靑簡走亦行幞被

伯時彭蠡春牧圖 元祐三年秘書省作

岳陽樓上春已歸湖中鴻鴈拍波飛布帆天闊隨鳥道石林

風晚吹人衣春水初生及馬腹浮灘欲上西山麓遥看絕嶺秀雲松上有垂蘿暗谿谷沙眠草齧性不驕側身注目鳴相招林間瞥過星爍爍原上獨立風蕭蕭君不見中原真種胡塵沒南行市骨何倉卒秖收力徤載征夫肯向時危辨奇骨郎令貢馬西北來東西坊監屯雲開紛然駑驥同一秣爾可不憂四蹄脫

題伯時馬 元祐三年秘書省作

我觀李侯作胡馬置我軟勒陰山下驚沙隨馬欲暗天千里絕足鼠眼跨一作過自當初觿沙苑丞豈復更數將軍霸李侯今病廢右臂此圖筆妙今無價

題東坡竹石 元祐三年秘書省作

惟石岑崟當路幽篁深不見天此路若逢醉客應在萬仞峯

前

觀劉永年團練畫角鷹 元祐二年秘書省作

劉侯才勇世無敵爰畫工夫亦成癖弄筆掃成蒼角鷹殺氣稜稜動秋色爪拳金鉤觜屈鐵萬里風雲藏勁翮兀立槎枒不畏人眼看青冥有餘力霜飛晴空塞草白雲垂四野陰山黑此時軒然盍飛去何乃巑屼立西壁祇應真骨下人世不謂雄姿留粉墨造次更無高鳥喧等閑亦恐狐狸赫旁觀未必窮神妙乃是天機貫胸臆相笑兀摩空材想見其人英武格傳聞揮毫頗容易持以與人無甚惜物逢真賞世所珍此畫他年恐難得

題王晉卿平遠 元祐三年秘書省作

風流于晉龍吹笙小筆溪山刮眼明相倚鴛鴦得偶暌一川

風雨斷人行

大暑水閣聽晉卿家昭華吹笛 元祐二年秘書省作

蘄竹能吟水底龍玉人應在月明中何時為洗秋空熱散作霜天落葉風

癸酉八月同百丈肅禪師溫湯作小詩呈九仙舜公長老 元祐八年丁母喪歸家作

九仙漚和湯浴此二水牯主人無施心冷暖各得所道途開十方瓢杓汲萬古欲問源從來大雄山有虎

竹枝詞二首 紹聖二年

三峽猿聲淚欲流夔州竹枝解人愁渠儂自有回天力不學垂楊繞指柔

其二

塞上柳枝且莫歌夔州竹枝奈愁何虛心相待莫相誤歲寒望君一來過 按紹聖二年公在夔州故詩中皆有夔中竹枝語

詠子舟小山叢竹 元符二年戎州作

病竹猶能冠叢夏箪解籜忽忽細草因依岑寂小山紫翠欲空

次韻斌老冬至書懷示子舟篇末見及之作因以贈子舟歸 元符二年戎州作

二宗性清真俱抱歲寒節常思風雲會為國奮忠烈道方淪波頹位有豺虎竊夫婦相魚肉闕中一丈雪北風夜涔涔竹枯松柏折泰來拔茅連井收寒泉冽天地復其所我輩皆慰愜何為對樽壺似見小敵怯大宗垂紫髯貴氣已森列小宗新換骨健啗頗腴悅昨宵連環夢秣馬待明發寒日一線長

把酒相喻說人生但安樂逢世無功拙斑衣戲親庭不作經年別猶有未歸心遠寄丁香結

戲題斌老所作兩竹梢 元符二年戎州作

老竹帖妥不作奇嫩篁翹翹動風枝是中有目世不知吾宗落筆風烟隨

奉次斌老逆瘦木棋局八韻 元符二年戎州作

跔工運斤斧蟠木破權奇離離稻田畦目辭波文稀居然有心作箇是偶爾為正當合戰地仍有曳尾龜膠漆與顏色金銅利關機抱器心自許成功世乃知吾宗為湍涉枯木更生輝背城儻借一觀我凱旋歸

題石恪畫機織圖 元符三年

荷鋤郎在田行餉兒未返終日弄鳴機恤緯不思遠

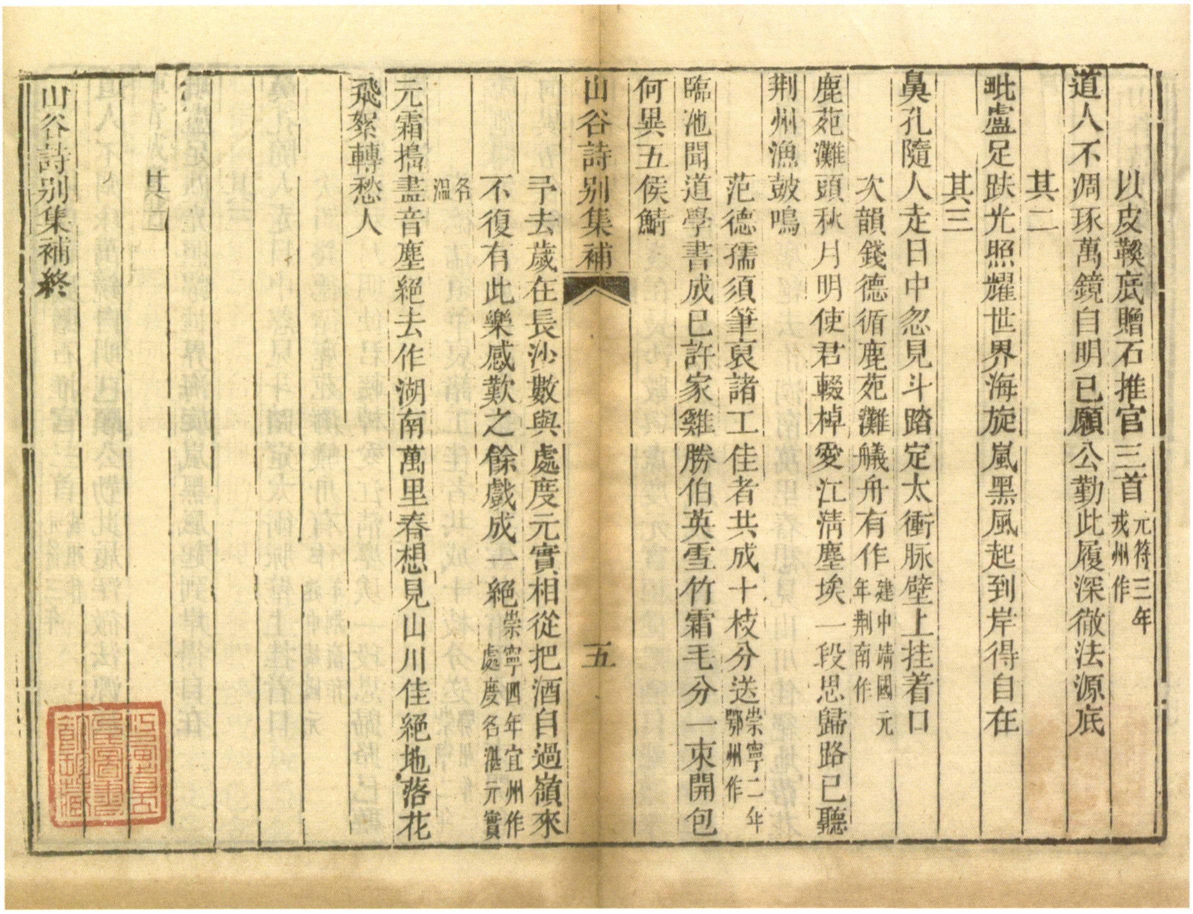
以皮鞹底贈石推官三首 元符三年戎州作
道人不凋琢萬鏡自明已願公勤此履深徹法源底
其二
毗盧足趺光照耀世界海旋嵐黑風起到岸得自在
其三
鼻孔隨人走日中忽見斗踏定太衝脉壁上挂着口
次韻錢德循鹿苑灘艤舟有作 建中靖國元年荆南作
鹿苑灘頭秋月明使君輟棹愛江清塵埃一段思歸路已聽荆州漁鼓鳴
范德孺須筆裒諸工佳者共成十枝分送 崇寧二年鄂州作
臨池聞道學書成已許家雞勝伯英雪竹霜毛分一束開包何異五侯鯖
山谷詩別集補　五
予去歲在長沙數與處度元實相從把酒自過嶺來不復有此樂感歎之餘戲成一絕 崇寧四年宜州作處度名灝元實名溫
元霜擣盡音塵絕去作湖南萬里春想見山川佳絕地落花飛絮轉愁人
山谷詩別集補終

附一：輯補《全宋詩》失收黄庭堅詩作

奉和泰亨詠成孺宅瑞牡丹前韻二首仍邀再賦呈成孺昆仲漢侯賢友

詭麗何曾見洛城，緑雲浮檻捧雙英。芳心並吐初無語，粉艷相挨似有情。魏紫素奇知未足，姚黄雖美敢齊榮。香苞大表君家慶，吉事方來豈易名。

正應傾國復傾城，膩玉重重疊秀英。粉面競低如顧拍，緑雲羞墜兩凝情。嬌嬈並冠三千寵，富麗還鍾百五榮牡丹常過百五後奇葆異色方大開。搦管濡毫思紀詠，卻嫌才短事難名。

題吴道子畫地獄變相

畫師畫地獄，苦楚百千般。晝出從頭看，使人骨毛寒。以上二題三首出清乾隆四十五年婺源汪大本刻本《豫章先生遺文》卷一。

净照禪師真贊

净照禪師，净因寺臻道人也。東坡則翰林蘇子瞻，往歲謫居黄州，嘗居江上之東坡。龍眠，蓋廬江李伯時，頃與其弟德素、同郡李元中求志於龍眠山，淮南號爲龍眠三李者也。净照老人，恬淡少爲，作寺舍僻在西南，人罕知之者。予嘗作真贊云云。人以其近俳也，笑其俳不既其實。今得龍眠寫照，東坡作偈，此語乃大行。跋尾八公，是日不約而集。元祐三年冬至前二日，南昌黄某書。

猛虎無齒，臥龍不吟。風林莫過，六合雲陰。遠山作眉紅杏臉，嫁與春風不用媒。阿婆三五少年日，也解東塗西抹來。《山谷別集》卷一二作《跋净照禪師真贊》。陳曉蘭《黄庭堅佚詩輯考》謂又見於《續藏經》乙編明玄極《續傳燈録》卷九《題道臻像》。《續藏經》「猛虎」作「老虎」，「風林莫過」作「千林月黑」，「阿婆」作「老婆」。

翁罵徐沙彌爲奴而金丁玩之因作此頌

徐行煎煎要剃除，秋毫僧事没工夫。何須苦要袈裟著，包個無能臭秃奴。以上二首出清乾隆四十五年婺源汪大本刻本《豫章先生遺文》卷二。以上五首，黄啓方《〈全宋詩〉黄庭堅卷補遺——兼介〈豫章先生遺文〉一書》（載《宋代文學研究叢刊》第二期，一九九六年）輯補。

勸學贈孟甥 扶、揚

軻闢楊墨，功愈於禹。仲子論詩，汔紹厥緒。喜鑿言易，亦自名家。一姓幾墜，光綿其瓜。嘉出江夏，處濁而清。河潤九里，外孫淵明。雲卿浩然，爰及郊簡。三詩連蹇，尚書則顯。咨爾孟孫，望洋漢唐。其勤斯文，對前人光。出宋乾道刻《豫章黄先生文集》卷二〇。編者按：文淵閣四庫本《山谷集》卷二〇雜著載此詩。

和答梅子明王揚休點密雲龍

小壁雲龍不入香，元豐籠焙承詔作。二月嘗新官字盞，遊絲不到延春閣。去年曾覺滅光輝，人間十九人未知。外家春官小宗伯，分送蓬山裁半璧。建安瓷碗鷓鴣班，谷簾水與月共色。五除試湯飲墨客，泛甌銀粟無水脈。辟宫邂逅王廣文，初觀團團破龍紋。諸公自別淄澠了，兔月葵花不足論。石磑春芽風雪落，煮澆肺渴初不惡。河伯來觀東海若，鹿逢朱雲真折角。子真雲孫唾成珠，廟堂只今用諸儒。鍊成五石補天手，上書致身可亨衢。顧我賜茶無骨相，他年幸公肯相餉。出文淵閣《四庫全書》本《山谷外集》卷二。

揚州戲題

春風十里珠簾捲，髣髴三生杜牧之。紅藥梢頭初繭栗，揚州風物鬢成絲。出文淵閣《四庫全書》本《山谷外集》卷六。《山谷内集詩注》卷七録於《往歲過廣陵值早春嘗作詩云云今春有自淮南來者道揚州事戲以前韻寄王定國二首》詩題中（見《全宋詩》册一七卷九八五頁一一三六八）。

張翔父哀詞

張庖民翔父往在皖溪口開泉長安嶺下，元豐庚申十月，余舟次泉下，斛泉瀹茗，嘉若人之同臭味，蓋已夙期與之友。於是盤礴泉上，斵土出石，贔屭如龜伏而吐泉，乃名曰靈龜泉，勒銘泉石，屬裴士章憲之蒔梅百本，斬惡木而後行。壬戌六月，翔父之息耕，護翔父之喪過泉下。翔父才德初不在人後，俯仰庸人，不甚出奇見異。其於林泉，心安性服之也。作詩清壯，能爲不經人道語。迍回歲晚，揜棺曹溪，爲作哀詞遺耕，且諉翔父之甥胡僧孺唐臣鑱之靈龜泉上，以圖不朽。

我觀翔父兮白璧黄金，蓺蘭九畹兮寂寞中林。號鍾清角兮蛛以爲室，子野骨朽兮誰明此心。驥思天衢兮欵段參駕，西子掃除兮嫫母薦衾。萬世一軌兮螻蟻同域，志則日月兮與天照臨。走官窮海兮賫恨下泉，歸舟載旌兮行路沾襟。靈龜伏坎兮古木風雨，欹崖銘詩兮金玉同音。九原松聲兮吾得詩友，遺稿怨絶兮絡緯霜砧。寫哀寒水兮琢詞堅石，君有嘉息兮安知來者之不如今。出文淵閣《四庫全書》本《山谷外集》卷八。

宿道吾莊貽鑑長老

靈官知在白雲中，未遂躋攀十里松。山下宿尸如海水，堂中鑽飦舊家風。

蠶

奕奕春晴爽氣乾，紅蠶迎曉浴波瀾。方看嫩葉垂青箔，忽覺柔絲滿白盤。作繭豈嘗徒己利，殺身終只爲人寒。莫將簷外蜘蛛比，貪腹徒然似彈丸。

聞善遺侍兒來促詩戲成小詩

日遣侍兒來報嘉，草鞋十里踏堤沙。鳩盤茶樣施丹粉，只欠一枝萵苣花。以上三首出宋乾道麻沙本《類編增廣黄先生大全文集》卷五。

慈湖（表）〔袁〕彬質夫乞學書

質夫裂素要作學，老夫落筆龍蛇走。爲置薔薇露一斗，爲公灑墨三千首。出宋乾道麻沙本《類編增廣黄先生大全文集》卷九。

同山甫謁新市趙家

聞君足穀多水牛，故來奉干三五頭。若得牛時謝牛去，不得牛時不謝牛。出宋乾道麻沙本《類編增廣黄先生大全文集》卷一九。

借題大雲寺鍾韻 編者按：「鍾」或爲「鐘」誤。世謂麻沙本粗劣。

東坡蟬蜕去，醉墨猶新濕。涪翁吐玉唾，舊觀神明集。

昔韶陽大士來往翠巖前作云巖轉輪蓮華經藏艱勸累歲乃成余竄逐萬里白頭來歸旋繞歎息崇寧壬午歲三月初六日有北山社火來轉輪藏予與弟姪偶到藏下適見村民盜經堂僧銅鐃被擒令負鐃反縛於柱下感之戲作詠

海藏金蓮轉，寶香薝蔔薰。不見翠巖老，唯見梁上君。以上二首出宋乾道麻沙本《類編增廣黄先生大全文集》卷二〇。

遣心寄何十二兄弟三首

晚飯芹羹當食牛，杖藜徐步勝驊騮。懸鶉破帽顔居士，何似爛羊關内侯。

山谷老人來斗南，（捧）〔棒〕頭有眼許人參。（項）〔須〕根只許同無著，不會前三與後三。

儋耳歸成地下郎，門人時炷帳前香。張侯皃古如夫子，杖拂應來坐雪堂。以上三首出宋乾道麻沙本《類編增廣黄先生大全文集》卷二一。

戎州三鬟字贊 蘭、萱、英

賀蘭清真，幽閒自芳。塵埃外物，字曰國香。季萱玉潤，元髮素肌。能忘人憂，字曰百宜。任英機警，照映同時。人中千一，字曰千之。出宋乾道麻沙本《類編增廣黄先生大全文集》卷二六。「間」疑爲「閒」之誤。「元髮」，或屬「玄髮」，疑避宋始祖玄朗諱。

頌胎息 一云記舒秀才行氣將

蓮花合裏燭一寸，牝馬海中燒百川。糞掃堆頭親拾得，道人云是玄中玄。

因觀五祖演上堂戲之作偈

銅簸箕，鐵簸箕，赤土畫簸箕，總有第一義。若無第一義，將甚打獃子。獃子眼搭（掺）〔眵〕，也有第一義。若無第一義，將甚放二四。若問何等語，汝可聽吾偈。

荊州士大夫說一種無礙禪酒色自恣因作決定偈

不能止酒，不能斷肉。不斷貪慾，又不知足。齊佛知見，亦入地獄。以上三首出宋乾道麻沙本《類編增廣黄先生大全文集》卷二七。

次韻李士雄子飛獨遊西園折牡丹憶弟子奇二首 舊本共三首

花開西寺十里雪，管領須傾三百盃。已撥春醅鬧如蟻，望君及得禁煙回。

東陽瘦盡吟詩骨，冷落花前飲鳳團。魏紫姚黄滿京洛，大名城裏看山丹。出《山谷外集詩注》卷一六。按：此二首於《全宋詩》卷一〇一四頁一一五七六至一一五七七原屬注文，今重録補爲正文。

送四十九姪

有姪財相見，何堪舉別觴。共期同奮發，更勉致軒昂。接物宜從厚，修身貴有常。翁翁尤念汝，早去到親旁。出清光緒刻本《宋黄文節公全集·續集》卷一〇。原注：有石刻。

玉簪花

宴罷瑶池阿母家，嫩瓊飛上紫雲車。玉簪墜地無人拾，化作東南第一花。出宋陳景沂《全芳備祖》前集卷二六。宋胡仔《苕溪漁隱叢話》前集卷四七引此詩，作古人詩，「宴」作「燕」，「嫩瓊飛上」作「飛瓊扶上」。

詠龍眠山

諸山何處是龍眠，舊日龍眠今不眠。聞道已隨雲物去，不應只雨一方田。出《錦繡萬花谷》續集卷一〇。

挨人石

汝是挨人石，我是黄庭堅。待我得官後，驅雷劈兩邊。出明嘉靖《寧州志》卷六。「挨人石，在州治東南六十里安鄉十四都。」注曰：「官道傍，高大如屋，下臨深淵，人或有挨而致墮者。俗傳謂黄山谷過此，指曰云云。山谷登第後，石果被震。」

古雲山寺

空餘叔子兩青碑，無復山翁白接羅。卧對江流悲往事，行穿雲嶺扣禪扉。松風半入烹茶鼎，山鳥常啼掛月枝。見説北歸應有日，道人先作鹿門期。陳曉蘭《黄庭堅佚詩輯考》據明李蓘《宋藝圃集》卷一〇録詩題作《古雲寺山》，脱「羅」字。李成晴《范仲淹、蘇軾、黄庭堅軼詩輯考——以方志文獻爲中心》（載《重慶師範大學學報》哲學社會科學版，二〇一五年第二期）據嘉靖《長沙府志》卷五録詩題作《古雲山寺》，「接羅」作「接離」，又稱明李蓘《宋藝圃集》卷一〇作「接籬」，然考明萬曆暴孟奇刻本、文淵閣《四庫全書》本《宋藝圃集》，均作「接羅」。按：接羅，帽名，亦作「接籬」、「接離」。

聚遠樓

蜀國詩人衆所譽，三章風物似披圖。不知真境得及及，高齋勝處無安撫。出明正德《饒州府志》卷三。以上二十三題二十六首，陳曉蘭《黄庭堅佚詩輯考》輯補。

和米元章題子敬范新婦唐摹帖

王令遺墨方尺紙，尾題倩仲實子美。百家傳本略相似，如月行天見諸水。拙者竊鈎輒斬趾，田恒取齊並聖智。錦囊昏花百過洗，湖海濯纓人姓米。《全宋詩》卷一〇二七頁一一七四四據阮閱《詩話總龜》前集卷九輯補「百家傳本略相似，如月行天見諸水」、「拙者竊鈎輒斬趾」三句。張如安《〈全宋詩〉六位名家「佚詩」小考》（載《寧波大學學報》人文科學版，二〇〇三年第四期）據米芾《書史》、《蘇詩補注》卷二九附録爲之補全，謂「此乃黄庭堅次韻米芾二王書跋尾之作」。陳曉蘭《黄庭堅佚詩輯考》擬此詩題。

題博古堂

吾校禁中秘書，遊江南，文士圖書之富，未過田氏者。

儇尉公餘懶著鞭，一堂正席對遺編。牙籤錦軸皆煨燼，秖許芳名後世傳。出《永樂大典》卷七二四一引《江陵志》。

清江引

先生抱琴坐客床，坐中冷冽凝清霜。琴心静與人意會，一瀉萬里之長江。七弦雖在十指空，江水東流波不動。仙翁默坐我忘機，似成白晝羲皇夢。出《永樂大典》卷二七四一引《九江府志》。編者按：湯華泉擬詩題爲《清江引贈崔閑》，今檢《永樂大典》卷二七四一「崔閑」條引《九江府志》，謂崔閑卒年七十八，「時有皮仙翁者，不知何名，亦與蘇、黄往來。庭堅嘗爲賦《清江引》云云」。則庭堅所贈詩者乃皮仙翁，並非崔閑。以上二首，湯華泉《〈永樂大典〉新見宋佚詩輯録（上）——補〈全宋詩〉》（載《古籍研究》，二〇〇六年卷下）輯補。

題新婦石

南崖新婦石，霹靂壓筍出。勺水潤其根，成竹知何日？陳永正《從廣東方志及地方文獻中新發現的〈全宋詩〉輯佚八十三首》（載《嶺南文史》，二〇〇七年第三期）據一九六七年江西武寧出土刻石輯補。此詩元豐三年作，見陳永正《黄庭堅詩選注》（上海古籍出版社，一九八五年）。

能仁寺

招提古山島，掩映碧江心。鐘叩蘋風遠，僧禪水月深。鶴歸門外浴，龍向檻邊吟。每遣遺詩者，毋忘撥棹尋。出汪森《粵西詩載》卷一〇。

贈朱冕兄弟

萬里瀟湘一故人，白頭親老尚懸鶉。還家但有千竿竹，望日空耕一畝芹。賣劍買牛真可惜，隻雞斗酒得爲鄰。勸君莫起羈愁思，滿腹文章未是貧。出《粵西詩載》卷一三。同書卷二二録此詩前四句，題作《過全州訪朱德父》。

謝人惠詩並茶

官縛何能過九江，塵奔霧走小男邦。不禁畏暑蒸南膝，時傍微涼卧北窗。茗椀喜生風腋兩，椿闈好奉雪頭雙。茶餘更把君詩讀，愁崇知之自乞降。出《詩淵》册一頁一六七。

謝僧送橘

茂陵多病卧閑窗，詩思無聊渴思長。賴有廬山坐禪客，穿雲分送洞庭香。出《詩淵》册一頁二五七〇。

謝人惠牡丹

君家洛下妖嬈豔，(奇)〔寄〕與山中寂寞人。珍重仙翁有深意，不教輕負一年春。出《詩淵》册一頁二五〇二。陳曉蘭《黃庭堅佚詩輯考》據《分門纂類唐宋時賢千家詩選校證》（李更、陳新校證，人民文學出版社，二〇〇二年，下稱《詩選》），謂《詩選》收録此三首排於題署「黃山谷」的詩作之後，並無作者題署，而《詩淵》則均署「黃山谷」，是《詩淵》鈔録《詩選》，還是各有出處，不易考實，且《詩淵》明顯增加了不少錯誤，提出《全宋詩》據此書收入的作品，一定程度上宜存疑。李更《從〈分門纂類唐宋時賢千家詩選〉看〈詩淵〉作品署名方面的問題》（載《中國中世文學研究論集》，上海古籍出版社，二〇〇六年）指出，《詩選》闕署名的詩作，《詩淵》按前一作者收録的可靠性不高。《詩淵》以上三首以及別一首《謝人送茶》屬於此類情況，皆排列在署「黃山谷」他詩之後，均無署名，而《謝人送茶》中間兩聯，宋陳景沂《全芳備祖》後集卷二八引録，爲戴翼詩，見録於《全宋詩》册五九卷三一二八頁三七三八〇，僅幾字異，由之同出《詩淵》的以上三首歸屬宜存疑。編者按：陳文推論頗可參考，然究無他據，姑從輯補。

贈全法華

攝意持經盡刧灰，人間處處妙蓮開。他時誦滿三萬部，卻覓曹溪一句來。出《寶慶四明志》卷一三。「慈福院」條下：「院舊有全師者，年六十餘，日誦《妙法蓮華經》，三十餘年如一日，以部計之，萬五千矣，世目之爲全法華。净照禪師臻老既詩之，士大夫從而和者甚衆，最後黃山谷一詩有云云。」編者按：《全宋詩訂補》於詩題作《詩一首》；《全宋詩輯補》據《法華經顯應録》卷下輯補詩題則爲《贈全法華》，「他時」作「佗年」，今詩題從之。以上六首，《全宋詩訂補》（陳新、張如安、葉石健、吴宗海等補正，大象出版社，二〇〇五年）輯補。

調笑歌詩

海上神仙字太真，昭陽殿裏稱人心。猶思一曲霓裳舞，散作中原胡馬塵。方士歸來説風度，梨花一枝春帶雨。分花半鈿愁殺人，上皇倚欄獨無語。出黄庭堅《山谷琴趣外篇》卷三。彭國忠《補〈全宋詩〉八十一首——新補〈全宋詩〉之一》（《華東師範大學學報》哲學社會科學版，二〇〇五年第二期）輯補，謂景宋本《山谷琴趣外篇》目録中該詞調後有小字「效李白《長恨歌》之句」，而正文詞調後無此題，故不取作詩題。陳曉蘭《黄庭堅佚詩輯考》題作《詩一首》。

和荆公石牛洞詩韻

水無心而宛轉，山有色而環圍。窮幽深而不盡，坐石上以忘歸。出《天柱山志·摩崖石刻》。湯華泉《新見石刻文獻中的宋佚詩——補〈全宋詩〉》（載《中國韻文學刊》，二〇〇六年第三期）輯補。編者按：李丁生《天柱山山谷流泉石刻》（安徽美術出版社，二〇一一年）載此石刻搨片，題作《荆公題詩刻》，石刻所題作者爲「荆公」亦有争議，或謂後人所刻。韓結根《舒州天柱山詩詞輯校注解》（復旦大學出版社，二〇一九年）則謂康熙《潛山縣志·藝文志》收《山谷次荆公韻》詩，署作者爲「黄庭堅」，與《天柱山摩崖石刻集注》所收「王安石六言詩」，雖有四字不同，但顯然是同一首作品，王安石、黄庭堅集皆無此詩，不知作者究竟爲誰，俟考。《全宋詩輯補》（湯華泉輯撰，黄山書社，二〇一六年）謂觀此刻圖版，字體亦似黄庭堅書。

題靈巖

大厦高堂未足論，鑿時功力借乾坤。廣長可坐三千客，今古惟留十八尊。谷口白蓮生玉沼，壁間青蔓掛雲門。開山蕭老今何在，六股鳴環錫杖存。出光緒《湖南通志》卷一五。

寄南岡寺惟信大師

草深丈許落花紅，正令行時絶異同。背觸俱非無敢犯，鋒鋩不露有誰通？掀翻窠臼全收放，賣盡風流患啞聾。曾向黄龍簷下過，種來毒氣滿虚空。出道光《吉水縣志》卷三一。以上二首，李成晴《范仲淹、蘇軾、黄庭堅軼詩輯考——以方志文獻爲中心》（載《重慶師範大學學報》哲學社會科學版，二〇一五年第二期）輯補。

贈惠洪

觀君詩説，煙波縹緲處，如陸忠州論國政，字字坦夷，前身非篙師沙户種類邪？

吾年六十子方半，槁項頂螺忘歲年。韻勝不減秦少觀，氣爽絶類徐師川。不肯低頭拾卿相，又能落筆生雲煙。脱却衲衣著蓑笠，來佐涪翁刺釣船。出《山谷集》卷六。序語及首尾二聯見《冷齋夜話》卷三，「槁項頂螺忘歲年」作「槁項螺巔度歲年」。陳曉蘭《黄庭堅佚詩輯考》謂最早見於宋乾道刻《豫章黄先生文集》卷六，宋孫覿《鴻慶居士集》卷一二《與曾端伯書》以爲惠洪僞作魯直贈詩，元方回《瀛奎律髓》卷四七亦謂惠洪僞作。

葫蘆頌

大葫蘆挈小葫蘆，惱亂檀那得便沽。每到夜深人静後，小葫蘆入大葫蘆。出《山谷琴趣外篇》卷三《漁家傲》小序引，另一首亦作《葫蘆頌》，已收入《全宋詩》。

法昌倚遇頌

法法遍參，如鏡中現。水上胡蘆，按著便轉。出《法昌倚遇禪師語録》。

送鄉人赴廷試

青衫烏帽蘆花鞭，送君直至明君前。若問舊時黄庭堅，謫在人間十一年。出《五總志》，謂丱角時作。《道山清話》謂八歲作，爲三句，云：「君到玉皇香案前，若問舊時黄庭堅，謫在人間今八年。」

酒令

虱去乁爲虫，添几卻是風。風暖鳥聲碎，日高花影重。出《雞肋編》卷下。

贈志添禪師

蒲團木榻付禪翁，茶鼎薰罏與客同。萬户參差寫明月，一家寥落共清風。出《補續高僧傳》卷二三《志添元普傳》。此詩與《全宋詩》據《山谷外集詩注》所收《題息軒》「僧開小檻籠沙界，鬱鬱參天翠竹叢。萬籟參差寫明月，一家寥落共清風。蒲團禪板無人付，茶鼎薰爐與客同。萬水千山尋祖意，歸來笑殺舊時翁」句子多同。是一詩兩本，還是後人改寫，不得而知。

赭山

讀書在赤鑄，風雪彌青蘿。汲綆愁冰斷，村酤怯路蹉。玉峰凝萬象，緑蕚啄輕螺。古劍摩空宇，寒光啓太阿。出《太平三書》卷四、康熙《太平府志》卷三九。

硯山行

新安出城二百里，走峰奔巒如鬬蟻。陸不通車水不舟，步步穿雲到龍尾。龍尾群山聳半空，居人劍戟旌幡裏。樹接藤騰兩畔根，獸卧崖壁撑天宇。森森冷風逼人寒，俗傳六月常如此。其間石有産羅紋，眉子金星相間起。居民山下百餘家，鮑戴與王相鄰里。鑿礪磨形如日生，刻骨鏤金尋石髓。選堪去雜用精奇，往往百中三四耳。磨方剪鋭熟端相，審樣狀名隨手是。不輕不燥禀天然，重實温潤如君子。日輝燦燦飛金星，碧雲色奪端州紫。遂令天下文章翁，走吏迢迢來澗底。時陳三日酒傾醇，祓祝山神神莫鄙。懸崖立處覺魂飛，終日有無難指擬。不知造化有何心，融結之功存妙理。不爲金玉資天功，時與文章成里美。自從元祐獻朝貢，至今人求不曾止。研工得此贍朝飡，寒谷欣欣生暗喜。願從此硯鎮成隨，帶入朝廷揚大義。寫開胸臆化爲霖，還與空山救枯死。出乾隆《婺源縣志》卷三七。黄庭堅似無婺源行跡，此詩存疑。編者按：此詩最早見載於康熙三十三年蔣燦纂修《婺源縣志》卷一二，其中數字與乾隆《婺源縣志》異，今據康熙《志》徑改。以上八首，《全宋詩輯補》輯補。

登雲居作

瘦筇扶我上稜層，眼力窮時腳力疼。天上樓臺山上寺，雲邊鐘鼓月邊僧。四時美景觀難盡，半點紅塵到不能。白髮龐眉老尊宿，祖堂秋鑑耀真燈。出《雲居山志》卷一四。史雨婷《〈全宋詩〉補遺一百零一首——據〈中國佛寺志叢刊〉補輯兼論補輯方法》（載《湖北科技學院學報》，二〇一九年第三期）輯補。

詩一首

人言生入鬼門關，更不理爲在生日。雖從乙酉到庚辰，老夫明年五十七。出黄庭堅《書自書〈楞嚴經〉後》。李寶《〈全宋詩〉補遺——以宋人題跋爲路徑》（載《歷史文獻研究》，第四十五輯）輯補。

句

醉餘睡起怯春寒。出宋阮閲《詩話總龜》卷九引《王直方詩話》。

濁氣撲不破，清風倒射回。出宋胡仔《苕溪漁隱叢話》前集卷四八。

絲花出泉村。出宋王象之《輿地紀勝》卷二八《江南西路·袁州》。

地連雲夢澤，人在水精宮。《荆江即事》，出《輿地紀勝》卷六五《荆湖北路·江陵府下》。

明知不是翦刀催。《雪》，出宋曾季狸《艇齋詩話》，本宋之問「今年春色早，應爲翦刀催」詩。以上五條，陳曉蘭《黄庭堅佚詩輯考》輯補。

呵鏡雲遮月。《出句令釋德洪對》，出《冷齋夜話》卷一〇。德洪對曰「啼糊露著花」，《全宋詩》已收。

剔耳厭塵喧，搔頭數歸日。《題四暢圖》，出明鈔本《西清詩話》卷上。

龍池生壁虱。《嘲弟有琴不御》，出《後山詩話》。

杯行到手不留殘。出《艇齋詩話》。以上四條，《全宋詩輯補》輯補。

解鞍板橋頭，春風困柳腰。《板橋》，出《寰宇通志》卷八八、《明一統志》卷三〇。李林會《〈寰宇通志〉所見〈全宋詩〉佚作考（二）》（載《樂山師範學院學報》，二〇一九年第二期）輯補。

高閣無長贏。出黄庭堅《書徐會稽禹廟詩後》。「高閣無恢台」爲唐代徐浩《寶林寺作》詩中一句，黄庭堅認爲「恢台」與古語不合，改爲「高閣無長贏」。

莫學今時新進士，談説性命如懸河。出汪應辰《跋山谷帖》。

曉濤激噴萬丈雪，夜浪急回千里雷。出釋居簡《跋譚浚明所藏山谷〈巖下放言〉真蹟》。釋居簡跋云：「公自黔涪起廢，舟泊灩澦，鄰檣二客乘月吟嘯，曰：『今代無詩人，魯直軟語定不能寫此奇偉之觀，盍聯句賦此？』其一曰：『千古城西灩澦堆。』其次曰：『上陵下浸碧崔嵬。』酒數行，悲嘶不已，而苦澀不續。公朗吟云：

『曉濤激噴萬丈雪，夜浪急回千里雷。』二客詰姓字，公曰：『軟語魯直。』客媿謝移櫂。」以上三條，李寶《〈全宋詩〉補遺——以宋人題跋爲路徑》輯補。

附二：薈集辨證《全宋詩》暨諸家研究《全宋詩》關於黃庭堅詩作之誤

《全宋詩》重出黃庭堅詩四首

張如安《〈全宋詩〉六位名家「佚詩」小考》（載《寧波大學學報》人文科學版，二〇〇三年第四期）考證一首：《全宋詩》册一七卷一〇二七頁一一七三八據普濟《五燈會元》卷一七輯補黃庭堅《吊死心禪師偈》，與卷一〇二四頁一一七一七黃庭堅《爲黃龍心禪師燒香頌三首》之三「海風吹落楞伽山……」幾同，僅幾字異。

朱騰雲《〈全宋詩〉重出誤收研究》（中國社會科學出版社，二〇一七年）考證三首：①《全宋詩》卷一〇一七頁一一五九八據《山谷别集詩注》卷下録庭堅《明叔惠示二頌》二首，卷一〇二六頁一一七三一據《山谷别集》卷二録《明叔惠示二頌云見七佛偈似有警覺乃是向道之端發於此故以二頌爲報》二首，此二首重出，僅八字異。②《全宋詩》卷九八七頁一一三七七録庭堅《題伯時畫松下淵明》詩：「南渡誠草草，長沙慰艱難。終風霾八表，半夜失前山。遠公香火社，遺民文字禪。雖非老翁事，幽尚亦可觀。松風自度曲，我琴不須彈。客來欲開説，觴至不得言。」卷一〇一四頁一一五七五又録庭堅《松下淵明》詩：「南渡誠草草，長沙濟艱難。夜半舟移岸，今無晉衣冠。松風自度曲，我絃不須彈。慧遠香火社，遺民文字禪。雖非老翁事，幽尚亦可歡。客來欲開説，觴至不得言。」此二首大同小異，分别見載《山谷集》卷三、《山谷外集》卷四、《山谷内集詩注》卷九、《山谷外集詩注》卷一六等。今檢黃㽦《山谷年譜》卷二三録《題松下淵明二首》題，注云：「按蜀本《詩集》前一篇注云：『皆試院作。』後一篇載《外集》第四卷，當是初本，今並存之，後篇已注改。兼蜀本石刻真蹟題云《題李伯時所作松下淵明》，而第三第四句亦不同，云『平生夢管葛，把菊見南山』。」則此詩有三版本，《全宋詩》但宜出一首，其他二本應出注説明。

《全宋詩》重出黃庭堅詩爲他人詩十五首

張如安《〈全宋詩〉訂補稿》（群言出版社，二〇〇五年）考證一首：《全宋詩》册一七卷一〇一四頁一一五七七載黃庭堅《次韻李士雄子飛獨遊西園折牡丹憶弟子奇二首》，其一又見册三卷一七六頁二〇〇九據《全芳備祖》輯録石延年《牡丹》，字句稍異，實黃庭堅作。

張焕玲《〈全宋詩〉、〈全宋詩訂補〉補遺辨正》（載《南京師範大學文學院學報》，二〇一〇年第四期）考證一首：《全宋詩》册一七卷九七九頁一一三三六載黃庭堅《題宛陵張待舉曲肱亭》，又見册三七卷二〇四四頁二二九六八林之奇名下，實黄庭堅作。

周小山《〈全宋詩〉重出誤收詩叢考》（載《中國韻文學刊》，二〇一一年第四期）考證一首：《全宋詩》卷一〇〇七頁一一五一四録黄庭堅《蕭子雲宅》，又見册七二卷三七四〇頁四五一一二據《輿地紀勝》卷三四輯補無名氏《玉笥山蕭子雲宅》，實黄庭堅作。

陳小輝《〈全宋詩〉之王安石、王令、黄庭堅詩重出考辨》（載《厦大中文學報》，第六輯）考證六首：①《全宋詩》卷一〇一五頁一一五八五録黄庭堅《題王居士所藏王友畫桃杏花二首》，其一又見册三〇卷一七二五頁一九四二五據《頌古聯珠通集》卷二三輯補釋了朴《頌古》，僅幾字異。②《全宋詩》卷一〇二〇頁一一六五三録黄庭堅《觀化十五首》，其十一又見册四八卷二六一一頁三〇三三七據宋沈孟柈《錢塘湖隱濟顛道濟禪師語録》輯補爲釋德輝《新笋》，僅幾字異；③《全宋詩》卷一〇二四頁一一七一二録黄庭堅《再答静翁並以筇竹一枝贈行四首》，又見册五二卷二七四〇頁三二二七一據《山房後稿》録周南《答静翁並以筇竹杖一枝贈行頌》。此四首皆黄庭堅作。

陳小輝《〈全宋詩〉之李之儀、周紫芝詩重出考辨》（載《山西師大學報》社會科學版，二〇一七年第二期）考證三首：《全宋詩》册一七卷九七二頁一一二七八録李之儀三詩與黄庭堅詩重出。①《水仙花二絶》其一「得水能仙天與奇……」，又見卷九九三頁一一四一五黄庭堅《劉邦直送早梅水仙花四首》其三，内容全同。②《水仙花二絶》其二「借水開花亦自奇……」，又見卷九九三頁一一四一五黄庭堅《次韻中玉水仙花二首》其一，僅幾字異。③《與晉卿相別忽復春深得書見邀》「留陶淵明把酒椀……」，又見卷九九五頁一一四二四黄庭堅《戲效禪月作遠公詠》，僅幾字異。此三首皆黄庭堅作。

陳小輝《〈全宋詩〉之姜特立、蘇泂、鄭清之、陳起、許棐、陳著詩重出考辨》（載《北方工業大學學報》，二〇一七年第六期）考證一首：《全宋詩》册五四卷二八四四頁三三八八三録蘇泂《老杜浣花谿圖引》，又見卷一一一四頁一一五七五黄庭堅名下，僅幾字異，實黄庭堅作。

王嵐《汪藻文集與詩作雜考》（載《望江集：宋集宋詩宋人研究》，北京聯合出版有限責任公司，二〇二〇年）考證二首：《全宋詩》册二五卷一四三六頁一六五五四録汪藻《雜詩》二首，又見册一七卷一〇二一頁一一六六七黄庭堅《雜詩七首》其六、其七，實黄庭堅作。

《全宋詩》重出他人詩爲黄庭堅詩二十二首

張如安《〈全宋詩〉六位名家「佚詩」小考》（載《寧波大學學報》人文科學版，二〇〇三年第四期）考證五首：①《全宋詩》册一七卷一〇二七頁一一七三六據何薳《春渚紀聞》卷七輯補《禪句二首》，其二「予自釣魚船上客……」，實釋重顯所作《玄沙和尚》，僅幾字異，見册三卷一四七頁一六五一。陳曉蘭認爲當存疑，下詳。②《全宋詩》卷一〇二七頁一一七三七據孫紹遠《聲畫集》卷二輯補黄庭堅《文與可嘗云老僧墨竹一派近在湖州吾竹雖不及石似過之此一卷公案不可無魯直正句因次韻》，又見册一四卷八三〇頁九六〇〇蘇軾《次韻子由題憩寂圖後》，僅幾字異，實蘇軾作，見段書偉等主編《蘇東坡全集》（北京燕山出版社，一九八八年）。編者按：亦見《蘇軾詩集》（中華書局，一九八二年）卷四七，及《蘇軾文集》（中華書局，一九八六年）卷六八《題憩寂圖詩》。朱騰雲《〈全宋詩〉重出誤收研究》（中國社會科學出版社，二〇一七年）據《御定佩文齋書畫譜》卷八三「宋李公麟《憩寂圖》」條謂《全宋詩》編者錯解《聲畫集》卷二「次韻黄山谷」爲「次韻，黄山谷」。③《全宋詩》卷一〇二七頁一一七三七據《錦繡萬花谷》後集卷三七輯補黄庭堅《出池藕花》，實華岳所作《藕花》，見册五五卷二八八一頁三四三八七。④《全宋詩》卷一〇二七頁一一七三八據謝維新《古今合璧事類備要》卷一三輯補黄庭堅《宿錢塘尉廨》，實陳師道詩，見册一九卷一一一五頁一二六六四，參陳師道。⑤《全宋詩》卷一〇二七頁一一七四〇據萬曆《御製重刻古文真寶》前集卷一〇輯補黄庭堅《塞上曲》（按：陳曉蘭《黄庭堅佚詩輯考》謂明刻本《黄太史精華録》卷六、明彭大翼《山堂肆考》卷一六一、明李蓘《宋藝圃集》卷一〇亦作黄庭堅作；宋潘自牧《記纂淵海》卷二二録前四句，誤作張子潛作；清《淵鑑類函》卷三三六誤作唐張子潛作，題《幽州詩》），又見册二〇卷一一六三頁一三一二九，題作《塞獵》，爲張耒詩，僅幾字異，實張耒作。

陳曉蘭《黄庭堅佚詩輯考》考證二首：①《全宋詩》卷一〇二七頁一一七三六據宋趙令畤《侯鯖録》卷二輯補黄庭堅《結客》，題下按「《中吴紀聞》卷四作滕元發詩，本書卷五一八已收」，册九卷五一八頁六三〇〇載同題詩，僅幾字異，未出注，實滕元發作。②《全宋詩》卷一〇二七頁一一七四二據明汪砢玉《珊瑚網》卷五輯補黄庭堅《慈竹》，又見册一卷一五頁二二八據黄錫禩道光《宜黄縣志》卷四五輯補樂史同題詩，吴曾《能改齋漫録》卷一五亦作樂史作，殆即樂史作。

許紅霞《〈全宋詩〉所收僧詩致誤原因探析》（載《中華文史論叢》，二〇〇七年第四輯）考證二首：①《全宋詩》卷一〇二六頁一一七三〇録黄庭堅《壽禪師悟道頌》（出《山谷别集》卷二），又見册一卷四七頁五〇八據宋釋普濟《五燈會元》卷一〇録釋洪壽《聞墮薪有省作偈》，又見册三〇卷一七二〇頁一九三七二釋宗杲《偈頌一百六十首》之一〇六（出宋蘊聞《大慧普覺禪師語録》卷六），又見册三一卷一八〇〇頁二〇〇五二釋了演《偈頌十一首》之二（出《續古尊宿語要》卷五《誰庵演禪師語》），實釋洪壽所作。②《全宋詩》卷一〇二二頁一一六八五録黄庭堅《書王氏夢錫扇》（出《山谷詩別集補》），其内容又見册一六卷九一五頁一〇七四九釋道潛《春日雜興》之八（出《參寥子詩集》卷五），僅幾字異，應是釋道潛作。

陳小輝《〈全宋詩〉之王安石、王令、黄庭堅詩重出考辨》考證二首：①《全宋詩》卷一〇一六頁一一五九四據《山谷別集詩注》卷上録黄庭堅《次韻公秉子由十六夜憶清虚》，又見册一二卷六八二頁七九七〇據《忠肅集》卷一八録劉摯《次韻王定國懷南都上元》，僅幾字異，當是劉摯作。②《全宋詩》卷一〇一六頁一一五九四據《山谷別集詩注》卷上録黄庭堅《次韻清虚》，又見册一二卷六八二頁七九七〇據《忠肅集》卷一八録作劉摯《和王定國》，僅幾字異，考似劉摯作。

朱騰雲《〈全宋詩〉重出誤收研究》（中國社會科學出版社，二〇一七年）考證十一首：①《全宋詩》册八卷四五三頁五五〇二録黄庶《和柳子玉官舍十首》，與册一七卷一〇一七頁一一六〇二黄庭堅《和柳子玉官舍十首》重出，朱騰雲謂黄庶作，出《伐檀集》卷上、《兩宋名賢小集》卷二六、《宋百家詩存》卷四，黄庭堅作見《山谷別集詩注》卷下，引題下注：「東坡《破琴詩引》：柳瑾，字子玉，善作詩及行草。《洪駒父詩話》云：『山谷父名庶，字亞夫，能詩，其《怪石》絶句云：「山鬼水怪著薜荔，天禄辟邪眠莓苔。鈎簾坐對心語口，曾見漢唐池館來。」或疑此十首亞夫作，今兩從之，以見山谷詩句得之家傳，猶杜子美於審言也。』」此十首應爲黄庶作，以附於子庭堅集而誤爲山谷詩。②《全宋詩》册一五卷八六四頁一〇〇三九録蘇轍《次韻子瞻書黄庭内景卷後贈蹇道士拱辰》詩，又見册一七卷一〇二三頁一一六九七録爲黄庭堅《黄庭畫贊》詩，僅幾字異，蘇轍作見《欒城集》卷一六，又《蘇詩補注》卷三〇附此詩，黄庭堅作出《山谷集》卷一四，此詩蘇氏兄弟集互見次韻，當爲蘇轍作無誤。

《全宋詩》誤他人詩爲黄庭堅詩十一首

張如安《〈全宋詩〉六位名家「佚詩」小考》（載《寧波大學學報》人文科學版，二〇〇三年第四期）考證三首：①《全宋詩》卷一〇二七頁一一七四一據明汪砢玉《珊瑚網》卷五輯補黄庭堅《法語》，實唐釋明瓚（懶瓚）《南嶽懶瓚和尚歌》（一般作《樂道歌》），見《景德傳燈録》卷三〇、《祖堂集》卷三。②《全宋詩》卷一〇二七頁一一七四三據清張仲炘《湖北金石志》卷一〇輯補黄庭堅《題襄陽米芾祠》二首，實唐孟郊詩，僅幾字異，其一見《全唐詩》卷三七八《懷南嶽隱士》，其二見《全唐詩》卷三八〇《尋言上人》。

陳曉蘭《黄庭堅佚詩輯考》考證一首：《全宋詩》卷一〇二七頁一一七四〇據明萬曆《古文真寶》前集卷四輯補黄庭堅《古意》，實韓愈詩，僅一字異，《古文真寶》於題下注

「此昌黎寓言」，詩見魏仲舉編《五百家注昌黎文集》卷三、《全唐詩》卷三三八等。

王宏生《〈全宋詩〉疏誤小劄》（載《福建江夏學院學報》，二〇一二年第五期）考證一首：《全宋詩》卷一〇二七頁一一七四四據清李元度《小學弦歌》卷七輯補黄庭堅《戒殺詩》，實唐王梵志詩，見唐范攄《雲溪友議》卷下、《全唐詩續補遺》卷二。陳曉蘭《黄庭堅佚詩輯考》（載《北京大學中國古文獻研究中心集刊》第七輯，北京大學出版社，二〇〇八年）於此詩存疑。

《山谷詩注續補》（陳永正、何澤棠注，上海古籍出版社，二〇一二年）考證二首：①《全宋詩》卷一〇二七頁一一七四三據清人俞琰《歷朝詠物詩選》卷一〇輯補黄庭堅《次韻梨花》，清光緒刻本《宋黄文節公全集·續集》卷一〇載録爲黄庭堅《又次韻三首》之三，《山谷詩注續補》稱《梨花詩》及《又次韻三首》「組詩原載師亮采編《秦郵帖》」。收入《宋黄文節公全集·續集》卷一〇及四川大學出版社版《黄庭堅全集》第四册。按：此組詩載清人王敬之《小言集·枕善居詩賸》，謂其『蓋能效涪翁筆意者』所僞託」。②陳曉蘭《黄庭堅佚詩輯考》據宋乾道麻沙本《類編增廣黄先生大全文集》卷二一輯補黄庭堅《蜀中示人》詩：「猪食死人肉，人食死猪腸。猪不嫌人臭，人反道猪香。猪死抛水裏，人死土中藏。彼此莫相食，蓮花生沸湯。」《山谷詩注續補》指此詩爲麻沙本誤收，蓋詩爲唐詩僧寒山作，見項楚《寒山詩注》（中華書局，二〇〇〇年）第一九一頁，僅幾字異。

阮堂明《〈全宋詩〉誤收唐人詩新考》（載《蘇州科技學院學報》社會科學版，二〇一三年第六期）考證二首：①《全宋詩》册一七卷一〇一六頁一一五九〇録黄庭堅《雜吟》（出《山谷外集詩注》卷上），實唐代詩僧寒山子詩，見《寒山詩集》、《全唐詩》卷八〇六。②《全宋詩》册一七卷九九六頁一一四二九録黄庭堅《題小景扇》（出任淵《山谷内集詩注》卷一八），實唐人賈至《春思二首》之一，見《全唐詩》卷二三五，僅五字異。

朱騰雲《〈全宋詩〉重出誤收研究》考證一首：《全宋詩》卷一〇一六頁一一五九二據黄庭堅《山谷別集詩注》卷上録《即來》詩，此詩實爲北周釋亡名《五盛陰》，見載《廣弘明集》卷三〇、《古詩紀》卷一一三、《先秦漢魏晉南北朝詩·北周詩》卷六。

陳小輝《〈全宋詩〉之王安石、王令、黄庭堅詩重出考辨》（載《廈大中文學報》，第六輯）考證一首：《全宋詩》卷一〇二二頁一一六八五據《山谷詩別集補》録黄庭堅《梨花》，實唐皇甫冉所作《和王給事禁省梨花詠》（見《二皇甫集》卷六、《全唐詩》卷二五〇等）。朱騰雲《〈全宋詩〉重出誤收研究》則以爲難辨，存疑。

《全宋詩》重出黃庭堅詩句爲佚句二條

張如安《〈全宋詩〉六位名家「佚詩」小考》（載《寧波大學學報》人文科學版，二〇〇三年第四期）考證：①《全宋詩》卷一〇二七頁一一七四四據任淵《後山詩注》卷一〇輯補黃庭堅佚句「風外竹斜行」，實黃庭堅《次韻知命入青原山口》中句，見卷一〇一一頁一一五五〇。②《全宋詩》卷一〇二七頁一一七四四據《全芳備祖》前集卷二〇輯補黃庭堅《朱槿花》佚句「吾聞調羹槿，異味及粉榆」，實黃庭堅《次韻孫子實寄少游》中詩句，原作「吾聞調羹鼎，異味及枌堇」，見卷九八九頁一一三八九。

《全宋詩》重出黃庭堅詩句爲他人佚句二條

吳宗海《讀〈全宋詩〉零劄》（載《鎮江師專學報》社會科學版，一九九八年第四期）考證：《全宋詩》册一一卷六三一頁七五四〇據宋人何汶《竹莊詩話》卷二四引《詩事》輯補王安國佚句二條「山圍燕坐圖畫出，水作夜窗風雨來」、「人得交遊是風月，天開圖畫即江山」，吳宗海指其誤，謂前者實黃庭堅《題胡逸老致虛庵》中句，見卷九九四頁一一四二一；後者爲誤收黃庭堅斷句，且爲《全宋詩》失收，見宋葉夢得《石林詩話》卷上。編者按：吳宗海文於前者考證無誤，後者小誤，殆後者並非斷句，《全宋詩》亦未失收，實黃庭堅《王厚頌二首》之二後二句，見《山谷集》卷一五、《全宋詩》卷一〇二四頁一一七〇八。

《全宋詩》重出他人詩句爲黃庭堅詩一首

陳曉蘭《黃庭堅佚詩輯考》（載《北京大學中國古文獻研究中心集刊》第七輯，北京大學出版社，二〇〇八年）考證：《全宋詩》卷一〇二七頁一一七三七據宋陳景沂《全芳備祖》後集卷一二輯補黃庭堅詩《詠萍》，陳曉蘭指其誤，實陸游《晦日西窗懷故山》中二聯，見《劍南詩稿》卷四、《全宋詩》册三九卷二一五七頁二四三二七。

《全宋詩》重出他人詩句爲黃庭堅佚句四條

張如安《〈全宋詩〉六位名家「佚詩」小考》（載《寧波大學學報》人文科學版，二〇〇三年第四期）考證：①《全宋詩》卷一〇二七頁一一七四四據李龏《梅花衲》輯補黃庭堅佚句「琳琅觸目路人驚」，實陳師道《和顏生同遊南山》第二句，見《全宋詩》册一九卷一一一七頁一二六八六。②《全宋詩》卷一〇二七頁一一七四四據釋紹嵩《亞愚江浙紀行集句詩》卷四輯補黃庭堅佚句「語妙何妨石作腸」，實陳師道《次韻李節推九日登南山》第六句，見册一九卷一一一四頁一二六四〇。③《全宋詩》卷一〇二七頁一一七四五據《排韻增廣氏族大全》卷三輯補黃庭堅佚句「便令脱帽管城公，小試玉堂揮翰手」，實陳師道《古墨行》末二句，見册一九卷一一一六頁一二六七六。以上三條參陳師道。④《全宋詩》卷一〇二七頁一一七四五據明凌迪知《萬姓統譜》卷一二〇輯補黃庭堅《贈莫之用》斷句「虎頭食肉何足誇，陰德由來報宜奢。丹竈功成無躍兔，玉函方祕緣青蛇」，實葛立方《贈友人莫之用》末四句，見册三四卷一九五五頁二一八二六。

《全宋詩》誤補黄庭堅詞句爲其詩佚句一條

陳曉蘭《黄庭堅佚詩輯考》（載《北京大學中國古文獻研究中心集刊》第七輯，北京大學出版社，二〇〇八年）考證：《全宋詩》卷一〇二七頁一一七四四據宋王楙《野客叢書》卷二八輯補佚句「爲君寫就黄庭了，不博山陰道士鵝」，陳曉蘭指其誤，實黄庭堅《鷓鴣天·聞説君家有翠蛾》詞中末句，僅一字異，見《山谷詞》。

《全宋詩》漏録黄庭堅詩句一條

湯華泉《全宋詩輯補》（黄山書社，二〇一六年）考證：《全宋詩》卷一〇〇七頁一一五一三録黄庭堅《壽聖觀道士黄至明開小隱軒太守徐公爲題曰快軒庭堅集句詠之》「吟詩作賦北窗裏，安得青天化作一張紙」句中漏一句，當作「吟詩作賦北窗裏，萬言不及一杯水，安得青天化作一張紙」，見《冷齋夜話》卷五。

《全宋詩》於黄庭堅原詩闕漏、異文未作校補三條

黄啓方《〈全宋詩〉黄庭堅卷補遺——兼介〈豫章先生遺文〉一書》（載《宋代文學研究叢刊》第二期，一九九六年）考證：①《全宋詩》卷一〇二六頁一一七二九據《山谷别集》卷二録《郭功父得楊次公家金書細字經求予作贊》，全文百二十字，闕文多至三十二字，清乾隆四十五年婺源汪大本刻《豫章先生遺文》卷二於該詩僅闕二字，今據以引録全文，凡加記號者即爲《全宋詩》、《山谷别集》之闕文：「爲一□大因緣，佛説妙蓮華。清浄法光明，透徹十二部。我法□妙難思，雖説未曾説。是故祕密藏，藏在微塵中。有大心衆生，破塵出經卷。字義皆炳然，堂堂而祕密。或以糅□金書，莊嚴甚奇妙。以其翰墨功，微細作佛事。勝眼若千□日，照耀世界海。説法從心起，復以心莊嚴。非小亦非大，□□衆心量。水牛生象牙，墮在諸佛數。」詩題無「予作」二字，詩句「以其翰墨功」之「功」，《全宋詩》、《山谷别集》作「切」，當以「功」爲是。②《全宋詩》卷一〇二六頁一一七二九《蒲團座贊》末句「一裘一葛」下闕三字，據《遺文》卷二知爲「平生足」三字。③《全宋詩》卷一〇二七頁一一七三六據趙令畤《侯鯖録》卷七輯補《貴耳賤目謎》，《遺文》卷一「十千」作「百千」，「虎視」作「虎眼」，「值一文」作「直半分」。

《全宋詩》録黄庭堅詩句字詞錯誤八條

杜愛英《從詩韻角度校勘〈全宋詩〉二十六—七十二册中江西籍詩作的韻字之誤》（載《古籍整理研究學刊》，二〇〇三年第六期）從詩韻角度考證《全宋詩》有誤者五條：①《全宋詩》卷一〇〇二頁一一四七四《寄南陽謝外舅》「永懷溟海量，北斗不可斟」句中「斟」當作「㪺」。②《全宋詩》卷一〇〇八頁一一五二七《癸丑宿早禾渡僧舍》「城頭渡

可涉，早禾渡可斟」句中「斟」當爲「斞」。③《全宋詩》卷一〇〇八頁一一五二八《丙辰仍宿清泉寺》「昏釭夜未央，高枕夢登巘」句中「巘」當爲「巇」。④《全宋詩》卷一〇一九頁一一六四一《陳吉老縣丞同知命弟遊青原謁思禪師予以簿領不得往二公雨久不歸戲作百家衣一首二十韻招之》「遺掛猶在壁，靡靡如面命」句中「如面命」當爲「遂至今」。⑤《全宋詩》卷一〇二四頁一一七一七《解瞌睡頌》「普賢盜鑄錢，釋迦扇鑪鞴」句中「鞴」當爲「韛」。又，校勘未被印證但認爲有誤者三條：①《全宋詩》卷一〇二三頁一一六九四《李沖元真贊》「冶百鍊之金，而中黄鐘之宫」句中「宫」宜爲「音」。②《全宋詩》卷一〇二三頁一一六九五《義松贊》「人之同氣，去本未遠」句中「遠」宜爲「逸」。③《全宋詩》卷一〇二四頁一一七〇九《清醇酒頌》「借之以涪翁清閒，鑒此杯面渌」句中「渌」應爲「醇」或其他字。

《全宋詩》輯補黄庭堅詩存疑四首

陳曉蘭《黄庭堅佚詩輯考》（載《北京大學中國古文獻研究中心集刊》第七輯，北京大學出版社，二〇〇八年）考證：①張如安已考證《全宋詩》卷一〇二七頁一一七三六黄庭堅《禪句二首》之二爲釋重顯所作《玄沙和尚》，今覈原文（何薳《春渚紀聞》卷七《蘇黄秦書各有僻》），爲黄庭堅所書禪句，又明楊慎《升庵集》卷七三、曹學佺《蜀中廣記》卷八三作唐船子和尚四偈之三，不知所據，當存疑。據《春渚紀聞》，《禪句》二首之一「牽驢飲江水……」同爲黄庭堅所書禪句，非黄庭堅作，作者亦當存疑。②《全宋詩》卷一〇二七頁一一七三九據正德《袁州府志》卷一二輯補黄庭堅《清心院雙清軒》，同治《萍鄉縣志》卷六録爲黄大臨詩，題《清心寺》，「魚」作「鳧」，「坐我」作「獨卧」，「度」作「渡」。（編者按：康熙《萍鄉縣志》卷八同，作者下注「邑令」，蓋大臨爲庭堅兄，紹聖中任萍鄉知縣。）《全宋詩》卷九七八録黄大臨詩未録此首，作者存疑，應於兩人名下重出互注。③《全宋詩》卷一〇二七頁一一七三九據正德《南康府志》卷一〇輯補黄庭堅《白鶴觀》，又見於册一八卷一〇六八頁一二一五五據光緒《江西通志》卷一一四録秦觀名下，僅一字異，作者存疑，應兩相互注。

《全宋詩》輯補黄庭堅詩、佚句未據更早典籍五條

陳曉蘭《黄庭堅佚詩輯考》考證：①《全宋詩》卷一〇二七頁一一七三七據宋何汶《竹莊詩話》卷一〇輯補黄庭堅《題孟浩然畫像》，最早出處當爲胡仔《苕溪漁隱叢話》後集卷九。②同卷頁一一七四三據清卞永譽《式古堂書畫匯考》卷一一輯補黄庭堅《絶句》，出處當改作黄㽦《山谷年譜》卷二二，此詩又見宋周紫芝《竹坡詩話》。③同卷頁一一七四四據宋胡仔《苕溪漁隱叢話》前集卷四八輯補黄庭堅「清鑑風流歸賀八，飛揚跋扈付朱三」句，出處當改作《山谷集》卷二八《跋張長史草書》。④同頁據宋魏慶之《詩人玉屑》卷一八

輯補黄庭堅《題野寺壁》「春將國豔熏花骨，日借黄金縷水紋」斷句，出處應改作楊萬里《誠齋集》卷一一五，「熏」作「薰」。⑤同卷頁一一七四五據清卞永譽《式古堂書畫匯考》卷七輯補黄庭堅「孔廟虞書貞觀刻，千兩黄金那購得」句，應改作明張丑《清河書畫舫》卷三上。

誤《全宋詩》失收黄庭堅詩七首

陳曉蘭《黄庭堅佚詩輯考》考證六首：①黄啓方《〈全宋詩〉黄庭堅卷補遺——兼介〈豫章先生遺文〉一書》（載《宋代文學研究叢刊》第二期，一九九六年。下稱黄文）據清乾隆四十五年婺源汪大本刻《豫章先生遺文》卷一輯補黄庭堅《題王子元所藏節女圖》，黄啓方謂「王子元」待考。張高評《兩岸〈全宋詩〉所據版本之比較研究——以北宋詩爲例》（《會通化成與宋代詩學》，台灣成功大學出版組，二〇〇〇年，下稱張文）據《聲畫集》卷二輯補《題王子厚所藏節女圖》。實一詩。《全宋詩》卷一〇二四頁一一七一八已收，題作《彭女禮北斗圖頌》（原出《山谷集》卷一五）。《豫章先生遺文》「一塵」作「塵污」，詩題中「王子元」當作「王子厚」。蓋王朴，字子厚，隱居嘉州至樂山，與黄庭堅有交往，《山谷別集》卷一三有《答王子厚書》四篇。②黄文據《豫章先生遺文》卷二輯補黄庭堅《彌勒贊二首》，其一「一鉢千家飯……」，其二「彌勒真彌勒……」，已見《全宋詩》册一七卷一〇二六頁一一七三四，題作《以香燭團茶琉璃獻花碗供布袋和尚頌》（二首，出《山谷別集》卷二）。③黄文據《豫章先生遺文》卷二輯補黄庭堅《戲答照默堂清和尚孤起頌》「風前橄欖星宿落……」，已見《全宋詩》册一七卷九九八頁一一四四五，據《山谷内集詩注》卷二〇收録，爲《寄黄龍清老三首》之二。《全宋詩》「照」作「昭」，「見故人」作「遺化人」。④張文據清馮銓《快雪堂法書》卷四輯補黄庭堅《三言詩卷》二首，已見《全宋詩》卷一〇二七頁一一七四二據明汪砢玉《珊瑚網》卷五收録爲《三言二首》。《全宋詩》「閑緣」作「間緑」，「蕭灑」作「瀟灑」。

編者考證一首：劉景會《手抄孤本永樂〈東昌志〉對〈全宋詩〉〈全宋文〉的輯佚價值——兼辨〈中國地方志總目提要·東昌志〉之訛》（載《楚雄師範學院學報》，二〇一八年第四期）據永樂《東昌志》輯補黄庭堅《豫章山谷黄庭堅題逍遥堂詩》：「犇車争利魚千里，滿世成功黍一炊。蔬食菜羹吾亦飽，逍遥堂下木辭枝。」此非佚詩，見《全宋詩》卷一〇二一頁一一六七〇作《十月十五早飯清都觀逍遥堂》：「心遊魏闕魚千里，夢覺邯鄲黍一炊。蔬食菜羹吾亦飽，逍遥堂下葉辭枝。」僅幾字異。此詩又見文淵閣《四庫全書》本《山谷外集》卷一四、宋蒲積中《歲時雜詠》卷四六。惟《全宋詩》於該詩題下注「《年譜》編入熙寧四年葉縣作」。稱此詩熙寧四年作於葉縣誤，殆永樂《東昌志》於此詩注「辛酉年山谷宰泰和日，經過逍遥所作。余後三十七年來宰廬陵，下滿三考而告老，將歸，別録此詩。政和丙申閏正月二十三日雙井寅庵黄大臨書」。據黄大臨語，辛酉，當是元豐辛酉四年。惟「三十七年」當作「二十七年」，「下滿三考」疑爲「不滿三考」之誤。周必大《文忠集》卷一六六謂「九月朔己丑，遊清都觀，觀興於南唐保大中……舊有逍遥堂」，清都觀位於廬陵縣（今吉安縣）永和鎮。則此詩元豐四年或稍後作於廬陵。

誤《全宋詩》未收銘爲黄庭堅詩六首

陳曉蘭《黄庭堅佚詩輯考》考證二首：《全宋詩訂補》據《福建通志》卷七三輯補《蓮花巖銘》一首，據《侯鯖録》卷三輯補《茶磨銘》一首，陳曉蘭指其誤收。蓋《全宋詩》體例不收銘，故《山谷集》卷二三録黄庭堅銘八十篇亦皆不收。

編者考證四首：《全宋詩輯補》據《嘉泰普燈録》卷三〇輯補《跨牛庵銘》四首。「維水牯牛，頭角堂堂。以作意力，遍行道場。」「舉頭看月，終不觀指。浮鼻渡河，蹴踏源底。」「三界爲田，衆生爲稻。由我深耕，世無寸草。」「我跨此牛，無繩與鞭。要下即下，馬後驢前。」《全宋文》册一〇七卷二三二八頁二七七録，依《全宋詩》體例，此四銘不當收。

誤補他人詩爲《全宋詩》失收黄庭堅詩二十首

陳曉蘭《黄庭堅佚詩輯考》考證七首：①黄文據《豫章先生遺文》卷一輯補黄庭堅《奉和朱道》「亭高登極目……」謂朱道待考，實爲南朝梁朱超道所作，見《文苑英華》卷三一五，題作《奉和登百花亭懷荆楚》，僅幾字異。②黄文據《豫章先生遺文》卷二輯補黄庭堅《白雲端和尚頌》（達摩答梁武帝問聖諦第一議）「燒得通紅打一椎……」，此頌見於《嘉泰普燈録》卷二七，又《續古尊宿語要》卷三《保寧勇禪師語録》題作《佛有六通聖諦第一義》（之二），《保寧仁勇禪師語録》題作《梁武帝問達磨如何是聖諦第一義磨云廓然無聖帝云對朕者誰磨云不識》，實金陵保寧禪院釋仁勇所作十三首（《全宋詩》失收）之一。③張文據《聲畫集》卷八輯補黄庭堅《劉五草蟲扇子》，此詩實劉攽作，見《全宋詩》册一一卷六〇五頁七一五九（原出《彭城集》卷八），《聲畫集》録此詩未署名，前一首爲黄庭堅《蟻蝶圖》，殆沿前詩署名而致誤。④張文據李詡《戒庵老人漫筆》卷六輯補黄庭堅《題李龍眠畫葛仙翁徙居圖》「莫言家具少於車……」，實樓鑰作，原出宋刻樓鑰《攻媿集》卷八，題作《題尤延之給事所藏葛仙翁徙居圖》，《全宋詩》册四七卷二五四一頁二九四三六已收録樓鑰名下，僅幾字異。⑤張文據陝西省博物館《西安碑林書法藝術》（陝西人民美術出版社，一九九七年）輯補黄庭堅失題詩帖《七律一首》、《七律二首》。《七律一首》「暖景融融寒景清……」，覈查該書未見，但於四川新都桂湖碑室有此詩帖詩碑，當爲黄庭堅書，實唐人方干詩，題作《敘錢塘異勝》，見方干《玄英集》卷六，收入《全唐詩》卷六五一。《七律二首》之一「翠蓋龍旗出建章……」，之二「小苑平臨太液池……」，二詩連書，清咸豐三年（一八五三）重刻，朱政法《西安碑林中〈黄庭堅詩碑〉真僞辨》從書法上考證此黄庭堅詩碑爲僞刻，今考第二首内容乃明文徵明詩，題作《承光殿在太液池上圍以甕城殿構環轉如蓋一名圓殿中有古栝數百年物也》，見文徵明《甫田集》卷一〇，僅幾字異，此更加證明此詩碑爲僞刻，至於之一尚不明歸屬，但不能據僞刻定爲黄庭堅作。

《山谷詩注續補》（陳永正、何澤棠注，上海古籍出版社，二〇一二年）考證十二首：陳曉蘭《黄庭堅佚詩輯考》清光緒刻本《宋黄文節公全集·續集》卷一〇輯補黄庭堅《梨花詩》十首、《又次韻三首》三首（其三題作《次韻梨花》，《全宋詩》卷一〇二七頁一一七四三已收），《山谷詩注續補》稱此二題十三首「組詩原載師亮采編《秦郵帖》。收入《宋黄文節公全集·續集》卷一〇及四川大學出版社版《黄庭堅全集》第四册。按：此組詩載清人王敬之《小言集·枕善居詩賸》，謂其『蓋能效涪翁筆意者』所僞託。」

編者考證一首：吴宗海《〈全宋詩〉補正》（載《古籍研究》，二〇〇一年第二期）據《後村千家詩》卷一一輯補黄庭堅《新竹》，此詩實陸游《東湖新竹》，見《劍南詩稿》卷五、《全宋詩》册三九卷二一五八頁二四三五一。

誤補黄庭堅文爲《全宋詩》失收詩一首

編者考證：黄啓方、陳曉蘭據《豫章先生遺文》卷二輯補《江南祝翁真贊》：「祝翁初爲儒生，不能令人輕輕，棄而治生，遂爲陶朱、猗頓。以其資資子弟，使爲儒生，有知名者。以其餘作佛事，爲子弟種德，其費不貲，不吝不悔。人材各當用其長，何必讀書然後爲學。翁之子曰林宗，與余弟知命遊，相歡也。又爲余道友成都之六祖範禪之檀越，奔走先後，不避寒暑。觀子知父，真可人哉。元符三年八月甲寅，山谷老人書。」以爲《全宋詩》失收。然贊爲文體之一，且此贊全不押韻，頗不類詩，乃一文耳，《全宋文》未録，可補《全宋文》之闕。

誤補黄庭堅詩句爲《全宋詩》失收佚句二條

編者考證：《全宋詩輯補》據《輿地紀勝》卷一五五《遂寧府》輯補黄庭堅《答雍熙長老寄糖霜》佚句「遠寄蔗糖知有味，勝如雀子水晶鹽」，又據《全閩詩話》卷二引《高齋詩話》輯補黄庭堅佚句「功名富貴蝸兩角，險阻艱難酒一杯」。俱誤。蓋此前句見録於文淵閣《四庫全書》本《山谷集》卷一五，題作《又答寄糖霜頌》，《全宋詩》卷一〇二四頁一一七一三已收録，作「遠寄蔗霜知有味，勝於崔浩水精鹽」。後句見録於文淵閣《四庫全書》本《山谷外集》卷七、《山谷外集詩注》卷一一，皆題作《喜太守畢朝散致政》，《全宋詩》卷一〇〇九頁一一五三四已收録，惟「蝸兩角」作「兩蝸角」，「酒一杯」作「一酒杯」。

誤補他人語爲《全宋詩》失收黄庭堅佚句一條

編者考證：李寶《〈全宋詩〉補遺——以宋人題跋爲路徑》（載《歷史文獻研究》，二〇二二年第二輯）據黄庭堅《題所和東坡〈與王慶源紅帶〉詩》輯補黄庭堅佚句「吾猶昔人非昔人」。誤。黄庭堅此題跋，見《山谷別集》卷一〇，曰：「後十二年，觀此詩於戎州城南僦舍，所謂『吾猶昔人非昔人』也。或題鬼門關柱云『自此以往更不理爲，在生月日真不虚語』，元祐三年黄魯直。元符二年涪翁題。」庭堅於此亦未稱己作。考楊慎《丹鉛總録》卷一九《吾猶昔人》條云：「柳子厚《戲題石門長老東軒》詩曰：『坐來念念非昔人，萬偏蓮花爲誰用。』《法苑珠林》：梵志出家，白首而歸，鄰人見之曰『昔人尚存乎？』梵志曰：『吾猶昔人非昔人也。』子厚正用此事，而注者不知引。」則「吾猶昔人非昔人」乃唐僧梵志答鄰人語，非詩。惟庭堅數藉此入詩中，其中有「我似昔人非昔人」句，爲《書舞陽西寺舊題處》末句，見録於《山谷外集》卷一三，《全宋詩》卷一〇二〇頁一一六六二亦收録。